Julia Quinn

Connue sous le pseudonyme de Julia Quinn, Julie Pottinger naît en 1970 aux États-Unis. Spécialiste de la Régence, cette très grande dame de la romance a écrit une vingtaine de livres, tous des best-sellers. Surprenant de la part de cette jeune diplômée de Harvard qui a longtemps cherché sa voie avant de publier son premier roman, *Splendide*, à l'âge de 24 ans. Sa vocation trouvée, elle se voit décerner le Rita Award pendant deux années consécutives et le *Time Magazine* lui a consacré un article. Sa célèbre série *La chronique des Bridgerton* a été traduite dans le monde entier et adaptée par Netflix.

LA CHRONIQUE DES

ROKESBY

Aux Éditions J'ai lu

LA CHRONIQUE DES BRIDGERTON

1 – Daphné et le duc
N° 8890
2 – Anthony
N° 8960
3 – Benedict
N° 9081
4 – Colin
N° 9258
5 – Éloïse
N° 9284
6 – Francesca
N° 9365
7 – Hyacinthe
N° 9393
8 – Gregory
N° 9415
9 – Des années plus tard
N° 11580

La chronique des Bridgerton 1 & 2
La chronique des Bridgerton 3 & 4
La chronique des Bridgerton 5 & 6
La chronique des Bridgerton 7 & 8
La chronique des Bridgerton 9 suivie de Les chroniques de lady Whistledown

Splendide
N° 9303
L'insolente de Stannage Park
N° 9724
Comment séduire un marquis ?
N° 9742
Trois mariages et cinq prétendants
N° 10918
Quatre filles et un château
N° 11587

LES BEVELSTOKE

Les carnets secrets de Miranda
N° 9835
Mademoiselle la curieuse
N° 9894
Ce que j'aime chez vous
N° 12658

LES DEUX DUCS DE WYNDHAM

1 – Le brigand
N° 11745
2 – M. Cavendish
N° 11774

LE QUARTET DES SMYTHE-SMITH

1 – Un goût de paradis
N° 11779
2 – Sortilège d'une nuit d'été
N° 11882
3 – Pluie de baisers
N° 11903
4 – Les secrets de sir Richard Kenworthy
N° 11915

LES ROKESBY

1 – À cause de Mlle Bridgerton
N° 11987
2 – Un petit mensonge
N° 12119
3 – L'autre Mlle Bridgerton
N° 12747
4 – Tout commença par un esclandre
N° 13099

Mariages à l'écossaise
N° 13316

JULIA QUINN

À CAUSE DE MLLE BRIDGERTON

Traduit de l'anglais (États-Unis)
par Léonie Speer

J'AI LU

Déjà parus sous les titres :
Les Rokesby 1 – À cause de Mlle Bridgerton
Les Rokesby 2 – Un petit mensonge

Titre original
BECAUSE OF MISS BRIDGERTON

Éditeur original
Avon Books, an imprint of HarperCollins Publishers, New York

Titre original
THE GIRL WITH THE MAKE-BELIEVE HUSBAND

Éditeur original
Piatkus, Londres

Les Rokesby & les Bridgerton

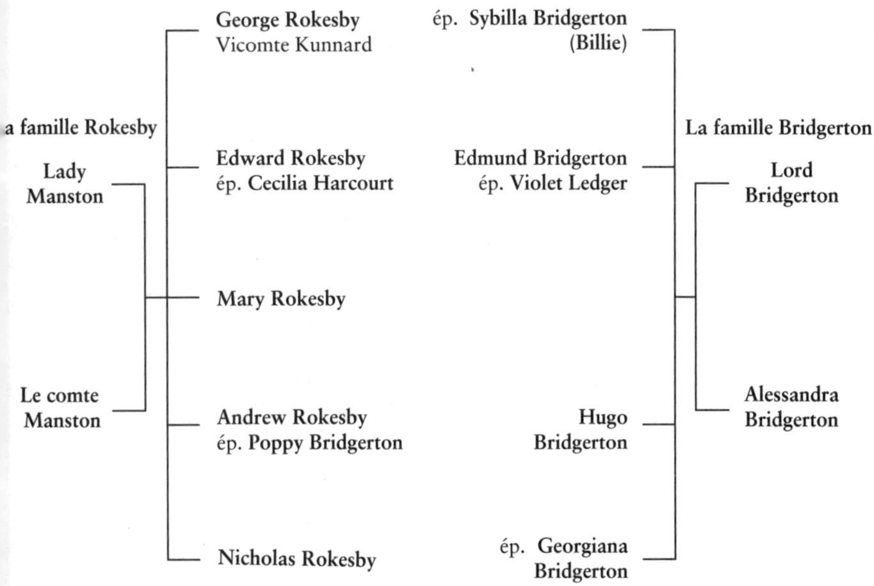

À Susan Cotter.
Tu m'impressionnes tous les jours.

Et à Paul, aussi.
Un coup de téléphone au bon moment est le signe d'un excellent mari.
Puisses-tu toucher le ciel, cette fois.

1

Le toit d'une ferme abandonnée à mi-chemin entre Aubrey Hall et Crake House, Kent, Angleterre, 1779

Ce n'était pas que Billie Bridgerton manquât de bon sens. Au contraire, elle se considérait comme l'une des personnes les plus raisonnables qui fût. Mais comme tout être sensé, il lui arrivait de négliger sa petite voix intérieure. Il ne s'agissait pas d'imprudence, elle en était certaine. Non, lorsqu'elle ignorait une incitation à la prudence, c'était une décision consciente, prise après une analyse (plus ou moins) approfondie de la situation. Et il est vrai que lorsque Billie prenait une décision que le reste de l'humanité aurait trouvée parfaitement absurde, elle retombait la plupart du temps sur ses pieds.

Sauf exception.

Comme en cet instant…

Elle foudroya son compagnon du regard.

— J'ai bien envie de t'étrangler.

Le compagnon en question émit un « miaou » sceptique. Billie laissa alors échapper un grognement peu distingué.

Le chat prêta l'oreille, jugea ce bruit indigne d'intérêt et entreprit de se lécher la patte.

Après avoir examiné les impératifs jumeaux de dignité et de bienséance, Billie décida qu'ils étaient tous les deux surestimés et répliqua en tirant la langue.

Elle ne se sentit pas mieux pour autant.

Avec un soupir excédé, elle leva les yeux vers le ciel pour tenter d'évaluer l'heure. Le soleil se dissimulait avec constance derrière une couche de nuages, ce qui lui compliquait la tâche. Mais il devait être au moins 16 heures. Elle avait quitté le village à 14 heures, et cela devait faire à peu près une heure qu'elle était coincée ici. Si elle ajoutait à cela le temps du trajet...

Oh, bon sang, quelle importance ? Savoir l'heure ne l'aiderait pas à descendre de ce fichu toit !

— Tout est ta faute ! lança-t-elle d'un ton accusateur.

Comme on pouvait s'y attendre, le chat ne lui prêta pas la moindre attention.

— Qu'est-ce qui t'a pris de monter dans cet arbre ? N'importe quel idiot aurait su que tu ne serais pas capable d'en redescendre.

Et n'importe quelle idiote l'aurait laissé là-haut. Mais pas Billie, qui avait entendu ses miaulements déchirants, et qui était déjà à mi-hauteur de l'arbre avant de s'avouer qu'elle n'éprouvait pas la moindre affection pour les chats.

— Vraiment, je ne t'aime pas, lui dit-elle.

Elle parlait à un chat. À quoi en était-elle réduite !

Elle changea de position et fit la grimace quand son bas s'accrocha à l'un des bardeaux délavés du toit. Son pied ripa, et sa cheville, déjà douloureuse, protesta violemment.

Plus exactement, ce fut sa bouche qui protesta. Car Billie ne put retenir un cri. Ça faisait très mal !

Ç'aurait pu être pire, supposait-elle. Elle se trouvait à environ huit pieds du toit de la ferme lorsque le chat avait craché en tendant vivement vers elle une patte aux griffes acérées, et tous deux avaient dégringolé.

Inutile de dire qu'après avoir chuté avec une grâce acrobatique, le chat était retombé sur ses quatre pattes sans une égratignure.

Billie, de son côté, ne savait pas exactement comment elle était retombée. Quoi qu'il en soit, elle avait mal au coude, sa hanche la brûlait, et sa veste était déchirée, sans doute par la branche qui avait amorti sa chute aux deux tiers de la hauteur.

Le pire cependant, c'était sa cheville, qui lui faisait un mal de chien. Si elle avait été chez elle, elle aurait surélevé son pied à l'aide de coussins. Elle avait été témoin de tant d'entorses – ses propres chevilles et, plus souvent encore, celles des autres – qu'elle connaissait la marche à suivre. Compresse froide, repos, et un frère ou une sœur auprès d'elle pour satisfaire ses moindres requêtes.

Où donc étaient ses laquais quand elle avait besoin d'eux ?

C'est alors qu'elle surprit un mouvement au loin. Et à moins que la faune locale n'eût décidé de devenir bipède, il s'agissait incontestablement d'un être humain.

— Coucouuuuu ! cria-t-elle avant de se raviser. À l'aide !

Sauf si sa vue lui jouait des tours, ce qui était exclu – même sa meilleure amie, Mary Rokesby, admettait que les yeux de Billie Bridgerton ne pouvaient être que parfaits –, l'humain en question appartenait au sexe masculin. Et aucun homme de sa connaissance n'ignorerait un appel au secours féminin.

— À l'aide ! cria-t-elle de nouveau.

Elle éprouva un soulagement non négligeable lorsque l'homme s'immobilisa. Elle n'aurait su dire s'il s'était tourné dans sa direction – la perfection de sa vision avait des limites –, aussi cria-t-elle de nouveau, cette fois à pleins poumons. Et elle faillit éclater en sanglots lorsque le gentleman – oh, pourvu que ce soit un gentleman, sinon par la naissance, du moins par le tempérament ! – se dirigea vers la vieille ferme.

Sauf que Billie n'aurait pas éclaté en sanglots, car cela ne lui arrivait jamais. Elle n'était pas ce genre de femme, et ne le serait jamais.

Elle ravala néanmoins une espèce de hoquet inattendu.

— Par ici ! appela-t-elle tout en ôtant sa veste afin de pouvoir l'agiter au-dessus de sa tête.

Il ne servait à rien d'essayer de sauvegarder sa dignité. Après tout, elle était coincée sur un toit avec une cheville foulée et un chat galeux.

— Monsieur ! Aidez-moi ! S'il vous plaît !

Après avoir légèrement corrigé sa trajectoire, l'homme leva la tête. Et même s'il était encore trop loin pour que Billie distingue ses traits, elle *sut*.

Non... Non ! N'importe qui, mais pas *lui* !

Sauf que bien sûr, c'était lui.

Qui d'autre aurait pu passer par là au pire moment qui fût, alors qu'elle se trouvait dans une situation des plus incongrues et des plus humiliantes ?

— Bonjour, George, le salua-t-elle lorsqu'il fut suffisamment près pour l'entendre.

Les mains sur les hanches, George plissa les yeux.

— Billie Bridgerton.

Elle s'attendait qu'il ajoute : « J'aurais dû m'en douter. »

Il s'en abstint, et son irritation s'en trouva accrue. Le monde ne tournait pas rond lorsqu'elle ne parvenait pas à prédire chacune des paroles pompeuses qui franchissaient les lèvres de George Rokesby.

— Tu prends le soleil ? s'enquit-il.

— Oui, je me disais que quelques taches de rousseur supplémentaires ne me feraient pas de mal, riposta-t-elle.

Au lieu de répondre, il ôta son tricorne, et la lumière accrocha un reflet auburn dans son épaisse chevelure, qu'il ne poudrait pas. Puis il observa Billie assez longuement, et enfin, après avoir posé avec soin son chapeau sur les vestiges d'un mur de pierres, il leva de nouveau les yeux et avoua :

— Je ne prétendrai pas que je suis désolé. Pas vraiment.

Un certain nombre de reparties brûlèrent la langue de Billie, mais elle se rappela que George Rokesby était le seul être humain en vue, et que si elle souhaitait rejoindre le sol avant Noël, elle allait devoir se montrer aimable avec lui.

Jusqu'à ce qu'il l'eût secourue, du moins.

— Au fait, comment t'es-tu retrouvée là-haut ? ajouta-t-il.

— À cause du chat, répondit-elle entre ses dents.

— Ah !

— Il était dans l'arbre, précisa-t-elle, Dieu sait pourquoi.

Après tout, il ne lui avait rien demandé de plus.

— Je vois.

Vraiment ? Elle en doutait.

— Il miaulait. Je pouvais difficilement l'ignorer.

— Non, tu en étais incapable, bien sûr.

Même si son ton était tout à fait cordial, Billie était convaincue qu'il se moquait d'elle.

— Certains d'entre nous sont des individus attentionnés et compatissants, répliqua-t-elle en desserrant à peine les dents.

Il inclina la tête de côté.

— Bons envers les petits enfants et les animaux ?

— Exactement.

Il arqua le sourcil droit de cette manière exaspérante propre aux Rokesby.

— Certains d'entre nous, déclara-t-il d'une voix traînante, sont bons envers les *grands* enfants et les animaux.

Billie se mordit la langue. D'abord au sens figuré, puis au sens propre. « Sois aimable, s'adjura-t-elle. Même si cela te tue... »

George eut un sourire qui aurait pu être innocent si un pli, à la commissure de ses lèvres, ne l'avait trahi.

— Vas-tu m'aider à descendre, bon sang ? finit-elle par s'écrier.

— Quel langage !

— Appris de tes frères, je te signale.

— Oh, je sais ! Je n'ai jamais réussi à les convaincre que tu étais une fille.

Billie s'assit sur ses mains. Elle s'assit *bel et bien* sur ses mains, de crainte de céder à l'irrésistible envie de bondir du toit pour l'étrangler.

— Je n'ai d'ailleurs jamais réussi à *me* convaincre que tu étais vraiment humaine, ajouta-t-il d'un ton désinvolte.

Les doigts de Billie se crispèrent, jusqu'à former des griffes qui, tout compte fait, n'avaient rien de confortable.

— George...

Elle entendit un millier de choses différentes dans sa voix : supplication, douleur, résignation, remémoration...

Car ils avaient une histoire commune, tous les deux. En dépit de leurs différences, lui était un Rokesby, elle une Bridgerton – autant dire qu'ils appartenaient presque à la même famille.

Leurs maisons, Crake House pour les Rokesby, Aubrey Hall pour les Bridgerton, étaient éloignées d'à peine une lieue. Les seconds vivaient depuis plus longtemps que les premiers dans cet endroit verdoyant du Kent. Ils s'y étaient installés au début du XVIe siècle, lorsque Henri VIII avait octroyé une terre, ainsi que le titre de vicomte, à James Bridgerton.

Les Rokesby, en revanche, avaient obtenu un titre plus prestigieux dès 1672. L'histoire raconte qu'un baron Rokesby particulièrement entreprenant avait rendu un service insigne à Charles II. Lequel, pour le remercier, l'avait nommé premier comte de Manston. Les détails de cette accession à un rang supérieur se perdaient un peu dans la nuit des temps, mais il était en général admis qu'un carrosse, un rouleau de soie turque et deux maîtresses royales y tenaient un rôle important.

Billie le croyait volontiers. Le charme était héréditaire, n'est-ce pas ? Si George Rokesby, sérieux et ennuyeux comme il l'était, incarnait parfaitement l'héritier d'un comté, Andrew, son frère cadet, possédait cette joie de vivre pleine de malice qui lui aurait certainement valu l'affection d'un libertin notoire tel que Charles II. Les autres frères Rokesby n'étaient pas d'aussi mauvais sujets, encore que Nicholas, à quatorze ans seulement, n'eût peut-être pas dit son dernier mot. Mais tous l'emportaient incontestablement sur George en matière de charme et d'amabilité.

George.

Billie et lui ne s'étaient jamais aimés. Pour l'heure, elle pouvait difficilement se plaindre, vu que George était le seul Rokesby disponible. Edward jouait de l'épée, du pistolet ou de Dieu sait quoi dans les Colonies ; Nicholas était à Eton, jouant probablement, lui aussi, de l'épée ou du pistolet (avec beaucoup moins de dommages, fallait-il espérer) ; quant à Andrew, s'il était dans le Kent pour quelques semaines, c'était avec un bras cassé, conséquence d'un acte de bravoure dans la marine. Il ne lui aurait été d'aucun secours.

Non, il n'y avait que George, et Billie allait devoir se montrer courtoise avec lui.

Elle lui sourit donc. Enfin, elle étira les lèvres.

Il soupira, quoique sans exagération.

— Je vais voir si je peux trouver une échelle.

— Merci, dit-elle d'un ton guindé.

Mais il ne l'entendit sans doute pas. George avait toujours marché à grandes enjambées rapides, et il avait tourné à l'angle de la bâtisse avant qu'elle puisse faire preuve de davantage de politesse.

Environ une minute plus tard, il réapparut, chargé d'une échelle qui n'avait pas dû servir depuis la Glorieuse Révolution.

— Que s'est-il passé, exactement ? s'enquit-il en rapprochant l'échelle du rebord du toit. Cela ne te ressemble pas, de te retrouver coincée.

Venant de lui, c'était ce qui ressemblait le plus à un compliment.

— Le chat ne m'a pas été aussi reconnaissant de mon aide que je m'y attendais, répondit-elle, foudroyant l'ingrat du regard.

L'échelle heurta le toit avec un bruit sec, puis George commença à grimper.

— Tu crois qu'elle va résister ? s'inquiéta Billie quand elle entendit craquer les échelons de bois.

Les craquements cessèrent un instant.

— Qu'elle résiste ou pas n'a guère d'importance, tu ne crois pas ?

Billie déglutit avec peine. Une autre qu'elle n'aurait peut-être pas su interpréter ces paroles. Mais elle connaissait cet homme depuis aussi loin que remontaient ses souvenirs, et George Rokesby possédait une qualité intrinsèque : c'était un gentleman. Jamais il ne renoncerait à voler au secours d'une demoiselle en détresse, échelle vermoulue ou pas.

Elle avait des ennuis ? Il se portait à son secours. Même s'il la trouvait exaspérante.

Ce qui était le cas, elle le savait. Il n'avait jamais fait d'efforts pour le dissimuler. Pour être honnête, elle non plus.

La tête de George apparut, et ses yeux bleus – tous les Rokesby, sans exception, avaient les yeux bleus – s'étrécirent.

— Tu portes des culottes, constata-t-il avec un profond soupir. J'aurais dû m'en douter.

— Je n'aurais pas tenté de grimper à l'arbre en robe, figure-toi.

— Non, tu es bien trop sensée pour cela.

Billie choisit de ne pas relever le sarcasme.

— Il m'a griffée, dit-elle en indiquant le chat du menton.

— Vraiment ?

— Nous sommes tombés.

George leva les yeux.

— Une jolie chute.

Billie suivit son regard. La branche la plus proche se trouvait à cinq pieds, et elle n'était pas tombée de la branche la plus proche.

— Je me suis fait mal à la cheville, admit-elle.

— C'est ce que je subodorais. Sinon, poursuivit-il comme elle lui adressait un regard interrogateur, tu te serais contentée de sauter.

Par-dessus l'épaule de George, elle jeta un coup d'œil à la terre durcie qui entourait la bâtisse. Celle-ci avait dû appartenir à un fermier prospère, car elle comportait un étage.

— Non, déclara-t-elle après avoir évalué la distance, c'est trop haut.

— Même pour toi ?

— Je ne suis pas idiote, George.

Il n'acquiesça pas aussi vite qu'il l'aurait dû. Il n'acquiesça même pas du tout, mais se contenta de dire :

— Très bien. Je vais t'aider à descendre.

Billie inspira à fond, puis expira.

— Je te remercie.

Il la dévisagea avec une curieuse expression. De l'incrédulité, peut-être, à l'entendre prononcer les mots « te » et « remercie » dans une même phrase ?

Elle contempla le ciel, le nez froncé.

— La nuit va bientôt tomber. Ç'aurait été horrible d'être bloquée... Je te remercie, répéta-t-elle après s'être raclé la gorge.

Il se contenta d'incliner brièvement la tête.

— Te sens-tu capable de descendre à l'échelle ?

— Je crois, oui, assura-t-elle, consciente que l'épreuve s'annonçait abominablement douloureuse.

— Je pourrais te porter.

— Sur l'échelle ?

— Sur mon dos.

— Il est hors de question que je monte sur ton dos.

— Ce n'est pas là que je te voudrais, marmonna-t-il.

Billie lui décocha un regard acéré, mais il grimpait déjà deux échelons supplémentaires. Ses hanches se retrouvèrent à la hauteur du rebord du toit.

— Bien. Tu peux te lever ?

Comme elle le fixait sans mot dire, il expliqua :

— Je voudrais voir quel poids ta cheville peut supporter.

— Ah ! Bien sûr.

Elle aurait sans doute dû y renoncer. La pente du toit était telle qu'il lui fallait ses deux pieds pour conserver son équilibre, or le droit était à peu près inutilisable. Elle essaya néanmoins, parce qu'elle refusait d'afficher une quelconque faiblesse devant cet homme ; ou, peut-être, parce que essayer était dans sa nature ; ou, tout simplement, parce qu'elle ne prit pas le temps de la réflexion. Quoi qu'il en soit, elle se leva, trébucha et se rassit illico.

Non sans avoir laissé échapper un cri étranglé.

Il ne fallut qu'une seconde à George pour la rejoindre.

— Espèce de petite idiote, marmonna-t-il, mais son ton était plus affectueux qu'il ne l'avait jamais été. Tu permets que je regarde ?

À contrecœur, Billie lui tendit le pied. Elle avait déjà enlevé son soulier.

Il prit son talon d'une main et fit doucement bouger son pied de l'autre.

— C'est douloureux ici ? demanda-t-il en appuyant légèrement sur l'extérieur de sa cheville.

Billie ne put retenir un sifflement de douleur et hocha la tête.

— Et là ?

De nouveau, elle hocha la tête.

— Mais pas autant.

— Et si je fais…

Un éclair de douleur lui traversa la cheville, si intense que, sans même y penser, elle lui arracha son pied des mains.

— Je suppose que cela veut dire oui, commenta-t-il, les sourcils froncés. Je ne crois toutefois pas qu'elle soit cassée.

— Évidemment qu'elle n'est pas cassée !

C'était une exclamation ridicule, vu que la chose n'avait rien d'évident. Mais George Rokesby avait depuis toujours l'art de faire sortir Billie de ses gonds, et la douleur n'arrangeait rien.

— C'est une entorse, décréta-t-il, ignorant son éclat.

— Je sais, s'écria-t-elle avec la même véhémence.

À cet instant, elle se détestait.

— Bien sûr que tu le sais, dit-il avec un sourire neutre.

Elle aurait voulu le tuer.

— Je descendrai le premier, reprit-il. Ainsi, si tu trébuches, je pourrai te retenir.

Billie acquiesça d'un signe de tête. C'était une tactique sage. La seule possible, du reste, et elle aurait été stupide d'argumenter simplement parce que c'était lui qui l'avait proposée. Même si, en toute honnêteté, ç'avait été sa première réaction.

— Prête ?

De nouveau, elle acquiesça.

— Tu ne crains pas que je te fasse dégringoler de l'échelle ?

— Non.

Aucune justification. Un simple « non ». Comme s'il était absurde de poser la question.

Billie releva la tête pour le dévisager. Il paraissait si solide, si fort, si... fiable. Il avait toujours été fiable, à vrai dire. Sauf que jusqu'à présent il l'exaspérait bien trop pour qu'elle s'en rende compte.

Avec précaution, il retourna vers le bord du toit, pivota afin de poser le pied sur le barreau supérieur de l'échelle.

— N'oublie pas le chat, dit Billie.

— Le chat, répéta-t-il en lui jetant un regard incrédule.

— Je ne vais pas l'abandonner après m'être donné tout ce mal.

George serra les dents, grommela quelques mots sans doute grossiers et tendit les bras pour saisir le chat.

Qui le mordit.

— Espèce de fils de…

Billie recula légèrement. George paraissait prêt à arracher la tête de quelqu'un, et elle était plus près de lui que le chat.

— Ce chat peut aller rôtir en enfer, gronda George.

— D'accord.

Sa célérité à approuver lui valut un coup d'œil stupéfait. Elle tenta de sourire, puis se contenta d'un haussement d'épaules. Elle avait deux frères de sang, plus trois quasi-frères chez les Rokesby. Quatre si elle incluait George, ce qu'elle n'était pas certaine de désirer.

Elle comprenait donc les hommes, et savait quand elle avait intérêt à se taire.

En outre, elle en avait assez de ce maudit chat. Il ne serait pas dit que Billie Bridgerton était sentimentale. Elle avait essayé une première fois de sauver cet animal pouilleux parce que c'était la chose à faire, puis elle avait réessayé, ne serait-ce que pour ne pas perdre le bénéfice de ses efforts précédents, mais là…

— Tu te débrouilles, lança-t-elle au félin.

— Je passe le premier, déclara George. Je veux que tu restes juste derrière moi durant la descente. Comme cela, si tu perds l'équilibre…

— Nous tombons tous les deux ?

— Je te rattrape, grogna-t-il.

Billie plaisantait, mais il ne lui sembla pas judicieux de le souligner.

George se prépara à descendre. Cependant, au moment où il tendait le pied vers le premier barreau, le chat, apparemment mécontent d'être ignoré, poussa un feulement à vous glacer le sang et se précipita entre les jambes de George. Ce dernier partit en arrière, les bras battant l'air.

Sans réfléchir, Billie bondit et l'agrippa par sa redingote pour le retenir.

— L'échelle ! hurla-t-elle.

Mais il était trop tard. Sous leurs yeux, l'échelle s'écarta, pivota et, avec une grâce étrange, se coucha sur le sol.

2

Il serait juste de dire que George Rokesby, fils aîné du comte de Manston et actuellement connu dans le monde civilisé comme le vicomte Kennard, était un gentleman de caractère égal. Il avait des gestes calmes et sûrs, un esprit d'une logique imperturbable, et une façon d'étrécir les yeux qui lui assurait de voir ses souhaits et ses désirs exaucés avec la plus grande diligence.

Il serait également juste de dire que si Mlle Sybilla Bridgerton l'avait soupçonné d'être à deux doigts de lui sauter à la gorge, elle aurait eu l'air bien plus effrayée par lui que par l'obscurité grandissante.

— Voilà qui est vraiment fâcheux, déclara-t-elle, les yeux rivés sur l'échelle.

George ne dit rien. Cela valait mieux.

— Je sais à quoi tu penses, reprit-elle.

Il ne desserra les dents que le temps de répliquer :

— Je n'en suis pas sûr.

— Tu essaies de déterminer lequel des deux tu préférerais jeter du toit. Le chat ou moi.

Elle était bien plus près de la vérité qu'on n'aurait pu le supposer.

— J'essayais juste d'aider, se défendit-elle.

— Je sais, dit-il d'un ton censé décourager toute conversation ultérieure.

En pure perte, car Billie continua :

— Si je ne t'avais pas rattrapé, tu serais tombé.

— Je sais !

Elle se mordilla la lèvre inférieure et, l'espace d'un instant béni, il crut qu'elle allait abandonner le sujet. Mais non.

— C'est ton pied, en fait...

George releva imperceptiblement la tête. Juste pour signifier qu'il avait entendu.

— Je te demande pardon ?

— Ton pied, répéta-t-elle en désignant d'un signe de tête le pied en question. Tu as donné un coup dans l'échelle.

— Tu ne vas quand même pas m'accuser d'être responsable ! lança-t-il, renonçant à affecter l'indifférence.

— Non, bien sûr que non, dit-elle vivement, enfin consciente du danger. C'est juste que tu...

George plissa les yeux.

— Peu importe, marmonna-t-elle.

Elle posa le menton sur ses genoux pliés et laissa son regard errer sur la campagne. Non qu'il y eût quoi que ce soit à voir. Le seul élément mouvant était le vent, qui signalait sa présence en agitant discrètement les feuilles des arbres.

— Je pense qu'il reste une heure avant que le soleil ne se couche, risqua-t-elle. Peut-être deux.

— Nous ne serons plus là lorsqu'il fera nuit.

Elle le regarda, puis reporta les yeux sur l'échelle. Son expression, quand elle le regarda de nouveau, donna à George une furieuse envie de la laisser dans l'ignorance.

Hélas, il en fut incapable ! Vingt-sept années durant, on lui avait inculqué les règles d'un comportement chevaleresque, et il n'aurait jamais pu se montrer aussi cruel avec une femme. Même pas *elle*.

— Andrew devrait passer d'ici une trentaine de minutes, dit-il.

— Quoi ?

Billie eut d'abord l'air soulagée, puis irritée.

— Pourquoi ne m'as-tu rien dit ? Je n'arrive pas à le croire ! Tu me laissais penser que nous étions immobilisés ici pour la nuit.

Il observa le visage courroucé de Billie Bridgerton, le fléau de son existence depuis sa naissance, vingt-trois ans plus tôt. Les joues rouges, la bouche pincée, elle le fusillait du regard comme s'il lui avait fait un affront inqualifiable.

— Une minute s'est écoulée entre le moment où l'échelle a heurté le sol et le moment présent, répliqua-t-il froidement. Dis-moi, je te prie, quand, durant ton analyse de ce mouvement au cours duquel mon pied a touché l'échelle, j'étais censé te fournir cette information ?

La commissure de ses lèvres frémit, mais ce ne fut pas pour donner naissance à un sourire suffisant ou sarcastique. Chez n'importe qui d'autre, George se serait attendu à de l'embarras, peut-être même à de la contrition. Mais il s'agissait de Billie Bridgerton, et elle ne connaissait pas l'embarras. Billie Bridgerton se contentait de faire ce qui lui passait par la tête, et au diable les conséquences. Elle avait agi ainsi toute sa vie, entraînant généralement la moitié du clan Rokesby dans son sillage.

Et le pire, c'était que tout le monde lui pardonnait toujours. À cause de sa manière d'être, qui ne relevait pas exactement du charme, mais plutôt d'une confiance en soi ahurissante et, apparemment, irrésistible. Elle était adorée de sa famille, de la famille de George et du village tout entier. Elle avait un immense sourire et un rire contagieux, mais, au nom du Ciel, comment se faisait-il qu'il fût la seule personne en Angleterre à mesurer le danger qu'elle constituait pour l'humanité ?

Elle s'était foulé la cheville ? Ce n'était pas la première fois ! Elle s'était aussi cassé le bras, de manière spectaculaire, bien sûr. Elle avait alors huit ans, et était tombée de cheval. Un hongre à peine dressé qu'elle n'aurait certainement pas dû monter, et encore moins inciter à sauter une haie. L'os s'était parfaitement remis, bien entendu, Billie ayant toujours une chance invraisemblable. Quelques mois plus tard, elle reprenait ses extravagances et personne n'avait songé à la réprimander. On ne lui avait rien dit lorsqu'elle avait monté à califourchon, en culottes, ce fichu hongre auquel elle avait de nouveau fait sauter cette fichue haie. Et quand l'un des frères cadets de George avait tenté de l'imiter et s'était démis l'épaule...

Eh bien, tout le monde avait ri. Les parents de George, comme ceux de Billie. Et aucun d'entre eux n'avait jugé prudent de confisquer le cheval et d'obliger Billie à enfiler une robe. Ou, mieux encore, de l'expédier dans l'une de ces écoles pour jeunes filles qui enseignaient la broderie et les bonnes manières.

Le bras d'Edward pendait hors de sa cavité. Hors de sa cavité ! Et le bruit que cela avait fait lorsque le palefrenier en chef l'avait remis en place...

George frissonna. C'était le genre de bruit qu'on ressentait plus qu'on ne l'entendait.

— Tu as froid ? s'enquit Billie.

George secoua la tête. Elle, en revanche, avait peut-être froid. La redingote qu'il portait était bien plus épaisse que sa veste.

— Et toi ?

— Non.

George l'observa avec attention. Elle était du genre à essayer de tenir bon, et à ne pas lui permettre de se conduire en gentleman.

— Tu me le dirais si tu avais froid ?

Elle leva la main comme pour prononcer un serment.

— Je te le promets.

George s'estima satisfait. Billie ne mentait pas et ne brisait pas ses promesses.

— Andrew était au village avec toi ? demanda-t-elle, les yeux fixés sur l'horizon.

— Oui, nous devions voir le forgeron. Ensuite, il s'est arrêté pour parler au pasteur. Je n'avais pas envie d'attendre.

— Bien sûr, murmura-t-elle.

— Qu'est-ce que c'est censé signifier ?

Elle entrouvrit les lèvres, mais ce ne fut qu'au bout d'un moment qu'elle avoua :

— Je n'en sais rien, en fait.

George lui coula un regard mauvais avant de reporter son attention sur le toit. Non pas qu'il puisse faire quoi que ce soit ; ce n'était toutefois pas dans sa nature de rester assis et d'attendre. Qui sait si en réexaminant le problème, il ne...

— On ne peut rien faire sans l'échelle, lança Billie avec désinvolture.

— J'en ai bien conscience, répliqua-t-il.

— Tu regardais autour de toi, dit-elle avec un haussement d'épaules, comme si...

— Je sais ce que je faisais !

Les lèvres pincées, elle arqua les sourcils, à la façon exaspérante des Bridgerton. « Pensez ce que vous voulez, semblait-elle dire. Je ne suis pas dupe. »

Ils demeurèrent silencieux un moment. Puis, d'une petite voix qu'il ne lui connaissait pas, elle demanda :

— Tu es certain qu'Andrew passera par ici ?

George hocha la tête. Son frère et lui s'étaient rendus à pied au village. Ce n'était pas leur mode de transport habituel, mais Andrew, récemment nommé lieutenant dans la Royal Navy, s'était cassé le bras en effectuant une acrobatie quelconque au large du Portugal et avait été renvoyé chez lui en convalescence. Marcher lui était plus facile que de monter à cheval, en outre, il faisait exceptionnellement beau pour un mois de mars.

— Il est à pied, expliqua-t-il. Comment pourrait-il faire autrement que passer par ici ?

Les chemins ne manquaient pas dans les environs, mais tous ajouteraient au moins un quart de lieue au trajet de retour.

— À moins que quelqu'un ne propose de le déposer en voiture, fit remarquer Billie, qui scrutait toujours le lointain.

George se tourna lentement vers elle, stupéfié par le manque total de... de quoi que ce soit dans son ton. Pas une once de supériorité, d'agacement, ni même d'inquiétude. Juste une simple, et très bizarre, constatation : « Hum, voilà la chose désastreuse qui pourrait advenir. »

— C'est tout à fait possible, ajouta-t-elle. Tout le monde aime Andrew.

C'était la vérité. Charmeur et insouciant, Andrew séduisait tout le monde, depuis le pasteur du village jusqu'aux servantes de la taverne. N'importe qui se rendant dans la même direction que lui lui offrirait de le reconduire.

— Il marchera, assura George. Il a besoin d'exercice.

— Andrew ? fit Billie, dubitative.

George haussa les épaules.

— En tout cas, il aura envie de prendre l'air. Il grimpe aux murs depuis le début de la semaine. Notre mère a essayé de le contraindre au lit et au bouillon de légumes.

— Pour un bras cassé ? ricana Billie, avant de se laisser aller à glousser.

George lui jeta un coup d'œil oblique.

— Tu te réjouis du malheur des autres ?

— Toujours.

Il sourit malgré lui. Il lui était difficile de se formaliser, vu qu'il avait passé la semaine à s'amuser de l'agacement de son frère, voire à y contribuer.

Avec précaution, Billie changea de position.

— Attention à ton pied, ne put-il s'empêcher de dire.

Elle hocha la tête et tous deux retombèrent dans le silence. Même s'il regardait droit devant lui, George avait conscience du moindre des mouvements de la jeune femme. Elle repoussa une mèche de cheveux de ses yeux, puis tendit le bras devant elle, et son coude craqua comme le bois d'une vieille chaise. Enfin, avec la ténacité dont elle faisait preuve en toute circonstance, elle revint au sujet de leur précédente conversation.

— Il n'empêche que quelqu'un a pu le ramener.

George faillit sourire.

— Ce n'est pas à exclure.

Elle se tut quelques secondes, avant de reprendre :

— Il ne va pas pleuvoir, apparemment…

George regarda le ciel. Il y avait bien quelques nuages, mais ils ne paraissaient pas menaçants.

— … et puis, on s'inquiétera de notre absence.

— De la mienne, au moins, dit-il, s'autorisant un sourire narquois.

Elle lui décocha un coup de coude dans les côtes, si bien envoyé qu'il ne put s'empêcher de rire.

— Vous êtes une horrible personne, George Rokesby, déclara-t-elle, quoique avec un sourire jusqu'aux oreilles.

Il rit de nouveau, surpris du plaisir qu'il prenait à ces taquineries. Il n'aurait pas prétendu que Billie et lui étaient amis – ils s'étaient affrontés trop souvent –, mais c'était une figure familière. Certes, il l'avait déploré plus d'une fois, pas à cet instant, cependant.

— Eh bien, je suppose qu'il n'y a personne d'autre avec qui je préférerais être coincée sur un toit, déclara-t-elle.

Il tourna brusquement la tête pour la regarder.

— Oh là là, mademoiselle Bridgerton, est-ce un compliment ?

— Ce n'est pas évident ?

— De ta part ? insista-t-il.

Elle eut un adorable sourire en coin.

— Je le mérite, sans doute. Mais, tu sais, tu es très fiable.

— Fiable.

— Oui, très.

George se surprit à plisser les sourcils. Pourquoi ? Il n'en avait pas la moindre idée.

— Si je ne m'étais pas foulé la cheville, continua Billie, je suis certaine que j'aurais trouvé un moyen de descendre.

Il la regarda sans chercher à dissimuler son scepticisme. Et quel était le rapport avec sa fiabilité ?

— Ne viens-tu pas de dire que c'était trop haut pour sauter ?

— Si, en effet, admit-elle avec un petit geste désinvolte de la main. Mais j'y serais arrivée.

— Sûrement, acquiesça-t-il, en grande partie parce qu'il manquait d'énergie pour dire autre chose.

— Le fait est, continua-t-elle, que tant que je suis ici avec toi...

Elle pâlit soudain. Même ses yeux, habituellement d'un brun très sombre, parurent se voiler.

Le cœur de George cessa de battre. Il n'avait jamais, au grand jamais, vu une telle expression sur le visage de Billie Bridgerton.

Elle était terrifiée.

— Qu'y a-t-il ? demanda-t-il.

— Tu ne crois pas...

Il attendit, mais les mots refusaient apparemment de franchir ses lèvres.

— Quoi donc ?

Son visage prit une nuance verdâtre.

— Tu ne crois pas que quelqu'un pourrait penser que tu... que nous...

Elle déglutit avant d'achever :

— ... que nous avons disparu... *ensemble* ?

Le monde vacilla sur son axe.

— Grands dieux, non ! s'écria George.

— Je sais, dit-elle en hâte. Je veux dire... toi et moi. C'est ridicule.

— Absurde.

— Quiconque nous connaît...

— ... saura que jamais nous ne...

— Et pourtant...

Cette fois, sa voix mourut dans un chuchotement désespéré.

— Quoi ? demanda-t-il avec impatience.

— Si, finalement, Andrew ne passe pas par ici... Et qu'on s'aperçoit de ton absence... et de la mienne...

Elle leva vers lui un regard horrifié.

— Quelqu'un finira bien par se rendre compte que nous avons disparu tous les deux.

— Où veux-tu en venir ?

Elle pivota pour le regarder en face.

— Pourquoi ne supposerait-on pas que... ?

— Parce que les gens ont un cerveau, la coupa-t-il. Il ne viendrait jamais à l'idée de quiconque que je puisse être avec toi *exprès*.

Billie tressaillit.

— Oh, eh bien, merci !

— Es-tu en train de me dire que tu souhaiterais le contraire ?

— Non !

George leva les yeux au ciel. Ah, les femmes ! Et pourtant, il s'agissait de Billie. La femme la moins féminine qu'il connaisse.

— Indépendamment de ce que tu penses de moi, *George*...

Comment parvenait-elle à faire ainsi sonner son prénom comme une insulte ?

— ... je dois penser à ma réputation. Certes, ma famille me connaît et, ajouta-t-elle non sans réticence, elle te fait sans doute suffisamment confiance pour savoir que notre disparition simultanée ne signifie rien d'inconvenant...

Elle s'interrompit et se mordilla la lèvre, l'air préoccupée et, pour dire la vérité, vaguement indisposée.

— Mais le reste du monde pourrait ne pas se montrer aussi compréhensif, acheva-t-il à sa place.

— Voilà.

— Si on ne nous retrouve pas avant demain matin... reprit-il, s'adressant surtout à lui-même.

Ce fut Billie qui termina cette phrase effroyable.

— Tu seras obligé de m'épouser.

3

— Qu'est-ce que tu fais ? cria Billie.

George avait bondi sur ses pieds avec une célérité proprement dangereuse et se penchait à présent par-dessus le rebord du toit, le front plissé.

À croire qu'il résolvait des équations mathématiques compliquées.

— Je vais descendre de ce fichu toit.

— Tu vas te tuer.

— C'est possible, acquiesça-t-il, la mine sombre.

— Au moins, je me sens appréciée, riposta Billie.

Il se retourna et, la regardant d'un air supérieur :

— Tu veux peut-être m'épouser ?

— Jamais ! dit-elle avec un frisson ostensible.

Cela dit, une femme n'aimait pas penser qu'un homme préférait se jeter d'un toit simplement pour se soustraire à cette éventualité.

— Sur ce point, mademoiselle, nous sommes d'accord.

Aïe ! Cela faisait mal. Quelle ironie ! Elle se moquait bien que George ne veuille pas se marier avec elle. D'ailleurs, la plupart du temps, elle ne l'aimait pas. Et elle savait que le jour où il daignerait choisir une épouse, l'heureuse élue ne lui ressemblerait pas du tout.

Il n'empêche que cela faisait mal.

La future lady Kennard serait délicate et féminine. Elle aurait été élevée pour régner sur une luxueuse demeure, et non pour gérer un domaine. Elle serait vêtue à la dernière mode, ses cheveux seraient poudrés et coiffés avec art, et, même si elle possédait une constitution d'acier, elle dissimulerait celle-ci sous une évanescence de bon aloi.

Les hommes comme George aimaient à se considérer comme forts et virils.

Tandis que Billie l'observait, il posa les mains sur ses hanches. Bon, elle devait le reconnaître, il était fort et viril. Mais il était comme les autres hommes ; il était attiré par les coquettes qui lui faisaient les yeux doux par-dessus leur éventail.

— C'est un désastre, cracha-t-il.

— Tu ne t'en aperçois que maintenant ?

Il la foudroya du regard en guise de réponse.

— Pourquoi es-tu incapable d'être gentil ? lâcha Billie.

— Gentil ?

Seigneur, pourquoi avait-elle dit cela ? À présent, elle allait devoir s'expliquer.

— Comme le reste de ta famille.

— Gentil, répéta-t-il, puis il secoua la tête, comme s'il ne parvenait pas à croire à son effronterie.

Gentil.

— Moi, je suis gentille, affirma-t-elle.

Elle le regretta aussitôt, parce qu'elle n'était pas précisément « gentille ». Du moins, pas en permanence, et sans doute pas à cet instant. Mais elle avait sûrement des excuses car, après tout, il s'agissait de George Rokesby, et qu'elle ne pouvait pas se retenir.

Lui non plus, apparemment.

— As-tu jamais remarqué, commença-t-il d'une voix qui manquait singulièrement de gentillesse, que j'étais gentil avec tout le monde, sauf avec toi ?

De nouveau, Billie fut piquée au vif. Sans raison, puisqu'ils ne s'étaient jamais aimés.

Quoi qu'il en soit, elle ne le lui laisserait pas voir.

— Ce que je pense, c'est que tu essayais de m'insulter, déclara-t-elle avec dédain.

Il s'attendait manifestement qu'elle poursuive car, lorsqu'elle s'en tint là, il insista :

— Mais... ?

Haussant les épaules, elle fit mine de s'absorber dans la contemplation de ses ongles. Quand elle les regarda réellement, elle s'aperçut qu'ils étaient d'une saleté repoussante.

Encore un trait qu'elle ne partageait pas avec la future lady Kennard.

Elle compta mentalement jusqu'à cinq. George allait bien finir par exiger une explication, de ce ton tranchant qu'il avait perfectionné avant même d'avoir l'âge de se raser. Mais il ne prononça pas un mot. Finalement, ce fut elle qui perdit ce combat, aussi muet que ridicule, qui se jouait entre eux. Elle releva la tête.

En fait, George ne la regardait même pas.

Elle le maudit.

Et elle se maudit d'être incapable de tenir sa langue. N'importe quelle personne dotée d'un minimum de retenue aurait su qu'il valait mieux garder le silence. Pas elle.

— Si tu ne possèdes pas suffisamment de...

— Ne le dis pas, lui conseilla-t-il.

— ... générosité d'esprit pour...

— Je te donne un avertissement, Billie.

— Vraiment ? J'ai plutôt l'impression que tu me menaces.

— C'est ce que je vais faire si tu ne fermes pas...

Il étouffa un juron et tourna abruptement la tête dans la direction opposée.

Billie tortilla un fil sur son bas, la bouche pincée en une moue tremblante. Elle aurait dû se taire. Elle l'avait su alors même qu'elle prononçait les mots. George Rokesby avait beau être pompeux et exaspérant, c'était entièrement sa faute, à elle, s'il était retenu sur ce toit. Et rien ne justifiait qu'elle se montre aussi provocatrice.

Mais il y avait quelque chose en lui – un talent particulier que lui seul possédait – qui ôtait à Billie le bénéfice de l'expérience et de la maturité, et la poussait à réagir comme une gamine de six ans. S'il s'était agi de quelqu'un d'autre, de n'importe qui d'autre, elle aurait été louée comme la plus raisonnable des femmes de toute l'histoire de la chrétienté. On aurait colporté, une fois qu'ils auraient eu quitté ce maudit toit, des récits sur sa bravoure et son ingéniosité. Et avec raison, parce que, comme tout le monde le savait, elle était raisonnable, brave et ingénieuse.

Sauf en présence de George Rokesby.

— Je suis désolée, marmonna-t-elle.

George tourna lentement la tête.

— J'ai dit que j'étais désolée, répéta Billie d'une voix plus forte.

Elle avait l'impression d'avaler une purge, mais elle n'avait pas le choix. Toutefois, que Dieu ait pitié de George s'il l'obligeait à se répéter encore une fois ! Elle pouvait en rabattre de sa fierté, quoique jusqu'à un certain point. Et il devait le savoir, puisqu'il était exactement comme elle.

Leurs regards se croisèrent, puis tous deux baissèrent les yeux. Après quelques instants, George déclara :

— Nous ne sommes pas au mieux de notre forme, ni l'un ni l'autre.

Billie déglutit. Peut-être aurait-elle dû ajouter quelque chose. Mais elle avait eu si peu de chance jusqu'à présent dans ses déclarations qu'elle se contenta de hocher la tête, se jurant de ne plus ouvrir la bouche jusqu'à ce que…

— Andrew ? murmura George.

Billie releva brusquement la tête.

— Andrew ! hurla alors George.

Billie scruta la lisière du champ et… oui, c'était bien lui !

— Andrew ! appela-t-elle en tentant machinalement de se lever.

Avant de retomber sur les fesses avec un « aïe ! » retentissant.

George ne lui accorda pas même un coup d'œil, occupé qu'il était à faire des moulinets vigoureux avec ses bras.

Andrew ne risquait pas de les manquer vu la manière dont ils s'égosillaient, néanmoins, s'il accéléra l'allure, Billie ne s'en rendit pas compte. Mais c'était Andrew. Sans doute devait-elle s'estimer heureuse qu'il ne se soit pas laissé aller à un fou rire inextinguible. Elle savait déjà qu'il n'était pas près de leur laisser oublier l'incident.

— Coucou là-haut ! cria-t-il, goguenard, dès qu'il fut plus près.

Billie jeta un coup d'œil à George. Elle n'apercevait que son profil, mais s'il paraissait soulagé de voir son frère, il semblait aussi curieusement sombre. Après réflexion, ce n'était pas si curieux. Les taquineries qu'elle s'apprêtait à subir de la part d'Andrew, George en serait victime au centuple.

Malgré son bras en écharpe, ce dernier marchait d'un pas alerte, le visage fendu d'un grand sourire.

— De toutes les surprises les plus délicieuses… Si j'avais songé…

Il s'arrêta pour lever un index élégant – geste universel pour demander un instant de silence –, puis il secoua la tête comme pour reprendre le cours de ses réflexions.

— ... et pensé encore, et pensé toujours, pendant des années, poursuivit-il avec un gloussement, jamais je ne serais parvenu à...

— Contente-toi de nous faire descendre de ce fichu toit, aboya George.

Billie ne put qu'approuver son ton.

— J'ai toujours trouvé que vous feriez un couple splendide, tous les deux, déclara Andrew d'un air narquois.

— Andrew, gronda Billie.

— Vraiment, vous n'aviez pas besoin d'en venir à de telles extrémités pour un instant d'intimité. Nous aurions tous été trop heureux de vous l'offrir.

— Arrête ! lui intima Billie.

Andrew fit mine de froncer les sourcils, mais ce fut en riant qu'il répliqua :

— Tu veux vraiment prendre ce ton, ma petite Billie ? C'est moi qui suis sur la *terra ferma*, je te rappelle.

— S'il te plaît, Andrew, dit-elle, s'efforçant de se montrer polie et raisonnable. Nous apprécierions beaucoup que tu nous aides.

— Ma foi, c'est demandé si gentiment, murmura Andrew.

— Je vais le tuer, déclara Billie entre ses dents.

— Et moi, je vais lui casser l'autre bras, grommela George.

Billie ravala un rire. Si Andrew n'avait pas pu les entendre, elle lui jeta néanmoins un coup d'œil. Et s'aperçut qu'il fronçait les sourcils, sa main valide posée sur la hanche.

— Qu'y a-t-il, maintenant ? demanda George.

— Je ne sais pas si vous vous en rendez compte, répondit son frère, les yeux fixés sur l'échelle, mais ça ne va pas être facile, avec une seule main.

— Sors ton bras de l'écharpe, suggéra George.

Son dernier mot fut couvert par le hurlement de Billie.

— Ne le sors pas de l'écharpe !

— Tu veux vraiment rester sur ce toit ? répliqua George d'une voix sifflante.

— Ou courir le risque qu'il se blesse de nouveau ?

Certes, ils avaient plaisanté sur l'éventualité de lui casser l'autre bras. Mais franchement ! Andrew était dans la marine, et il était indispensable que l'os de son bras se ressoude correctement.

— Tu serais prête à m'épouser pour épargner son bras ?

— Je ne vais pas t'épouser, rétorqua-t-elle. Andrew peut aller chercher de l'aide si besoin est.

— Le temps qu'il revienne avec un homme valide, nous aurons passé plusieurs heures seuls ici.

— Et tu as une si haute opinion de tes prouesses viriles qu'à ton avis les gens vont croire que tu as réussi à me compromettre sur un toit ?

— Crois-moi, n'importe quel homme sensé saurait que tu es définitivement impossible à compromettre.

Le front plissé par la perplexité, Billie réfléchit quelques instants. La complimentait-il sur sa rectitude morale ? Puis elle comprit...

— Tu es méprisable, siffla-t-elle.

C'était la seule réplique envisageable. Parce que « Tu ne peux pas savoir le nombre d'hommes qui aimeraient me compromettre » manquait cruellement de dignité, d'esprit et... d'honnêteté.

— Andrew, reprit George, de cette voix hautaine qui trahissait l'aîné de la fratrie, je te donne cent livres pour enlever ton bras de cette écharpe et remettre l'échelle en place.

Cent livres ?

Billie tourna vers lui un regard incrédule.

— Tu es fou ?

— Oh, je ne sais pas ! répondit Andrew. Peut-être que vous regarder vous entre-tuer vaut bien cent livres.

— Ne joue pas à l'imbécile, lança George en lui jetant un regard furieux.

— Tu n'hériterais même pas, souligna Billie.

Non pas qu'Andrew eût jamais souhaité succéder à son père en tant que comte de Manston. Il aimait trop sa liberté pour aspirer à ce genre de responsabilités.

— Ah oui, Edward ! dit Andrew avec un soupir exagéré, faisant allusion au second fils Rokesby, de deux ans son aîné. L'empêcheur d'hériter en rond. Ce serait suspect, non, si vous périssiez tous les deux dans des circonstances curieuses ?

Il y eut un silence gêné quand tous prirent conscience qu'Andrew avait peut-être évoqué un peu légèrement un sujet qui ne se prêtait pas à la désinvolture. En effet, Edward Rokesby avait choisi la voie la plus illustre pour un fils cadet : il était à présent capitaine dans le 54e régiment d'infanterie de Sa Majesté. Plus d'un an auparavant, il avait été envoyé dans les Colonies d'Amérique et avait combattu avec vaillance lors de la bataille de Quaker Hill. Après avoir passé plusieurs mois dans le Rhodes Island, il avait été muté au quartier général britannique, à New York. Les nouvelles de lui parvenaient trop rarement à sa famille pour que celle-ci soit rassurée.

— Si Edward mourait, rétorqua George, je ne crois pas qu'on pourrait décrire les circonstances comme « curieuses ».

— Oh, franchement, arrête d'être tout le temps aussi sérieux ! dit Andrew en levant les yeux au ciel.

— Ton frère risque sa vie pour son roi et pour son pays, lui rappela George d'une voix crispée, même pour lui.

— Moi aussi, fit remarquer Andrew avec un sourire froid. Du moins, un os ou deux, ajouta-t-il en levant son bras bandé.

Billie coula un regard incertain à George. Comme il était courant pour un troisième fils, Andrew n'était pas allé à l'université, mais était entré directement dans la Royal Navy. Il avait été promu lieutenant un an plus tôt. S'il n'était pas exposé au danger aussi souvent qu'Edward, il portait néanmoins son uniforme avec fierté.

George, de son côté, n'avait pas été autorisé à s'engager. En tant qu'héritier du comté, il était jugé trop précieux pour être exposé aux balles des mousquets américains. Cela l'ennuyait-il que ses frères défendent leur pays, et pas lui ? Avait-il jamais désiré combattre ?

Billie s'étonna… Pourquoi ne s'était-elle encore jamais posé la question ? Il est vrai qu'elle n'accordait guère de pensées à George Rokesby à moins qu'il ne se tienne devant elle. Mais les vies des Rokesby et des Bridgerton étaient si étroitement liées qu'elle s'étonnait de ne pas en savoir davantage.

Elle regarda tour à tour les deux frères, qui n'avaient pas échangé un mot depuis un moment. Andrew fixait sur son aîné son regard d'un bleu glacial empreint d'une lueur de défi. George soutenait son regard avec une expression que Billie ne parvenait pas à identifier. Ce n'était pas exactement de la colère. Du moins, ce n'était plus de la colère. Mais pas non plus du regret ni de l'orgueil.

Les racines de cette conversation étaient bien plus profondes que ce qui affleurait à la surface.

— Eh bien, moi, j'ai risqué ma vie et ma cheville pour un chat ingrat, déclara-t-elle, désireuse de revenir à un sujet qui prêtait moins à la controverse.

— Vraiment ? s'étonna Andrew en se penchant sur l'échelle. Je croyais que tu n'aimais pas les chats.

L'expression de George, lorsqu'il pivota vers elle, allait au-delà de l'exaspération.

— Parce que tu n'aimes même pas les chats ?

— Tout le monde aime les chats, se hâta d'affirmer Billie.

Les yeux de George s'étrécirent, et elle comprit qu'il ne croyait pas à son sourire faussement innocent. Dieu merci, Andrew choisit cet instant pour lâcher un juron, et tous deux reportèrent leur attention sur lui.

— Ça va ? demanda Billie.

— Une écharde, répondit-il avant de sucer l'extérieur de son auriculaire. Saloperie !

— Tu ne vas pas en mourir, jeta George.

Andrew le foudroya du regard.

— Oh, pour l'amour de Dieu ! s'écria George.

— Ne le provoque pas, lui souffla Billie.

George laissa échapper une espèce de grognement, mais il se contenta de croiser les bras, les yeux rivés sur son frère.

Billie se laissa glisser un peu plus près du rebord pour voir ce que faisait Andrew. Après avoir bloqué l'un des montants avec son pied, il se pencha pour attraper un barreau et, avec un grondement sonore, il souleva l'échelle. Elle oscilla – on ne pouvait demander l'impossible à un homme privé de l'usage d'un bras.

Heureusement, c'était un homme vigoureux et, au prix d'efforts considérables et de quelques jurons bien sentis, il réussit à placer l'échelle contre le flanc du bâtiment.

— Merci, murmura George.

À son ton, Billie n'aurait su dire s'il remerciait son frère ou le Tout-Puissant.

Avec Andrew pour maintenir l'échelle, et en l'absence d'un chat qui vous file entre les jambes, la descente fut beaucoup plus facile que lors de leur première tentative.

Mais au prix de quelle douleur ! Billie en avait le souffle coupé. À chaque barreau, elle était obligée de peser plus ou moins sur sa cheville blessée. Lorsqu'elle atteignit le troisième barreau avant le sol, elle dut se mordre la lèvre pour ne pas laisser échapper un sanglot.

Des mains solides se refermèrent alors autour de sa taille.

— Je te tiens, dit George.

Et elle se laissa tomber.

4

Billie souffrait plus qu'elle ne le laissait voir, avait deviné George. Mais il n'en prit réellement la mesure que lorsqu'ils commencèrent à descendre. Il envisagea brièvement de la prendre sur son dos, puis jugea plus prudent de la précéder. Quand il eut descendu trois échelons, il la regarda poser d'abord son pied valide sur l'échelle, puis son pied blessé. Elle resta un moment immobile, réfléchissant sans doute à la meilleure façon d'aborder les échelons suivants.

— À ta place, je descendrais sur mon bon pied, suggéra-t-il, et je m'agripperais aux montants pour soulager l'autre.

Elle acquiesça d'un bref hochement de tête et suivit son conseil. Une fois en équilibre sur son bon pied, c'est en expirant entre ses dents qu'elle leva l'autre. George comprit qu'elle avait retenu son souffle.

Il ne recula pas aussitôt, conscient qu'il devait rester le plus près possible d'elle au cas où elle tomberait. Ce qu'il n'excluait pas, car sa cheville paraissait très faible.

— Peut-être que si j'essayais le contraire... hasarda-t-elle d'une voix entrecoupée.

— J'éviterais, si j'étais toi, dit-il d'une voix unie, volontairement humble.

Billie n'appréciait que rarement qu'on lui dise ce qu'elle devait faire. Ce que George était bien placé pour comprendre.

— Mieux vaut que le pied le plus bas ne soit pas le plus faible, continua-t-il. Ta jambe pourrait céder et…

— Bien sûr.

Sa sécheresse ne devait rien à la colère. C'était le ton de quelqu'un qui a concédé un point et n'a aucune envie d'entendre davantage d'arguments.

C'était un ton dont lui-même usait souvent. Enfin, dans la mesure où il daignait concéder des points.

— Tu vas y arriver, assura-t-il. Je sais que c'est douloureux.

— Très douloureux, admit-elle.

Il esquissa un sourire. Sans trop savoir pourquoi, il fut heureux qu'elle ne puisse voir son expression.

— Je ne te laisserai pas tomber.

— Tout va bien, là-haut ? cria Andrew.

— Dis-lui de se taire, gronda Billie.

George ne put retenir un petit rire.

— Mlle Bridgerton te prie de la fermer, lança-t-il à son frère.

Andrew éclata de rire.

— C'est que tout va bien, alors.

— Je ne dirais pas cela, grommela Billie qui, avec un halètement, descendit un échelon supplémentaire.

— Tu es presque à la moitié, déclara George d'un ton encourageant.

— Tu mens, mais je te remercie sincèrement de me manifester ton soutien.

George sourit, en sachant pourquoi cette fois. Si Billie était un fléau la plupart du temps, elle conservait toujours son sens de l'humour.

— Disons que tu es à la moitié de la moitié.

— Quel optimiste tu fais, marmonna-t-elle.

L'échelon suivant fut négocié sans incident, et George s'aperçut que leur conversation distrayait utilement Billie.

— Tu vas y arriver...

— Tu l'as déjà dit.

— Cela vaut la peine de le répéter.

— Je crois que...

Elle siffla, puis retint manifestement son souffle lorsqu'elle chercha du pied le barreau inférieur. Tout son corps frémit avant qu'elle ne recouvre l'équilibre.

— Je crois, articula-t-elle, que je ne t'ai jamais vu te montrer aussi aimable avec moi.

— Je pourrais en dire autant, répliqua-t-il.

Elle était arrivée à la moitié de l'échelle.

— Touché !

— Il n'y a rien de plus revigorant qu'un adversaire digne de ce nom, poursuivit-il, se rappelant toutes les fois où ils s'étaient livrés à des joutes verbales.

Il n'était pas facile d'avoir le dessus dans une conversation avec Billie, aussi était-il toujours ravi lorsqu'il l'emportait.

— Je ne suis pas certaine que ce soit vrai sur le... Ouille !

Elle serra un instant les dents avant de reprendre :

— ... sur le champ de bataille. Dieu que ça fait mal !

— Je sais, dit-il, compatissant.

— Non, tu ne sais pas.

— C'est vrai, concéda-t-il en souriant.

Un bref hochement de tête, et elle descendit un autre degré. Puis, parce qu'elle s'appelait Billie Bridgerton et était par conséquent incapable de laisser de côté un point non résolu, elle reprit :

— Sur le champ de bataille, je pense que je trouverais stimulant un adversaire digne de ce nom.

— Stimulant ? répéta-t-il, ne serait-ce que pour l'encourager à parler.

— Mais pas revigorant.

— L'un mènerait à l'autre, déclara George, quand bien même il n'avait pas d'expérience directe.

Ses seuls combats s'étaient tenus dans des salles d'armes ou sur des rings de boxe, où le risque le plus sérieux était un accroc à sa fierté. Après avoir descendu un échelon pour laisser un peu d'espace à Billie, il jeta un coup d'œil par-dessus son épaule à Andrew, qui paraissait siffloter en attendant.

— Besoin d'aide ? s'enquit ce dernier quand il croisa son regard.

George secoua la tête et reporta son attention sur Billie.

— Tu es presque en bas.

— S'il te plaît, dis-moi que tu ne mens pas cette fois.

— Je ne mens pas.

Et c'était vrai. Négligeant les deux derniers échelons, George sauta à terre et attendit qu'elle fût assez proche pour qu'il puisse la soulever dans ses bras.

— Je te tiens, murmura-t-il un instant plus tard.

Il la sentit s'amollir légèrement. Pour la première fois de sa vie sans doute, elle permettait à quelqu'un de la prendre en charge.

— Bien joué ! lança joyeusement Andrew. Ça va, ma petite Billie ?

Elle hocha la tête. Mais elle avait la mâchoire toujours contractée et, à en juger par les mouvements convulsifs de sa gorge, il était évident qu'elle luttait pour ne pas pleurer.

— Espèce de petite idiote, murmura George.

Il sut alors qu'elle n'allait pas bien car elle ne protesta pas. Pire, même, elle s'excusa, ce qui lui ressemblait si peu que c'en était presque alarmant.

— Rentrons à la maison, décréta George.

— Voyons d'abord cette cheville, suggéra Andrew d'une voix toujours incongrûment joyeuse.

Après lui avoir ôté son bas, il émit un sifflement et déclara d'un ton admiratif :

— Eh bien, Billie, tu ne t'es pas ratée !

— Tais-toi, ordonna George.

Mais son frère se contenta d'un haussement d'épaules.

— Elle n'a pas l'air cassée…

— Elle n'est pas cassée, certifia Billie.

— Il n'empêche, tu en as pour une semaine au bas mot.

— Peut-être pas aussi longtemps, intervint George.

Même s'il était plutôt d'accord avec le diagnostic d'Andrew, il ne voyait pas l'intérêt de débattre de l'état de Billie. Ils ne pouvaient rien dire qu'elle ne sût déjà.

— Nous y allons ?

Fermant les yeux, Billie hocha la tête.

— Il faudrait remettre l'échelle à sa place, murmura-t-elle.

George resserra son étreinte et prit la direction d'Aubrey Hall, où vivaient les parents et les trois jeunes frères et sœur de Billie.

— Nous nous en occuperons demain.

— Merci, dit-elle.

— Pour quoi ?

— Pour tout.

— Cela recouvre beaucoup de choses, commenta-t-il, ironique. Tu es sûre d'avoir envie d'être à ce point redevable ?

— Tu es bien trop gentleman pour me demander des comptes.

George ne put s'empêcher de rire. Elle avait sans doute raison, même s'il ne l'avait jamais traitée comme aucune femme de sa connaissance. Et il n'était pas le seul.

— Tu pourras quand même venir dîner ce soir ? s'enquit Andrew, qui leur avait emboîté le pas.

Billie tourna la tête vers lui d'un air distrait.

— Pardon ?

— Tu n'as quand même pas pu oublier ! s'exclama-t-il en plaquant la main sur son cœur. La famille Rokesby fête le retour du fils prodigue...

— Tu n'es pas le fils prodigue, le coupa George.

— *Un* fils prodigue, rectifia Andrew avec bonne humeur. Je suis resté au loin pendant des mois. Des années, même.

— Pas des années, fit remarquer George.

— Pas des années, acquiesça Andrew. Mais ça a paru long, non ?

Il se pencha vers Billie, suffisamment près pour lui donner un léger coup de coude.

— Je t'ai manqué, hein, ma biquette ? Allez, admets-le.

— Laisse-la respirer, dit George avec irritation.

— Oh, ça ne la dérange pas !

— Laisse-*moi* respirer.

— Là, c'est tout à fait différent, répliqua Andrew en riant.

George, qui commençait à froncer les sourcils, releva brusquement la tête.

— Comment l'as-tu appelée, à l'instant ?

— Il aime bien me comparer à une chèvre, expliqua Billie, du ton indifférent de celle qui a renoncé à se vexer.

George la regarda, puis regarda son frère, avant de secouer la tête. Il n'avait jamais compris leur sens de l'humour. Peut-être parce qu'il n'avait jamais eu l'occasion d'être associé à leurs jeux. Il s'était toujours senti à l'écart des autres enfants, aussi bien Rokesby que

Bridgerton. En raison de son âge – il avait cinq ans de plus qu'Edward, qui venait juste après lui –, mais aussi de son statut. Il était l'aîné, l'héritier. Comme son père ne manquait jamais de le lui rappeler, il avait des responsabilités. Il était hors de question qu'il gambade dans la campagne toute la journée, qu'il grimpe aux arbres et se brise quelques os.

Il y avait à peine un an d'écart entre Edward, Mary et Andrew Rokesby. Billie ayant quasiment le même âge que Mary, tous les quatre avaient formé une petite bande d'inséparables. Comme une lieue à peine séparait les deux maisons, les enfants se retrouvaient le plus souvent à mi-chemin. Soit près du ruisseau qui délimitait les deux domaines, soit dans la cabane que lord Bridgerton avait fait construire, sur les instances de Billie, dans le vieux chêne qui se dressait près de l'étang aux truites. La plupart du temps, George ignorait à quelles polissonneries ils s'étaient livrés, mais ses frères et sa sœur revenaient à la maison sales, affamés et d'humeur joyeuse.

Il n'était pas jaloux. En toute honnêteté, il les trouvait plus agaçants qu'autre chose. Ce dont il avait envie quand il rentrait de l'école, c'était de traîner avec ces gamins débraillés dont le plus âgé n'avait pas dix ans.

Il lui était néanmoins arrivé d'éprouver une certaine nostalgie. Comment aurait-ce été si lui-même avait eu un cercle aussi étroit de camarades de jeux ? Il n'avait pas eu de véritable ami de son âge jusqu'à son départ pour Eton, à douze ans. Il n'y avait tout simplement personne dans son entourage avec qui il aurait pu se lier.

Mais cela n'avait plus guère d'importance maintenant qu'ils étaient tous adultes. Edward était dans l'armée, Andrew dans la marine, et Mary mariée à un ami de George, Felix Maynard. Billie aussi était majeure, mais elle restait Billie. Elle vagabondait toujours sur les terres de son père, montait toujours son cheval trop fougueux comme si elle avait des os d'acier et continuait d'adresser son sourire éclatant aux villageois qui l'adoraient.

Quant à lui… sans doute était-il toujours lui-même. Toujours héritier en titre, toujours soucieux de se préparer à ses responsabilités alors même que son père ne lui en confiait aucune, toujours condamné à ne rien faire pendant que ses frères prenaient les armes pour défendre l'Empire.

En s'adressant à Billie, son frère ramena l'attention de George sur la jeune femme qu'il tenait dans ses bras.

— Nous devrions t'emmener à Crake House, lui dit-il. C'est plus près, et du coup, tu pourrais rester pour le dîner.

— Elle est blessée, lui rappela George.

— Pfff… Depuis quand cela l'arrête-t-il ?

— Et elle n'est pas vêtue convenablement.

George jouait les donneurs de leçons et il le savait. Mais il se sentait inexplicablement irrité et, vu son état, il pouvait difficilement s'en prendre à Billie.

— Je suis sûr qu'elle peut trouver quelque chose à se mettre dans la garde-robe de Mary, rétorqua Andrew. Elle n'a pas tout emporté lorsqu'elle s'est mariée, je suppose ?

— Non, confirma Billie. Elle a même laissé beaucoup de choses, ajouta-t-elle, sa voix assourdie par la poitrine de George.

Il trouva curieuse cette sensation de percevoir le son par l'intermédiaire de son propre corps.

— C'est donc réglé, conclut Andrew. Tu assisteras au dîner et tu resteras pour la nuit.

George ne put s'empêcher de lui décocher un regard agacé.

— Je resterai pour le dîner, acquiesça Billie, qui tourna la tête afin que sa voix ne soit plus étouffée par le torse de George. Mais ensuite, je rentrerai chez moi. Je préfère de beaucoup dormir dans mon propre lit, si cela ne te dérange pas.

George trébucha.

— Ça va ? demanda Andrew.

— Ce n'est rien, marmonna George.

Puis, sans savoir pourquoi, il se sentit obligé d'ajouter :

— C'est juste un de ces moments où l'une de tes jambes devient brusquement faible et fléchit un peu.

Andrew lui jeta un regard empreint de curiosité.

— Juste un de ces moments, hein ?

— Ferme-la, répliqua George, ce qui ne réussit qu'à faire rire Andrew.

— Moi aussi, ça m'arrive, déclara alors Billie en le regardant, un sourire flottant sur les lèvres. Quand on est fatigué et qu'on ne s'en rend pas compte. Et alors, votre jambe vous prend par surprise.

— Exactement.

Elle sourit de nouveau, un sourire complice, et George nota – pas pour la première fois, constata-t-il avec étonnement – qu'elle était plutôt jolie.

Elle avait de beaux yeux d'un brun profond, toujours chaleureux, indépendamment de la colère qui pouvait s'y tapir. Et sa peau était d'une blancheur remarquable pour quelqu'un qui passait autant de temps au grand air, même si quelques taches de rousseur fleurissaient sur son nez et ses joues. George ne se rappelait pas si elle les avait plus jeune. Il n'avait jamais vraiment prêté attention aux éphélides de Billie Bridgerton.

Ni même à Billie Bridgerton. Du moins, il avait essayé. Elle était, et avait toujours été, plutôt difficile à ignorer.

— Qu'est-ce que tu regardes ? s'enquit-elle.

George ne voyait pas de raison de mentir.

— Tes taches de rousseur.

— Pourquoi ?

— Parce qu'elles sont là, répondit-il avec un haussement d'épaules.

Elle se mordit la lèvre, et il crut que la conversation s'arrêterait là. Mais elle lâcha de manière plutôt abrupte :

— Je n'en ai pas tant que cela. Soixante-six, précisa-t-elle lorsqu'il haussa les sourcils.

De surprise, il faillit s'immobiliser.

— Tu les as comptées ?

— Je n'avais rien d'autre à faire. Il faisait un temps affreux et je ne pouvais pas sortir.

George ne s'avisa pas d'évoquer la broderie, l'aquarelle ou toute autre activité d'intérieur auxquelles s'adonnaient les dames de sa connaissance.

— J'en ai probablement un peu plus maintenant, admit Billie. Le printemps a été prodigieusement ensoleillé.

Andrew, qui avait pris de l'avance et que George venait juste de rattraper, se mêla à la conversation.

— De quoi parlons-nous donc ?

— De mes taches de rousseur, répondit Billie.

— Seigneur, ce que tu peux être ennuyeuse !

— Peut-être que je m'ennuie, riposta Billie.

— Ou les deux.

— Ce doit être la compagnie.

— J'ai toujours pensé que George était assommant, avoua Andrew.

— C'est de toi que je parlais, rétorqua Billie alors que George levait les yeux au ciel.

Andrew eut un sourire jusqu'aux oreilles.

— Comment va cette cheville ?

— Elle me fait mal.

— Plus ? Moins ?

Après réflexion, Billie répondit :

— Pareil. Non, moins, je suppose, puisque je ne m'appuie pas dessus. Encore merci, George.

— Je t'en prie.

Malgré lui, il avait répondu d'un ton légèrement brusque. Il n'avait pas vraiment sa place dans leur conversation. Il ne l'avait jamais eue.

Ils parvinrent à un embranchement et George prit à droite, en direction de Crake House. La maison était effectivement plus proche, et avec Andrew et son bras en écharpe, il allait devoir porter Billie jusqu'au bout.

— Je ne suis pas trop lourde ? s'inquiéta-t-elle, l'air ensommeillée.

— Cela n'aurait guère d'importance si tu l'étais.

— Franchement, George, quoi d'étonnant à ce que tu manques de compagnie féminine ? gémit Andrew. C'était une invitation évidente à dire : « Bien sûr que non, tu es aussi légère qu'un pétale de rose. »

— Pas du tout, contra Billie.

— Mais si, insista Andrew. C'est juste que tu n'en étais pas consciente.

— Je ne manque pas de compagnie féminine, protesta George.

— Oh, évidemment que non ! répliqua Andrew, sarcastique. N'as-tu pas Billie dans les bras ?

— J'ai l'impression que tu viens de m'insulter, dit-elle.

— Absolument pas, ma grande. C'est une simple constatation.

— Quand reprends-tu la mer ?

Andrew lui coula un regard espiègle.

— Je te manquerai.

— Je ne crois pas.

Mais tous les trois savaient qu'elle mentait.

— De toute manière, tu auras George, déclara Andrew en se penchant pour repousser une branche basse. Vous faites la paire, tous les deux.

— Tais-toi, lui intima Billie, ce qui était bien plus courtois que ce que George laissa échapper.

Andrew pouffa, et tous trois poursuivirent leur chemin dans un silence amical. On n'entendait plus que le frissonnement des feuilles nouvellement écloses caressées par une brise légère.

— Tu n'es pas trop lourde, déclara soudain George.

Avec un bâillement, Billie remua légèrement entre ses bras pour le regarder.

— Qu'as-tu dit ?

— Que tu n'étais pas trop lourde.

Il haussa les épaules. Il ignorait pourquoi, mais il lui avait semblé important de le dire.

— Oh…

Elle battit des paupières, l'air à la fois perplexe et contente.

— Je te remercie.

Andrew s'esclaffa. Pour quelle raison ? George aurait été bien en peine de le dire.

— Oui, reprit Billie.

— Je te demande pardon ?

— Oui, il se moque de nous, expliqua-t-elle, répondant à la question que George n'avait pas posée.

— C'était bien mon impression.

— Il est bête, ajouta-t-elle avec un soupir.

C'était toutefois un soupir affectueux. Jamais les mots « il est bête » n'avaient été chargés d'autant de tendresse.

— Mais c'est bien de l'avoir à la maison, fit remarquer George.

C'était la vérité. Pendant des années, ses frères l'avaient exaspéré, et Andrew tout particulièrement. Toutefois, maintenant qu'ils vivaient au-delà des confins du Kent et de Londres, ils lui manquaient. Et il les enviait.

— Oui, c'est bien, acquiesça Billie avec un sourire nostalgique. Même si je ne le lui avouerai jamais.

— Oh non, surtout pas !

Leur complicité la fit rire, puis elle bâilla de nouveau.

— Désolée, marmonna-t-elle.

Mais elle pouvait difficilement dissimuler sa bouche derrière sa main alors qu'elle avait les bras noués autour du cou de George.

— Cela ne t'ennuie pas si je ferme les yeux ?

Une émotion étrange, inconnue, naquit dans la poitrine de George. Comme une envie de la protéger.

— Pas de problème, répondit-il.

Elle lui adressa un sourire ensommeillé.

— Je n'ai jamais eu de problème pour m'endormir.

— Jamais ?

Quand elle secoua la tête, ses cheveux, qu'aucune épingle ne parvenait jamais à dompter, chatouillèrent le menton de George.

— Je peux dormir n'importe où, affirma-t-elle.

Elle somnola le reste du chemin, et George ne s'en formalisa pas le moins du monde.

5

Billie était née dix-sept jours après Mary Rokesby. Et, selon leurs parents, elles étaient devenues les meilleures amies du monde à l'instant où elles avaient été placées dans le même berceau, le jour de la visite rituelle du mardi matin de lady Bridgerton à lady Manston.

Pourquoi sa mère avait-elle jugé nécessaire d'emmener son bébé d'à peine deux mois alors qu'il y avait une nourrice parfaitement capable à Aubrey Hall ? Si Billie n'en était pas certaine, elle soupçonnait que sa capacité à se retourner, à l'âge étonnamment précoce de six semaines, y était pour beaucoup.

Lady Bridgerton et lady Manston étaient des amies dévouées et loyales. Billie ne doutait pas que chacune aurait donné sa vie pour l'autre, ou pour l'un des enfants de l'autre. Il n'empêche que leur relation comportait depuis toujours un solide élément de compétition.

Pour Billie, ses prouesses étonnantes dans l'art de se retourner devaient moins, soupçonnait-elle, à son génie personnel qu'à l'extrémité de l'index de sa mère contre son épaule. Mais, comme le soulignait cette dernière, il n'y avait pas de témoins.

En revanche, ce dont les deux mères, ainsi qu'une servante, avaient bel et bien été témoins, c'est que lorsque Billie avait été déposée dans le grand berceau de Mary, elle avait aussitôt saisi la main minuscule de cette dernière. Et lorsque leurs mères avaient essayé de les séparer, toutes deux avaient poussé des cris déchirants.

Sa mère avait raconté à Billie qu'elle avait été tentée de la laisser à Crake House pour la nuit, puisque c'était la seule manière de calmer les deux nourrissons.

Cette première matinée avait auguré des années à venir. Billie et Mary, quoique différentes, étaient devenues inséparables.

Alors que Billie était intrépide, Mary était prudente. Pas timorée, juste prudente. Elle regardait toujours avant de sauter. Billie regardait, elle aussi, mais elle avait tendance à être bien plus distraite.

Après quoi elle sautait haut et loin, et l'emportait le plus souvent sur Edward et sur Andrew. Ceux-ci avaient été plus ou moins obligés de l'accepter comme amie lorsqu'ils s'étaient aperçus que : *primo*, Billie les suivrait jusqu'au bout de la terre ; sauf que, *secundo*, elle y parviendrait probablement avant eux. Et avec Mary sur ses talons – une fois que celle-ci aurait évalué avec soin les dangers potentiels.

C'est ainsi qu'ils avaient formé un quatuor composé de trois têtes brûlées et d'une tête pensante.

Car il leur arrivait d'écouter Mary. Sans doute était-ce la seule raison pour laquelle tous avaient atteint l'âge adulte sans être définitivement estropiés.

Toutes les bonnes choses ayant, hélas, une fin, Edward et Andrew avaient quitté la maison quelques années plus tard. Puis Mary était tombée amoureuse, s'était mariée et était partie, elle aussi. Si Billie et elle s'écrivaient régulièrement, toutefois ce n'était pas la même chose.

Néanmoins, Billie considérait toujours Mary comme sa meilleure amie. En conséquence, lorsqu'elle se retrouva à Crake House en pantalons, chemise et veste plutôt poussiéreux, elle n'eut aucun scrupule à fouiller dans la garde-robe de Mary, afin d'y dénicher une tenue adaptée à un dîner en famille.

La plupart des robes étaient un rien démodées, mais peu lui importait. Pour dire la vérité, elle ne l'aurait même pas remarqué si la femme de chambre qui l'aidait à s'habiller ne lui avait présenté des excuses.

De toute façon, les toilettes de Mary étaient plus élégantes que tout ce qu'elle-même possédait dans sa propre garde-robe.

Le problème, selon Billie, se situait plutôt du côté de la longueur de la jupe. Mary était plus grande qu'elle, ce qui avait toujours agacé Billie et amusé son amie. Il lui avait toujours semblé qu'elle aurait dû être la plus grande des deux.

Cela dit, comme elle ne pouvait pas marcher, l'excès de tissu ne revêtait pas une importance cruciale.

Les robes de Mary étaient également trop larges au niveau de la poitrine, et Billie se contenta de glisser deux mouchoirs dans le corsage. Et s'estima heureuse d'avoir mis la main sur une robe relativement simple, d'un vert sombre qui mettait son teint en valeur, trouvait-elle.

La femme de chambre piquait les dernières épingles dans sa chevelure lorsqu'on frappa à la porte de l'ancienne chambre de Mary dans laquelle elles s'étaient installées.

— George ! s'exclama-t-elle, surprise, lorsque la haute silhouette s'encadra sur le seuil.

Il portait une élégante redingote bleu nuit, qui aurait certainement été assortie à ses yeux s'il avait fait grand jour. Les boutons dorés, qui étincelaient à la lueur des bougies, ajoutaient à son allure royale.

Il s'inclina, discrètement cérémonieux.

— Milady, je suis venu vous aider à descendre au salon.

— Ah…

Pourquoi était-elle étonnée ? Andrew pouvait difficilement lui rendre ce service, et son propre père, qui devait être arrivé, n'avait plus autant de forces qu'autrefois.

— Si tu préfères, poursuivit George, nous pouvons appeler un valet de pied.

— Non, bien sûr que non.

Ç'aurait été trop embarrassant. Au moins, elle connaissait George. Et puis, il l'avait déjà portée.

Il entra dans la chambre et s'approcha de la coiffeuse, les mains nouées dans le dos.

— Comment va ta cheville ?

— Encore assez douloureuse, admit-elle. Mais je l'ai bandée avec un large ruban, et ça semble me soulager.

— Un ruban ? répéta-t-il, une lueur amusée dans ses prunelles.

Sous le regard atterré de la servante, Billie releva sa longue jupe, dévoilant sa cheville entourée d'un pimpant ruban rose.

— Très élégant, commenta George.

— Je ne voyais pas l'utilité de réduire un drap en charpie alors que ce ruban faisait très bien l'affaire.

— L'esprit toujours pratique.

— J'aime à le penser, répliqua Billie d'un ton léger.

Puis elle fronça les sourcils. Qui sait, ce n'était peut-être pas un compliment ?

— Eh bien, dit-elle en chassant un grain de poussière invisible sur son bras, il s'agit de tes draps, de toute manière. Tu devrais me remercier.

— Ce que je fais. Oui, ajouta-t-il lorsqu'elle étrécit les yeux, je me moque de toi. Mais juste un peu.

Billie releva le menton.

— À partir du moment où ce n'est qu'un peu.

— Je n'oserais pas aller plus loin, répliqua-t-il, avant de se pencher vers elle. En tout cas, pas en ta présence.

Billie jeta un regard à la femme de chambre. Celle-ci paraissait scandalisée par cet échange.

— Plus sérieusement, Billie, reprit George, tu es certaine de te sentir assez bien pour descendre dîner ?

Billie accrochait une des boucles d'oreilles empruntées, elles aussi, à Mary.

— Il faut bien que je mange. Autant le faire en bonne compagnie.

George sourit.

— Voilà trop longtemps que nous n'avons pas réuni tout le monde – du moins, tous ceux qui seront là ce soir.

Billie hocha la tête, soudain nostalgique. Lorsqu'elle était enfant, les Rokesby et les Bridgerton dînaient ensemble plusieurs fois par mois. Avec neuf enfants au total, les dîners, les déjeuners et autres occasions festives qui les réunissaient ne pouvaient être que bruyants et tumultueux.

Puis les garçons étaient partis l'un après l'autre pour Eton. D'abord George, suivi d'Edward et d'Andrew. À présent, les deux jeunes frères de Billie, Edmund et Hugo, y étaient pensionnaires, ainsi que Nicholas, le plus jeune Rokesby. Mary vivait dans le Sussex avec son mari, et il ne restait plus sur place que Billie et sa sœur Georgiana. Laquelle, bien que tout à fait charmante, ne pouvait être, à quatorze ans, la compagne idéale d'une femme de vingt-trois.

Et il restait George, bien sûr. Mais le gentleman célibataire et convoité qu'il était partageait son temps entre le Kent et Londres.

— Un shilling pour tes pensées, dit-il.

Billie secoua la tête.

— Elles ne valent même pas un penny, je le crains. Ce ne sont que des larmoiements.

— Des larmoiements ? Toi ? Il faut que j'en sache davantage.

— Nous sommes si peu, maintenant, expliqua-t-elle après une hésitation. Alors que nous étions tellement nombreux.

— Nous le sommes toujours, fit-il remarquer.

— Je sais, mais nous nous retrouvons si rarement. Cela me rend triste.

Elle n'en revenait pas de se montrer aussi franche avec George. Cela dit, la journée avait été si bizarre, si éprouvante, peut-être était-elle un peu moins sur ses gardes.

— Nous nous retrouverons de nouveau tous ensemble, déclara-t-il hardiment. J'en suis certain.

— T'a-t-on confié pour mission de me remonter le moral ? s'enquit Billie en arquant un sourcil.

— Ta mère m'a offert trois livres.

— Quoi ?

— Je plaisante.

Elle le foudroya du regard, quoique sans conviction.

— Allez, viens, je te porte jusqu'au rez-de-chaussée.

Joignant le geste à la parole, il s'inclina pour la soulever dans ses bras. Mais alors qu'il esquissait un geste vers la droite, Billie se pencha à gauche, et leurs têtes se heurtèrent.

— Aïe ! Désolé, murmura-t-il.

— Non, c'est ma faute.

— Attends, je vais...

Il glissa un bras derrière son dos et l'autre sous ses jambes, d'une manière presque maladroite et embarrassée, ce qui était d'autant plus curieux qu'il l'avait portée sur plus d'un quart de lieue quelques heures plus tôt.

Il la souleva et la femme de chambre, qui se tenait à côté de la coiffeuse, s'écarta précipitamment quand les jambes de Billie décrivirent un large arc de cercle.

— Si tu voulais bien me serrer un peu moins le cou ? demanda George.

— Oh, excuse-moi ! C'est pourtant comme cet après-midi.

Elle desserra un peu son étreinte tandis qu'il se dirigeait vers le couloir.

— Non, pas vraiment.

Il n'avait peut-être pas tort. Elle s'était sentie tellement à l'aise lorsqu'il l'avait portée dans la forêt. Bien plus qu'elle n'en avait le droit dans les bras d'un homme qui n'était pas un membre de sa famille. Alors que ce soir, elle ressentait la situation comme épouvantablement gênante. Elle avait une conscience aiguë de la proximité de George, de la chaleur qui émanait de son corps. Le col de sa redingote était pourtant haut, mais elle fut troublée lorsqu'une boucle de ses cheveux lui frôla la main.

— Quelque chose ne va pas ? s'enquit-il comme il atteignait l'escalier.

— Non, répondit-elle, avant de s'éclaircir la voix. Pourquoi cette question ?

— Tu ne cesses de t'agiter depuis que nous sommes sortis de la chambre.

— Ma cheville me fait mal, c'est tout.

Dieu merci, elle n'était pas restée en peine d'explication. Dommage que celle-ci fût tout sauf pertinente.

George s'arrêta en haut de l'escalier et la fixa d'un regard soucieux.

— Tu es sûre de vouloir assister au dîner ?

— Certaine. Pour l'amour du Ciel, je suis là ! Je ne vais pas rester en quarantaine dans la chambre de Mary, ce serait ridicule.

— Ce ne serait pas vraiment une quarantaine.

— Pour moi, ce serait du pareil au même, maugréa-t-elle.

— Tu n'aimes pas rester seule ? demanda-t-il après l'avoir dévisagée avec une curieuse expression.

— Pas quand les autres s'amusent sans moi, rétorqua-t-elle.

Il demeura un moment silencieux, la tête inclinée de côté, la mine songeuse.

— Et le reste du temps ?

— Je te demande pardon ?

— Lorsque le monde ne se réunit pas sans toi, précisa-t-il d'un ton vaguement condescendant. Cela t'ennuie d'être seule ?

Déconcertée, Billie le regarda en silence. Qu'est-ce qui diable l'incitait à l'interroger ainsi ?

— Ce n'est pas une question difficile, reprit-il avec, dans la voix, une pointe de provocation.

— Non, finit-elle par répondre, cela ne m'ennuie pas d'être seule.

Elle pinça les lèvres, vaguement irritée. Et irritable, aussi. Il faut dire qu'il lui posait des questions qu'elle-même ne s'était jamais posées. Soudain, sans même avoir eu l'intention de parler, elle s'entendit dire :

— Je n'aime pas...

— Quoi ?

Elle secoua la tête, renonçant à poursuivre.

— Tu n'aimes pas quoi ? insista-t-il.

— Je n'aime pas être enfermée, admit-elle après avoir soupiré. Je peux passer toute une journée sans la moindre compagnie si je suis dehors. Ou, à la rigueur, dans le grand salon, où les fenêtres sont hautes et laissent entrer beaucoup de lumière.

Il hocha lentement la tête, comme pour acquiescer.

— Tu ressens la même chose, toi aussi ? hasarda-t-elle.

— Pas du tout.

Au temps pour elle ! Apparemment, mieux valait qu'elle s'abstienne d'interpréter les gestes de George.

— Je me plais assez en ma propre compagnie, continua-t-il.

— Ça, j'en suis certaine.

— Je croyais que ce soir, nous évitions de nous insulter, dit-il avec un demi-sourire.

— Ah bon ?

— Figure-toi que je suis en train de te porter dans un escalier. Tu serais bien inspirée de t'adresser aimablement à moi.

— Je me le tiens pour dit.

Ils étaient arrivés sur le palier intermédiaire. Alors que Billie pensait que la conversation était terminée, il reprit :

— L'autre jour, il a plu toute la journée, sans discontinuer…

Billie savait de quel jour il parlait. Ç'avait été abominable. Elle avait eu l'intention de sortir sur sa jument, Argo, afin d'aller inspecter les clôtures à l'extrémité sud du domaine Et peut-être de s'arrêter à l'endroit où poussaient des fraises des bois. Il était un peu tôt pour les fruits, mais elle était curieuse d'estimer sa future récolte.

— Je suis resté à l'intérieur, bien sûr, poursuivit George. Je n'avais pas de raison de sortir.

Même si elle ne comprenait pas très bien où il voulait en venir, Billie jugea plus aimable de lui donner la réplique.

— À quoi t'es-tu occupé ?

— J'ai lu, répondit-il, l'air satisfait. Je suis resté assis dans mon bureau et j'ai lu un livre entier, du début à la fin. Je n'avais pas passé une journée aussi agréable depuis longtemps.

— Tu devrais sortir davantage, fit-elle remarquer, pince-sans-rire.

Il l'ignora.

— Ce que je veux dire, c'est que j'ai passé la journée « enfermé » et que c'était délicieux.

— Ma foi, ça prouve simplement que j'ai raison.

— Parce que nous cherchons à prouver quelque chose ?

— Nous cherchons toujours à prouver quelque chose, George.

— Et nous comptons les points ? murmura-t-il.

Toujours. Billie se garda cependant de le dire à voix haute. Ç'aurait semblé puéril et mesquin. Pire, on aurait pu croire qu'elle s'efforçait d'être une autre. Ou plutôt, qu'elle était cette autre, mais que la société refuserait toujours de le reconnaître. Il était lord Kennard, elle était Sybilla Bridgerton et quand bien même elle aurait avec joie confronté sa force d'âme à la sienne, elle ne se faisait pas d'illusions. Elle savait comment marchait le monde. Ici, dans son petit coin du Kent, elle régnait sur son domaine ; en revanche, lors de n'importe quelle confrontation se produisant hors du cercle familier de Crake House et d'Aubrey Hall... George Rokesby gagnerait. Toujours. Et dans le cas contraire, il donnerait quand même l'impression d'avoir gagné.

Et contre cela, il n'y avait rien à faire.

— Je te trouve inhabituellement sérieuse, tout à coup, fit-il remarquer comme il posait le pied sur le parquet ciré du hall.

— Je pensais à toi, avoua-t-elle.

— Un défi, ou je ne m'y connais pas.

Ils arrivaient devant la porte ouverte du salon et il approcha la bouche de l'oreille de Billie.

— Et que je ne relèverai pas.

Elle s'apprêtait à répliquer mais, sans lui en laisser le temps, George franchit le seuil du salon.

— Bonsoir à tous, lança-t-il.

Si Billie avait eu le moindre espoir de faire une entrée discrète, elle dut y renoncer. Ils étaient les derniers. Sa mère était assise à côté de lady Manston sur le grand sofa, Georgiana, perchée sur une chaise voisine, avait l'air de s'ennuyer ferme ; quant aux hommes, ils s'étaient rassemblés près de la fenêtre. Lord Bridgerton et lord Manston discutaient avec Andrew, qui prenait avec un plaisir manifeste un verre de cognac de la main de son père.

— Billie ! s'exclama sa mère, qui se leva quasiment d'un bond. Dans ton message, tu parlais d'une simple entorse.

— C'est bien une entorse, confirma Billie. Il n'y paraîtra plus à la fin de la semaine.

George émit un ricanement narquois qu'elle choisit d'ignorer.

— Ce n'est rien, maman, assura-t-elle. J'ai connu pire.

Cette fois, ce fut Andrew qui émit un ricanement narquois, qu'elle ignora également.

— Avec une canne, elle aurait pu descendre seule, expliqua George en la déposant sur le sofa, mais il lui aurait fallu trois fois plus de temps. Ni elle ni moi n'avons assez de patience pour cela.

Quand son père s'esclaffa de bon cœur, Billie lui adressa un regard noir. Ce qui ne fit qu'accroître son hilarité.

— Est-ce l'une des robes de Mary ? s'enquit lady Bridgerton.

— Oui, je portais des pantalons.

Sa mère soupira, mais s'abstint de tout commentaire. Entre elles, c'était une bataille permanente, et une trêve n'avait été conclue que par la promesse de Billie de se vêtir convenablement pour dîner, quand ils recevaient des visites, ou pour se rendre à l'église. En vérité, la liste était longue des événements qui l'obligeaient à s'habiller. Mais sa mère avait accepté qu'elle porte des pantalons lorsqu'elle s'occupait des affaires du domaine.

Pour Billie, ce n'était pas une mince victoire. Comme elle l'avait expliqué maintes fois, elle demandait simplement la permission de s'habiller de manière sensée lorsqu'elle vaquait à ses occupations. Les métayers la considéraient certainement comme excentrique, voire pire, mais elle savait qu'elle était aimée et respectée.

Leur affection lui avait été acquise naturellement. À en croire sa mère, Billie était venue au monde avec le sourire, et même enfant, elle était la préférée des gens du domaine.

Le respect, en revanche, elle avait dû le conquérir, et il lui tenait d'autant plus à cœur.

Billie savait que son frère Edmund hériterait un jour d'Aubrey Hall et de ses terres. De huit ans son cadet, c'était toutefois encore un enfant qui passait la plupart de son temps au collège. Leur père ne rajeunissant pas, il avait fallu que quelqu'un apprenne à gérer le vaste domaine familial. En outre, comme tout le monde l'admettait, Billie s'était révélée douée pour cette tâche.

Elle était restée fille unique pendant longtemps. Deux enfants nés après elle étaient morts en bas âge. Durant ces années de prière, d'espoir et d'attente d'un héritier, Billie était devenue une espèce de mascotte pour les locataires des fermes – le symbole vivant et souriant de l'avenir d'Aubrey Hall.

Contrairement à la plupart des filles de bonne famille, Billie avait toujours accompagné ses parents lorsqu'ils s'acquittaient de leurs devoirs. Lorsque sa mère apportait des paniers de victuailles à ceux qui étaient dans le besoin, elle était à son côté et distribuait des pommes aux enfants. Quand son père allait dans les champs, on la trouvait le plus souvent à ses pieds, en train de déterrer des vers de terre tout en expliquant pourquoi, selon elle, il valait mieux semer du seigle plutôt que de l'orge dans cette parcelle peu ensoleillée.

On avait d'abord considéré avec amusement cette gamine de cinq ans pleine d'énergie, qui insistait pour peser le grain au moment de la collecte des loyers. Puis, peu à peu, sa présence était passée de constante à indispensable. À présent, on attendait d'elle qu'elle règle tous les problèmes du domaine. Si le toit d'un cottage fuyait, c'était elle qui s'assurait de la réparation. Si une récolte se révélait moins importante que prévu, elle s'efforçait d'en découvrir la raison.

De fait, elle tenait lieu de fils aîné à son père.

Si les autres jeunes femmes s'intéressaient à la poésie ou aux tragédies de Shakespeare, Billie lisait des manuels d'agriculture. Et elle adorait cela.

Il lui était difficile d'imaginer une vie qui lui aurait davantage convenu. Mais il fallait bien le dire, elle était plus facile à mener sans corset.

Même si cela provoquait le désespoir de sa mère.

— Il fallait que j'aille vérifier le système d'irrigation, expliqua Billie. Ça n'aurait pas été simple en robe.

— Je n'ai rien dit, se défendit lady Bridgerton.

— Sans parler de grimper dans cet arbre, intervint Andrew.

— Parce qu'elle est montée dans un arbre ? s'écria la mère de Billie.

— Pour voler au secours d'un chat, confirma Andrew.

— On peut supposer que si elle avait porté une robe, elle n'aurait pas tenté de monter dans l'arbre, observa George.

— Qu'est-il arrivé au chat ? voulut savoir Georgiana.

Billie se tourna vers sa sœur, dont elle avait presque oublié la présence.

— Je ne sais pas.

Georgiana se pencha vers elle, une lueur d'impatience dans ses yeux bleus.

— Eh bien, tu l'as sauvé ?

— Le cas échéant, c'est entièrement contre mon gré.

— Ce félin s'est révélé d'une rare ingratitude, déclara George.

S'esclaffant, le père de Billie lui asséna une claque virile dans le dos.

— George, mon garçon, nous devons t'offrir à boire. Tu l'as mérité, après toutes tes épreuves.

Billie en resta un instant bouche bée.

— *Ses* épreuves ? répéta-t-elle, ce qui lui valut un sourire suffisant de George, adressé à elle seule.

— La robe de Mary te va très bien, déclara lady Bridgerton, désireuse de ramener la conversation à des sujets plus convenables.

— Merci, répliqua Billie. J'aime assez ce vert.

Tout en parlant, elle fit courir ses doigts sur la dentelle qui soulignait le décolleté arrondi de manière très seyante.

— J'aime les jolies robes, se défendit-elle comme sa mère la fixait d'un air ébahi. C'est juste que je n'aime pas en porter lorsque ce n'est pas pratique.

— Et le chat ? insista Georgiana.

Billie lui coula un regard agacé.

— Je te l'ai dit, je ne sais pas ce qu'il est devenu. Et pour être honnête, c'était une horrible petite créature.

— Je confirme, déclara George en levant son verre.

— Je n'arrive pas à croire que vous portiez un toast à la mort d'un chat !

— Pas moi, répliqua Billie, qui jeta un coup d'œil à la ronde pour voir si quelqu'un allait lui offrir un verre. Mais j'aimerais bien.

— Le chat va sûrement comme un charme, ma chérie, murmura lady Bridgerton, avec un sourire rassurant à l'adresse de sa benjamine. Ne t'inquiète pas.

Billie reporta les yeux sur Georgiana. Si leur mère avait usé de ce ton avec elle, elle serait devenue folle. Mais Georgiana avait été une enfant maladive, et lady Bridgerton n'avait jamais réussi à la traiter autrement qu'avec une attention pleine de sollicitude.

— Je suis certaine que le chat a surmonté cette épreuve, enchaîna Billie. C'était un matou bagarreur. Il avait l'étoffe d'un survivant, ça se voyait dans son regard.

Andrew se pencha par-dessus l'épaule de Georgiana.

— Lui, il retombe toujours sur ses pattes.

— Oh, arrête ! protesta Georgiana en le repoussant.

Mais il était évident qu'elle ne lui en voulait pas. Personne n'était jamais fâché contre Andrew. Ou, en tout cas, jamais longtemps.

— Avez-vous des nouvelles d'Edward ? demanda Billie à lady Manston.

Les yeux de celle-ci s'assombrirent et elle secoua la tête.

— Pas depuis le mois dernier.

— Je suis sûre qu'il va bien, déclara Billie. C'est un militaire de talent.

— Je ne sais pas si être un militaire de talent est utile quand quelqu'un braque un fusil sur votre poitrine, observa George sombrement.

Billie le foudroya du regard avant de revenir à lady Manston.

— Ne l'écoutez pas. Il n'a jamais été militaire.

Lady Manston lui sourit en affichant un mélange de tristesse, de douceur et d'affection.

— Je crois qu'il aurait aimé l'être, murmura-t-elle en scrutant son aîné. N'est-ce pas, George ?

6

George s'efforça d'afficher un masque impassible. Sa mère ne pensait pas à mal, au contraire. Mais c'était une femme, et en tant que telle, elle ne comprendrait jamais ce que cela signifiait de se battre pour son roi et pour son pays. Ni ce que signifiait de ne *pas* se battre.

— Peu importe ce que je voulais, dit-il d'un ton bourru.

Il avala une grande gorgée de cognac, puis une deuxième, avant d'ajouter :

— On avait besoin de moi ici.

— Ce dont je suis reconnaissante, déclara sa mère.

Elle se tourna vers les autres femmes avec un sourire vaillant, mais ses yeux brillaient de manière suspecte.

— Je n'ai pas envie que tous mes garçons partent à la guerre. Si Dieu le veut, cette absurdité sera terminée avant que Nicholas ne soit en âge de s'engager.

La voix de lady Manston avait été juste un peu trop forte, son ton juste un peu trop aigu. C'était l'un de ces moments embarrassants auxquels personne ne savait comment mettre fin. Ce fut George qui rompit le silence qui avait suivi :

— Les hommes seront toujours dépourvus de bon sens.

La tension se relâcha un peu. Il ne fut pas surpris lorsque Billie se tourna vers lui, le menton haut.

— Nous, les femmes, nous nous débrouillerions beaucoup mieux si nous étions autorisées à gouverner.

Déterminé à ne pas répondre à la provocation, George se contenta d'un sourire neutre.

Le père de Billie, en revanche, mordit proprement à l'hameçon.

— J'en suis certain, dit-il d'un ton suffisamment apaisant pour que chacun comprenne qu'il n'en pensait pas un mot.

— Je vous assure, insista Billie. Il y aurait assurément moins de guerres.

— Sur ce point, je ne peux qu'être d'accord avec Billie, déclara Andrew en levant son verre dans sa direction.

— C'est discutable, intervint lord Manston. Si Dieu avait voulu que les femmes gouvernent et combattent, il les aurait faites suffisamment fortes pour qu'elles puissent manier l'épée et le mousquet.

— Je sais tirer, lâcha Billie.

Lord Manston l'observa comme il l'aurait fait d'une curiosité scientifique.

— Oui, cela ne m'étonnerait pas.

— Billie a abattu un cerf l'hiver dernier, confirma lord Bridgerton, dont le haussement d'épaules signifiait qu'il n'y avait rien là que d'ordinaire.

Andrew lui adressa un regard admiratif.

— C'est vrai ? Félicitations !

— Ce fut un grand moment, admit Billie avec un sourire.

— Je n'arrive pas à croire que vous lui ayez permis d'aller à la chasse, dit lord Manston à lord Bridgerton.

— Vous pensez vraiment que je pouvais l'arrêter ?

— Personne ne peut arrêter Billie, marmonna George qui, tournant les talons, traversa la pièce pour aller remplir son verre.

De nouveau, il y eut un silence embarrassé. Cette fois, George décida qu'il s'en moquait.

— Et alors, comment va Nicholas ? finit par s'enquérir lady Bridgerton.

George retint un sourire. Elle avait toujours possédé l'art et la manière de détourner une conversation des sujets délicats. Son sourire était perceptible dans sa voix lorsqu'elle ajouta :

— Il se conduit mieux qu'Edmund et Hugo, j'en suis certaine.

— Je suis sûre du contraire, répliqua lady Manston en riant.

— Nicholas ne ferait pas... commença Georgiana.

Mais la voix de Billie couvrit celle de la jeune fille.

— Il est difficile d'imaginer quelqu'un mis à pied plus souvent qu'Andrew.

Ce dernier leva la main.

— Je détiens le record.

— Parmi les Rokesby ? demanda Georgiana, les yeux ronds.

— Le record absolu.

— Ce n'est pas vrai ! s'esclaffa Billie.

— Je t'assure que si. Si je ne me suis pas attardé là-bas, il y a une raison, figure-toi. Je suis persuadé que si j'essayais d'y retourner en visite, on ne me laisserait pas franchir les grilles.

Un valet de pied venait d'apporter à Billie le verre de vin qu'elle semblait attendre avec impatience. Elle le leva vers Andrew d'un air sceptique.

— Cela prouverait simplement que le directeur possède un bon sens digne d'applaudissements.

— Andrew, cesse tes exagérations, lui dit sa mère en haussant les yeux au ciel. Il a été effectivement mis à pied plus d'une fois, expliqua-t-elle à lady Bridgerton, mais je vous assure qu'il n'a jamais été renvoyé.

— Ce n'est pas faute d'avoir essayé, insinua Billie, sarcastique.

Exhalant un soupir, George se tourna vers la fenêtre et contempla les ténèbres. Peut-être était-il un insupportable donneur de leçons, lui qui n'avait jamais été mis à pied à Eton ou à Cambridge, mais il ne se sentait vraiment pas d'humeur à écouter le badinage d'Andrew et de Billie.

C'était toujours la même chose. Billie se montrait délicieusement taquine, Andrew jouait les vauriens, puis Billie lui adressait une pique, Andrew éclatait de rire et tout le monde renchérissait.

Il en avait plus qu'assez.

Dans la vitre, il distingua le reflet de Georgiana qui, assise sur la chaise la plus inconfortable de la maison – du moins selon lui –, arborait un air morose. Personne n'avait donc remarqué qu'on la laissait en dehors de la conversation ? L'esprit et la vivacité d'Andrew et de Billie illuminaient le salon tel un feu d'artifice, et la pauvre Georgiana ne parvenait pas à placer un mot. Elle ne semblait pas du reste vouloir s'y essayer, mais, à quatorze ans, elle n'avait aucun espoir de rivaliser avec eux.

Il pivota, traversa la pièce et s'approcha d'elle.

— J'ai vu le chat, lui chuchota-t-il à l'oreille. Il s'est enfui dans les bois.

C'était un mensonge, bien sûr. Il n'avait aucune idée de ce qu'était devenu le chat. S'il y avait une justice en ce bas monde, l'animal diabolique s'était peut-être volatilisé dans un nuage de soufre.

Georgiana sursauta, puis elle se tourna vers lui avec un grand sourire, qui ressemblait étonnamment à celui de sa sœur.

— C'est vrai ? Merci, c'est gentil de me rassurer.

George se redressa et jeta un coup d'œil en direction de Billie. Elle l'observait avec attention, lui reprochant silencieusement son mensonge. En réponse, il remonta un sourcil insolent, la mettant au défi de le dénoncer.

Elle s'en abstint. Après avoir esquissé un haussement d'épaules, elle se tourna de nouveau vers Andrew, tout en charme et pétillement. George reporta son attention sur Georgiana, qui était à l'évidence bien plus fine qu'il ne l'imaginait – en effet, elle observait la scène avec une curiosité pensive, son regard allant de l'un à l'autre comme si elle suivait un jeu de balle.

Tant mieux pour elle. Mieux valait qu'elle ait une cervelle car, avec sa famille, elle en aurait besoin.

Il but une autre gorgée de cognac et se perdit dans ses pensées. Ce soir, il était agité – ce qui ne lui ressemblait pas. Il était là, entouré des gens qu'il avait connus et aimés toute sa vie, et tout ce qu'il voulait…

De nouveau, il fixa la nuit au-delà de la fenêtre, cherchant une réponse. Tout ce qu'il voulait, c'était…

C'était là le problème : il ne savait pas ce qu'il voulait – juste qu'il lui manquait quelque chose.

Sa vie, se rendit-il compte, avait descendu un nouveau degré dans la banalité.

— George ? George ?

Il cilla et se retourna.

— Lady Frederica Fortescue-Endicott s'est fiancée au comte de Northwick, lui dit sa mère. Tu étais au courant ?

Ah. C'était donc là le sujet de conversation de la soirée. Il termina son verre avant de répondre :

— Non.

— La fille aînée du duc de Westborough, expliqua sa mère à lady Bridgerton. Une jeune femme absolument charmante.

— Oui, en effet, une fille délicieuse. Brune, n'est-ce pas ?

— Avec de magnifiques yeux bleus. Et qui chante comme un rossignol.

George étouffa un soupir. Son père lui frappa alors dans le dos et en vint directement au point crucial.

— Le duc l'a coquettement dotée. Vingt mille livres *et* une propriété.

— Vu que j'ai raté ma chance, commenta George avec un sourire impassible, il n'est peut-être pas nécessaire de dresser la liste de tous ses avantages.

— Certes, admit sa mère. Il est trop tard pour cela. Mais si tu m'avais écoutée, au printemps dernier…

Dieu merci, le gong annonçant le dîner retentit. Sa mère dut comprendre l'inutilité de poursuivre sur ce sujet, car elle enchaîna sur le menu de la soirée et l'apparente pénurie de poisson correct au marché.

George retourna près de Billie.

— Prête ? murmura-t-il en tendant les bras.

Son exclamation le déconcerta. Pourquoi était-elle surprise ? Rien n'avait changé au cours du dernier quart d'heure. Qui d'autre que lui pouvait la porter dans la salle à manger ?

— Comme c'est galant de ta part, George, commenta sa mère, qui traversait la pièce au bras de son père.

Il ne put réprimer un sourire ironique.

— J'avoue que c'est une sensation enivrante d'avoir Billie Bridgerton à ma merci.

— Profites-en, mon garçon, conseilla lord Bridgerton en riant. Elle n'aime pas perdre, celle-ci.

— N'est-ce pas le cas de tout le monde ? répliqua Billie.

— Si, bien sûr, reconnut son père. La question, c'est surtout la grâce avec laquelle on s'incline.

— Je suis parfaitement graci…

— Es-tu certaine de vouloir terminer cette phrase ? la coupa George en la soulevant dans ses bras.

Parce que personne ne l'ignorait : Billie Bridgerton était rarement « gracieuse » dans la défaite.

Comme elle n'insistait pas, il ajouta :

— Deux points pour ton honnêteté.

— Que faut-il faire pour en avoir trois ? riposta-t-elle.

Alors qu'il éclatait de rire, Billie, fondamentalement incapable de laisser une conversation en suspens, se tourna vers son père.

— De toute manière, je n'ai rien perdu.

— Tu as perdu le chat, lança Georgiana d'un ton accusateur.

— Et ta dignité, renchérit Andrew.

— Voilà qui mérite trois points, déclara George.

— Je me suis foulé la cheville !

— Nous le savons, ma chérie, dit lady Bridgerton en lui tapotant le bras. Tu te sentiras mieux bientôt. Tu l'as dit toi-même.

— Quatre p… commença George, mais Billie lui adressa un regard assassin.

— Je te conseille de t'abstenir, siffla-t-elle.

— Tu rends pourtant la chose si facile.

— On se moque de Billie ? s'enquit Andrew en les rejoignant dans le hall. Parce que si c'est le cas, sachez que je suis blessé que vous ne m'ayez pas attendu.

— Andrew ! gronda Billie.

— Blessé. Je suis blessé, vous dis-je, continua-t-il, la main sur le cœur.

— Peut-on éviter de se moquer de moi ? demanda Billie d'un ton exaspéré. Juste pour une soirée ?

— Sans doute, répondit Andrew, mais George est loin d'être aussi amusant.

Au moment où il ouvrait la bouche pour répliquer, George surprit l'expression de Billie. Elle était fatiguée et elle souffrait. Ce qu'Andrew avait pris pour une badinerie était, en vérité, une demande de trêve.

Il approcha ses lèvres de son oreille et chuchota :

— Tu es sûre de vouloir assister au dîner ?

— Évidemment ! répliqua-t-elle, manifestement contrariée par sa question. Tout va bien.

— Mais toi, tu te sens bien ?

Elle pinça les lèvres. Puis celles-ci se mirent à trembler.

George ralentit le pas afin qu'Andrew les dépasse.

— Il n'y a pas de honte à avoir besoin de se reposer, Billie.

Lorsqu'elle leva les yeux vers lui, elle semblait presque implorante.

— J'ai faim.

— Je peux demander qu'on place un petit tabouret sous la table pour que tu puisses y poser la jambe.

De surprise, elle battit des paupières et, l'espace d'un instant, il crut l'entendre retenir son souffle.

— Ce serait un grand soulagement, admit-elle. Merci.

— Considère que c'est fait. Au passage, ajouta-t-il après une pause, cette robe te va très bien.

— Quoi ?

George ignorait pourquoi il avait dit cela. À en juger par la mine interdite de Billie, elle aussi.

Il haussa les épaules. Si seulement il avait eu une main libre pour ajuster sa cravate. Elle lui paraissait inexplicablement serrée.

N'était-il pas normal qu'il la complimente sur sa toilette ? N'était-ce pas ce que faisaient les gentlemen ? En outre, Billie semblait avoir besoin d'être un peu réconfortée. Et il est vrai que sa robe était particulièrement seyante.

— C'est une jolie couleur, improvisa-t-il. Elle… euh… elle met tes yeux en valeur.

— J'ai des yeux bruns.

— Il n'empêche qu'elle les met en valeur.

— Bonté divine, George ! s'exclama-t-elle, l'air vaguement alarmée. As-tu déjà adressé un compliment à une femme ?

— Et toi, en as-tu déjà *reçu* un ?

Il s'aperçut, trop tard, que cette repartie pouvait être très mal prise. Il balbutia alors quelques mots qui se voulaient des excuses, mais Billie était déjà secouée d'un grand rire.

— Oh, je suis désolée ! hoqueta-t-elle en s'essuyant les yeux sur son épaule, puisqu'elle avait les mains nouées autour du cou de George. C'était tellement drôle ! Ta tête...

Étonnamment, George se surprit à sourire.

— Ce que j'essayais de demander, c'est si tu en avais déjà *accepté* un, se sentit-il obligé de préciser. Tu en as déjà reçu, c'est évident.

— Évident, certes.

George secoua la tête.

— Vraiment, je suis désolé.

— Tu es un tel gentleman, le taquina-t-elle.

— Cela te surprend ?

— Pas du tout. Je pense que tu mourrais plutôt que de froisser une femme, même par inadvertance.

— J'ai certainement dû te froisser à un moment quelconque de notre histoire commune.

Billie chassa cette remarque d'une main désinvolte.

— Je ne suis pas sûre que cela compte.

— J'avoue que ce soir, tu ressembles davantage à une lady que d'habitude.

L'expression de Billie se fit rouée.

— Il y a une insulte quelque part, j'en suis persuadée.

— Ou un compliment.

— Non, répliqua-t-elle après avoir fait mine d'y réfléchir, je ne le pense pas.

George éclata d'un rire franc, et ce ne fut que lorsqu'il eut recouvré un peu de sérieux qu'il prit conscience de la rareté de la chose. Cela faisait longtemps qu'il ne s'était pas laissé aller à rire de bon cœur. Un rire sans commune mesure avec les petits rires mondains de mise dans les salons londoniens.

— J'ai effectivement déjà reçu des compliments, reprit Billie. Toutefois je reconnais que je ne suis pas très douée pour les accepter. Du moins, lorsqu'ils concernent la couleur de ma robe.

George ralentit de nouveau le pas, cette fois pour tourner un coin. Ils avaient presque atteint la porte de la salle à manger.

— Tu ne t'es jamais rendue à Londres pour la saison mondaine, n'est-ce pas ?

— Tu le sais bien.

Il s'interrogea. Mary et Billie faisaient tout ensemble, or sa sœur était allée à Londres. Il ne lui semblait cependant pas courtois de poser la question, du moins maintenant, alors que le dîner allait être servi.

— Je n'y tenais pas, déclara alors Billie.

George se garda de souligner qu'il n'avait pas demandé d'explication.

— Ç'aurait été une catastrophe.

— Tu aurais été une bouffée d'air frais, mentit-il.

Car ç'aurait bel et bien été une catastrophe ; après quoi, il aurait été désigné pour sauver la réputation mondaine de Billie, s'assurer que son carnet de bal était au moins à demi rempli, et défendre son honneur chaque fois qu'un jeune lord écervelé aurait supposé qu'elle était de mœurs faciles à cause de son rire sonore et de ses manières un peu trop libres.

Une tâche éreintante...

— Excuse-moi, murmura-t-il en s'arrêtant pour demander à un valet de pied d'aller chercher un tabouret. Dois-je te tenir jusqu'à ce qu'il revienne ?

— Me tenir ? répéta-t-elle, l'air de ne pas comprendre.

— Quelque chose ne va pas ? s'enquit la mère de George, qui les observait avec une curiosité non dissimulée.

Lady Bridgerton, Georgiana et elle avaient déjà pris place à table. Les messieurs attendaient que Billie fût assise.

— Asseyez-vous, je vous en prie, leur dit George. J'ai demandé qu'on apporte un tabouret afin que Billie puisse y poser la jambe.

— C'est vraiment très gentil de ta part, George, reconnut lady Bridgerton. J'aurais dû y penser.

— Je me suis déjà tordu la cheville, dit-il en entrant dans la salle à manger.

— Pas moi, convint lady Bridgerton. On pourrait néanmoins penser que je suis devenue experte en la matière. Je crois, ajouta-t-elle en se tournant vers Georgiana, que tu es la seule de mes enfants à ne pas t'être fracturé un os ou démis quelque chose.

— C'est mon talent particulier, murmura Georgiana.

Avec un sourire trompeusement placide, lady Manston déclara :

— Je dois avouer que vous faites un beau couple tous les deux.

George la foudroya du regard. *Non !* Sa mère voulait certes qu'il se marie, mais elle n'allait quand même pas aller jusque-là ?

— Ne nous taquinez pas ainsi, dit Billie, avec, dans la voix, le dosage parfait de reproche et d'affection pour couper court à toute autre remarque de ce genre. Qui d'autre que George pourrait me porter ?

— Maudit soit mon bras cassé, murmura Andrew.

— Comment est-ce arrivé ? s'enquit Georgiana.

Andrew s'inclina vers elle, l'œil pétillant.

— Je me suis battu contre un requin.

Billie ricana.

— Non, dit sa sœur, pas le moins du monde impressionnée, que s'est-il réellement passé ?

Andrew haussa les épaules.

— J'ai glissé.

Il y eut un silence. Personne ne s'attendait à un accident aussi banal.

— L'histoire du requin était meilleure, admit finalement Georgiana.

— N'est-ce pas ? La vérité est rarement aussi glorieuse qu'on le voudrait.

— Je croyais qu'au moins tu étais tombé d'un mât, intervint Billie.

— Le pont était glissant, expliqua Andrew d'un ton très prosaïque. Cela arrive. À cause de l'eau, vous comprenez ?

Sur ces entrefaites, le valet revint avec un repose-pied capitonné. Il n'était pas aussi haut que ce que George aurait souhaité, mais Billie serait néanmoins installée plus confortablement.

— J'ai été surprise que l'amiral McClellan te permette de rentrer à la maison pour ta convalescence, déclara lady Manston, alors que le valet de pied se faufilait sous la table pour mettre le tabouret en place. Non pas que je me plaigne. C'est merveilleux de t'avoir à Crake House.

Andrew décocha à sa mère un sourire en coin.

— Un marin manchot, ce n'est guère utile.

— Alors que tous les pirates ont une jambe de bois ? ironisa Billie, que George venait de déposer sur sa chaise. Je croyais qu'il était quasiment obligatoire d'avoir un membre en moins pour prendre la mer.

Andrew inclina la tête de côté, l'air songeur.

— Notre cuisinier, lui, a une oreille en moins.

— Andrew ! s'exclama sa mère.

— C'est horrible, déclara Billie, dont les yeux brillaient d'un ravissement macabre. Tu étais là quand c'est arrivé ?

— Billie ! s'écria sa mère.

— Vous ne pouvez pas vous attendre que j'entende parler d'un marin à une seule oreille et que je ne *pose* pas de questions, se défendit Billie.

— Il n'empêche, ce n'est pas une conversation convenable pour un dîner familial.

Les réunions entre les clans Rokesby et Bridgerton étaient toujours qualifiées de « familiales » alors même qu'ils n'avaient pas une goutte de sang en commun. Du moins, pas depuis une centaine d'années.

— Je ne vois pas où elle pourrait être plus convenable, fit remarquer Andrew. À moins que nous ne nous rendions tous à la taverne.

— Je ne suis, hélas, pas autorisée à sortir à une heure aussi tardive, soupira Billie.

Andrew lui adressa un sourire impertinent.

— Raison numéro 738 pour laquelle je suis heureux de n'être pas né femme.

Alors que Billie levait les yeux au ciel, Georgiana se tourna vers elle.

— Dans la journée, tu as le droit ?

— Bien sûr, répondit Billie, au grand déplaisir de sa mère.

Georgiana non plus ne parut pas ravie. Les lèvres pincées en une moue envieuse, elle se mit à tambouriner sur la nappe.

— Mme Bucket fait la plus délicieuse des tourtes au porc, continua Billie. Tous les jeudis.

— J'avais oublié, dit Andrew, qui se pourlécha au souvenir de ce délice culinaire.

— Comment est-ce possible ? Sa tourte est absolument divine.

— Je sais. Il faut que nous y retournions ensemble. Si nous disions...

— Les femmes sont sanglantes, déclara soudain Georgiana.

Lady Bridgerton en lâcha sa fourchette.

Quant à Billie, elle se tourna vers sa sœur avec une expression à la fois surprise et circonspecte.

— Je te demande pardon ?

— Les femmes aussi peuvent être sanglantes, répéta Georgiana d'un ton presque agressif.

Billie sembla totalement déconcertée. En temps ordinaire, George aurait joui de sa déconfiture. Mais la conversation venait de prendre un tour si bizarre qu'il ne parvint pas à éprouver autre chose que de la compassion.

— Ce que tu as dit tout à l'heure, précisa Georgiana. Au sujet des femmes, et du fait que nous ferions moins la guerre que les hommes. Je ne crois pas que ce soit juste.

— Oh ! fit Billie.

Son soulagement parut extrême. George respira plus librement, lui aussi, car il n'avait aucune envie d'entendre à table la seule autre explication concernant les « femmes sanglantes ».

— Regardez la reine Marie Tudor, poursuivit Georgiana. Personne ne peut la traiter de pacifiste.

— On ne l'a pas surnommée « Marie la Sanglante » pour rien, intervint Andrew.

— Exactement ! s'écria Georgiana avec un hochement de tête enthousiaste. Et la reine Élisabeth, elle a fait couler l'Invincible Armada tout entière.

— Ce sont ses hommes qui ont fait couler l'Invincible Armada, corrigea lord Bridgerton.

— C'est elle qui donnait les ordres, riposta Georgiana.

— Elle a raison, intervint George, ce qui lui valut un regard reconnaissant de la part de la jeune fille.

— Tout à fait, renchérit Billie avec un sourire. Mais je ne voulais pas dire que les femmes ne pouvaient pas se montrer violentes. Nous le pouvons, bien sûr, si nous avons une motivation suffisante.

— Je frémis rien que d'y penser, murmura Andrew.

— Si quelqu'un que j'aime était en danger, enchaîna Billie avec une calme détermination, je suis quasiment certaine que je recourrais à la violence.

Pendant des années, George s'interrogerait sur cet instant. Quelque chose changea. Trembla et se tordit. L'atmosphère parut se charger d'électricité. Dans ce temps suspendu, ce fut comme si tous les Rokesby et tous les Bridgerton rassemblés autour de la table attendaient un événement qu'aucun d'eux ne comprenait.

Pas même Billie.

George la scruta. Il n'était pas difficile de l'imaginer en guerrière farouche, protégeant ceux qu'elle aimait. Serait-il du nombre ? Il le croyait volontiers. Quiconque portant son nom se retrouvait sous sa protection.

Personne ne parlait, ni même ne respirait, semblait-il. Finalement, sa mère laissa échapper un rire qui tenait davantage du soupir.

— Quel sujet déprimant !

— Je ne suis pas d'accord, dit George à voix basse.

Lady Manston ne l'entendit pas, contrairement à Billie. Ses lèvres s'entrouvrirent, et son regard sombre croisa celui de George : curieux, surpris, et peut-être même teinté de reconnaissance.

— Je ne comprends pas pourquoi nous parlons de choses pareilles, poursuivit lady Manston, à l'évidence déterminée à ramener la conversation sur des sujets plus légers.

« Parce que c'est important », songea George. Parce que cela avait du sens. Parce que depuis des années, plus rien n'avait de sens pour ceux qui étaient restés en arrière. Il en avait assez d'être inutile et de prétendre qu'à cause de son rang de naissance il avait davantage de valeur que ses frères.

Il baissa les yeux sur son assiette, l'appétit coupé. Et bien sûr, ce fut le moment que choisit lady Bridgerton pour s'exclamer :

— Nous devrions donner une fête !

7

Quelque peu inquiète, Billie reposa lentement sa serviette sur la table.

— Une fête, maman ?

— Une partie de campagne.

Comme si c'était ce que Billie demandait.

— À cette époque de l'année ? s'étonna lord Bridgerton.

— Pourquoi pas à cette période de l'année ?

— Parce que nous recevons plutôt à l'automne, d'ordinaire.

Billie se retint de lever les yeux au plafond. Quel raisonnement typiquement masculin ! Non pas qu'elle ne fût pas d'accord, cela dit. La dernière chose dont elle avait envie en ce moment, c'était d'avoir des invités à Aubrey Hall. Sans parler du temps qu'elle perdrait à jouer les jeunes filles accomplies. Elle serait condamnée à porter des robes toute la journée, et empêchée d'exercer ses très réelles responsabilités dans la gestion du domaine.

Elle essaya de croiser le regard de son père. Il devait se rendre compte qu'indépendamment de la saison, c'était là une très mauvaise idée. Malheureusement, il ne prêtait attention à rien d'autre qu'à sa femme. Et à son potage.

— Andrew ne sera plus là à l'automne, argua lady Bridgerton.

— Et j'aime beaucoup les réceptions, déclara Andrew.

C'était la vérité. Billie eut toutefois le sentiment qu'il disait cela pour dissiper la tension autour de la table plus qu'autre chose. Car l'atmosphère était bel et bien tendue. Et il était manifeste que personne ne savait pourquoi.

— Donc, c'est entendu, déclara sa mère. Nous donnerons une fête. Juste une petite.

— Qu'entendez-vous par « petite » ? intervint Billie, méfiante.

— Oh, je ne sais pas ! Une douzaine d'invités. Qu'en pensez-vous, Helen ? demanda-t-elle à lady Manston.

Ce ne fut une surprise pour personne lorsque celle-ci répondit :

— Cela semble délicieux. Mais il nous faudra agir vite, avant qu'Andrew ne reparte. L'amiral a été très clair : Andrew a congé durant le temps de sa convalescence, et pas un jour de plus.

— Bien sûr, murmura lady Bridgerton. Si nous disions... dans une semaine ?

— Une semaine ? répéta Billie, effarée. La maison ne peut pas être prête en une semaine !

— Bien sûr que si, rétorqua sa mère en affichant un air de dédain amusé. Je suis née pour organiser ce genre d'événement.

— Et vous l'avez déjà prouvé, ma chère, confirma son mari d'un ton affectueux.

Billie se mordit la lèvre. Son père ne lui serait d'aucun secours. Elle n'avait d'autre solution que de mettre elle-même un terme à cette folie.

— Avez-vous pensé aux invités, maman ? Il aurait fallu les prévenir plus tôt. Les gens sont très occupés. Ils seront déjà pris.

Sa mère balaya l'argument d'un geste désinvolte de la main.

— Je n'ai pas l'intention d'envoyer des invitations dans tout le pays. Nous avons largement le temps d'avertir nos amis qui vivent dans les comtés voisins. Ou à Londres.

— Qui songez-vous à inviter ? s'enquit lady Manston.

— Vous, évidemment. Et promettez-moi de vous installer chez nous. Ce sera tellement plus amusant que tout le monde soit sous le même toit !

— Cela ne paraît pas vraiment nécessaire, intervint George.

— Pas du tout, même, renchérit Billie.

Pour l'amour du Ciel, ils vivaient à une lieue les uns des autres !

— Oh, je t'en prie ! ajouta-t-elle, agacée, parce que George lui avait jeté un regard noir. Ne me dis pas que tu es vexé.

— Moi, je pourrais l'être, affirma Andrew, un sourire jusqu'aux oreilles. En fait, je vais l'être juste pour le plaisir.

— Mary et Felix, continua lady Bridgerton. Il est impossible de donner une fête sans eux.

— Je serai contente de voir Mary, admit Billie.

— Que diriez-vous des Westborough ? suggéra lady Manston.

George poussa un grognement.

— C'est peine perdue, non ? Ne venez-vous pas de dire que lady Frederica était fiancée ?

— Certes.

Sa mère prit le temps de goûter à son potage avant d'ajouter :

— Mais elle a une sœur plus jeune.

Billie laissa échapper un rire étranglé, avant de froncer les sourcils comme George lui coulait un regard furibond.

Le sourire de lady Manston se fit proprement terrifiant.

— Et une cousine.

— Forcément, grommela George.

Billie aurait été prête à compatir si sa propre mère n'avait choisi cet instant pour déclarer :

— Il nous faudra aussi trouver quelques charmants jeunes gens.

Billie écarquilla les yeux, horrifiée. Elle aurait pourtant dû savoir que son tour viendrait.

— Maman, c'est inutile, la prévint-elle.

La prévint-elle ? Lui ordonna-t-elle, plutôt !

Mais l'enthousiasme de lady Bridgerton ne se laissait pas aussi aisément combattre.

— Nous ne serons pas en nombre égal, sinon. En outre, tu ne rajeunis pas.

Billie ferma les yeux et compta jusqu'à cinq. C'était cela ou sauter à la gorge de sa mère.

— Felix n'a pas un frère ? hasarda lady Manston.

Billie se mordit la langue. Lady Manston savait parfaitement que Felix Maynard avait un frère ! Sa fille unique n'était-elle pas mariée avec lui ? Elle connaissait probablement les noms et les âges de tous ses cousins, jusqu'au plus lointain, avant même que l'encre n'ait séché sur le contrat de fiançailles.

— George ? insista-t-elle. Je ne me trompe pas ?

Billie observa lady Manston avec un mélange de perplexité et de fascination. Un général d'armée aurait pu être fier de posséder une telle détermination. Était-ce une disposition innée ? Les femmes venaient-elles au monde avec la volonté inébranlable d'associer hommes et femmes pour former de jolis petits couples ? Le cas échéant, comment était-il possible qu'elle-même y ait échappé ?

Parce que jouer les marieuses, pour elle-même ou pour les autres, ne l'intéressait pas. Si cela faisait d'elle une espèce de monstre étrange, dénué de féminité, tant pis. Elle préférait, et de loin, monter à cheval, pêcher dans le lac ou grimper aux arbres.

Ce n'était pas la première fois que Billie s'interrogeait : à quoi Notre Père céleste pensait-il lorsqu'il l'avait fait naître fille ? Elle était manifestement le plus garçon manqué des filles de toute l'histoire de l'Angleterre. Heureusement que ses parents ne l'avaient pas obligée à faire son entrée dans le monde en même temps que Mary, car ç'aurait été une catastrophe. Un désastre. Et personne n'aurait voulu d'elle.

— George ? reprit sa mère avec une pointe d'impatience.

Quand George sursauta, Billie se rendit compte qu'il était en train de l'observer. Que pouvait-il bien avoir vu sur son visage – ou cru y avoir vu ?

— Oui, confirma George en se tournant vers sa mère. Henry. Il a deux ans de moins que Felix, mais il est…

— Excellent ! le coupa lady Manston, l'air ravie.

— Il est quoi ? demanda Billie.

Le ton était un peu impérieux, mais, après tout, c'était de son humiliation potentielle qu'ils parlaient.

— Il est presque fiancé, répondit George. Du moins, c'est ce que j'ai entendu dire.

— Cela ne compte pas tant que ce n'est pas officiel, décréta sa mère.

Billie la dévisagea, incrédule. Entendre cela de la bouche de la femme qui avait organisé le mariage de Mary à l'instant où Felix lui avait baisé la main !

— Henry Maynard est-il un jeune homme bien ? s'enquit lady Bridgerton.

— Très bien, affirma lady Manston.

— Je croyais qu'elle n'était même pas certaine de son existence, murmura Billie.

À côté d'elle, George rit tout bas, puis il se pencha vers elle.

— Dix livres qu'elle savait qu'il était quasiment fiancé avant même de prononcer son nom.

— Je ne relèverais pas ce pari.

— Tu es une fine mouche.

— Toujours.

Quand le rire de George mourut soudain sur ses lèvres, Billie suivit la direction de son regard. De l'autre côté de la table, Andrew les observait avec une expression curieuse, la tête à peine inclinée sur le côté, le front plissé.

— Qu'y a-t-il ? lui demanda-t-elle, alors que leurs mères continuaient d'affiner leurs plans.

— Rien, prétendit Andrew.

Billie ne le crut pas. Elle le connaissait comme le dos de sa main. Il mijotait quelque chose.

— Je n'aime pas son expression, murmura-t-elle.

— Je n'aime jamais son expression, rétorqua George.

Elle lui glissa un coup d'œil oblique. Cette espèce de complicité entre eux était étrange. D'ordinaire, c'était avec Andrew qu'elle échangeait des plaisanteries à mi-voix. Ou avec Edward. Mais jamais avec George.

Sans doute était-ce une bonne chose – après tout, rien ne les obligeait, George et elle, à s'opposer constamment. Elle en éprouvait néanmoins une impression bizarre. Comme si elle était en déséquilibre.

La vie était à coup sûr plus simple lorsqu'elle était dépourvue de surprises.

Bien décidée à mettre un terme à son malaise grandissant, Billie reporta son attention sur sa mère.

— Devons-nous vraiment organiser une fête ? Andrew peut certainement se sentir célébré et adoré sans un dîner de douze plats et un concours de tir à l'arc sur la pelouse.

— N'oublie pas le feu d'artifice et le défilé, ajouta Andrew. Et je demanderai peut-être à être transporté en litière.

— Parce que tu veux *encourager* cela ? rétorqua Billie avec un geste exaspéré de la main.

— J'aurai le droit de participer ? s'enquit Georgiana.

— Pas le soir, répondit sa mère. Mais tu pourras, bien sûr, prendre part aux divertissements de l'après-midi.

Georgiana s'adossa à sa chaise, l'air d'une chatte qui lèche la crème sur ses babines.

— Alors, je trouve que c'est une excellente idée.

— Georgie ! protesta Billie.

— Billie ! riposta Georgiana, moqueuse.

Billie en resta un instant bouche bée. Le monde entier avait-il basculé sur son axe ? Depuis quand sa sœur se montrait-elle si insolente avec elle ?

— C'est décidé, Sybilla, déclara sa mère d'un ton sans réplique. Nous organisons une fête et tu y assisteras. En robe.

— Maman !

— Je ne pense pas que ce soit une exigence déraisonnable, ajouta sa mère, qui jeta un coup d'œil à la ronde en quête d'approbation.

— Je sais très bien comment me conduire en présence d'invités.

Seigneur, que croyait donc sa mère ? Qu'elle allait assister au dîner avec des bottes sous sa robe ? Lâcher les chiens dans le salon ?

Elle connaissait les règles, que diable ! Et elle les acceptait même sans rechigner lorsque les circonstances l'exigeaient. Que sa propre mère la juge à ce point inepte… Et qu'elle le dise sans ambages devant les personnes auxquelles Billie tenait le plus…

C'était plus douloureux qu'elle n'aurait pu l'imaginer.

C'est alors que la chose la plus étrange se produisit. La main de George se referma sur la sienne et la serra. Sous la table, là où personne ne pouvait le voir. Billie ne put s'empêcher de tourner vivement la tête pour le regarder, mais il lui avait déjà lâché la main et discutait du prix du cognac français avec son père.

Billie se concentra sur son assiette.

Quelle journée !

Plus tard dans la soirée, lorsque les hommes se retirèrent pour boire un porto et que les femmes se rassemblèrent au salon, Billie se faufila dans la bibliothèque. Elle n'aspirait à rien d'autre qu'à un peu de paix et de silence.

Encore que « se faufiler » ne fût pas le terme le plus pertinent, vu qu'elle avait dû supplier un valet de pied de l'y porter.

Elle avait toujours aimé la bibliothèque de Crake House. Plus petite que celle d'Aubrey Hall, elle lui semblait moins imposante, presque intime. Lord Manston avait pour habitude de s'endormir dans le confortable canapé de cuir, et sitôt que Billie se fut allongée sur les coussins, elle comprit pourquoi. Avec le feu qui crépitait dans la cheminée et une couverture de laine sur les jambes, elle avait trouvé l'endroit parfait pour se reposer en attendant que ses parents se décident à rentrer.

Elle n'avait pas sommeil, cependant. Elle était juste lasse. La journée avait été longue, et son corps entier se ressentait de sa chute, et sa mère s'était montrée d'une insensibilité spectaculaire, et Andrew n'avait même pas remarqué qu'elle ne se sentait pas bien, et George, lui, l'avait remarqué, et Georgiana s'était transformée en une personne qu'elle ne reconnaissait pas, et...

Et, et, et ! Il n'y avait que des *et* ce soir, et leur somme était épuisante.

— Billie ?

Elle étouffa un cri de surprise et tenta de se redresser. George se tenait dans l'encadrement de la porte. La lueur tremblotante des bougies ne permit pas à Billie de distinguer son expression.

Elle ferma les yeux avec force, le temps d'apaiser les battements de son cœur.

— Désolée, j'ai eu peur.

— Je te présente mes excuses. Ce n'était pas mon intention. Que fais-tu là ? demanda-t-il en appuyant l'épaule au chambranle.

— J'avais besoin d'un peu de tranquillité.

Si elle ne distinguait pas nettement ses traits, elle le sentit perplexe. Aussi précisa-t-elle :

— Même moi, j'ai besoin de tranquillité de temps à autre.

— Tu ne te sens pas *enfermée* ?

Elle perçut le sourire dans sa voix.

— Pas du tout.

Après un instant de silence, il reprit :

— Veux-tu que je te laisse à ta solitude ?

— Non, ce n'est pas nécessaire.

Billie fut la première à être étonnée par sa réponse. La présence de George était curieusement apaisante, ce qui n'était pas le cas de celle d'Andrew, de sa mère ou de n'importe qui d'autre.

— Ta cheville te fait souffrir, dit-il en entrant dans la pièce.

Comment le savait-il ? Personne d'autre ne s'en était aperçu. Cela dit, George avait toujours été très observateur, au point que c'en était parfois gênant. Billie ne chercha pas à nier.

— Oui, reconnut-elle.

— Tu as très mal ?

— Non, mais plus qu'un petit peu.

— Tu aurais dû te reposer, ce soir.

— Peut-être. Mais j'ai passé un bon moment et cela en valait la peine. C'était réjouissant de voir ta mère si heureuse.

— Tu penses qu'elle était heureuse ?

— Pas toi ?

— Heureuse de voir Andrew, peut-être ; cela dit, d'une certaine façon, sa présence ne fait que lui rappeler l'absence d'Edward.

— Sans doute. Je veux dire, bien sûr qu'elle préférerait avoir ses deux fils à la maison, mais sa joie d'avoir Andrew ici surpasse certainement sa contrariété de n'avoir que lui.

George esquissa un demi-sourire ironique.

— Elle avait néanmoins deux fils à la maison.

Billie l'observa pendant un moment avant de...

— Oh, je suis désolée ! Évidemment. Je pensais juste aux fils qui ne sont pas habituellement présents. Je... Mon Dieu, je suis vraiment désolée.

Elle avait les joues en feu. Heureusement que la semi-pénombre dissimulait sa rougeur.

— Ce n'est pas grave, assura-t-il avec un haussement d'épaules.

Billie n'en fut pas rasséréné pour autant. Il avait beau dire, elle ne pouvait se défaire de l'idée qu'elle l'avait blessé. Ce qui était ridicule : George Rokesby n'accordait pas assez d'importance à ce qu'elle pensait de lui pour être affecté par ses propos.

Il n'empêche qu'elle avait surpris quelque chose dans son expression...

— Cela t'ennuie ? demanda-t-elle.

George, qui s'était arrêté devant une console sur laquelle était posée une carafe de cognac, se tourna vers elle.

— Qu'est-ce qui m'ennuie ?

— D'être resté derrière.

Billie se mordit la lèvre. Il devait y avoir une meilleure formulation.

— D'être resté chez toi, rectifia-t-elle, alors que tous les autres sont partis.

— Tu es là, fit-il remarquer.

— Oui, mais je ne suis pas vraiment un réconfort. Pour toi, je veux dire.

Il s'esclaffa. Enfin, pas vraiment ; il souffla juste par les narines, l'air amusé.

— Même Mary est partie dans le Sussex, continua Billie, qui changea de position afin de pouvoir le regarder par-dessus le dossier du canapé.

Après avoir versé du cognac dans un verre, il remit le bouchon sur la carafe.

— Je ne peux pas reprocher à ma sœur un mariage heureux. Pas plus qu'à l'un de mes meilleurs amis.

— Bien sûr que non. Moi non plus. Mais elle me manque toujours. Et tu es toujours le seul Rokesby à résider ici.

Il porta le verre à ses lèvres, mais ne but pas immédiatement.

— Tu as vraiment le don d'aller droit au cœur du sujet.

Billie gardant le silence, il reprit :

— Et toi, cela t'ennuie ?

Elle ne feignit pas d'avoir mal compris sa question.

— Tout le monde n'est pas parti, chez moi. Georgiana est encore à la maison.

— Et tu as tellement en commun avec elle, ironisa-t-il.

— Plus que je ne le croyais autrefois.

C'était vrai. Georgiana avait été une enfant fragile, couvée par ses parents et confinée à l'intérieur tandis que les autres enfants vagabondaient dans la campagne.

Non que Billie n'aimât pas sa sœur ; elle ne la trouvait simplement pas très intéressante. La plupart du temps, elle oubliait son existence. Avec neuf ans d'écart, comment auraient-elles pu avoir des centres d'intérêt communs ?

Puis tout le monde était parti. Et à mesure que Georgiana se rapprochait de l'âge adulte, elle commençait à devenir plus intéressante.

C'était au tour de George de prendre la parole. Mais il ne semblait pas s'en être aperçu, et le silence se prolongea si longtemps qu'il en devint vaguement dérangeant.

— George ? murmura Billie.

Il la regardait d'une manière étrange, un peu comme si elle était une énigme. Ou plutôt, comme s'il était plongé dans ses pensées, et qu'elle se trouvait là, dans la direction prise par son regard.

— George ? répéta-t-elle. Tu...

— Tu devrais être plus gentille avec elle, dit-il abruptement.

Puis, comme s'il ne venait pas de faire une remarque épouvantable, il désigna la carafe de cognac.

— Tu en veux un verre ?

Consciente que la plupart des femmes auraient refusé, Billie accepta néanmoins d'un signe de tête.

— Je devrais être plus gentille avec elle ? Que diable veux-tu dire ? Quand ai-je été méchante ?

— Jamais, admit-il en versant du cognac dans un verre. Mais tu l'ignores.

— Ce n'est pas vrai.

— Disons que tu l'oublies. Ce qui revient au même.

— Comme si tu accordais beaucoup d'attention à Nicholas !

— Nicholas est à Eton. Je peux difficilement l'accabler d'attentions, compte tenu de la distance.

Quand il lui tendit son verre, elle remarqua qu'il l'avait considérablement moins rempli que le sien.

— Je ne l'ignore pas, marmonna Billie.

Elle n'aimait pas être réprimandée, surtout par George Rokesby. Et surtout lorsqu'il avait raison.

— Ce n'est pas grave, assura-t-il avec une soudaine et surprenante bienveillance. Je suis sûr que c'est différent lorsque Andrew n'est pas là.

— Que vient faire Andrew là-dedans ?

George eut l'air mi-surpris, mi-amusé.

— Tu le demandes ?

— Je ne vois pas de quoi tu parles.

George but une longue gorgée puis, sans même se tourner complètement vers elle, il se débrouilla pour lui adresser un regard condescendant.

— Il devrait t'épouser, et nous serions tranquilles.

— Pardon ?

La surprise de Billie n'était pas feinte. Non à cause de la suggestion d'un mariage avec Andrew – elle avait toujours pensé qu'elle l'épouserait un jour. Lui ou Edward, d'ailleurs. Elle n'y accordait pas vraiment d'importance. Mais que George en parle d'une telle manière… cela la choquait.

— Tu as quand même conscience, je suppose, qu'il n'y a rien entre Andrew et moi.

Il leva les yeux au ciel, façon de balayer sa remarque.

— Tu pourrais trouver pire.

— Lui aussi, riposta Billie.
— C'est vrai, reconnut-il.
— Je ne vais pas épouser Andrew.

Pas tout de suite, en tout cas. Mais s'il lui demandait sa main...

Elle accepterait, probablement. C'était ce que tout le monde attendait d'elle.

George l'observait par-dessus le bord de son verre avec une expression indéchiffrable. Incapable de laisser le silence se prolonger, elle reprit :

— La dernière chose que je souhaite, c'est d'être fiancée à quelqu'un qui va partir.

— La plupart des femmes de militaires suivent leur mari. Et tu as l'esprit plutôt aventureux.

— J'aime cet endroit.
— La bibliothèque de mon père ? plaisanta-t-il.
— Le Kent ! Aubrey Hall. Et on a besoin de moi ici.
— Certes...
— Parfaitement !
— Oh, mais je n'en doute pas !

Sans sa fichue cheville, Billie aurait probablement bondi sur ses pieds.

— Tu n'as aucune idée de tout ce que je fais !
— Je t'en prie, ne me le dis pas.
— Pardon ?

Il eut un geste dédaigneux de la main.

— Tu as cette expression.
— Quelle expres... ?
— Celle qui annonce que tu vas te lancer dans un très long discours.

Billie en resta interdite. Jamais elle n'avait été témoin d'une telle condescendance, d'une telle arrogance...

C'est alors qu'elle comprit. Il se moquait d'elle !

Elle n'aurait pas dû en être étonnée. Il ne vivait que pour la piquer au vif. Pire qu'une aiguille.

En riant, il s'adossa à l'une des bibliothèques.

— Oh, pour l'amour du Ciel, Billie... Ce n'est qu'une taquinerie. Je sais que tu aides ton père de temps à autre.

De temps à autre ? C'était elle qui gérait le domaine ! Aubrey Hall se serait effondré si elle n'avait pas veillé à son entretien. Son père lui avait délégué jusqu'à la comptabilité, et l'intendant avait depuis longtemps renoncé à protester de devoir rendre des comptes à une femme.

De fait, Billie avait quasiment été élevée en fils aîné. Sauf qu'elle n'hériterait de rien du tout. Un jour ou l'autre, Edmund serait assez mûr pour occuper la place qui lui revenait. N'étant pas stupide, il apprendrait vite, et il deviendrait le maître reconnu et apprécié d'Aubrey Hall. Tout le monde pousserait alors un soupir de soulagement et se féliciterait du retour à l'ordre naturel des choses.

La présence de Billie serait superflue. Elle n'aurait plus à veiller à la tenue des comptes, et plus personne ne lui demanderait d'aller inspecter les cottages ou d'arbitrer les conflits. Elle ne serait plus que la sœur aînée du seigneur des lieux, celle que les gens considéreraient avec une pitié vaguement moqueuse.

Bonté divine, peut-être serait-elle bien inspirée d'épouser Andrew !

— Tu es sûre que ça va ? demanda George.

— Ça va très bien, répliqua-t-elle sèchement.

— Tu as l'air un peu malade, tout à coup.

Elle se sentait bel et bien un peu malade, tout à coup. Son avenir lui était apparu brusquement, et il n'avait rien de radieux.

Elle avala son cognac d'un trait.

— Doucement, la prévint George.

Trop tard, elle toussait déjà, la gorge en feu.

— Mieux vaut le siroter...

— Je sais, siffla-t-elle, consciente d'agir comme une idiote.

— Oui, bien sûr, murmura-t-il.

Cela suffit pour qu'elle se sente mieux. George Rokesby s'exprimait comme un crétin pompeux. Tout redevenait normal. Ou presque normal.

Suffisamment normal.

8

Lady Bridgerton lança son assaut mondain dès le lendemain matin. Lorsque Billie entra en boitillant dans la salle du petit déjeuner, elle s'attendait à être recrutée sur-le-champ. Quels ne furent pas son soulagement et son étonnement lorsque sa mère déclara qu'elle n'avait pas besoin d'elle pour les préparatifs. Tout ce qu'elle lui demandait, c'était d'écrire un mot à Mary et à Felix pour les inviter. Billie s'empressa d'acquiescer. Cela n'avait rien d'une corvée.

— Georgiana m'a proposé son aide, expliqua lady Bridgerton tout en faisant signe à un valet de préparer une assiette.

Si Billie se débrouillait bien avec ses béquilles, elle était incapable de remplir une assiette en équilibre instable sur un pied.

Elle se tourna vers Georgiana, qui paraissait plutôt satisfaite.

— Ça va être très amusant, alla jusqu'à déclarer sa sœur.

Billie ravala la réplique qui lui montait aux lèvres. Elle voyait difficilement ce qui aurait pu être *moins* amusant, mais si Georgiana voulait passer l'après-midi à rédiger des invitations et à établir des menus, elle ne pouvait que s'en féliciter.

— Qu'as-tu l'intention de faire aujourd'hui ? s'enquit sa mère après lui avoir versé une tasse de thé.

— Je ne sais pas exactement.

D'un signe de tête, Billie remercia le valet de pied qui avait posé une assiette devant elle. Puis elle regarda par la fenêtre avec mélancolie. Le soleil venait d'apparaître derrière les nuages, et dans une heure la rosée se serait évaporée. La journée s'annonçait parfaite pour monter à cheval et se rendre utile.

Et elle avait beaucoup à faire. L'un des métayers remplaçait le chaume sur le toit de son cottage, et même si ses voisins savaient qu'on comptait sur leur aide, Billie soupçonnait John et Harry Williamson d'essayer de se soustraire à ce devoir. Il fallait que quelqu'un s'assure de leur présence, de même qu'il fallait que quelqu'un s'assure que les champs à l'ouest avaient été correctement ensemencés et que la roseraie avait été taillée selon les indications de sa mère.

Et Billie ne voyait pas qui pourrait effectuer ces tâches à part elle-même.

Hélas, elle était condamnée à rester confinée à l'intérieur à cause de cette maudite cheville, et ce n'était même pas sa faute ! Enfin... peut-être un peu, mais surtout celle du chat. D'ailleurs, elle avait l'esprit assez mesquin pour espérer que cette misérable créature avait, elle aussi, une raison de boiter !

Une pensée troublante lui vint. Lorsqu'on y réfléchissait bien...

— Billie ? murmura sa mère, qui l'observait pardessus le rebord de sa tasse en porcelaine.

— Je crois que je ne suis pas une personne très gentille.

Lady Bridgerton s'étrangla si fort que du thé lui sortit par les narines. Un spectacle dont Billie n'imaginait pas être un jour témoin.

— Ça, j'aurais pu te le dire, lança Georgiana.

Billie la foudroya du regard. Finalement, sa sœur était plutôt immature.

— Sybilla Bridgerton, tu es une personne tout à fait gentille, déclara sa mère, péremptoire.

Billie ouvrit la bouche, mais ne trouva rien d'intelligent à répliquer.

— Si tu ne l'étais pas, continua sa mère d'un ton qui ne souffrait pas la contradiction, cela rejaillirait sur moi, et je me refuse à croire que je puisse être une mère indigne.

— Bien sûr, se hâta de dire Billie.

— En conséquence, je vais répéter ma question.

Sa mère but une gorgée de thé et fixa sur elle un regard remarquablement impassible.

— Qu'as-tu l'intention de faire aujourd'hui ?

— Eh bien...

Billie jeta un coup d'œil à sa sœur, mais celle-ci se contenta de hausser les épaules d'un air qui pouvait signifier tout aussi bien « Je ne sais pas quelle mouche l'a piquée » que « Bien fait pour toi ».

Billie pinça les lèvres. La vie ne serait-elle pas plus facile si les gens disaient ce qu'ils pensaient ?

Elle reporta son attention sur sa mère, qui la regardait toujours avec une placidité trompeuse.

— Eh bien... je pourrais lire un livre ?

— Un livre, répéta sa mère, avant de se tamponner délicatement la commissure des lèvres avec sa serviette. Quelle bonne idée.

Billie l'observa d'un œil circonspect. Un certain nombre de répliques sarcastiques lui vinrent à l'esprit, mais si sereine que fût sa mère, il y avait dans son regard un éclat qui l'incita à se taire.

Lady Bridgerton s'empara de la théière. Elle buvait toujours plus de thé au petit déjeuner que l'ensemble de la famille réunie.

— Je peux te recommander quelques titres, si tu veux, proposa-t-elle, car elle lisait aussi davantage que le reste de la famille réunie.

— Non, ça ira, répondit Billie, qui entreprit de couper sa saucisse. Père a acheté le dernier volume de l'*Encyclopédie de l'agriculture* de Prescott lorsqu'il est allé à Londres, le mois dernier. J'aurais déjà dû commencer à le lire, mais il a fait si beau que je n'ai pas eu le temps.

— Et si tu lisais dehors ? suggéra Georgiana. Nous pourrions mettre une couverture sur la pelouse. Ou sortir un fauteuil.

Billie hocha la tête distraitement tout en piquant une rondelle de saucisse.

— Ce serait plus agréable que de rester à l'intérieur, j'imagine.

— Tu pourrais m'aider à organiser les divertissements pour la fête, continua Georgiana.

— Non, je ne crois pas, répliqua Billie avec un regard condescendant.

— Pourquoi pas, ma chérie ? intervint lady Bridgerton. Cela pourrait être amusant.

— Vous venez juste de me dire que je n'étais pas obligée de participer aux préparatifs.

— Uniquement parce que je pensais que tu n'en avais pas envie.

— Je n'en ai pas envie.

— Oui, bien sûr, acquiesça sa mère. Mais tu as envie de passer du temps avec ta sœur, n'est-ce pas ?

Enfer et damnation ! Sa mère savait s'y prendre. Billie plaqua un sourire sur son visage.

— Est-ce que Georgie et moi ne pourrions pas faire autre chose ?

— Si tu peux la convaincre de lire ton traité agricole par-dessus ton épaule… répliqua sa mère avec un geste aérien de la main.

Aussi aérien qu'une balle de pistolet, songea Billie.

— Je l'aiderai un peu dans les préparatifs, concéda-t-elle.

— Oh, ce sera merveilleux ! s'exclama Georgiana. Et très utile. Tu as tellement plus l'expérience de ce genre de choses que moi.

— Pas vraiment, non.

— Pourtant, tu es déjà allée à des parties de campagne ?

— Oui, mais...

Billie n'eut pas le courage d'achever sa phrase. Georgiana paraissait si heureuse. Lui avouer qu'elle avait détesté être traînée dans ce genre de festivités par leur mère, ç'aurait été comme de donner un coup de pied à un chiot. Si « détesté » était un peu fort, disons qu'elle n'y avait pris aucun plaisir.

Elle avait toutefois appris deux choses sur elle-même : elle n'aimait pas voyager et elle n'appréciait pas la compagnie d'inconnus. Non pas qu'elle fût timide. Elle préférait simplement se trouver parmi des gens qu'elle connaissait. Et qui la connaissaient.

La vie était bien plus simple ainsi.

— Et si tu voyais les choses autrement ? lui suggéra sa mère. Tu ne veux pas de réception. Tu n'aimes pas les réceptions. Mais je suis ta mère et j'ai décidé d'en organiser une. En conséquence, tu n'as d'autre choix que d'y assister. Pourquoi ne pas en profiter pour organiser les choses de manière à en tirer du plaisir ?

— Je ne vais pas en tirer de plaisir de toute façon.

— Avec ce genre d'attitude, c'est certain.

Billie garda le silence quelques instants, le temps de ravaler son envie d'argumenter, de se défendre et de dire à sa mère qu'elle n'appréciait pas qu'on lui parle comme à une enfant.

— Je serai ravie d'aider Georgiana, finit-elle par déclarer d'un ton crispé, dès lors qu'on me laisse un peu de temps pour lire mon livre.

— Loin de moi l'idée de te priver de Prescott, murmura sa mère.

— Vous ne devriez pas vous moquer, rétorqua Billie. C'est exactement le genre d'ouvrage qui m'a permis d'accroître la productivité des terres d'Aubrey Hall de plus de dix pour cent. Sans parler des améliorations apportées aux fermes des métayers. Ils se nourrissent mieux maintenant que...

Billie s'arrêta net. Puis elle déglutit. Elle venait de faire exactement ce qu'elle voulait s'interdire.

C'est-à-dire argumenter. Se défendre. Agir comme une enfant.

Elle enfourna le plus de nourriture possible dans les trente secondes qui suivirent, puis se leva et empoigna ses béquilles, appuyées contre la table.

— Je serai dans la bibliothèque, si quelqu'un a besoin de moi. Georgiana, fais-moi savoir lorsque le sol sera assez sec pour étendre une couverture.

Sa sœur acquiesça en silence.

— Mère, dit Billie en hochant la tête.

D'ordinaire, elle esquissait une révérence lorsqu'elle prenait congé. Encore une chose impossible à faire avec des béquilles.

— Billie, répondit sa mère d'un ton conciliant – quoique avec peut-être une pointe de contrariété –, si seulement tu ne...

Billie attendit qu'elle termine sa phrase, mais lady Bridgerton se contenta de secouer la tête.

— Peu importe.

Après avoir de nouveau hoché la tête, Billie pivota sur son bon pied, puis, le dos droit et les épaules rigides, elle gagna la porte cahin-caha.

C'était diablement difficile de sortir avec dignité appuyée sur des béquilles.

George ne savait trop comment Andrew avait réussi à le persuader de l'accompagner à Aubrey Hall en cette fin de matinée. Quoi qu'il en soit, il se tenait dans le grand hall et tendait son chapeau à Thamesly, majordome chez les Bridgerton depuis avant sa naissance.

— Tu fais une bonne action, mon vieux, lui dit Andrew en lui assénant sur l'épaule une claque plus forte qu'il n'était nécessaire.

— Je ne suis pas ton « vieux ».

Il avait horreur de cette expression. Évidemment, Andrew se contenta de rire.

— Vieux ou pas, tu fais une bonne action. Billie doit être folle d'ennui.

— Un peu d'ennui ne peut pas lui faire de mal, marmonna George.

— Je suis d'accord. Mais c'est pour sa famille que je m'inquiète. Dieu sait ce qu'elle va lui infliger si personne ne vient la divertir.

— Tu parles d'elle comme d'une enfant.

— Une enfant ?

Andrew se tourna vers lui avec, sur le visage, cette expression de sérénité énigmatique dont George avait appris à se méfier.

— Pas du tout, assura-t-il.

— Mlle Bridgerton est dans la bibliothèque, les informa Thamesly. Si vous voulez bien attendre dans le salon, je vais l'avertir de votre présence.

— Inutile, décréta Andrew, nous allons la rejoindre dans la bibliothèque. Il est hors de question d'obliger Mlle Bridgerton à clopiner plus qu'il n'est nécessaire.

— C'est très gentil de votre part, monsieur, murmura Thamesly.

— Elle souffre beaucoup ? s'enquit George.

— Je ne saurais dire, répondit le majordome avec diplomatie. Mais il est intéressant de constater qu'il fait très beau et que Mlle Bridgerton est dans la bibliothèque.

— J'en déduis qu'elle est d'humeur sombre.

— D'humeur très sombre, milord.

Sans doute était-ce la raison pour laquelle George s'était laissé détourner de son rendez-vous hebdomadaire avec l'intendant de leur père. Il savait que l'état de Billie n'avait pas dû beaucoup évoluer. Sa cheville lui était apparue terriblement enflée, la veille au soir, en dépit de ce ridicule ruban rose dont elle l'avait entourée. Une blessure pareille ne guérissait pas en une nuit.

Curieusement, alors que Billie et lui n'avaient jamais été vraiment amis, il se sentait responsable de son bien-être, du moins en ce qui concernait sa situation actuelle. Quel était ce vieux proverbe chinois, déjà ? Si vous sauvez une vie, vous en êtes responsable à jamais ? Certes, il n'avait pas sauvé la vie de Billie, mais il avait été coincé sur ce toit avec elle et...

Et il ne savait pas ce que cela signifiait, bon sang ! Simplement qu'il lui semblait devoir s'assurer qu'elle allait un peu mieux. Et cela, même si c'était la femme la plus exaspérante du monde et qu'elle lui faisait grincer des dents la moitié du temps.

Cela lui paraissait être la chose à faire. Un point c'est tout.

— Billie ! appela Andrew tandis qu'ils se dirigeaient vers l'arrière de la maison. Nous sommes venus à ton secours...

George secoua la tête. Comment son frère pouvait-il être dans la marine ? Il ne possédait pas une once de sérieux.

— Billie... appela-t-il de nouveau d'une voix chantante. Où eeeeeeees-tu ?

— Dans la bibliothèque, lui rappela George.

— Bien sûr, répliqua Andrew avec un sourire jusqu'aux oreilles, mais c'est quand même plus drôle, non ?

Comme George s'y attendait, il n'espérait pas de réponse.

— Billie ! Hou, hou, Billiebilliebilliebil...

— Pour l'amour du Ciel !

La tête de Billie jaillit dans l'entrebâillement de la porte de la bibliothèque. Ses cheveux châtains étaient simplement attachés sur la nuque, comme font les femmes lorsqu'elles restent dans l'intimité de leur domicile.

— Tu cries assez fort pour réveiller les morts. Que fais-tu là ?

— Est-ce ainsi qu'on accueille un vieil ami ?

— Je t'ai vu hier soir.

— En effet, reconnut Andrew, qui s'inclina pour déposer un baiser fraternel sur sa joue. Mais tu as été privée de moi si longtemps. Il faut que tu fasses des provisions.

— Des provisions de ta compagnie ? demanda Billie, dubitative.

Andrew lui tapota le bras.

— Nous avons tellement de chance que tu aies cette occasion.

George se pencha à droite pour mieux voir Billie, que son frère lui dissimulait à demi.

— Tu veux que je l'étrangle ou tu t'en charges ?

Elle le gratifia d'un sourire retors.

— Oh, il faut que ce soit une opération conjointe, tu ne crois pas ?

— Afin que vous puissiez partager la faute ? demanda Andrew.

— Afin que nous puissions partager la joie, corrigea-t-elle.

— Je suis blessé.

— Je l'espère bien !

Elle se déplaça un peu à gauche et s'adressa à George :

— Qu'est-ce qui vous amène par cette belle matinée, lord Kennard ?

Il haussa les sourcils en l'entendant user de son titre. Lorsqu'ils étaient entre eux, les Bridgerton et les Rokesby ne faisaient pas de cérémonies. À cet instant, par exemple, personne ne se serait offusqué de savoir Billie seule dans la bibliothèque avec deux hommes célibataires. En revanche, ce genre de chose ne serait pas autorisé lorsque la maison serait pleine d'invités. Tous avaient conscience que leurs manières libres étaient réservées au cercle intime.

— J'ai été traîné ici par mon frère, admit George. Nous avions quelques craintes concernant la survie de ta famille.

— Vraiment, murmura-t-elle, les yeux étrécis.

— Allons, Billie, dit Andrew. Nous savons tous que tu ne supportes pas d'être coincée à l'intérieur.

— En fait, je suis venu pour sa survie à lui, corrigea George en indiquant son frère du menton. Encore que, selon moi, toute blessure que tu pourrais lui infliger serait entièrement justifiée.

Billie éclata de rire.

— Venez, vous me tiendrez compagnie dans la bibliothèque. Il faut que je me rassoie.

Quel spectacle aussi merveilleux qu'inattendu de voir Billie rire à gorge déployée. George la suivit du regard tandis qu'elle sautillait en soulevant légèrement ses jupes.

— Tu devrais utiliser des béquilles, fit-il remarquer.

— Ça ne vaut pas la peine pour une aussi courte distance, répliqua-t-elle en s'asseyant dans un fauteuil, près de la table. Et puis, elles sont tombées, et c'était trop pénible de les ramasser.

George vit qu'en effet les béquilles gisaient par terre. Il se baissa pour les récupérer et les appuya contre la table.

— Si tu as besoin d'aide, il faut en demander.

— Je n'avais pas besoin d'aide.

George s'apprêtait à lui dire de ne pas être ainsi sur la défensive, lorsqu'il s'aperçut qu'il se trompait. Elle n'était pas sur la défensive, elle énonçait juste un fait. Un fait tel qu'elle le voyait.

Il secoua la tête. Billie avait parfois tendance à prendre les choses au pied de la lettre.

— Qu'y a-t-il ? demanda-t-elle.

George la fixa sans comprendre.

— Qu'est-ce que tu t'apprêtais à dire ? insista-t-elle.

— Rien.

— Faux. Je suis sûre et certaine que tu allais dire quelque chose.

Non seulement elle prenait les choses au pied de la lettre, mais elle était tenace. Une combinaison effrayante.

— As-tu bien dormi ? s'enquit-il poliment.

Elle arqua les sourcils, juste assez pour lui faire savoir qu'elle n'était pas dupe.

— Bien sûr. Comme je te l'ai dit hier, je n'ai jamais de problèmes pour dormir.

— Tu as dit que tu n'avais jamais de problèmes pour t'endormir, rectifia-t-il, surpris de se souvenir de cette distinction.

— C'est plus ou moins la même chose.

— La douleur ne t'a pas réveillée ?

— Apparemment pas.

— Si je peux me permettre de vous interrompre, dit Andrew en s'inclinant devant Billie avec de ridicules moulinets de son bras valide, nous sommes ici pour t'offrir toute aide ou assistance que tu jugerais nécessaire.

Elle décocha à Andrew le genre de regard que George réservait d'ordinaire aux enfants récalcitrants.

— Êtes-vous sûrs de vouloir faire une promesse aussi considérable ? demanda-t-elle.

George s'inclina de manière à amener ses lèvres près de son oreille.

— Rappelle-toi, s'il te plaît, qu'il utilise le « nous » comme un pluriel de majesté.

— En d'autres termes, tu ne veux pas être inclus ?

— Exactement.

— Tu insultes la demoiselle, déclara Andrew, sans la plus petite pointe de désapprobation dans la voix.

Sur ce, il s'affala dans l'un des confortables fauteuils à oreilles, ses longues jambes étendues devant lui.

Billie lui lança un regard exaspéré avant de revenir à George.

— Pourquoi diantre êtes-vous là ?

George s'assit en face d'elle, de l'autre côté de la table.

— Pour la raison qu'il a dite, mais sans l'hyperbole. Nous avons pensé que tu pourrais avoir besoin de compagnie.

— Oh…

Elle recula légèrement, visiblement surprise par sa franchise.

— Merci. C'est vraiment très gentil de votre part.

— *Merci. C'est vraiment très gentil de votre part* ? répéta Andrew. Franchement, tu pourrais faire mieux.

— J'étais censée faire la révérence ?

— Ç'aurait été bien.
— C'est impossible avec des béquilles.
— Bon, dans ce cas...
— Il est idiot, déclara Billie, s'adressant à George.
Celui-ci leva les mains.
— Ce n'est pas moi qui te contredirai.
— Le drame du fils cadet, soupira Andrew.
Billie leva les yeux au ciel, puis indiquant Andrew du menton, elle dit à George :
— Ne l'encourage pas.
— On se ligue contre lui, poursuivit Andrew, on ne le respecte jamais...
George se tordit le cou pour essayer de déchiffrer le titre du livre que Billie avait laissé sur la table.
— Que lis-tu ?
— ... et on l'ignore, aussi, apparemment.
Billie fit pivoter le livre afin que le titre, gravé en lettres d'or, se retrouve face à George.
— L'*Encyclopédie de l'agriculture*, de Prescott, annonça-t-elle en même temps.
— Tome quatre, constata George avec intérêt.
Lui-même possédait les trois premiers tomes dans sa bibliothèque personnelle.
— Oui. Il vient juste d'être publié.
— Très récemment, alors, sinon, je l'aurais acheté lorsque je suis allé à Londres.
— Mon père l'a rapporté de son dernier voyage. Tu pourras le lire quand j'aurai fini, si tu veux.
— Je te remercie, mais j'aurai besoin d'avoir mon propre exemplaire.
— C'est peut-être la conversation la plus ennuyeuse à laquelle j'aie jamais assisté, lança Andrew derrière eux.
Ils ne lui prêtèrent aucune attention.
— Tu lis souvent ce genre d'ouvrage ? demanda George.

Il avait toujours pensé que les femmes préféraient les minces volumes de poésie ou les pièces de Shakespeare et de Marlowe. C'était en tout cas le genre de lecture que sa mère et sa sœur semblaient apprécier.

— Évidemment, répondit Billie en se rembrunissant, comme si poser la question était une insulte en soi.

— Billie aide son père à administrer ses terres, intervint Andrew, qui en avait apparemment assez de se moquer d'eux.

Il se leva, s'approcha d'une des étagères et prit un livre au hasard.

— En effet, tu as fait allusion à l'aide que tu lui apportais, dit George à Billie. C'est vraiment singulier.

Comme elle plissait les yeux, il se hâta d'ajouter :

— Ce n'était pas censé être une insulte, juste une remarque.

Elle ne parut pas convaincue.

— Tu admettras, poursuivit-il d'un ton conciliant, que la plupart des jeunes femmes n'aident pas leur père de cette manière. D'où ta singularité.

Andrew leva les yeux du livre qu'il parcourait.

— Franchement, George, même un compliment, il faut que tu le délivres comme un crétin suffisant.

— Je vais le tuer, maugréa George.

— Il faudra que tu prennes ton tour dans la file, l'avertit Billie.

Avant d'ajouter à voix basse :

— C'est néanmoins un petit peu vrai.

George ne put s'empêcher de tressaillir.

— Je te demande pardon ?

— J'avoue que tu semblais légèrement…

Au lieu de terminer sa phrase, elle agita la main.

— … crétin ?

— Non ! s'écria-t-elle avec suffisamment de hâte et de conviction pour que George la croie. Juste un petit peu...

— C'est de moi que vous parlez ? demanda Andrew, qui s'était rassis avec son livre.

— Non, répondirent-ils à l'unisson.

— Cela m'est égal, mais uniquement s'il s'agit de compliments, murmura-t-il.

Ignorant son frère, George garda les yeux rivés sur Billie. Elle avait les sourcils froncés, et ses lèvres formaient une moue curieuse, comme si elle s'attendait à un baiser.

Il se rendit compte qu'il ne l'avait jamais regardée alors qu'elle réfléchissait.

Puis il mesura l'étrangeté inimaginable d'une telle observation.

— Le ton que tu as employé avait effectivement quelque chose un tantinet suffisant, finit-elle par murmurer. Mais c'est sans doute compréhensible ?

Compréhensible ?

— Pourquoi dis-tu cela comme si c'était une question ?

— Je ne sais pas.

George croisa les bras, lui signifiant ainsi qu'il attendait qu'elle développe.

— Bon, dit-elle de mauvaise grâce. Tu es l'aîné, l'héritier. Le brillant et séduisant comte de Kennard – un beau parti, ne l'oublions pas.

George ne put réprimer un sourire.

— Tu me trouves séduisant ?

— Voilà exactement ce dont je parle !

— Et brillant, aussi, murmura-t-il. Jamais je n'aurais imaginé cela.

— On dirait Andrew, marmonna Billie.

Il gloussa, sans trop savoir pourquoi. Billie le fusilla du regard.

Cette fois, il se sentit sourire jusqu'aux oreilles. Bonté divine, que c'était amusant de l'asticoter !

Elle s'inclina vers lui et, à cet instant, il comprit comment quelqu'un pouvait arriver à parler les dents serrées.

— J'essayais de me montrer attentionnée, grommela-t-elle.

— Je suis désolé, dit-il aussitôt.

— Tu m'as posé une question. Je voulais te donner une réponse honnête et réfléchie, parce que je pensais que tu la méritais.

À cet instant, George eut bel et bien l'impression d'être un crétin.

— Je suis désolé, répéta-t-il.

Et, cette fois, ce fut plus qu'un réflexe dû aux bonnes manières.

Billie soupira, puis elle se mordilla la lèvre inférieure. C'était vraiment étonnant de scruter une personne en train de penser. Tout le monde avait-il une physionomie aussi expressive ?

— C'est à cause de ton éducation, finit-elle par reconnaître. Tu n'es pas plus à blâmer que… C'est-à-dire, tu as été élevé…

— Pour être suffisant ? suggéra-t-il.

— Pour être sûr de toi, corrigea-t-elle.

Mais sa déclaration à lui était bien plus proche, il en eut l'intuition, de ce qu'elle avait failli dire. Elle ajouta alors :

— Ce n'est pas ta faute.

— Qui se montre condescendant, à présent ?

— Moi, j'en suis sûre, répondit-elle avec un sourire ironique. Mais c'est la vérité. Tu ne peux pas t'en empêcher, pas plus que je ne peux m'empêcher d'être une…

De nouveau, elle agita les mains. Ce geste suppléait apparemment à toutes les choses trop gênantes pour être proférées à voix haute.

— ... d'être ce que je suis, conclut-elle.

— Ce que tu es, répéta-t-il doucement.

Même s'il ignorait pourquoi, il lui avait fallu le dire.

Elle leva les yeux vers lui. Uniquement les yeux, en gardant le visage légèrement incliné. Et George eut le sentiment très étrange que s'il ne croisait pas son regard, s'il ne le soutenait pas, elle reporterait le sien sur ses mains étroitement serrées, et le moment serait perdu à jamais.

— Qu'es-tu, Billie ? chuchota-t-il.

— Je n'en ai aucune idée.

— Est-ce que quelqu'un a faim ? demanda soudain Andrew.

George cligna des yeux, peinant à sortir du sortilège qu'on semblait lui avoir jeté.

— Parce que moi, oui, continua Andrew. Je suis affamé ! Je n'ai mangé qu'un seul petit déjeuner ce matin.

— Un seul petit déj... ? commença Billie.

Mais, déjà, Andrew avait sauté sur ses pieds. S'appuyant d'une main sur la table, il s'inclina vers elle pour murmurer :

— J'espérais qu'on m'offrirait du thé.

— Oui, bien sûr, je pensais te proposer du thé, assura Billie – qui semblait néanmoins aussi troublée que George.

Puis elle fronça les sourcils.

— Mais il n'est pas un peu tôt ?

— Il n'est jamais trop tôt pour un thé, affirma Andrew. Surtout si ta cuisinière a fait des sablés. Je ne sais pas ce qu'elle met dedans, ajouta-t-il à l'intention de George, mais ils sont divins.

— Du beurre, répondit Billie d'un air distrait. Beaucoup de beurre.

Andrew pencha la tête de côté.

— Cela ne m'étonne pas. Tout est meilleur avec beaucoup de beurre.

— Nous devrions demander à Georgiana de nous rejoindre, suggéra Billie.

Tout en parlant, elle s'était penchée pour attraper ses béquilles.

— Je suis censée l'aider à organiser les divertissements pour la partie de campagne, continua-t-elle, avant de lever les yeux au ciel. Ordre de ma mère.

Andrew s'esclaffa.

— Est-ce que ta mère te connaît seulement ? Sérieusement, ma biquette, que pouvons-nous faire pour toi ? demanda-t-il lorsque Billie lui jeta un regard irrité. Veux-tu qu'on aille planter de l'orge sur la pelouse sud ?

— Arrête, dit George.

Andrew pivota brusquement.

— Pardon ?

— Laisse-la tranquille.

Andrew le dévisagea si longuement que George en vint à se demander s'il avait parlé une langue étrangère.

— Mais enfin... C'est Billie.

— Je sais. Et tu devrais la laisser tranquille.

— Je suis capable de me défendre toute seule, George, rappela Billie.

— Oui, bien sûr.

Elle ouvrit la bouche, mais ne trouva pas quoi répondre à cela.

Après les avoir regardés tour à tour, Andrew s'inclina brièvement devant Billie.

— Je te présente mes excuses.

Elle hocha la tête de manière un peu contrainte.

— Peut-être que je pourrais proposer mon aide pour l'organisation ? suggéra Andrew.

— Tu serais certainement plus doué que moi, reconnut-elle.

— Cela va sans dire !

Billie lui donna un petit coup de béquille dans la jambe.

Et soudain, tout redevint normal, constata George.

Pour tout le monde, mais pas pour lui.

9

Quatre jours plus tard

Billie jugea remarquable la facilité avec laquelle elle réussit à se dispenser de ses béquilles. De toute évidence, tout se passait dans la tête. C'était une question de force morale, de courage et de détermination.

La capacité à ignorer la douleur était aussi utile.

Après tout, ce n'était pas aussi douloureux que cela. Juste un élancement. Ou, plutôt, quelque chose comme un clou qu'on lui enfoncerait dans la cheville à un intervalle étroitement lié à la vitesse de ses déplacements.

Oh, pas un clou énorme ! Juste un petit. Autant dire une aiguille.

Elle était faite d'un bois solide. Tout le monde le disait.

De toute manière, la douleur dans sa cheville était, de loin, moins pénible que l'irritation provoquée par les béquilles sous les aisselles.

Ce n'était pas comme si elle envisageait de parcourir plusieurs lieues. Elle voulait juste être capable de se déplacer dans la maison sur ses deux jambes.

Il n'empêche que lorsqu'elle se dirigea vers le salon, quelques heures après le petit déjeuner, ce fut d'un pas considérablement plus lent qu'à l'accoutumée. Thamesly l'avait informée qu'Andrew l'y attendait. Elle n'en fut pas surprise, car il lui avait rendu visite chaque jour depuis sa chute, ce qui était très gentil de sa part.

Ils passaient beaucoup de temps à construire des châteaux de cartes. Un choix particulièrement pervers pour Andrew, vu qu'il avait encore le bras droit en écharpe. Quitte à lui tenir compagnie, disait-il, il préférait faire quelque chose d'utile.

Billie s'était abstenue de souligner que construire un château de cartes était d'une absolue inutilité.

Avec son unique bras valide, il avait besoin d'aide pour installer les premières cartes. Ensuite, toutefois, il était capable de continuer l'assemblage aussi bien qu'elle.

Et même mieux. Billie avait oublié à quel point il était monstrueusement doué pour bâtir des châteaux de cartes – et monstrueusement obsédé une fois la construction lancée. Le pire avait été atteint la veille. Dès qu'ils avaient eu terminé les fondations, il l'avait bannie du chantier. Puis il l'avait bannie de ses abords sous prétexte qu'elle respirait trop fort.

Évidemment, cela n'avait laissé d'autre choix à Billie que d'éternuer. Encore qu'elle aurait pu heurter la table.

Elle avait éprouvé un regret fugitif devant l'écroulement spectaculaire de l'édifice. L'expression d'Andrew en valait toutefois la peine – même si ce dernier était retourné chez lui sur-le-champ.

Mais c'était la veille et, connaissant Andrew, il allait vouloir recommencer, plus haut, plus grand, plus beau. Aussi Billie avait-elle récupéré deux autres jeux de cartes avant de le rejoindre. Ce devrait être suffisant pour qu'il puisse ajouter un ou deux étages supplémentaires à son cinquième chef-d'œuvre architectural.

Quand elle pénétra dans le salon, il se penchait sur une assiette de biscuits que quelqu'un avait laissée sur le guéridon en bout de canapé. Une servante, probablement. L'une de ces jeunes sottes qui ne cessaient de glousser à cause de lui.

— Tu as jeté tes béquilles par-dessus bord, commenta-t-il avec un hochement de tête approbateur. Félicitations.

— Merci.

Billie jeta un coup d'œil circulaire. Toujours pas de George. Il ne lui avait plus rendu visite depuis cette première matinée, dans la bibliothèque. Non pas qu'elle s'attendît à le voir. George et elle n'étaient pas amis, après tout.

Pas ennemis non plus, bien sûr. Pas amis, c'est tout. Même s'ils l'étaient un petit peu plus... à présent.

— Qu'est-ce qui ne va pas ? demanda Andrew.

Billie cligna des yeux.

— Rien.

— Tu as l'air renfrognée.

— Pas du tout.

La mine d'Andrew se fit condescendante.

— Parce que tu peux voir ton propre visage ?

— Je me trompe ou tu es ici pour me remonter le moral ?

— Seigneur, non, je suis ici pour les sablés ! Et peut-être, poursuivit-il en lui retirant un jeu de cartes des mains, pour bâtir un château.

— Enfin, un peu d'honnêteté.

Avec un éclat de rire, Andrew se laissa tomber sur le canapé.

— Tu ne peux pas prétendre que je t'ai dissimulé mes motifs.

Billie l'admit d'un simple battement de paupières. Andrew avait mangé une quantité prodigieuse de sablés au cours des derniers jours.

— Tu serais plus gentille avec moi si tu savais à quel point la nourriture est horrible sur un bateau.

— Sur une échelle de un à dix ?

— Douze.
— Je suis désolée, compatit-elle avec une grimace.
Elle connaissait la gourmandise d'Andrew.
— Je savais à quoi je m'exposais, dit-il. Non, en fait, peut-être pas, ajouta-t-il après réflexion.
— Tu ne serais pas entré dans la marine si tu avais su qu'il n'y aurait pas de biscuits ?
Andrew poussa un soupir théâtral.
— Parfois, un homme doit forger ses propres biscuits.
Billie laissa échapper quelques cartes.
— Quoi ?
— Je crois qu'il met « biscuits » à la place de « destin », déclara une voix masculine depuis la porte.
— George ! s'exclama Billie.
Avec surprise ? Ravissement ? Qu'est-ce que c'était que ce ton ? Et pourquoi était-elle incapable de répondre à cette question ?
— Billie, murmura-t-il en s'inclinant.
— Que fais-tu là ?
Ses lèvres esquissèrent un mouvement ironique qu'en toute honnêteté on ne pouvait qualifier de sourire.
— Toujours le savoir-vivre incarné.
— C'est que... tu ne m'as pas rendu visite depuis quatre jours.
Elle se pencha pour ramasser les cartes tombées à terre en veillant à ne pas trébucher sur la dentelle qui bordait sa jupe.
— Je t'ai donc manqué ?
Cette fois, il souriait franchement.
— Non !
Elle prit le temps de le foudroyer du regard avant de tendre la main vers le valet de cœur qui, l'exaspérant petit fripon, avait quasiment disparu sous le canapé.
— Ne sois pas ridicule. Thamesly n'a pas dit que tu étais là. Il n'a fait allusion qu'à Andrew.

— Je m'occupais des chevaux, dit George.

Surprise, Billie se tourna vers Andrew.

— Tu es venu à cheval ?

— Eh bien, j'ai essayé, admit-il.

— Nous sommes allés très lentement, assura George, avant de plisser les yeux. Où sont tes béquilles ?

— Parties ! répliqua Billie, non sans fierté.

— Je le vois bien. Qui t'a autorisée à t'en passer ?

— Personne, répliqua-t-elle en se hérissant.

Pour qui se prenait-il, franchement ? Son père ? Non, définitivement pas son père. Ce serait vraiment...

— Je me suis levée ce matin, enchaîna-t-elle sur un ton exagérément patient, j'ai fait un pas, et j'ai pris la décision moi-même.

Quand George ricana, elle eut un tressaillement.

— Qu'est-ce que c'est censé signifier ?

— Permets-moi de traduire, intervint Andrew, qui était plus ou moins vautré sur le canapé.

— Je sais très bien ce que cela signifie ! aboya-t-elle.

— Oh, Billie ! soupira Andrew, ce qui lui valut un regard noir. De toute évidence, tu as besoin de sortir de cette maison.

Comme si elle ne le savait pas !

— Je te prie d'excuser mon impolitesse, répondit-elle en reportant son attention sur George. Je ne m'attendais pas à te voir.

Il haussa les sourcils, mais accepta ses excuses d'un signe de tête et prit un siège dès qu'elle se fut assise.

— Il faut qu'on lui donne à manger, dit-elle en indiquant Andrew d'un signe de tête.

— Et à boire, aussi ? murmura George comme si son frère était un cheval.

— Hé, je suis là ! protesta Andrew.

George désigna l'exemplaire du *London Times*, fraîchement repassé, posé sur la table à côté de lui.

— Cela ne t'ennuie pas que j'y jette un coup d'œil ?

— Pas du tout, assura Billie.

Loin d'elle l'idée d'attendre de lui qu'il la distraie. Même si, a priori, ce devait être son intention en lui rendant visite. Elle se pencha vers Andrew pour lui donner une petite tape sur l'épaule.

— Veux-tu que je pose les bases ?

— S'il te plaît. Et ensuite, tu n'y touches plus.

Elle coula un regard vers George ; celui-ci les observait avec une curiosité amusée, le journal toujours plié sur les genoux.

— Au centre de la table, précisa Andrew.

— Despotique, comme d'habitude, constata Billie.

— Je suis un artiste.

— Un architecte, rectifia George.

Andrew releva la tête comme s'il avait oublié la présence de son frère.

— Oui, murmura-t-il. C'est cela.

Billie se laissa glisser de sa chaise et s'agenouilla devant la table basse en veillant à épargner tout mouvement brusque à sa cheville douloureuse. Après avoir choisi deux cartes dans le tas en désordre, elle forma un *V* à l'envers. Puis elle écarta les mains avec précaution.

— Bien joué, murmura George.

Billie sourit, absurdement contente du compliment.

— Merci.

Andrew leva les yeux au ciel.

— Franchement, lui dit Billie en s'emparant d'une troisième carte, tu es très pénible quand tu fais cela.

— Il n'empêche que j'obtiens ce que je veux.

Billie entendit le rire bas de George, suivi par le froissement du journal qu'il ouvrait, puis pliait à la bonne page. Elle secoua la tête. Andrew avait vraiment beaucoup de chance qu'elle soit son amie.

— C'est suffisant pour que tu commences ? lui demanda-t-elle après avoir posé quelques cartes supplémentaires.

— Oui, merci. Fais attention à la table en te relevant.

Billie se redressa et traversa la pièce en boitillant pour aller chercher son livre.

— Tu es comme cela, en mer ? lui lança-t-elle. C'est un miracle que les gens te supportent.

Les yeux étrécis, fixés non pas sur elle mais sur son futur château, Andrew plaça une nouvelle carte.

— J'obtiens ce que je veux, répéta-t-il.

Billie reporta son attention sur George. Il observait son frère avec une expression particulière. Même s'il plissait le front, son regard était trop brillant et intéressé pour être réprobateur. Elle remarqua que chaque fois qu'il clignait des yeux, ses cils balayaient gracieusement sa...

— Billie ?

Sapristi, il l'avait surprise en train de le regarder !

— Désolée, marmonna-t-elle. J'étais perdue dans mes pensées.

— J'espère qu'elles étaient intéressantes.

Elle dut se racler la gorge avant de répondre :

— Non, pas vraiment.

Elle se sentit alors très mal de l'avoir insulté sans même qu'il le sache. Et sans en avoir eu l'intention.

— On dirait une personne différente, enchaîna-t-elle en désignant Andrew. Je trouve cela déconcertant.

— Tu ne l'avais jamais vu ainsi ?

— Si, si...

Après avoir hésité entre le fauteuil et le canapé, elle se décida pour ce dernier. Andrew était à présent sur le sol et ne réclamerait sans doute pas sa place de sitôt. Elle s'installa le dos contre l'accoudoir et, sans même y penser, elle attrapa la couverture pliée sur le dossier et l'étendit sur ses jambes.

— ... mais je continue de trouver cela déconcertant.

— Il est d'une précision inattendue, déclara George.

Après un instant de réflexion, Billie demanda :

— Pourquoi « inattendue » ?

Avec un haussement d'épaules, George répondit :

— Qui aurait pensé cela de lui ?

— Oui, en un sens, tu n'as pas tort, admit Billie, songeuse.

— Je vous entends toujours, vous savez, intervint Andrew.

Après avoir ajouté une douzaine de cartes, il s'était légèrement reculé pour examiner sa construction sous différents angles.

— Je ne crois pas que nous visions la discrétion, fit remarquer George.

Réprimant un sourire, Billie ouvrit son livre à la page marquée d'un ruban.

— Je vous préviens charitablement, déclara Andrew après être passé de l'autre côté de la table, je vous tue s'il s'écroule à cause de vous.

— Mon cher frère, c'est à peine si je respire, répliqua George avec une gravité impressionnante.

Billie ravala un gloussement. Il était rare qu'elle voie cette facette narquoise de George. En général, il les trouvait si exaspérants, les uns et les autres, qu'il en perdait tout humour.

— C'est l'ouvrage de Prescott ? lui demanda-t-il. Le cas échéant, tu as bien avancé dans ta lecture.

— En dépit de moi-même, sois-en sûr. C'est vraiment aride.

— Tu lis une encyclopédie de l'agriculture et tu te plains que ce soit aride ? ironisa Andrew sans lever les yeux.

— Le dernier volume était passionnant, se défendit Billie. J'avais du mal à m'arrêter.

Même s'il lui tournait le dos, Billie devina qu'il levait les yeux au ciel. Elle regarda George qui, il fallait le reconnaître, n'avait pas une seule fois critiqué ses choix de lecture.

— Ce doit être à cause du sujet, reprit-elle. Prescott semble avoir énormément privilégié le paillage, cette fois.

— Le paillage, c'est important, assura George.

Ses yeux pétillaient, alors même qu'il affichait une expression extrêmement sérieuse.

Elle croisa son regard en se retenant de rire.

— Le paillage et les paillis, renchérit-elle d'un ton pénétré.

— Seigneur, maugréa Andrew, vous me donnez envie de m'arracher les cheveux, tous les deux.

Billie lui tapota l'épaule.

— Mais tu nous aimes.

— Ne me touche pas !

— Il est vraiment touchant, déclara-t-elle à l'intention de George.

— Mauvais jeu de mots, Billie, grommela Andrew.

Avec un petit rire, elle reporta les yeux sur son livre.

— Revenons au paillage...

En toute honnêteté, elle essaya de lire. Les articles de Prescott lui paraissaient cependant terriblement ennuyeux, et chaque fois que George bougeait, le froissement de son journal l'obligeait à lever la tête.

Lui aussi levait alors la tête. Et elle devait donc feindre de regarder Andrew. Puis elle regardait bel et bien ce dernier car, bizarrement, observer un manchot en train de construire un château de cartes était fascinant.

« Concentre-toi sur Prescott ! » s'intima-t-elle. Si ennuyeuse que fût la question du paillage, elle devait avancer. Elle y parvint, du reste. Une heure s'écoula dans un silence agréable. Une heure durant laquelle elle apprit tout sur le paillis... de paille, comme de juste. Elle découvrit ensuite le paillis de tourbe, mais quand elle en vint au paillis de bois, elle ne put en supporter davantage.

— Je n'en peux plus d'ennui, avoua-t-elle avec un énorme soupir.

— C'est tout à fait le genre de chose à dire en société, ironisa Andrew.

Elle lui glissa un regard de biais.

— Tu ne comptes pas comme société.

— Et George ?

— Non plus, je suppose, répondit-elle avec un haussement d'épaules.

George leva les yeux de son journal.

— Je compte.

Elle fut prise de court car elle ne s'attendait pas qu'il les ait écoutés.

— Je compte, répéta-t-il.

Si Billie ne l'avait pas regardé à cet instant, elle n'aurait pas surpris l'éclat intense et brûlant, quoique fugitif, qui flamba dans ses yeux avant qu'il ne les rabaisse sur son journal.

— Tu traites Andrew comme un frère, dit-il en tournant une page avec une lenteur délibérée.

— Et je te traite...

Il releva la tête.

— Pas comme un frère.

Les lèvres de Billie s'entrouvrirent. Elle était incapable de détourner le regard. Elle y fut néanmoins contrainte lorsqu'elle commença à se sentir bizarre, et qu'il lui parut impératif de revenir à son paillis de bois.

C'est alors que George émit un son ou, peut-être, se contenta-t-il de respirer, toujours est-il que, de nouveau, elle se retrouva à le regarder.

Il avait de beaux cheveux, constata-t-elle. Qu'il ne poudrait pas, heureusement. Du moins pas en temps ordinaire. Ils étaient épais, et leur légère ondulation laissait supposer qu'ils boucleraient s'il les portait plus longs.

Billie laissa échapper un imperceptible soupir. Sa femme de chambre aurait rêvé qu'elle ait une chevelure identique. La plupart du temps, elle se contentait d'attacher ses cheveux en catogan. Mais parfois, il lui fallait une coiffure plus apprêtée. Elles avaient tout essayé, depuis les fers chauffants jusqu'aux rubans mouillés, rien n'y faisait : ses cheveux refusaient de boucler.

Elle aimait aussi la couleur des cheveux de George. Un caramel chaud et profond, avec quelques mèches dorées. Elle aurait parié qu'il oubliait parfois de porter un chapeau au soleil. Ce qui lui arrivait, à elle aussi.

Curieusement, tous les Rokesby avaient des yeux de la même couleur, exactement, alors que leurs cheveux présentaient toute la gamme des châtains. Aucun d'eux n'était vraiment blond, ni roux ni brun, et tous étaient différents.

— Billie ? fit George avec un mélange de perplexité et d'amusement.

Oh, bonté divine, cela faisait deux fois qu'il la surprenait à le regarder !

Le sourire qu'elle esquissa devait tenir de la grimace.

— Je pensais simplement à votre ressemblance étonnante, à Andrew et à toi.

Après tout, c'était plus ou moins la vérité.

Sa déclaration fit relever la tête à Andrew.

— Tu trouves vraiment ?

— Eh bien… vous avez tous les deux les yeux bleus.

— Comme la moitié des gens en Angleterre, observa Andrew, pince-sans-rire.

Il revint à son œuvre.

— Notre mère a toujours prétendu que nous avions les mêmes oreilles, déclara George.

— Les mêmes oreilles ? s'exclama Billie, abasourdie. Je n'ai jamais entendu quiconque comparer des oreilles.

— Pour autant que je le sache, personne ne le fait, hormis notre mère.

— Des lobes libres, expliqua Andrew qui, sans se tourner vers Billie, titilla de sa main valide le lobe de son oreille. Ceux de notre mère sont attachés.

Billie porta la main à sa propre oreille.

— J'ignorais que tous les lobes n'étaient pas identiques, avoua-t-elle.

— Les tiens aussi sont attachés, fit remarquer Andrew, toujours sans la regarder.

— Tu sais cela ?

— Je fais attention aux oreilles. Je ne peux pas m'en empêcher.

— Moi non plus, reconnut George. La faute de notre mère.

Billie cilla à plusieurs reprises, les doigts toujours refermés sur le lobe de son oreille.

— Je ne comprends toujours...

Les sourcils froncés, elle se redressa, puis pivota brusquement pour reposer les pieds sur le sol.

— Attention ! s'écria Andrew.

Elle lui jeta un regard exaspéré, dont il n'eut cure car il lui tournait toujours le dos. Puis elle se pencha vers lui.

Il se retourna alors lentement.

— Tu es en train d'examiner mes oreilles ?

— J'essaie juste de voir la différence. Je te l'ai dit, je ne savais pas qu'il en existait de différentes sortes.

Il agita la main en direction de son frère.

— Va voir celles de George, s'il te plaît. Là, tu es trop près de la table.

Billie avança avec précaution dans l'espace entre le canapé et la table.

— Je t'assure, Andrew, ça ressemble à un vice, chez toi.

— Certains se tournent vers la boisson, riposta-t-il.

Voyant que Billie était debout, George se leva à son tour.

— Ou les cartes, dit-il avec un sourire en coin.

Billie ne put s'empêcher de pouffer.

— Il en est à combien d'étages, à ton avis ? s'enquit George.

Elle dut se pencher à droite car Andrew lui cachait son chef-d'œuvre. Un, deux, trois, quatre...

— Six, répondit-elle.

— Remarquable.

— C'est ce qu'il faut pour t'impressionner ?

— Peut-être bien.

— Cessez de parler, leur ordonna Andrew.

— Nous faisons bouger l'air avec notre souffle, expliqua Billie d'un air grave.

— Je comprends.

— Hier, j'ai éternué.

George lui adressa un regard admiratif.

— Bien joué.

— Il me faut des cartes supplémentaires, annonça Andrew.

Après s'être écarté très lentement de la table, il rampa sur le tapis, jusqu'à être suffisamment loin pour pouvoir se relever sans risque.

— Je n'en ai plus, avoua Billie. Je veux dire... Il y en a sans doute d'autres dans la maison, mais j'ignore où. Je t'ai apporté les deux derniers jeux qui restaient dans la salle de jeux.

— Ça ne suffira pas, marmonna Andrew.

— Demande à Thamesly, suggéra-t-elle. Si quelqu'un sait où en trouver, ce sera lui.

Andrew hocha la tête d'un air songeur, comme si le sujet méritait plus ample réflexion. Puis il fit face à Billie.

— Il faut que tu te déplaces.

— Je te demande pardon ? dit-elle, interloquée.

— Tu ne peux pas rester là. Tu es trop près.

— Andrew, tu deviens fou.

— Tu vas le faire s'effondrer.

— Va interroger Thamesly, répliqua Billie.

— Si tu...

— Va-t'en ! crièrent George et elle d'une même voix.

Après leur avoir jeté un regard menaçant, Andrew se décida enfin à quitter le salon.

Billie regarda George, qui la regarda. Et ils éclatèrent de rire.

— Tu fais ce que tu veux, déclara Billie, mais pour ma part, je vais à l'autre bout de la pièce.

— Dans ce cas, tu admets la défaite.

Tout en s'éloignant, elle lui jeta un coup d'œil par-dessus son épaule.

— Je parlerais plutôt d'instinct de conservation.

Avec un petit rire, George la suivit jusqu'à l'une des fenêtres.

— L'ironie de la chose, c'est qu'il est nul aux cartes.

— Ah bon ?

Billie fronça le nez. C'était curieux, vraiment, mais elle ne se rappelait pas avoir jamais joué aux cartes avec Andrew.

— En fait, il est très mauvais à tous les jeux de hasard, poursuivit George. Si jamais tu as besoin d'argent, c'est l'homme qu'il te faut.

— Hélas, je ne joue pas !

— Aux cartes, précisa-t-il.

Sans doute avait-il voulu se montrer drôle. Pourtant Billie trouva sa réplique extrêmement condescendante. Elle se rembrunit.

— Que veux-tu dire par là ?

Il la regarda, l'air quelque peu surpris.

— Simplement que tu prends plaisir à jouer tout le temps avec ta vie.

Elle demeura un instant bouche bée.

— C'est absurde !

— Billie, tu es tombée d'un arbre.

— Sur un *toit*.

— C'est censé m'empêcher de demander comment ?

— Tu aurais fait exactement la même chose à ma place, s'entêta-t-elle. D'ailleurs, tu l'as fait.

— Ah, vraiment ?

— J'ai grimpé dans l'arbre pour secourir un chat. Et toi, ajouta-t-elle en lui frappant l'épaule de son index, tu as grimpé sur le toit pour me secourir.

— D'abord, je n'ai pas grimpé dans l'arbre. Et ensuite, tu te compares à un chat ?

— Oui. Non !

Pour la première fois, elle se félicita de s'être blessée à la cheville. Sinon, elle aurait tapé du pied.

— Qu'aurais-tu fait si je n'étais pas passé par là ? demanda-t-il. Franchement, Billie, qu'aurais-tu fait ?

— Je m'en serais sortie.

— Sûrement, parce que tu as une chance de tous les diables. Mais ta famille aurait été folle d'angoisse, et il est probable que le village entier aurait été appelé à la rescousse pour se lancer à ta recherche.

Il avait raison, hélas, ce qui rendait la chose encore pire.

— Parce que tu crois que je n'en ai pas conscience ?

Il la dévisagea juste assez longtemps pour qu'elle se sente mal à l'aise.

— Non, je ne le crois pas.

Elle prit une brève inspiration.

— Tout ce que je fais, je le fais pour les gens d'ici, se défendit-elle. Ma vie tout entière… Je suis en train de lire cette maudite *Encyclopédie de l'agriculture*, argua-t-elle avec un geste de la main en direction du livre en question. Tome *quatre* ! Connais-tu d'autres personnes qui…

Les mots s'étranglèrent dans sa gorge, et elle dut prendre quelques secondes avant de pouvoir poursuivre :

— Tu me trouves donc à ce point insensible ?

— Non, répondit-il d'une voix abominablement basse et calme. Je te considère comme irréfléchie.

Billie eut un mouvement de recul.

— Je n'arrive pas à croire que j'aie pu envisager un instant que nous puissions devenir amis. Tu es une personne terrible, George Rokesby, poursuivit-elle devant son silence. Tu es impatient, tu es intolérant, tu es…

Il l'attrapa par le bras.

— Arrête.

Billie tenta de se dégager, en vain.

— D'ailleurs, pourquoi es-tu venu ce matin ? Tu ne me regardes que pour me trouver des défauts.

— Ne sois pas absurde.

— C'est la vérité, répliqua-t-elle. Tu ne te vois pas quand tu es avec moi ! Tu ne fais que froncer les sourcils et… et critiquer. Dans tes manières, dans tes expressions, il n'y a que de la réprobation !

— Tu es ridicule.

Billie secoua la tête, avec l'impression soudaine d'avoir eu une révélation.

— Tu désapprouves tout de moi.

Il resserra son étreinte sur son bras et s'approcha d'un pas.

— C'est si éloigné de la vérité que c'en est risible.

Billie en resta interdite.

Puis elle s'aperçut que George paraissait aussi choqué par ses propres paroles qu'elle-même. Et qu'il se tenait très près d'elle.

Elle leva le menton, plongea son regard dans le sien. Le souffle lui manqua.

— Billie, chuchota-t-il.

Et il leva la main.

Comme pour lui caresser la joue.

10

George faillit l'embrasser.

Bonté divine, il faillit embrasser Billie Bridgerton !

Il devait sortir d'ici sans plus attendre.

— Il est tard, déclara-t-il abruptement.

— Pardon ?

— Il est tard. Je dois m'en aller.

— Il n'est pas tard, rétorqua-t-elle, déconcertée. Que racontes-tu ?

« Je ne sais pas », manqua-t-il de répondre.

Il l'avait presque embrassée. Son regard s'était fixé sur sa bouche, il avait perçu son haleine entre ses lèvres entrouvertes, et il s'était surpris à s'incliner, à désirer…

À brûler.

Pourvu qu'elle ne s'en soit pas rendu compte ! On ne l'avait sûrement jamais embrassée. Sans doute n'avait-elle pas compris ce qui se passait.

Mais Dieu qu'il l'avait désirée ! Ç'avait été comme une vague qui l'avait frappé, se gonflant subrepticement puis déferlant sur lui à une telle vitesse et avec une telle force qu'elle avait quasiment balayé sa raison.

Et il la désirait encore.

— George ? Quelque chose ne va pas ?

Il ouvrit la bouche, mais aucun son n'en sortit. Il avait besoin d'air.

Billie l'observait avec une curiosité teintée de méfiance.

— Tu étais en train de me réprimander, lui rappela-t-elle.

Il était presque certain que son cerveau n'avait pas retrouvé son fonctionnement normal. Il cilla, s'efforçant de donner un sens à ce qu'elle disait.

— Tu veux que je continue ? répliqua-t-il.

— Non, pas particulièrement.

Il se passa la main dans les cheveux, puis tenta un sourire. Il était incapable de faire mieux.

Le front de Billie se plissa d'inquiétude.

— Tu es sûr que ça va ? Tu es tout pâle.

Pâle, lui ? Il avait l'impression d'être en feu.

— Pardonne-moi, dit-il. Je crois que je suis un peu...

Un peu quoi ? Fatigué ? Affamé ? Après s'être raclé la gorge, il se décida pour :

— ... étourdi.

— Étourdi ? répéta-t-elle avec incrédulité.

— Cela m'est venu brusquement.

Sur ce point, au moins, il disait vrai.

Elle esquissa un geste vers le cordon de sonnette.

— Veux-tu que je demande quelque chose à manger ? Veux-tu t'asseoir ?

— Non, non, ça va, assura-t-il stupidement.

— Ça va... Tu n'es plus étourdi ?

Le scepticisme de Billie sautait aux yeux. Mais quand il confirma d'un signe de tête, elle le regarda comme s'il était devenu fou. Ce qui n'était peut-être pas à exclure. Il ne voyait pas d'autre explication.

— Je dois m'en aller, déclara-t-il.

Il pivota sur ses talons et se dirigea vers la porte à grands pas, pressé qu'il était de sortir de cette pièce.

— George, attends !

Un peu plus, il réussissait à s'échapper. Il s'arrêta. Il ne pouvait pas plus quitter une pièce lorsqu'une dame l'appelait que cracher à la figure du roi. Les bonnes manières étaient inscrites dans sa chair.

Lorsqu'il se retourna, Billie s'était rapprochée de lui.

— Tu ne crois pas que tu devrais attendre Andrew ?

Il exhala lentement. Andrew. Bien sûr.

— Il va avoir besoin d'aide, non ? Avec son cheval ?

— Je vais l'attendre, oui, dit-il après avoir juré en son for intérieur.

Billie se mordilla la lèvre. Du côté droit. Elle se mordillait toujours le côté droit, se rendit-il compte.

Elle jeta un regard en direction de la porte.

— Je ne comprends pas pourquoi il met autant de temps.

George haussa les épaules.

— Peut-être qu'il n'a pas réussi à trouver Thamesly, continua-t-elle.

Il haussa de nouveau les épaules.

— Ou peut-être que ma mère l'a intercepté. Elle peut être pénible parfois.

Au moment de hausser les épaules pour la troisième fois, George prit conscience de l'ineptie de son geste et choisit de lui adresser un vague sourire.

— Ma foi, dit Billie, apparemment à court de suggestions. Hum...

George croisa les mains dans son dos. Il regarda la fenêtre, puis le mur, mais pas Billie. Surtout pas Billie.

Il avait toujours envie de l'embrasser.

Elle toussota. À défaut de la regarder, il fixa les yeux sur le bas de sa robe.

Le silence s'éternisa, absurdement embarrassé.

— Mary et Felix arrivent dans deux jours, finit-elle par dire.

George tenta de ranimer la partie de son cerveau qui savait comment faire la conversation.

— Est-ce que tout le monde n'arrive pas dans deux jours ?

— Si, bien sûr, répondit Billie, l'air soulagée d'avoir à répondre à une vraie question. Mais ce sont les seuls qui m'intéressent.

Malgré lui, George sourit. C'était du Billie tout craché d'organiser une fête et d'en détester à l'avance chaque instant. Il est vrai qu'elle n'avait guère eu le choix. Tout le monde savait que l'idée de la fête venait de lady Bridgerton.

— La liste des invités a-t-elle été arrêtée, finalement ?

La question était de pure forme, bien sûr. Cela faisait plusieurs jours que la liste était close, et que des messagers avaient été dépêchés pour transmettre les invitations, avec ordre d'attendre la réponse.

Mais ce silence était de ceux qui exigeaient d'être rompus. Billie n'était plus sur le canapé avec son livre, ni lui dans son fauteuil avec le journal. Ils ne disposaient plus du moindre accessoire sur lequel s'appuyer. Rien, hormis eux-mêmes. Et chaque fois qu'il la regardait, ses yeux se rivaient sur ses lèvres, et c'était une torture.

Billie s'approcha d'un secrétaire et fit courir distraitement ses doigts sur l'abattant.

— La duchesse de Westborough va venir, dit-elle. Maman est ravie qu'elle ait accepté notre invitation. Il paraît que c'est un privilège.

— La venue d'une duchesse est toujours un privilège, répliqua George, ironique. Et, en général, une grande source de tracas.

— Tu la connais ?

— Nous avons été présentés.

Le visage de Billie se voila d'une mélancolie songeuse.

— J'imagine que tu as été présenté à tout le monde ?

— Probablement. À toutes les personnes qui se rendent à Londres, en tout cas.

Comme la plupart des hommes de son rang, George passait plusieurs mois à Londres chaque année. Des séjours qu'il appréciait beaucoup, en général, car il en profitait pour voir des amis et suivre de près les affaires de l'État. Ces derniers temps, il s'était intéressé à la recherche d'une épouse potentielle, ce qui s'était révélé une entreprise bien plus fastidieuse que prévu.

Une nouvelle fois, Billie se mordilla la lèvre.

— Est-elle très impressionnante ?

— La duchesse ?

Comme elle acquiesçait d'un signe de tête, il répondit :

— Pas plus impressionnante que n'importe quelle autre duchesse.

— George ! Tu sais bien que ce n'est pas ce que je te demande.

Il prit pitié d'elle.

— Oui, admit-il, elle est assez impressionnante. Mais tu seras...

Il s'interrompit pour la regarder. Pour l'étudier, plutôt. Et il finit par s'apercevoir que ses yeux n'avaient pas leur éclat habituel.

— Tu es nerveuse ?

D'une pichenette, elle chassa sur sa manche une poussière invisible.

— Ne dis pas de bêtises.

— Parce que...

— Évidemment que je suis nerveuse.

George en resta interdit. Elle était nerveuse ? *Billie ?*

— Qu'y a-t-il ? demanda-t-elle, voyant son incrédulité.

Il secoua la tête. Que Billie admette qu'elle se sentait nerveuse, après toutes les extravagances auxquelles elle s'était livrée... et sans jamais cesser de sourire jusqu'aux oreilles... c'était inconcevable.

— Tu as sauté d'un arbre, finit-il par lui rappeler.

— Je suis *tombée* d'un arbre, corrigea-t-elle. Et quel est le rapport avec la duchesse de Westborough ?

— Aucun, reconnut-il, sauf qu'il est difficile de t'imaginer nerveuse à cause de...

Bien malgré lui, il éprouvait une admiration grandissante. Billie était intrépide. Elle l'avait du reste toujours été.

— ... à cause de quoi que ce soit.

Elle pinça brièvement les lèvres.

— As-tu déjà dansé avec moi ?

— Pardon ? lâcha-t-il, interloqué.

— As-tu déjà dansé avec moi ? répéta-t-elle, non sans impatience.

— Euh... Oui ?

— Non. Jamais.

— C'est impossible, assura-t-il.

Il avait forcément dansé avec elle, vu qu'il la connaissait depuis toujours.

Mais elle croisa les bras sans répliquer.

— Tu ne sais pas danser ? avança-t-il.

— Bien sûr que si, répliqua-t-elle d'un air exaspéré.

George commençait à se sentir des envies de meurtre.

— Je ne suis pas une danseuse émérite, continua-t-elle, mais je m'en sors correctement, je crois. Là n'est pas le problème... Le problème, George, c'est que tu n'as jamais dansé avec moi parce que je n'assiste pas aux bals.

— Peut-être que tu devrais.

— Je ne glisse pas avec grâce lorsque je me déplace, déclara-t-elle, la mine de plus en plus renfrognée, et je ne sais pas flirter. Et la dernière fois que j'ai essayé de me servir d'un éventail, j'en ai donné un coup dans l'œil de quelqu'un.

Elle décroisa les bras pour poser les mains sur ses hanches.

— En outre, je suis totalement incapable de donner à un homme l'impression qu'il est intelligent, fort et supérieur à moi.

George ne put se retenir de rire.

— Je suis presque certain que la duchesse de Westborough est une femme.

— George !

Il sursauta, surpris. Billie était vraiment bouleversée.

— Pardonne-moi, dit-il.

Il la regarda avec circonspection, méfiance, même. Indécise, elle tripotait d'une main fébrile les plis de sa jupe. Le froncement de ses sourcils trahissait davantage l'affliction que la colère.

Il ne l'avait jamais vue ainsi. Il ne la reconnaissait pas.

— Je ne me débrouille pas bien quand je suis en société, murmura-t-elle. Je ne... je ne suis pas douée.

Le moment n'était pas à la plaisanterie, bien sûr, mais George ne savait pas ce que Billie avait besoin d'entendre. Comment réconforte-t-on une tornade ? Comment rassure-t-on une fille qui fait tout à la perfection, et le refait ensuite, dans l'autre sens, simplement pour le plaisir ?

— Tu te débrouilles à merveille lors des dîners à Crake House, déclara-t-il tout en sachant que ce n'était pas ce dont elle parlait.

Et en effet, elle rétorqua :

— Cela ne compte pas.

— Lorsque tu vas au village...

— Franchement, tu vas comparer les villageois à une duchesse ? Je les ai connus toute ma vie. Et, surtout, eux me connaissent.

George s'éclaircit la voix.

— Billie, tu es la femme la plus sûre d'elle et la plus adroite que je connaisse.

— Je te rends fou, déclara-t-elle simplement.

— C'est vrai, acquiesça-t-il, même si cette « folie » avait pris une tournure troublante ces derniers temps. Mais tu es une Bridgerton. La fille d'un vicomte. Il n'y a pas de raison que tu ne puisses te tenir la tête haute dans n'importe quel salon du pays.

— Tu ne comprends pas !

— Dans ce cas, aide-moi à comprendre.

À sa grande surprise, George s'aperçut qu'il en avait envie.

Billie ne répondit pas tout de suite. Elle ne le regarda même pas. Elle s'appuyait toujours sur le secrétaire et ses yeux semblaient rivés à ses mains. Elle finit toutefois par lui décocher un regard subreptice, comme pour s'assurer qu'il était sincère.

George en fut offusqué, quoique brièvement. Il n'avait pas l'habitude de voir sa sincérité mise en doute, cela dit, il s'agissait de Billie. Depuis toujours, tous deux s'asticotaient, cherchant sans cesse le point faible chez l'autre.

Mais les choses s'étaient transformées au cours de la semaine écoulée. Sans qu'il sache pourquoi, vu qu'aucun d'eux n'avait changé.

Il y avait beaucoup moins de réticence dans le respect qu'il avait pour elle. Certes, il la considérait comme plus entêtée qu'une mule et d'une témérité condamnable. Toutefois, elle avait le cœur pur.

Il l'avait toujours su, naturellement. Elle l'agaçait cependant tellement qu'il ne s'en était jamais aperçu.

— Billie ? murmura-t-il.

Elle releva la tête, un pli amer à la commissure des lèvres.

— La question n'est pas de me tenir la tête haute.

— Alors quelle est-elle ?

Elle le dévisagea longuement, les lèvres serrées, avant de demander :

— Sais-tu que j'ai été présentée à la Cour ?

— Je croyais que tu n'avais pas eu de saison mondaine ?

— Je n'en ai pas eu... après cela.

George ne put retenir une grimace.

— Que s'est-il passé ?

Les yeux baissés, elle répondit :

— Il se peut que j'aie mis le feu à la robe de quelqu'un.

— Tu as mis le feu à la robe de quelqu'un ? s'exclama-t-il, effaré.

Elle attendit en affichant une patience ostensible, comme si elle avait déjà eu cette conversation et qu'elle savait précisément le temps qu'il faudrait à George pour recouvrer ses esprits.

— Tu as mis le feu à la robe de quelqu'un, répéta-t-il en la regardant avec stupeur.

— Je ne l'ai pas fait exprès !

— Eh bien, répondit-il, impressionné malgré lui, je suppose que si quelqu'un voulait...

— Ne va pas plus loin, lui conseilla-t-elle.

— Comment se fait-il que je n'en aie pas entendu parler ?

— C'était un tout petit feu, répondit-elle d'un air pincé.

— Il n'empêche que...

— J'ai mis le feu à la robe de quelqu'un, et la question la plus importante pour toi, c'est de savoir pourquoi la rumeur n'est pas arrivée jusqu'à tes oreilles ?

— Je te demande pardon.

Il ne put toutefois s'empêcher d'ajouter, quoique avec précaution :

— Est-ce une invitation à m'enquérir de la manière dont tu as mis le feu à cette robe ?

— Non. Et ce n'est pas la raison pour laquelle j'ai abordé le sujet.

George fut tenté de pousser la taquinerie un peu plus loin, mais Billie laissa alors échapper un soupir si accablé qu'il perdit toute envie de rire.

— Billie, commença-t-il, compatissant, tu ne peux pas...

Elle ne le laissa pas terminer.

— Je n'entre pas dans le moule, George.

Elle avait raison. C'était d'ailleurs ce qu'il s'était dit quelques jours plus tôt. Si Billie avait accompagné sa sœur lors de sa saison londonienne, ç'aurait été un désastre. Tout ce qui faisait d'elle une personne forte, remarquable, aurait constitué sa perte dans le monde fermé de la haute société.

Celle-ci aurait trouvé en elle une cible toute désignée. Parmi ces gens bien nés, tous n'étaient pas cruels. Mais ceux qui l'étaient... Les mots leur servaient d'armes, et ils les décochaient comme des flèches.

— Pourquoi me racontes-tu cela ? demanda-t-il soudain.

Un éclair douloureux traversa le regard de Billie. De crainte qu'elle ne le croie indifférent, George se hâta d'ajouter :

— Je veux dire, pourquoi moi ? Pourquoi pas Andrew ?

Elle mit un certain temps à répondre.

— Je ne sais pas. Je ne... Andrew et moi ne parlons pas de ce genre de choses.

— Mary sera bientôt là, dit-il, pensant la réconforter.

— Pour l'amour du Ciel, George, riposta-t-elle, si tu ne veux pas me parler, il suffit de le dire.

Il l'attrapa par le poignet comme elle tournait les talons.

— Non, ce n'est pas ce que je voulais dire ! s'exclama-t-il. Je suis heureux de parler avec toi. Et je suis heureux de t'écouter. Je pensais juste que tu préférerais avoir quelqu'un qui...

Les yeux rivés sur lui, elle attendit qu'il termine sa phrase. Mais il ne put se résoudre à prononcer les mots qu'il avait sur le bout de la langue :

Quelqu'un qui se sentirait concerné.

Car ces mots auraient été blessants. Mesquins, également. Et faux, surtout.

George se sentait concerné. Très concerné même.

— Je vais...

Le désordre de ses pensées était tel que les mots moururent sur ses lèvres. Il ne put que la fixer en silence. Elle lui rendit son regard. Il essaya de se rappeler sa langue maternelle, de trouver des mots justes et des paroles rassurantes. Parce qu'il ne supportait pas de la voir triste et anxieuse.

— Si tu le souhaites, reprit-il lentement, je ferai attention à toi.

— Que veux-tu dire ?

— Je m'assurerai que...

George agita la main, sans que ce geste éclaircisse en rien son propos.

— Que tu... que tu te sentes bien.

— Que je me sente bien ?

George secoua la tête, contrarié par son incapacité à ordonner ses pensées et à les traduire en phrases cohérentes.

— Je ne sais pas... Simplement, si tu as besoin d'un ami, je serai là.

Elle entrouvrit les lèvres et il la vit avaler sa salive. Il devina que non seulement les mots étaient coincés dans sa gorge, mais aussi les émotions qu'elle retenait avec force.

— Je te remercie, souffla-t-elle. C'est...

— Ne dis surtout pas que c'est gentil de ma part, la coupa-t-il.

— Pourquoi ?

— Parce que ce n'est pas de la gentillesse. C'est... Je ne sais pas ce que c'est, reconnut-il avec un geste d'impuissance. Mais ce n'est pas de la gentillesse.

Elle esquissa un sourire tremblant, et assurément malicieux.

— Très bien. Tu n'es pas gentil.

— Jamais.

— Puis-je te traiter d'égoïste ?

— Ce serait aller un peu trop loin.

— Vaniteux ?

Il fit un pas dans sa direction.

— Ne tire pas trop sur la corde, Billie.

— Arrogant.

Elle contourna la table en riant pour se réfugier de l'autre côté.

— Allez, George, tu ne peux pas nier le mot « arrogant ».

— Et moi, rétorqua-t-il, de quoi dois-je te traiter ?

— D'exceptionnelle ?

— Que dirais-tu d'exaspérante ? suggéra-t-il en se rapprochant d'elle.

— Ah, mais ça, c'est très subjectif !

— Imprudente ?

Elle se jeta à gauche comme il allait à droite.

— Ce n'est pas de l'imprudence si l'on sait ce qu'on fait.

— Je te rappelle que tu es tombée sur un toit.

— Tu disais que j'avais sauté, il me semble, répliqua-t-elle.

Avec un grondement, George s'élança vers elle tandis qu'elle criait :

— J'essayais de sauver le chat ! J'agissais par noblesse !

— Je vais te montrer ce qu'est la nobl...

Billie poussa un cri aigu et fit un saut en arrière… droit dans le château de cartes.

Lequel, comme soufflé par un pétard chinois, s'effondra dans le plus grand désordre.

Quant à Billie, elle se retrouva carrément assise sur la table, au milieu des décombres du chef-d'œuvre d'Andrew.

Après être restée un instant abasourdie, elle releva la tête et demanda d'une toute petite voix :

— Je suppose que même à deux, nous ne pourrons pas le reconstruire ?

George secoua la tête.

— Je crois que je me suis de nouveau fait mal à la cheville, dit-elle après avoir dégluti.

— Très mal ?

— Non.

— Je te conseille néanmoins de proclamer le contraire lorsque Andrew reviendra.

Naturellement, ce dernier choisit cet instant pour franchir le seuil.

— Je me suis blessée à la cheville ! glapit Billie. Ça fait atrocement mal !

George fut obligé de se détourner pour réprimer une affreuse envie de rire.

Andrew resta un instant pétrifié.

— Non… finit-il par murmurer. Tu as recommencé.

Billie prit un air contrit.

— C'était un très joli château.

— Je suppose que c'est un talent… fit remarquer Andrew.

— Oh, assurément ! Tu es vraiment doué.

— C'est de toi que je parle.

— Ah… Euh… oui, murmura Billie avec un sourire forcé. Ça ne sert à rien de faire quelque chose si on ne le fait pas bien, tu ne crois pas ?

Andrew garda le silence. George aurait voulu plaquer les mains sur son visage, juste pour s'assurer qu'il n'était pas somnambule.

— Je suis sincèrement désolée, reprit Billie. Je vais le reconstruire pour toi.

Elle descendit de la table, fit quelques pas en boitillant.

— Même si je ne sais pas comment je vais m'y prendre, ajouta-t-elle.

— C'est ma faute, déclara George.

Billie se tourna vers lui.

— Tu n'as pas besoin de t'accuser.

— Mais je te pourchassais.

Cette déclaration tira brutalement Andrew de son hébétude.

— Tu la pourchassais ?

Bon sang ! George regretta de n'avoir pas tourné sept fois sa langue dans sa bouche.

— Je ne dirais pas exactement cela.

— Il te *pourchassait* ? demanda Andrew à Billie.

Elle ne rougit pas, mais son expression se fit penaude.

— Il se peut que je l'aie un peu provoqué...

— Provoqué ? Toi ? ricana George.

— En réalité, c'est la faute du chat, répliqua-t-elle. Je ne serais jamais tombée si ma cheville n'avait pas été aussi faible.

Elle plissa le front, l'air pensive.

— À partir de maintenant, je vais tout mettre sur le dos de cet animal galeux.

— Mais que se passe-t-il ? demanda Andrew, dont le regard allait de l'un à l'autre. Pourquoi n'êtes-vous pas en train de vous entre-tuer ?

— Il y a le léger détail de la potence, murmura George.

— Sans compter que ta mère ne serait pas très contente, ajouta Billie.

Bouche bée, Andrew les fixa de nouveau en silence. Puis il lâcha :

— Je rentre à la maison.

Billie pouffa, et George cessa de respirer. Il l'avait pourtant entendue pouffer des milliers de fois. Mais cette fois, c'était différent. Ce rire léger, lorsqu'il atteignit son oreille, lui parut le son le plus délicieux qu'il eût jamais entendu.

Et, sans doute possible, le plus terrifiant. Car George eut le pressentiment de ce que cela signifiait.

Et s'il était une personne au monde dont il ne tomberait pas amoureux, c'était bien Billie Bridgerton.

11

Billie ne savait pas exactement ce qu'elle s'était fait à la cheville lorsqu'elle avait heurté le château de cartes, mais comme celle-ci était à peine plus douloureuse qu'auparavant, elle jugea, la veille de l'arrivée des invités, qu'elle était capable de monter à cheval. À condition de monter en amazone.

Elle n'avait pas le choix. Honnêtement, si elle n'allait pas vérifier en personne la croissance de l'orge, elle ne voyait pas qui s'en chargerait. Toutefois, monter et descendre de sa monture s'annonçant difficile, elle fut obligée d'emmener un valet d'écurie avec elle. Une obligation qui leur déplaisait à tous les deux. Le valet d'écurie n'avait aucune envie d'inspecter l'orge, et Billie n'avait aucune envie d'être surveillée par un garçon d'écurie pendant qu'elle inspectait l'orge.

Pour couronner le tout, sa jument se révéla de mauvaise humeur. Cela faisait longtemps que Billie n'était pas montée en amazone, et Argo n'aimait pas du tout cela.

Tout comme Billie, du reste.

Et si elle n'avait pas oublié à quel point elle détestait monter en amazone, elle avait oublié, en revanche, les terribles courbatures dont on souffrait le lendemain lorsqu'on manquait d'entraînement. À chaque pas, elle avait l'impression que sa hanche et sa cuisse droites gémissaient de douleur. Si l'on ajoutait à cela les élancements dans sa cheville, c'était un miracle qu'elle ne titube pas comme un marin ivre.

Mais peut-être était-ce le cas. Elle eut l'impression que les domestiques la regardaient bizarrement, le lendemain matin, lorsqu'elle descendit prendre son petit déjeuner.

Ce n'était sans doute pas une mauvaise chose, au fond, qu'elle ne fût pas en état de remonter en selle. Car sa mère l'avait sommée de passer la journée à la maison. Quatre Bridgerton résidaient à Aubrey Hall actuellement, argua lady Bridgerton, et il y aurait donc quatre Bridgerton au pied du perron pour accueillir chacun des invités.

C'est ainsi que Billie se tint entre sa mère et Georgiana, à 1 heure de l'après-midi, lorsque la duchesse de Westborough arriva dans son luxueux carrosse attelé de quatre chevaux, accompagnée de ses filles – l'une fiancée, l'autre pas – et de sa nièce.

Puis Billie se tint entre sa mère et Georgiana à 14 h 30, lorsque Henry Maynard et son meilleur ami, sir Reginald McVie, descendirent de l'élégant petit cabriolet du premier.

Et enfin, Billie se tint entre sa mère et Georgiana à 15 h 20, lorsqu'on annonça la voiture de Felix et de Mary, qui amenaient avec eux leurs voisins, Edward et Niall Berbrooke. Tous deux de bonne famille et, le hasard faisant bien les choses, en âge de se marier.

— Enfin, grommela lord Bridgerton, quelqu'un que je connais.

Il étira le cou à droite, puis à gauche, tandis que, bien alignés tous les quatre, ils attendaient que la voiture de Felix et de Mary s'arrête.

Georgiana se pencha pour lui demander :

— Vous connaissez les Berbrooke ?

— Je connais Felix et Mary, rétorqua-t-il, avant de se tourner vers sa femme. Quand les Rokesby arrivent-ils ?

— Une heure avant le dîner, répondit-elle sans le regarder.

En hôtesse accomplie, elle gardait les yeux rivés sur la portière dans l'attente de l'apparition de ses invités.

— Rappelle-moi pourquoi ils dorment ici ?

— Parce que ce sera infiniment plus festif.

Lord Bridgerton se rembrunit, mais choisit avec sagesse de ne pas insister.

Billie, toutefois, ne fit pas preuve de la même discrétion.

— Si j'étais à leur place, déclara-t-elle tout en tirant sur la manche de sa robe de coton imprimé, je préférerais dormir dans mon propre lit.

— Tu n'es pas à leur place, répliqua sa mère d'un ton acerbe. Et cesse de t'agiter.

— Je ne peux pas m'en empêcher, ça me démange.

— Je trouve que cette robe te va très bien, déclara Georgiana.

— Merci, dit Billie, déconcertée. J'ai des doutes sur le devant...

Elle baissa les yeux. Le corsage croisait sur sa poitrine, un peu comme un châle. Elle n'avait jamais rien porté de semblable, même si sa mère prétendait que la mode en avait été lancée quelques années auparavant.

Le décolleté n'était-il pas un peu trop profond ? Elle posa la main sur l'épingle qui maintenait le drapé du tissu, près de sa taille. Peut-être pouvait-elle l'ajuster avec un peu...

— Arrête, lui intima sa mère entre ses dents.

Billie soupira. Et enfin, la voiture s'immobilisa. Felix descendit le premier, puis il tendit la main à sa femme. Mary Maynard (née Rokesby) portait une veste de voyage en chintz, avec un châle assorti, dont Billie elle-même devina qu'ils étaient à la pointe de la mode. Sa toilette lui allait à la perfection. Mary paraissait heureuse et enjouée, depuis ses boucles châtain clair jusqu'à l'extrémité de ses pieds élégamment chaussés.

— Mary ! s'exclama lady Bridgerton en s'avançant vers elle, les bras ouverts. Tu es épanouie !

Georgiana décocha un coup de coude à Billie.

— Est-ce que ça veut dire ce que je crois que ça veut dire ?

Billie répondit par la grimace en coin accompagnée du haussement d'épaules qui signifiait : « Je n'en ai pas la moindre idée. » Mary était-elle enceinte ? Le cas échéant, pourquoi diantre sa mère était-elle au courant avant elle ?

Georgiana s'inclina légèrement pour chuchoter, presque sans remuer les lèvres :

— Elle n'a pas l'air…

— Si elle l'est, la coupa Billie, ça ne peut pas être très avancé.

— Billie ! s'exclama Mary en se ruant vers elle pour la prendre dans ses bras.

Billie se pencha à l'oreille de son amie.

— As-tu quelque chose à me dire ?

Mary ne fit même pas mine de ne pas comprendre.

— Je ne sais pas comment ta mère est au courant.

— En as-tu informé la tienne ?

— Oui.

— Eh bien, tu as ta réponse.

Mary éclata de rire, et ses yeux – du bleu Rokesby – se plissèrent exactement comme ceux de George lorsqu'il…

Billie battit des paupières. Que diable lui arrivait-il ? Depuis quand George avait-il le droit de s'insinuer dans ses pensées ? Tous deux s'entendaient peut-être mieux que par le passé, mais ce n'était pas une raison pour qu'il soit le bienvenu à cet instant.

C'était à Mary qu'elle parlait, bon sang ! Ou, plutôt, Mary était en train de lui parler.

— C'est tellement bon de te voir.

Quand Mary lui prit les mains, ses yeux la picotèrent. Si elle savait que son amie lui manquait, elle ne s'était pas rendu compte à quel point avant cet instant.

— Je suis d'accord, acquiesça-t-elle.

Ce ne fut qu'au prix d'un effort qu'elle parvint à éviter que l'émotion n'étrangle sa voix. Elle préférait s'abstenir de se transformer en fontaine au pied du perron.

Elle préférait s'abstenir de se transformer en fontaine *tout court*. Seigneur, sa mère ferait sûrement quérir le médecin avant même que la première larme n'ait atteint son menton ! Billie Bridgerton n'était pas, mais alors pas du tout, une pleurnicheuse.

Parce que, sincèrement, à quoi cela servait-il de pleurer ?

Elle déglutit et parvint à recouvrer suffisamment de sang-froid pour sourire à Mary.

— Les lettres, ce n'est pas la même chose, reprit-elle.

Mary leva les yeux au ciel.

— Surtout avec toi comme correspondante.

— Quoi ? s'exclama Billie, stupéfaite. Je suis une brillante épistolière.

— Quand tu écris, s'écria Mary.

— Je t'ai envoyé une lettre toutes les deux...

— Toutes les trois.

— ... toutes les trois semaines, termina Billie avec, dans la voix, suffisamment d'indignation pour masquer le fait qu'elle avait changé la fin de l'histoire. Sans faillir.

— Tu devrais vraiment venir nous rendre visite, déclara son amie.

— Tu sais bien que je ne peux pas.

Cela faisait un an que Mary l'invitait, mais il était difficile pour Billie de s'absenter. Il y avait toujours quelque chose à faire sur le domaine. En outre, n'était-il pas plus logique que Mary vienne dans le Kent, où elle connaissait déjà tout le monde ?

— Tu peux, insista Mary. C'est juste que tu ne veux pas.

— Peut-être cet hiver, concéda Billie. Lorsqu'il n'y aura plus autant à faire dans les champs. Je serais bien venue l'hiver dernier, se défendit-elle comme Mary haussait un sourcil dubitatif, mais c'était un peu inutile. Tu avais déjà décidé de rentrer à la maison pour Noël.

Sans paraître le moins du monde convaincue, Mary pressa une dernière fois la main de Billie, puis elle se tourna vers Georgiana.

— Sapristi, je crois que tu as grandi de trois pouces depuis la dernière fois que je t'ai vue !

— Ce n'est guère possible, répliqua Georgiana avec un sourire. Tu étais ici en décembre.

— Je pense que tu seras plus grande que Billie, continua Mary en regardant alternativement les deux sœurs.

— Arrête de dire cela, protesta Billie.

— C'est pourtant la vérité, rétorqua Mary avec un grand sourire. Nous serons toutes plus grandes que toi.

Elle se tourna vers son mari, qui présentait les frères Berbrooke à lord et à lady Bridgerton.

— Chéri, tu ne trouves pas que Georgiana a énormément grandi depuis que nous l'avons vue ?

Billie réprima un sourire quand Felix afficha brièvement une incompréhension totale, avant d'arborer une expression à la fois indulgente et affectueuse.

— Je n'en ai pas la moindre idée, avoua-t-il. Mais si tu le dis, ce doit être vrai.

— Je déteste quand il fait cela, confia Mary à Billie qui, cette fois, ne prit pas la peine de dissimuler son sourire.

— Bonjour, Billie, dit Felix en s'avançant vers les jeunes filles. Bonjour, Georgiana. Je suis très heureux de vous revoir, toutes les deux.

Billie le salua d'une courte révérence.

— Permettez-moi de vous présenter M. Niall Berbrooke et M. Edward Berbrooke, poursuivit Felix avec un geste en direction des deux jeunes gens bruns qui se tenaient à ses côtés. Ils vivent à quelques lieues de chez nous, dans le Sussex. Niall, Ned, voici Mlle Sybilla Bridgerton, amie d'enfance de Mary, et Mlle Georgiana Bridgerton.

— Mademoiselle Bridgerton, dit l'un des Berbrooke en s'inclinant sur sa main. Mademoiselle Georgiana.

Le second Berbrooke imita son frère puis, s'étant redressé, il leur adressa un sourire enthousiaste. Billie songea à un chiot, toujours joyeux et plein de bonne volonté.

— Mes parents sont-ils arrivés ? s'enquit Mary.

— Pas encore, répondit lady Bridgerton. Nous les attendons juste avant le dîner. Ta mère préférait s'habiller chez elle.

— Et mes frères ?

— Ils viennent avec tes parents.

— C'est logique, je suppose, dit Mary avec une pointe de dépit. Mais on aurait pu penser qu'Andrew serait venu plus tôt pour nous saluer. Je ne l'ai pas vu depuis une éternité.

— Il ne monte pas beaucoup à cheval en ce moment, dit Billie avec désinvolture. Son bras, tu comprends.

— Ça doit le rendre fou.

— Ça aurait pu, sans doute, s'il n'était pas aussi habile à tirer tout le parti possible de sa blessure.

En riant, Mary glissa son bras sous celui de Billie.

— Entrons, nous avons plein de choses à nous dire. Oh, tu boites ?

— Un accident stupide. Je suis presque guérie.

— Ma foi, tu dois avoir des quantités de choses à me raconter.

— En vérité, non, répliqua Billie alors qu'elles montaient les marches du perron. Rien n'a changé ici. Ou quasiment.

Mary lui jeta un coup d'œil empreint de curiosité.

— Rien ?

— À part le retour d'Andrew, tout est pareil.

Billie haussa les épaules. Devait-elle être déçue par cette permanence ? Certes, elle avait passé davantage de temps avec George, mais cela pouvait difficilement être vu comme un événement.

— Ta mère n'essaie pas de te marier avec le nouveau pasteur ? la taquina Mary.

— Nous n'avons pas de nouveau pasteur, et je crois qu'elle essaie de me marier au frère de Felix. Ou alors, à l'un des Berbrooke.

— Henry est quasiment fiancé, déclara Mary avec autorité. Et, crois-moi, tu ne voudrais pas épouser l'un des Berbrooke.

Billie lui lança un regard de biais.

— Raconte.

— Arrête, la tança Mary. Ce n'est rien de salace. Ni même d'intéressant. Ils sont adorables, tous les deux, mais ennuyeux comme la pluie.

— Allons dans ma chambre, proposa Billie en entraînant son amie vers le grand escalier. Et, tu sais, ajouta-t-elle pour le simple plaisir de se montrer contrariante, la pluie peut être une bénédiction.

— Mais pas les Berbrooke.

— Pourquoi as-tu proposé de les amener, dans ce cas ?

— Ta mère m'a suppliée. Elle m'a envoyé une lettre de trois pages.

— Ma mère ? s'exclama Billie.

— Oui. Avec un paragraphe ajouté de la main de la mienne.

Billie fit la grimace. Il était difficile d'opposer une quelconque résistance à l'alliance des dames Rokesby et Bridgerton.

— Il lui fallait davantage d'hommes pour sa réception, continua Mary. À mon avis, elle n'avait pas prévu que la duchesse de Westborough viendrait avec ses filles et sa nièce. Quoi qu'il en soit, Niall et Ned sont très faciles à vivre. Ils feront d'excellents maris... mais pas pour toi, conclut-elle avec un regard entendu.

Billie jugea inutile de se sentir vexée. Elle demanda néanmoins :

— Tu ne me vois pas épouser quelqu'un de facile à vivre ?

— Je ne te vois pas épouser quelqu'un qui sait à peine lire son nom.

— Oh, tu exagères !

— Soit. J'exagère. Mais c'est important...

Mary s'arrêta sur le palier du premier étage, obligeant Billie à en faire autant.

— Tu sais que je te connais mieux que quiconque, lui dit-elle d'un air sérieux.

Mary aimait donner des conseils. D'une manière générale, Billie n'aimait pas en recevoir. Mais cela faisait si longtemps qu'elle n'avait pas bénéficié de la compagnie de sa meilleure amie qu'elle était prête, pour une fois, à se montrer patiente. Placide, même.

— Billie, écoute-moi, reprit Mary d'un ton curieusement pressant. Tu ne peux pas traiter ton avenir avec cette désinvolture. Il faudra bien que tu finisses par choisir un mari, et tu deviendras folle si tu n'épouses pas un homme au moins aussi intelligent que toi.

— Cela présuppose que j'épouse quelqu'un.

Ou, s'abstint-elle d'ajouter, qu'elle ait effectivement un choix de maris potentiels.

— Ne dis pas une chose pareille ! Évidemment que tu te marieras. Il faut simplement que tu trouves l'homme qui te conviendra.

Billie leva les yeux au ciel. Mary avait depuis longtemps succombé à cette maladie qui affectait, semblait-il, tous les individus récemment mariés : une espèce de fièvre à voir les autres connaître la félicité conjugale.

— Je finirai probablement par épouser Andrew, déclara Billie avec indifférence. Ou Edward.

Mary la dévisagea, les yeux ronds.

— Quoi ? demanda Billie au bout de quelques secondes.

— Si tu peux le dire ainsi, répliqua Mary, le dire comme s'il t'importait peu de retrouver l'un ou l'autre devant l'autel, il est impossible que tu épouses l'un d'eux.

— Peu m'importe, en effet. Je les aime tous les deux.

— Comme des *frères*, Billie ! Bonté divine, si tu vois les choses ainsi, tu pourrais aussi bien épouser George.

Billie se figea. Elle, épouser George ? C'était grotesque.

— Enfin, Mary, protesta-t-elle. Franchement, je n'ai même pas envie de plaisanter à ce sujet.

— Tu viens de dire qu'un frère Rokesby serait aussi bien qu'un autre.

— Non, c'est toi qui l'as dit. Moi, j'ai parlé d'Edward ou d'Andrew.

Elle ne comprenait pas pourquoi Mary paraissait aussi bouleversée. Un mariage avec l'un ou l'autre de ses frères aurait les mêmes conséquences : Billie deviendrait une Rokesby, et Mary et elle seraient quasiment sœurs. Personnellement, elle trouvait cette perspective plutôt réjouissante.

— Tu n'es vraiment pas romantique, gémit Mary.

— Je ne vois pas forcément cela comme un défaut.

— Cela ne m'étonne pas de toi, grommela Mary.

C'était une critique, pourtant Billie se contenta de rire.

— Certains d'entre nous doivent considérer le monde avec raison et bon sens.

— Mais pas au prix de ton bonheur.

Billie demeura un long moment silencieuse. La tête inclinée de côté, les yeux étrécis, elle scruta Mary pensivement. Celle-ci voulait pour elle ce qu'il y avait de meilleur. Cela, Billie le comprenait. Mais Mary ignorait tant de choses...

— Qui es-tu pour décider de ce qui fera le bonheur d'une autre personne ? finit-elle par lui demander.

Elle avait veillé à s'exprimer avec douceur, et avec des mots dénués d'agressivité. Elle ne voulait pas que Mary se sente attaquée. Elle voulait juste qu'elle réfléchisse, qu'elle prenne un instant pour essayer de comprendre qu'en dépit de leur profonde amitié elles étaient fondamentalement différentes l'une de l'autre.

Mary eut néanmoins l'air atterrée.

— Je ne voulais pas...

— Je sais, assura Billie.

Mary avait toujours rêvé d'amour et de mariage. Elle avait soupiré après Felix dès leur première rencontre – elle avait alors douze ans ! À cet âge-là, Billie ne s'intéressait à rien d'autre qu'à la portée de chiots dans la grange et à sa capacité à grimper dans le vieux chêne plus vite qu'Andrew.

Pour dire la vérité, ce dernier point la préoccupait toujours. Quel coup dur ce serait s'il parvenait à atteindre la plus haute branche avant elle ! Cela dit, avec son bras – à lui – et sa cheville – à elle –, ils ne risquaient pas de se mesurer de sitôt. Il n'empêche que ces choses-là étaient importantes.

Mais certainement pas aux yeux de Mary.

— Je suis désolée, murmura cette dernière avec un sourire un peu forcé. Je n'aurais pas dû aborder un sujet aussi grave à peine arrivée.

Cela signifiait-il qu'elle avait l'intention de le faire plus tard ? Billie faillit lui poser la question. Mais s'en abstint.

Quelle retenue. Quand lui était venue une telle maturité ?

— Pourquoi souris-tu ? lui demanda Mary.

— Moi ? Je ne souris pas.

— Oh que si !

Et comme Mary était sa meilleure amie, même lorsqu'elle essayait de lui expliquer comment vivre sa vie, Billie s'esclaffa et lui reprit le bras.

— Je me félicitais moi-même de ne pas t'avoir envoyée promener.

— Quelle retenue ! commenta Mary, faisant écho aux pensées de Billie.

— Je sais, avoua celle-ci. Cela me ressemble si peu. Nous allons dans ma chambre ? Ma cheville me fait mal.

— Bien sûr. Comment t'es-tu blessée ?

Un sourire ironique aux lèvres, Billie se remit en marche.

— Tu ne devineras jamais qui s'est porté à mon secours...

12

Ce soir-là, lors du dîner, George comprit très vite que l'un des côtés de la table était celui où l'on s'amusait.

Et que ce n'était pas le côté où il était assis.

À sa gauche se tenait lady Frederica Fortescue-Endicott, qui ne cessait de parler de son fiancé tout neuf, le comte de Northwick. À sa droite se trouvait la sœur cadette de lady Frederica, lady Alexandra.

Qui ne cessait, elle aussi, de parler du comte de Northwick.

George ne savait trop que penser de cela. Pour le salut de lady Alexandra, il espérait que Northwick avait un frère.

Billie était assise juste en face de lui, mais il ne la voyait quasiment pas en raison du surtout de table orné d'une imposante pyramide de fruits. En revanche, il entendait son rire, chaleureux et joyeux, inévitablement suivi de celui d'Andrew, puis d'un bon mot stupide proféré par le ridiculement beau sir Reginald McVie.

Sir *Reggie*, comme il avait demandé à être appelé.

George abhorrait cet homme.

Ils n'avaient été présentés l'un à l'autre qu'une heure plus tôt, mais peu importait. Parfois, une heure suffisait amplement. Une minute, même, dans le cas présent. Sir Reggie s'était approché de George et de Billie d'un pas nonchalant, alors que tous deux s'esclaffaient, et il leur avait décoché un sourire absolument aveuglant.

Franchement, comment pouvait-on avoir des dents aussi droites et aussi blanches ? C'était contre nature.

Après quoi, cet importun avait pris la main de Billie pour la baiser à la manière d'un aristocrate français, en proclamant qu'elle dépassait en beauté la mer, le sable, les étoiles et les cieux – et en français, s'il vous plaît !

C'était d'un ridicule achevé, et George s'était attendu que Billie éclate de rire. Mais non, elle avait rougi.

Elle avait rougi !

Puis elle avait battu des cils, ce qui était certainement la réaction le moins Billie Bridgertonnienne dont il ait jamais été témoin.

Tout cela à cause d'un alignement de dents monstrueusement régulières. Et alors qu'elle ne parlait même pas français !

Évidemment, ce rustre et elle avaient été placés côte à côte à la table du dîner. Lady Bridgerton avait un œil d'aigle dès qu'il s'agissait des perspectives maritales de sa fille aînée. George n'en doutait pas : elle avait remarqué que sir Reggie flirtait avec Billie dans les secondes qui avaient suivi son premier sourire plus blanc que blanc.

Avec Andrew assis à sa gauche, plus rien n'arrêtait Billie. Son rire carillonnait telle une cloche d'église tandis que, de son côté de la table, on mangeait, on buvait et on s'amusait.

Du côté de George, on continuait à louer les nombreuses, sans doute innombrables, voire incommensurables vertus du comte de Northwick.

Au moment où les valets retiraient les assiettes à potage, George envisageait de proposer l'homme à la canonisation. À entendre les demoiselles Frederica et Alexandra, rien de moins ne pourrait lui rendre justice.

Les deux femmes étaient en train de le régaler d'une histoire stupide, impliquant Northwick et une ombrelle qu'il avait tenue pour elles un jour particulièrement pluvieux. Au moment où George s'apprêtait à faire remarquer que cela paraissait faire beaucoup de monde pour une seule ombrelle, un nouvel éclat de rire résonna de l'autre côté de la table.

Il lança un regard furieux dans cette direction, bien que Billie ne pût le voir. Même s'il n'y avait pas eu ce maudit échafaudage de fruits entre eux, elle ne l'aurait pas vu. Elle était bien trop occupée à incarner l'âme de la soirée. Elle brillait, elle pétillait, elle étincelait !

Dire qu'il avait proposé de faire attention à elle…

Elle se débrouillait fort bien toute seule.

— De quoi parlent-ils, à votre avis ? demanda lady Alexandra après une cascade de rires particulièrement bruyants.

— De dents, marmonna George.

— Qu'avez-vous dit ?

Il se tourna vers elle avec un sourire neutre.

— Je n'en ai pas la moindre idée.

— Ils semblent beaucoup s'amuser, fit remarquer lady Frederica avec un froncement de sourcils pensif.

George haussa les épaules.

— Northie est un causeur tellement brillant, continua-t-elle.

— Vraiment ? murmura George en piquant rageusement sa fourchette dans un morceau de bœuf rôti.

— Oh, oui ! Mais vous le connaissez sûrement.

George hocha distraitement la tête. Lord Northwick avait quelques années de plus que lui, mais leurs chemins s'étaient croisés à la fois à Eton et à Cambridge. Il ne gardait guère de souvenirs de l'homme, hormis qu'il avait une crinière d'un blond ardent.

— Dans ce cas, reprit lady Frederica avec un sourire d'adoration, vous savez à quel point il est drôle.

— Très drôle, assura George.

Lady Alexandra se pencha vers eux.

— Êtes-vous en train de parler de lord Northwick ?

— Euh… oui, acquiesça George.

— On peut compter sur lui pour animer les réceptions, déclara lady Alexandra. Je me demande pourquoi vous ne l'avez pas invité.

— Ce n'est pas moi qui ai établi la liste des invités, lui rappela George.

— Oui, bien sûr. J'oublie que vous n'êtes pas un membre de la famille. Vous semblez tellement à l'aise à Aubrey Hall.

— Les Bridgerton et les Rokesby sont voisins et amis depuis fort longtemps, répondit-il.

Lady Frederica s'inclina à son tour pour participer à la conversation.

— Mlle Sybilla est quasiment sa sœur, confia-t-elle à lady Alexandra.

Billie, sa sœur ? George se renfrogna. C'était très loin de la réalité.

— Je ne dirais pas… commença-t-il.

Mais lady Alexandra enchaînait déjà :

— C'est ce que disait lady Mary cet après-midi. Elle a raconté des anecdotes très divertissantes. Vraiment, j'adore votre sœur.

Ayant la bouche pleine, George se contenta d'incliner la tête, dans l'espoir qu'elle considérerait cela comme un remerciement.

— Lady Mary disait que lorsque vous étiez enfants, vous formiez une bande de galopins qui battaient la campagne. Cela avait l'air terriblement excitant.

— J'étais un peu plus âgé, expliqua-t-il. Je me mêlais rarement aux…

— ... et alors, il a décampé ! s'esclaffa Andrew de l'autre côté de la table, suffisamment fort pour mettre un terme – bienvenu – à la conversation de George avec les deux demoiselles Fortescue-Endicott.

Lady Frederica essaya de distinguer les rieurs derrière la pyramide de fruits.

— De quoi parlent-ils, à votre avis ? demanda-t-elle à son tour.

— De lord Northwick, assura George.

— Vraiment ?

— Vraiment, mentit George. Mon frère admire beaucoup lord Northwick.

La jeune femme se pencha de nouveau pour attirer l'attention de sa sœur.

— Frederica, tu entends cela ? Lord Kennard dit que son frère admire lord Northwick.

Lady Frederica s'empourpra joliment.

George aurait volontiers enfoncé son visage dans son assiette de pommes de terre.

— ... félin ingrat ! fit la voix de Billie.

De nouveaux rires fusèrent, suivis de :

— J'étais furieuse !

George soupira. Il n'avait jamais pensé regretter un jour la compagnie de Billie Bridgerton, mais elle avait un sourire éclatant, un rire contagieux, et il était certain que s'il devait supporter d'être assis un instant de plus entre lady Frederica et lady Alexandra, son cerveau liquéfié commencerait à s'écouler par ses oreilles.

Peut-être que Billie perçut son soupir. Toujours est-il qu'elle se déplaça légèrement sur le côté.

— Nous parlons du chat, lui dit-elle.

— Oui, c'est ce que j'ai cru deviner.

Face au sourire qu'elle lui adressa, plutôt aimable et encourageant, il se sentit découragé. Et désagréable.

— Vous savez à quoi elle fait allusion ? s'enquit lady Alexandra. Je crois qu'elle a parlé d'un chat.

— Northie adore les chats, déclara lady Frederica.

— Personnellement, je ne peux pas les souffrir, riposta George avec une affabilité extrême.

Cette affirmation n'était pas précisément exacte, mais il ne pouvait nier le plaisir qu'il éprouvait à se montrer contrariant.

Lady Frederica écarquilla les yeux de surprise.

— Tout le monde aime les chats.

— Pas moi !

Les deux sœurs Fortescue-Endicott fixèrent sur lui un regard choqué. Le ton qu'il avait employé était empreint d'une telle jubilation qu'il ne pouvait certes les blâmer. Toutefois, vu qu'il commençait enfin à s'amuser, il décida de ne pas s'en soucier.

— Je préfère les chiens.

— Oui, bien sûr, tout le monde aime les chiens, acquiesça lady Frederica, après une hésitation.

— Et les blaireaux, ajouta George avec entrain.

— Les blaireaux, répéta-t-elle.

— Les taupes, aussi.

Il sourit jusqu'aux oreilles. Les jeunes filles avaient l'air fort mal à l'aise à présent. George se félicita *in petto*. Beau travail ! Encore quelques minutes, et elles le jugeraient fou à lier.

Finalement, il ne se rappelait pas s'être autant amusé à un dîner officiel.

Il jeta un coup d'œil vers Billie, pris d'une envie soudaine de lui raconter cette conversation. C'était exactement le genre de récit qu'elle trouverait amusant, et ils riraient ensemble de bon cœur.

Mais Billie n'avait d'yeux que pour sir Reginald, lequel la couvait du regard que l'on réserve à une créature rare.

Ce qu'elle était, bien sûr. Simplement, elle n'était pas *sa* créature rare.

George se retint pour ne pas bondir par-dessus la table afin de bousculer un peu l'alignement trop parfait des dents de sir Reggie.

Pour l'amour du Ciel, comment pouvait-on être affligé d'une denture pareille ? Les parents de cet homme avaient de toute évidence vendu leur âme au diable !

— Lord Kennard, avez-vous l'intention d'assister au concours de tir à l'arc féminin, demain ? s'enquit alors lady Alexandra.

— J'ignorais qu'un tournoi était organisé, avoua-t-il.

— Mais si. Frederica et moi avons l'intention d'y prendre part. Nous nous sommes énormément entraînées.

— Avec lord Northwick ? ne put-il s'empêcher de demander.

— Bien sûr que non. Qu'est-ce qui vous fait croire cela ?

Il eut un haussement d'épaules impuissant. Bonté divine, combien de temps encore ce dîner allait-il s'éterniser ?

— J'espère sincèrement que vous y assisterez, déclara lady Alexandra en posant la main sur son bras.

Il baissa les yeux sur cette main. Elle paraissait absolument incongrue et déplacée sur sa manche. La jeune fille dut toutefois interpréter différemment son regard, car il crut sentir une pression de ses doigts. Qu'était-il donc arrivé à lord Northwick ? George pria pour ne pas avoir remplacé le comte dans les pensées de lady Alexandra.

Il aurait voulu libérer son bras, mais sa maudite éducation l'en empêcha. Ce fut donc avec un sourire forcé qu'il répondit :

— Je me ferai un plaisir d'assister au concours.

— Lord Northwick est toujours enchanté de voir du tir à l'arc, lui confia lady Frederica avec un immense sourire.

— Le contraire m'eût étonné, marmonna George.

— Vous avez dit quelque chose ? voulut savoir lady Alexandra.

— Simplement que Mlle Bridgerton est une archère accomplie.

C'était la vérité, même si ce n'était pas ce qu'il avait dit.

Il reporta les yeux sur Billie dans l'intention de lui faire un signe de tête. Et s'aperçut alors qu'elle l'observait avec une expression féroce.

Quand il s'inclina vers la droite pour mieux la voir, elle pinça les lèvres.

Il lui adressa un regard interrogateur. Elle leva les yeux au ciel, puis se tourna vers sir Reginald.

George en fut déconcerté. Que diable cela signifiait-il ? Et sincèrement, pourquoi s'en souciait-il ?

Billie passait un excellent moment. Au point qu'elle avait du mal à comprendre pourquoi la perspective de ce dîner l'avait rendue aussi nerveuse. Andrew était, comme toujours, un compagnon amusant, et sir Reggie était sympathique et séduisant. Il l'avait mise à l'aise, même lorsqu'il avait parlé en français au moment des présentations.

Elle n'avait pas compris un traître mot mais, supposant qu'il s'agissait d'un compliment, elle avait incliné la tête avec un sourire. Elle avait même battu des paupières à plusieurs reprises, comme elle avait vu d'autres femmes le faire lorsqu'elles voulaient se montrer particulièrement féminines.

Personne ne pourrait lui reprocher de ne pas faire de son mieux.

La seule ombre au tableau, c'était George. Ou plutôt, la situation difficile dans laquelle il se trouvait. Elle était sincèrement désolée pour lui.

Lorsque Billie l'avait accueillie à son arrivée, lady Alexandra lui avait semblé être une jeune femme très avenante. Toutefois, dès qu'elle était entrée dans le salon, où les invités se rassemblaient pour boire un verre avant le dîner, la petite rouée s'était accrochée à George comme une bernache.

Billie était consternée. Certes, George Rokesby était riche, beau et héritier d'un comté. Mais cette effrontée devait-elle le proclamer aussi impudemment ?

Pauvre George ! Était-ce ce qu'il subissait chaque fois qu'il se rendait à Londres ? Peut-être aurait-elle dû éprouver davantage de compassion pour lui. Elle aurait au moins pu penser à se faufiler dans la salle à manger, avant qu'elle ne soit investie par les invités, afin de prendre connaissance du plan de table. Elle aurait ainsi épargné à George une soirée entière au côté de lady Alexandra Fortescue-Endicott.

Cette fille paraissait dotée de quatre mains, vu la manière dont elle s'agrippait à George dans le salon.

Durant le dîner, ce fut même pire. Si le monstrueux surtout de table lui cachait quasiment George, Billie voyait très bien lady Alexandra. Et, il fallait bien le dire, cette demoiselle exhibait une poitrine d'une proéminence inconcevable.

Billie n'aurait pas été surprise d'apprendre qu'elle cachait dans son décolleté une chatte et ses petits.

Quelle ne fut pas sa stupéfaction lorsqu'elle la vit poser la main sur l'avant-bras de George. Comme si celui-ci lui appartenait ! Même Billie n'aurait pas osé un geste aussi familier en plein dîner. Elle se pencha sur le côté pour tenter de voir le visage de George, à qui cette attitude devait déplaire au plus haut point.

— Billie, ça va ?

Elle tourna la tête. Andrew la regardait avec une expression qui oscillait entre le soupçon et l'inquiétude.

— Très bien, répliqua-t-elle. Pourquoi ?

— Tu es à deux doigts de tomber sur mes genoux.

Billie se redressa vivement.

— Ne dis pas d'absurdité.

— Sir Reginald aurait-il lâché un vent ? murmura Andrew.

— Andrew !

— C'était soit ça, dit-il avec un sourire provocateur, soit un brusque penchant – c'est le cas de le dire – pour moi. Je t'aime, Billie, je t'assure, ajouta-t-il lorsqu'elle le foudroya du regard, mais pas de cette manière.

Le misérable ! Cela dit, Andrew avait toujours été un misérable. Et elle non plus ne l'aimait pas de cette manière.

Mais quel besoin avait-il de le souligner de façon aussi mesquine ?

— Que penses-tu de lady Alexandra ? chuchota-t-elle.

— Laquelle est-ce ?

— Celle qui rampe sur ton frère, répondit-elle avec impatience.

— Ah, celle-là ? répliqua-t-il comme s'il se retenait de rire.

— Il a l'air très gêné, insista Billie.

La tête inclinée, Andrew observa son frère. Contrairement à Billie, aucun obstacle fruitier ne l'en empêchait.

— Je ne sais pas… Ça ne semble pas l'ennuyer.

— Tu es aveugle ? siffla Billie.

— Pas que je sache.

— Il... Oh, peu importe ! Vraiment, tu ne sers à rien.

Billie se pencha de nouveau, cette fois vers sir Reggie. Comme il s'entretenait avec sa voisine de gauche, elle espéra qu'il ne s'en apercevrait pas.

La main de lady Alexandra était toujours sur le bras de George !

Billie pinça les lèvres. À cheval sur les convenances comme il l'était, George n'était certainement pas heureux de cette situation. Sauf que, lorsque Billie regarda son visage, il était en train de dire quelque chose à lady Alexandra – quelque chose de tout à fait plaisant et poli – et il ne paraissait absolument pas embarrassé.

Elle en fulmina.

Il avait dû sentir qu'elle le regardait car, à cet instant, il se pencha juste assez pour croiser son regard. Et haussa les sourcils.

Billie leva les yeux au ciel, puis se tourna de nouveau vers sir Reggie, qui continuait de parler avec la nièce de la duchesse.

Elle attendit un moment. Comme il semblait peu pressé de reporter son attention sur elle, elle saisit son couteau et sa fourchette et entreprit de découper sa viande en morceaux de plus en plus minuscules.

Peut-être que lady Alexandra plaisait à George. Peut-être qu'il allait la courtiser, qu'ils se marieraient et qu'ils auraient une ribambelle de petits Rokesby aux yeux bleus et aux joues rebondies.

Si c'était ce que George désirait, alors soit.

Mais pourquoi cela semblait-il tellement déplacé ? Et pourquoi cette simple pensée était-elle à ce point douloureuse ?

13

À 1 heure de l'après-midi, le lendemain, George se souvint pourquoi il n'aimait pas les parties de campagne. Ou plutôt, il se souvint qu'il ne les aimait pas.

Mais peut-être était-ce cette réception-*là* qu'il n'aimait pas. Entre les filles Fortescue-Endicott entichées de Northwick, lord Reggie et son sourire aveuglant, et Ned Berbrooke qui avait accidentellement aspergé ses bottes de porto la veille au soir, il n'aspirait qu'à regagner Crake House. En rampant s'il le fallait.

Ce n'était qu'à une lieue d'ici. Il pouvait le faire.

Il n'avait pas assisté au déjeuner – la seule façon d'éviter lady Alexandra, laquelle avait apparemment décidé qu'à défaut de Northwick il était celui qui s'en approchait le plus. En conséquence, il était de très mauvaise humeur. Non seulement il avait faim, mais il était fatigué. Deux états de fait capables de réduire un homme adulte à l'état de gamin pleurnicheur.

Son sommeil, lors de la nuit précédente, avait été... insatisfaisant.

Oui, cela semblait être le terme le plus approprié.

Les Bridgerton avaient logé tous les Rokesby dans l'aile familiale. Assis dans un fauteuil confortable, au coin de la cheminée, George avait écouté les bruits ordinaires, familiers, d'une maisonnée se préparant pour la nuit – les femmes de chambre allant et venant, les portes qui s'ouvraient et se refermaient…

Il n'aurait pas dû y prêter attention. Après tout, on entendait les mêmes bruits à Crake House. Pourtant, ici, il avait eu l'impression de s'immiscer dans l'intimité des habitants d'Aubrey Hall, presque comme s'il avait écouté aux portes.

Son imagination s'emballait au moindre bruit feutré qui lui parvenait. Il savait qu'il ne pouvait pas entendre Billie circuler dans sa chambre car celle-ci se trouvait trois portes plus loin, de l'autre côté du palier. Il avait toutefois l'impression du contraire. Dans le silence de la nuit, il crut percevoir le frôlement léger de ses pieds sur le tapis, puis son souffle lorsqu'elle éteignit les bougies. Et lorsqu'elle se glissa dans son lit, il fut persuadé d'entendre le froissement de ses draps.

Elle avait dit qu'elle s'endormait immédiatement. Et ensuite ? Était-elle une dormeuse agitée ? Repoussait-elle les couvertures avec ses pieds ?

Ou reposait-elle paisiblement, allongée sur le côté, la main sous la joue ?

Il aurait parié qu'elle était du genre à se tortiller. C'était Billie, après tout. Elle avait passé son enfance à remuer sans cesse, pourquoi serait-ce différent dans son sommeil ? Et si elle partageait son lit avec quelqu'un…

Ce ne fut pas un cognac qu'il but avant de se coucher, mais trois. Quand il finit par poser la tête sur l'oreiller, il ne s'endormit qu'au bout de plusieurs heures. Et alors, il rêva d'elle.

Ce rêve… Oh, ce rêve !

À ce simple souvenir, George frissonna. S'il avait un jour considéré Billie comme une sœur, ce n'était certainement plus le cas.

Le rêve avait commencé dans la bibliothèque, qu'éclairait un simple rayon de lune. Il ne savait pas ce que

Billie portait – sinon que cela ne ressemblait à rien de ce qu'il lui connaissait. C'était sans doute une chemise de nuit… blanche et diaphane. Une légère brise la plaquait sur son corps et en révélait les courbes parfaites, modelées pour ses mains.

Certes, rien ne justifiait qu'il y eût de la brise dans la bibliothèque. Mais c'était son rêve. Et puis, cela n'eut plus guère d'importance car, quand il la prit par la main pour l'attirer contre lui, ils se retrouvèrent soudain dans sa chambre. Non pas celle qu'il occupait actuellement à Aubrey Hall, mais sa chambre à lui, à Crake House, avec son vaste lit d'acajou qui offrait suffisamment d'espace pour toutes sortes d'ébats.

Billie ne prononça pas un mot. Ce qui, reconnaissait-il, ne lui ressemblait pas. Cela dit, c'était un rêve. Le sourire dont elle le gratifia fut néanmoins du pur Billie, spontané et lumineux. Et quand il l'allongea sur le matelas et que son regard croisa le sien, ce fut comme si elle était née pour cet instant.

Comme si *lui* était né pour cet instant.

Il écarta sa chemise de nuit et elle s'arqua sous lui, ses seins admirables comme offerts.

C'était de la folie. George n'aurait pas dû savoir à quoi ressemblaient ses seins. Il n'aurait même pas dû être capable de les imaginer.

Pourtant, dans son rêve, il leur prodigua toutes les caresses possibles. Il les prit en coupe, en éprouva la rondeur, les rapprocha jusqu'à former ce vallon d'une féminité grisante. Puis il se pencha et referma les lèvres sur l'une des pointes, qu'il taquina et suça jusqu'à ce que Billie gémisse de plaisir.

Mais il ne s'arrêta pas là. Après avoir glissé les mains jusqu'à son entrejambe, il lui écarta doucement les cuisses. Ses pouces, en les caressant, se rapprochèrent de l'irrésistible fente, dont il finit par percevoir la chaleur moite. Il sut alors que leur union était inévitable. Billie allait être à lui, et ce serait magnifique. Comme par magie, les vêtements de George disparurent, il se positionna à l'orée de sa féminité...

Et il se réveilla.

Bon sang de bois ! Il se réveilla !

La vie était d'une injustice spectaculaire.

Ce matin avait lieu le concours de tir à l'arc des dames, et si George considéra le spectacle avec un peu d'ironie, il jugea qu'il était pardonnable. Sous ses yeux, Billie brandissait une chose raide et pointue, alors que lui-même était encore affecté d'une chose raide et pointue. Il fallait néanmoins le reconnaître : Billie seule se divertissait.

Une heure s'écoula – au cours de laquelle George entretint les pensées les plus refroidissantes – avant qu'il ne soit en état de quitter le fauteuil qu'il occupait en bordure du champ. Tous les autres hommes s'étaient levés à un moment ou à un autre pour inspecter les cibles, mais George était resté assis, les jambes prudemment croisées. Il avait souri, il avait ri, et il avait prétendu profiter du soleil. Ce qui était d'autant plus ridicule que le seul bout de ciel bleu était grand comme son ongle.

Désireux de se retrouver en sa seule compagnie un moment, il se rendit dans la bibliothèque aussitôt le concours terminé. Parmi les invités, il ne semblait pas y avoir de lecteurs assidus, aussi espérait-il jouir là d'un peu de paix et de silence.

Ce fut le cas pendant les dix minutes qui précédèrent l'irruption de Billie et d'Andrew – en pleine querelle, apparemment.

— George ! s'exclama Billie, avant de s'avancer vers lui en boitillant.

Elle paraissait délicieusement reposée. Évidemment, songea George avec irritation, elle n'avait pas de problème pour s'endormir, elle. Elle rêvait probablement de roses et d'arcs-en-ciel.

— Exactement la personne que j'espérais trouver, déclara-t-elle avec un sourire.

— De quoi le terrifier, lança Andrew.

C'était la vérité, hélas, mais pas pour les raisons que son frère supposait.

Billie jeta un regard noir à ce dernier.

— Arrête, dit-elle avant de revenir à George. Nous avons besoin de toi pour régler un différend.

— S'il porte sur celui qui grimpe le plus vite dans un arbre, c'est Billie, déclara George. S'il porte sur celui qui a le tir le plus précis, c'est Andrew.

— Il ne s'agit ni de l'un ni de l'autre, répliqua Billie, mais du jeu de Pall Mall.

— Dans ce cas, que Dieu nous vienne en aide, marmonna George, qui se leva et se dirigea vers la porte.

Il avait joué au Pall Mall avec son frère et Billie. C'était un jeu brutal, sanglant, où l'on s'affrontait avec des boules en bois et de lourds maillets, et où l'on risquait constamment une blessure grave à la tête. Une partie de Pall Mall ne figurait certainement pas dans les réjouissances que lady Bridgerton avait prévues pour ses invités.

— Andrew m'a accusée de tricher, lâcha Billie.

— Quand ? demanda George, sincèrement perplexe.

À sa connaissance, la matinée tout entière avait été consacrée au concours de tir à l'arc de ces dames. Que Billie avait du reste remporté, ce dont aucune personne portant le nom de Bridgerton ou de Rokesby n'avait été surprise.

— En avril dernier, répondit Billie.

— Et c'est maintenant que vous vous disputez ?

— C'est le principe de la chose, assura Andrew.

— Tu as triché ? demanda George à Billie.

— Bien sûr que non ! Je n'ai pas besoin de tricher pour battre Andrew. Edward peut-être, admit-elle avec un battement de paupières, mais pas Andrew.

— Cette remarque est déplacée, protesta ce dernier.

— Mais justifiée, riposta-t-elle.

— Je m'en vais, annonça George.

Si ni l'un ni l'autre ne lui prêtèrent attention, il lui semblait toutefois poli d'annoncer son départ. De surcroît, il doutait que rester dans la même pièce que Billie à cet instant fût une bonne idée. Les battements de son pouls s'accéléraient lentement, mais inexorablement, et il ne voulait pas être près d'elle lorsqu'ils s'emballeraient.

« Tu cours à ta perte si tu restes », l'avertit une petite voix intérieure. Heureusement, ses jambes n'offrirent aucune résistance, et il avait réussi à atteindre la porte lorsque Billie cria :

— Hé, ne t'en va pas ! C'est sur le point de devenir intéressant.

George se retourna avec un sourire contraint.

— Avec toi, c'est toujours sur le point de devenir intéressant.

— Tu le penses vraiment ? demanda-t-elle, l'air enchantée.

Andrew lui jeta un regard incrédule.

— Ce n'était pas un compliment, Billie.

Elle regarda George.

— Je n'ai aucune idée de ce que c'était, admit-il.

Billie se contenta de pouffer, puis elle désigna Andrew d'un signe de tête.

— Je le provoque en duel.

— Tu me provoques en duel ? répéta Andrew, alors que George restait interdit.

— Au maillet, à l'aube, déclara-t-elle avec panache. Ou cet après-midi, corrigea-t-elle après avoir haussé les épaules. Je préférerais éviter de me lever tôt, pas toi ?

Andrew haussa un sourcil.

— Tu provoquerais un manchot à une partie de Pall Mall ?

— Je te provoque... *toi.*

Il s'inclina vers elle, les yeux pétillants.

— Je te battrai quand même, tu sais.

— George ! cria Billie.

Enfer et damnation ! Il avait presque réussi à s'échapper.

— Oui ? murmura-t-il en repassant la tête dans l'entrebâillement de la porte.

— Nous avons besoin de toi.

— Faux. C'est d'une nourrice que tu as besoin. Tu peux à peine marcher.

— Je marche fort bien, rétorqua-t-elle, avant d'effectuer quelques pas en clopinant. Tu vois ? Je ne sens rien.

George se tourna vers Andrew, sans s'attendre que celui-ci fasse preuve d'une once de bon sens.

— J'ai le bras cassé, déclara-t-il, ce qui était sans doute censé servir d'excuse.

— Vous êtes idiots. Tous les deux.

— Des idiots qui ont besoin d'autres joueurs, déclara Billie. On ne peut pas jouer à deux.

Techniquement, c'était la vérité. Le Pall Mall se jouait normalement à six, même si, en cas de nécessité absolue, tout chiffre supérieur à trois faisait l'affaire. Mais George savait à quoi il s'exposait. Les autres joueurs ne servaient que de témoins aux manœuvres retorses et brutales d'Andrew et de Billie. Pour ces deux-là, il s'agissait moins de gagner que d'empêcher l'autre d'y parvenir. On ne demanderait rien d'autre à George que de faire rouler sa boule quand l'occasion se présenterait.

— Vous n'auriez toujours pas assez de joueurs, objecta-t-il.

— Georgiana ! appela Billie à pleins poumons.

— Georgiana ? répéta Andrew. Tu sais bien que ta mère ne la laisse pas jouer.

— Pour l'amour du Ciel, elle n'a pas été malade depuis des années ! Il est temps que nous cessions de la couver.

Georgiana arriva en courant.

— Arrête de hurler, Billie ! Tu vas donner des palpitations à maman, et ensuite, c'est moi qui devrai m'occuper d'elle.

— Nous allons jouer au Pall Mall, lui annonça Billie.

— Oh, vous avez de la chance ! Je...

Georgiana s'interrompit brusquement, les yeux écarquillés.

— Attends... Moi aussi, je vais jouer ?

— Bien sûr, répondit Billie d'un ton presque dédaigneux. Tu es une Bridgerton.

Ce fut tout juste si Georgiana ne sauta pas sur place.

— C'est formidable ! Je peux prendre l'orange ? Non, le vert. Je voudrais avoir le vert.

— La couleur que tu veux, assura Andrew.

Georgiana se tourna vers George.

— Vous allez jouer aussi ?

— Je suppose que je n'ai pas le choix.

— Ne prends pas cet air résigné, dit Billie. Tu vas passer un excellent moment, et tu le sais.

— Il nous faut encore d'autres joueurs, fit remarquer Andrew.

— Peut-être sir Reggie ? suggéra Georgiana.

— Non ! décréta George.

Trois têtes se tournèrent brusquement vers lui. À la réflexion, peut-être s'était-il montré un peu péremptoire.

— Je n'ai pas l'impression que ce soit le genre d'homme à apprécier un jeu aussi rude et remuant, expliqua-t-il.

Il examina ses ongles, car il ne pouvait décemment regarder quiconque dans les yeux lorsqu'il ajouta :

— À cause de ses dents, vous comprenez.

— Ses dents ? répéta Billie.

George n'eut pas besoin de voir son visage pour deviner qu'elle le fixait comme s'il avait perdu l'esprit.

— Il a certes un très beau sourire, reprit-elle, apparemment prête à concéder ce point. Et il est vrai, aussi, que nous avons fait sauter une dent à Edward, cet été-là. Tu t'en souviens ? demanda-t-elle à Andrew. Il devait avoir six ans.

— Justement, insista George, même si, en vérité, il ne se rappelait pas l'incident.

Ce devait être une dent de lait. Pour autant qu'il le sache, sans être sir Reginald McVie, son frère avait un sourire intact.

— Nous ne pouvons pas demander à Mary, poursuivit Billie. Elle a passé la matinée courbée au-dessus d'un pot de chambre.

— Franchement, je me serais abstenu de ce détail, déclara Andrew.

— En outre, continua Billie sans relever, Felix ne lui permettrait pas de jouer.

— Dans ce cas, demande à Felix, suggéra George.

— Ce ne serait pas juste pour Mary.

Andrew leva les yeux au ciel.

— Qui s'en soucie ?

— Si elle ne peut pas jouer, rétorqua Billie en croisant les bras, il ne devrait pas jouer non plus.

— Lady Frederica s'est rendue au village avec sa mère et sa cousine, intervint Georgiana. Mais j'ai vu lady Alexandra dans le salon. Elle ne paraissait pas être spécialement occupée.

La perspective de passer l'après-midi à écouter chanter les louanges de lord Northwick n'enthousiasmait pas précisément George, toutefois, après avoir refusé sir Reginald avec véhémence, il lui était difficile de soulever une nouvelle objection.

— Lady Alexandra... C'est une bonne idée, déclara-t-il avec diplomatie. À condition qu'elle souhaite jouer, évidemment.

— Oh, elle jouera ! assura Billie.

Son ton lui valut un regard perplexe de sa sœur.

— Dis-lui que lord Kennard sera parmi les joueurs, ajouta-t-elle à l'adresse de celle-ci. Elle arrivera ventre à terre.

— Pour l'amour du Ciel, Billie ! marmonna George.

Elle s'autorisa une espèce de ricanement entendu.

— Elle a discuté avec toi toute la soirée, non ?

— Elle était assise à côté de moi. Elle pouvait difficilement faire autrement.

— Ce n'est pas vrai. Elle avait pour autre voisin le frère de Felix. C'est un causeur tout à fait acceptable. Elle aurait pu parler avec lui d'un tas de choses.

Andrew s'interposa entre eux.

— Quand vous aurez fini de vous chicaner comme des amoureux jaloux, tous les deux, nous pourrons peut-être aller jouer ?

Foudroyé par deux paires d'yeux, Andrew eut l'air tout à fait content de lui.

— Tu es stupide, lui dit Billie avant de revenir à Georgiana. Je suppose qu'il faudra que ce soit lady Alexandra. Va la chercher, ainsi que tous ceux que tu pourras trouver. Un homme, si possible, afin que nous soyons en nombre égal.

Georgiana hocha la tête.

— Mais pas sir Reginald ?

— George se fait trop de souci pour ses dents.

Andrew émit un gloussement étranglé, que George lui fit ravaler d'un coup de coude dans les côtes.

— Je vous retrouve ici ? s'enquit Georgiana.

— Non, répondit Billie après réflexion. Cela ira plus vite si nous te retrouvons sur la pelouse ouest. De mon côté, je vais demander qu'on installe le jeu, ajouta-t-elle à l'intention de George et d'Andrew.

Quand les deux jeunes filles furent sorties, George se retrouva en tête à tête avec son frère.

— Ses dents, vraiment ? murmura Andrew.

George se contenta de le fixer d'un œil mauvais. Andrew se pencha alors vers lui.

— Je parie qu'il a une très bonne hygiène buccale.

— Ferme-la.

Après avoir éclaté de rire, Andrew se pencha davantage en affichant une expression soucieuse.

— Tu as quelque chose, là... dit-il en indiquant ses dents.

Levant les yeux au ciel, George le repoussa pour passer.

À peine avait-il fait deux pas qu'Andrew le rattrapa, le dépassa et, sans cesser de marcher, lui lança pardessus son épaule :

— Les dames apprécient un sourire éblouissant, c'est sûr.

Il allait tuer son frère, décida George. Et l'arme du crime serait un maillet de Pall Mall.

14

Dix minutes plus tard, George, Andrew et Billie étaient sur la pelouse et regardaient un valet de pied se diriger vers eux, tirant le jeu de Pall Mall derrière lui.

— J'adore le Pall Mall, annonça Billie en se frottant les mains. C'est une excellente idée.

— C'était ton idée, fit remarquer George.

— Oui, bien sûr, acquiesça-t-elle gaiement. Oh, regardez, voilà Georgiana !

La main en visière au-dessus des yeux, George regarda vers l'autre extrémité de la pelouse. Évidemment, Georgiana était accompagnée de lady Alexandra. Et, s'il ne se trompait pas, de l'un des frères Berbrooke.

— Je vous remercie, William, dit Billie au valet de pied.

— Au fait, demanda Andrew, n'avons-nous pas cassé l'un des maillets, l'année dernière ?

— Père a commandé un nouveau jeu, répondit Billie.

— Avec les mêmes couleurs ?

— Non, cette fois, il n'y a pas de rouge.

— Pourquoi ? s'étonna George.

— Eh bien... commença-t-elle, l'air penaude, nous n'avons vraiment pas eu de chance avec le rouge. Les boules finissaient toujours dans le lac.

— Et tu crois qu'une couleur différente réglera le problème ?

— Non. Mais j'espère que le jaune sera plus facile à repérer sous la surface.

Quelques instants plus tard, Georgiana et son petit groupe de joueurs arrivèrent sur les lieux. D'instinct, George fit un pas vers Billie. Trop tard, hélas ! Lady Alexandra avait déjà pris possession de sa manche.

— Lord Kennard, quel plaisir ce sera de jouer au Pall Mall ! Je vous remercie de m'avoir invitée.

— En vérité, c'est Mlle Georgiana.

— Sur votre requête, bien sûr, dit-elle avec un sourire entendu.

Billie prit une mine dégoûtée.

— Bonjour, lieutenant Rokesby, continua lady Alexandra en se tournant vers Andrew, sans pour autant lâcher le bras de George. Nous n'avons guère eu l'occasion de nous entretenir, hier soir.

Andrew s'inclina avec politesse.

— Connaissez-vous lord Northwick ? lui demanda-t-elle.

George essaya désespérément de croiser le regard de son frère. Mieux valait pour eux que la conversation ne s'engage pas sur ce terrain.

Heureusement, le valet de pied venait juste d'ôter le couvercle du coffret, et Billie s'empara aussitôt de l'un des maillets.

— Et voilà, dit-elle. Andrew a déjà promis le vert à Georgiana. Dans ce cas, M. Berbrooke aura le bleu, lady Alexandra peut prendre le rose, je prends le jaune, le lieutenant Rokesby aura le pourpre et lord Kennard le noir.

— Puis-je avoir le pourpre ? s'enquit lady Alexandra.

Billie la regarda comme si elle avait demandé une révision de la Grande Charte.

— J'aime le pourpre, expliqua lady Alexandra d'un ton froid.

— Voyez avec le lieutenant Rokesby, répliqua Billie, le dos raide. Pour moi, cela ne fait pas de différence.

Après avoir jeté un regard curieux à Billie, Andrew offrit son maillet à lady Alexandra en s'inclinant galamment.

— Comme il vous plaira, mademoiselle...

Lady Alexandra le remercia d'un hochement de tête gracieux.

— Très bien, dit Billie avec une grimace de dédain, Georgiana a le vert, M. Berbrooke le bleu, le lieutenant Rokesby le rose, moi le jaune, lord Kennard le noir, et lady Alexandra... le pourpre, conclut-elle après avoir jeté un regard oblique à cette dernière.

George commençait à se rendre compte que Billie n'aimait vraiment pas lady Alexandra.

— Je n'ai jamais joué au Pall Mall, prévint M. Berbrooke.

Il balança son maillet à plusieurs reprises, manquant de peu la jambe de George.

— Cela s'annonce fort amusant.

— Bon, reprit Billie d'un ton sec, les règles sont simples. Le premier à avoir fait passer sa boule sous tous les arceaux dans l'ordre correct a gagné.

Lady Alexandra regarda les arceaux, encore dans leur compartiment.

— Comment savoir quel est l'ordre correct ?

— Il suffit de me demander, rétorqua Billie. Ou au lieutenant Rokesby. Nous avons joué des milliers de fois.

— Lequel d'entre vous gagne, en général ? s'enquit M. Berbrooke.

— Moi ! répondirent-ils à l'unisson.

— Ni l'un ni l'autre, rectifia George. Il est rare qu'ils terminent une partie. Je vous conseille à tous de prendre garde à vos pieds. Cela peut se révéler dangereux.

— Dieu que je suis impatiente ! s'écria Georgiana avec excitation. Il faut aussi que vous touchiez le piquet à la fin, ajouta-t-elle à l'intention de lady Alexandra. Billie ne l'a pas précisé.

— Elle aime omettre certaines des règles, insinua Andrew. Ainsi, elle peut vous sanctionner si vous êtes en train de gagner.

— Ce n'est pas vrai ! protesta Billie. Au moins la moitié des fois où je t'ai battu, je n'ai pas triché.

George s'adressa à lady Alexandra :

— Si jamais vous deviez rejouer un jour au Pall Mall, je vous conseille de demander la règle du jeu dans son intégralité. Rien de ce que vous apprendrez ici ne sera applicable ailleurs.

— J'ai déjà joué, vous savez. Lord Northwick possède un jeu.

Georgiana afficha une expression perplexe.

— Je croyais que lord Northwick était fiancé à votre sœur, risqua-t-elle.

— C'est le cas.

— Ah, je pensais... Vous parlez si souvent de lui, conclut-elle après un silence.

— Il n'a pas de sœur, répliqua lady Alexandra d'un ton crispé. Alors, naturellement, des liens se sont créés.

— J'ai une sœur, annonça M. Berbrooke.

Un nouveau silence s'ensuivit. Ce fut Georgiana qui le rompit.

— C'est merveilleux.

— Nellie, précisa-t-il. Le diminutif d'Eleanor. Elle est très grande.

Personne ne parut savoir trop comment accueillir cette dernière déclaration.

— Bon, eh bien, il est temps d'installer les arceaux, finit par dire Andrew.

— Le valet de pied ne peut pas s'en charger ? s'étonna lady Alexandra.

Billie et Andrew la regardèrent comme si elle avait proféré une insanité. La prenant en pitié, George lui expliqua à voix basse :

— Ils sont assez exigeants quant à la façon de les placer.

Lady Alexandra releva légèrement le menton.

— Lord Northwick dit toujours que les arceaux devraient être disposés en croix.

— Lord Northwick n'est pas là, rétorqua Billie.

Lady Alexandra en resta bouche bée.

— Il n'est pas là, si je ne m'abuse, insista Billie en se tournant vers le reste du groupe pour confirmation.

George étrécit les yeux – équivalent visuel d'un coup de coude dans les côtes –, et Billie dut se rendre compte qu'elle était allée trop loin. Étant l'hôtesse, elle était obligée de se conduire comme telle.

Il trouvait néanmoins le spectacle fascinant. Non seulement Billie était dotée d'un incontestable esprit de compétition, mais elle n'était pas réputée pour avoir beaucoup de patience. Elle n'était certainement pas disposée à donner suite à la suggestion de lady Alexandra.

Il n'empêche que, après avoir carré les épaules, ce fut avec un sourire presque aimable qu'elle se tourna vers son invitée.

— Je pense que vous l'apprécierez ainsi, dit-elle d'un ton guindé. Sinon, vous pourrez en parler à lord Northwick, et vous aurez alors la certitude que sa manière de procéder est supérieure.

George émit un ricanement qu'elle ignora superbement.

— Les arceaux... rappela Andrew.

— George et moi allons nous en occuper, décida Billie en les prenant des mains d'Andrew.

— Ah bon ? murmura George.

— Lord Kennard, dit-elle entre ses dents, auriez-vous la gentillesse de m'aider à installer les arceaux ?

Il posa un regard insistant sur sa cheville blessée.

— Tu veux dire, parce que tu ne peux pas marcher, c'est cela ?

— Parce que ta compagnie m'enchante, rétorqua-t-elle avec un sourire doucereux.

George se retint de rire.

— Andrew ne peut pas le faire, continua-t-elle, et personne d'autre ne sait comment les disposer.

— Si nous jouions suivant le dessin d'une croix, dit lady Alexandra à M. Berbrooke, n'importe lequel d'entre nous pourrait installer les arceaux. Nous commencerions par la nef, expliqua-t-elle lorsque M. Berbrooke eut hoché la tête, puis le transept et enfin, l'autel.

M. Berbrooke étudia son maillet et fit la moue.

— Ça n'a pas l'air très chrétien, comme jeu.

— Cela pourrait l'être, rétorqua lady Alexandra.

— Mais nous n'en avons pas envie, déclara sèchement Billie.

George l'attrapa par le bras.

— Les arceaux, lui rappela-t-il en l'entraînant à sa suite de crainte que les deux femmes n'en viennent aux mains.

— Décidément, je n'aime pas cette femme, grommela-t-elle une fois qu'ils se furent éloignés.

— Vraiment ? Je ne l'aurais jamais deviné.

— Contente-toi de m'aider avec les arceaux, dit-elle en se dirigeant vers un grand chêne à la lisière de la pelouse.

George la suivit quelques instants des yeux avant de la rejoindre. Elle boitait toujours, quoique d'une manière un peu différente. Plus raide.

— Tu t'es de nouveau fait mal ?

— Humm ? Oh, ça ! C'est à cause de la selle d'amazone, dit-elle avec irritation.

— Je te demande pardon ?

— Avec ma cheville, je ne peux pas mettre le pied dans l'étrier. J'ai donc dû monter en amazone.

— Et tu avais besoin de monter à cheval à cause de…

Il aurait pu croire, au regard qu'elle lui jeta, qu'il était idiot. Ce qu'il n'était pas.

— Billie, dit-il en lui saisissant le poignet pour l'immobiliser, qu'est-ce qui était si important pour que tu sois obligée de chevaucher avec une cheville blessée ?

— L'orge.

Il crut avoir mal entendu et lui fit répéter.

— L'orge. Il fallait que quelqu'un s'assure qu'elle avait été correctement semée.

Sur ce, elle se libéra d'un geste vif. Il allait la tuer. Du moins, il en avait envie, mais qui sait si elle ne le devancerait pas ? Après avoir pris une profonde inspiration, il lui demanda avec toute la patience dont il était capable :

— N'est-ce pas le travail de votre intendant ?

— Selon toi, je fais quoi, toute la journée, lorsque je ne papillonne pas de réception en réception ? Tu l'ignores peut-être, mais je suis une personne extrêmement occupée.

Son expression changea, sans que George comprenne en quoi.

— Et une personne utile, ajouta-t-elle.

— Je ne vois pas qui penserait le contraire, assura George, même s'il avait le sentiment que ç'avait été son cas, voilà peu de temps.

— Que diable faites-vous, tous les deux ? hurla Andrew.

— Je vais le massacrer ! rugit Billie.

— Les arceaux… Dis-moi simplement où je dois les mettre.

Billie retira un arceau du paquet et le lui tendit.

— Là-bas, sous l'arbre. Mais au-dessus de la racine. Prends bien soin de le placer au-dessus de la racine. Sinon, c'est trop facile.

George faillit effectuer un salut militaire.

Lorsqu'il revint, sa tâche accomplie, Billie était déjà un peu plus loin, occupée à enfoncer un arceau dans le sol. Comme elle avait laissé les autres par terre, il ramassa tout le tas.

— Qu'as-tu contre sir Reginald ? demanda-t-elle en levant les yeux.

George serra les dents. Il aurait dû savoir qu'elle n'abandonnerait pas le sujet aussi facilement.

— Rien, prétendit-il. Je pense simplement qu'il n'apprécierait pas ce jeu.

— Tu ne peux pas le savoir.

— Durant le concours de tir à l'arc, il a passé tout son temps dans une chaise longue à se plaindre de la chaleur.

— Tu ne t'es pas levé non plus.

— Je profitais du soleil.

Celui-ci brillait par son absence, mais George n'allait pas lui révéler la véritable raison qui l'avait cloué dans son fauteuil.

— Très bien. Sir Reggie n'est probablement pas le meilleur candidat pour le Pall Mall, concéda-t-elle. Mais je maintiens que nous aurions pu faire mieux que lady Alexandra.

— Je suis d'accord.

— Elle…

Billie s'interrompit pour le dévisager avec surprise.

— Tu es d'accord ?

— Bien sûr. Figure-toi que j'ai été obligé de passer toute la soirée à parler avec elle, comme tu l'as si éloquemment souligné.

— Dans ce cas, s'exclama Billie avec véhémence, pourquoi n'as-tu rien dit quand Georgiana l'a proposée ?

— Elle n'est pas méchante. Juste agaçante.

Quand Billie marmonna, une fois de plus, George ne put s'empêcher de sourire.

— Tu ne l'aimes vraiment pas, n'est-ce pas ?

— Vraiment pas, non. Arrête ! lui intima-t-elle lorsqu'il s'esclaffa.

— De rire ?

Billie enfonça un arceau dans le sol avec force.

— Tu es aussi mauvais que moi. On aurait pu croire que sir Reggie avait commis une trahison, vu ta manière de déblatérer.

De déblatérer ? George posa les mains sur ses hanches.

— C'est complètement différent.

— En quoi ? riposta-t-elle en levant brièvement les yeux.

— C'est un bouffon.

Billie eut une espèce de rire étranglé, pas particulièrement féminin, mais qui, chez elle, était charmant. Elle s'inclina vers George, arborant une expression de défi.

— Je crois que tu es jaloux.

L'estomac de George fit une cabriole. Elle n'avait quand même pas conscience de… *Non !* Ces pensées qu'il avait eues à son sujet relevaient d'une folie temporaire. Sans doute s'expliquaient-elles par leur intimité nouvelle. Il avait passé plus de temps avec elle au cours de cette dernière semaine que durant toutes les années écoulées.

— Ne sois pas ridicule, répliqua-t-il avec dédain.

— Je ne sais pas, répondit Billie d'un ton taquin. Toutes les femmes se pâment devant lui. Tu as dit toi-même qu'il avait un beau sourire.

— Ce que j'ai dit, c'est...

Hélas, il s'aperçut trop tard qu'il ne s'en souvenait plus. Heureusement pour lui, Billie l'interrompait déjà.

— La seule femme à n'être pas tombée sous son charme est l'illustre lady Alexandra. Probablement, continua-t-elle en lui jetant un regard par-dessus son épaule, parce qu'elle était trop occupée à essayer d'obtenir tes faveurs.

— C'est toi qui es jalouse, là ?

— Oh, je t'en prie ! répliqua-t-elle, moqueuse, en se dirigeant vers l'emplacement suivant.

Il lui emboîta le pas.

— Tu n'as pas dit non...

— Non ! s'exclama-t-elle avec emphase. Évidemment que je ne suis pas jalouse. En toute honnêteté, je pense qu'elle est un peu folle.

— Parce qu'elle cherche à obtenir mes faveurs ? ne put-il s'empêcher de demander.

Billie tendit la main pour qu'il lui donne un autre arceau avant de répondre :

— Non, bien sûr. C'est sans doute la chose la plus raisonnable qu'elle ait jamais faite.

George s'immobilisa.

— Pourquoi est-ce que cela sonne comme une insulte ?

— Ce n'en est pas une, assura-t-elle. Je ne serais jamais aussi ambiguë.

— C'est vrai, murmura-t-il. Tes insultes sont d'une transparence absolue.

Elle leva les yeux au ciel avant de revenir au sujet de lady Alexandra.

— Je parlais de ses allusions continuelles à lord Northwick. C'est le fiancé de sa sœur, pour l'amour du Ciel !

— Ah, cela !...

— Oui, *cela*. Qu'est-ce qui ne tourne pas rond, chez elle ?

George se vit épargner la peine de répondre, car Andrew hurla de nouveau leurs prénoms, avant de les exhorter furieusement à se hâter.

— Franchement, ricana Billie, je n'arrive pas à croire qu'il puisse espérer me battre avec un bras cassé.

— Tu te rends bien compte que si tu gagnes...

— *Quand* j'aurai gagné.

— *Au cas où tu* gagnerais, on te considérera comme la pire des championnes – celle qui tire avantage de la faiblesse des autres.

Elle le dévisagea avec de grands yeux innocents.

— Je peux à peine marcher.

— Vous avez, mademoiselle Bridgerton, une manière avantageuse d'arranger la réalité.

— Avantageuse pour moi, oui, admit-elle avec un sourire jusqu'aux oreilles.

George secoua la tête, incapable de ne pas sourire, lui aussi. Même si personne ne pouvait l'entendre, ce fut à mi-voix qu'elle ajouta :

— Tu es dans mon équipe, n'est-ce pas ?

— Depuis quand y a-t-il des équipes ? demanda-t-il, les yeux étrécis.

— Depuis aujourd'hui. Nous devons écraser Andrew !

— Tu commences à m'effrayer, Billie.

— Ne dis pas de bêtises, tu as autant l'esprit de compétition que moi.

— Je ne crois pas, figure-toi.

— Mais si. C'est juste qu'il se manifeste de manière différente.

George attendit qu'elle développe, ce dont elle s'abstint évidemment.

— Tu ne veux quand même pas qu'Andrew gagne ? s'écria-t-elle.

— Je ne suis pas certain que ça ne me soit pas égal.

Quand elle eut un haut-le-corps, il éclata de rire. Elle paraissait tellement offensée.

— Non, bien sûr que je ne veux pas qu'il gagne. C'est mon frère, après tout. En même temps, je ne crois pas avoir envie de recourir à l'espionnage pour assurer la victoire.

Elle se contenta de fixer sur lui un regard où se lisait une profonde déception.

— Bon, d'accord, céda-t-il. Dans ce cas, qui est dans l'équipe d'Andrew ?

Le visage de Billie s'éclaira.

— Personne. C'est la beauté de la chose. Il ne saura pas que nous avons conclu une alliance.

— Je ne vois pas comment cette histoire pourrait bien se terminer, déclara-t-il à la cantonade.

Mais il était persuadé que la cantonade ne l'écoutait pas.

Billie installa le dernier arceau.

— Celui-ci est redoutable, expliqua-t-elle. Tu tires trop loin et tu te retrouves dans les rosiers.

— Je prends cela comme un avertissement.

— Tu as intérêt.

Elle sourit, et George cessa de respirer. Personne ne souriait comme Billie. Il le savait depuis des années et, pourtant, c'était seulement maintenant…

Il s'autorisa un juron en son for intérieur. Ce devait être l'attirance la plus inopportune de toute l'histoire de l'humanité. Billie Bridgerton, bon sang ! Elle était tout ce qu'il n'avait jamais désiré chez une femme : obstinée, d'une imprudence stupide, et s'il lui était arrivé de faire preuve un jour d'une attitude féminine, empreinte de mystère, il n'en avait jamais été témoin.

Néanmoins...

Il la désirait, s'avoua-t-il. Il la voulait comme il n'avait jamais rien voulu dans toute son existence. Il voulait son sourire, et qu'il lui soit exclusivement réservé. Il la voulait dans ses bras, couchée sous lui... parce qu'il pressentait que dans son lit, elle ne serait que mystère et féminité.

Il savait, toutefois, que ces délicieuses activités exigeaient qu'il l'épouse au préalable, ce qui était d'un grotesque si achevé que...

— Oh, bonté divine ! marmonna Billie, le tirant de ses réflexions. Andrew arrive... Pas si vite ! cria-t-elle à ce dernier.

Puis elle reporta son attention sur George.

— Franchement, il est d'une impatience !

— C'est l'hôpital qui se moque de...

— Inutile d'aller plus loin.

Elle repartit vers le début du parcours aussi vite qu'elle put. Sa démarche claudicante était vraiment ridicule.

George la suivit un instant des yeux, moqueur.

— Tu es sûre que tu ne veux pas le maillet noir ? lui lança-t-il.

— Je te hais !

Il sourit. C'était la déclaration de haine la plus joyeuse qu'il eût jamais entendue.

— Moi aussi, je te hais, murmura-t-il.

Mais ce n'était pas vrai non plus.

15

Ce fut en fredonnant que Billie gagna le départ du parcours de Pall Mall. Malgré les circonstances, elle se sentait d'humeur très joyeuse. Certes, Andrew se montrait toujours abominablement impatient, et lady Alexandra était toujours la personne la plus odieuse du monde, mais rien de tout cela ne semblait l'affecter.

Elle jeta un coup d'œil par-dessus son épaule. George lui avait emboîté le pas tout en lui lançant des piques avec un sourire féroce.

— Qu'est-ce qui te rend si heureuse ? voulut savoir Andrew.

Elle le gratifia d'un sourire énigmatique en guise de réponse. Qu'il s'inquiète donc un peu. Du reste, elle ignorait pourquoi elle était heureuse. Elle l'était, c'est tout.

— Qui joue le premier ? s'enquit lady Alexandra.

Billie ouvrit la bouche pour répondre, mais Andrew la devança.

— Nous jouons en général du plus jeune au plus vieux. Il serait cependant un peu grossier de s'enquérir…

— C'est moi qui commence, dans ce cas, annonça Georgiana en déposant la boule verte près du piquet de départ. Cela ne fait pas de doute.

— Je pense être la deuxième, déclara lady Alexandra, qui jeta un regard de pitié à Billie.

Billie l'ignora superbement et s'adressa à M. Berbrooke :

— Puis-je vous demander votre âge ?

— Quoi ? Oh, j'ai vingt-cinq ans ! Comme qui dirait, ajouta-t-il avec un grand sourire, un quart de siècle.

— Très bien, dit Billie. L'ordre du jeu sera donc : Georgiana, lady Alexandra – du moins le supposons-nous –, Andrew, moi, M. Berbrooke et George.

— Vous voulez dire lord Kennard ? intervint lady Alexandra.

— Non, je suis certaine de vouloir dire « George ».

Seigneur tout-puissant, comme cette femme l'exaspérait !

— Je suis assez content de jouer avec la boule noire, déclara George, manifestement soucieux de changer de sujet.

Toutefois, et bien qu'elle n'en fût pas absolument certaine, Billie crut le voir réprimer un sourire.

Un point pour elle.

— C'est une couleur très virile, assura lady Alexandra.

Andrew leva les yeux au ciel.

— C'est la couleur de la mort, dit-il.

— Le Maillet de Mort, murmura George, songeur.

Il le balança plusieurs fois de droite à gauche, tel un pendule macabre.

— C'est de bon augure. Tu ris, continua-t-il quand Andrew ricana, mais tu aurais bien voulu l'avoir.

Billie éclata de rire. Et elle s'esclaffa de plus belle lorsque Andrew la foudroya du regard.

— Allons, Andrew, tu sais très bien que c'est la vérité.

Levant les yeux de sa boule, Georgiana désigna du menton l'équipement rose d'Andrew.

— Qui voudrait du Maillet Pivoine et Pétunia quand il pourrait avoir le Maillet de Mort ?

Billie ne put retenir un sourire approbateur. Depuis quand sa petite sœur était-elle aussi spirituelle ?

— Mon pivoine et pétunia triomphera, rétorqua Andrew. Tu vas voir !

— Il lui manque un pétale essentiel, à ton pivoine et pétunia, fit remarquer Billie en désignant son bras en écharpe.

— Je ne suis pas sûr de comprendre de quoi nous parlons, admit M. Berbrooke.

— Ce ne sont que des bêtises, assura Georgiana en se préparant pour son premier coup. Billie et Andrew adorent se taquiner.

Elle frappa sa boule, qui franchit les deux arceaux de départ. Elle n'alla guère plus loin, mais Georgiana ne sembla pas en être affectée.

Lady Alexandra s'avança pour placer à son tour sa boule près du piquet de départ.

— C'est le lieutenant Rokesby qui joue après moi, c'est cela ? demanda-t-elle, avant de s'adresser à Billie avec un détachement feint. Je ne m'étais pas rendu compte que vous étiez plus âgée que lui, mademoiselle Bridgerton.

— Je suis plus vieille que beaucoup de gens, répliqua Billie.

Avec une grimace dédaigneuse, lady Alexandra abattit son maillet sur sa boule, qu'elle projeta au milieu de la pelouse.

— Bien joué ! s'écria M. Berbrooke. Ma foi, on voit que vous n'en êtes pas à votre premier essai.

Lady Alexandra sourit avec modestie.

— Comme je l'ai dit, lord Northwick possède un jeu.

— Et il le dispose en forme de croix, ajouta Billie à mi-voix, ce qui lui valut un coup de coude de George.

— À mon tour, annonça Andrew.

— Pivoine et pétunia à bâbord ! lança Billie.

En entendant George s'esclaffer, elle éprouva une satisfaction ridicule. Quant à Andrew, il l'ignora complètement. Après avoir laissé tomber sa boule rose, il la poussa vers le piquet du bout du pied.

— Je ne comprends toujours pas comment tu vas jouer avec un bras cassé, fit remarquer Georgiana.

— Regarde et apprends, ma chère petite, murmura-t-il.

Et, après avoir balancé plusieurs fois son maillet – allant même jusqu'à une rotation à trois cent soixante degrés –, il envoya sa boule avec une force étonnante sur la pelouse.

— Presque aussi loin que lady Alexandra, commenta Georgiana, admirative.

— Et avec un bras cassé, rappela-t-il.

Après s'être approchée des piquets de départ, Billie plaça sa boule.

— Comment est-ce arrivé, déjà ? demanda-t-elle innocemment.

— Une attaque de requin, répondit-il du tac au tac.

— Non ! s'exclama lady Alexandra.

— Un requin ? répéta M. Berbrooke. Est-ce que ce n'est pas un de ces poissons avec des dents ?

— Des tas de dents, confirma Andrew.

— Personnellement, je n'aimerais pas en rencontrer un, déclara M. Berbrooke.

— Lord Northwick a-t-il été déjà mordu par un requin ? s'enquit Billie d'un ton suave.

Lady Alexandra la regarda, les yeux étrécis, tandis que George laissait échapper un son étranglé.

— Je ne le pense pas.

— Dommage.

Billie frappa sa boule de toutes ses forces, et la projeta sur la pelouse bien plus loin que les autres.

— Bien joué ! s'exclama de nouveau M. Berbrooke. Vous êtes joliment douée, mademoiselle Bridgerton.

Il était impossible de rester indifférente face à son inaltérable enthousiasme. Billie lui adressa un sourire amical.

— Voilà plusieurs années que je joue.

— Elle triche souvent, lâcha Andrew en passant.

— Seulement avec toi.

— Bon, je crois que c'est à moi, dit M. Berbrooke, qui s'accroupit pour poser sa boule bleue à côté du piquet de départ.

Par prudence, George recula d'un pas.

M. Berbrooke observa sa boule, le front plissé par la concentration, puis il mima plusieurs coups avant d'abattre son maillet pour de bon. La boule s'envola mais, malheureusement, l'un des piquets aussi.

— Oh ! Je suis vraiment désolé !

— Ce n'est rien, assura Georgiana. Nous pouvons le remettre en place.

Dès que ce fut fait, George se mit en position. Sa boule noire termina sa course quelque part entre lady Alexandra et Billie.

— Le Maillet de Mort, vraiment, se moqua Andrew.

— C'est une stratégie létale particulière, répliqua George avec un sourire énigmatique. J'adopte un point de vue longitudinal.

— C'est mon tour ! s'exclama Georgiana.

Elle n'eut pas loin à aller pour rejoindre sa boule. Cette fois, elle la frappa bien plus fort, et la boule traversa la pelouse, s'arrêtant à environ six pas de l'arceau suivant.

— Bien joué ! ne manqua pas de s'écrier M. Berbrooke.

— Merci, répondit Georgiana avec un grand sourire. Je crois que je progresse.

— À la fin de cette partie, vous nous aurez tous battus à plate couture, pronostiqua-t-il.

Lady Alexandra avait déjà pris sa place près de la boule pourpre. Elle étudia son tir pendant près d'une minute avant de donner une légère impulsion à sa boule, qui roula doucement pour s'arrêter juste devant l'arceau.

Billie ravala un gémissement de dépit. Lady Alexandra se révélait très habile.

— Tu ne viens pas de grogner ? demanda George.

Elle faillit sursauter, surprise de le découvrir si proche. Il se tenait juste derrière elle et, sauf à détourner les yeux du jeu, elle ne pouvait le voir. Pourtant, sans même qu'il la touche, elle avait une conscience aiguë de sa proximité. Un frisson courut sur sa peau, et elle se rendit compte que son cœur battait plus vite tout à coup.

Elle sentit son souffle sur son oreille lorsqu'il chuchota :

— J'aimerais savoir exactement comment nous sommes censés former une équipe ?

— Je ne sais pas *exactement*, admit Billie tout en observant Andrew qui jouait. Je pense que cela s'imposera au fil du jeu.

— À ton tour, Billie ! cria Andrew.

— Excuse-moi, dit-elle à George.

Elle avait hâte, soudain, de mettre un peu d'espace entre eux. Quand il se tenait aussi près d'elle, elle était presque étourdie.

— Comment comptes-tu procéder, Billie ? s'enquit Georgiana.

Parvenue près de sa boule, Billie fronça les sourcils. Elle n'était pas loin de l'arceau, mais la boule pourpre de lady Alexandra lui barrait carrément le chemin.

— Un coup difficile, fit remarquer Andrew.

— Tais-toi.

— Tu pourrais utiliser la force brute. Son *modus operandi* habituel, ajouta-t-il à l'intention des autres, avant d'ajouter dans un murmure : Au Pall Mall comme dans la vie.

Un instant, Billie fut tentée d'abandonner le jeu et de lui envoyer sa boule dans les pieds.

— Est-ce que ça ne ferait pas passer la boule de lady Alexandra sous l'arceau ? hasarda Georgiana.

Andrew haussa les épaules, l'air de dire : *C'est la vie...*

Billie se concentra sur sa boule.

— Ou alors, reprit-il, elle pourrait se montrer patiente et attendre que lady Alexandra ait franchi l'arceau.

Le son qui sortit de la gorge de Billie était, cette fois, bel et bien un grognement.

— La troisième option...

— Andrew, tais-toi !

Billie leva son maillet. Il lui était impossible de faire franchir l'arceau à sa boule sans le faire franchir également à celle de lady Alexandra. En revanche, si elle repoussait cette dernière sur le côté...

Son maillet retomba, envoyant sa boule frapper la boule pourpre. Celle-ci roula vers la droite et s'immobilisa selon un angle qui rendait impossible de l'envoyer sous l'arceau au coup suivant.

À présent, la boule jaune de Billie se trouvait à l'endroit précis qu'avait occupé celle de lady Alexandra.

— Vous l'avez fait exprès ! râla cette dernière.

Billie lui jeta un regard méprisant. Franchement, à quoi s'attendait-elle ?

— Évidemment. C'est ainsi que l'on joue.

— Ce n'est pas ainsi que je joue, moi !

— Eh bien, nous ne sommes pas sur une croix, rétorqua Billie, à bout de patience.

On entendit comme un gloussement étranglé.

— Qu'est-ce que cela veut dire ? demanda lady Alexandra.

— Ce que Mlle Bridgerton veut dire, à mon avis, déclara M. Berbrooke d'un air pénétré, c'est qu'elle jouerait de manière plus pieuse si le contexte était religieux. Ce qu'il n'est pas, je pense.

Billie lui jeta un regard approbateur. Peut-être était-il plus fin qu'il n'y paraissait.

— Lord Kennard, reprit lady Alexandra en se tournant vers George, je suis certaine que vous n'appréciez pas des tactiques aussi sournoises.

George eut un léger haussement d'épaules.

— C'est ainsi qu'ils jouent, je le crains.

— Mais pas vous, bien sûr, insista lady Alexandra.

Dans l'attente de sa réponse, Billie ne le quittait pas des yeux. Elle ne fut pas déçue.

— C'est ainsi que je joue lorsque je joue avec eux.

Lady Alexandra eut un haut-le-corps.

— Ne vous inquiétez pas, intervint Georgiana, vous vous y ferez.

— Ce n'est pas dans ma nature, se défendit lady Alexandra.

— C'est dans la nature de tout le monde, assura Andrew. À qui est-ce le tour ?

M. Berbrooke sursauta.

— Je crois que c'est le mien ! Ai-je le droit de viser la boule de Mlle Bridgerton ? demanda-t-il après s'être approché de la sienne.

— Absolument, répondit Andrew. Il serait cependant peut-être préférable de...

Mais M. Berbrooke abattit son maillet sans attendre la suite des recommandations d'Andrew – qui n'auraient certainement pas été de catapulter sa boule sur celle de Billie. Ce qu'il fit.

Non seulement la boule jaune franchit l'arceau, mais elle parcourut environ trois pieds avant de s'immobiliser. La boule bleue, elle aussi, passa sous l'arceau, toutefois, ayant transféré sa force à la jaune, elle s'arrêta juste de l'autre côté.

— Bien joué, monsieur Berbrooke ! s'écria Billie.

Il se tourna vers elle avec un sourire jusqu'aux oreilles.

— Merci !

— Oh, pour l'amour du Ciel, maugréa lady Alexandra, elle n'est pas sincère ! Elle est juste ravie que vous ayez fait passer sa boule à elle sous l'arceau.

— Je retire tout ce que j'ai dit précédemment, murmura Billie à l'intention de George. Oublions Andrew. C'est *elle* que nous devons écraser.

M. Berbrooke prit le reste des joueurs à témoin.

— Quoi qu'il en soit, Mlle Bridgerton serait passée sous l'arceau au tour suivant, n'est-ce pas ?

— Oui, confirma Billie. Et vous ne m'avez pas envoyée trop loin, je vous assure.

— En outre, vous avez vous-même franchi l'obstacle, ajouta Georgiana. Vous êtes donc à la deuxième place.

Cette déclaration parut faire terriblement plaisir à M. Berbrooke.

— De plus, clama Billie, regardez la manière dont vous bloquez tout le monde. Vraiment bien joué de votre part !

Lady Alexandra poussa un soupir exaspéré.

— À qui est-ce le tour ?

— À moi, je crois, dit George avec affabilité.

Billie sourit en elle-même. Elle adorait cette manière qu'il avait d'en dire beaucoup dans un simple murmure poli. Lady Alexandra n'entendrait que la réponse banale d'un gentleman, mais Billie le connaissait trop bien pour être dupe. Jamais cette fille de duc prétentieuse ne le connaîtrait aussi bien qu'elle.

Dans la voix de George, elle entendit un sourire. L'échange l'avait amusé, même s'il était trop bien élevé pour le montrer.

Elle entendit aussi un hommage. Elle avait remporté la victoire, et il la félicitait.

Elle perçut aussi une mise en garde. Il l'avertissait de ne pas aller trop loin.

Ce qu'elle aurait probablement fait. Il la connaissait tout autant qu'elle le connaissait.

— À ton tour, George, dit Andrew.

Billie le suivit du regard lorsqu'il s'avança vers sa boule. Il plissa les yeux pour évaluer la distance, ce qu'elle trouva adorable.

Quelle idée ! George Rokesby, adorable ? C'était vraiment ridicule.

Elle ne put s'empêcher de glousser juste au moment où George frappait sa boule. Ce fut un bon tir : la boule s'arrêta pile devant l'arceau.

— Sapristi ! s'exclama Georgiana. Plus personne ne pourra passer, à présent.

Elle avait raison. Quelques pouces seulement séparaient la boule bleue et la boule noire, de chaque côté de l'arceau. Quiconque essaierait de passer celui-ci ne ferait qu'ajouter à l'encombrement.

George recula vers Billie pour laisser la place aux joueurs suivants. Se penchant, il lui chuchota à l'oreille :

— C'est de moi que tu riais ?

— Un peu, avoua-t-elle, les yeux rivés sur sa sœur qui préparait son tir.

— Pourquoi ?

Alors qu'elle ouvrait la bouche, Billie se rendit compte qu'il lui était impossible de répondre honnêtement. Elle se retourna pour regarder George et, de nouveau, fut surprise de le découvrir aussi proche. Plus proche, même, que les convenances ne l'autorisaient.

Elle eut soudain conscience de son souffle chaud sur sa peau, de ses yeux d'un bleu profond plongés dans les siens, de ses lèvres incurvées sur une esquisse de sourire. De lui, tout simplement.

Quand elle murmura son prénom, il inclina la tête de côté, l'air interrogateur. Mais Billie n'avait pas d'explication, hormis qu'il lui semblait être parfaitement à sa place, là, devant lui. Et que lorsqu'il la regardait ainsi, comme s'il la trouvait remarquable, elle se sentait remarquable.

Elle se sentait belle, aussi.

Ce n'était pas possible, elle le savait, car il ne l'avait jamais considérée de cette manière. Du reste, elle ne le souhaitait pas.

Si ?

Billie ne put retenir un cri étouffé.

— Quelque chose ne va pas ? s'enquit George.

Elle secoua la tête. Rien n'allait.

— Billie ?

Elle voulait l'embrasser. Elle voulait embrasser George ! Elle qui avait atteint l'âge de vingt-trois ans sans avoir seulement eu envie de flirter avec un homme, et voilà qu'elle désirait George Rokesby ?

Il y avait de quoi en avoir le souffle coupé par la panique.

— Billie, est-ce que quelque chose ne va pas ? insista-t-il.

Elle tressaillit, puis s'obligea à respirer.

— Non, assura-t-elle avec un peu trop de force. Tout va bien.

Malgré elle, elle s'interrogea. Que ferait-il ? Comment réagirait-il si elle s'approchait de lui, nouait les bras autour de son cou et attirait sa bouche vers la sienne ?

Il lui dirait qu'elle était folle à lier, voilà ce qu'il ferait. Pour ne rien dire des quatre autres joueurs de Pall Mall qui se tenaient à une vingtaine de pas.

Mais s'ils étaient seuls ? Si le reste du monde avait disparu et qu'il n'y avait aucun témoin à sa folie ? Y succomberait-elle ?

Et George lui rendrait-il son baiser ?

— Billie ? *Billie !*

Hébétée, elle se tourna vers lui.

— Billie, que t'arrive-t-il ?

Quand elle eut battu des paupières et que le visage de George lui apparut avec netteté, elle s'aperçut qu'il avait l'air inquiet. Elle faillit rire. Oui, il pouvait être inquiet.

— Billie…

— Tout va bien, se hâta-t-elle de dire. Je t'assure. C'est… Tu n'as pas chaud ? demanda-t-elle en s'éventant de la main. Moi, j'ai très chaud.

George ne répondit pas. C'était inutile, car il ne faisait pas chaud du tout.

— Je crois que c'est mon tour ! lâcha-t-elle, alors qu'elle était loin d'en être sûre.

— Non, Andrew n'a pas encore joué. J'ai comme l'impression que lady Alexandra va se trouver en difficulté.

— Vraiment ? se contenta-t-elle de murmurer, encore troublée par son baiser imaginaire.

— Bonté divine, Billie, maintenant je sais que quelque chose ne va pas ! Je croyais que tu voulais l'écraser ?

— Oui, évidemment, répondit-elle, se ressaisissant un peu.

Juste Ciel, elle ne pouvait pas se laisser ainsi déstabiliser ! George n'était pas stupide. Si elle sombrait dans l'hébétude chaque fois qu'il la regardait, il allait comprendre qu'effectivement il se passait quelque chose.

Et s'il lui venait à l'esprit qu'elle était peut-être un peu... éprise...

Non ! Jamais il ne s'en apercevrait.

— À ton tour, Billie ! cria Andrew.

— J'arrive, j'arrive.

Elle se tourna vers George, quoique sans le regarder vraiment.

— Excuse-moi, lui dit-elle avant de courir vers sa boule.

Elle ne jeta qu'un coup d'œil hâtif sur le parcours avant de l'envoyer vers l'arceau suivant.

— Je crois que vous avez tiré trop loin, commenta lady Alexandra en la rejoignant.

Billie s'obligea à sourire en s'efforçant d'afficher une expression énigmatique.

— Attention ! hurla quelqu'un.

Elle recula vivement juste avant que la boule bleue ne lui percute les orteils. Lady Alexandra l'avait imitée, et toutes deux suivirent des yeux la boule de M. Berbrooke, qui s'arrêta à quelques pieds de l'arceau.

— Je suppose que ce serait bien fait pour nous si cet idiot remportait la partie, déclara lady Alexandra.

Billie la regarda avec surprise. Que cette peste échange des insultes à fleurets à peine mouchetés avec elle était une chose – elle était de taille à se défendre. Mais qu'elle dénigre ainsi M. Berbrooke, qui était peut-être l'homme le plus affable qu'elle eût jamais rencontré...

Cette fille était décidément un monstre.

Reportant les yeux sur le parcours, Billie constata que la boule pourpre était toujours derrière le premier arceau.

— C'est presque votre tour, dit-elle avec suavité.

Les yeux étrécis, lady Alexandra laissa échapper un bruit singulièrement peu gracieux et s'éloigna à grands pas.

— Que lui as-tu dit ? s'enquit George un instant plus tard.

Il venait de jouer, et il était à présent en bonne place pour franchir le deuxième arceau.

— C'est une personne horrible, marmonna Billie.

— Ce n'était pas ma question, dit-il en reportant brièvement les yeux sur lady Alexandra, mais la réponse est sans doute suffisante.

— Elle... Oh, peu importe ! Elle ne mérite pas que je gaspille ma salive pour elle.

— Certainement pas, approuva George.

Billie prit cela comme un compliment, et son cœur effectua une petite cabriole.

— George, est-ce que tu...

Elle s'interrompit, les sourcils froncés.

— Ce n'est pas Felix qui vient vers nous ?

La main au-dessus des yeux, George regarda dans la direction qu'elle indiquait.

— Si, je crois que c'est lui.

— Il a l'air pressé. J'espère qu'il n'est rien arrivé.

Ils le virent s'approcher d'Andrew, qui se trouvait plus près qu'eux de la maison. Les deux hommes échangèrent quelques mots, puis Andrew partit en courant.

— Quelque chose ne va pas, devina George.

Le maillet en main, il se dirigea vers Felix à pas de plus en plus précipités.

Billie s'élança à sa suite, mi-boitant, mi-sautillant. Sans se soucier de la douleur, elle finit par relever ses jupes pour courir et le rattrapa alors qu'il venait de rejoindre Felix.

— Un messager est venu, disait ce dernier.

George scruta son visage.

— Edward ?

Billie porta la main à sa bouche. Pas Edward ! Non, pourvu qu'il ne soit rien arrivé à Edward !

Mais Felix hocha la tête.

— Il est porté disparu.

16

George était déjà à mi-distance d'Aubrey Hall lorsqu'il s'aperçut que Billie lui avait emboîté le pas et qu'elle était obligée de courir pour rester à sa hauteur. Elle courait avec une cheville foulée !

Il s'arrêta net.

— Qu'est-ce que tu...

Mais il n'eut même pas besoin de réfléchir pour avoir la réponse. C'était Billie. On pouvait compter sur elle pour courir malgré une cheville foulée. Elle était entêtée, imprudente et, surtout, aimante.

Sans ajouter un mot, George se pencha, la souleva dans ses bras et poursuivit vers la maison à une allure à peine ralentie.

— Tu n'es pas obligé de me porter, dit-elle, d'une voix qui trahissait néanmoins sa souffrance.

— Si.

— Merci, souffla-t-elle.

George fut incapable de répliquer. Il était au-delà des mots, à présent. Du moins, au-delà des paroles convenues et vides. Il n'avait pas besoin de dire quoi que ce soit pour que Billie sache qu'il l'avait entendue. Elle comprendrait qu'il avait l'esprit ailleurs, là où les platitudes comme « Je t'en prie » et « Tout le plaisir est pour moi » n'avaient plus cours.

— Ils sont dans le petit salon, indiqua Felix quand ils atteignirent la maison.

George supposa qu'il parlait des membres de sa famille. Peut-être des Bridgerton, également. Car, il en prit conscience à cet instant, les Bridgerton faisaient partie de la famille, et ce, depuis toujours.

Lorsqu'il entra dans le salon, le spectacle qui s'offrit à lui était de nature à bouleverser n'importe quel homme. Assise sur le sofa, sa mère sanglotait dans les bras de lady Bridgerton, Andrew paraissait figé par la stupeur, quant à leur père…

Leur père pleurait.

Il se tenait à l'écart du groupe, sans s'être totalement détourné. Ses bras pendaient, raides, le long de son corps, et il fermait les yeux avec force, comme si cela pouvait arrêter les larmes qui coulaient lentement sur ses joues. Ou comme si le fait de ne pas voir le monde autour de lui pouvait supprimer la triste réalité.

George n'avait jamais vu son père pleurer, il n'avait même jamais imaginé que ce fût possible. Il aurait voulu détourner les yeux, mais il était si stupéfait, si affecté, qu'il en fut incapable.

Son père était le solide et sévère comte de Manston, qui dirigeait la famille Rokesby d'une main ferme mais juste. Il incarnait la force, et son autorité n'était jamais contestée, même s'il arrivait à ses enfants de souffrir de ses jugements d'une impartialité scrupuleuse.

C'était par son père que George apprenait ce que signifiait être chef de famille. C'était par les larmes de son père qu'il apprenait ce que serait son propre avenir.

Bientôt, ce serait à lui de prendre la tête de la famille.

— Mon Dieu, s'exclama lady Bridgerton, remarquant enfin leur présence, qu'est-il arrivé à Billie ?

George resta coi un instant. Il avait oublié qu'il la portait.

— Rien de grave, dit-il en la déposant à côté de sa mère.

Puis il parcourut la pièce du regard. Il ne savait pas à qui s'adresser pour obtenir des informations. Où était le messager ? Était-il même encore là ?

— George.

C'était la voix de Felix. Son ami lui tendait une feuille de papier. Sans un mot, George s'en empara.

À l'attention du comte de Manston,

J'ai le regret de vous informer que le capitaine Edward Rokesby a été porté disparu le 22 mars 1779 dans la colonie du Connecticut. Tout est mis en œuvre pour le retrouver sain et sauf.

Que la volonté de Dieu soit faite,

Général de brigade Garth

— Porté disparu, murmura George. Qu'est-ce que cela veut dire ?

Personne ne put lui fournir de réponse.

Il relut la lettre du général et en étudia chaque mot. Ce message était d'une concision dramatique. Pourquoi Edward se trouvait-il dans la colonie du Connecticut ? La dernière fois qu'ils avaient eu de ses nouvelles, il était à New York, installé dans une auberge loyaliste, et il surveillait les troupes du général Washington de l'autre côté de l'Hudson.

— S'il est porté disparu, réfléchit-il à voix haute, ils doivent bien savoir.

— Savoir quoi ? demanda Billie.

Assise sur le sofa, c'était probablement la seule personne suffisamment proche pour entendre ses paroles.

Il secoua la tête, toujours perplexe. D'après les termes, certes peu précis, du message, l'armée semblait considérer qu'Edward était toujours vivant. Ce qui signifiait que le général devait avoir au moins une petite idée de l'endroit où il se trouvait.

Dans ce cas, pourquoi ne s'était-il pas contenté de le dire ?

Après s'être passé la main dans les cheveux, George se frotta le front avec vigueur.

— Comment un officier peut-il disparaître ? demanda-t-il. Aurait-il été enlevé ? Est-ce ce qu'ils essaient de nous dire ?

— Je ne suis pas certain qu'ils le sachent, répondit Felix.

— Oh, ils le savent très bien ! répliqua George. Ils ne veulent simplement pas...

— Ce n'est pas comme ici, le coupa Andrew.

George lui jeta un regard irrité.

— Je sais, mais qu'est-ce que...

— Ce n'est pas comme ici, répéta Andrew d'un ton plus vif. Les villages sont très éloignés les uns des autres, de même que les fermes. Il y a de gigantesques étendues de terres qui n'appartiennent à personne. Et puis, ajouta-t-il alors que tous les yeux se tournaient vers lui, il y a des sauvages.

George se plaça devant lui de manière à éviter à sa mère de voir le visage torturé de son frère.

— Ce n'est pas le moment, chuchota-t-il avec force.

Certes, Andrew était sous le choc, mais ils l'étaient tous. Il était temps qu'il grandisse, bon sang, et qu'il apprenne à contrôler ses émotions. Il ne manquerait plus qu'à cause de lui les autres perdent le peu de calme qu'ils parvenaient à conserver.

Malheureusement, Andrew s'entêta.

— Il serait facile de disparaître, là-bas.

— Tu n'y es jamais allé, rétorqua George.

— Je l'ai entendu dire.

— Tu l'as « entendu dire » ?

— Sur mon bateau, il y a des hommes qui se sont battus dans les Colonies, riposta Andrew.

— Oh, voilà qui va nous aider à retrouver Edward ! lança George, cinglant.

— Sur ce sujet, j'en sais plus que toi.

George tressaillit. Comme il détestait ce sentiment d'impuissance... d'inutilité... Alors qu'il jouait au Pall Mall sur la pelouse d'un château, on ne trouvait plus trace de son frère, disparu dans une lointaine contrée perdue.

— Je suis toujours ton frère aîné, siffla-t-il, et je serai à la tête de cette famille...

— Tu ne l'es pas encore.

Il aurait tout aussi bien pu l'être. George jeta un coup d'œil à leur père, qui n'avait toujours pas prononcé un mot.

— Que c'est subtil, ironisa Andrew.

— Ferme-la ! Je te demande simplement de la...

— Arrêtez !

Deux mains s'insinuèrent entre eux et les écartèrent l'un de l'autre. C'était Billie, qui poussa quasiment Andrew dans un fauteuil.

— Ça n'aide en rien, dit-elle.

George cilla, s'efforçant de recouvrer son sang-froid. Pourquoi s'en prenait-il ainsi à Andrew ? Il baissa les yeux sur Billie, qui se tenait toujours entre eux tel un petit soldat.

— Tu ne devrais pas être debout, lui rappela-t-il.

Elle en demeura un instant bouche bée.

— C'est tout ce que tu trouves à dire ?

— Tu t'es probablement blessée de nouveau.

Elle le dévisagea. George savait qu'il avait l'air idiot, mais, bon sang, sa cheville était la seule chose pour laquelle il pouvait faire quelque chose.

— Tu devrais t'asseoir, lui conseilla-t-elle à voix basse.

Il secoua la tête. Il ne voulait pas s'asseoir. Ce qu'il voulait, c'était agir, faire quelque chose – n'importe quoi – qui permette de ramener son frère à la maison sain et sauf. Sauf qu'il était pieds et poings liés, enchaîné depuis toujours à cet endroit, à cette terre, à ces gens.

— Je peux y aller, déclara Andrew d'une voix étranglée.

Tous les regards se rivèrent sur lui. Il occupait toujours le fauteuil dans lequel Billie l'avait poussé. À voir son visage défait, sa mine abasourdie, George devina que l'expression de son frère reflétait la sienne.

Il y avait néanmoins une énorme différence : Andrew croyait pouvoir être utile, lui.

— Aller où ? finit par demander quelqu'un.

Andrew leva les yeux. Sur ses traits, le désespoir céda peu à peu le pas à une détermination farouche.

— Dans les Colonies d'Amérique. Je demanderai à être affecté sur un autre bateau. Il y en a probablement un qui partira le mois prochain.

— Non ! s'écria lady Manston.

George n'avait jamais rien entendu de tel. Son cri ressemblait à celui d'un animal blessé. Andrew se leva.

— Mère...

— Non, répéta-t-elle plus distinctement en se dégageant de l'étreinte affectueuse de lady Bridgerton. Je ne le permettrai pas. Je ne perdrai pas un autre fils.

Andrew se tenait droit et raide. George ne lui avait jamais vu une allure aussi martiale.

— Ce n'est pas plus dangereux que là où je suis actuellement.

George ferma les yeux. Ce n'était pas la chose à dire.

— Tu ne peux pas, balbutia lady Manston en se redressant avec difficulté. Tu ne peux pas.

Sa voix se brisa, et George maudit l'absence de tact d'Andrew.

— Mère, dit-il en s'avançant vers elle.

Elle le fixa d'un regard chargé d'angoisse.

— Il ne peut pas. Tu dois le lui dire... Il ne peut pas.

George la prit dans ses bras. Après avoir croisé le regard d'Andrew par-dessus sa tête, il murmura :

— Nous en discuterons plus tard. Mère, vous devriez peut-être vous allonger...

— Mieux vaudrait rentrer chez nous, déclara lord Manston.

Toutes les têtes pivotèrent dans sa direction. C'étaient les premiers mots qu'il prononçait depuis que l'on avait apporté le terrible message.

— Nous serons mieux à la maison, ajouta-t-il.

Ce fut Billie qui réagit le plus promptement.

— Bien sûr, dit-elle en le rejoignant. Une maison pleine d'invités n'est pas ce qu'il vous faut.

George, à qui ces derniers mots s'adressaient, retint un grognement. Il avait tout oublié des festivités. La simple pensée d'avoir à s'entretenir avec n'importe laquelle des personnes présentes était insoutenable. Elles allaient poser des questions, offrir des condoléances, alors même qu'aucune d'elles ne connaissait Edward.

Sapristi, tout cela – la réception, les festivités, les invités – lui paraissait tellement vain. Ne comptaient plus à ses yeux que les gens réunis dans cette pièce.

Quand il se tourna vers Billie, elle l'observait toujours, le visage assombri par l'inquiétude.

— Quelqu'un a-t-il prévenu Mary ? demanda-t-elle.

— Je m'en occupe, répondit Felix. Nous vous rejoindrons à Crake House. Je suis certain qu'elle voudra être avec sa famille. Nous n'avons pas de raison de rentrer dans le Sussex sur-le-champ.

— Qu'allons-nous faire ? murmura lady Manston d'un air hagard.

George interrogea son père du regard. C'était à lui d'en décider.

Mais le comte paraissait tout aussi égaré que sa femme. Apparemment, suggérer de retourner à Crake House avait eu raison de ses forces.

Après avoir pris une profonde inspiration, George déclara d'un ton ferme :

— Nous allons prendre un peu de temps pour essayer de recouvrer nos esprits, puis nous déciderons de la marche à suivre.

Andrew ouvrit la bouche, mais George refusa de le laisser aller plus loin. Le regard dur, il ajouta :

— Il n'y a certes pas de temps à perdre. Nous sommes toutefois bien trop éloignés du théâtre des opérations pour qu'un jour de plus ou de moins fasse une différence.

— Il a raison, approuva Billie.

Tous la regardèrent, surpris – y compris George.

— Aucun de nous n'est en état de prendre une décision judicieuse pour le moment. Rentrez chez vous, enchaîna-t-elle à l'adresse de George. Restez en famille. Je viendrai demain afin de voir en quoi je peux aider.

— Mais que pouvons-nous faire ? demanda lady Bridgerton, dubitative.

— Tout ce qui sera nécessaire, rétorqua sa fille avec une calme détermination.

George déglutit, déconcerté de sentir ses yeux soudain brûlants. Son frère était porté disparu, son père était anéanti, et voilà qu'il craignait de se mettre à pleurer ?

Il aurait dû dire à Billie qu'ils n'avaient pas besoin d'aide, qu'ils appréciaient son offre, mais que celle-ci n'était pas nécessaire. Ç'aurait été la réponse à faire par politesse, et c'était celle-ci qu'il aurait faite à n'importe qui d'autre.

À Billie, toutefois, il répondit simplement :

— Je te remercie.

Billie se rendit à Crake House le lendemain, dans un simple cabriolet attelé d'un seul cheval. Elle ignorait comment sa mère s'était débrouillée, mais le séjour des invités avait été raccourci de plusieurs jours, et ceux qui n'avaient pas encore quitté Aubrey Hall partaient le lendemain matin.

Elle avait passé un temps ridicule à choisir sa toilette. Les pantalons étaient exclus, bien sûr. Quoi qu'en pense sa mère, elle savait s'habiller selon les circonstances, et jamais elle ne porterait ses vêtements de travail pour se rendre en visite.

Celle-ci n'avait cependant rien d'une visite mondaine ordinaire. S'il aurait été malvenu de porter des couleurs vives, le noir ne convenait pas non plus. Ni même le gris, le mauve et tout ce qui rappelait le deuil. Edward n'était pas mort, se répétait-elle avec force.

Finalement, elle avait choisi une robe de jour confortable, achetée un an auparavant. C'était sa mère qui avait choisi l'étoffe – une mousseline crème à motif floral dans des tons de vert, de rose et d'orange. Billie l'avait aimée d'emblée. Elle lui évoquait un jardin sous un ciel nuageux, ce qui lui paraissait tout à fait pertinent pour sa visite chez les Rokesby.

Lorsqu'elle arriva à Crake House, il y régnait un silence inhabituel qui la prit de court. Crake House était une demeure immense. Comme à Aubrey Hall, on pouvait théoriquement passer plusieurs jours sans croiser un autre membre de la famille. C'était néanmoins une maison joyeuse, animée, et qui, malgré sa taille imposante, était un véritable foyer.

À cet instant, cependant, elle semblait éteinte. Même les domestiques, qui vaquaient à leurs occupations avec diligence et discrétion, paraissaient plus silencieux qu'à l'accoutumée. Personne ne souriait ni ne parlait.

Alors qu'elle s'apprêtait à se rendre dans le salon, George apparut dans le grand hall – de toute évidence, on l'avait averti de son arrivée.

— Bonjour, Billie, dit-il, la saluant d'un signe de tête. Je suis heureux de te voir.

Elle faillit lui demander s'ils avaient des nouvelles, puis se ravisa. C'était impossible, évidemment. Il ne s'agissait pas d'attendre un messager venu de Londres à bride abattue ; Edward était bien trop loin. Il faudrait sans doute des mois avant qu'ils ne soient informés de son sort.

— Comment va ta mère ? demanda-t-elle.

— Aussi bien que possible vu les circonstances, répondit-il avec un sourire triste.

Billie le suivit dans le salon.

— Et ton père ?

George s'arrêta, sans toutefois se tourner vers elle.

— Il reste assis dans son bureau, à regarder par la fenêtre.

Billie sentit son cœur se serrer. Elle n'avait pas besoin de voir le visage de George pour savoir à quel point il souffrait. Il adorait Edward. Comme elle et comme eux tous.

— Il n'est bon à rien.

En entendant ces mots sévères, elle demeura un instant sans voix. Mais elle comprit qu'il n'y avait là aucun mépris de la part de George. D'ailleurs, il précisa :

— Il est comme paralysé… La douleur…

— Je ne crois pas qu'aucun de nous sache comment il réagira en cas de crise avant d'y être confronté.

Une ombre de sourire sur les lèvres, il murmura :

— Depuis quand es-tu devenue si sage ?

— Ce n'est pas de la sagesse que de répéter des platitudes.

— C'est de la sagesse que de savoir lesquelles valent la peine d'être répétées.

À sa grande surprise, Billie eut envie de rire.

— Tu es décidé à me complimenter ?

— C'est le seul moment joyeux de la journée.

C'était le genre de commentaire qui, en temps ordinaire, lui aurait fait battre le cœur. Mais comme eux tous, Billie était trop assommée par le chagrin et l'inquiétude. Edward avait disparu, et George souffrait...

Elle s'obligea à prendre une inspiration. Il ne s'agissait pas de George. George allait bien, il était là, devant elle, en bonne santé.

Non, évidemment, il ne pouvait s'agir de George.

Sauf que, ces derniers temps... tout revenait toujours à George, semblait-il. Elle pensait à lui constamment – Seigneur, n'était-ce pas seulement la veille qu'ils jouaient au Pall Mall, et qu'elle l'avait presque *embrassé* ?

Le ciel était témoin qu'elle en avait eu très envie ! S'il avait montré le moindre intérêt – et s'il n'y avait pas eu quatre personnes armées de maillets de Pall Mall croisant dans les parages –, elle l'aurait fait. Elle n'avait encore jamais embrassé qui que ce soit, mais ce n'était pas le genre de considération susceptible de l'arrêter. N'avait-elle pas franchi sa première barrière à l'âge de six ans, alors même qu'elle n'avait jamais sauté par-dessus un buisson ? Il lui avait suffi d'un coup d'œil à l'obstacle de cinq pieds de haut pour savoir qu'elle devait sauter par-dessus. Elle avait donc enfourché sa jument et l'avait fait. Parce qu'elle le voulait.

Et aussi parce que Edward l'avait défiée.

Cela dit, elle se serait abstenue si elle ne s'en était pas sentie capable. Et si elle n'avait pas été persuadée qu'elle adorerait cela.

Déjà elle pressentait qu'elle n'était pas comme les autres filles. Jouer du pianoforte ou travailler à sa broderie ne l'intéressait pas. Ce qu'elle aimait, c'était être dehors, galoper dans la campagne sur sa jument et, le cœur battant, savourer la caresse du soleil et du vent sur sa peau.

Elle voulait alors s'élever dans les airs.

Et le voulait toujours.

Si elle embrassait George... s'il l'embrassait... Était-ce ce qu'elle ressentirait ?

Elle laissa courir lentement ses doigts sur le dossier du canapé pour se donner une contenance. Mais elle commit alors l'erreur de lever les yeux...

George fixait sur elle un regard intense mêlé de curiosité. Et d'autre chose aussi, qu'elle ne parvenait pas à identifier.

Quoi que ce fût, cependant... elle le ressentit. Son cœur bondit, son souffle s'accéléra, et il lui apparut que c'était exactement la même chose que lorsqu'elle galopait sur sa jument. Cette sensation d'être haletante, ivre, farouche... elle était là, dans sa poitrine, prête à jaillir.

Tout cela parce qu'il la regardait.

Bonté divine, qu'adviendrait-il d'elle s'il l'embrassait vraiment ?

D'un geste nerveux, elle tambourina du bout des doigts sur le dossier du canapé, avant de désigner un fauteuil d'une main hésitante.

— Je devrais m'asseoir...

— Si tu veux.

Mais les pieds de Billie refusèrent de bouger.

— J'ai l'impression de ne pas savoir quoi faire de moi, avoua-t-elle.

— Bienvenue au club, murmura-t-il.

— Oh, George…

— Tu veux boire quelque chose ? demanda-t-il soudain.

— Maintenant ?

Il était à peine 11 heures.

Ce fut presque avec insolence qu'il haussa les épaules, et Billie ne put s'empêcher de s'interroger. Avait-il déjà beaucoup bu ?

Ce ne fut toutefois pas vers la table où se trouvait la carafe de cognac qu'il se dirigea. Après s'être approché de la fenêtre, il resta immobile, les yeux fixés sur le jardin. Il s'était mis à pleuvoir, une petite pluie fine qui rendait l'atmosphère grise et lourde.

Billie attendit un long moment, mais il ne se retourna pas. Il gardait les mains croisées dans le dos, comme souvent les hommes. Il y avait toutefois une raideur dans son maintien, une tension dans ses épaules, qu'elle ne lui avait jamais vues.

— Que vas-tu faire ? s'obligea-t-elle à demander lorsque le silence se fit par trop pesant.

Il bougea légèrement, puis il tourna la tête, quoique pas suffisamment pour la regarder.

— Aller à Londres, je suppose.

— À Londres ?

— Il n'y a pas grand-chose d'autre que je puisse faire, rétorqua-t-il.

— Tu ne veux pas te rendre dans les Colonies pour partir à sa recherche ?

— Bien sûr que si ! s'exclama-t-il en faisant brusquement volte-face. Mais ce n'est pas ce que je vais faire.

Billie en demeura muette de surprise. Elle avait l'impression d'entendre la pulsation effrénée de son sang dans ses veines. L'emportement de George était inattendu et sans précédent.

Certes, elle l'avait déjà vu se mettre en colère. Il lui aurait été difficile de fréquenter ses frères sans être témoin de certaines altercations. En revanche, elle ne l'avait jamais vu dans cet état.

Il était impossible d'ignorer le mépris qui transparaissait dans sa voix – un mépris entièrement dirigé contre lui-même.

— George, commença-t-elle, s'efforçant d'adopter un ton calme et raisonnable, si tu veux…

Il s'avança vers elle, le regard dur et furieux.

— Ne me dis pas que je peux faire ce que je veux. Parce que si tu crois cela, tu es tout aussi naïve que les autres.

— Je n'allais pas…

Heureusement, il la coupa d'un ricanement sarcastique, car c'était précisément ce qu'elle s'apprêtait à dire. Et elle comprit, à cet instant seulement, à quel point ç'aurait été ridicule. Il ne pouvait tout simplement pas partir pour les Colonies ; tous le savaient.

En raison de leur ordre de naissance, George ne serait jamais aussi libre que ses frères. Il hériterait du titre, de la maison, des terres et de la plus grande partie de la fortune. Mais ce privilège s'accompagnait de responsabilités. Il était lié à cet endroit. Il avait Crake House dans le sang, tout comme elle avait Aubrey Hall.

Elle aurait aimé savoir si cela lui pesait. Aurait-il volontiers échangé sa place avec Andrew ou Edward si ç'avait été possible ?

Elle ne pouvait toutefois l'interroger à ce sujet tant que le sort d'Edward était incertain. Aussi se contenta-t-elle de lui demander :

— Que feras-tu à Londres ?

Il eut une espèce de haussement d'épaules à peine marqué.

— Je parlerai aux gens. Je me renseignerai. Je suis très bon pour parler aux gens et pour me renseigner, précisa-t-il avec un rire amer.

— C'est vrai. Cela te permet ensuite de savoir comment agir.

— Je sais surtout comment faire agir les autres, dit-il d'un ton moqueur.

Billie pinça les lèvres pour ne pas proférer une insanité du genre : « C'est une qualité précieuse. »

C'était bel et bien une qualité précieuse, même si elle-même ne la possédait pas. Elle ne déléguait jamais aucune responsabilité à l'intendant de son père. C'était sûrement l'employé le mieux rémunéré du royaume pour un travail qu'il n'accomplissait pas. Billie avait toujours agi avant de réfléchir. Et elle ne supportait pas de laisser quelqu'un accomplir une tâche, sachant qu'elle serait mieux à même de l'exécuter.

Ce qui était quasiment toujours le cas.

— J'ai besoin de boire quelque chose, marmonna soudain George.

Billie n'osa pas lui faire de nouveau remarquer qu'il était un peu tôt pour boire de l'alcool.

Après s'être avancé vers la petite table où se trouvait la carafe, il se versa un verre de cognac et en but une gorgée. Une longue gorgée.

— Tu en veux un ?

Elle refusa d'un signe de tête.

— Étonnant, grommela-t-il d'un ton dur, presque méchant.

Billie se raidit.

— Je te demande pardon ?

Mais George se contenta de rire en arquant les sourcils d'un air moqueur.

— Oh, franchement, Billie ! Tu ne vis que pour la provocation. Je peux difficilement croire que tu refuses un cognac lorsqu'on t'en offre un.

Elle serra les dents. George n'était pas lui-même.

— Il n'est même pas midi, se contenta-t-elle de répondre.

Il haussa carrément les épaules avant d'avaler d'un trait le reste de son cognac.

— Tu ne devrais pas boire...

— Et toi, tu ne devrais pas me dire ce que je dois faire.

Billie se força à rester immobile, raide même, et laissa le silence exprimer sa désapprobation. Finalement, elle lâcha avec froideur :

— Lady Alexandra t'envoie ses amitiés. Elle part aujourd'hui, précisa-t-elle lorsqu'il lui adressa un regard incrédule.

— Comme c'est aimable de ta part de me transmettre ses salutations.

Après avoir ravalé la réplique cinglante qui lui montait aux lèvres, Billie s'exclama :

— C'est ridicule ! Je ne vais pas rester ici à parler pour ne rien dire. Je suis venue offrir mon aide.

— Tu ne peux en rien aider.

— Pas quand tu es dans cet état, c'est certain, riposta-t-elle.

Il reposa bruyamment son verre et s'avança vers elle.

— Que viens-tu de dire ?

Il avait l'air si furieux que Billie faillit reculer d'un pas.

— Combien de cognacs as-tu bus ?

— Je ne suis pas ivre, articula-t-il d'une voix sourde. Celui-ci, ajouta-t-il en désignant son verre, était mon premier et unique cognac de la journée.

Sans doute était-elle censée lui présenter des excuses. Mais elle ne put s'y résigner.

— Si seulement j'étais ivre ! reprit-il.

Il se rapprocha d'elle avec la grâce silencieuse d'un chat.

— Tu ne parles pas sérieusement.

— Ah non ? lança-t-il avant de partir d'un rire strident. Ivre, je pourrais ne pas me souvenir que mon frère est perdu dans une contrée sauvage dont les habitants ne sont pas vraiment bien disposés à l'égard des soldats anglais.

— George...

Il ne la laissa pas poursuivre.

— Ivre, répéta-t-il avec force, je pourrais ne pas avoir remarqué que ma mère a passé la matinée entière à pleurer dans sa chambre. Et, surtout...

Il s'appuya lourdement des deux mains sur une petite table et regarda Billie avec une fureur mêlée de désespoir.

— ... si j'étais ivre, je pourrais aussi oublier que je suis dépendant du reste du monde. Si on retrouve Edward...

— Quand on le retrouvera, rectifia Billie avec férocité.

— Quoi qu'il en soit, ce ne sera pas grâce à moi !

— Que veux-tu donc faire ? s'enquit-elle à voix basse.

Elle avait le sentiment qu'il n'en savait rien. Il prétendait vouloir se rendre dans les Colonies, mais devait-elle le croire ? Elle n'en était pas certaine. Elle doutait qu'il se soit seulement autorisé à réfléchir à ce qu'il voulait faire. Il était si obsédé par ce qui l'entravait qu'il n'arrivait pas à lire clairement dans son propre cœur.

— Ce que je veux faire ? répéta-t-il, déconcerté. Je veux... je veux...

Il cligna des yeux, puis plongea son regard dans le sien.

— C'est toi que je veux.

Billie cessa de respirer.

— C'est toi que je veux, répéta-t-il.

Elle eut l'impression que la pièce entière basculait. L'expression de George n'était plus égarée, mais d'une intensité presque dangereuse.

Incapable de prononcer un mot, Billie le regarda s'approcher. L'air entre eux devint brûlant.

— Tu ne veux pas faire cela, s'entendit-elle murmurer.

— Oh, que si !

Mais ce n'était pas vrai, elle le savait. Et son cœur se brisa parce qu'elle, elle le voulait. Elle voulait qu'il l'embrasse comme si elle était la seule femme qu'il rêvait d'embrasser, comme s'il risquait de mourir s'il ne posait pas ses lèvres sur les siennes.

— Tu ne sais pas ce que tu fais, dit-elle en reculant d'un pas.

— C'est ce que tu crois ? murmura-t-il.

— Tu as bu.

— Juste assez pour que ce soit parfait.

Billie cilla. Elle ignorait ce que cela signifiait.

— Allez, Billie, dit-il d'un ton moqueur. Pourquoi hésiter autant ? Cela ne te ressemble pas.

— Cela ne te ressemble pas, à toi, rétorqua-t-elle.

— Tu n'imagines pas à quel point.

Il la rejoignit, les yeux brillants de quelque chose qu'elle était terrifiée de nommer. Il leva la main et lui toucha le bras – un doigt sur sa peau, mais ce fut suffisant pour lui arracher un frisson.

— Quand t'est-il arrivé de refuser un défi ?

Malgré les battements effrénés de son cœur, Billie carra les épaules et le regarda droit dans les yeux.

— Jamais.

Il sourit, et son regard se fit brûlant.

— Voilà, bien ma Billie, murmura-t-il.
— Je ne suis pas...
— Tu le seras, gronda-t-il, et, avant qu'elle puisse ajouter un mot, il s'empara de sa bouche avec fougue.

17

Il l'embrassait !

C'était pure folie.

Il embrassait *Billie Bridgerton*, la dernière femme au monde qu'il aurait dû désirer. Mais, bonté divine, quand elle l'avait foudroyé du regard, puis qu'elle avait levé le menton avec un imperceptible tremblement, il n'avait vu que ses lèvres, n'avait senti que son parfum. Et il n'avait été sensible à rien d'autre qu'à la chaleur de sa peau sous son doigt. Il en voulait davantage.

Davantage d'elle.

Sans réfléchir, il avait alors enroulé le bras autour d'elle, l'avait attirée durement contre lui et s'était emparé de sa bouche.

Il voulait la dévorer, la posséder, l'étreindre farouchement et l'embrasser jusqu'à ce qu'enfin elle devienne raisonnable, qu'elle cesse de faire des choses insensées, de prendre des risques insensés, qu'elle adopte une conduite féminine tout en restant elle-même et…

La plus grande confusion régnait dans son esprit. Dans le brasier de cet instant, sa seule pensée était qu'il en voulait davantage. Il voulait *plus* de Billie.

Il encadra son visage de ses mains pour l'immobiliser. En vain. Les lèvres de Billie bougeaient sous les siennes, et elle lui rendait son baiser avec son impétuosité coutumière. Elle montait à cheval avec impétuosité, elle jouait avec impétuosité, et elle embrassait de même, comme si George représentait une victoire et qu'elle était décidée à en jouir.

C'était aussi fou qu'aberrant, et pourtant si délicieusement parfait. Toutes les sensations du monde lui paraissaient rassemblées en une seule femme, et il avait d'elle une soif inextinguible.

Il fit glisser sa main jusqu'à son épaule, puis dans son dos, pour l'attirer contre lui jusqu'à ce que son ventre se presse contre le sien. Elle était petite, solide, mais elle possédait des courbes là où il fallait.

George n'était pas un moine. Il avait embrassé des femmes, des femmes qui savaient comment lui rendre ses baisers. Il n'en avait cependant jamais désiré aucune comme il désirait Billie.

Rien d'autre ne comptait que ce baiser.

Ce baiser... et tout ce qui s'ensuivrait.

— Billie, gronda-t-il. Billie...

Elle émit un son qui pouvait être son prénom.

Et cela suffit pour que la raison lui revienne d'un seul coup. George recula abruptement, trébuchant presque.

Bonté divine ! Que diable venait-il de se passer ?

Il prit une inspiration, ou plutôt, il essaya, ce qui était totalement différent.

Billie lui avait demandé ce qu'il voulait. Et il lui avait répondu qu'il la voulait, elle. Il n'avait même pas eu besoin de réfléchir. Du reste, s'il y avait réfléchi, rien ne serait arrivé.

George se passa une main dans les cheveux, puis l'autre. Puis il enfonça ses doigts dans son crâne jusqu'à étouffer un cri de douleur.

— Tu m'as embrassée, finit par murmurer Billie.

Il eut juste assez de présence d'esprit pour ne pas rétorquer qu'elle lui avait rendu son baiser. C'était lui qui l'avait initié, et tous deux savaient que jamais elle ne s'y serait risquée.

Il secoua la tête d'un geste machinal, sans pour autant parvenir à recouvrer sa lucidité.

— Je suis désolé, dit-il avec raideur. Ce n'était pas... Je veux dire...

Il jura entre ses dents, incapable d'aller plus loin.

— Tu m'as embrassée, répéta-t-elle, cette fois d'un air soupçonneux. Pourquoi...

— Je ne sais pas.

Il jura de nouveau et se détourna. Bon sang ! Bon sang de bon s...

— C'était une erreur, dit-il.

— Quoi ?

Sur cette seule syllabe, il ne pouvait juger de son ton. Ce qui valait peut-être mieux. Pivotant face à elle, il s'adjura de la regarder, tout en refusant de la voir.

Il ne voulait pas voir sa réaction ni savoir ce qu'elle pensait de lui.

— C'était une erreur, répéta-t-il, parce qu'il le fallait. Tu comprends ?

Elle plissa les yeux et son visage se durcit.

— Parfaitement.

— Pour l'amour du Ciel, Billie, ne te sens pas offensée...

— Ne te sens pas offensée ? répéta-t-elle. Ne te sens pas offensée ? Tu...

Elle s'interrompit, jeta un coup d'œil en direction de la porte ouverte, puis continua dans un chuchotement furieux :

— Ce n'est pas moi qui ai commencé !

— J'en ai bien conscience.

— Mais à quoi as-tu pensé ?

— Je n'ai pas pensé, de toute évidence.

Ses yeux s'arrondirent, un éclair de douleur les traversa et elle se retourna, les bras refermés autour de son buste.

George comprit alors la pleine signification du mot « remords ». Il exhala lentement, se passa une fois de plus la main dans les cheveux.

— Je te présente mes excuses. Je t'épouserai, bien sûr.

— Quoi ? s'exclama-t-elle en pivotant. Non !

— Je te demande pardon ? dit-il en se raidissant.

— Ne sois pas idiot, George. Tu ne veux pas m'épouser.

C'était la vérité, mais il n'était pas stupide au point de le dire à voix haute.

— Et tu sais que je ne veux pas t'épouser.

— Cela me paraît de plus en plus évident.

— Tu ne m'as embrassée que parce que tu étais bouleversé…

Cette fois, ce n'était pas la vérité, mais il s'abstint de nouveau d'ouvrir la bouche.

— … j'accepte donc tes excuses.

Elle leva le menton.

— Et nous n'en reparlerons plus jamais.

— D'accord.

Ils restèrent un instant face à face, figés dans l'embarras. George aurait dû sauter de joie. Dans cette situation, n'importe quelle autre jeune femme aurait pris le Ciel à témoin, appelé son père, puis le pasteur, et enfin, exigé une dispense de bans pliée en forme de nœud coulant.

Pas Billie. Non, Billie se contenta de le regarder avec hauteur et déclara :

— J'espère que toi aussi, tu accepteras mes excuses.

— Tes exc… commença George avant de s'interrompre, interdit.

Pourquoi diable devrait-elle lui présenter des excuses ? Ou essayait-elle simplement de reprendre l'avantage ? Elle avait toujours été douée pour le désarçonner.

— Je ne peux pas prétendre ne pas t'avoir rendu ce... euh...

Elle avala sa salive avec peine, et George ne nia pas le plaisir qu'il éprouva à la voir rougir.

— Ce... euh...

— Ça t'a plu, dit-il sans tenter de dissimuler son sourire.

La provoquer dans un tel moment était d'une imprudence extrême, pourtant il ne put s'en empêcher.

Billie se tortilla.

— Il faut bien recevoir un premier baiser.

— Dans ce cas, je suis flatté, dit-il en s'inclinant avec courtoisie.

Elle resta bouche bée de surprise. Peut-être même de consternation. George se félicita d'avoir repris la main.

Mais son contentement se mua en agacement lorsqu'elle répliqua :

— Je ne m'attendais pas que ce soit toi, bien sûr.

— Tu espérais peut-être quelqu'un d'autre ?

— Personne en particulier, admit-elle avec un brusque haussement d'épaules.

Il préféra ne pas s'attarder sur la vague de plaisir que cette déclaration fit déferler en lui.

— J'ai toujours imaginé, sans doute, que ce serait l'un de tes frères. Andrew, peut-être...

— Pas Andrew !

— Peut-être pas, effectivement, acquiesça-t-elle, l'air pensive. Mais il fut un temps où cela paraissait plausible.

La relative satisfaction de George se mua en une irritation croissante. Certes, Billie ne paraissait pas insensible à la situation, mais elle était loin d'être aussi bouleversée qu'elle aurait dû l'être selon lui.

— Cela n'aurait pas été pareil, s'entendit-il dire.

Elle cligna des yeux.

— Je te demande pardon ?

George esquissa un pas vers elle, conscient du bourdonnement dans ses oreilles.

— Si tu en avais embrassé un autre. Cela n'aurait pas été pareil.

— Eh bien... hésita-t-elle, l'air délicieusement troublée. Je suppose que non. Je veux dire... quelqu'un de différent...

— De très différent.

Elle ouvrit la bouche, mais plusieurs secondes s'écoulèrent avant qu'un son n'en sorte.

— Je ne suis pas certaine de savoir à qui tu te compares.

— À n'importe qui, dit-il en se rapprochant. À tout le monde.

— George ?

Elle avait les yeux écarquillés, mais elle ne protestait ni ne reculait.

— Veux-tu que je t'embrasse de nouveau ?

— Bien sûr que non ! répondit-elle avec trop de hâte.

— Tu en es sûre ?

Elle déglutit, puis murmura :

— Ce serait une très mauvaise idée.

— Oui, très mauvaise, acquiesça-t-il à voix basse.

— Alors, nous... nous ne devrions pas ?

Il lui effleura la joue et, cette fois, ce fut en chuchotant qu'il répéta :

— Veux-tu que je t'embrasse de nouveau ?

Elle esquissa un signe presque imperceptible de la tête. S'agissait-il d'un *oui* ou d'un *non* ? Il la soupçonna de ne pas le savoir elle-même.

— Billie ? murmura-t-il, et il était si près que son souffle lui effleura le visage.

Elle prit une inspiration saccadée.

— J'ai dit que je ne voulais pas t'épouser.

— En effet.

— Enfin, j'ai dit que tu n'étais pas obligé de m'épouser. Ça resterait vrai.

— Si je t'embrassais encore ?

Elle acquiesça.

— Cela ne signifierait donc rien ?

— Non...

Une divine sensation de chaleur lui gonfla la poitrine. C'était totalement faux. Et Billie le savait.

— C'est juste que... qu'il n'y aura pas de conséquences, ajouta-t-elle, les lèvres tremblantes.

Il lui frôla la joue de ses lèvres.

— Pas de conséquences, répéta-t-il.

— Aucune.

— Je pourrais t'embrasser de nouveau...

Il posa la main au creux de ses reins, mais n'exerça qu'une légère pression. Billie pouvait s'écarter à tout moment pour se soustraire à son étreinte, traverser la pièce et sortir. Il avait besoin qu'elle le sache, et il avait besoin de savoir qu'elle le savait. Ainsi, elle ne pourrait pas se reprocher de s'être laissé emporter par sa passion à lui.

Si elle était emportée, ce serait par son propre désir.

— Je pourrais t'embrasser de nouveau, répéta-t-il tout contre son oreille.

— De nouveau, souffla-t-elle.

Il referma les lèvres sur le lobe de son oreille et le mordilla doucement.

— Je pense...

— Que penses-tu ? demanda-t-il.

Il sourit contre sa peau. L'instant était si exquis qu'il ne parvenait pas à y croire. Il avait connu des baisers passionnés, des élans irrépressibles et des désirs impétueux. Il y avait tout cela, mais avec quelque chose en plus.

Quelque chose de joyeux.

— Je pense… reprit-elle avant de marquer une hésitation. Je pense que tu devrais m'embrasser de nouveau.

Lorsqu'elle releva la tête, ses yeux étaient étonnamment vifs.

— Et je pense que tu devrais fermer la porte.

Jamais George n'avait fait preuve d'une telle célérité. Il envisagea même un instant de coincer une chaise sous la poignée de la porte pour bloquer son ouverture.

— Cela ne signifie toujours rien, dit-elle lorsqu'il l'enlaça.

— Absolument rien.

— Il n'y a pas de conséquences.

— Aucune.

— Tu n'es pas obligé de m'épouser.

— Je ne suis pas obligé, non.

Cependant, il le pourrait. Il fut le premier surpris lorsque cette pensée lui traversa l'esprit. Oui, rien ne l'empêchait d'épouser Billie. Hormis, peut-être, la préservation de sa santé mentale. Mais il avait l'impression d'être devenu fou à l'instant où ses lèvres s'étaient posées sur les siennes.

Elle se hissait sur la pointe des pieds, le visage tendu vers le sien.

— Si tu m'as donné mon premier baiser, dit-elle avec un sourire espiègle, autant que tu me donnes le second.

— Peut-être même le troisième, répliqua-t-il avant de s'emparer de sa bouche.

— Il est important de savoir, dit-elle entre deux baisers.

— De savoir ?

Quand ses lèvres glissèrent sur son cou, elle se cambra contre lui.

Elle hocha la tête, avant d'émettre un petit cri étouffé lorsqu'il fit descendre sa main le long de son buste.

— De savoir embrasser, précisa-t-elle. C'est une compétence.

— Et tu aimes être compétente, dit-il en souriant.

— Oui.

De son cou, il déposa une pluie de baisers sur sa gorge, et remercia silencieusement la mode qui, favorisant les décolletés ronds et profonds, dévoilait sa chair laiteuse.

— Je te prédis de grandes choses, murmura-t-il.

La seule réaction de Billie fut un tressaillement dont il ne détermina pas exactement la cause. Peut-être était-il dû à sa langue, qui taquinait la peau sensible le long de la bordure de dentelle de son corsage. Ou à ses dents qui lui mordillaient le creux du cou.

George n'osa pas la renverser sur la méridienne. Il ne se faisait pas à ce point confiance. Il la repoussa cependant contre le canapé, puis la souleva légèrement pour l'installer sur le haut du dossier.

D'instinct, Billie sut que faire. Elle ouvrit les jambes et, lorsqu'il retroussa ses jupes, elle les referma autour de lui. Peut-être était-ce simplement pour conserver son équilibre, mais il s'en moquait. Malgré les épaisseurs d'étoffes qui les séparaient, il sentait son corps, et son sexe durci savait où il voulait aller. Billie était une fille de la campagne. Elle n'ignorait sans doute pas ce que cela signifiait. Toutefois, en proie à une passion semblable à la sienne, elle attira George encore plus près en resserrant les jambes autour de ses hanches.

Bonté divine, à ce rythme-là, il allait se répandre comme un jouvenceau !

Il prit une inspiration saccadée et s'obligea à s'écarter.

— C'est trop, articula-t-il.

— Non, se contenta-t-elle de riposter.

Elle referma alors les mains sur sa nuque pour qu'il continue de l'embrasser, malgré la légère distance entre eux.

Il l'embrassa donc, longuement, quoique avec précaution, conscient qu'il était de jouer avec le feu. Avec tendresse, également, car il pressentait, sans en connaître la raison, que personne ne songeait jamais à se montrer tendre avec Billie.

— George…

Il s'arracha à ses lèvres, quoique à peine.

— Mmmm…

— Nous devons… nous devons arrêter.

— Mmmm, acquiesça-t-il, mais il n'en fit rien.

Il l'aurait pu, cependant, puisqu'il était à présent maître de son désir. Sauf qu'il n'en avait pas envie.

— George, reprit-elle, j'entends des gens.

Il releva la tête, prêta l'oreille et jura.

— Va ouvrir la porte, murmura Billie d'un ton pressant.

Il s'exécuta aussitôt. Rien n'éveillait plus le soupçon qu'une porte fermée.

— Tu pourrais peut-être… commença-t-il.

Il s'éclaircit la voix et esquissa un signe vers sa propre tête. Sans être un spécialiste des coiffures féminines, il était à peu près certain que celle de Billie méritait d'être rectifiée.

Billie pâlit et entreprit de replacer fébrilement les épingles qui avaient glissé.

— C'est mieux ?

George fit la grimace. Derrière son oreille droite, une boucle châtaine paraissait lui sortir du crâne.

— George ? fit une voix dans le hall.

Sa mère ! Dieu du Ciel !

— George !

— Dans le salon, maman, cria-t-il en se dirigeant vers la porte.

Il parviendrait peut-être à retenir sa mère quelques secondes. Il se retourna vers Billie et ils échangèrent un dernier regard affolé. Elle enfonça une ultime épingle, puis tendit les mains, comme pour dire : « Alors ? »

Mais le sort en était jeté.

— Mère, dit-il en s'avançant dans le hall, vous êtes levée…

Elle lui présenta sa joue, qu'il embrassa en fils affectueux.

— Je ne vais pas rester éternellement dans ma chambre.

— Non, bien sûr. Vous avez néanmoins le droit de prendre un peu de temps pour…

— Pour le pleurer ? le coupa-t-elle. Je refuse de le pleurer. Pas avant d'avoir reçu des nouvelles définitives.

— J'allais dire « vous reposer ».

— Je me suis reposée.

« Bien joué, lady Manston », songea George. Décidément, la capacité de sa mère à remonter la pente ne cessait de le surprendre.

Elle passa devant lui pour entrer dans le salon.

— J'ai pensé que… commença-t-elle. Oh, bonjour, Billie ! Je ne savais pas que tu étais là.

— Bonjour, lady Manston, répondit Billie en la saluant d'une révérence. J'espérais pouvoir être d'une aide quelconque.

— C'est très gentil de ta part. Je ne sais pas exactement ce que l'on peut faire, mais je suis toujours heureuse de ta compagnie. Il y a beaucoup de vent ? enchaîna-t-elle en inclinant la tête.

— Comment ? Euh… oui, un peu, balbutia Billie en portant la main à ses cheveux. J'ai oublié mon chapeau.

Tous les regards se posèrent sur le chapeau qu'elle avait laissé sur une table.

— Ce que je voulais dire, c'est que j'ai oublié de le mettre. Ou, plutôt, pour dire la vérité, je n'ai pas oublié. L'air était tout simplement trop agréable.

Elle ponctua sa déclaration d'un petit rire nerveux. George espéra de tout cœur que sa mère ne remarquait rien.

— Je ne le dirai pas à ta mère, promit lady Manston avec un sourire indulgent.

Billie hocha la tête pour la remercier, puis un silence embarrassé tomba dans la pièce. Mais peut-être que George était le seul à le trouver embarrassé – parce qu'il savait à quoi pensait Billie, parce qu'il savait à quoi lui-même pensait, et parce qu'il lui semblait impossible que sa mère pensât à autre chose.

C'était pourtant le cas. Elle se tourna vers lui avec un sourire manifestement forcé pour demander :

— Finalement, tu te rendras à Londres ?

— Sans doute. Je connais quelques personnes au ministère de la Guerre.

— George pensait aller à Londres pour tâcher d'en savoir plus, expliqua lady Manston à Billie.

— Il m'en a parlé, en effet. C'est une excellente idée.

— Ton père connaît des gens, lui aussi, poursuivit lady Manston en se tournant vers George, mais...

— Je peux y aller, se hâta-t-il de dire pour épargner à sa mère le chagrin d'avoir à avouer dans quel état de prostration se trouvait son mari.

— Vous connaissez sans doute les mêmes personnes, tous les deux, fit remarquer Billie.

— Exactement, acquiesça George.

— Je crois que je t'accompagnerai, reprit sa mère.

— Non, mère, vous devriez rester ici, déclara George. Père aura besoin de vous, et il me sera plus facile d'agir si je suis seul.

— Ne dis pas de bêtises. Ton père n'a besoin de rien d'autre que de nouvelles de son fils, et je peux difficilement faire quoi que ce soit pour en obtenir en restant ici.

— Et vous en obtiendrez à Londres ?

— Probablement pas, admit-elle. Mais au moins, j'essaierai.

— Je ne pourrai rien faire si je dois m'inquiéter pour vous.

Sa mère haussa ses sourcils à l'arc parfaitement dessiné.

— Dans ce cas, ne t'inquiète pas.

George serra les dents. Il était impossible de discuter avec elle lorsqu'elle était dans ce genre de disposition. Et en toute honnêteté, il n'était même pas sûr de savoir pour quelle raison il ne voulait pas que sa mère vienne avec lui. Il s'agissait juste du sentiment étrange et taraudant qu'il valait mieux faire certaines choses seul.

— Tout va s'arranger, assura Billie, soucieuse d'adoucir la tension entre la mère et le fils.

George lui adressa un regard reconnaissant, mais il douta qu'elle s'en soit aperçue. Finalement, elle ressemblait davantage à sa propre mère qu'on ne l'imaginait. À sa manière, elle œuvrait pour la paix.

Elle prit la main de lady Manston dans la sienne et la pressa doucement.

— Je sais qu'Edward nous reviendra sain et sauf.

Un sentiment de fierté presque affectueuse gonfla le cœur de George. Il aurait juré sentir qu'à lui aussi elle serrait la main avec compassion.

— Tu es si gentille, Billie, murmura sa mère. Edward et toi avez toujours été très proches.

— C'est mon meilleur ami, rappela Billie. En plus de Mary, évidemment.

George croisa les bras.

— N'oublie pas Andrew.

Elle eut le temps de lui jeter un regard réprobateur avant que sa mère se penche vers elle pour l'embrasser sur la joue.

— Que ne donnerais-je pas pour vous voir de nouveau réunis, Edward et toi.

— Vous nous verrez réunis, assura Billie d'un ton ferme. Il reviendra à la maison – peut-être pas tout de suite, mais un jour ou l'autre. Nous serons de nouveau réunis, insista-t-elle avec un sourire rassurant. Je le sais.

— Nous serons *tous* réunis, lança George d'un air maussade.

Le regard que Billie lui coula s'accompagna, cette fois, d'un froncement de sourcils clairement désapprobateur.

— Je ne cesse de voir son visage, reprit lady Manston. Chaque fois que je ferme les yeux.

— Moi aussi, reconnut Billie.

George vit rouge. Il venait de l'embrasser, que diable ! Et il était à peu près certain qu'elle avait fermé les yeux.

— George ? dit sa mère.

— Quoi ?

— Tu as fait un drôle de bruit.

— Je me suis raclé la gorge, mentit-il.

Billie pensait-elle à Edward lorsqu'elle l'embrassait ? Non, elle ne ferait pas une chose pareille. Cela dit, qu'en savait-il ? Et pourrait-il le lui reprocher ? Si elle avait pensé à Edward, ce n'était pas intentionnel – ce qui rendait la chose encore pire.

Il l'observa tandis qu'elle s'entretenait avec sa mère. Était-elle amoureuse d'Edward ? Non, impossible. Parce que si elle l'était, Edward, sauf à être idiot, lui aurait rendu son affection. Et dans ces conditions, ils seraient à présent mariés.

En outre, Billie lui avait dit n'avoir jamais été embrassée. Et elle n'était pas du genre à mentir.

Edward était un gentleman – peut-être même plus que George, à en juger par ce qui s'était passé aujourd'hui. Il n'empêche que s'il avait été amoureux de Billie, il ne serait certainement pas parti pour l'Amérique sans l'avoir embrassée.

— George ?

Il leva les yeux. Sa mère l'observait avec une curiosité inquiète.

— Tu n'as pas l'air bien, dit-elle.

— Je ne me sens pas bien, répliqua-t-il sèchement.

Lady Manston ne trahit sa surprise que par un infime tressaillement.

— Je suppose que c'est notre cas à tous.

— J'aimerais aller à Londres, déclara soudain Billie.

— Tu plaisantes ? s'écria George, effaré.

Ce serait un désastre. S'il estimait déjà que la présence de sa mère risquait de le distraire…

Billie se raidit, visiblement offensée.

— Pourquoi plaisanterais-je ?

— Tu détestes Londres.

— Je n'y suis allée qu'une fois, rétorqua-t-elle.

— Comment est-ce possible ? s'exclama lady Manston. Je sais que tu n'as pas assisté à une seule saison mondaine, mais se rendre à Londres prend à peine une journée.

— Ma mère, commença Billie, avait quelques réticences après ce qui s'était passé lors de ma présentation à la Cour.

Lady Manston fit la grimace, puis se ressaisit aussitôt en déclarant avec enthousiasme :

— Eh bien, cela arrangera tout, dans ce cas. Nous ne pouvons pas vivre dans le passé.

Saisi d'un pressentiment funeste, George demanda à sa mère :

— Cela arrangera quoi, exactement ?

— Billie doit se rendre à Londres.

18

C'est ainsi que moins d'une semaine plus tard, Billie se retrouva en petite tenue, livrée aux mains de deux couturières qui jacassaient en français tout en la menaçant d'une nuée d'épingles.

— J'aurais pu porter l'une de mes robes, dit-elle à lady Manston pour la cinquième fois au moins.

Celle-ci ne leva même pas les yeux de la revue de mode qu'elle parcourait.

— Non, Billie.

Avec un soupir, Billie reporta son regard sur le riche brocart qui tapissait les murs de cette maison de couture renommée, devenue son deuxième foyer depuis son arrivée à Londres. Une boutique très courue, lui avait-on dit. L'enseigne discrète, au-dessus de la porte, indiquait simplement : *Mme Delacroix, couturière*. Mais lady Manston n'évoquait la fringante petite Française que sous le nom de Crossy, et Billie avait été priée de faire de même.

Dans des circonstances ordinaires, avait fait remarquer lady Manston, Crossy et ses petites mains seraient venues à domicile ; dans la mesure où elles disposaient de peu de temps pour constituer une garde-robe correcte à Billie, il avait semblé plus efficace de se rendre au magasin.

Billie avait tenté de protester. Elle ne venait pas à Londres pour la saison mondaine – qui n'avait d'ailleurs pas encore commencé – et certainement pas pour assister à des fêtes et à des bals.

En vérité, elle n'était pas certaine de connaître la raison de sa présence ici. L'annonce de lady Manston l'avait laissée interdite, et son expression avait dû la trahir, car cette dernière avait ajouté :

— Tu viens de dire que tu voulais aller à Londres. Et je ne suis pas entièrement désintéressée, je l'avoue. Moi aussi, je souhaite y aller, et j'ai besoin d'une compagne.

George s'était récrié. Ce qui, vu les circonstances, avait paru à Billie à la fois raisonnable et insultant. Mais lady Manston était demeurée inébranlable.

— Je ne peux pas emmener Mary, elle est bien trop malade, avait-elle argué. De toute manière, je doute que Felix le lui permettrait.

Elle s'était alors tournée vers Billie.

— Il est très protecteur.

— En effet, avait marmonné Billie, faute de savoir quoi dire.

Elle s'était ensuite traitée d'idiote. Elle ne se sentait jamais aussi peu sûre d'elle que face à l'autorité d'une dame de la haute société, même si elle connaissait celle-ci depuis toujours. La plupart du temps, lady Manston était sa voisine bien-aimée ; de temps à autre, cependant, l'aristocrate mondaine reprenait le dessus, et elle donnait des ordres, distribuait des directives et se montrait experte en toute chose. Billie ne savait comment s'affirmer. C'était du reste la même chose avec sa propre mère.

— Pardonne-moi, Billie, avait dit George sans la regarder, mais sa présence constituerait une distraction, avait-il enchaîné à l'adresse de sa mère.

— Une distraction bienvenue, avait assuré cette dernière.

— Pas pour moi, avait rétorqué George, cette fois bien plus insultant que raisonnable.

— George Rokesby ! s'était écriée sa mère, outrée. Présente immédiatement des excuses à Billie.

— Elle sait ce que je veux dire.

— Vraiment ? avait répliqué Billie, n'y tenant plus.

George avait pivoté vers elle en affichant une expression vaguement irritée – et clairement condescendante.

— Tu n'as pas réellement envie d'aller à Londres.

— Edward était mon ami, avait-elle dit.

— Il n'y a pas de « était » à son sujet, avait riposté George.

Billie l'aurait frappé. Il le faisait exprès !

— Pour l'amour du Ciel, George, tu sais ce que je veux dire !

— Vraiment ? avait-il répété, ironique.

— Que diable se passe-t-il ? s'était exclamée lady Manston. Je sais que vous n'avez jamais été proches, tous les deux, mais ce n'est pas une raison pour vous conduire ainsi. Bonté divine, on a l'impression que vous avez trois ans !

Ce fut ainsi que la conversation s'était terminée. Billie et George, gênés, avaient été réduits au silence. Quant à lady Manston, elle avait aussitôt entamé la rédaction d'un billet à l'attention de lady Bridgerton, dans lequel elle expliquait que Billie avait gracieusement accepté de l'accompagner dans la capitale.

Naturellement, lady Bridgerton avait trouvé l'idée excellente.

Billie avait cru qu'elle passerait ses journées à visiter les lieux les plus remarquables, et aurait peut-être même l'occasion d'assister à une représentation théâtrale. Mais dès le lendemain de leur arrivée, lady Manston avait reçu une invitation à un bal donné par une amie très chère et, à la grande surprise de Billie, elle avait décidé d'accepter.

— Êtes-vous certaine d'avoir le cœur à sortir ? avait hasardé Billie.

Il faut préciser que son motif était purement altruiste car, à ce moment-là, elle ignorait encore qu'elle serait littéralement traînée à ladite soirée.

— Mon fils n'est pas mort, avait répliqué lady Manston avec une brusquerie qui l'avait déconcertée. Je ne vais pas me conduire comme s'il l'était.

— Non... Non, bien sûr, mais...

— En outre, avait poursuivi lady Manston comme si Billie n'avait rien dit, Ghislaine est une amie très chère, et il serait impoli de décliner son invitation.

Les sourcils froncés, Billie avait contemplé l'impressionnante pile de cartons d'invitation, mystérieusement apparus dans une coupe de porcelaine posée sur le secrétaire de lady Manston.

— Et comment sait-elle que vous êtes à Londres ?

Avec un haussement d'épaules, lady Manston avait passé en revue les autres invitations.

— Je suppose que George l'en a informée.

Billie avait eu un sourire contraint. George était arrivé à Londres deux jours avant elles. Il avait parcouru tout le chemin à cheval, l'heureux homme ! Depuis, Billie l'avait vu très précisément trois fois. Une fois au dîner, une fois au petit déjeuner, et une fois dans le salon, où il était venu se servir un cognac alors qu'elle était en train de lire.

Il s'était montré d'une politesse irréprochable, quoique un peu distante. Sans doute était-il pardonnable car, pour ce qu'elle en savait, il s'employait à obtenir des nouvelles d'Edward, et elle ne souhaitait certainement pas le distraire de cet objectif. Elle n'avait cependant pas imaginé que la phrase « Pas de conséquences » se traduirait par « Oh, je suis désolé, c'est toi, là, dans ce fauteuil ? ».

Elle ne croyait pas que leur baiser l'avait laissé indifférent. Elle n'avait guère d'expérience des hommes – et même aucune –, mais elle connaissait George, et elle savait qu'il avait désiré ce baiser autant qu'elle.

Et Dieu qu'elle l'avait voulu ! Et le voulait encore.

Chaque fois qu'elle fermait les yeux, elle voyait le visage de George. Chose étonnante, ce n'était pas le baiser qu'elle revivait indéfiniment, c'était l'instant juste avant, lorsque son cœur palpitait follement et qu'elle aspirait à mêler son souffle à celui de George. Si le baiser avait été magique, l'instant qui l'avait précédé, la fraction de seconde durant laquelle elle avait su...

Elle avait été transformée. George avait éveillé en elle quelque chose dont elle ignorait l'existence, quelque chose de farouche et d'égoïste, dont elle voulait davantage.

Elle ignorait malheureusement tout de la manière de l'obtenir. S'il existait un moment pour recourir aux ruses féminines, celui-ci était probablement venu. Hélas, elle était hors de son élément, à Londres. Elle savait comment se comporter dans le Kent. Peut-être n'incarnait-elle pas l'idéal de féminité tel que le concevait sa mère, mais quand elle était chez elle, à Aubrey Hall ou à Crake House, elle savait qui elle était. Si elle disait quelque chose de curieux ou agissait différemment des autres jeunes filles, cela n'avait pas d'importance car elle était Billie Bridgerton, et tout le monde savait ce que cela signifiait – y compris elle-même.

Dans cet hôtel particulier solennel, en revanche, avec ses domestiques inconnus et ses visiteuses aux lèvres pincées, elle était perdue. Elle doutait de chacun des mots qu'elle prononçait.

— La fille de Ghislaine a dix-huit ans, je crois, avait repris lady Manston en saisissant de nouveau l'invitation de son amie. Peut-être dix-neuf. En tout cas, l'âge de se marier. Une fille charmante, avait-elle poursuivi lorsque Billie avait gardé le silence. Très jolie, bien élevée…

Lady Manston avait relevé la tête avec un grand sourire.

— Dois-je insister pour que George m'y accompagne ? Il est grand temps qu'il commence à se chercher une femme.

— Je suis certaine qu'il serait ravi de vous accompagner, avait répondu Billie avec diplomatie.

Mais en esprit, elle imaginait déjà la fille de Ghislaine avec des cornes et une fourche.

— Et tu viendras aussi, avait ajouté lady Manston.

Billie avait sursauté.

— Oh, je ne crois pas…

— Il faudra que nous te trouvions une robe.

— Ce n'est vraiment pas…

— Et des chaussures, je suppose.

— Mais, lady Manston, je…

— Je me demande si nous pouvons sortir sans perruque. Si tu n'as pas l'habitude d'en porter, cela peut être un peu délicat.

— Je n'aime pas du tout porter une perruque, avait déclaré Billie.

— Dans ce cas, tu n'y seras pas obligée.

Ce fut seulement à cet instant que Billie s'était rendu compte qu'elle avait été adroitement manipulée.

Cette conversation s'était déroulée deux jours auparavant. Deux jours… et cinq essayages. Six, si l'on comptait celui en cours.

— Billie, retiens ton souffle un instant, lui recommanda lady Manston.

— Pardon ?

Il lui était difficile de prêter attention à autre chose qu'aux deux couturières qui s'agitaient dans son dos. Elle avait entendu dire que la plupart d'entre elles contrefaisaient un accent français afin de paraître plus sophistiquées, mais ce n'était manifestement pas le cas de ces deux-là. Billie ne comprenait pas un mot de ce qu'elles racontaient.

— Elle ne parle pas français, confia lady Manston à Crossy. Il faudra que j'en demande la raison à sa mère. Ton souffle, ma chérie, continua-t-elle en revenant à Billie. Elles doivent serrer ton corset.

Par-dessus son épaule, Billie jeta un coup d'œil aux aides de Crossy qui attendaient, les extrémités des lacets en main.

— Deux personnes sont nécessaires ?

— C'est un très bon corset, expliqua lady Manston.

— Le meilleur, confirma Crossy avec un accent épouvantable.

Billie soupira.

— Non, inspire, lui dit lady Manston. Inspire !

Billie obéit et rentra le ventre, de manière à permettre aux deux couturières d'accomplir une espèce de resserrement chorégraphique du corset, qui eut pour résultat une courbure inédite de sa colonne vertébrale. Ses hanches pointaient vers l'avant et sa tête paraissait être remarquablement rejetée en arrière. Elle douta d'être capable de marcher ainsi.

— Ce n'est pas très confortable, murmura-t-elle.

— Ce n'est pas fait pour, confirma lady Manston avec indifférence.

Après avoir dit quelque chose en français, l'une des demoiselles poussa les épaules de Billie vers l'avant et son ventre vers l'arrière.

— C'est mieux ? demanda-t-elle.

Billie inclina la tête sur le côté, avant de faire légèrement pivoter son torse, à gauche, puis à droite. Oui, c'était mieux. Encore un élément de la féminité distinguée qu'elle ne maîtrisait absolument pas : le port du corset. Ou, plutôt, le port du « bon » corset. Apparemment, ceux dont elle s'était contentée jusqu'à présent manquaient de tenue.

— Merci, dit-elle à la jeune femme, avant de s'éclaircir la voix. Euh... *Merci*, répéta-t-elle, cette fois en français.

— Pour vous, le corset ne devrait pas être trop inconfortable, déclara Crossy après avoir inspecté son chef-d'œuvre. Vous avez un joli ventre plat. Le problème, ce sont vos seins.

Billie releva la tête, alarmée.

— Mes...

— Ils manquent de chair, soupira Crossy en secouant tristement la tête.

C'était déjà embarrassant d'entendre discuter de ses seins comme s'il s'agissait de cuisses de poulet, mais c'est alors que Crossy les empoigna !

— Il faut les pousser vers le haut, vous ne trouvez pas ? dit-elle à lady Manston en joignant le geste à la parole.

Billie aurait voulu mourir sur place.

— Hmmm ? fit lady Manston, le visage plissé par la réflexion. Je pense que vous avez raison. Ils sont bien mieux ainsi.

— Je suis sûre qu'il n'est pas nécessaire... commença Billie.

Puis elle abandonna. Elle n'avait pas voix au chapitre.

Crossy donna de nouvelles instructions à ses assistantes et, avant de savoir ce qui lui arrivait, Billie fut délacée, relacée et, quand elle baissa les yeux, sa poitrine n'était absolument plus au même endroit que quelques instants plus tôt.

— Bien mieux, approuva Crossy.

— Mon Dieu, murmura Billie.

Il lui aurait suffi de hocher la tête pour toucher ses seins du menton.

Crossy se pencha vers elle et, avec un clin d'œil complice :

— Il sera incapable de vous résister.

— Qui ?

— Il y a toujours un « il », gloussa la couturière.

Billie s'efforça de ne pas penser à George, en vain. Que cela lui plût ou non, il était son « il ».

Tandis que Billie s'efforçait de ne pas penser à George, lui-même s'efforçait de ne pas penser au poisson. Aux harengs fumés, pour être précis.

Il avait passé la plus grande partie de la semaine au ministère de la Guerre pour essayer d'obtenir des informations au sujet d'Edward. Cela avait entraîné un certain nombre de repas avec lord Arbuthnot qui, avant d'être atteint de la goutte, était général dans l'armée de Sa Majesté. Si la goutte était une « sacrée cochonnerie » – selon ses propres termes –, cela signifiait aussi qu'il était de retour sur le sol britannique, où un homme pouvait prendre un petit déjeuner convenable tous les jours.

Et apparemment, lord Arbuthnot rattrapait encore ses années de petits déjeuners indignes de ce nom. Lorsque George se joignit à lui pour dîner, le repas fut constitué de plats servis d'ordinaire le matin : œufs à la coque ou brouillés, bacon, pain grillé… et harengs fumés. Des tas de harengs fumés, auxquels lord Arbuthnot fit plus qu'honneur.

George n'avait rencontré le vieux militaire qu'une seule fois auparavant, mais Arbuthnot et le père de George avaient été condisciples à Eton, de même que George et le fils d'Arbuthnot. Peut-être y avait-il des relations plus importantes à faire jouer pour obtenir des renseignements, mais il ignorait lesquelles.

— Ma foi, j'ai mené mon enquête, annonça Arbuthnot tout en découpant avec enthousiasme un morceau de jambon. Et je n'ai pas pu découvrir grand-chose au sujet de votre frère.

— Quelqu'un doit pourtant savoir où il se trouve.

— Dans la colonie du Connecticut. C'est l'indication la plus précise que j'aie obtenue.

Sous la table, George serra les poings.

— Il n'est pas censé se trouver dans la colonie du Connecticut, objecta-t-il.

Après avoir mastiqué une bouchée, Arbuthnot observa George, les yeux étrécis.

— Vous n'avez jamais été militaire, n'est-ce pas ?

— Non, à mon grand regret.

L'homme hocha la tête. Cette réponse avait, de toute évidence, son approbation.

— Les militaires se trouvent rarement où ils sont censés être. Du moins, les militaires comme votre frère.

George s'efforça de conserver une expression impassible.

— Je crains de ne pas vous comprendre.

Arbuthnot s'adossa à sa chaise. Tout en tambourinant légèrement du bout des doigts sur la table, il étudia George d'un œil songeur.

— Votre frère n'est pas un simple soldat, lord Kennard.

— Un capitaine doit néanmoins suivre des ordres, j'imagine.

— Et aller là où on lui commande d'aller ? Bien sûr. Mais cela ne signifie pas qu'il se retrouve là où il est « censé » être.

George demeura silencieux un moment. Puis il demanda, incrédule :

— Essayez-vous de me dire qu'Edward est un genre d'espion ?

C'était inimaginable. L'espionnage était une activité déshonorante. Les hommes comme Edward portaient leur uniforme avec fierté.

Arbuthnot secoua la tête.

— Non. Du moins, je ne le pense pas. Cela n'a rien de ragoûtant, l'espionnage. Votre frère ne serait pas obligé de faire cela.

Il ne ferait *pas* cela, point final, songea George.

— Cela n'aurait aucun sens, de toute façon, poursuivit Arbuthnot. Pensez-vous réellement que votre frère puisse se faire passer pour autre chose qu'un gentleman anglais ? À mon avis, les rebelles ne croiraient jamais que le fils d'un comte soit susceptible d'épouser leur cause.

Après s'être tamponné les lèvres avec sa serviette, Arbuthnot tendit la main vers les harengs.

— Je pense que votre frère est éclaireur.

— Éclaireur, répéta George.

Arbuthnot acquiesça d'un signe de tête tout en lui présentant le plat.

— Vous en voulez encore ?

George retint à grand-peine une grimace.

— Non, je vous remercie.

Sans hésiter, Arbuthnot fit glisser le reste du poisson dans son assiette.

— Sapristi, que j'aime les harengs ! Impossible d'en avoir, dans les Antilles. Pas comme ceux-là, en tout cas.

— Un éclaireur, répéta de nouveau George pour tenter de revenir à leur sujet. Qu'est-ce qui vous fait penser cela ?

— Ma foi, personne ne me l'a vraiment dit, et pour être honnête, je ne crois pas que quiconque ici connaisse l'histoire dans son entier. Cependant, si l'on additionne différents petits faits... cela semble plausible.

Arbuthnot enfourna un morceau de hareng, le mastiqua, l'avala puis reprit :

— Je ne suis pas du genre à parier, mais si je l'étais, je dirais que votre frère a été envoyé loin de sa base pour étudier le terrain. Il n'y a pas eu beaucoup d'action dans le Connecticut. Pas depuis cette bataille avec Je-ne-sais-plus-comment Arnold à Ridgefield, en 1777.

George ne connaissait pas Je-ne-sais-plus-comment Arnold, et n'avait pas la moindre idée d'où se situait Ridgefield.

— Il y a des ports sacrément intéressants sur cette côte, poursuivit Arbuthnot, qui reporta son attention sur son assiette le temps de couper un morceau de viande. Je ne serais pas surpris que les rebelles les utilisent. Et je ne serais pas surpris que le capitaine Rokesby ait été envoyé là-bas pour se renseigner.

Il releva la tête et ses sourcils broussailleux se rapprochèrent lorsqu'il ajouta :

— Votre frère a-t-il des talents de cartographe ?

— Pas que je sache.

— Ce n'est pas grave s'il n'en a pas, je suppose, dit Arbuthnot avec un haussement d'épaules. Ils ne recherchent peut-être pas quelque chose d'aussi précis.

— Mais ensuite, que s'est-il passé ?

Le vieux général secoua la tête.

— Hélas, je l'ignore ! Je mentirais si je disais que j'ai trouvé une personne susceptible d'en savoir davantage.

George avait beau s'être préparé à ne pas obtenir de réponses, il n'en fut pas moins déçu.

— C'est diablement loin les Colonies, mon garçon, reprit lord Arbuthnot avec une gentillesse inattendue. Les nouvelles n'arrivent jamais aussi vite qu'on le souhaiterait.

George ne put qu'acquiescer d'un signe de tête. Il allait devoir emprunter un autre chemin pour obtenir des renseignements, mais pour être franc, il ignorait lequel.

— Au fait, ajouta Arbuthnot d'un ton presque trop désinvolte, vous n'auriez pas l'intention d'assister au bal de lady Wintour, demain soir, par hasard ?

— Si, répondit George.

Il se serait volontiers abstenu, mais sa mère s'était lancée dans une histoire compliquée dont la conclusion avait été qu'il devait absolument être présent à cette soirée. Il n'avait pas eu le cœur de la décevoir alors qu'elle se faisait tant de souci pour Edward.

Et puis, il y avait Billie – également enrôlée. Il avait vu son expression affolée lorsque sa mère l'avait arrachée à son petit déjeuner pour l'escorter chez la couturière. Un bal londonien représentait peut-être l'enfer personnel de Billie Bridgerton, et il était hors de question qu'il l'abandonne au moment où elle avait le plus besoin de lui.

— Connaissez-vous Robert Tallywhite ? s'enquit lord Arbuthnot.

— Un peu.

À Eton, Tallywhite précédait George de deux classes. Il se rappelait un garçon tranquille, au front haut, aux cheveux blond-roux, toujours plongé dans ses livres.

— C'est le neveu de lady Wintour, et il sera certainement présent. Vous rendriez un grand service à ce ministère si vous pouviez lui transmettre un message.

George haussa un sourcil interrogateur.

— C'est un oui ? s'enquit lord Arbuthnot, ironique.

George hocha la tête.

— Dites-lui : « Pic et pic et colégram ».

— « Pic et pic et colégram », répéta George, déconcerté.

Arbuthnot détacha un morceau de pain et le plongea dans le jaune de son œuf.

— Il comprendra.

— Qu'est-ce que cela veut dire ?

— Avez-vous besoin de le savoir ? demanda Arbuthnot.

S'adossant à sa chaise, George le dévisagea posément.

— Oui, je préférerais.

Le vieux général éclata d'un rire sonore.

— Et voilà pourquoi, mon cher garçon, vous feriez un très mauvais militaire ! Un militaire se doit de suivre les ordres sans poser de questions.

— Pas si l'on commande.

— Très vrai, acquiesça Arbuthnot avec un sourire, sans toutefois expliquer le message. Pouvons-nous compter sur vous ?

Il s'agissait du ministère de la Guerre, songea George. S'il acceptait de faire passer des messages, il était au moins assuré d'agir pour la bonne cause.

En outre, il *ferait* quelque chose.

Il regarda lord Arbuthnot droit dans les yeux.

— Vous le pouvez.

19

Le silence régnait dans Manston House lorsque George rentra, ce soir-là. Deux chandeliers éclairaient le hall, mais les autres pièces semblaient plongées dans l'obscurité. Il fronça les sourcils. Il n'était pas si tard que cela ; quelqu'un devait encore être debout.

— Ah, Temperley ! dit George lorsque le majordome apparut pour prendre son chapeau et son manteau. Ma mère est-elle sortie pour la soirée ?

— Lady Manston a fait monter un plateau dans sa chambre, monsieur, répondit Temperley.

— Et Mlle Bridgerton ?

— Je crois qu'elle a fait de même.

George n'aurait pas dû être désappointé. Après tout, il avait passé la plus grande partie de ces derniers jours à les éviter l'une et l'autre.

Ce soir, elles semblaient lui avoir épargné cette peine.

— Voulez-vous que je vous fasse également monter un plateau, milord ?

— Pourquoi pas ? répondit George après réflexion.

De toute évidence, il n'aurait pas de compagnie ce soir. En outre, il n'avait pas mangé grand-chose chez lord Arbuthnot.

Ce devait être les harengs fumés. Pour dire la vérité, leur odeur l'avait rebuté durant tout le repas.

— Prendrez-vous d'abord un cognac au salon ? s'enquit Temperley.

— Non, je vais monter directement. La journée a été longue.

Comme tout majordome qui se respecte, Temperley hocha la tête avec componction.

— Pour nous tous, monsieur.

— Ma mère vous aurait-elle épuisé, Temperley ? demanda George, pince-sans-rire.

— Pas du tout, répondit le majordome, une ombre de sourire éclairant son visage grave. Je faisais allusion aux dames. Si je peux avoir l'audace de faire part de mes observations, elles paraissaient fatiguées lorsqu'elles sont rentrées. Surtout Mlle Bridgerton.

— Je crains que ma mère ne l'ait épuisée, elle, déclara George avec un demi-sourire.

— Sans doute, monsieur. Lady Manston n'est jamais aussi heureuse que lorsqu'elle doit s'occuper de marier une jeune fille.

George se pétrifia, puis il dissimula son trouble en enlevant ses gants avec un soin inhabituel.

— Cela semble assez ambitieux, vu que Mlle Bridgerton n'a pas l'intention de rester en ville pour la saison, fit-il remarquer.

Temperley s'éclaircit la voix.

— De nombreux paquets sont arrivés.

Autrement dit, tous les effets requis pour qu'une jeune fille se lance avec succès dans la foire au mariage londonienne avaient été achetés et livrés.

— Je suis certain que Mlle Bridgerton sera très appréciée, déclara George d'un ton égal.

— C'est une jeune fille pleine de vie, acquiesça Temperley.

George prit congé avec un sourire contraint. Il avait du mal à imaginer comment Temperley était parvenu à cette conclusion. Les rares fois où George avait croisé le chemin de Billie dans Manston House, elle était d'un calme inhabituel.

Sans doute aurait-il dû faire un effort, l'emmener manger une glace ou quelque chose de ce genre. Mais il avait été trop occupé à quêter des renseignements au ministère de la Guerre. Il trouvait si gratifiant de faire quelque chose, pour une fois, même si les résultats se révélaient décevants.

Après avoir esquissé quelques pas vers l'escalier, il s'arrêta et se retourna. Temperley n'avait pas bougé.

— J'ai toujours pensé que ma mère espérait un mariage entre Mlle Bridgerton et mon frère Edward, lança-t-il d'un ton délibérément léger.

— Lady Manston n'a pas jugé bon de s'en entretenir avec moi, répondit Temperley.

— Non, bien sûr que non.

George secoua la tête. Il était tombé bien bas. En être réduit à tenter de soutirer des commérages au majordome.

— Bonne nuit, Temperley.

Il venait de poser le pied sur la première marche lorsque Temperley reprit :

— Lady Manston et Mlle Bridgerton parlent de lui, néanmoins.

George se retourna, et Temperley se racla la gorge, puis :

— Je ne pense pas être indiscret en vous rapportant qu'elles parlent de lui au petit déjeuner.

— Non, pas du tout.

Il y eut un long silence avant que Temperley ne conclue :

— Nous prions tous pour M. Edward. Il nous manque.

C'était la vérité. Même si George s'interrogeait. Pourquoi Edward lui manquait-il davantage maintenant qu'il avait disparu que lorsque tous deux étaient simplement séparés par un océan ?

Il gravit lentement l'escalier. Manston House était beaucoup plus petite que Crake House, et les huit chambres se trouvaient toutes au même étage. Billie n'avait pas été logée dans la plus luxueuse des chambres d'invités, mais dans celle qui était à peine un peu plus modeste, ce que George trouvait ridicule. Sa mère insistait toujours pour garder libre la plus prestigieuse des chambres à coucher parce que, comme elle aimait à le répéter : « On ne sait jamais. Il pourrait y avoir une visite inattendue. » À quoi George répondait immanquablement : « Le roi est-il passé ? »

Cela lui valait généralement un regard noir, suivi d'un sourire. Sur ce sujet, sa mère était belle joueuse, même s'il s'ensuivait que la plus élégante des chambres était restée vide ces vingt dernières années.

George s'arrêta au milieu du palier, pas vraiment devant la porte de Billie, quoique plus près de celle-ci que de n'importe quelle autre. L'interstice sous le battant était juste suffisant pour laisser passer un rai de lumière. Que faisait-elle ? Il était vraiment trop tôt pour se coucher.

Elle me manque.

Cette pensée le foudroya. Il était ici, dans la même maison qu'elle, et trois portes seulement séparaient leurs chambres. Et pourtant, Billie lui manquait.

Il ne pouvait s'en prendre qu'à lui puisqu'il l'avait délibérément évitée. Mais comment aurait-il pu faire autrement ?

Il l'avait embrassée ; il l'avait embrassée à en perdre la tête, et maintenant, on s'attendait qu'il parle avec elle de la pluie et du beau temps à la table du petit déjeuner ? Devant sa mère ?

Non, il en était incapable.

Il devrait l'épouser. Cette idée lui plaisait, si insensée aurait-elle pu paraître un mois plus tôt. Lorsque, à Crake House, Billie avait dit : « Tu n'es pas obligé de m'épouser », tout ce qu'il avait pensé, c'était : « Mais je le pourrais. »

Il n'avait guère eu le temps de réfléchir, d'analyser, juste celui de ressentir.

Et ce qu'il avait ressenti alors était délicieux. D'une douceur printanière.

Puis sa mère était entrée en scène. Elle avait commencé à se répandre sur l'entente charmante entre Billie et Edward, sur le couple parfait qu'ils formaient, et Dieu sait quoi d'autre d'une mièvrerie consternante.

Et voilà que, selon Temperley, cette conversation se prolongeait au petit déjeuner, tartinée sur le pain avec la marmelade d'orange.

Tartinée sur le pain avec la marmelade ? George secoua la tête. Il devenait idiot !

Et il était tombé amoureux de Billie Bridgerton.

C'était clair comme de l'eau de roche. Il aurait éclaté de rire si la plaisanterie n'avait pas été à ses dépens.

S'il était tombé amoureux d'une autre – de quelqu'un qui n'était pas partie prenante de ses souvenirs –, aurait-ce été aussi clair ? Avec Billie, les sentiments qu'il éprouvait constituaient une telle volte-face, un tel retournement après une vie entière à la comparer à un caillou dans sa chaussure, qu'il était bien obligé de les voir.

Était-elle amoureuse d'Edward ? Leur mère semblait le penser. Certes, elle ne l'avait pas dit ouvertement, mais elle possédait un talent remarquable pour s'assurer d'être bien comprise sans jamais avoir à développer.

C'était néanmoins suffisant pour rendre George follement jaloux.

Lui, amoureux de Billie... Quelle aberration !

Après avoir expiré longuement, il se dirigea vers sa chambre. Toutefois, pour la rejoindre, il devait passer devant la porte de Billie, avec son rai de lumière tentateur. Incapable de s'en empêcher, il ralentit le pas.

C'est alors que la porte s'ouvrit.

— George ?

Billie passa la tête dans l'entrebâillement. Elle portait toujours ses vêtements de jour, mais ses cheveux étaient attachés en une longue natte épaisse qui reposait sur son épaule.

— Il m'avait semblé entendre quelqu'un, expliqua-t-elle.

— Avec raison, dit George en s'inclinant avec un sourire forcé.

— J'étais en train de dîner, poursuivit-elle en ouvrant plus grande la porte. Ta mère était fatiguée. Et moi aussi, ajouta-t-elle d'un air contrit. Je ne suis pas très douée pour les emplettes. Je n'imaginais pas que cela impliquerait de rester à ce point immobile.

— Rester immobile est infiniment plus fatigant que marcher.

— Oui ! approuva-t-elle. Je l'ai toujours dit.

Au moment où George s'apprêtait à répondre, un souvenir lui revint. Il se rappela ce jour où il avait ramené Billie à la maison dans ses bras, après la mésaventure du chat sur le toit. Il avait essayé de lui décrire cette sensation curieuse que l'on éprouve lorsqu'une de nos jambes faiblit et menace de plier sans raison aucune.

Billie avait parfaitement compris.

L'ironie de la chose, c'était que George n'avait ressenti aucune faiblesse dans la jambe, mais qu'il avait inventé cela pour dissimuler autre chose. Il ne se rappelait même plus quoi.

En revanche, il se rappelait que Billie avait compris. Et il gardait le souvenir précis de la manière dont elle l'avait regardé, avec un petit sourire qui disait son plaisir à être comprise, elle aussi.

Il se rendit soudain compte qu'elle le fixait d'un air vaguement interrogateur. Bien sûr, c'était à lui de parler. Mais comme il ne pouvait guère révéler ce à quoi il pensait, il choisit de souligner l'évidence.

— Tu es encore habillée.

Elle baissa brièvement les yeux sur sa robe. C'était celle, ornée de petites fleurs, qu'elle portait lorsqu'il l'avait embrassée. Elle lui allait très bien. Elle aurait toujours dû porter des robes fleuries.

— J'envisageais de redescendre après avoir mangé, avoua-t-elle. Aller dans la bibliothèque, peut-être, pour y chercher quelque chose à lire.

Comme George se contentait de hocher la tête, elle ajouta :

— Ma mère dit toujours qu'une fois que l'on est en robe de chambre on ne quitte plus sa chambre de la nuit.

— Elle dit cela ? demanda George avec un sourire.

— Elle dit énormément de choses, en fait. Mais j'en oublie la moitié.

George resta immobile, conscient qu'il aurait dû lui souhaiter une bonne nuit, et cependant incapable de prononcer les mots. Cet instant passé à la lueur vacillante d'une bougie était plaisamment intime et chaleureux.

— Tu as mangé ? s'enquit-elle.

— Oui. Enfin, non, rectifia-t-il en songeant aux harengs fumés. Pas exactement.

Billie haussa les sourcils.

— Voilà qui est intrigant.

— Pas vraiment. En fait, on va me monter un plateau dans ma chambre. J'ai toujours détesté dîner seul en bas.

— Moi aussi.

Après un instant de silence, elle reprit :

— C'est de la tourte au jambon. Elle est très bonne.

— Parfait. Eh bien, je devrais y aller, continua-t-il après s'être raclé la gorge. Bonne nuit, Billie.

Il pivota à contrecœur.

— George, attends !

Tout en se le reprochant, il retint son souffle.

— George, c'est idiot !

Il se retourna. Elle se tenait toujours sur le seuil de sa chambre, la main posée sur le chambranle.

Avait-elle toujours eu un visage aussi expressif ? Oui, certainement. Billie n'avait jamais été du genre à dissimuler ses sentiments sous un masque d'indifférence. C'était l'une des choses qu'il trouvait si agaçantes chez elle lorsqu'ils étaient plus jeunes. Elle refusait qu'on l'ignore.

Mais c'était alors. Aujourd'hui... tout était différent.

— Idiot ? répéta-t-il.

Il ignorait ce qu'elle entendait par là. Il ne voulait pas faire de suppositions.

Elle esquissa un sourire hésitant.

— Nous pouvons être amis, sûrement.

George garda le silence.

Amis ?

— C'est-à-dire... Je sais que...

— Que je t'ai embrassée ? dit-il.

Elle émit un cri étouffé, puis chuchota avec force :

— Je n'allais pas le dire aussi abruptement. Pour l'amour du Ciel, George, ta mère ne dort pas encore.

Tandis qu'elle jetait un coup d'œil affolé sur le palier, George, renonçant à une existence entière de soumission aux règles de la bienséance, entra dans sa chambre.

— George !

— Apparemment, on peut chuchoter et hurler en même temps, lui fit-il remarquer.

— Tu ne peux pas être ici, protesta-t-elle tout en refermant la porte.

— J'ai pensé que tu ne souhaiterais pas poursuivre ce genre de conversation sur le palier, rétorqua-t-il avec un grand sourire.

Ce fut avec un regard sarcastique qu'elle riposta :

— Il me semble qu'il y a deux salons et une bibliothèque au rez-de-chaussée.

— Mais quand on voit ce qui est arrivé la dernière fois que nous étions ensemble dans un salon…

Elle rougit. Après quelques instants, durant lesquels elle serra les dents et parut s'exhorter au calme, elle demanda :

— Tu as appris quelque chose au sujet d'Edward ?

L'humeur badine de George s'en trouva aussitôt balayée.

— Rien de très substantiel.

— Mais quelque chose quand même ? insista-t-elle.

Pour différentes raisons, il ne voulait pas parler d'Edward. Toutefois Billie méritait une réponse.

— Juste les suppositions d'un général en retraite.

— Je suis désolée. Ce doit être terriblement décourageant. J'aimerais tant pouvoir faire quelque chose pour aider.

Elle s'adossa à l'une des colonnes du lit, les sourcils froncés.

— C'est tellement difficile de ne rien faire. Je déteste cela !

George ferma les yeux. Une fois de plus, ils étaient parfaitement d'accord.

— Il m'arrive de penser que j'aurais dû naître garçon, ajouta-t-elle.

— Non ! protesta-t-il aussitôt, et avec force.

Elle laissa échapper un petit rire.

— C'est très gentil de ta part. Je suppose que tu es obligé de dire cela après… eh bien… ce que tu sais…

Oui, il le savait. Et comment !

— Je rêverais d'être propriétaire d'Aubrey Hall, reprit-elle avec une pointe de regret. J'en connais chaque recoin. Je suis capable de dire ce qui pousse dans n'importe quel champ, je connais le nom de chacun des métayers et, pour la moitié d'entre eux, la date de leur anniversaire.

George la dévisagea avec un étonnement mêlé d'admiration. Elle possédait une personnalité tellement plus riche que celle qu'il lui avait toujours prêtée.

— J'aurais fait une excellente vicomtesse Bridgerton.

— Ton frère apprendra son rôle, répliqua doucement George.

Il s'assit dans le fauteuil près du bureau. Elle-même n'était pas assise, mais elle n'était pas non plus vraiment debout. Comme il était seul avec elle derrière une porte fermée, il se persuada que le fait de s'asseoir en sa présence n'offensait pas les convenances.

— Oh, je sais ! répondit-elle. Edmund est très intelligent, quand il oublie de se montrer exaspérant.

— Il a quinze ans. Il ne peut pas s'empêcher d'être exaspérant.

Elle le regarda d'un air malicieux.

— Si je me souviens bien, tu étais déjà un dieu parmi les hommes lorsque tu avais son âge.

Une telle déclaration appelait un tas de répliques comiques, mais George décida de les garder pour lui et de profiter simplement de cet instant de complicité.

— Comment le supportes-tu ? demanda-t-elle.

— Comment je supporte quoi ?

— Cela, répondit-elle en levant les mains. Ce sentiment d'impuissance.

George se redressa dans son fauteuil pour scruter son visage.

— Tu le ressens, n'est-ce pas ? insista-t-elle.

— Je ne suis pas sûr de bien te comprendre, murmura-t-il tout en pensant le contraire.

— Je sais que tu regrettes de ne pas avoir pu entrer dans l'armée. Je le vois sur ton visage chaque fois que tes frères en parlent.

Était-ce donc si évident ? Il avait espéré que non. Mais en même temps...

— George ? Tu es bien silencieux, dit-elle lorsqu'il releva les yeux.

— Je réfléchissais, c'est tout.

Devant son sourire indulgent, il se sentit autorisé à réfléchir à voix haute.

— Non, je ne regrette pas de ne pas être entré dans l'armée.

Elle tressaillit, manifestement surprise.

— Ma place est ici, poursuivit-il.

Ce qui brilla dans les yeux de Billie fut peut-être de la fierté.

— On dirait que tu viens juste d'en prendre conscience ?

— Non, répondit-il, songeur. Je l'ai toujours su.

— Mais tu ne l'avais pas accepté ?

Il eut un petit rire ironique.

— Si, je l'avais accepté. Je pense simplement que je ne me permettais pas...

Il plongea son regard dans ses beaux yeux sombres, et resta silencieux le temps de trouver comment formuler ce qu'il avait en tête.

— Je ne me permettais pas d'être satisfait de cette situation.

— Et à présent ?

— À présent, si, dit-il fermement. Si je n'attachais pas d'importance... Si *nous* n'attachions pas d'importance à ce pays et à ses habitants, corrigea-t-il, à quoi cela servirait qu'Edward et Andrew se battent ?

— S'ils risquent leur vie pour le roi et la patrie, dit-elle doucement, nous nous devons d'œuvrer pour que le roi et la patrie en vaillent la peine.

Leurs regards se croisèrent et Billie sourit, juste un peu. Ils ne parlèrent pas, car ils n'en avaient pas besoin.

Jusqu'à ce qu'elle déclare :

— On va bientôt monter ton repas.

Il haussa les sourcils.

— Tu essaies de te débarrasser de moi ?

— J'essaie de protéger ma réputation, rétorqua-t-elle. Et la tienne.

— Si tu te souviens bien, je t'ai demandée en mariage.

— Non, absolument pas. Tu as dit : « Bien sûr, je vais t'épouser », ce qui n'est pas du tout pareil.

— Je pourrais mettre un genou en terre.

— Arrête de me taquiner, George. Ce n'est vraiment pas gentil de ta part.

Lorsqu'il entendit le léger tremblement dans sa voix, il éprouva comme un serrement dans la poitrine. Au moment où il ouvrait la bouche pour répondre, Billie s'écarta du lit et alla se planter devant la fenêtre, les bras croisés, les yeux rivés sur le jardin baigné d'obscurité.

— Ce n'est pas une chose avec laquelle on plaisante, ajouta-t-elle.

Ses paroles sonnaient bizarrement, comme si elles venaient du plus profond de sa gorge.

George se leva précipitamment.

— Billie, je suis désolé. Sois bien sûre que jamais je ne...

— Tu devrais t'en aller.

Comme il ne bougeait pas, elle répéta d'une voix plus forte :

— Tu devrais t'en aller. Ils vont être là avec ton plateau d'un instant à l'autre.

Elle le congédiait, mais c'était un acte à la fois sensé et charitable. Elle l'empêchait de se ridiculiser. Si elle avait voulu qu'il la demande en mariage, n'aurait-elle pas attrapé l'hameçon qu'il lui avait jeté avec tant de désinvolture ?

— Comme tu voudras, répondit-il.

Il la salua bien qu'elle ne le regardât pas, la vit hocher la tête et quitta la pièce.

Bonté divine, qu'avait-elle fait ?

Il aurait pu la demander en mariage. Ici et maintenant. *George.*

Et elle l'en avait empêché. Parce que... Bon sang, elle ne savait même pas pourquoi !

N'avait-elle pas passé la journée entière dans une brume bleutée, à se demander pourquoi il l'évitait et comment elle pourrait l'inciter à l'embrasser de nouveau ?

Le mariage ne lui assurerait-il pas d'autres baisers ? N'était-ce pas précisément ce qu'il lui fallait pour obtenir ce qu'elle souhaitait – et qui, elle l'admettait, n'était guère convenable pour une jeune fille ?

Mais il était resté là, calé dans le fauteuil du bureau comme si l'endroit lui appartenait (ce qui était, ou plutôt serait un jour le cas), et elle n'avait pu déterminer s'il pensait ce qu'il disait. La taquinait-il ? S'amusait-il ? George n'avait jamais été cruel, et il ne la blesserait pas intentionnellement. Mais s'il pensait qu'elle-même considérait cela comme une plaisanterie, alors il pouvait se sentir autorisé à prendre la chose à la légère...

C'est ce qu'aurait fait Andrew. Non pas qu'Andrew l'aurait embrassée ou qu'elle l'aurait souhaité, mais si, pour une raison quelconque, ils avaient plaisanté au sujet du mariage, il aurait certainement proposé quelque chose d'aussi ridicule que de mettre un genou en terre.

Avec George cependant... elle avait été incapable de dire s'il était sérieux. Que se serait-il passé si elle avait dit oui ? Si elle lui avait répondu qu'elle rêvait de le voir mettre un genou en terre et lui jurer un amour éternel ?

Et si elle avait découvert ensuite qu'il plaisantait ?

Rien que d'y penser, elle avait les joues en feu.

Néanmoins, elle ne le croyait pas capable de la taquiner sur un sujet pareil. Cela dit, il s'agissait de George – du noble et honorable lord Kennard, fils aîné du comte de Manston. S'il devait demander la main d'une femme, il était absolument exclu qu'il le fasse à la va-vite. Il se serait muni au préalable d'une bague, il aurait répété des paroles poétiques, et il ne l'aurait certainement pas laissée décider, elle, s'il devait mettre un genou en terre.

Ce qui signifiait donc qu'il n'était pas sérieux. Car jamais George ne se montrerait aussi peu sûr de lui.

Billie alla s'asseoir sur le lit et pressa les mains contre sa poitrine pour tenter de calmer les battements précipités de son cœur. C'était l'une des choses qu'elle avait haïes chez lui : sa confiance en lui inébranlable. Lorsqu'ils étaient enfants, il savait toujours tout. Sur tous les sujets. Et c'était exaspérant. Elle comprenait à présent que, plus âgé qu'eux de cinq ans, il ne pouvait qu'en savoir davantage. Ils n'avaient aucun espoir de rivaliser avec lui avant d'être eux-mêmes parvenus à l'âge adulte.

Mais maintenant… Maintenant, elle aimait son assurance tranquille. Il n'était jamais imbu de lui-même, jamais vantard. Il était simplement… George.

Et elle l'aimait.

Elle l'aimait et, Seigneur, elle venait juste de l'empêcher de la demander en mariage !

Qu'avait-elle fait ?

Et, plus important : comment pouvait-elle rattraper cette erreur ?

20

George était toujours le premier à descendre pour le petit déjeuner, pourtant, lorsqu'il entra dans la salle à manger, sa mère était déjà là et buvait une tasse de thé. Ce ne pouvait être une coïncidence.

— George, je dois te parler, dit-elle dès qu'il apparut.

— Bonjour, mère, murmura-t-il en s'approchant du buffet pour remplir une assiette.

Peu importait de quoi il s'agissait, il ne se sentait pas d'humeur. Il était fatigué et irritable. Il se pourrait qu'il ait *presque* fait une demande en mariage la veille au soir, et elle avait été rejetée sans la moindre ambiguïté.

Ce n'était pas le genre d'épisode dont un homme rêvait, ni qui favorisait une bonne nuit de sommeil.

— Comme tu le sais, attaqua aussitôt sa mère, le bal de lady Wintour a lieu ce soir.

George déposa des œufs brouillés dans son assiette.

— Je vous assure que cela ne m'a pas quitté l'esprit.

Sa mère pinça les lèvres, mais choisit de ne pas relever le sarcasme et attendit, avec une patience ostentatoire, qu'il l'ait rejointe à table.

— C'est au sujet de Billie, reprit-elle. Je me fais beaucoup de souci pour elle.

George aussi, mais il doutait que ce fût pour les mêmes raisons. Il se força à sourire.

— Quel est le problème ?
— Elle va avoir besoin de toute l'aide possible, ce soir.
— Ne soyez pas ridicule.
Il savait cependant à quoi sa mère faisait allusion. Billie n'était pas faite pour Londres. De la pointe des orteils jusqu'à la racine des cheveux, c'était une fille de la campagne.
— Elle manque d'assurance, George. Les vautours s'en apercevront d'emblée.
— Vous êtes-vous déjà demandé pourquoi nous choisissons de les fréquenter, ces vautours ?
— Parce que, en réalité, la moitié d'entre eux sont des colombes.
— Des colombes ? répéta George, qui la dévisagea avec incrédulité.
Elle eut un geste de la main.
— Peut-être des pigeons ramiers. Mais là n'est pas la question.
— Je n'aurais pas cette chance.
Le coup d'œil qu'elle lui adressa signifiait que, si elle avait entendu son commentaire, elle choisissait gracieusement de l'ignorer.
— Son succès est entre tes mains.
Tout en pressentant qu'il regretterait d'en savoir plus, il ne put s'empêcher de répliquer :
— Je vous demande pardon ?
— Tu sais aussi bien que moi que le meilleur moyen d'assurer le succès d'une débutante, c'est qu'un bon parti – tel que toi – s'intéresse à elle.
Pour une raison obscure, cette déclaration irrita fortement George.
— Depuis quand Billie est-elle une débutante ?
— À ton avis, pour quelle autre raison l'aurais-je amenée à Londres ?

— D'après ce que j'avais compris, vous souhaitiez qu'elle vous tienne compagnie, non ?

D'un geste de la main, sa mère balaya ce qu'elle considérait manifestement comme une absurdité.

— Cette jeune fille a besoin d'être un peu dégrossie.

« Certainement pas », songea George en plantant avec férocité sa fourchette dans sa saucisse.

— Elle est très bien comme elle est, assura-t-il.

Sa mère observa un instant son muffin avant de décider qu'il méritait une lichette de beurre.

— C'est gentil de ta part, George, mais je t'assure qu'aucune femme ne souhaite être « très bien ».

George s'exhorta à la patience.

— Où voulez-vous en venir, mère ?

— Simplement au fait que j'aurai besoin de ta participation ce soir. Tu dois danser avec elle.

À l'entendre, George ne pouvait considérer cette perspective que comme une corvée.

— Je danserai avec elle, bien sûr.

Tout bien réfléchi, ce serait plutôt embarrassant. Ce qui n'empêcha pas George de s'en réjouir d'avance. Il mourait d'envie de danser avec Billie depuis cette matinée, à Aubrey Hall, où, les mains sur les hanches, elle lui avait demandé : « As-tu déjà dansé avec moi ? »

Sur le moment, il avait eu du mal à croire qu'il n'en avait jamais rien fait. Après toutes ces années de proche voisinage, comment aurait-il pu ne pas avoir dansé avec elle ?

À présent, il ne comprenait pas qu'il ait pu en être persuadé. Car s'il avait dansé avec Billie, s'il avait placé sa main sur sa hanche… il ne l'aurait certainement pas oublié.

Il attendait ce moment avec impatience. Il voulait s'emparer de sa main, l'accompagner dans les figures imposées par la danse et éprouver sa grâce innée. Mais, plus que tout, il voulait lui faire sentir qu'elle était tout aussi féminine et élégante que les autres femmes et qu'à ses yeux elle était parfaite, pas simplement « très bien ». Et s'il pouvait seulement…

— George ! Si tu veux bien m'écouter, dit sa mère lorsqu'il releva les yeux.

— Je vous prie de m'excuser, murmura-t-il.

Il ignorait combien de temps il était resté perdu dans ses pensées, mais de manière générale, une à deux secondes de rêverie, c'était encore trop pour sa mère.

— J'étais en train de dire, reprit-elle d'un ton acerbe, que tu allais devoir danser deux fois avec Billie.

— Considérez que c'est chose faite.

Elle plissa les yeux. Manifestement, la facilité avec laquelle elle avait gain de cause la rendait méfiante.

— Tu dois aussi t'assurer de laisser s'écouler quatre-vingt-dix minutes, au moins, entre les deux danses.

George leva les yeux au ciel sans même chercher à s'en cacher.

— Comme vous voudrez.

— Tu dois paraître attentionné, ajouta-t-elle après avoir mis un morceau de sucre dans son thé.

— Mais pas trop ?

— Ne te moque pas de moi.

George reposa sa fourchette.

— Mère, je vous assure que je suis tout aussi soucieux que vous du bonheur de Billie.

Ces mots parurent l'apaiser quelque peu.

— Très bien. Je suis contente que nous soyons d'accord. Je souhaite arriver au bal à 21 h 30. Cela nous permettra de faire une entrée convenable, mais il sera encore suffisamment tôt pour qu'il ne soit pas trop difficile de procéder aux présentations. Ensuite, ce genre de réception devient tellement bruyante…

Dès que George eut acquiescé, elle enchaîna :

— Je pense qu'il nous faudra partir d'ici à 21 heures. Il y aura sûrement beaucoup de voitures qui feront la queue devant Wintour House, et tu sais le temps que cela peut prendre. En conséquence, si tu pouvais être prêt à 20 h 45...

— Ah, non, je suis désolé ! l'interrompit George, qui venait de se souvenir du message ridicule qu'il était censé délivrer à Robert Tallywhite. Je ne peux pas vous accompagner. Il faudra que je me rende au bal de mon côté.

— Ne dis pas de bêtises. Nous avons besoin de toi pour nous escorter.

— Je regrette vraiment de ne pas pouvoir, assura-t-il, sincère.

Rien ne lui aurait davantage plu que de faire son entrée à Wintour House avec Billie à son bras. Mais après avoir beaucoup réfléchi à l'organisation de la soirée, il en était venu à la conclusion qu'il lui fallait impérativement arriver seul. Car s'il accompagnait les dames, il devrait les abandonner sitôt le seuil passé. Et Dieu sait qu'il aurait alors droit à un interrogatoire de la part de sa mère.

Mieux valait qu'il soit là plus tôt afin de rencontrer Tallywhite et de régler cette affaire avant leur arrivée.

— Que peut-il y avoir de plus important que de nous accompagner, Billie et moi ? s'enquit sa mère.

— J'avais déjà pris un engagement, répondit-il en portant sa tasse de thé à ses lèvres. Et il m'est impossible de l'annuler.

Sa mère pinça la bouche avant de déclarer sèchement :

— Je ne suis pas contente du tout.

— Je suis navré de vous décevoir.

Elle commença à tourner sa cuillère dans sa tasse avec vigueur.

— Tu sais, je peux me tromper complètement. Peut-être qu'elle remportera un succès immédiat. Nous pourrions être entourés de messieurs dès notre arrivée.

— À vous entendre, on a presque l'impression que ce serait une mauvaise chose, fit remarquer George.

— Bien sûr que non. Mais tu ne seras pas là pour le voir.

En vérité, c'était bien la dernière chose qu'il souhaitait voir. Billie, entourée d'une meute d'hommes suffisamment perspicaces pour deviner de quel trésor il s'agissait ? Un cauchemar !

Qui ne risquait toutefois pas de se produire.

— En fait, il est fort probable que j'atteigne Wintour House avant vous, dit-il à sa mère.

— Dans ce cas, je ne vois pas pourquoi tu ne pourrais pas revenir nous chercher après ton rendez-vous.

George combattit son envie de se pincer la racine du nez.

— Mère, s'il vous plaît, restons-en là. Sachez que je vous retrouverai au bal, et que je danserai avec une telle assiduité avec Billie que les gentlemen feront la queue pour se jeter à ses pieds.

— Bonjour.

Tous deux tournèrent la tête. Billie se tenait sur le seuil. George se leva pour l'accueillir. Il ignorait ce qu'elle avait pu entendre, à part son ton sarcastique, et il craignait énormément qu'elle ne le prenne mal.

— C'est très gentil de ta part d'accepter de veiller sur moi ce soir, dit-elle d'un ton si agréable, si suave, qu'il ne sut juger de sa sincérité.

Elle se dirigea vers le buffet et saisit une assiette.

— J'espère sincèrement que ce ne sera pas une corvée trop pénible.

Voilà, il savait à quoi s'en tenir !

— Au contraire, répliqua-t-il, j'attends avec impatience d'être ton cavalier.

— Quoique pas au point de consentir à nous escorter, marmonna sa mère.

— Arrêtez, s'il vous plaît.

Billie se retourna et observa les deux Rokesby avec une curiosité non dissimulée.

— Je regrette de t'informer que j'avais un engagement prévu ce soir, lui expliqua George. En conséquence, je ne pourrai pas faire le trajet jusqu'à Wintour House avec vous. Mais je vous retrouverai là-bas. Et j'espère que tu me réserveras deux danses.

— Bien sûr, murmura-t-elle en allant s'asseoir.

Évidemment, il lui était difficile de dire autre chose.

— Puisque tu ne peux pas nous escorter... commença lady Manston.

George se retint pour ne pas jeter sa serviette sur la table.

— ... peut-être pourrais-tu te rendre utile d'une autre manière.

— Je vous en prie, dites-moi comment.

Billie laissa échapper ce qui ressemblait à un grognement amusé. George n'en était pas certain, mais il aurait été bien dans son caractère de trouver divertissant l'agacement grandissant que sa mère faisait naître en lui.

— Tu connais la plupart des jeunes gens mieux que moi, reprit lady Manston. Y en a-t-il que nous devrions éviter ?

« Tous », aurait-il volontiers répondu.

— Et y en a-t-il dont nous devrions particulièrement rechercher la compagnie ? Sur lesquels Billie doit prévoir de jeter son dévolu ?

— Que je dois prévoir de... *quoi* ?

Billie était vraiment stupéfaite, car elle laissa tomber trois tranches de bacon sur le sol.

— De jeter ton dévolu, ma chérie, répondit lady Manston. C'est une expression. Tu l'as sûrement déjà entendue.

— Oui, bien sûr. Je ne vois cependant pas en quoi elle s'applique à moi. Je ne suis pas venue à Londres pour chercher un mari.

— Tu dois toujours être à la recherche d'un mari, Billie, déclara lady Manston, qui se tourna aussitôt après vers George. As-tu un avis sur le fils Ashbourne ? Pas l'aîné, bien sûr. Il est déjà marié, et si délicieuse que tu sois...

Elle adressa ces dernières paroles à Billie, toujours abasourdie.

— ... je ne pense pas que tu puisses prétendre à l'héritier d'un duché.

— Je suis à peu près certaine que je n'en veux pas, répliqua Billie.

— C'est très sage de ta part. Cela représente beaucoup d'apparat.

— Dit la femme d'un comte, commenta George.

— Ce n'est pas du tout la même chose, assura sa mère. Et tu n'as pas répondu à ma question, George. Le fils Ashbourne ?

— Non !

— Non ? répéta sa mère. Non, tu n'as pas d'avis ?

— Non, parce que non, il n'est pas pour Billie.

Laquelle, ne put s'empêcher de remarquer George, observait l'échange mère-fils avec un mélange de curiosité et d'inquiétude.

— Tu as une raison particulière de l'écarter ? insista lady Manston.

— C'est un joueur, mentit George.

Enfin, peut-être n'était-ce pas un mensonge. Tous les messieurs jouaient. Il ignorait complètement si celui-ci s'adonnait au jeu de manière excessive.

— Et l'héritier Billington ? Il me semble qu'il...

— De nouveau, non.

Comme sa mère le dévisageait, impassible, il ajouta en espérant que ce soit vrai :

— Il est trop jeune.

— Vraiment ? dit lady Manston, qui fit la moue. Peut-être, effectivement. Je ne me le rappelle pas assez bien.

— Je suppose que moi, je n'ai rien à dire sur le sujet ? intervint Billie.

Lady Manston lui tapota la main.

— Bien sûr que si. Mais pas maintenant.

Si Billie ouvrit la bouche, elle ne parvint pas à trouver de réplique.

— Comment le pourrais-tu, poursuivit lady Manston, alors que tu ne connais personne d'autre que nous ?

Billie mit un morceau de bacon dans sa bouche et commença à le mastiquer avec une énergie suspecte. George la soupçonna de vouloir éviter de dire quelque chose qu'elle regretterait.

— Ne t'inquiète pas, ma chérie, dit lady Manston.

George but une gorgée de thé.

— Elle ne me semble pas inquiète.

Si Billie lui adressa un regard reconnaissant, sa mère ne prêta aucune attention à sa remarque.

— Tu ne tarderas pas à connaître tout le monde, Billie. Et alors, tu pourras décider avec qui tu souhaites entretenir des relations.

— Je ne crois pas avoir l'intention de rester suffisamment longtemps ici pour me former une opinion, que ce soit dans un sens ou dans l'autre, déclara Billie d'une voix remarquablement calme et égale – de l'avis de George.

— Ne dis pas de sottises, trancha lady Manston. Laisse-moi m'occuper de tout.

— Vous n'êtes pas sa mère, lui rappela George.

La comtesse arqua les sourcils.

— Je le pourrais.

George et Billie la regardèrent, bouche bée de stupéfaction.

— Oh, allons ! Vous n'ignorez quand même pas, tous les deux, que j'espère depuis longtemps une alliance entre les Rokesby et les Bridgerton.

— Une alliance ? répéta Billie.

George ne put s'empêcher de penser que ce terme était terrible, fonctionnel, et qu'il ne pourrait jamais décrire les sentiments qu'il en était venu à éprouver.

— Union, mariage, quel que soit le nom que vous voulez lui donner, répliqua lady Manston. Les Bridgerton sont nos amis les plus chers. Il est logique que j'aie envie que nous formions une seule et même famille.

— Si cela peut changer quelque chose, fit remarquer Billie, sachez que je vous considère déjà comme ma famille.

— Oh, je le sais, ma chérie ! C'est la même chose pour moi. J'ai simplement toujours pensé qu'il serait merveilleux que ce soit officiel. Mais peu importe. Il y a toujours Georgiana.

Billie s'éclaircit la voix.

— Elle est encore très jeune.

— Nicholas aussi, riposta lady Manston avec un sourire entendu.

Billie afficha une expression si horrifiée que George faillit rire. Il s'en abstint cependant, car il était à peu près certain que son propre visage reflétait la même horreur.

— Je vois que je vous ai choqués. Pourtant n'importe quelle mère vous le dira : il n'est jamais trop tôt pour préparer l'avenir.

— À mon avis, mieux vaut ne pas faire allusion à cela devant Nicholas, murmura George.

— Ni devant Georgiana, j'en suis sûre, acquiesça sa mère tout en se servant de nouveau du thé. En veux-tu une tasse, Billie ?

— Euh… oui, je vous remercie.

— Ah, une autre chose dont il faut que nous parlions ! dit lady Manston. Nous devons cesser de t'appeler Billie.

— Je vous demande pardon ?

Lady Manston remplit la tasse de thé et la tendit à Billie.

— À compter d'aujourd'hui, nous t'appellerons par ton nom de baptême. Sybilla.

Billie en resta un instant muette de saisissement.

— C'est comme cela que ma mère m'appelle quand elle est fâchée, lâcha-t-elle.

— Dans ce cas, nous inaugurerons une nouvelle tradition, plus heureuse.

— Est-ce vraiment nécessaire ? risqua George.

— Je sais qu'il sera difficile de nous y habituer, mais l'effort en vaudra la peine. Comme prénom, Billie est tellement… Eh bien, je n'irais pas jusqu'à dire masculin… je ne pense cependant pas qu'il reflète la manière dont nous souhaitons te peindre.

— Il reflète ce qu'elle *est*, tout simplement, articula George avec force.

— Grands dieux, je n'imaginais pas que la chose te tenait tellement à cœur, avoua sa mère en le considérant d'un air de parfaite innocence. Ce n'est toutefois pas à toi d'en décider, évidemment.

— Je préfère que l'on m'appelle Billie, déclara Billie.

— Je ne suis pas persuadée qu'il te revienne d'en décider, à toi non plus, ma chérie.

La fourchette de George heurta bruyamment son assiette.

— À qui diable revient-il d'en décider, alors ?

À en juger par le regard de sa mère, il n'aurait pu poser question plus stupide.

— À moi, répondit-elle.

— À vous ?

— Je sais comment va le monde. J'ai déjà fait ce genre de choses, vois-tu.

— Est-ce que Mary n'a pas trouvé son mari dans le Kent ? lui rappela George.

— Seulement après avoir acquis un vernis londonien.

Bon sang, sa mère était devenue folle ! C'était la seule explication possible. Elle pouvait se montrer déterminée et exigeante pour tout ce qui touchait à la vie mondaine et à l'étiquette, mais jamais elle n'avait réussi à mêler les deux de façon aussi irrationnelle.

— Ça n'a sûrement pas une grande importance, hasarda Billie. La plupart des gens ne m'appelleront-ils pas Mlle Bridgerton, de toute manière ?

— Bien sûr, admit lady Manston. Ils nous entendront cependant parler avec toi. Ils n'ignoreront pas ton nom de baptême.

— J'ai rarement été témoin d'une conversation aussi grotesque, grommela George.

Sa mère se contenta de le foudroyer du regard, puis revint à Billie.

— Sybilla, je sais que tu n'es pas venue à Londres dans l'intention de chercher un mari, mais tu vois certainement l'avantage de le faire maintenant que tu es là. Dans le Kent, tu ne trouveras jamais autant de beaux partis rassemblés en un même lieu.

— Je ne sais pas, murmura Billie. Crake House est remplie de beaux partis quand tous les Rokesby sont réunis.

Lady Manston s'esclaffa.

— Ce n'est que trop vrai, Billie, dit-elle avec un sourire chaleureux – oubliant apparemment qu'elle était censée l'appeler Sybilla. Hélas, je n'en ai qu'un seul à la maison en ce moment !

— Deux, corrigea George avec incrédulité.

Apparemment, celui qui ne partait jamais ne comptait pas comme étant présent.

Sa mère haussa les sourcils.

— C'est de toi que je parlais, George.

Et voilà, il se sentait comme un imbécile, à présent !

— J'appellerai Billie comme elle souhaite être appelée, déclara-t-il en se levant. Et je vous verrai à Wintour House comme promis, lorsque le bal aura commencé. Si vous voulez bien m'excuser, j'ai quelques affaires à régler.

C'était un mensonge, mais il doutait d'être capable de supporter un mot de plus de la part de sa mère sur l'entrée dans le monde de Billie.

Plus tôt cette maudite journée s'achèverait, mieux cela vaudrait.

Billie suivit George des yeux sans avoir l'intention de dire quoi que ce soit. Et pourtant, alors qu'elle plongeait sa cuillère dans son porridge, elle s'entendit s'écrier :

— Attends !

Quand il s'arrêta sur le seuil, elle posa sa serviette en hâte.

— Juste un mot.

Elle ignorait quel serait ce mot, mais il y avait quelque chose en elle qui exigeait de sortir. Elle se tourna vers lady Manston.

— Je vous prie de m'excuser. Je n'en ai pas pour longtemps.

George sortit de la petite salle à manger et gagna le hall afin qu'ils aient un peu d'intimité.

Billie se racla la gorge.

— Je suis désolée.

— De quoi ?

C'était une bonne question. Elle n'était pas désolée.

— En vérité, je te remercie.

— Tu me remercies ?

— D'avoir pris mon parti. Et de m'appeler Billie.

— Je ne crois pas que je pourrais t'appeler Sybilla même si j'essayais, avoua-t-il avec un sourire ironique.

Elle lui rendit son sourire.

— Et moi, je ne suis pas sûre que je répondrais si cela venait d'une autre personne que ma mère.

Après l'avoir dévisagée un instant, il reprit :

— Ne la laisse pas te transformer en quelqu'un que tu n'es pas.

— Oh, je ne pense pas que ce soit possible ! Il est trop tard. Ma manière d'être est trop bien ancrée en moi.

— Au grand âge de vingt-trois ans ?

— C'est un très grand âge lorsqu'on est une femme, célibataire de surcroît, rétorqua-t-elle.

Peut-être aurait-elle dû s'abstenir de faire cette remarque. Il y avait trop de non-demandes en mariage entre eux. Aux yeux de Billie, une seule non-demande était déjà trop ; deux faisaient d'elle un être contre nature.

Elle ne regretta toutefois pas de l'avoir faite. Car elle voulait que l'une de ces quasi-demandes devienne réalité.

Elle ne désirait rien d'autre. Durant la moitié de la nuit – ou, en tout cas, pendant au moins vingt minutes –, elle s'était reproché d'avoir tout fait pour que George ne lui demande pas de l'épouser. Si elle avait eu un cilice (ainsi qu'une inclination pour les gestes inutiles), elle l'aurait revêtu.

Quand George fronça les sourcils, l'esprit de Billie s'emballa. Se demandait-il pourquoi elle avait fait ce commentaire sur son état de quasi-vieille fille ? Cherchait-il une réponse ? S'interrogeait-il sur sa santé mentale ?

— Elle m'a aidée à choisir une robe ravissante pour ce soir, déclara-t-elle en hâte.

— Ma mère ?

Après avoir acquiescé, Billie parvint à esquisser un sourire malicieux.

— Cela dit, j'ai emporté une paire de pantalons, juste au cas où j'aurais besoin de la choquer.

Il éclata de rire.

— C'est vrai ?

— Non ! reconnut-elle, le cœur plus léger à présent qu'il avait ri. Mais le simple fait que j'y aie pensé n'est pas innocent, non ?

— Absolument pas.

Il plongea ses yeux, d'un bleu éclatant dans la lumière matinale, dans les siens, et son regard se fit plus sérieux.

— Permets-moi, s'il te plaît, de te présenter des excuses. Je ne sais pas quelle mouche a piqué ma mère.

— Peut-être qu'elle se sent… coupable, risqua Billie après avoir réfléchi au choix du mot le plus adapté.

— Coupable ? s'étonna George. De quoi ?

— De ce qu'aucun de tes frères ne m'a demandée en mariage.

Autre chose qu'elle n'aurait pas dû dire, sans doute. Il se trouvait juste que Billie pensait bel et bien que lady Manston se sentait coupable.

Et lorsque l'expression de George passa de la curiosité à un sentiment qui était peut-être de la jalousie... elle ne put s'empêcher d'éprouver un certain plaisir.

— Je crois donc qu'elle essaie de se racheter, continua-t-elle. Ce n'est pas que j'attendais une quelconque demande en mariage de l'un d'entre eux, mais comme, à mon avis, elle croit le contraire, elle veut à présent me présenter à...

— Assez ! s'écria George.

— Pardon ?

George se racla la gorge.

— C'est ridicule, déclara-t-il d'un ton plus mesuré.

— Que ta mère se sente coupable ?

— Qu'elle considère comme une excellente idée de te présenter une flopée de bellâtres.

Billie prit quelques instants pour savourer cette déclaration.

— Elle veut bien faire, hasarda-t-elle.

George ne fit rien pour retenir un ricanement.

— Je t'assure, insista Billie, incapable de s'empêcher de sourire. Elle veut simplement faire ce qu'elle juge bien pour moi.

— Ce qu'*elle* juge bien pour toi, souligna George.

— Certes. Il n'y a pas moyen de la faire changer d'avis. Je crains qu'il ne s'agisse d'un trait typiquement Rokesby.

— J'ai comme l'impression d'avoir été insulté.

— Pas du tout, prétendit Billie avec le plus grand sérieux.

— Je ferai semblant de n'avoir pas entendu.

— C'est très aimable à vous, monsieur.

Comme il levait les yeux au ciel, Billie, de plus en plus à l'aise, se félicita. Peut-être n'était-ce pas ainsi que flirtaient les femmes raffinées, mais elle ne savait faire que cela.

Et, elle en était persuadée, cela fonctionnait.

Peut-être possédait-elle un brin d'intuition féminine, finalement.

21

Plus tard cette nuit-là, au bal des Wintour

Quatre-vingt-dix minutes que George attendait, et il n'avait toujours pas vu Tallywhite.

Il tira sur sa cravate, certain que son valet de chambre l'avait nouée bien plus serrée qu'à l'accoutumée. Rien ne distinguait particulièrement la réception de printemps de lady Wintour des autres événements du même genre. George serait même allé jusqu'à dire qu'elle en était ennuyeuse à force d'être ordinaire. Pourtant, il ne pouvait se débarrasser d'une sensation étrange, désagréable, qui lui picotait la nuque. Il se retournait souvent, avec l'impression que quelqu'un l'observait avec plus d'insistance et de curiosité que son apparence ne le laissait présager.

Son imagination lui jouait des tours, bien sûr. De toute évidence, il n'était pas fait pour ce genre de mission.

Il avait choisi son heure d'arrivée avec un soin extrême. Trop tôt, il aurait attiré l'attention. Comme la plupart des célibataires de son âge, il passait toujours quelques heures à son club avant de remplir ses obligations mondaines. Et il aurait paru étrange qu'il se présente au bal à 20 heures précises. En outre, il aurait été obligé de passer les deux heures suivantes à faire la conversation à sa grand-tante dure d'oreille, dont la ponctualité était aussi légendaire que son haleine était redoutable.

Il n'avait pas voulu non plus respecter ses horaires habituels, ce qui aurait impliqué d'arriver alors que la soirée battait son plein. Il lui aurait alors été trop difficile de repérer Tallywhite dans la foule. Pire, peut-être ne l'aurait-il jamais trouvé.

Aussi, après avoir pris en compte ces diverses considérations, avait-il choisi de pénétrer dans la salle de bal des Wintour une heure après le début officiel des festivités. Ce qui était encore un peu tôt selon les critères mondains, mais suffisamment d'invités se presseraient déjà pour que son apparition reste discrète.

Une fois de plus, il se demanda s'il n'accordait pas trop d'importance à la chose. Une préparation mentale poussée à ce point était-elle vraiment nécessaire à la récitation d'une phrase tirée d'une comptine ?

Il était près de 22 heures, maintenant. Si Billie n'était pas arrivée, elle ne tarderait plus. Lady Manston avait prévu de se rendre à la soirée à 21 h 30, mais George avait entendu nombre de commentaires sur la longue file de véhicules qui attendaient pour accéder à Wintour House. Coincées dans la voiture, sa mère et Billie devaient sans doute prendre leur mal en patience.

George n'avait plus guère de temps s'il voulait s'acquitter de sa mission avant l'arrivée des deux femmes.

Arborant une expression soigneusement détachée, il continua de circuler dans la salle, murmurant les salutations appropriées chaque fois qu'il rencontrait une de ses connaissances. Il finit par prendre un verre de punch sur le plateau présenté par un valet de pied, puis balaya la salle de bal du regard tout en le portant à ses lèvres. Pas de Tallywhite en vue. En revanche… Bon sang, n'était-ce pas lord Arbuthnot ?

Pourquoi diable lui demandait-il de transmettre un message alors qu'il aurait pu le faire lui-même ?

Peut-être, pour une raison quelconque, Arbuthnot ne pouvait-il être vu en compagnie de Tallywhite. Peut-être y avait-il ici une autre personne, quelqu'un qui ne devait pas savoir que les deux hommes travaillaient ensemble. Ou alors, Tallywhite ignorait tout, et surtout qu'Arbuthnot était à l'origine du message.

Et si…

Et si Tallywhite savait qu'Arbuthnot travaillait avec lui, et qu'il s'agissait simplement d'un plan pour mettre George à l'épreuve afin de pouvoir l'utiliser ultérieurement ? Qui sait si George ne venait pas d'embrasser accidentellement une carrière d'espion ?

Il baissa les yeux sur son verre. Il lui fallait peut-être… Non, il lui fallait *impérativement* une boisson plus forte.

— Du pipi de chat, marmonna-t-il en reposant son verre.

C'est alors qu'il la vit. Et qu'il cessa de respirer.

— Billie ?

C'était une apparition. Elle portait une robe cramoisie, un choix de couleur surprenant pour une jeune femme célibataire, mais qui lui allait à la perfection. Ses yeux étincelaient dans son visage au teint laiteux, et ses lèvres… George savait qu'elle ne les fardait pas – Billie ne s'intéressait guère à ce genre d'artifice –, pourtant elles paraissaient plus pulpeuses, comme si elles avaient absorbé un peu de l'éclat rubis de sa robe.

Il avait embrassé ces lèvres. Il avait goûté à cette femme, il l'avait adorée, et il voulait la vénérer d'une manière qu'elle n'avait sans doute pas imaginée possible.

C'était cependant curieux qu'il n'ait pas entendu annoncer son arrivée. Il se tenait trop loin de l'entrée, ou peut-être était-il juste trop profondément plongé dans ses pensées. Quoi qu'il en soit, elle était là, si belle, si radieuse qu'il ne voyait personne d'autre.

Soudain, le reste du monde lui parut d'un tel ennui. Il ne voulait pas assister à ce bal, en compagnie de gens auxquels il n'avait pas envie de parler, chargé d'un message qu'il ne souhaitait pas particulièrement transmettre. Il ne voulait pas danser avec des jeunes filles qu'il ne connaissait pas, ni s'entretenir de la pluie ou du beau temps avec des personnes qu'il connaissait. Ce qu'il voulait, c'était Billie, et il la voulait toute à lui.

Oubliant Tallywhite, oubliant « Pic et pic et colégram », il traversa la salle d'un pas si décidé que la foule parut s'ouvrir devant lui.

Comment, le reste du monde n'avait pas encore remarqué Billie ? Elle était si merveilleuse, si vivante, si réelle dans cette pièce pleine de poupées de cire. Elle ne resterait pas invisible longtemps. Bientôt, il aurait à combattre une armée de jeunes gens empressés. Pour l'heure, elle était encore à lui seul.

Si elle était nerveuse, George était certain d'être le seul capable de s'en apercevoir. Parce que lui la connaissait. Elle se tenait très droite, la tête haute, mais ses yeux parcouraient la foule.

Elle le cherchait ?

— George ! s'écria-t-elle, ravie lorsqu'il s'avança. Euh... je veux dire, lord Kennard. Je suis heureuse et... pas surprise de vous voir, ajouta-t-elle avec un sourire discret.

— Bonsoir, mademoiselle Bridgerton, murmura-t-il en s'inclinant sur sa main.

Il se pencha ensuite pour déposer un baiser sur la joue de sa mère.

— Bonsoir, mère.

— Billie n'est-elle pas en beauté ?

George hocha lentement la tête, incapable de la quitter des yeux.

— Si, répondit-il, elle est… en beauté.

Mais ce terme, bien trop prosaïque, ne convenait pas. « Beauté » ne disait rien de la vivacité de son intelligence, de la profondeur de son regard, de l'esprit qui se dissimulait derrière son sourire. Elle était belle, oui, mais elle n'était pas que cela, et c'était pour cette raison qu'il l'aimait.

— J'espère que tu m'as réservé ta première danse, dit-il.

Billie adressa un regard interrogateur à lady Manston.

— Oui, tu peux danser ta première danse avec George, répondit-elle avec un sourire indulgent.

— Il y a tant de règles, fit remarquer Billie d'un air contrit. Je ne me rappelais plus si, pour une raison ou pour une autre, j'étais censée te réserver pour plus tard.

— Cela fait longtemps que tu es là, George ? s'enquit lady Manston.

— Une heure à peu près, répondit-il. Ma commission a pris moins de temps que je ne l'avais prévu.

— Ta commission ? Je croyais qu'il s'agissait d'un rendez-vous.

Si George n'avait pas été aussi captivé par Billie, il se serait donné les moyens d'être irrité par cette observation. Sa mère était en quête de renseignements. Ou, à défaut, elle tentait des reproches rétrospectifs. Mais il ne put se résoudre à y accorder de l'importance. D'autant moins que Billie le regardait, les yeux brillants.

— Tu es vraiment belle, déclara-t-il.

— Merci.

Elle eut un sourire embarrassé, et George s'aperçut qu'elle triturait nerveusement les plis de sa robe.

— Tu es très élégant, toi aussi.

À côté d'eux, lady Manston souriait jusqu'aux oreilles.

— Veux-tu danser ? reprit George.

— Maintenant ? Il y a de la musique ? demanda-t-elle avec un sourire adorable.

Il n'y en avait pas. Le fait que George ne se sentît même pas gêné prouvait à quel point il était amoureux.

— Peut-être une promenade autour de la salle ? suggéra-t-il. Les musiciens devraient bientôt être prêts.

Quand Billie se tourna vers lady Manston, celle-ci eut un geste de la main.

— Va. Mais reste en vue.

George fut brutalement tiré de sa songerie éveillée, le temps de jeter un regard glacial à sa mère.

— Je n'imagine pas faire quoi que ce soit pour compromettre sa réputation.

— Évidemment, riposta-t-elle avec insouciance. Je veux juste m'assurer qu'on la voie. Il y a beaucoup de beaux partis ici, ce soir. Plus que je n'en attendais. J'ai vu l'héritier Billington, continua-t-elle. Et à mon avis, il n'est pas trop jeune.

George esquissa une moue un peu dédaigneuse.

— Mère, je ne pense pas qu'elle souhaite devenir Billie Billington.

Billie se retint visiblement de pouffer.

— Oh, Seigneur, je n'y avais même pas pensé ! s'exclama-t-elle.

— Parfait.

— De toute manière, elle est Sybilla, désormais, répliqua la comtesse, démontrant une fois de plus son talent pour n'entendre que ce qu'elle souhaitait. Et Sybilla Billington sonne plutôt bien.

— Pas du tout, s'entêta George, les yeux rivés sur Billie.

Celle-ci pinçait les lèvres, l'air de s'amuser beaucoup.

— Son nom de famille est Wycombe, précisa lady Manston. Juste pour information.

George leva les yeux au ciel. Puis il offrit son bras à Billie.

— Nous y allons ?

Après avoir hoché la tête, elle glissa la main au creux de son coude.

— Si tu vois le fils Ashbourne…

Mais George s'éloignait déjà avec Billie.

— Je ne sais pas à quoi ressemble le fils Ashbourne, dit-elle. Et toi ?

— Il est plutôt bedonnant, mentit George.

— Dans ce cas, je ne comprends pas pourquoi ta mère pense à lui pour moi, s'étonna Billie. Elle sait que je suis très active.

George émit un vague murmure en guise d'acquiescement, heureux de sentir la pression légère de sa main sur son bras.

— Il y avait une longue file de voitures qui attendaient pour entrer, reprit Billie. Compte tenu de la douceur de l'air, j'ai proposé à ta mère de descendre et de marcher jusqu'à Wintour House, mais elle n'a rien voulu entendre.

George rit tout bas. Il n'y avait que Billie pour faire une telle suggestion.

— Franchement, poursuivit-elle, c'était à croire que j'avais demandé que l'on s'arrête chez le roi pour demander une tasse de thé.

— Eh bien, étant donné que le palais se situe de l'autre côté de la ville… la taquina George.

Elle lui décocha un coup de coude. Léger, toutefois, afin que personne ne le remarque.

— Je suis content que tu ne portes pas de perruque, avoua George.

Sa coiffure était très travaillée, comme l'exigeait la mode, toutefois il s'agissait de sa propre chevelure, et le discret voile de poudre n'en dissimulait pas la couleur chaude et lumineuse. C'était Billie au naturel, et s'il était un adjectif qui la définissait, c'était bien « naturelle ».

Si George voulait qu'elle apprécie son séjour à Londres, il ne souhaitait pas pour autant qu'elle en reparte transformée.

— C'est terriblement démodé, je le sais, dit-elle en tapotant la longue mèche bouclée qui retombait sur son épaule. Mais j'ai réussi à convaincre ta mère du risque, non négligeable, que je m'approche trop près d'une torchère et que je prenne feu.

Comme George tournait abruptement la tête pour la dévisager, elle précisa :

— Eu égard au fiasco de ma présentation à la Cour, ce n'est pas aussi déraisonnable que ça en a l'air.

Il s'efforça de réprimer son envie de rire. Sans succès.

— Oh, ne te retiens pas, je t'en prie ! lui dit-elle. Il m'a fallu tout ce temps pour réussir à en plaisanter, autant que nous nous amusions.

— Que s'est-il passé ? demanda-t-il. Ou est-ce que je préfère ne pas le savoir ?

— Si, si, tu veux le savoir, crois-moi, rétorqua-t-elle en lui lançant un regard oblique. Mais tu ne le sauras pas tout de suite. Une femme doit avoir ses petits secrets. C'est du moins ce que ta mère ne cesse de me répéter.

— À mon avis, mettre le feu à la Cour de St. James n'est pas le genre de secret auquel elle pensait.

— Vu la peine qu'elle se donne pour que l'on me considère comme une jeune femme pleine de grâce et de raffinement, il se peut que ce soit exactement ce qu'elle avait à l'esprit. Ce n'est pas lady Alexandra

Fortescue-Endicott qui mettrait accidentellement le feu à quelqu'un, ajouta-t-elle d'un air malicieux.

— Non. Si elle le faisait, je suppose que ce serait volontaire.

— George Rokesby, c'est affreux de dire une chose pareille ! se récria Billie en étouffant un rire. Et probablement faux.

— Tu crois ?

— Oui, même s'il m'en coûte de l'admettre. Lady Alexandra n'est pas assez diabolique. Ou pas assez habile.

Après être resté silencieux un instant, George demanda :

— C'était vraiment un accident ? Oui, bien sûr, s'empressa-t-il de déclarer comme Billie lui coulait un regard noir.

Mais son ton n'était pas aussi convaincu qu'il aurait dû l'être.

— Bonsoir, Kennard !

En entendant son nom, George détourna les yeux de Billie à contrecœur. Deux de ses anciens condisciples à l'université, sir John William et Freddie Coventry, fendaient la foule pour le rejoindre. Tous deux étaient fort aimables, tout à fait respectables, et incarnaient à merveille le genre de gentlemen que sa mère voulait qu'il présente à Billie.

George constata cependant qu'il se sentait plutôt d'humeur à frapper l'un ou l'autre. Peu importait lequel, du moment qu'il pouvait atteindre le visage.

— Kennard, ça fait une éternité ! s'exclama sir John avec un grand sourire. Je ne pensais pas que tu étais encore en ville.

— Des affaires de famille, répondit George, volontairement vague.

Sir John et Freddie hochèrent la tête avec quelques murmures compréhensifs, puis tous deux regardèrent Billie, attendant manifestement d'être présentés.

— Voici sir John William et M. Frederick Coventry, dit George avec un sourire forcé. Messieurs, Mlle Sybilla Bridgerton d'Aubrey Hall, dans le Kent.

— Dans le Kent, dis-tu ? s'exclama Freddie tout en saluant Billie. Vous êtes donc voisins ?

— En effet, confirma Billie avec affabilité. Je connais lord Kennard depuis toujours.

George réprima une grimace. Même s'il savait qu'elle ne pouvait l'appeler par son prénom dans de telles circonstances, il n'appréciait pas cette manière formelle de le nommer.

— Tu as de la chance d'avoir une telle beauté si près de chez toi, déclara Freddie.

George jeta un coup d'œil à Billie, histoire de s'assurer qu'elle était aussi consternée que lui par la mièvrerie de ce compliment, mais elle conservait son sourire placide – la débutante incarnée, douce et convenable.

Il ricana. Douce et convenable ? Billie ? S'ils savaient !

— Vous avez dit quelque chose, lord Kennard ? s'enquit-elle.

Il lui rendit son sourire plein d'aménité.

— Simplement que j'ai effectivement de la chance.

Elle haussa les sourcils.

— C'est curieux que j'aie manqué une phrase d'une telle longueur.

Il lui glissa un regard de biais, auquel elle répondit d'un sourire secret.

Quelque chose parut s'apaiser en lui, et il se sentit de nouveau en accord avec le monde. Du moins, en accord avec l'instant. Le monde était sens dessus dessous, pourtant Billie lui souriait secrètement…

Et il était heureux.

— Voulez-vous m'accorder une danse, mademoiselle Bridgerton ? s'enquit alors sir John.

— À moi également, ajouta aussitôt Freddie.

— Bien sûr, répondit-elle, toujours aussi charmante.

De nouveau, George fit la grimace. Billie n'était décidément pas elle-même.

— Mlle Bridgerton m'a déjà promis la première danse, intervint-il. Et le cotillon.

Billie le regarda d'un air surpris, vu qu'elle ne lui avait pas promis le cotillon. Toutefois elle ne le contredit pas.

— Heureusement, il y a plus de deux danses au cours d'un bal, déclara Freddie, amusé.

— Je serai enchantée de danser avec vous deux, assura Billie, qui jeta un regard circulaire comme si elle cherchait quelque chose. Je ne crois pas qu'il y ait des carnets de bal ce soir...

— Nous survivrons très bien sans eux, assura Freddie. Tout ce que nous devons nous rappeler, c'est que lorsque vous en aurez fini avec Kennard, vous danserez avec moi.

Billie accompagna son hochement de tête d'un sourire amical.

— Et ensuite, ce sera le tour de sir John, continua Freddie. Mais je vous préviens, c'est un danseur abominable. Prenez garde à vos orteils.

Billie éclata de rire et, de nouveau, elle fut d'une beauté si incandescente que George fut tenté de jeter une couverture sur elle, uniquement pour empêcher quiconque de la désirer.

Il ne devait pas lui gâcher son plaisir, il le savait. Elle méritait d'être fêtée et adorée, et de savourer son accession – ô combien justifiée – au titre de reine du bal. Mais, bon sang, quand elle souriait à sir John ou à Freddie, on avait l'impression qu'elle était sincère.

Qui souriait ainsi sans être sincère ? Savait-elle seulement à quoi un sourire comme celui-ci pouvait mener ? Les deux hommes allaient penser qu'elle s'intéressait à eux. George eut la vision soudaine de bouquets s'amoncelant dans le hall de Manston House, et de jeunes gens faisant la queue pour avoir le privilège de baiser la main de Billie.

— Quelque chose ne va pas ? lui demanda-t-elle à voix basse.

Sir John et Freddie s'étant éloignés pour saluer une autre connaissance, ces mots s'adressaient à George seul.

— Bien sûr que non, répondit-il d'un ton plus sec qu'à l'accoutumée.

Un pli soucieux se creusa sur le front de Billie.

— Tu en es certain ? Tu...

— Je vais très bien !

— Cela se voit.

Elle avait arqué les sourcils, et George se rembrunit de plus belle.

— Si tu ne veux pas danser avec moi... commença-t-elle.

— Parce que tu crois que c'est de cela qu'il s'agit ?

— Il y a donc bien quelque chose ! dit-elle, triomphante.

Elle aurait dû avoir un maillet de Pall Mall dans la main pour compléter son attitude.

— Pour l'amour du Ciel, Billie, marmonna-t-il, ce n'est pas une compétition.

— À vrai dire, je ne sais même pas ce que c'est.

— Tu ne devrais pas sourire ainsi à d'autres hommes, chuchota-t-il avec force.

— Quoi ?

Elle eut un haut-le-corps, et il n'aurait su dire s'il s'agissait d'incrédulité ou d'indignation.

— Cela va leur donner de fausses idées.

— Je croyais que ma seule mission était d'attirer l'attention des hommes, répondit-elle entre ses dents.

Il s'agissait donc d'indignation. Plutôt violente, au demeurant.

« Oui, mais pas trop », fut la réplique d'une totale ineptie qui vint aux lèvres de George. Il eut juste assez de présence d'esprit pour la ravaler et la remplacer par une mise en garde.

— Ne sois pas surprise s'ils te rendent visite demain.

— Je le répète : n'est-ce pas le but recherché ?

George ne répliqua mot, pour la bonne raison qu'il n'y avait pas de réponse. Il se conduisait en imbécile. Cela, au moins, c'était clair pour tous les deux.

Bonté divine, comment la conversation avait-elle pu se dégrader à ce point ?

— Billie, écoute, reprit-il, je veux simplement…

Il s'interrompit, les sourcils froncés. Arbuthnot venait d'apparaître dans son champ de vision.

— Tu veux simplement… quoi ?

Il secoua la tête. Billie était assez fine pour savoir que ce geste n'avait rien à voir avec elle. Elle suivit son regard, mais Arbuthnot s'était arrêté pour s'entretenir avec quelqu'un.

— Qui regardes-tu ? demanda-t-elle.

Il tourna la tête et fixa les yeux sur elle.

— Personne.

Elle accueillit ce mensonge éhonté en levant les yeux au ciel.

— Kennard, intervint alors Freddie Coventry, qui les avait rejoints tandis que sir John s'éloignait, je crois que les musiciens se mettent en place. Tu devrais emmener Mlle Bridgerton sur la piste de danse, sans quoi il me faudra t'accuser de tractations suspectes.

Puis il se pencha vers Billie pour lui chuchoter d'un air faussement confidentiel :

— Je ne lui permettrai pas de réclamer votre première danse pour vous obliger ensuite à faire tapisserie.

Billie laissa échapper un petit rire que George ne trouva pas très sincère.

— Lord Kennard ne ferait jamais cela. Ne serait-ce que parce que sa mère lui arracherait les yeux.

— Oh, oh ! s'exclama Freddie. C'est donc ainsi que cela marche ?

George eut un sourire contraint. Il aurait volontiers étranglé Billie pour l'avoir humilié aussi efficacement devant son ami, mais il avait toujours une conscience aiguë de la proximité d'Arbuthnot qui, à quelques pas, attendait vraisemblablement de se retrouver seul.

La voix de Freddie se réduisit à un murmure taquin.

— Je ne crois pas qu'il va danser avec vous.

Billie leva la tête vers George, et lorsque leurs regards se croisèrent, il eut l'impression de revenir à lui. Après s'être incliné, il lui présenta son bras. Bon sang, n'attendait-il pas ce moment depuis ce qui lui semblait être des années ?

Évidemment, Arbuthnot surgit sur ces entrefaites.

— Bonsoir, Kennard, dit-il de ce ton chaleureux dont un homme use envers le fils d'un ami. Quel plaisir de vous voir. Qu'est-ce qui vous amène à Londres ?

— Une danse avec Mlle Bridgerton, répondit Freddie avec malice. Il semble toutefois incapable de l'escorter jusqu'à la piste.

Arbuthnot s'esclaffa.

— Oh, je suis sûr qu'il n'est pas incapable à ce point !

George regarda les deux hommes tour à tour, ne sachant lequel tuer en premier.

— Peut-être que c'est avec *vous* que je devrais danser, dit Billie à Freddie.

Finalement, c'est Billie qu'il tuerait d'abord ! À quoi diable pensait-elle ? Même pour elle, cette réplique était très effrontée. Une jeune femme n'invitait pas un homme à danser, surtout un homme qu'elle ne connaissait pas cinq minutes plus tôt.

— Une demoiselle qui parle en toute franchise... comme c'est rafraîchissant ! commenta Freddie. Je comprends pourquoi lord Kennard dit autant de bien de vous.

— Il parle de moi ?

— Pas à lui, rétorqua George.

— Eh bien, il le devrait, déclara Freddie en agitant les sourcils d'un air enjôleur. Vous constitueriez certainement un sujet plus intéressant que celui de notre dernière conversation qui, si je ne m'abuse, portait sur l'avoine.

George était persuadé que c'était faux, mais comment protester sans paraître puéril ?

— Je trouve que l'avoine est un sujet fascinant, riposta Billie.

George aurait pu éclater de rire s'il avait été d'humeur, car il était le seul à savoir qu'elle ne plaisantait pas. Les récentes moissons de son père, très abondantes, en témoignaient.

— Une femme vraiment singulière, déclara Freddie.

Les sons discordants d'un orchestre qui se prépare à jouer se firent entendre, et Billie jeta un coup d'œil à George. Elle s'attendait qu'il s'incline de nouveau et la conduise, enfin, sur la piste de danse.

Mais avant qu'il ait pu s'exécuter, il entendit lord Arbuthnot se racler la gorge. Il sut alors ce qu'il devait faire.

— Je te cède mon tour, Coventry, dit-il en s'inclinant légèrement. Puisque tu es si désireux d'être en compagnie de Mlle Bridgerton.

Il s'efforça de ne pas croiser le regard de Billie. En vain. Il eut le temps de voir qu'elle était choquée, furieuse et blessée.

— La prochaine sera pour toi, lança Freddie avec bonne humeur.

Le cœur de George se serra quand il suivit des yeux le couple qui s'éloignait.

— Je suis désolé de vous priver de la compagnie de la délicieuse demoiselle Bridgerton, dit lord Arbuthnot. Mais je suis certain que vous n'êtes pas venu en ville uniquement pour danser.

Les deux hommes étaient à présent seuls, toutefois, comme Arbuthnot observait une certaine circonspection, George se contenta de répondre :

— Des affaires m'appelaient, en effet. Familiales, entre autres.

— N'est-ce pas toujours le cas ? fit remarquer Arbuthnot, la tête inclinée de côté. C'est sacrément épuisant d'être à la tête d'une famille.

— J'ai beaucoup de chance, répliqua George en songeant à son père, puisque je n'ai pas encore ce privilège.

— C'est vrai, c'est vrai.

Arbuthnot but une gorgée d'une boisson qui semblait considérablement plus forte que le punch ridicule que George avait bu un peu plus tôt dans la soirée.

— Mais vous le serez bien assez vite, et nous ne pouvons pas choisir notre famille, n'est-ce pas ?

Arbuthnot employait-il un double langage ? Si tel était le cas, George avait la confirmation qu'il n'était pas taillé pour une vie de messages mystérieux et de rencontres secrètes. Il choisit de prendre les propos du général au sens littéral.

— Si nous en avions la possibilité, j'aurais choisi la mienne.

— Dans ce cas, vous avez de la chance.

— Je le crois.

— Et comment se passe la soirée ? Fructueuse ?

— Je suppose que cela dépend de ce que l'on attend.

— Vraiment ? demanda Arbuthnot, l'air un peu irrité.

George ne s'en émut pas. Après tout, c'était lui qui avait entamé cette conversation absconse, il pouvait bien laisser George s'amuser un peu, lui aussi.

— Hélas, répliqua-t-il en regardant Arbuthnot droit dans les yeux, nous venons à ces réceptions en quête de quelque chose, non ?

— Vous êtes plutôt philosophe pour un mardi.

— D'ordinaire, je réserve mes efforts de réflexion aux soirées du lundi et aux après-midi du jeudi, riposta George.

Comme lord Arbuthnot ne dissimulait pas sa surprise, il ajouta :

— Je n'ai pas trouvé ce que je cherchais.

Bon sang, ce double langage lui donnait le vertige !

— En êtes-vous sûr ? demanda Arbuthnot, les yeux étrécis.

— Sûr et certain. La foule est très compacte.

— C'est tout à fait décevant.

— Certes.

— Peut-être devriez-vous danser avec lady Weatherby, suggéra lord Arbuthnot à voix basse.

— Je vous demande pardon ?

— La connaissez-vous ? Je peux vous assurer que c'est une femme qui n'a pas son égale.

— Nous nous sommes déjà rencontrés, oui.

Il connaissait Sally Weatherby du temps où elle était encore Sally Sandwick, sœur aînée de l'un de ses amis. Elle s'était mariée, puis avait perdu son mari quelques années plus tard. Elle venait de quitter le grand deuil. Heureusement pour elle, la couleur lavande du demi-deuil lui allait très bien.

— Weatherby était un brave homme, reprit Arbuthnot.

— Je ne le connaissais pas.

L'homme était plus âgé que lui, et Sally avait été sa seconde femme.

— Je travaillais avec lui de temps à autre, continua Arbuthnot. Un brave homme. Un très brave homme.

— Voilà des années que je ne me suis pas entretenu avec lady Weatherby, fit remarquer George. Je ne sais pas si j'aurai quelque chose à lui dire.

— J'imagine que vous trouverez. Ah, j'aperçois ma femme ! Elle fait ce signe de tête qui signifie soit qu'elle a besoin de mon aide, soit qu'elle est sur le point de mourir.

— Dans ce cas, vous devez aller la retrouver, dit George. C'est évident.

— Je suppose qu'elle aura besoin de mon aide dans les deux cas, déclara Arbuthnot avec un haussement d'épaules. Bonsoir, mon garçon. J'espère que votre soirée sera un succès.

Après avoir suivi lord Arbuthnot des yeux, George tourna les talons.

Apparemment, le moment était venu pour lui de danser avec Sally Weatherby.

22

M. Coventry avait beau être un danseur accompli, Billie ne parvenait pas à lui accorder beaucoup d'attention tandis qu'il l'accompagnait dans les figures compliquées de la contredanse.

Sa conversation avec l'homme plus âgé terminée, George s'inclinait à présent devant une femme d'une extrême beauté. D'une beauté si étincelante même, que c'était à se demander comment les gens autour d'elle n'éprouvaient pas le besoin de se protéger les yeux de son éclat miraculeux.

Billie sentit bouillonner en elle une sensation désagréable, et cette soirée, jusqu'alors magique, prit un goût aigre.

Elle savait qu'elle n'aurait pas dû inciter M. Coventry à danser. Si elle avait été présente, lady Manston en aurait eu une attaque. Laquelle surviendrait peut-être d'ici quelques instants, lorsque la rumeur lui reviendrait aux oreilles. C'était inévitable. Même si Billie ne s'était pas rendue à Londres depuis des années, cela ne l'empêchait pas d'avoir conscience que les commérages feraient le tour de la salle de bal en quelques minutes. Et celui de Londres dès le lendemain matin.

On allait la juger d'une effronterie inconsidérée ; on allait dire qu'elle courait après M. Coventry, qu'elle se jetait à sa tête pour des raisons dont personne ne savait rien, mais qui cachaient certainement un vilain secret, sinon pourquoi aurait-elle enfreint des siècles de bienséance en invitant un homme à danser ?

Et quelqu'un se souviendrait alors du malheureux incident qui s'était produit à la Cour quelques années plus tôt. Une histoire affreuse, répéteraient-ils tous en gloussant. Imaginez-vous, la robe de Mlle Philomène Wren avait pris feu ! Et avant que quiconque ait compris ce qui se passait, deux jeunes filles gisaient sur le sol, incapables de se relever à cause de leurs énormes jupes si encombrantes. N'y avait-il pas Mlle Bridgerton ? N'était-elle pas *sur* Mlle Wren ?

Billie dut serrer les dents pour ne pas laisser échapper un gémissement. Si elle s'était retrouvée sur Philomène Wren, c'était uniquement pour éteindre le feu. Mais cela, personne ne le mentionnait jamais.

Que Billie ait été à l'origine du feu était encore, Dieu soit loué, un secret soigneusement gardé. Et en toute honnêteté, comment pouvait-on attendre d'une femme qu'elle parvienne à se déplacer normalement, une fois engoncée dans une robe de cour ? L'étiquette en usage pour une présentation aux souverains exigeait des robes à paniers d'une largeur bien plus démesurée que celles que portaient les femmes au quotidien. En temps ordinaire, Billie savait parfaitement quelle place occupait son corps dans l'espace – il n'y avait pas moins maladroite qu'elle. Mais qui n'aurait pas éprouvé des difficultés à se mouvoir avec des hanches élargies de près de trois pieds de chaque côté ? Pire : quel idiot avait jugé bon de laisser une bougie allumée dans une pièce pleine de jeunes filles difformes ?

Le bord de sa robe s'était retrouvé si loin de son corps que Billie n'avait même pas senti qu'elle heurtait la bougie. Mlle Wren n'avait pas senti non plus que sa robe s'enflammait. Elle ne l'avait même jamais senti parce que Billie, qui en tirait une satisfaction rétrospective, avait eu l'excellent réflexe de se jeter sur elle pour étouffer le feu avant qu'il n'atteigne sa peau.

Et pourtant, une fois l'émotion retombée, personne n'avait semblé se rappeler que Billie avait sauvé Mlle Wren d'une blessure grave, voire de la mort. Non, sa mère avait été si horrifiée par l'incident qu'elle avait renoncé à toute idée de saison londonienne pour Billie. Ce qui comblait les vœux de cette dernière, puisqu'elle clamait depuis des années qu'elle refusait de faire son entrée dans le monde.

Mais jamais elle n'aurait imaginé obtenir gain de cause parce que ses parents avaient honte d'elle.

Avec un soupir, Billie se força à ramener son attention sur la contredanse et sur son cavalier. Elle ne se souvenait pas d'avoir enchaîné les figures imposées mais, apparemment, elle ne s'était pas trompée et n'avait écrasé aucun orteil. Heureusement, elle n'avait pas été obligée de soutenir une conversation suivie, car c'était le genre de danse qui séparait les deux partenaires aussi souvent qu'elle les réunissait.

— Lady Weatherby, dit M. Coventry lorsqu'il revint près d'elle.

Billie leva sur lui un regard étonné. Elle était pourtant certaine que M. Coventry connaissait son nom.

— Je vous demande pardon ?

Ils s'éloignèrent, puis se rapprochèrent.

— La femme avec qui danse lord Kennard, expliqua M. Coventry. C'est la veuve de lord Weatherby.

— Elle est veuve ?

— Depuis peu, confirma M. Coventry. Elle vient juste de quitter le grand deuil.

Billie serra les dents tout en s'efforçant d'afficher une expression affable. La belle veuve était très jeune – cinq ans de plus qu'elle, à peine. Elle portait une toilette exquise dont Billie savait à présent qu'elle était à la dernière mode, et son teint possédait cette pureté d'albâtre que Billie n'aurait pu obtenir qu'en utilisant de la crème à l'arsenic.

Elle aurait parié que jamais le moindre rayon de soleil n'avait effleuré les joues parfaites de lady Weatherby.

— Il lui faudra se remarier, continua M. Coventry. Elle n'a pas donné d'héritier au vieux Weatherby, elle dépend donc pour sa subsistance de la générosité du nouveau lord Weatherby. Ou, plus exactement…

De nouveau, les pas de la contredanse les séparèrent, et Billie faillit laisser échapper un grognement d'impatience. Pourquoi considérait-on comme une bonne idée d'avoir une conversation importante en dansant ? Personne ne se souciait donc de la délivrance morcelée des renseignements ?

Lorsqu'elle se fut de nouveau rapprochée de M. Coventry, elle reprit :

— Ou, plus exactement… ?

Il eut un sourire entendu.

— Elle doit compter sur la bonne volonté de l'épouse du nouveau lord Weatherby.

— Je suis certaine qu'elle trouvera agréable la compagnie de lord Kennard, s'obligea à déclarer Billie.

M. Coventry ne serait pas dupe. Il savait pertinemment qu'elle se consumait de jalousie. Mais elle devait au moins essayer de feindre l'indifférence.

— Je ne m'inquiéterais pas, déclara M. Coventry.

— Pardon ?

Une fois de plus, Billie dut attendre pour obtenir une réponse.

Elle contourna avec grâce une autre femme tout en maudissant cette contredanse. N'y avait-il pas, sur le continent, une nouvelle danse qui permettait à un homme et à une femme de rester ensemble pendant toute la durée d'un morceau de musique ? Beaucoup criaient au scandale, mais, franchement, était-elle la seule à juger cela plus sensé ?

— Kennard n'était pas heureux de vous voir partir à mon bras, reprit M. Coventry dès qu'il le put. S'il a invité lady Weatherby à danser, ce n'est qu'un prêté pour un rendu.

Sauf que ce n'était pas dans le caractère de George. Si son humour était parfois retors, son comportement ne l'était jamais. Il n'inviterait pas une femme à danser dans le seul but d'en rendre une autre jalouse. Peut-être avait-il été piqué au vif, peut-être était-il furieux contre Billie qui l'avait embarrassé devant ses amis, mais s'il dansait avec lady Weatherby, c'était parce qu'il le souhaitait.

Billie se sentit mal, tout à coup. Elle n'aurait pas dû essayer de forcer la situation en se proposant avec effronterie de danser avec M. Coventry. Mais elle avait été tellement désappointée !

La soirée avait pourtant si bien commencé… Quand elle avait aperçu George, resplendissant en tenue de soirée, elle en avait eu presque le souffle coupé. Elle avait tenté de se convaincre qu'il s'agissait du même homme que celui qu'elle connaissait dans le Kent, portant le même habit et les mêmes chaussures. Toutefois ici, à Londres, parmi les gens qui gouvernaient le pays, et peut-être même le monde, il paraissait différent.

Il était à sa place.

De toute sa personne émanaient une certaine gravité, une confiance en soi et une assurance incontestables. Il y avait tout un pan de la vie de George que Billie ne connaissait pas, avec des soirées, des bals et des rendez-vous au White. Un jour, il siégerait au Parlement, alors qu'elle-même resterait l'impétueuse Billie Bridgerton. Sauf qu'au bout de quelques années « impétueuse » deviendrait « excentrique ». Puis ce serait la dégringolade vers « complètement folle ».

Non ! Les choses n'allaient pas se passer ainsi. George l'appréciait. Peut-être même l'aimait-il un peu. Elle l'avait lu dans son regard, et elle l'avait senti dans son baiser. Jamais lady Weatherby ne pourrait...

Billie écarquilla soudain les yeux. Où diable était lady Weatherby ?

Et, plus préoccupant, où était George ?

Cinq heures plus tard, George franchissait enfin le seuil de Manston House, fatigué, contrarié et, surtout, prêt à étrangler lord Arbuthnot.

Lorsque le général lui avait demandé de transmettre un message, George avait pensé : « Rien de plus facile. » Il avait de toute façon l'intention de se rendre au bal des Wintour, et Robert Tallywhite était précisément le genre de personne avec qui il pouvait converser à bâtons rompus. L'un dans l'autre, cela lui coûterait dix minutes de son existence, et ce soir-là, il irait se coucher en ayant la satisfaction d'avoir fait quelque chose pour le roi et la patrie.

Ce qu'il n'avait pas prévu, c'était que la soirée impliquerait de suivre Sally Weatherby au *Cygne sans cou*, une taverne plutôt sordide à l'autre bout de la ville. C'était là qu'il avait finalement trouvé Robert Tallywhite, qui se divertissait en lançant des fléchettes sur un tricorne cloué au mur.

Les yeux bandés.

George lui avait transmis le message, dont le contenu n'avait pas paru surprendre Tallywhite le moins du monde. En revanche, lorsque George avait voulu prendre congé, il s'était vu contraint de rester pour boire une pinte de bière. Et le terme « contraint » n'avait rien d'exagéré. En effet, deux hommes à la carrure impressionnante, dont l'un arborait l'œil au beurre noir le plus spectaculaire que George eût jamais vu, l'avaient littéralement poussé vers une chaise.

Une telle meurtrissure trahissait une résistance remarquable à la douleur, et George craignait que cela n'indique une aptitude tout aussi remarquable à en infliger. Aussi, lorsque l'homme lui avait enjoint de s'asseoir et de boire, George avait-il obtempéré. Bien entendu, Sally s'était volatilisée aussitôt après l'avoir amené dans ce lieu accueillant.

Jamais il n'avait participé à une conversation plus décousue et plus inepte que celle qui s'était ensuivie avec Tallywhite et ses hommes de main. Ils avaient discuté du temps qu'il faisait, des règles du jeu de cricket, des mérites respectifs de Trinity College et de Trinity Hall à Cambridge. Ils avaient ensuite évoqué les bénéfices de l'eau salée sur la santé, la difficulté de se procurer de la glace correcte en été et le coût exorbitant des ananas – qui jouerait peut-être sur la popularité des oranges et des citrons.

À 1 heure du matin, George avait commencé à s'interroger sur l'état mental de Robert Tallywhite et, à 2 heures, sa conviction était faite. À 3 heures, il avait enfin réussi à prendre congé, non sans avoir reçu « accidentellement » le coude d'un des amis de Tallywhite dans les côtes. Il avait aussi une égratignure sur la pommette gauche, mais il n'était plus très sûr de sa provenance.

Pire que tout, songea-t-il en gravissant d'un pas pesant l'escalier de Manston House, il avait abandonné Billie. Alors que cette soirée était tellement importante pour elle. Bon sang, elle était importante pour lui aussi ! Dieu seul savait ce qu'elle pensait de son comportement.

— George…

La surprise le fit trébucher sur le seuil de sa chambre. Billie se tenait au milieu de la pièce, en robe de chambre.

En robe de chambre !

La ceinture n'en était que lâchement nouée, et il apercevait la soie couleur pêche de sa chemise de nuit. Elle paraissait très fine, presque arachnéenne. Un homme pouvait passer les mains sur une telle étoffe et éprouver, à travers elle, la chaleur de sa peau. Un homme pouvait penser qu'il était en droit de le faire puisque Billie se tenait à six pieds tout au plus de son lit.

— Que fais-tu là ? demanda-t-il.

Les commissures de ses lèvres se crispèrent. Elle était en colère. Elle était même, corrigea-t-il, folle furieuse.

— Je t'attendais.

— Cela, je l'avais deviné, rétorqua-t-il en tirant sur sa cravate.

Si Billie était gênée qu'il se déshabille devant elle, tant pis. Après tout, c'était elle qui avait investi sa chambre à coucher.

— Qu'est-ce qu'il t'a pris ? Tu me jettes dans les bras de ce pauvre M. Coventry et...

— Je ne le plaindrai pas trop, la coupa George. Il a eu ma danse.

— Tu la lui as donnée !

George continuait de se débattre avec sa cravate, dont il réussit finalement à se débarrasser et qu'il lança sur une chaise.

— Je n'avais malheureusement pas le choix, répliqua-t-il.

— Que veux-tu dire ?

George garda le silence un instant. Il était heureux de n'être pas face à Billie car il pensait à lord Arbuthnot. Évidemment, Billie ignorait leur accord – et elle n'en saurait jamais rien.

Les yeux fixés sur un point invisible du mur, il finit par répondre :

— Je pouvais difficilement agir autrement étant donné que tu l'avais invité à danser.

— On ne peut pas dire que je l'aie « invité ».

George lui jeta un coup d'œil par-dessus son épaule.

— Tu coupes les cheveux en quatre.

— Très bien, dit-elle en croisant les bras. Moi non plus, je n'avais guère le choix. La musique commençait et tu te contentais de rester planté là.

Il ne servait à rien de lui rappeler qu'il s'apprêtait à l'accompagner sur la piste de danse lorsque lord Arbuthnot était arrivé. Aussi tint-il sa langue.

Le silence s'étira entre eux, infiniment pesant.

— Tu ne devrais pas être dans ma chambre, finit par dire George tout en s'asseyant pour retirer ses bottes.

— Je ne savais pas où aller.

George scruta son visage. Que voulait-elle dire ?

— Je m'inquiétais pour toi, ajouta-t-elle.

— Je suis capable de prendre soin de moi.

— Moi aussi, riposta-t-elle.

Il l'admit d'un signe de tête, puis reporta son attention sur ses manchettes. Il lui fallut repousser la délicate dentelle des volants afin de pouvoir faire passer les boutons dans les brides.

— Que s'est-il passé cette nuit ? reprit-elle.

Il ferma les yeux, conscient qu'elle ne pouvait voir son expression. Ce fut la seule raison pour laquelle il s'autorisa un soupir las.

— Je ne saurais même pas par où commencer, avoua-t-il.

— Par le commencement, ce serait bien.

Il lui jeta un coup d'œil oblique et esquissa malgré lui un sourire ironique. C'était Billie crachée, ce genre de réponse.

Secouant la tête, il murmura :

— Pas ce soir. Pour l'amour du Ciel, Billie, ajouta-t-il comme elle se contentait de l'observer en silence, je suis épuisé !

— Je m'en moque.

Il fut si déconcerté que, l'espace d'un instant, il la regarda en battant des paupières.

— Où étais-tu ? insista-t-elle.

George considérait depuis toujours qu'il valait mieux dire la vérité lorsque c'était possible. Aussi répondit-il :

— Dans une taverne.

Elle sursauta, puis lâcha froidement :

— Ça se sent.

Il ne put retenir un ricanement.

— N'est-ce pas ?

— Pourquoi étais-tu dans une taverne ? Qu'avais-tu donc à faire qui était plus important que…

Elle s'interrompit avec un petit cri étouffé et plaqua la main sur sa bouche.

George ne pouvait pas lui répondre, aussi demeura-t-il silencieux. Rien au monde n'était plus important qu'elle. En revanche, certaines choses étaient plus importantes que de danser avec elle, quand bien même il avait souhaité qu'il en soit autrement.

Son frère était porté disparu. Peut-être la démarche absurde de cette nuit n'avait-elle rien à voir avec Edward. Bon sang, il était presque certain qu'elle n'avait aucun rapport avec lui. Alors qu'Edward était perdu dans les immensités sauvages du Connecticut, lui-même se trouvait ici, à Londres, à réciter une comptine ridicule devant un fou.

Mais le gouvernement lui avait confié cette tâche et, plus important, il avait donné sa parole qu'il l'accomplirait.

Si jamais lord Arbuthnot lui proposait une autre mission aussi insensée, il n'hésiterait pas à refuser. Il n'était pas du genre à suivre des ordres aveuglément. Cette fois, cependant, il avait accepté, et il était donc allé jusqu'au bout.

Le silence s'épaissit. Puis Billie, qui s'était détournée en refermant les bras autour de son buste, déclara d'une toute petite voix :

— Je devrais aller me coucher.

— Tu pleures ? demanda-t-il en se levant d'un bond.

La réponse vint trop vite.

— Non !

C'était insupportable. Sans même s'en rendre compte, il fit un pas en avant.

— Ne pleure pas.

— Je ne suis pas du genre à pleurer ! répliqua Billie d'une voix étranglée.

— Non, dit-il doucement. Non, bien sûr.

D'un geste peu élégant, elle s'essuya les yeux du dos de la main.

— Je ne pleure pas, et je ne vais certainement pas pleurer à cause de toi.

— Billie...

Et avant qu'il ait compris ce qu'il faisait, elle fut dans ses bras. Il la tint contre son cœur, lui caressa le dos tandis que les larmes roulaient sur ses joues.

Elle pleurait avec une retenue inattendue. Billie ne faisant jamais les choses à moitié, il aurait cru que, chez elle, pleurer se manifesterait par de gros sanglots bruyants.

Il s'aperçut alors qu'elle avait dit vrai : elle n'était pas du genre à pleurer. Il la connaissait depuis vingt-trois ans, et jamais il ne l'avait vue verser une larme. Même lorsqu'elle s'était foulé la cheville et qu'elle avait dû descendre l'échelle, elle n'avait pas pleuré. L'espace d'un instant, elle avait failli, du moins le pensait-il, puis elle avait redressé les épaules et ravalé sa douleur.

Et maintenant, elle pleurait. À cause de *lui*.

— Je suis tellement désolé, murmura-t-il contre ses cheveux.

Il ignorait ce qu'il aurait pu faire différemment, toutefois cela ne semblait plus avoir d'importance. Billie pleurait, et à chaque reniflement, il avait l'impression d'entendre son propre cœur se briser.

— Je t'en prie, ne pleure pas, répéta-t-il, faute de savoir quoi dire d'autre. Tout ira bien. Je te le promets, tout ira bien.

Il la sentit hocher la tête ; le mouvement était presque imperceptible, mais cela signifiait qu'elle se ressaisissait. Il lui prit le menton, la forçant à croiser son regard, et lui sourit.

— Tu vois, je te le disais. Tout va bien.

Elle prit une inspiration tremblante.

— J'étais inquiète pour toi.

— Tu étais inquiète ? répéta-t-il, pas mécontent, et incapable de le dissimuler.

— Et en colère.

— Je sais.

— Tu es parti ! lança-t-elle.

— Je sais.

Il n'allait pas lui présenter d'excuses. Elle méritait mieux.

— Pourquoi ?

Comme il restait silencieux, elle se dégagea de son étreinte et répéta sa question.

— Pourquoi es-tu parti ?

— Je ne peux pas te le dire, répondit-il à regret.

— Tu étais avec *elle* ?

Il ne fit pas mine de ne pas comprendre.

— Très brièvement.

Il n'y avait qu'un chandelier à trois branches dans la chambre, mais cela suffit pour que George surprenne l'éclair de douleur qui traversa son regard. Il vit sa gorge se contracter lorsqu'elle déglutit.

Cependant, à la manière dont elle se tenait, les bras de nouveau refermés autour de son buste en un geste protecteur, elle aurait pu tout aussi bien avoir revêtu une armure.

— Je ne te mentirai pas, dit-il à voix basse. Je peux ne pas être capable de répondre à tes questions, mais je ne te raconterai pas d'histoires.

Il s'avança vers elle et la regarda droit dans les yeux.

— Tu m'entends ? Je ne te mentirai jamais.

Elle hocha la tête, puis quelque chose changea dans son expression. Son regard s'adoucit.

— Tu es blessé.

— Ce n'est rien.

— Il n'empêche...

Elle tendit la main vers son visage et s'arrêta juste avant de le toucher.

— Quelqu'un t'a frappé ?

Il secoua la tête. Sans doute avait-il été un peu bousculé lorsqu'on l'avait forcé à s'asseoir pour boire une pinte avec Tallywhite.

— Honnêtement, je ne m'en souviens pas. Ç'a été une soirée très étrange.

Elle entrouvrit les lèvres, sans doute pour le questionner plus avant. Au lieu de quoi, elle murmura :

— Tu n'as pas dansé avec moi.

— Et je le regrette, assura-t-il, les yeux dans les siens.

— Je voulais... J'espérais...

Elle déglutit de nouveau, et il s'aperçut qu'il retenait son souffle, attendant qu'elle poursuive.

— Je ne pense pas...

Quels que soient les mots qu'elle voulait prononcer, ils refusaient de franchir ses lèvres. George comprit qu'il devait se montrer aussi brave qu'elle.

— Ç'a été horrible, chuchota-t-il.

Les yeux de Billie s'arrondirent de surprise. Il s'empara de sa main, lui embrassa la paume.

— Sais-tu combien cela m'a été difficile de dire à Freddie Coventry qu'il pouvait danser avec toi ? Imagines-tu la torture que ça a été de le voir te prendre la main et te parler à l'oreille comme s'il avait le droit d'être près de toi ?

— Oui, souffla-t-elle. Je le sais précisément.

À cet instant, tout devint clair. Il ne pouvait faire qu'une seule chose.

Il la fit donc.

Il l'embrassa.

23

Billie n'était pas stupide. Elle savait, lorsqu'elle avait décidé d'attendre George dans sa chambre, que cela pouvait arriver. Mais ce n'était pas pour cette raison qu'elle s'était glissée silencieusement dans la pièce, tournant la poignée avec une habileté consommée afin que le mécanisme coulisse sans bruit. Ce n'était pas pour cette raison qu'elle était restée assise dans le fauteuil de George, à guetter les bruits annonçant son retour. Et ce n'était pas non plus pour cette raison qu'elle avait gardé les yeux fixés sur son lit durant tout ce temps, douloureusement consciente que c'était là qu'il dormait, là que son corps reposait alors qu'il était le plus vulnérable, là que sa femme et lui, lorsqu'il se marierait, feraient l'amour.

Non, elle n'était venue dans cette chambre que parce qu'elle avait besoin de savoir où il était allé, et pourquoi il l'avait abandonnée à Wintour House. Elle n'ignorait pas que l'inquiétude l'empêcherait de dormir jusqu'à son retour.

Mais elle avait su que cela pouvait arriver.

Et maintenant que cela arrivait… elle admettait enfin que c'était ce qu'elle désirait depuis le début.

Quand il l'attira contre lui, elle ne joua pas la surprise ni ne feignit d'être choquée. Ils étaient, et avaient toujours été, trop honnêtes l'un envers l'autre. Elle noua donc les bras autour de son cou et lui rendit son baiser avec fièvre.

Ce fut comme la première fois qu'il l'avait embrassée, et encore plus. L'étoffe de son peignoir étant beaucoup plus fine et souple que celle de ses robes, elle avait l'impression que les mains de George étaient partout sur son corps. Lorsqu'il les referma sur ses fesses, elle sentit chaque doigt s'enfoncer dans sa chair avec une impatience qui fit chanter son cœur.

Il ne la traitait pas comme une poupée de porcelaine, mais comme une femme, et elle adorait cela.

Elle perçut son érection, dure et insistante, lorsqu'il plaqua son corps contre le sien. Dire que c'était elle, Billie Bridgerton, qui en était la cause ! La pensée qu'elle rendait George Rokesby fou de désir l'enivrait et la poussait à toutes les audaces.

Elle voulait lui mordiller l'oreille, goûter au sel sur sa peau, écouter son souffle s'accélérer lorsqu'elle s'arquait contre lui… Elle voulait connaître la forme exacte de sa bouche, non par les yeux, mais par les lèvres.

Elle voulait tout de lui et le désirait de toutes les manières possibles.

— George, murmura-t-elle.

Elle le répéta, encore et encore, en ponctuation de chacun de ses baisers. Comment avait-elle pu penser un jour que cet homme était guindé et insensible ? Lorsqu'il l'embrassait, c'était un brasier. On eût dit qu'il voulait la dévorer, la consumer… la posséder.

Et Billie, qui n'avait jamais beaucoup apprécié de se laisser faire, découvrit qu'elle ne lui reprocherait pas d'y parvenir.

— Tu es si… incroyablement… belle, dit-il d'une voix entrecoupée. Ta robe, ce soir… Je n'arrive pas à croire que tu portais du rouge.

Elle ne put réprimer un sourire espiègle.

— Je ne crois pas que le blanc m'aille très bien.

« Et après cette nuit, songea-t-elle, moins que jamais ! »

— Tu ressemblais à une déesse...

Puis George s'écarta pour la couver d'un regard brûlant de passion.

— Mais sais-tu que tu me plais encore davantage en bottes et en pantalons ?

— George ! s'écria-t-elle, s'esclaffant malgré elle.

— Chuuut...

— C'est difficile de ne pas faire de bruit.

Le regard dont il l'enveloppa était celui d'un pirate sans foi ni loi.

— Je sais comment te réduire au silence.

— Oh, oui, s'il te pl...

Elle ne put achever sa phrase car il l'embrassa de nouveau, avec plus d'ardeur que jamais. Il glissa les doigts sous la ceinture de sa robe de chambre et celle-ci s'ouvrit, puis tomba sur le sol dans un frémissement soyeux.

Un frisson parcourut Billie tandis que George caressait lentement ses bras nus, depuis l'épaule jusqu'au poignet.

— Tu as un grain de beauté, murmura-t-il. Juste...

Il s'inclina pour déposer un baiser léger près de la saignée du coude.

— ... là.

— Tu l'as déjà vu, fit-elle remarquer à voix basse.

L'endroit n'avait rien d'intime, et elle portait fréquemment des robes à manches courtes.

— Mais je ne lui ai jamais rendu l'hommage qu'il méritait, répliqua-t-il avec un petit rire.

— Vraiment ?

— Mmm...

Il lui leva le bras et, le tournant à peine, feignit d'étudier la minuscule tache brune.

— C'est de toute évidence le grain de beauté le plus délicieux d'Angleterre.

Une onde de chaleur et de contentement mêlés se répandit en elle. Son corps avait beau réclamer celui de George, elle ne put s'empêcher d'encourager cette conversation taquine.

— De l'Angleterre seulement ?

— C'est-à-dire que je n'ai pas beaucoup voyagé à l'étranger...

— C'est vrai ?

— Et puis, vois-tu... il se pourrait qu'il y ait d'autres grains de beauté ici même, dans cette pièce. Tu pourrais en avoir un ici, dit-il en glissant le doigt dans le col de sa chemise de nuit. Ou là, poursuivit-il en posant sa main libre sur sa hanche.

— C'est possible, acquiesça-t-elle.

— Derrière le genou, chuchota-t-il tout contre son oreille. Tu pourrais en avoir un aussi.

Billie hocha la tête. Elle n'était pas sûre d'être encore capable de parler.

— Sur l'un de tes orteils, suggéra-t-il. Ou dans le dos.

— Tu devrais peut-être vérifier, parvint-elle à murmurer.

Il prit une inspiration profonde mais saccadée, et elle se rendit soudain compte de ce que dominer son désir lui coûtait. Alors qu'elle se grisait joyeusement de sa liberté, il livrait une bataille féroce contre lui-même. Elle pressentit, sans savoir exactement pourquoi, qu'un homme moins exceptionnel n'aurait pas eu la force de la traiter avec une telle tendresse.

— Fais-moi tienne, lui dit-elle.

Elle s'était déjà accordé à elle-même la permission de s'abandonner. À présent, elle la lui offrait à lui aussi.

Elle sentit ses muscles se contracter et, l'espace d'un instant, il parut être en proie à une vive souffrance.

— Je ne devrais pas...

— Si, tu devrais.

— Je ne serai pas capable de m'arrêter.

— Et si je ne le veux pas ?

Il s'écarta, le souffle inégal et, encadrant son visage de ses mains, il plongea son regard dans le sien.

— Tu m'épouseras, dit-il d'un ton impérieux.

Elle se contenta de hocher la tête, pressée d'en finir.

— Dis-le ! lui intima-t-il. Dis les mots.

— Je t'épouserai, chuchota-t-elle. Je te le promets.

Durant une seconde, il demeura comme pétrifié. Puis, sans même laisser à Billie le temps de prononcer son prénom, il la souleva dans ses bras et la jeta quasiment sur le lit.

— Tu es mienne, gronda-t-il.

S'appuyant sur les coudes, elle le regarda tandis qu'il tirait sa chemise de ses pantalons. Quand il la fit passer par-dessus sa tête et qu'elle découvrit son torse, elle cessa de respirer. George était beau, d'une beauté presque sculpturale. Elle savait qu'il ne passait pas ses journées à labourer la terre ou à bâtir des maisons ; il devait néanmoins se livrer à une activité physique régulière, car il était svelte et magnifiquement découplé. À la lueur des bougies, elle voyait ses muscles jouer sous sa peau.

Elle s'assit et lui tendit la main. Ses doigts la démangeaient de le caresser, de vérifier que sa peau était aussi lisse et chaude qu'elle le paraissait. Mais il se tenait juste hors de sa portée et l'enveloppait d'un regard avide.

— Tu es si belle, murmura-t-il.

Il s'approcha, toutefois, avant qu'elle puisse le toucher, il lui saisit la main et la porta à ses lèvres.

— Quand je t'ai vue dans cette salle de bal, ce soir, je crois que mon cœur s'est arrêté de battre.

— Et maintenant ? chuchota-t-elle.

Il posa la main de Billie sur son torse. Elle sentit les battements vigoureux de son cœur sous sa paume et eut l'impression qu'ils se répercutaient dans son propre corps. George était fort, solide, magnifiquement viril.

— Tu sais ce que je rêvais de faire ? reprit-il.

Elle secoua la tête, trop captivée par sa voix rauque pour répondre.

— Je rêvais de te faire pivoter et repasser la porte avant que quiconque t'ait remarquée. Je ne voulais pas te partager. Je ne le veux toujours pas, acheva-t-il, avant de dessiner de l'index le contour de ses lèvres.

Un flot brûlant déferla en elle, et elle se sentit soudain plus audacieuse, plus féminine.

— Je ne veux pas te partager non plus.

Esquissant un sourire, il promena les doigts le long de son cou, puis sur sa gorge, jusqu'à atteindre le ruban qui fermait l'encolure de sa chemise de nuit. Les yeux toujours attachés aux siens, il tira sur l'une des extrémités avec une lenteur délibérée.

Fascinée, Billie regarda ses doigts saisir délicatement le bord de l'étoffe soyeuse et la repousser d'abord sur ses épaules, puis sur le haut de ses bras. George n'allait pas tarder à la voir nue, mais elle n'éprouvait aucune pudeur, aucune crainte. Uniquement de la passion, et le désir incoercible d'aller jusqu'au bout.

Alors qu'elle relevait les yeux, il fit de même. Et dans son regard elle lut une interrogation à laquelle, sachant exactement ce qu'il lui demandait, elle répondit d'un hochement de tête. Après avoir pris une inspiration tremblée, il repoussa sa chemise de nuit sur ses seins, et la loi de la gravité fit le reste. La soie pâle s'amoncela autour de la taille de Billie, mais elle s'en aperçut à peine. George la contemplait avec une adoration qui lui coupa le souffle.

Il tendit une main tremblante, la referma sur son sein. Le frôlement de la pointe contre sa paume provoqua en elle une telle sensation qu'elle poussa un cri étouffé. Comment une telle caresse pouvait-elle lui crisper ainsi le ventre ? Elle était affamée, quoique pas de nourriture, et l'endroit secret entre ses cuisses se contractait sous l'effet de ce qui était sans doute du désir.

Était-ce ce qu'elle était censée ressentir ? Comme si elle était incomplète sans lui ?

De nouveau, elle regarda la main de George tandis qu'il la caressait. Elle était si grande, si vigoureuse, si terriblement masculine contre sa peau claire. La lenteur sensuelle de ses doigts formait un contraste étonnant avec la fièvre de ses baisers, quelques instants plus tôt. Billie avait l'impression d'être une œuvre d'art dont il étudiait chaque courbe.

Elle se mordit la lèvre, puis laissa échapper un petit gémissement quand il fit glisser l'extrémité de ses doigts sur son sein, jusqu'à n'en plus toucher que la pointe.

— Tu aimes cela, constata-t-il.

Elle acquiesça et leurs regards se croisèrent de nouveau.

— Tu aimeras encore plus ceci, murmura-t-il avant de s'incliner pour aspirer son téton entre ses lèvres.

Billie ne put retenir une exclamation de surprise. Comme il le titillait de la langue, elle le sentit durcir – ce qui ne lui arrivait que lors des froides journées d'hiver.

Jamais, cependant, elle n'avait été aussi loin d'avoir froid ! Son corps se cambra, jusqu'à ce qu'elle soit contrainte de poser les mains sur le lit, derrière elle, pour ne pas tomber.

— George ! s'écria-t-elle.

— Chuut, murmura-t-il contre sa peau. Tu ne retiens jamais une leçon, n'est-ce pas ?

— C'est toi qui me fais crier...

— Ce n'était pas un cri, répliqua-t-il avec un sourire effronté.

— Il ne s'agissait pas d'une provocation de ma part, assura-t-elle, alarmée.

Il rit, mais bien plus discrètement qu'elle.

— Je me préoccupe simplement de l'avenir, lorsque le bruit ne sera plus un problème, répondit-il.

— Il y aura quand même les domestiques !

— Qui sont à mon service.

— George !

— Lorsque nous serons mariés, poursuivit-il en entrelaçant ses doigts aux siens, nous ferons autant, ou aussi peu de bruit que nous le voudrons.

Billie sentit son visage s'empourprer.

Il lui effleura la joue d'un baiser taquin.

— Je t'ai fait rougir ?

— Tu le sais très bien, marmonna-t-elle.

— Je ne devrais sans doute pas en concevoir une telle fierté, admit-il, l'air très content de lui.

— Mais cela ne t'arrête pas.

Il porta la main de Billie à ses lèvres.

— Non, en effet.

Elle contempla son visage, heureuse, malgré les exigences taraudantes de son corps, de prendre le temps de le regarder, tout simplement. Elle lui caressa la joue, qu'un chaume de barbe rendait rugueuse. Elle suivit du doigt la ligne de ses sourcils, droite, ferme, et pourtant capable de s'arquer impérieusement, puis elle frôla ses lèvres si incroyablement douces. Combien de fois avait-elle regardé sa bouche lorsqu'il parlait sans jamais soupçonner qu'elle pouvait procurer un tel plaisir ?

— Que fais-tu ? s'enquit-il.

Ce ne fut que lorsqu'elle répondit qu'elle le sut.

— Je te mémorise.

Le souffle de George se suspendit un instant, puis, de nouveau, il captura ses lèvres, et la légèreté de l'instant céda le pas à la passion. Il fit courir sa bouche le long de son cou, laissant une traînée de feu dans son sillage et Billie se retrouva allongée sur le lit. Et soudain sa chemise de nuit glissa le long de ses jambes, et elle fut nue sous lui. Elle n'en ressentit pourtant aucune gêne. Il s'agissait de George, et elle lui faisait confiance.

Il s'agissait de George, et elle l'aimait.

Elle sentit qu'il essayait de se déboutonner puis, jurant entre ses dents, il roula sur le côté pour – ce furent ses mots – « se débarrasser de ces foutus pantalons ». Billie ne put réprimer un gloussement. Elle devina qu'il avait davantage de mal à les ôter qu'à l'accoutumée.

— Ça te fait rire ? dit-il en la défiant du regard.

— Tu devrais te féliciter de n'avoir pas eu à défaire ma robe. Trente-six boutons recouverts de tissu, rien que pour le dos.

— Je n'aurais pas survécu, rétorqua-t-il, l'œil féroce.

Alors que Billie s'esclaffait, un des boutons sauta et roula au sol, et George parvint enfin à se dégager.

Billie resta bouche bée. Au sourire carnassier de George lorsqu'il revint sur le lit, elle supposa qu'il prenait sa stupéfaction comme un compliment.

Sans doute était-ce le cas. Il s'y mêlait, cependant, une bonne dose d'effroi.

— George, commença-t-elle avec circonspection, je sais que ce sera possible parce que, bonté divine, ç'a été possible pendant des siècles. Mais je dois avouer que cela n'a pas l'air facile… pour moi, précisa-t-elle.

Il l'embrassa à la commissure des lèvres.

— Fais-moi confiance.

— Je te fais confiance, assura-t-elle. C'est de *cela* que je doute.

Billie songeait à ce qu'elle avait vu dans les écuries au fil des années. Aucune des juments n'avait jamais semblé passer un moment agréable.

En riant, George s'allongea de nouveau sur elle.

— Fais-moi confiance, répéta-t-il. Il faut simplement être sûr que tu es prête.

Billie ne savait pas vraiment de quoi il parlait ; elle éprouvait quelque difficulté à réfléchir, car il faisait des choses affolantes avec ses doigts.

— Tu l'as déjà fait avant, n'est-ce pas ?

— Quelques fois, murmura-t-il, mais là, c'est différent.

À sa question muette, il répondit simplement :

— C'est comme cela.

Il l'embrassa de nouveau tandis que sa main remontait le long de sa cuisse.

— Tu es si forte, murmura-t-il. C'est ce que j'aime chez toi.

La respiration de Billie se fit saccadée. La main de George était à présent en haut de sa cuisse, les doigts bien écartés, et son pouce frôlait sa chair intime.

— Fais-moi confiance, chuchota-t-il.

— Tu ne cesses de le répéter.

Il appuya son front contre le sien, et elle eut l'impression qu'il s'efforçait de ne pas rire.

— Je ne cesse de vouloir te convaincre. Détends-toi, ajouta-t-il, alors que ses lèvres dessinaient un chemin de baisers le long de son cou.

Billie doutait que ce fût possible jusqu'au moment où, avant de refermer de nouveau ses lèvres sur la pointe d'un sein, il lui dit :

— Arrête de penser.

Ce fut un ordre qu'elle n'eut aucun mal à suivre car lorsqu'il la caressait ainsi, elle perdait la tête.

Son corps prit le dessus et elle oublia toutes ses craintes. Ses jambes s'écartèrent, George se positionna entre elles et... oh... elle sentit son sexe contre le sien, et c'était si excitant, si divin, qu'elle n'aspira qu'à aller plus loin.

Elle n'avait jamais connu cette tension qui exigeait d'être satisfaite. Elle voulait l'enlacer plus étroitement, elle voulait le dévorer. Elle s'accrocha à ses épaules.

— George, gémit-elle, je veux...

— Que veux-tu ? murmura-t-il en glissant un doigt en elle.

Billie se cabra violemment.

— Je veux... je veux, c'est tout !

— Moi aussi, gronda-t-il.

Il écarta les pétales de sa féminité avec les doigts, et elle le sentit se presser doucement à l'orée de son sexe.

— Il paraît que c'est douloureux, murmura-t-il d'un air désolé, quoique pas très longtemps.

Elle hocha la tête. Sans doute dut-elle se raidir car, de nouveau, il murmura :

— Détends-toi.

Lentement, il entra en elle. La sensation était plus étrange qu'agréable, mais même lorsqu'elle perçut un tiraillement douloureux, Billie fut submergée par le besoin de l'attirer encore plus près, au plus profond de son intimité.

— Ça va ? demanda-t-il.

Elle hocha la tête.

— Tu en es sûre ?

Quand, de nouveau, elle hocha la tête, il donna un coup de reins pour s'enfoncer davantage.

Elle devina néanmoins qu'il se retenait.

Il avait les dents serrées, et son visage exprimait presque de la souffrance. En même temps, il psalmodiait son prénom comme si elle était une déesse et ce qu'il lui faisait – avec son sexe, ses doigts, ses lèvres, ses paroles – attisait un brasier qui menaçait de la consumer.

— George... s'il te plaît... implora-t-elle, haletante.

Le mouvement de ses hanches se fit plus rapide, et Billie éprouva le besoin irrépressible de l'accompagner.

— Billie... je ne peux plus...

Et à l'instant précis où elle se croyait incapable d'en supporter davantage, la chose la plus étrange se produisit. Son corps entier se raidit brusquement, des spasmes violents la secouèrent, et elle vola en éclats, le souffle coupé.

Ce fut indescriptible. Et parfait.

Les coups de reins de George devinrent effrénés, puis il pressa le visage au creux de son cou en étouffant un cri alors qu'il plongeait une dernière fois en elle.

— Ma place est là, chuchota-t-il.

Et elle se rendit compte qu'il avait raison.

— La mienne aussi.

24

Lorsque George descendit pour le petit déjeuner, le lendemain matin, il ne fut pas surpris d'apprendre que Billie n'était pas levée.

Il songea, non sans satisfaction, qu'elle n'avait pas eu une nuit très reposante.

Ils avaient fait l'amour trois fois et, déjà, il ne pouvait s'empêcher de se demander s'il était possible qu'elle fût enceinte. Curieusement, il n'avait jamais beaucoup réfléchi à ses futurs enfants. Il savait qu'il en aurait, bien entendu. Il hériterait un jour de Manston et de Crake House, et un devoir sacré lui imposait de donner un héritier au comté.

Pourtant, il ne s'était jamais imaginé avec ses fils dans les bras, les aidant à lire et à écrire, leur apprenant à monter à cheval et à chasser.

Ou apprenant à monter à cheval et à chasser à ses filles. Avec Billie comme mère, elles insisteraient sûrement pour imiter leurs frères. Et même si George avait passé sa jeunesse à trouver exaspérante la volonté de Billie à égaler les garçons, lorsqu'il pensait à ses filles...

Si elles voulaient chasser, pêcher et tirer au pistolet... eh bien, elles feraient mouche à tous les coups.

Encore qu'il mettrait le holà au saut de haies à l'âge de huit ans. Billie elle-même reconnaîtrait sans doute que ç'avait été absurde.

Elle serait la meilleure des mères, songea-t-il en traversant le hall en direction de la petite salle à manger. Ce n'était pas à elle que l'on amènerait ses enfants une fois par jour pour inspection. Elle les aimerait comme sa propre mère l'avait aimée, et elle rirait, taquinerait, enseignerait et gronderait, et ils seraient heureux.

Ils seraient *tous* heureux.

George ne put retenir un sourire. Il était heureux, et il avait la certitude que son bonheur irait grandissant.

Sa mère était déjà attablée lorsqu'il pénétra dans la pièce. Une tasse de thé à la main, elle parcourait un journal fraîchement repassé.

— Bonjour, George.

Il s'inclina pour embrasser la joue qu'elle lui présentait.

— Bonjour, mère.

Elle l'observa par-dessus le rebord de sa tasse en arquant un sourcil.

— Tu as l'air d'une humeur exceptionnelle, ce matin.

Comme il lui adressait un regard interrogateur, elle expliqua :

— Tu souriais lorsque tu es entré.

— Ah, murmura-t-il avec un haussement d'épaules. Je ne peux l'expliquer, je le crains.

C'était la vérité. Il ne pouvait certainement pas expliquer à sa mère pourquoi il avait eu envie de descendre l'escalier en sautillant.

— Je suppose que cela n'a rien à voir avec ton départ prématuré, hier soir ? reprit-elle après l'avoir étudié un instant.

George, qui se servait des œufs brouillés, suspendit son geste une seconde. Il avait oublié que sa mère exigerait une explication sur sa disparition. Qu'il assiste au bal des Wintour était la seule chose qu'elle lui avait demandée...

— Je ne te demandais rien d'autre que d'assister à cette soirée, dit-elle en effet d'un ton sec.

George était de trop bonne humeur pour la gâcher par des chicaneries.

— Je vous prie de me pardonner, mère. Cela ne se reproduira plus.

— Ce n'est pas *mon* pardon que tu dois obtenir.

— Il n'empêche que j'aimerais l'avoir.

— Eh bien, dit-elle, momentanément troublée par sa contrition inattendue, cela dépendra de Billie. J'insiste pour que tu lui présentes des excuses.

— C'est déjà fait.

Elle le dévisagea d'un œil aigu.

— Quand cela ?

Aïe ! George avait répondu sans réfléchir. Il prit une profonde inspiration et reporta son attention sur son assiette.

— Je l'ai vue cette nuit.

— Cette nuit ?

Il eut un geste faussement désinvolte.

— Elle était encore debout lorsque je suis rentré.

— Et quand es-tu rentré, si je puis me permettre ?

— Je ne sais pas exactement, répondit George, qui choisit de soustraire quelques heures. Minuit ?

— Nous n'étions pas à la maison avant 1 heure du matin.

— Dans ce cas, ce devait être plus tard, répliqua-t-il d'un ton amène, non sans s'émerveiller de l'effet de la bonne humeur sur la patience d'un homme. Je n'ai pas fait attention.

— Pourquoi Billie était-elle encore debout ?

Après avoir garni son assiette de quatre tranches de bacon, George alla s'asseoir.

— Cela, je l'ignore.

Lady Manston pinça les lèvres avec force.

— Je n'aime pas beaucoup cela, George. Elle doit veiller davantage à sa réputation.

— Je suis certain qu'il n'y a pas de problème, mère.

— *Toi*, au moins, tu devrais y veiller.

— Je vous demande pardon ?

— À l'instant où tu as vu Billie, tu aurais dû gagner ta chambre.

— J'ai pensé que le moment était opportun pour lui présenter mes excuses.

— Hum, fit sa mère, à court de reparties. Il n'empêche...

Avec un sourire qui n'engageait à rien, George entreprit de découper sa viande. Quelques instants plus tard, il entendit un bruit de pas qui s'approchaient. Ils paraissaient, hélas, trop lourds pour être ceux de Billie.

À juste titre, car ce fut le majordome qui s'encadra sur le seuil.

— Lord Arbuthnot demande à vous voir, lord Kennard.

— À une heure aussi matinale ? s'exclama lady Manston.

George reposa sa serviette, les sourcils froncés. Il prévoyait d'avoir à s'entretenir avec Arbuthnot au sujet des événements de la veille, mais... *maintenant* ?

Il en savait juste assez sur les engagements de lord Arbuthnot pour deviner qu'ils étaient entachés de secrets et de danger. Il était inacceptable de sa part d'être venu en parler à Manston House, et George n'aurait aucun scrupule à le lui faire remarquer.

— C'est un ami de père, dit-il en se levant. Je vais voir ce qui l'amène.

— Dois-je t'accompagner ?

— Non, non. Je suis sûr que ce n'est pas nécessaire.

L'humeur de George s'assombrit tandis qu'il se dirigeait vers le salon. L'apparition de lord Arbuthnot ce matin ne pouvait signifier que deux choses. Soit un incident était survenu après son départ du *Cygne*, la nuit passée, et il était à présent en danger – ou, pire, tenu pour responsable.

Soit, et c'était le plus plausible, hélas, Arbuthnot voulait quelque chose de lui. Qu'il transmette un autre message, probablement.

— Kennard ! le salua le général avec jovialité. Excellent travail hier soir.

— Pourquoi êtes-vous là ?

Arbuthnot parut décontenancé par sa brusquerie.

— J'avais besoin de m'entretenir avec vous. N'est-ce pas la raison pour laquelle un gentleman se rend habituellement chez un autre ?

— Il s'agit de mon domicile, siffla George.

— Est-ce une façon de dire que je ne suis pas le bienvenu ?

— Pas si votre intention est de discuter des événements de la nuit dernière. Ce n'est ni le moment ni le lieu.

— Ah. Eh bien, non, en vérité. Il n'y a rien à discuter. Tout s'est passé à merveille.

Ce n'était pas l'avis de George. Il croisa les bras et, fixant lord Arbuthnot d'un regard de défi, il attendit que celui-ci s'explique.

Après s'être raclé la gorge, le général commença :

— Je suis venu vous remercier. Et requérir votre aide pour une autre affaire.

— Non, dit George, qui n'avait pas besoin d'en entendre davantage.

Arbuthnot eut un petit rire.

— Vous n'avez même pas…

— Non, répéta George d'une voix que la fureur rendait coupante. Avez-vous la moindre idée de la manière dont cette soirée s'est terminée ?

— Il se trouve que oui.

— Vous... Pardon ?

George ne s'attendait pas à cela. Quand diable Arbuthnot avait-il eu vent de la farce qui s'était déroulée au *Cygne sans cou* ?

— C'était une mise à l'épreuve, mon garçon, dit Arbuthnot en lui assénant une claque sur l'épaule. Vous l'avez passée haut la main.

— Une mise à l'épreuve...

Si l'homme l'avait mieux connu, il aurait su que l'absence totale d'inflexion dans sa voix ne présageait rien de bon.

Mais comme Arbuthnot ne le connaissait pas très bien, ce fut avec un gloussement qu'il reprit :

— Vous ne croyez quand même pas que nous confierions des informations délicates à n'importe qui ?

— Je pensais que vous me faisiez confiance.

— Nous ne faisons confiance à personne, répliqua Arbuthnot avec une curieuse solennité. Pas même à vous. Et puis, « Pic et pic et colégram » ? Accordez-nous un peu de crédit, tout de même. Nous sommes capables d'inventer mieux que cela.

George se mordit la lèvre, assez tenté de flanquer son poing dans la mâchoire de lord Arbuthnot.

— Oublions cela, reprit le général. Nous avons besoin de vous pour livrer un paquet.

— Il est temps pour vous de partir, déclara George.

Arbuthnot eut un geste de recul.

— Cette mission est capitale.

— Tout comme l'était « Pic et pic et colégram », lui rappela George.

— Vous avez certes parfaitement le droit d'éprouver quelque rancune, reconnut le général avec condescendance. Mais maintenant que nous savons pouvoir vous faire confiance, nous avons besoin de votre aide.

George croisa les bras sans répliquer.

— Faites-le pour votre frère, Kennard.

— N'ayez pas l'indécence de le mêler à cela !

— Il est un peu tard pour prendre des airs supérieurs, rétorqua Arbuthnot d'un ton beaucoup moins affable. C'est vous qui êtes venu me trouver, je vous rappelle.

— Vous auriez pu opposer une fin de non-recevoir à ma demande d'aide.

— Comment croyez-vous que nous préparons la défaite de nos ennemis ? Vous pensez que tout n'est qu'uniformes rutilants et défilés au pas ? La véritable guerre se gagne en coulisses, et si vous êtes trop lâche...

Une seconde suffit à George pour empoigner l'homme et le clouer au mur.

— Ne commettez pas l'erreur de jouer sur ma honte éventuelle pour m'obliger à devenir votre garçon de courses, gronda-t-il.

Il crispa durement sa main sur l'épaule d'Arbuthnot, puis le relâcha brusquement.

— Je pensais que vous souhaitiez soutenir votre pays, déclara Arbuthnot en tirant sur sa redingote pour la remettre d'aplomb.

George se mordit quasiment la langue pour ne pas faire une réponse qu'il regretterait. Il aurait pu dire qu'il avait passé trois années à déplorer de n'être pas avec ses frères, de ne pas se battre au fusil ou à l'épée, de ne pas se préparer à donner sa vie pour l'Angleterre.

Il aurait pu dire qu'il s'était senti inutile, et qu'il avait eu honte d'être jugé plus précieux que ses frères uniquement à cause de son rang de naissance.

Puis il songea à Billie, à Crake House et à Aubrey Hall, et à tous les gens qui dépendaient d'eux. Il pensa aux moissons, au village et à sa sœur qui mettrait bientôt au monde le premier enfant de la nouvelle génération.

Enfin, il se rappela ce que Billie lui avait dit deux jours plus tôt.

Les yeux plongés dans ceux d'Arbuthnot, il rétorqua :

— Si mes frères sont prêts à risquer leur vie pour le roi et pour la patrie, alors je veux m'assurer que ce soit pour un roi et pour une patrie qui en vaillent la peine. Et cela n'inclut pas de transmettre des messages dont j'ignore le contenu à des personnes en qui je n'ai pas confiance.

Arbuthnot l'observa avec gravité.

— Vous n'avez pas confiance en moi ?

— Je suis furieux que vous soyez venu me relancer chez moi.

— Je suis un ami de votre père, lord Kennard. Ma présence ici ne peut guère être considérée comme suspecte. Mais ce n'est pas la question que je vous ai posée. Vous ne me faites pas confiance ?

— Je vais vous dire une chose, lord Arbuthnot : je ne pense pas que cela ait de l'importance.

George était sincère. Il ne doutait pas du fait qu'Arbuthnot avait combattu, et continuerait de se battre, pour son pays. Et il avait beau être furieux d'avoir été soumis à ce qui était un rite d'initiation version ministère de la Guerre, il savait que si Arbuthnot lui demandait de faire quelque chose, ce serait une requête légitime.

Il savait aussi – il avait enfin compris – qu'il n'était pas taillé pour ce genre de tâches. Il aurait fait un bon soldat, mais il était meilleur lorsqu'il s'agissait de gérer son domaine. Et avec Billie à son côté, il serait excellent.

Il allait se marier bientôt. Très bientôt, même, si cela dépendait de lui. Il n'avait pas à jouer les espions et à risquer sa vie sans savoir exactement pourquoi.

— Je servirai mon pays à ma façon, conclut-il.

Arbuthnot soupira avec une moue résignée.

— Très bien. Je vous remercie de vous être prêté au jeu cette nuit. Par ma faute, votre soirée a été gâchée, j'en suis conscient.

Au moment où George commençait à croire qu'il en avait enfin terminé avec lui, Arbuthnot ajouta :

— Juste une dernière requête, lord Kennard.

— Non, je...

— Écoutez-moi, l'interrompit le général. Je vous jure que je ne vous solliciterais pas si la situation n'était aussi critique. Mais je dois faire parvenir un paquet dans un relais de poste du Kent. Sur la côte. Pas très loin de chez vous, je pense.

— Arrê...

De nouveau, Arbuthnot le coupa.

— S'il vous plaît, permettez-moi de finir. Si vous acceptez, je promets de ne plus vous ennuyer. Je vais être honnête : la mission n'est pas sans risques. Des hommes savent que le colis est attendu et ils vont tenter de l'intercepter. Il se trouve que ce sont des documents d'une importance capitale.

Puis Arbuthnot décocha sa flèche ultime.

— Ils pourraient peut-être même sauver votre frère.

George devait le reconnaître, l'homme était doué. Même s'il était convaincu que ce paquet à destination du Kent n'avait rien à voir avec Edward, il se retint tout juste de donner son assentiment.

— Je ne suis pas votre homme, déclara-t-il tout net.

Cela aurait dû mettre un point final à la discussion.

Sauf qu'à cet instant la porte s'ouvrit brusquement. Billie se tenait sur le seuil, les yeux étincelants et la mine farouche.

Billie n'avait pas eu l'intention d'écouter à la porte. Alors qu'elle descendait pour prendre son petit déjeuner, les cheveux rassemblés un peu trop à la hâte tant elle était pressée de retrouver George, elle avait entendu sa voix dans le salon. Elle avait supposé qu'il s'entretenait avec sa mère – qui d'autre pouvait être à Manston House à une heure aussi matinale ? Puis elle avait entendu une autre voix d'homme, et celui-ci parlait de la nuit précédente.

De cette nuit dont George lui avait dit qu'il ne pouvait pas lui parler.

Elle n'aurait pas dû écouter mais, franchement, quelle femme se serait éloignée ?

Et quand l'homme avait demandé à George de livrer un colis, laissant entendre que cela pouvait aider Edward, elle n'avait pas pu se retenir. Il s'agissait d'Edward, que diable ! De son ami d'enfance ! Si elle était prête à dégringoler d'un arbre pour sauver un chat ingrat, elle se porterait évidemment volontaire pour déposer un paquet dans une auberge de la côte. Où serait la difficulté ? Et s'il y avait un danger, si cette mission requérait de la discrétion, n'était-elle pas la mieux placée pour l'exécuter ? Personne ne s'attendrait qu'une femme soit chargée de remettre ces documents.

Elle n'eut pas besoin de réfléchir davantage. Après avoir ouvert la porte à la volée, elle s'écria :

— Moi, je m'en charge !

— C'est hors de question, rugit George.

Billie se figea, visiblement déconcertée par sa réaction. Puis elle s'élança vers lui.

— George, nous parlons d'Edward, dit-elle d'un ton suppliant. Comment pourrions-nous ne pas tout faire pour…

Il la prit par le bras et la tira sur le côté.

— Tu n'as pas connaissance de tous les éléments, dit-il entre ses dents.

— Je n'ai pas besoin de tous les éléments.

— Comme à ton habitude, grommela-t-il.

Les yeux de Billie s'étrécirent dangereusement.

— Je peux le faire, insista-t-elle.

— J'en suis certain, mais tu ne le feras pas !

— Mais…

— Je te l'interdis.

Billie recula d'un pas.

— Tu me *l'interdis…*

Ce fut le moment que choisit Arbuthnot pour intervenir.

— Je ne crois pas que les présentations aient été faites en bonne et due forme, hier soir, dit-il avec un sourire bonhomme. Je suis lord Arbuthnot. Je…

— Sortez de chez moi, lui intima George.

— George ! s'écria Billie, manifestement choquée par sa grossièreté.

— Cette demoiselle paraît pleine de ressources, dit Arbuthnot à George d'un ton conciliant. Je pense que nous pourrions…

— Dehors !

— George ? Que signifient ces hurlements ?

Il ne manquait plus que sa mère !

— Oh, je suis désolée, lord Arbuthnot ! Je ne vous avais pas vu.

— Lady Manston, dit le général en s'inclinant. Veuillez pardonner cette visite matinale. J'avais des affaires à traiter avec votre fils.

— Lord Arbuthnot partait, justement, déclara George, qui resserra son étreinte sur le bras de Billie lorsque celle-ci commença à se tortiller.

— Lâche-moi, siffla-t-elle. Je peux peut-être me rendre utile.

— Ou peut-être pas.

Cette fois, elle tira avec tant de force qu'il fut contraint de la libérer.

— Arrête ! lui dit-elle. Tu n'as pas à me donner d'ordres.

— Bien sûr que si, répliqua-t-il, les yeux dans les siens.

Il allait être son mari, bon sang ! Est-ce que cela ne comptait pas ?

Elle tourna alors le dos aux autres et murmura :

— Mais je veux aider, George...

— Moi aussi, sauf que ce n'est pas le bon moyen.

— Il s'agit peut-être du seul !

George ferma les yeux. Était-ce un avant-goût de l'existence qui l'attendait une fois qu'il aurait épousé Billie Bridgerton ? S'exposait-il à vivre dans la terreur en se demandant chaque jour au-devant de quel danger elle allait se jeter ?

Le jeu en valait-il la chandelle ?

— George ? chuchota-t-elle.

Elle semblait mal à l'aise. Avait-elle lu quelque chose sur son visage ? Un doute ?

Il lui effleura la joue du revers de la main et plongea son regard dans le sien. Son monde tout entier était contenu dans ce dernier.

— Je t'aime, dit-il.

Quelqu'un poussa une exclamation étouffée. Sa mère, peut-être.

— Je ne peux pas vivre sans toi, poursuivit-il. Et même, je refuse de vivre sans toi. Alors, non, tu n'iras pas jusqu'à la côte pour accomplir une mission douteuse, et tu ne remettras pas un colis dangereux à des gens que tu ne connais pas. Parce que s'il t'arrivait quoi que ce soit...

Sa voix se brisa, mais il s'en moquait.

— S'il t'arrivait quoi que ce soit, cela me tuerait. Et j'aimerais croire que tu m'aimes trop pour prendre un tel risque.

Billie le dévisagea, émerveillée. Puis, les yeux humides, les lèvres tremblantes, elle murmura :

— Tu m'aimes ?

George se retint de lever les yeux au ciel.

— Évidemment.

— Tu ne me l'as jamais dit.

— J'aurais dû.

— Tu ne l'as pas fait. Je m'en souviendrais.

— Moi aussi, dit-il à voix basse, je m'en souviendrais si tu me l'avais dit un jour.

— Je t'aime, articula-t-elle. Je t'aime tant ! Je...

— Le Ciel soit loué ! s'exclama lady Manston.

George et Billie tournèrent la tête avec un bel ensemble. Peut-être n'était-ce pas le cas de Billie, mais lui avait complètement oublié qu'ils n'étaient pas seuls.

— Avez-vous idée du mal que je me suis donné pour en arriver là ? poursuivit lady Manston. Ma parole, j'ai cru que j'allais devoir vous pousser à coups de trique !

— Quoi ? s'exclama George, stupéfait.

— Sibylla ? enchaîna sa mère à l'adresse de Billie. Franchement ? T'ai-je jamais appelée Sibylla ?

George regarda Billie à son tour, et celle-ci cligna des yeux à plusieurs reprises.

Lady Manston s'approcha de la jeune fille et coinça une mèche derrière son oreille.

— J'ai attendu longtemps de pouvoir t'appeler « ma fille ».

Billie fronça les sourcils, perplexe.

— Mais j'ai toujours cru que... que vous pensiez à Edward. Ou à Andrew.

Lady Manston secoua la tête en souriant.

— Ça a toujours été George, ma chérie. Pour moi, en tout cas.

Puis elle s'adressa à son fils d'un ton nettement moins affable.

— Tu lui as demandé sa main, j'espère.

— Il se peut même que je l'aie exigée, admit George.

Il jeta un coup d'œil circulaire dans la pièce.

— Qu'est-il arrivé à lord Arbuthnot ?

— Il a pris congé lorsque vous avez commencé à vous déclarer votre amour, expliqua sa mère.

Finalement, le vieux général était peut-être capable de davantage de discrétion que George ne l'avait pensé.

— Pourquoi était-il là, au fait ? s'enquit lady Manston.

— Rien d'important, assura George, qui se tourna ensuite vers sa fiancée.

— Rien d'important, confirma-t-elle.

— Ma foi, reprit lady Manston avec un sourire radieux, je suis très impatiente d'annoncer la nouvelle à tout le monde. Les Billington donnent un bal la semaine prochaine et...

— Ne pouvons-nous pas juste rentrer à la maison ? demanda Billie.

— Mais tu t'es tellement amusée, hier soir, répliqua lady Manston. George, elle n'a pas manqué une seule danse. Tout le monde l'a adorée.

— Je ne suis pas le moins du monde surpris, assura-t-il avec un sourire.

— Nous pouvons annoncer les fiançailles au bal des Billington, insista sa mère. Ce sera un triomphe.

Billie tendit la main pour saisir celle de George.

— C'en est déjà un.

— Tu es sûre ? lui demanda-t-il.

Il se rappelait la vive appréhension de Billie lorsqu'il avait été question de son entrée dans le monde. Rien n'aurait plu davantage à George que de rentrer dans le Kent ; elle méritait cependant de profiter de son succès.

— Certaine. C'était grisant. Et c'est agréable de savoir que si jamais je dois aller dans le monde, non seulement je me débrouillerai bien, mais j'y prendrai du plaisir. Ce n'est pas ce que j'aime, néanmoins. Je préférerais être à la maison.

— Et porter des pantalons ? demanda-t-il d'un ton taquin.

— Seulement si je dois travailler dans les champs, répliqua-t-elle avant de se tourner vers lady Manston. Une future comtesse doit savoir se conduire convenablement.

La mère de George eut un petit rire.

— Tu feras une excellente comtesse, Billie, même si j'espère que cela n'arrivera pas trop vite.

— Pas avant des années et des années, acquiesça Billie avec chaleur.

Les yeux de lady Manston étaient embués lorsqu'elle se tourna vers George.

— Quant à toi, mon fils, cela fait longtemps que je ne t'ai pas vu aussi heureux.

— Je le suis. Je regrette juste que…

— Tu peux prononcer son nom, dit doucement sa mère lorsqu'il s'interrompit.

— Je sais.

Il s'inclina pour l'embrasser sur la joue.

— Il va falloir qu'Edward se résigne à manquer notre mariage, parce que je n'attendrai pas qu'il rentre à la maison.

— Non, je pense que cela vaut mieux, déclara lady Manston, sur un tel ton que Billie rougit furieusement.

George, qui lui tenait toujours la main, la porta à ses lèvres.

— Nous le retrouverons, cependant. Je le promets.

— Je suppose donc que nous retournons dans le Kent, dit sa mère. Nous pourrions même partir aujourd'hui si vous le souhaitez.

— Oh, je ne demande pas mieux ! s'écria Billie. Vous croyez que ma mère sera surprise ?

— Pas le moins du monde.

Billie en resta un instant bouche bée.

— Quoi ? Mais je détestais George !

— Non, ce n'est pas vrai, assura-t-il.

— Tu me portais sur les nerfs !

— Et toi, tu m'horripilais.

— Eh bien, tu...

— C'est un concours ? les coupa lady Manston, l'air incrédule.

George regarda Billie, et quand elle sourit, son cœur se dilata.

— Non, murmura-t-il en l'enlaçant. Nous formons une équipe.

Un tel amour brillait dans le regard de Billie qu'il en eut presque le souffle coupé.

— Mère, continua-t-il sans quitter sa fiancée des yeux, vous souhaiterez peut-être quitter la pièce à présent.

— Je te demande pardon ?

— Je vais embrasser Billie.

Sa mère étouffa un cri.

— Tu ne peux pas faire cela !

— Je suis à peu près certain que si.

— George, vous n'êtes pas encore mariés !

— Raison de plus pour hâter les choses, murmura-t-il.

— Billie, allons-y, déclara lady Manston en reportant son attention sur ce qu'elle considérait à l'évidence comme le maillon faible.

Billie se contenta de secouer la tête.

— Je suis désolée, mais, comme George l'a dit, nous formons une équipe.

Et parce qu'il s'agissait de Billie Bridgerton, laquelle ne répugnait jamais à prendre l'initiative, elle plongea les doigts dans les cheveux de George pour attirer sa bouche vers la sienne.

Et parce qu'il s'agissait de George Rokesby et qu'il allait l'aimer pour le restant de ses jours, il lui rendit son baiser.

Épilogue

Crake House, quelques mois plus tard

— Les résultats sont nets et sans bavure, déclara Billie après avoir additionné une dernière colonne de chiffres. J'ai gagné.

George leva les yeux de son livre, sans pour autant changer de position dans le lit – un grand lit confortable qu'elle avait fait recouvrir d'une étoffe verte quelques semaines après leur mariage.

Billie n'avait pas vu le titre de l'ouvrage, mais George lisait toujours avant de se coucher, et elle aimait le voir si attaché à ses habitudes. C'était une des raisons pour lesquelles ils s'entendaient parfaitement.

— De quoi s'agit-il, cette fois ? s'enquit-il.

Elle savait qu'il se montrait complaisant ; toutefois, les chiffres alignés devant elle lui faisaient tellement plaisir qu'elle choisit de ne pas y prêter attention.

— De la récolte d'orge, répondit-elle. Celle d'Aubrey Hall est supérieure de... attends...

Tout en se mordillant la lèvre inférieure, elle procéda à quelques opérations supplémentaires.

— De 1,1 pour cent !

— Quel triomphe.

Billie pinça les lèvres, quoique sans parvenir à dissimuler son amusement.

— Tu as tenu compte du fait qu'il y a davantage d'hectares plantés en orge à Aubrey Hall ? reprit-il.

— Bien sûr ! Franchement, George...

— Puis-je te rappeler, dit-il en souriant, que tu vis ici, à Crake House ? Et que ton nom est désormais Billie Rokesby ?

— Je serai toujours une Bridgerton au fond de mon cœur. Enfin, corrigea-t-elle lorsqu'il fit la grimace, une Bridgerton *et* une Rokesby.

George soupira. Quoique très discrètement.

— Je suppose que tu ne prévois pas de faire profiter Crake House de tes prodigieux talents ?

Ce n'était pas la première fois que Billie éprouvait une bouffée de reconnaissance envers George. Il n'avait pas fait d'objection lorsqu'elle lui avait annoncé qu'elle voulait continuer de travailler à Aubrey Hall. Son mari était vraiment un homme peu ordinaire. Il la comprenait, et il lui arrivait de penser qu'il était peut-être le seul.

— Mon père a encore besoin de moi, répondit-elle. Du moins jusqu'à ce qu'Edmund soit prêt à assumer ses responsabilités.

George descendit du lit pour la rejoindre.

— Ce jour-là, l'intendant de ton père sera ravi de pouvoir enfin justifier ses gages.

— Je suis meilleure que lui.

— Cela va sans dire !

Elle lui donna une petite tape sur le bras, puis soupira d'aise lorsqu'il s'inclina pour l'embrasser dans le cou.

— Je devrais te remercier, murmura-t-elle.

Elle le sentit esquisser un sourire contre sa peau.

— Me remercier de quoi ?

— De tout, en vérité. Mais surtout d'être toi.

— Dans ce cas, ne vous gênez pas, lady Kennard.

— Je vais essayer d'en faire un peu moins, promit-elle.

George avait raison. Elle n'avait probablement pas besoin de s'investir autant pour Aubrey Hall. En outre, au train où ils allaient, elle ne tarderait pas à être enceinte. De gré ou de force, il lui faudrait renoncer à son travail là-bas.

Elle écarta un peu la tête de manière à voir le visage de George.

— Cela t'ennuierait si je jouais un rôle plus actif ici, à Crake House ? Dans la gestion des terres, pas seulement de la maison ?

— Bien sûr que non ! Nous serions ravis de...

George s'interrompit lorsqu'on frappa à la porte.

— Entrez !

— Un messager, milord, annonça un valet de pied, manifestement troublé.

— À cette heure de la nuit ? s'étonna Billie.

Le domestique présenta une lettre.

— Elle est adressée à lord Manston, mais il est...

— ... à Londres, acheva George à sa place en allant chercher la lettre en question. Je vais la prendre.

— Il a dit que c'était urgent. Sinon, je ne me permettrais pas...

— Il n'y a pas de problème, Thomas, assura Billie. Si c'est urgent, il est plus important d'en prendre connaissance que de chercher à joindre lord Manston.

George glissa l'index sous le cachet de cire, mais il ne rompit pas immédiatement le sceau.

— Le messager attend-il une réponse ?

— Non, milord. Je l'ai toutefois envoyé à la cuisine pour qu'on lui serve un repas chaud.

— C'est parfait, Thomas. Vous pouvez disposer.

Le valet de pied quitta la chambre, et Billie se retint de s'approcher de son mari pour lire par-dessus son épaule. Tôt ou tard, il lui ferait part du contenu de cette missive.

Elle l'observa tandis qu'il la parcourait. Mais il ne déchiffra que les premières lignes avant de relever les yeux, la bouche entrouverte. Le cœur de Billie cessa de battre, et elle sut ce qu'il allait dire avant même que ses lèvres ne forment les mots.

— Edward est vivant.

UN PETIT MENSONGE

Traduit de l'anglais (États-Unis)
par Léonie Speer

À Nana Vaz de Castro, qui a lancé une tendance.
C'est une bonne chose, probablement, que les milk-shakes
Ovomaltine de Bob n'existent pas aux États-Unis.

Et à Paul, également. Il y a sans doute une certaine ironie
dans le fait que j'aie écrit sur un mari imaginaire
alors que tu étais absent trois mois pour cause d'ascension
de l'Everest. Mais cette montagne est réelle.
Et toi aussi. Et nous aussi.

1

Île de Manhattan, juin 1779

Il avait mal au crâne.

Il avait même *très* mal au crâne.

Difficile cependant de définir précisément cette douleur. Peut-être avait-il reçu une balle de mousquet. C'était plausible, vu qu'il se trouvait à New York (ou était-ce le Connecticut ?) et qu'il était capitaine dans l'armée de Sa Majesté.

Après tout, c'était la guerre.

Sauf que ce martèlement particulier, qui lui donnait l'impression de recevoir des coups de canon sur le crâne – pas simplement des boulets, mais le canon lui-même –, semblait indiquer que l'attaque venait d'un instrument plus contondant qu'une balle.

D'une enclume, peut-être. Lâchée d'une fenêtre du premier étage.

Toutefois, si l'on voulait voir le bon côté des choses, une douleur comme celle-ci devait signifier qu'il n'était pas mort. Ce qui était également plausible au vu des raisons, citées plus haut, pour lesquelles il aurait pu recevoir une balle.

Durant cette guerre, des gens mouraient, et avec une régularité alarmante.

Donc, chose appréciable, il n'était pas mort. Néanmoins, il n'était pas certain de l'endroit où il se trouvait.

L'étape suivante aurait naturellement consisté à ouvrir les yeux. Mais la lueur qui filtrait à travers ses paupières closes laissait supposer qu'il faisait grand jour, et que la lumière était aveuglante.

Aussi garda-t-il les yeux fermés.

En revanche, il écouta.

Il n'était pas seul. S'il ne comprenait aucune conversation en particulier, il percevait un bourdonnement assourdi de paroles et de mouvements. Des gens se déplaçaient, posaient des objets sur des tables, tiraient peut-être une chaise sur le sol.

Quelqu'un gémissait de douleur.

La plupart des voix étaient masculines, mais il y avait au moins une femme à proximité. Elle se trouvait même suffisamment près pour qu'il entende sa respiration. Des bruits légers accompagnaient ses gestes : elle semblait arranger au passage sa couverture et lui tâter le front du dos de la main.

Il aimait ces petits bruits, ces « mmm » et ces soupirs presque imperceptibles qu'elle n'avait sans doute pas conscience de laisser échapper. Et elle sentait bon – un mélange de citron, de savon… et de labeur.

Cette odeur, il la connaissait. Il l'avait déjà perçue sur lui-même, bien que fugitivement. La plupart du temps, en effet, elle se transformait très vite en puanteur.

Chez cette femme, cependant, elle évoquait agréablement la terre. Qui était-ce, celle qui se montrait aussi attentionnée ?

— Comment va-t-il, aujourd'hui ?

Edward se tint parfaitement immobile. Cette voix masculine était nouvelle, et il n'était pas sûr de vouloir faire savoir qu'il était réveillé.

Sans trop savoir pourquoi.

— Toujours pareil, fut la réponse de la femme.

— Je suis inquiet. S'il ne se réveille pas bientôt...

— Je sais, le coupa-t-elle avec une curieuse pointe d'irritation dans la voix.

— Avez-vous réussi à lui faire boire du bouillon ?

— Quelques cuillères seulement. J'ai eu peur qu'il ne s'étrangle si j'insistais.

L'homme émit un vague grognement d'approbation.

— Rappelez-moi depuis combien de temps il est dans cet état ?

— Une semaine. Quatre jours avant mon arrivée, et trois jours depuis.

Une semaine... Et l'on était en mars ? En avril ?

Non... Février, peut-être. Et il se trouvait sans doute à New York, pas dans le Connecticut.

Ce qui n'expliquait pas, toutefois, pourquoi sa tête était si effroyablement douloureuse. Manifestement, il avait eu un accident. À moins qu'il n'ait été attaqué ?

— Il n'y a eu vraiment aucun changement ? répéta l'homme.

La femme le lui avait pourtant dit. Mais elle devait être plus patiente qu'Edward, car elle répondit d'une voix claire et calme :

— Non, aucun.

L'homme émit un son qu'Edward ne parvint pas à interpréter.

— Euh... commença la femme avant de se racler la gorge, avez-vous des nouvelles de mon frère ?

Son frère ? Qui était son frère ?

— Hélas, non, madame Rokesby !

Mme Rokesby ?

— Cela fait maintenant trois mois, dit-elle à voix basse.

Mme Rokesby ? Edward souhaitait de toutes ses forces qu'ils en reviennent à ce point. À sa connaissance, il n'y avait qu'un Rokesby en Amérique du Nord, et c'était lui. Alors, si elle était Mme Rokesby...

— Je pense qu'il vaudrait mieux consacrer toute votre énergie à soigner votre mari, conseilla la voix masculine.

Son mari ? C'était lui, son mari ? Mais il était impossible qu'il soit marié ! Comment aurait-il pu être marié et ne pas se le rappeler ?

Alors qui était cette femme ?

Le cœur d'Edward s'emballa. Que diable lui arrivait-il ?

— Il ne vient pas d'émettre un bruit ? s'enquit l'homme.

— Je... je ne crois pas.

La femme s'activa soudain. Elle toucha Edward, d'abord sur la joue, puis la poitrine, et malgré son inquiétude manifeste, ses gestes étaient aisés et apaisants.

— Edward ? murmura-t-elle en s'emparant de sa main.

Elle la caressa à plusieurs reprises, du bout des doigts.

— Edward ? Vous m'entendez ?

Il aurait dû répondre, vu l'inquiétude qui transparaissait dans sa voix. Un gentleman ne se devait-il pas de tout faire pour soulager la détresse d'une femme ?

— À mon avis, il est perdu, déclara l'homme, avec un manque de délicatesse qu'Edward jugea inconvenant.

— Il respire toujours, rétorqua la femme d'une voix glaciale.

L'homme ne dit rien, mais son visage dut afficher une certaine pitié parce qu'elle répéta, beaucoup plus fort cette fois :

— Il respire toujours !

— Madame Rokesby…

Edward sentit sa main presser la sienne – doucement, toutefois il eut la sensation d'être touché jusqu'à l'âme.

— Tant qu'il respirera, colonel, dit-elle avec une calme détermination, je serai là. Il m'est peut-être impossible d'aider Thomas, mais…

Thomas… Thomas Harcourt ! Ce devait être sa sœur, Cecilia. Edward la connaissait bien.

Enfin, pas vraiment. Il ne l'avait jamais rencontrée, en vérité, et pourtant il avait l'impression de la connaître. Elle écrivait à son frère avec une diligence qui n'avait pas son égale dans tout le régiment. Avec une sœur unique, Thomas recevait deux fois plus de courrier qu'Edward, qui comptait trois frères et une sœur.

Cecilia Harcourt ! Que diable faisait-elle en Amérique du Nord ? Elle était censée se trouver dans le Derbyshire, dans cette petite ville que Thomas avait tant aspiré à quitter. Il y avait des sources chaudes… Matlock ? Non, Matlock Bath.

Edward n'y était jamais allé, néanmoins l'endroit semblait charmant. Pas de la manière dont Thomas le décrivait, bien sûr ; lui aimait l'agitation de la grande ville et n'avait eu de cesse d'entrer dans l'armée pour quitter son village. Mais Cecilia était différente. Dans ses lettres, elle parvenait à rendre si vivante la petite ville du Derbyshire qu'Edward était presque persuadé qu'il aurait reconnu ses voisins s'il s'était rendu là-bas.

Cecilia avait un esprit redoutable. Thomas riait tellement lorsqu'il recevait ses missives qu'Edward avait fini par lui demander de les lire à voix haute.

Et puis un jour, alors que Thomas rédigeait une réponse, Edward l'avait interrompu si souvent que son ami avait fini par lui tendre la plume.

— Écris-lui, toi, avait-il proposé.

Edward s'était exécuté. Pas en son nom, bien sûr. Jamais il n'aurait écrit directement à Mlle Harcourt, car ç'aurait été d'une inconvenance caractérisée. Il prit cependant l'habitude de griffonner quelques lignes à la fin des lettres de Thomas. À son tour, elle ajouta quelques lignes à son intention dans chacune de ses réponses.

Thomas possédait une miniature d'elle. Il avait prévenu Edward qu'elle datait de plusieurs années, mais cela n'empêcha pas ce dernier de scruter le portrait de la jeune femme et de s'interroger. Ses cheveux étaient-ils réellement de cette remarquable couleur dorée ? Souriait-elle vraiment ainsi, les lèvres closes et l'air énigmatique ?

Il en doutait un peu. Elle ne lui paraissait pas être le genre de femme à avoir des secrets, et il l'imaginait plutôt avec un sourire facile et lumineux. Edward en était même venu à souhaiter la rencontrer une fois cette maudite guerre terminée. Il n'en avait toutefois pas soufflé mot à Thomas. L'aveu aurait paru étrange.

Et voilà que Cecilia Harcourt était là, dans les Colonies ! La chose semblait n'avoir aucun sens. Cela dit, qu'est-ce qui en avait encore un ? Il était blessé à la tête, Thomas semblait avoir disparu et… et il avait apparemment épousé Cecilia Harcourt.

Il ouvrit les yeux et s'efforça de distinguer le visage de la femme penchée sur lui.

— Cecilia ?

Cecilia avait eu trois jours pour imaginer les premiers mots que prononcerait Edward Rokesby lorsqu'il se réveillerait enfin. Parmi toutes les suppositions, la plus pertinente était selon elle : « Qui diable êtes-vous ? »

Car contrairement à ce que croyait le colonel Stubbs, et contrairement à ce que pensait tout le monde dans cet hôpital militaire de fortune, son nom n'était pas Cecilia Rokesby, mais Cecilia Harcourt ; et elle n'était absolument pas mariée au séduisant homme brun au chevet duquel elle se tenait.

Quant à la raison de ce quiproquo...

N'avait-elle pas déclaré qu'elle était sa femme devant son supérieur, deux soldats et un employé ?

Sur le moment, l'idée lui avait paru bonne.

Cecilia ne s'était pas rendue à New York à la légère. Elle avait bien conscience des dangers qu'il y avait à voyager dans les Colonies en guerre, pour ne rien dire de la traversée de l'Atlantique capricieux. Mais son père était mort, puis elle avait appris que Thomas avait été blessé, après quoi son détestable cousin était venu rôder autour de Marswell.

Si elle ne pouvait rester dans le Derbyshire, elle n'avait aucun endroit où aller.

Alors, prenant sans doute la décision la plus audacieuse de sa vie, elle avait fermé la maison, enterré l'argenterie dans le jardin de derrière, et réservé sa place sur un bateau qui partait de Liverpool pour New York. À son arrivée, cependant, Thomas s'était révélé introuvable.

Elle avait néanmoins réussi à localiser son régiment. Hélas, personne n'avait pu la renseigner, et lorsqu'elle avait insisté, l'officier s'était débarrassé d'elle comme d'un insecte agaçant. On l'avait ignorée ou regardée de haut, et on lui avait probablement menti. Ses ressources étaient à présent réduites à presque rien. Elle ne prenait plus qu'un repas par jour, et la chambre qu'elle occupait dans une pension de famille était contiguë à celle d'une femme qui était peut-être une prostituée. (Qu'elle eût des relations était une certitude ; restait à savoir si elle était payée ou pas. Cecilia espérait qu'elle l'était parce que son activité, quelle qu'elle fût, semblait éreintante.)

Sur ces entrefaites, après six jours d'impasse, Cecilia avait surpris une conversation entre deux soldats. Quelques jours plus tôt, on avait amené à l'hôpital un homme inconscient, blessé à la tête. Il s'appelait Rokesby.

Edward Rokesby. Ce ne pouvait être que lui.

Si Cecilia ne l'avait jamais vu, c'était le meilleur ami de son frère, et elle avait presque l'impression de le connaître. Elle savait, par exemple, qu'il était originaire du Kent, qu'il était le deuxième fils du comte de Manston, qu'il avait un jeune frère dans la marine et un autre à Eton. Sa sœur était mariée mais n'avait pas d'enfants, et la chose qui lui manquait le plus en Amérique, c'était la gelée de groseilles de leur cuisinière.

Son frère aîné s'appelait George, et elle avait été surprise lorsque Edward avait admis ne pas lui envier son statut d'héritier. Comme il le lui avait écrit un jour, la responsabilité d'un comté vous ôtait toute liberté. Sa place à lui était dans l'armée, et son rôle de se battre pour son roi et pour son pays.

Une personne extérieure aurait pu être choquée par le degré d'intimité de leur correspondance, mais Cecilia avait appris que la guerre rendait les hommes philosophes. Peut-être était-ce pour cette raison qu'Edward Rokesby avait pris l'habitude d'ajouter des petits mots à la fin des lettres de Thomas. Il y avait quelque chose de réconfortant à partager ses pensées avec un inconnu. Se montrer courageux était plus facile lorsqu'on était assuré de ne jamais se retrouver face à la personne dans un salon.

Du moins était-ce l'hypothèse de Cecilia. Peut-être qu'Edward Rokesby écrivait exactement les mêmes choses à sa famille et à ses amis restés dans le Kent. Elle avait appris par son frère qu'il était « quasiment fiancé » à sa voisine. Il devait donc certainement lui envoyer des lettres, à elle aussi.

Leurs échanges n'avaient pas été d'emblée directs. Tout avait commencé par des remarques de Thomas : *Edward dit ceci et cela* ou *Le capitaine Rokesby m'oblige à souligner que...*

Ces premières citations étaient très amusantes et Cecilia, isolée à Marswell entre un flot grandissant de factures et un père indifférent, n'avait pas boudé le plaisir inattendu qu'elles lui procuraient. Elle avait répondu de la même manière, ajoutant dans sa lettre quelques phrases ici et là : *S'il te plaît, dis au capitaine Rokesby...* Puis, plus tard : *Je ne peux m'empêcher de penser que le capitaine Rokesby trouverait divertissant de...*

Un jour, elle découvrit un paragraphe écrit d'une main différente dans la dernière lettre de son frère. Il ne s'agissait guère que de salutations accompagnées d'une description de fleurs sauvages, mais elle était signée : *Bien à vous, capitaine Edward Rokesby.*

Bien à vous !

Elle n'avait pu s'empêcher de sourire jusqu'aux oreilles, avant de se traiter d'idiote. Elle soupirait après un homme qu'elle n'avait jamais rencontré.

Un homme qu'elle ne rencontrerait probablement jamais.

C'était néanmoins irrépressible. Le soleil estival avait beau briller au-dessus des lacs du Derbyshire, en l'absence de son frère, la vie à Marswell lui semblait éternellement grise. Les jours se succédaient, mornes et quasiment identiques. Cecilia s'occupait de la maison, elle gérait les comptes, elle prenait soin de son père – qui ne lui en savait aucun gré. De temps à autre, les villageois se réunissaient dans la salle commune ; la moitié des hommes de son âge s'étant enrôlés, il y avait deux fois plus de femmes que d'hommes pour danser.

Aussi, quand le fils d'un comte lui écrivit pour lui parler de fleurs sauvages, son cœur fit une petite cabriole.

Néanmoins si elle avait décidé de se rendre à New York, c'était en pensant à son frère et non à Edward Rokesby.

Quand le messager lui avait remis la lettre du commandant de Thomas, ç'avait été le pire jour de sa vie.

La missive était adressée à son père, bien sûr. Après avoir remercié le messager, Cecilia avait veillé à ce qu'on lui offre un repas, sans faire allusion au fait que Walter Harcourt était mort subitement trois jours plus tôt. Elle avait emporté le pli dans sa chambre et, une fois la porte verrouillée, elle l'avait regardé longuement, les mains tremblantes, avant de trouver le courage de briser le cachet de cire.

Sa première réaction avait été de soulagement. Elle était tellement certaine qu'on lui annonçait la mort de Thomas, tellement convaincue qu'il n'existait plus au monde un seul être qu'elle chérissait, qu'une blessure paraissait presque miraculeuse.

C'est alors que son cousin Horace était arrivé.

Cecilia n'avait pas été surprise qu'il assiste aux obsèques de son père. Après tout, cela se faisait, même lorsqu'on ne cultivait pas de relations particulièrement étroites avec sa famille. Mais l'enterrement achevé, Horace était resté. Il était exaspérant. Il ne parlait pas, il pontifiait. Et Cecilia ne pouvait faire deux pas sans qu'il se glisse derrière elle pour l'assurer de sa vive et inquiète sollicitude.

Pire, il ne cessait de faire allusion à Thomas et aux dangers qu'un soldat affrontait dans les Colonies. Comme ils seraient tous soulagés lorsqu'il reviendrait en tant que propriétaire légitime de Marswell !

Ce qui sous-entendait, bien sûr, que s'il ne revenait pas, c'était Horace qui en hériterait.

La loi était si stupide, si injuste ! Cecilia savait qu'elle était censée honorer ses ancêtres mais, bonté divine, si elle avait pu remonter le temps et retrouver son arrière-arrière-grand-père, elle lui aurait tordu le cou. Il avait acheté la terre, fait bâtir la maison et, dans son rêve de grandeur dynastique, avait imposé un strict régime de substitution héréditaire. Marswell passerait de père en fils et, faute d'héritier mâle, il reviendrait au cousin le plus proche. Peu importait que Cecilia eût vécu là toute sa vie, qu'elle connût chaque coin et recoin de ce domaine où les domestiques la respectaient et lui faisaient confiance. Si Thomas mourait, le cousin Horace accourrait du Lancashire et raflerait tout.

Cecilia avait tenté de lui dissimuler la blessure de Thomas. Ce genre de nouvelle était cependant impossible à garder secrète. Un voisin bien intentionné avait dû dire quelque chose, car Horace n'avait pas attendu vingt-quatre heures, après les obsèques, pour déclarer qu'en tant que membre masculin de la famille le plus proche, il lui incombait de s'assurer du bien-être de Cecilia.

Il était évident, selon lui, qu'ils devaient se marier.

« Non ! avait songé Cecilia, horrifiée. Non, certainement pas. »

— Il faut être réaliste, lui avait-il dit en s'avançant vers elle. Vous êtes seule. Vous ne pouvez pas rester indéfiniment à Marswell sans chaperon.

— J'irai chez ma grand-tante, avait-elle répliqué.

— Chez Sophie ? Elle est pratiquement sénile.

— Mon autre grand-tante. Dorcas.

Horace l'avait dévisagée, les yeux étrécis.

— Je ne pense pas connaître une tante Dorcas.

— Cela n'a rien d'étonnant. C'est la tante de ma mère.

— Et où vit-elle ?

Nulle part, puisqu'elle n'existait que dans l'imagination de Cecilia. Toutefois, la mère de sa mère étant écossaise, Cecilia avait répondu :

— À Édimbourg.

— Vous quitteriez votre maison ?

Si cela pouvait lui éviter un mariage avec Horace, oui.

— Je vais vous faire entendre raison, avait grommelé Horace, et sans lui laisser le temps de réagir, il l'avait embrassée.

Cecilia l'avait giflé. Il l'avait giflée en retour et, une semaine plus tard, elle prenait le bateau pour New York.

Durant les cinq semaines qu'avait duré le voyage, elle avait eu le temps de réfléchir à sa décision, voire de la regretter. Elle ne voyait toutefois pas ce qu'elle aurait pu faire d'autre. Elle ne comprenait pas pourquoi Horace était si désireux de l'épouser puisqu'il avait, de toute façon, de bonnes chances d'hériter de Marswell. Peut-être avait-il des problèmes d'argent et besoin d'un toit. S'il l'épousait, il pourrait emménager aussitôt, puis croiser les doigts pour que Thomas ne revienne jamais.

Cecilia avait bien conscience qu'un mariage avec son cousin aurait été la solution la plus raisonnable. Si Thomas mourait, cela lui permettrait de rester dans cette maison familiale qu'elle chérissait et de la transmettre à ses enfants.

Mais, juste Ciel, ces enfants seraient aussi ceux d'Horace, et la perspective de partager le lit de cet homme… ou même de vivre avec cet homme…

Impossible. Même pour conserver Marswell.

Cependant, la situation de Cecilia était précaire. Certes, Horace n'avait aucun moyen de l'obliger à accepter sa demande, en revanche, il pouvait lui rendre l'existence très pénible. Et il avait raison sur un point : elle ne pouvait rester indéfiniment à Marswell sans chaperon. Elle était majeure – tout juste, puisqu'elle avait vingt-deux ans – et, vu les circonstances, ses amis et voisins lui accorderaient un répit. Cependant, une jeune femme vivant seule constituait une incitation aux commérages. Si Cecilia se souciait de sa réputation, elle allait devoir partir.

C'était d'une ironie qui lui donnait envie de hurler. Pour ne pas entacher son nom, elle était obligée de franchir l'Océan. Il lui fallait juste s'assurer que personne, dans le Derbyshire, ne l'apprendrait.

Mais Thomas était son frère aîné, son protecteur, son meilleur ami. Pour lui, elle entreprendrait un voyage qu'elle savait dangereux, et peut-être vain. Là-bas, les hommes mouraient plus souvent d'infection que de leurs blessures. Elle avait conscience que son frère pourrait fort bien ne plus être de ce monde lorsqu'elle atteindrait New York.

Elle n'était simplement pas préparée à sa disparition au sens littéral du terme.

Elle était prise dans ce maelström de contrariété et d'impuissance quand elle entendit parler de la blessure d'Edward. Mue par le besoin farouche d'aider quelqu'un, n'importe qui, elle s'était rendue à l'hôpital sans attendre. À défaut de soigner son frère, elle soignerait le meilleur ami de celui-ci. Au moins, elle ne serait pas venue à New York pour rien.

L'hôpital était installé dans une église réquisitionnée par l'armée britannique. Et lorsqu'elle demanda à voir Edward, on lui répondit sans ménagement que c'était hors de question. Le capitaine Rokesby était officier et fils de comte, expliqua une sentinelle au visage en lame de couteau. Un personnage de cette importance ne recevait pas de visiteurs issus de la plèbe.

Cecilia essayait encore de comprendre ce que diable cet homme voulait dire par là lorsqu'il ajouta d'un air hautain que les seules personnes autorisées à voir le capitaine Rokesby appartenaient au personnel militaire ou à sa famille.

Et c'est alors que Cecilia répliqua :

— Je suis sa femme.

Une fois ces mots prononcés, il n'y avait plus moyen de revenir en arrière.

Rétrospectivement, elle trouva stupéfiant qu'il l'ait crue. Sans doute aurait-elle été rembarrée si le supérieur d'Edward ne s'était trouvé là. Quoique loin d'être aimable, le colonel Stubbs savait qu'Edward et Thomas étaient amis ; il n'avait donc pas été surpris d'apprendre qu'Edward avait épousé la sœur de ce dernier.

Avant même d'avoir eu le temps de réfléchir, Cecilia se retrouva en train d'inventer une histoire de cour épistolaire et de mariage par procuration sur le bateau.

Elle fut la première surprise que personne ne mette sa parole en doute. Néanmoins, elle ne regrettait pas ses mensonges. Il était incontestable que l'état d'Edward s'était amélioré grâce à ses soins. Elle épongeait son front lorsqu'il avait des accès de fièvre, et elle le déplaçait – dans la mesure de ses forces – pour lui éviter des escarres. Certes, elle avait vu plus de son anatomie qu'il n'était séant pour une jeune fille célibataire, mais elle voulait croire que les règles de la bonne société étaient suspendues en temps de guerre.

De toute façon, personne ne le saurait jamais.

C'était du moins ce qu'elle se répétait, pour tâcher de s'en convaincre, au moins une fois toutes les heures. Ne se trouvait-elle pas à des centaines de milles du Derbyshire ? Toutes les personnes qu'elle connaissait la croyaient chez sa grand-tante célibataire. En outre, les Harcourt n'évoluaient pas dans les mêmes cercles que les Rokesby. Edward était sans doute un sujet d'intérêt dans les cercles mondains, mais pas elle. Et il paraissait impossible que l'on entende parler du deuxième fils du comte de Manston dans sa petite ville de Matlock Bath.

Quant à ce qu'elle ferait quand il se réveillerait...

Eh bien, en toute honnêteté, elle l'ignorait. Quoi qu'il en soit, parmi la centaine d'hypothèses qui lui avaient traversé l'esprit, aucune n'impliquait qu'Edward la reconnaisse.

— Cecilia ? répéta-t-il.

Il battit des paupières et elle se figea, fascinée qu'elle était par le bleu intense de ses yeux.

Elle aurait pourtant dû le savoir.

Et pourquoi aurait-elle connu la couleur de ses yeux ? C'était ridicule.

Il n'empêche, c'était le genre de chose qu'elle aurait dû savoir.

— Vous êtes réveillé, murmura-t-elle.

Elle essaya d'en dire davantage, mais les mots s'étranglèrent dans sa gorge. Submergée par une émotion à laquelle elle ne s'attendait pas, elle lutta pour reprendre son souffle. Elle s'inclina et posa une main tremblante sur son front, sans trop savoir pourquoi, vu qu'il n'avait plus de fièvre depuis deux jours. Elle avait toutefois un besoin irrépressible de le toucher, de s'assurer qu'il était bel et bien vivant.

— Allez chercher le docteur, ordonna le colonel Stubbs.

— C'est vous qui irez, rétorqua Cecilia, se ressaisissant enfin. Je suis sa f...

Les mots moururent sur ses lèvres. Elle était incapable de prononcer ce mensonge devant Edward.

Le colonel Stubbs comprit néanmoins, et après avoir marmonné quelques mots, il s'éloigna à grands pas.

— Cecilia ? répéta Edward. Que faites-vous là ?

— Je vous raconterai tout dans un instant, murmura-t-elle précipitamment.

Le colonel ne tarderait pas à revenir et elle préférait éviter de s'expliquer devant un public. Elle ne pouvait toutefois pas prendre le risque qu'Edward la trahisse, aussi ajouta-t-elle :

— Pour le moment, faites...

— Où suis-je ? la coupa-t-il.

Cecilia saisit une couverture inutilisée. Il avait besoin d'un autre oreiller, mais ceux-ci étant rares, une couverture pliée ferait l'affaire. Après avoir aidé Edward à se redresser un peu, elle la cala dans son dos.

— Vous êtes à l'hôpital.

Il jeta un regard dubitatif autour de lui.

— Avec des vitraux ?

— C'est une église. Enfin, c'était une église. Elle a été transformée en hôpital.

— Mais où ? demanda-t-il d'une voix un peu trop pressante.

Cecilia s'immobilisa, déconcertée. Puis elle tourna la tête, juste assez pour que leurs yeux se croisent.

— Nous sommes à New York.

Il fronça les sourcils.

— Je pensais que j'étais...

Elle attendit.

— Vous pensiez quoi ? l'encouragea-t-elle.

— Je ne sais pas, souffla-t-il, le regard dans le vague. J'étais...

Son visage se tordit, comme si cet effort de réflexion était douloureux.

— J'étais censé aller dans le Connecticut.

Cecilia se redressa lentement.

— Vous y êtes allé.

— Vraiment ?

— Oui. Vous y avez passé plus d'un mois.

— Comment ?

Un éclair passa dans son regard. D'effroi, peut-être.

— Vous ne vous en souvenez pas ?

Il cligna des yeux à plusieurs reprises.

— Plus d'un mois, vous êtes sûre ?

— C'est ce que l'on m'a dit. Je venais juste d'arriver.

— Plus d'un mois, répéta-t-il. Comment est-il possible que...

— Vous ne devez pas vous agiter, l'interrompit Cecilia en s'emparant de sa main.

Ce geste sembla l'apaiser. En tout cas, il l'apaisa, elle.

— Je ne me rappelle pas... J'étais dans le Connecticut ?

Son regard se fit aigu et l'étreinte de sa main devint presque inconfortable.

— Comment suis-je revenu à New York ?

Cecilia haussa les épaules en signe d'ignorance.

— Je ne sais pas. J'étais à la recherche de Thomas et j'ai appris que vous étiez ici. On vous a trouvé près de Kip's Bay, la tête ensanglantée.

— Vous étiez à la recherche de Thomas...

Elle put quasiment voir les rouages de son cerveau tourner à toute allure avant qu'il ajoute :

— Pourquoi étiez-vous à la recherche de Thomas ?

— On m'a informée qu'il avait été blessé. Il demeure cependant introuvable et...

Le souffle d'Edward se fit haletant.

— Quand nous sommes-nous mariés ?

Cecilia ouvrit la bouche, mais elle eut beau faire, elle ne parvint qu'à balbutier des mots sans suite. Pensait-il vraiment qu'ils étaient mariés ? Alors qu'il ne l'avait jamais vue avant aujourd'hui ?

— Je ne me rappelle pas, lâcha-t-il.

— Vous ne vous rappelez pas quoi ? demanda-t-elle avec circonspection, consciente de l'incongruité de la question.

Il leva vers elle un regard affolé.

— Je ne sais pas.

Elle aurait dû essayer de l'apaiser, elle le savait, pourtant elle se contenta de le dévisager, effarée. Il avait les yeux creux et sa peau blême avait viré au gris. Il agrippa le drap comme s'il s'agissait d'un canot de sauvetage, et Cecilia fut saisie de l'envie irrésistible de l'imiter. La pièce autour d'eux semblait s'être réduite à un tunnel étroit.

Elle n'arrivait plus à respirer, et il lui paraissait sur le point de s'évanouir.

Elle s'obligea à croiser son regard pour poser la seule question qui subsistait :

— Vous souvenez-vous de quelque chose ?

2

Notre casernement ici, à Hampton Court Palace, est tolérable – plus que tolérable, je suppose, même si cela n'a rien à voir avec le confort de la maison. Les officiers sont logés par deux dans des appartements où chacun a sa chambre. Nous avons donc un peu d'intimité. On m'a donné comme compagnon un autre lieutenant, un nommé Rokesby. C'est le fils d'un comte, figure-toi...

De Thomas Harcourt à sa sœur Cecilia

Edward étouffait. Il avait l'impression que son cœur luttait pour jaillir de sa poitrine et il n'avait qu'une pensée en tête : sortir de ce lit. Il devait comprendre ce qui se passait. Il devait...

— Arrêtez ! s'écria Cecilia en lui agrippant les poignets pour tenter de l'en empêcher. Vous devez vous calmer.

— Laissez-moi me lever, rétorqua-t-il alors même qu'un vestige de lucidité lui soufflait qu'il n'aurait su où aller.

— Je vous en prie...

Elle appuya de tout son poids sur les poignets d'Edward.

— Attendez un peu... Reprenez votre souffle.

Il la regarda, haletant.

— Que se passe-t-il ?

Elle déglutit, puis jeta un regard circulaire.

— Nous devrions attendre l'arrivée du docteur.

Mais Edward était trop agité pour l'écouter.

— Quel jour sommes-nous ? demanda-t-il.

Elle tressaillit, comme prise de court.

— Vendredi.

— La date !

Elle hésita, puis répondit d'un ton prudent :

— Nous sommes le 25 juin.

Le cœur d'Edward reprit sa chamade effrénée.

— Quoi ?

— Si vous vouliez seulement attendre le...

— Ce n'est pas possible ! s'exclama-t-il en se débattant pour se redresser. Vous vous trompez.

Elle secoua la tête.

— Je ne me trompe pas.

— Non. Non, répéta-t-il, éperdu. Colonel ! Docteur ! Quelqu'un !

— Edward, arrêtez !

Elle s'efforça de le retenir lorsqu'il jeta les jambes hors du lit.

— Je vous en prie, attendez que le médecin arrive.

Il tendit un bras tremblant vers un homme à la peau sombre qui balayait le sol.

— Vous, là-bas ! Quel jour sommes-nous ?

L'homme interrogea Cecilia du regard.

— Quel jour sommes-nous ? s'entêta Edward. Le mois. Dites-moi quel mois.

Après un nouveau coup d'œil à Cecilia, l'homme répondit :

— On est en juin, monsieur. À la fin du mois.

— Non, murmura Edward, qui se laissa retomber sur le lit. Non.

Il ferma les yeux, luttant contre la douleur qui lui vrillait le crâne, et essaya de rassembler ses pensées. Il devait y avoir un moyen... S'il se concentrait suffisamment, s'il s'attachait de toutes ses forces à la dernière chose qu'il se rappelait...

Rouvrant brusquement les yeux, il fixa Cecilia.

— Je ne me souviens pas de vous.

Elle avala visiblement sa salive, au bord des larmes. Il aurait dû en éprouver des remords. N'était-ce pas sa femme ? Mais elle lui pardonnerait sans doute. Il devait impérativement comprendre ce qui se passait.

— Quand vous vous êtes réveillé, chuchota-t-elle, vous avez prononcé mon prénom.

— Je sais qui vous êtes. C'est juste que je ne vous reconnais pas.

Frémissante, elle repoussa une mèche de cheveux derrière son oreille avant de serrer les mains l'une contre l'autre. Sa nervosité sautait aux yeux. C'est alors qu'une pensée saugrenue traversa l'esprit d'Edward. La jeune femme ne ressemblait pas vraiment à la miniature que possédait son frère. Elle avait une grande bouche pulpeuse, très éloignée de l'arc délicat et mystérieux du portrait ; et ses cheveux n'étaient pas blonds – du moins, pas de ce blond céleste rendu par le peintre. Ils étaient châtain clair, assez semblables à ceux de Thomas, en vérité, quoique tirant moins sur l'auburn. Sans doute passait-elle moins de temps que lui au soleil.

— Vous êtes bien Cecilia Harcourt ? demanda-t-il.

Il venait de se rendre compte qu'elle ne le lui avait pas confirmé.

— Oui, bien sûr.

— Et vous êtes ici, à New York... Pourquoi ? ajouta-t-il en la scrutant.

Son regard se perdit de l'autre côté de la salle, et elle eut un petit mouvement de la tête.

— C'est compliqué.

— Mais nous sommes mariés, dit-il sans vraiment savoir s'il s'agissait d'une constatation ou d'une question.

Non sans réticence, elle s'assit sur le bord du lit. Edward ne pouvait lui reprocher son hésitation car il s'était débattu comme un animal pris au piège. Elle ne devait pas manquer de force pour avoir réussi à le maîtriser.

Ou alors, il était très faible.

Cecilia déglutit comme si elle se préparait à avouer quelque chose de difficile.

— Il faut que vous sachiez...

— Que s'est-il passé ici ?

Elle sursauta et tous deux tournèrent les yeux vers le colonel Stubbs, qui traversait l'église à grands pas, le médecin sur ses talons.

— Pourquoi ces couvertures sont-elles par terre ?

Cecilia se leva, cédant sa place au docteur.

— Il s'est débattu, expliqua-t-elle. Il est désorienté.

— Je ne suis pas désorienté ! protesta vivement Edward.

Il aurait voulu sauter à la gorge de ce médecin. Pourquoi était-ce Cecilia qu'il regardait ? N'était-ce pas *lui* le patient ?

— Il semblerait qu'il ait perdu...

Elle se mordit la lèvre tandis que son regard passait d'Edward au médecin. Elle ne savait que dire, et c'était compréhensible.

— Madame Rokesby ? dit le médecin d'un ton encourageant.

« Madame Rokesby », encore. Il était donc marié. Comment diable était-ce possible ?

— Eh bien, dit-elle lentement, sans doute à la recherche des mots adéquats, je crois qu'il ne se rappelle pas... C'est-à-dire...

— Allez-y, bon sang ! intima le colonel Stubbs.

Edward se retrouva presque hors du lit sans même en avoir eu conscience.

— Votre ton, colonel, gronda-t-il.

— Non, non, intervint Cecilia. Ce n'est rien. Le colonel ne voulait pas me manquer de respect. Nous sommes tous nerveux.

Edward aurait levé les yeux au ciel si elle n'avait choisi cet instant pour poser doucement la main sur son épaule. La chemise qu'il portait était fine, presque élimée, et il perçut la pression à la fois ferme et délicate de ses doigts.

Ce geste contribua à le calmer. Si sa colère ne s'évapora pas comme par magie, il parvint à prendre une profonde et lénifiante inspiration – juste de quoi ne pas prononcer de paroles irréparables.

— Edward n'était pas certain de la date, reprit Cecilia d'une voix qui gagnait en assurance. Il se croyait en...

— Pas en juin, déclara Edward, vers qui elle s'était tournée.

Les sourcils froncés, le médecin lui prit le poignet et, tout en hochant la tête, vérifia son pouls. Puis il examina les yeux d'Edward.

— Mes yeux n'ont rien, marmonna ce dernier.

— Quelle est votre dernier souvenir, capitaine Rokesby ? interrogea le médecin.

Edward ouvrit la bouche avec la ferme intention de répondre à cette question. Mais son esprit était comme une étendue d'eau étale. Aucune pensée, aucun souvenir n'en troublait la surface.

Contrarié, il empoigna le drap. Comment était-il censé recouvrer la mémoire s'il n'était même pas sûr de ce dont il se souvenait ?

— Faites un effort, Rokesby, grommela le colonel Stubbs.

— J'essaye !

Le prenaient-ils pour un idiot ? Croyaient-ils vraiment qu'il ne faisait aucun effort ? Ils n'avaient pas la moindre idée de ce qui se passait dans sa tête, de ce que l'on ressentait lorsque la mémoire n'était plus qu'un vaste espace vide.

— Je ne sais pas, finit-il par murmurer.

Il s'exhorta à se reprendre. Il était un soldat, nom de nom, il avait été entraîné à rester calme face au danger.

— Je crois que… peut-être… je devais aller dans la colonie du Connecticut.

— Vous êtes allé dans la colonie du Connecticut, déclara le colonel Stubbs. Vous vous en souvenez ?

Edward fit non de la tête. Il s'y efforçait pourtant, il voulait se rappeler, mais il n'y avait rien. Simplement la vague idée que quelqu'un lui avait demandé d'aller là-bas.

— C'était une mission importante, insista le colonel. Nous attendons beaucoup de ce que vous pourrez nous dire.

— Eh bien, ce ne sera pas maintenant, je crois, répliqua Edward non sans amertume.

— Je vous en prie, ne le harcelez pas, intervint Cecilia. Il vient à peine de se réveiller.

— Votre sollicitude est tout à votre honneur, répliqua le colonel. Mais il s'agit d'affaires militaires d'une importance vitale, et elles ne peuvent être différées pour cause de mal de tête. Accompagnez Mme Rokesby à l'extérieur, ordonna-t-il en avisant un soldat. Elle reviendra lorsque nous aurons fini d'interroger le capitaine.

C'était hors de question !

— Ma femme restera à mon côté, déclara Edward avec force.

— On ne peut pas livrer des informations aussi sensibles devant elle.

— Ce n'est pas vraiment un problème puisque je n'ai rien à vous dire.

Cecilia se glissa entre le colonel et le lit.

— Vous devez lui laisser le temps de retrouver la mémoire.

— Mme Rokesby a raison, fit remarquer le médecin. Des cas comme celui-ci sont rares ; il est toutefois très probable que les souvenirs lui reviendront, du moins en grande partie.

— Quand ? demanda le colonel Stubbs.

— Je ne saurais le dire. Entre-temps, nous devons lui offrir toute la paix et la tranquillité possibles.

— Non, protesta Edward.

La paix et la tranquillité étaient les dernières choses dont il avait besoin.

Ce n'était pas ainsi qu'il menait sa vie. Si l'on voulait atteindre l'excellence, il fallait travailler dur, s'entraîner, s'exercer, et pas s'avachir dans un lit en comptant sur un peu de paix et de tranquillité.

Il tourna les yeux vers Cecilia. Elle le connaissait. Peut-être ne se rappelait-il pas son visage, mais ils avaient échangé des lettres pendant plus d'un an. Elle savait qu'il était incapable de rester allongé à ne rien faire.

— Cecilia, vous comprenez, sûrement.

— Je pense que le docteur a raison, déclara-t-elle calmement. Si vous acceptiez juste de vous reposer…

Edward secouait déjà la tête. Ils se trompaient, tous. Ils ne…

Bon sang ! La douleur qui lui vrilla le crâne était insoutenable.

— Que se passe-t-il ? s'alarma Cecilia. Que lui arrive-t-il ?

La dernière chose qu'il vit avant de fermer les yeux, ce fut son expression affolée.

— Ma tête, hoqueta-t-il.

Il devait l'avoir secouée trop fort. C'était comme si son cerveau ne cessait plus de heurter sa boîte crânienne.

— Vous vous rappelez quelque chose ? demanda le colonel Stubbs d'un ton pressant.

— Non, espèce de...

Edward s'interrompit avant de prononcer une insulte impardonnable.

— C'est juste horriblement douloureux.

— Cela suffit, décréta Cecilia. Je ne vous permettrai pas de le questionner davantage.

— Comment cela, vous ne me le « permettrez » pas ? répliqua le colonel Stubbs. Je suis son supérieur.

Edward n'osa rouvrir les yeux, et le regretta ; il aurait vraiment aimé voir la tête du colonel lorsque Cecilia riposta :

— Vous n'êtes pas mon supérieur à moi.

— S'il vous plaît, fit la voix du médecin, et Edward sentit qu'il s'inclinait vers lui. Pouvez-vous ouvrir les yeux ?

Edward fit un signe négatif de la tête, prudent, cette fois. Il avait l'impression que la seule manière de combattre la douleur, c'était de garder les paupières closes.

— Cela arrive avec les blessures à la tête, murmura le médecin. Elles peuvent mettre un certain temps à guérir, et le processus est souvent très douloureux. Je crains que tenter de forcer la nature ne soit vain.

— Je comprends, répondit Edward à contrecœur.

— C'est plus que ce dont les médecins peuvent se vanter, observa le docteur.

Sa voix parut plus lointaine, comme s'il s'était détourné pour s'adresser à quelqu'un d'autre.

— Il y a beaucoup de choses que nous ignorons sur les blessures au cerveau. En vérité, je parie que cela dépasse largement ce que nous savons.

Edward ne trouva pas cette déclaration très rassurante. Le médecin continua alors en lui tapotant le bras :

— Votre femme s'est fort bien occupée de vous. Je recommande qu'elle continue, si possible hors de l'hôpital.

— Hors de l'hôpital ? répéta Cecilia.

Les yeux toujours fermés, Edward perçut une note de panique dans sa voix.

— Il n'a plus de fièvre, et sa blessure est en bonne voie de cicatrisation. Je ne vois aucun signe d'infection.

Edward porta la main à sa tête et tressaillit.

— À votre place, je m'abstiendrais, conseilla le docteur.

S'étant obligé à entrouvrir les paupières, Edward regarda ses doigts. Il s'attendait plus ou moins à y voir du sang.

— Je ne peux pas le retirer de l'hôpital, reprit Cecilia.

— Tout ira bien, déclara le médecin d'un ton rassurant. Il ne peut pas espérer de meilleurs soins que ceux de sa femme.

— Non, vous ne comprenez pas. Je n'ai aucun endroit où l'emmener.

— Où demeurez-vous en ce moment ? s'enquit Edward, se rappelant subitement qu'il s'agissait de son épouse et qu'il était responsable de sa sécurité et de son bien-être.

— Je loue une chambre. Ce n'est pas loin. Mais il n'y a qu'un lit.

Pour la première fois depuis son réveil, Edward fut tenté de sourire.

— Un seul petit lit, précisa-t-elle. Vos pieds pendraient à l'extérieur.

Puis, comme personne n'intervenait assez vite pour dissiper son malaise manifeste, elle ajouta :

— Il s'agit d'une pension pour femmes. Il n'y serait pas admis.

Edward se tourna vers le colonel Stubbs avec une incrédulité grandissante.

— Ma femme est logée dans une pension ?

— Nous ne savions pas qu'elle était ici, répliqua le colonel.

— Vous le savez depuis trois jours, de toute évidence.

— Elle était déjà installée...

Une fureur froide le gagnait. Edward savait ce que valaient les pensions pour femmes à New York. Peu importait qu'il ne se rappelle pas leur mariage, Cecilia était son épouse, bon sang ! Et l'armée la laissait vivre dans un endroit douteux ?

Il avait été élevé en gentleman – en Rokesby ! – et certaines offenses étaient inadmissibles. Il oublia sa souffrance, il oublia même qu'il avait perdu la mémoire. Ne demeura que le fait que sa femme, celle qu'il avait juré de chérir et de protéger, avait été scandaleusement négligée par ceux-là mêmes auxquels il vouait sa vie depuis trois ans.

Ce fut d'une voix impérieuse qu'il ordonna :

— Vous lui trouverez un autre logement.

Stubbs haussa les sourcils. Tous deux savaient qui était le colonel et qui n'était que simple capitaine, mais Edward ne se laissa pas impressionner. Il avait accompli une grande partie de sa carrière militaire en taisant volontairement ses origines aristocratiques. En la circonstance, toutefois, il n'eut aucun scrupule à les invoquer.

— La dame ici présente est l'honorable Mme Edward Rokesby.

Le colonel Stubbs ouvrit la bouche, mais Edward n'avait pas terminé.

— Il s'agit de mon épouse, et de la belle-fille du comte de Manston, continua-t-il d'un ton tranchant. Sa place n'est pas dans une pension.

Visiblement mal à l'aise, Cecilia tenta d'intervenir.

— J'y suis très bien, je vous assure.

— Je n'en crois rien, rétorqua Edward sans quitter des yeux le colonel Stubbs.

— Nous lui trouverons un logement plus convenable, déclara ce dernier à contrecœur.

— Ce soir même, exigea Edward.

À en juger par son expression, le colonel trouva cette requête déraisonnable. Un silence tendu s'ensuivit.

— Nous pouvons l'installer à *La Tête du diable*, finit-il par proposer.

Edward acquiesça. L'auberge de *La Tête du diable* accueillait essentiellement des officiers britanniques, et elle était considérée comme le meilleur établissement de ce genre à New York. Ce n'était certes pas la panacée, mais, sauf à trouver un appartement privé, Edward n'imaginait pas de lieu plus souhaitable. La capacité d'accueil de la ville était désespérément insuffisante, et on avait l'impression que la moitié des ressources de l'armée était consacrée à trouver un lit pour les soldats. *La Tête du diable* n'aurait pas convenu à une femme voyageant seule ; en revanche, en tant qu'épouse d'officier, Cecilia y serait protégée et respectée.

— Montby part demain, reprit le colonel Stubbs. Sa chambre est assez grande pour vous deux.

— Qu'il s'installe avec un autre officier, intima Edward. Ma femme a besoin d'une chambre dès ce soir.

— Demain suffira, assura Cecilia.

Edward ne l'écouta pas.

— Ce soir !

Le colonel inclina la tête.

— Je parlerai à Montby.

Ce fut au tour d'Edward d'incliner brièvement la tête. Il connaissait le capitaine Montby. Comme tous les officiers, il n'hésiterait pas un instant à céder sa chambre s'il s'agissait d'assurer la sécurité d'une jeune femme de bonne famille.

— Entre-temps, reprit le médecin, le capitaine Rokesby doit demeurer calme et serein. Rien ne doit le contrarier, ajouta-t-il à l'intention de Cecilia.

— J'ai du mal à m'imaginer plus contrarié que je ne le suis maintenant, commenta Edward.

Le médecin sourit.

— Si vous retrouvez le sens de l'humour, c'est bon signe.

Edward s'abstint de lui faire remarquer qu'il ne plaisantait pas.

— Nous nous occuperons de vous faire transférer demain, dit le colonel Stubbs, avant de se tourner vers Cecilia. D'ici là, mettez-le au courant de tout ce qu'il a manqué. Peut-être que cela stimulera sa mémoire.

— Excellente idée, approuva le médecin. Je suis sûr que votre mari voudra savoir comment vous vous êtes retrouvée à New York, madame Rokesby.

— Bien, docteur.

— Et rappelez-vous, ne le contrariez pas. Pas davantage, en tout cas, ajouta-t-il en lançant un regard indulgent à Edward.

Le colonel Stubbs donna quelques indications à Cecilia pour préparer son installation à *La Tête du diable*. Puis les deux hommes laissèrent Edward seul avec sa femme. Enfin, aussi seul qu'on pouvait l'être dans une église pleine de soldats alités.

Il regarda Cecilia qui se tenait, l'air incertaine, près de son lit.

Sa femme. Bon sang !

Il ne comprenait toujours pas comment la chose était possible, mais ce devait être vrai. Le colonel Stubbs semblait y croire, or c'était un homme attaché à la légalité. En outre, il s'agissait de Cecilia Harcourt, la sœur de son meilleur ami. S'il devait se retrouver marié à une femme qu'il pensait n'avoir jamais rencontrée, il n'y avait pas mieux qu'elle.

Il n'empêche que c'était le genre de chose dont il aurait dû se souvenir.

— Quand nous sommes-nous mariés ? s'enquit-il.

Elle regardait vers l'extrémité du transept, et il n'était pas sûr qu'elle l'ait entendu.

— Cecilia ?

— Il y a quelques mois, répondit-elle en lui faisant face. Vous devriez dormir.

— Je ne suis pas fatigué.

— Non ?

Avec un sourire tremblant, elle se laissa tomber plutôt qu'elle ne s'assit sur la chaise près du lit.

— Je suis épuisée.

— Je suis désolé, dit-il aussitôt.

Il aurait voulu se lever, lui prendre la main, bref, agir en gentleman.

— Je n'y ai pas songé.

— Vous n'en avez guère eu l'occasion, le railla-t-elle.

Il resta un instant interdit. Puis la pensée lui vint que c'était là la Cecilia Harcourt qu'il connaissait si bien. Du moins le croyait-il. Certes, il ne se rappelait pas avoir jamais vu son visage, mais il retrouvait le ton de ses lettres, qu'il avait gardées contre son cœur durant les pires moments de la guerre.

Il lui était arrivé de s'interroger : n'était-ce pas curieux qu'il attende avec plus d'impatience les missives qu'elle adressait à Thomas que celles que lui envoyait sa propre famille ?

— Pardonnez-moi, reprit-elle, j'ai un sens de l'humour totalement déplacé.

— Il me plaît.

Dans son regard, il crut déceler une pointe de reconnaissance.

Ses yeux étaient d'une couleur étonnante – un vert d'écume de mer si pâle qu'en d'autres temps, on l'aurait prise pour une créature féerique. Ce qui aurait été une erreur, car il n'avait jamais rencontré de personne plus fiable et pragmatique. Si tant est qu'on puisse parler de « rencontre » à leur propos.

Elle porta soudain la main à sa joue, l'air gênée.

— J'ai quelque chose sur le visage ? demanda-t-elle.

— Je vous regarde, c'est tout.

— Il n'y a pas grand-chose à voir.

— Je me dois de vous contredire, sourit-il.

Elle rougit, et il se rendit compte qu'il flirtait avec sa propre épouse. C'était étrange et, en même temps, c'était peut-être la chose la moins étrange de la journée.

— Si seulement je me souvenais... commença-t-il.

Il aurait voulu se rappeler leur première rencontre. Ainsi que leur mariage. Et leurs baisers, aussi.

À son tour, elle le dévisagea, puis l'invita à poursuivre en disant à mi-voix :

— Edward ?

— De tout, dit-il d'un ton plus cassant qu'il n'en avait eu l'intention. Je voudrais me souvenir de tout.

— Cela viendra, j'en suis certaine.

Dans le sourire qu'elle esquissa, il y avait quelque chose de faux. En fait, il n'atteignait pas ses yeux. Ce fut alors qu'Edward en prit conscience : à aucun moment, elle n'avait soutenu son regard. Que lui cachait-elle ? Lui en avait-on dit davantage sur son état qu'il ne le croyait ? Mais quand ? Elle n'avait pas quitté son chevet depuis qu'il s'était réveillé.

— Vous ressemblez à Thomas, lâcha-t-il abruptement.

— Vous trouvez ? s'étonna-t-elle. Personne ne semble le penser. Enfin, sauf pour les cheveux.

D'un geste sans doute machinal, elle porta la main à son chignon épinglé sans recherche, d'où s'échappait une petite mèche qui lui caressait la joue. Edward ne put s'empêcher de s'interroger sur la longueur de sa chevelure lorsqu'elle était dénouée.

— Je ressemble à ma mère, ajouta-t-elle. C'est du moins ce que l'on m'a dit, car je ne l'ai pas connue. Thomas tient davantage de notre père.

— Ce n'est pas tant les traits que les expressions.

— Je vous demande pardon ?

— Voilà !

Edward sourit, avec l'impression d'être un peu plus vivant qu'il ne l'était quelques instants plus tôt.

— Vous avez les mêmes expressions que Thomas. Quand vous dites : « Je vous demande pardon ? », vous inclinez la tête exactement de la même manière que lui.

— Il vous demande donc pardon si souvent ? s'enquit-elle, moqueuse.

— Pas aussi souvent qu'il le devrait, répliqua-t-il, ce qui la fit rire.

— Oh, merci ! dit-elle ensuite. Je n'avais pas ri depuis… je ne sais même pas depuis combien de temps.

— Vous n'en avez guère eu l'occasion, dit-il doucement, reprenant ses propres termes.

Puis, tendant la main, il s'empara de la sienne.

Elle déglutit tout en secouant la tête et, l'espace d'un horrible instant, Edward crut qu'elle allait pleurer. Il savait néanmoins qu'il ne pouvait rester silencieux.

— Qu'est-il arrivé à Thomas ? reprit-il.

Elle prit une profonde inspiration.

— On m'a écrit qu'il avait été blessé et qu'on l'avait transporté à New York. J'étais inquiète – vous le comprendrez aisément, j'imagine, dit-elle en jetant un coup d'œil dans la salle. Il n'y a pas assez de personnel pour soigner les blessés. Je ne voulais pas que mon frère soit seul.

— Je suis surpris que votre père vous ait autorisée à entreprendre un tel voyage, avoua Edward après une pause.

— Mon père est mort.

— Je suis désolé, dit Edward, atterré. Il semblerait que mon tact se soit évaporé en même temps que ma mémoire.

Encore qu'en vérité, il n'aurait pu le deviner. Elle portait une robe rose, rien n'indiquait donc qu'elle était en deuil.

Elle dut surprendre son regard sur sa toilette, car elle reprit d'un air contrit :

— Je sais, je devrais être en noir. Mais je n'ai qu'une seule robe noire et elle est en drap de laine épais. J'aurais rôti comme un poulet si je l'avais portée ici.

— Nos uniformes sont plutôt inconfortables durant l'été, admit Edward.

— Oui, Thomas y faisait allusion dans ses lettres. C'est ce qui m'a incitée à ne pas l'emporter.

— Vous êtes sûrement plus jolie en rose, déclara Edward.

Le compliment parut la surprendre, ce dont il ne s'étonna pas. S'il était certes banal, il semblait étrangement saugrenu dans cet hôpital – une église – en pleine guerre.

Si l'on ajoutait à cela sa perte de mémoire et cette épouse inattendue, son existence n'aurait pu prendre un tour plus bizarre.

— Merci, souffla Cecilia, avant de s'éclaircir la voix. Mais vous parliez de mon père. Vous avez raison, il ne m'aurait pas autorisée à aller à New York. Il avait beau ne pas être le plus consciencieux des pères, il s'y serait fermement opposé. Encore que…

Elle laissa échapper un petit rire étranglé.

— … je ne sais pas combien de temps se serait écoulé avant qu'il ne remarque mon absence.

— Je vous assure que n'importe qui remarquerait votre absence.

— Vous n'avez pas connu mon père, répliqua-t-elle après lui avoir lancé un regard oblique. Du moment que la maison est bien, pardon, *était* bien tenue, il ne remarquait rien d'autre.

Edward opina lentement. Thomas ne lui avait pas beaucoup parlé de Walter Harcourt, mais ce qu'il lui en avait dit confirmait la description de Cecilia. Plus d'une fois, Thomas avait déploré que leur père réduise Cecilia à l'état de gouvernante non rémunérée. Il fallait qu'elle se marie, disait son frère, qu'elle quitte Marswell et qu'elle ait enfin une existence à elle.

Thomas avait-il joué les entremetteurs ? Pour Edward, il ne pensait à rien de tel lorsqu'il avait prononcé ces paroles.

— Votre père a été victime d'un accident ?

— Non. Cela a été néanmoins soudain. Il faisait la sieste dans son bureau…

Elle eut un petit haussement d'épaules attristé avant d'ajouter :

— … et il ne s'est pas réveillé.

— Le cœur ?

— D'après le médecin, on ne peut avoir de certitude. En vérité, cela a-t-il vraiment de l'importance ?

Elle tourna vers lui un visage empreint d'une sagesse presque douloureuse, et Edward aurait juré qu'il la ressentait. C'était à cause de ses yeux, de leur couleur, de leur clarté... Lorsqu'ils plongeaient dans les siens, il avait l'impression que son souffle était aspiré hors de son corps.

Est-ce que ce serait toujours ainsi ?

Était-ce la raison pour laquelle il l'avait épousée ?

— Vous avez l'air fatigué, continua-t-elle. Vous allez dire que vous ne l'êtes pas, je le sais, ajouta-t-elle avant qu'il ne l'interrompe, il n'empêche que vous en avez l'air.

Mais Edward ne voulait pas dormir. Il ne supportait pas la pensée d'autoriser son esprit à glisser de nouveau dans l'inconscience. Il avait déjà perdu tellement de temps. Il voulait se remémorer chaque moment, chaque souvenir.

— Vous ne m'avez pas dit ce qui était arrivé à Thomas, lui rappela-t-il.

— Parce que je l'ignore, répondit-elle d'une voix hachée. Personne ne semble savoir où il est.

— Comment est-ce possible ?

Elle eut un haussement d'épaules impuissant.

— Vous avez parlé au colonel Stubbs ?

— Bien sûr.

— Au général Garth ?

— On ne m'a pas permis de le voir.

— Quoi ? s'exclama Edward, indigné. Vous êtes ma femme et...

— Je ne leur ai pas dit que j'étais votre femme.

Il la dévisagea, interdit.

— Pourquoi diable ne... ?

Elle se leva brusquement, les bras refermés autour de son buste comme pour se protéger.

— Je ne sais pas. Je pense que c'est parce que j'étais là simplement comme… comme la sœur de Thomas.

— Mais vous avez bien dû donner votre nom ?

Elle se mordilla la lèvre inférieure avant de répondre :

— Je crois que personne n'a fait le rapprochement.

— Le général Garth n'a pas compris que Mme Edward Rokesby était ma femme ?

— Comme je vous l'ai dit, je ne l'ai pas vu, répondit-elle en se penchant pour border les couvertures. Vous vous agitez trop. Nous pouvons en reparler demain.

— Soyez sûre que nous en reparlerons demain, maugréa-t-il.

— Ou le jour d'après. Suivant votre état, ajouta-t-elle lorsqu'il chercha son regard.

— Cecilia…

— Je n'admettrai pas de discussion, le coupa-t-elle d'un ton sans réplique. Pour le moment, je ne peux malheureusement rien faire pour mon frère ; en revanche, je peux vous aider, vous. Et si pour cela je dois vous contraindre à…

Edward la dévisagea, partagé entre la stupeur et l'admiration. La mine farouche, elle avait avancé un pied comme si elle se préparait à charger. Il l'imaginait presque armée d'une épée et la faisant tournoyer au-dessus de sa tête.

C'était Jeanne d'Arc, ou Boadicée, ou n'importe quelle femme se jetant dans la bataille pour protéger sa famille.

— Ma guerrière, murmura-t-il.

Elle le fusilla du regard, mais il ne s'excusa pas.

— Je dois m'en aller, annonça-t-elle abruptement. Le colonel Stubbs doit envoyer quelqu'un me chercher ce soir. Il faut que je prépare mes bagages.

Edward ignorait ce qu'elle avait pu acheter depuis son arrivée en Amérique du Nord. Cependant, il savait d'expérience que mieux valait s'abstenir de s'interposer entre une femme et sa malle de voyage.

— Vous pourrez vous passer de moi ? demanda-t-elle.

Elle fronça les sourcils lorsqu'il hocha la tête.

— Vous me le diriez si ce n'était pas le cas, n'est-ce pas ?

— Bien sûr, répondit-il avec un sourire en coin.

Elle leva les yeux au ciel.

— Je reviendrai demain matin.

— Je vous attendrai avec impatience.

Il ne mentait pas. Il ne se rappelait pas la dernière fois où il avait attendu quelque chose avec impatience.

Certes, il ne se rappelait rien du tout.

Il n'empêche.

3

Le fils d'un comte ? Mazette, mon frère, tu t'élèves dans la société ! J'espère qu'il n'est pas trop imbu de lui-même...

De Cecilia Harcourt à son frère Thomas

Quelques heures plus tard, alors qu'elle suivait le charmant lieutenant chargé de l'escorter à *La Tête du diable*, Cecilia se demanda quand son cœur cesserait de battre aussi follement. Sapristi, elle ignorait combien de mensonges elle avait proférés cet après-midi. Elle avait pourtant essayé de donner des réponses aussi proches de la vérité que possible, à la fois pour apaiser sa conscience et parce qu'elle doutait de sa capacité à ne pas se contredire.

Elle aurait pu avouer la vérité à Edward. À vrai dire, elle avait été sur le point de le faire. Mais le colonel Stubbs était alors revenu avec le médecin, et il était hors de question qu'elle se confesse devant cet auditoire. On n'aurait pas manqué de la mettre à la porte de l'hôpital, or Edward avait encore besoin d'elle.

Elle aussi avait besoin de lui.

Elle se retrouvait seule dans un pays étranger, elle n'avait quasiment plus d'argent, et elle était à présent capable de se l'avouer : elle était terrorisée.

Si Edward la répudiait, elle serait à la rue sous peu. Elle n'aurait d'autre choix que de retourner en Angleterre, ce à quoi elle se refusait tant qu'elle n'aurait pas découvert ce qui était arrivé à son frère. Elle avait tant sacrifié pour se lancer dans ce voyage. Cela lui avait demandé un tel courage qu'elle n'imaginait pas renoncer maintenant.

Mais comment continuer à lui mentir ? Edward Rokesby était un homme bien. Il ne méritait pas d'être dupé de manière aussi grossière. En outre, c'était le meilleur ami de Thomas. Les deux hommes s'étaient rencontrés à leur entrée dans l'armée et, officiers dans le même régiment, avaient été envoyés en même temps en Amérique du Nord. Selon toute vraisemblance, ils ne s'étaient pas quittés depuis.

Elle savait qu'Edward était bien disposé à son égard. Si elle lui avouait la vérité, il comprendrait sûrement la raison de son mensonge, et il lui viendrait en aide. Du moins voulait-elle le croire.

Le moment n'était toutefois pas venu. Cet aveu pouvait attendre au moins jusqu'au lendemain. *La Tête du diable* se profilait au loin et, avec elle, la promesse d'un lit chaud et d'un repas copieux. Devait-elle s'en vouloir de se réjouir d'avance ?

L'objectif du jour : ne pas se sentir coupable. Du moins, pas à cause d'un repas décent.

— Nous y sommes presque, annonça le lieutenant avec un sourire.

Elle accueillit cette déclaration d'un bref hochement de tête. New York était vraiment un endroit étrange. Selon la femme qui dirigeait la pension de famille, plus de vingt mille personnes s'entassaient dans ce qui n'était qu'un espace restreint à l'extrémité sud de l'île de Manhattan.

Cecilia ignorait à combien d'habitants se montait la population avant la guerre, mais on lui avait dit qu'elle avait augmenté en flèche lorsque les Anglais avaient fait de la ville leur quartier général. Les soldats en uniforme rouge étaient partout et le moindre bâtiment libre avait été réquisitionné pour les loger. Les partisans du Congrès continental avaient quitté la ville depuis longtemps. Ils avaient été remplacés par un nombre encore plus important de réfugiés loyalistes qui fuyaient les colonies voisines pour se mettre sous la protection des Britanniques.

Toutefois, le spectacle le plus étrange, aux yeux de Cecilia, c'étaient les Noirs. Elle n'avait jamais vu de gens avec la peau aussi sombre, or ils se pressaient en nombre dans le port, découvrait-elle, stupéfaite.

— Des esclaves en fuite, expliqua le lieutenant en suivant son regard.

Elle n'avait pu s'empêcher de regarder un homme à la peau noire qui sortait de chez le maréchal-ferrant, de l'autre côté de la rue.

— Je vous demande pardon ?

— Ils arrivent ici par centaines, reprit le lieutenant. Le général Clinton les a tous libérés le mois dernier, mais comme personne ne respecte cet ordre dans les territoires patriotes, leurs esclaves s'enfuient pour venir chez nous. Honnêtement, poursuivit-il, les sourcils froncés, je ne suis pas sûr que nous ayons la place pour les accueillir tous. On ne peut cependant pas reprocher à un homme de vouloir être libre.

— Non, murmura Cecilia, qui jeta un dernier coup d'œil par-dessus son épaule.

Lorsqu'elle reporta son attention sur le lieutenant, il était déjà sur le seuil de l'auberge.

— Nous y sommes, dit-il en ouvrant la porte.

Après être entrée, elle s'écarta afin qu'il puisse s'enquérir de l'aubergiste. Les mains serrées sur sa modeste sacoche, elle jeta un regard circulaire dans la salle principale, qui ressemblait beaucoup à celles qu'on trouvait dans les auberges d'Angleterre : faiblement éclairée, un peu trop peuplée, le sol constellé de taches poisseuses qu'elle choisit de prendre pour de la bière. Derrière le comptoir, un homme à la moustache broussailleuse malmenait en jurant le robinet d'un tonneau, manifestement récalcitrant.

Elle aurait pu se croire dans son pays si tous les sièges, ou presque, n'étaient occupés par des soldats vêtus de rouge.

Parmi eux se tenaient quelques femmes que Cecilia supposa, à leur toilette et à leurs manières, être respectables. Des épouses d'officier, peut-être. Elle avait entendu dire que quelques femmes choisissaient d'accompagner leur mari dans le Nouveau Monde. Elle serait l'une d'elles... pour au moins une journée encore.

— Mademoiselle Harcourt !

Surprise, Cecilia pivota. Attablé à l'une des tables au milieu de la salle, un des soldats – un homme d'âge moyen, aux cheveux bruns un peu clairsemés – s'était levé.

— Mademoiselle Harcourt, répéta-t-il. Quelle surprise de vous voir ici.

Elle connaissait cet homme. Et elle le détestait. C'était le premier auquel elle s'était adressée lorsqu'elle recherchait Thomas, et il s'était montré d'une condescendance et d'une indifférence insupportables.

— Bonsoir, major Wilkins.

Cecilia esquissa une révérence alors même que son esprit s'emballait. Des mensonges ! Il lui fallait trouver d'autres mensonges, et vite.

— Tout va bien ? s'enquit-il avec sa brusquerie habituelle.

— Oui, répondit-elle en coulant un regard au lieutenant qui, un peu plus loin, s'entretenait avec un autre soldat. Je vous remercie.

— Je pensais que vous organiseriez votre retour en Angleterre.

En guise de réponse, elle se contenta d'un petit sourire et d'un haussement d'épaules. Elle ne voulait pas discuter avec cet homme – à qui elle n'avait du reste jamais parlé d'un éventuel départ.

— Madame Rokesby ! appela le jeune lieutenant, qui revenait avec une clé à la main.

« Sauvée », songea Cecilia avec reconnaissance.

— J'ai vu l'aubergiste, poursuivit-il, et...

— Mme Rokesby ? le coupa le major Wilkins.

Le lieutenant le salua, mais le major l'ignora.

— Il vous a appelée « Mme Rokesby » ?

— N'est-ce pas votre nom ? s'enquit le lieutenant.

Cecilia eut l'impression qu'un poing menaçait de se refermer sur son cœur.

— Je...

— Je vous croyais célibataire, poursuivit le major, le front barré d'un pli.

— Je l'étais, balbutia-t-elle. Je veux dire...

Bonté divine, il était impossible qu'elle ait pu se marier au cours des trois derniers jours.

— Je l'étais, répéta-t-elle. Il y a quelque temps. J'étais célibataire... comme tout le monde. Je veux dire, si quelqu'un est marié maintenant, il a été un jour...

Elle renonça à terminer. Seigneur, existait-il au monde une femme plus nigaude ?

— Mme Rokesby est mariée au capitaine Rokesby, expliqua le lieutenant.

— Au capitaine *Edward* Rokesby ? s'exclama le major.

Cecilia hocha la tête. À sa connaissance, il n'y avait pas d'autre capitaine Rokesby. Mais comme elle était déjà en train de s'empêtrer dans ses mensonges, elle jugea préférable de ne pas s'aliéner le major avec une repartie narquoise.

— Pourquoi diab… reprit-il avant de toussoter. Hum, je vous demande pardon. Pourquoi ne l'avez-vous pas dit ?

Cecilia se rappela sa conversation avec Edward. « Cramponne-toi aux mêmes mensonges », s'intima-t-elle.

— C'était mon frère que je recherchais, expliqua-t-elle.

Ce lien familial semblait le plus important.

À voir son expression, le major devait se dire qu'elle avait perdu la tête. Cecilia devinait sans peine ce qu'il pensait. Edward Rokesby étant fils de comte, elle devait être idiote pour n'avoir pas fait jouer cette relation-là.

Un lourd silence suivit, durant lequel le major, à l'aide de quelques clignements d'yeux, s'imposa une expression presque respectueuse. Puis il se racla la gorge.

— J'ai été très heureux d'apprendre que votre mari était revenu à New York, assura-t-il. Il a été porté disparu durant quelque temps, n'est-ce pas ? ajouta-t-il, non sans une pointe de suspicion.

Sous-entendu : pourquoi n'était-ce pas son mari qu'elle recherchait ?

— J'avais déjà été avertie de son retour lorsque je suis venue vous voir au sujet de Thomas, répliqua-t-elle, le dos raide.

C'était faux, mais il n'avait pas besoin de le savoir.

Il eut la bonne grâce de paraître un peu embarrassé.

— Je comprends. Je vous prie de m'excuser.

Cecilia lui adressa un signe de tête qu'une comtesse, espérait-elle, n'aurait pas désavoué. Ou la belle-fille d'une comtesse.

Après s'être raclé de nouveau la gorge, le major Wilkins déclara :

— Je procéderai à une enquête plus approfondie au sujet de votre frère.

— Plus approfondie ? répéta Cecilia, persuadée qu'il n'avait pas entamé la moindre enquête.

— Votre mari sort-il bientôt de l'hôpital ? demanda le major en rougissant.

— Demain.

— Demain ?

— Oui.

Elle dut faire un effort pour s'abstenir d'ajouter : « Comme je viens de vous le dire. »

— Et vous logerez ici, à *La Tête du diable*.

— Le capitaine et Mme Rokesby reprennent la chambre du capitaine Montby, expliqua le lieutenant.

— Ah, c'est aimable de la part du capitaine ! Très aimable.

— J'espère que cela ne le dérange pas, s'inquiéta Cecilia.

Elle jeta un coup d'œil à la ronde. Le capitaine Montby était-il assis à l'une des tables ?

— J'aurais aimé le remercier.

— Il est heureux de vous rendre ce service, assura le major Wilkins, qui n'avait pourtant aucun moyen de le savoir.

— Eh bien… commença Cecilia.

Malgré elle, elle coula un regard d'envie vers l'escalier qui devait menait aux chambres.

— … ce fut un plaisir de vous rencontrer. J'ai eu une très longue journée et j'aimerais me retirer.

— Bien sûr, dit le major, qui s'inclina brièvement. Je reviendrai demain vous présenter mon rapport.

— Votre... rapport ?

— Avec des nouvelles de votre frère. Ou, en tout cas, un compte rendu de notre enquête.

— Je vous remercie, murmura Cecilia, que cette soudaine sollicitude stupéfiait.

Le major Wilkins se tourna vers le lieutenant.

— À quelle heure attendez-vous le capitaine Rokesby, demain ?

— Dans l'après-midi, répondit sèchement Cecilia, offusquée qu'il s'adresse au lieutenant.

Elle attendit que le major Wilkins la regarde pour ajouter :

— Il est peu probable que le lieutenant ait ce genre de renseignement.

— Mme Rokesby a raison, déclara le lieutenant avec bonne humeur. J'avais pour ordre de l'escorter jusqu'à son nouveau logement. Demain, je serai de retour à Haarlem.

— Bien sûr, grommela le major. Pardonnez-moi, madame Rokesby.

— Ce n'est pas grave, assura Cecilia.

Même si elle mourait d'envie de le gifler, elle préférait éviter de se faire un ennemi de cet homme. Elle ne connaissait pas précisément ses fonctions, mais il semblait être tenu au courant du cantonnement des soldats.

— Serez-vous ici, le capitaine Rokesby et vous, à 17 h 30 ? voulut-il savoir.

Cecilia le regarda droit dans les yeux.

— Si vous venez avec des nouvelles de mon frère, oui, soyez certain que nous serons là.

— Très bien. Bonsoir, madame.

Le major Wilkins retourna à sa table, laissant Cecilia avec le lieutenant, qui lui tendit sa clé.

— Chambre 12, indiqua-t-il comme elle retournait celle-ci entre ses doigts.

— C'est ce que je vois, dit-elle, les yeux fixés sur le grand *12* gravé dans le métal. Je peux m'y rendre seule.

Le lieutenant hocha la tête avec gratitude. Il était jeune et, manifestement, embarrassé à l'idée d'escorter une femme jusqu'à sa chambre, quand bien même cette dernière était mariée.

Mariée. Seigneur, comment allait-elle se sortir de cet imbroglio ? se demanda-t-elle en gagnant sa chambre. Peut-être plus important encore : quand ? Elle avait prétendu être la femme d'Edward afin de le soigner. Hélas, il était évident qu'aux yeux du major Wilkins, la femme du capitaine Rokesby jouissait d'un bien plus grand prestige que la modeste demoiselle Harcourt.

Cecilia devait à Edward de mettre un terme à cette farce dès que possible ; sauf que le sort de son frère pesait dans la balance.

Elle lui dirait la vérité, bien sûr.

Mais pas demain. Demain, il lui fallait être Mme Rokesby. Et ensuite…

En soupirant elle glissa la clé dans la serrure de la chambre marquée *12*. Elle craignait d'être contrainte de rester Mme Rokesby jusqu'à ce qu'elle ait retrouvé son frère.

— Pardonnez-moi, chuchota-t-elle.

Il faudrait que cela suffise.

Edward avait la ferme intention d'être debout, en uniforme, et prêt à partir lorsque Cecilia arriverait à l'hôpital. Au lieu de cela, il était couché, vêtu de la chemise qu'il portait depuis Dieu sait quand, et dormait si profondément que Cecilia crut de toute évidence qu'il était retombé dans le coma.

À la lisière de sa conscience, il perçut son chuchotement :

— Edward ? Edward ?

Il marmonna quelque chose.

— Le Ciel soit loué ! souffla-t-elle.

Et il la sentit, plus qu'il ne l'entendit, s'asseoir sur la chaise au chevet de son lit.

Il aurait sans doute dû se réveiller complètement.

Peut-être, s'il ouvrait les yeux, que le monde dans son entier lui serait rendu. On serait en juin, et le fait que l'on soit en juin aurait un sens ; il serait marié, et cela aussi aurait un sens, surtout s'il se rappelait ce qu'il ressentait lorsqu'il embrassait Cecilia.

Parce qu'il aurait vraiment aimé l'embrasser. Cette nuit, il n'avait pensé à rien d'autre, ou quasiment. Il était taraudé par le désir, comme n'importe quel homme, surtout maintenant qu'il était marié à Cecilia Harcourt. Mais il n'avait pas perdu l'odorat, et souhaitait par-dessus tout prendre un bain.

Bonté divine, il empestait !

Durant quelques minutes il demeura immobile, l'esprit serein. Il y avait quelque chose de plaisant à réfléchir sans bouger. Il n'avait rien d'autre à faire que penser, et il ne se rappelait pas la dernière fois qu'il avait joui d'un tel luxe.

Certes, et il en avait bien conscience, il ne se rappelait rien des trois derniers mois. Il était néanmoins certain qu'il ne les avait pas passés à méditer en écoutant les sons presque imperceptibles émis par sa femme. Il se souvenait de les avoir entendus la veille, juste avant d'ouvrir les yeux. Il avait aussi perçu sa respiration. C'était pourtant différent, à présent qu'il savait qui elle était. Le son était le même, mais pas la perception qu'il en avait.

C'était vraiment étrange. Qui aurait cru qu'un jour, il serait heureux d'être allongé dans un lit et d'écouter une femme respirer ? Cela dit, elle émettait plus de soupirs qu'il ne l'aurait souhaité. Elle était fatiguée, peut-être inquiète. Les deux, sans doute.

Ne devait-il pas lui avouer qu'il était réveillé ? Il avait assez tardé.

C'est alors qu'il l'entendit murmurer :

— Que vais-je faire de vous ?

Il ne put résister.

— De moi ? dit-il en ouvrant brusquement les yeux.

Avec un cri aigu, elle se rejeta en arrière si vivement qu'elle faillit tomber de sa chaise.

Edward éclata de rire, un grand rire qui lui fit mal aux côtes et lui coupa le souffle. Et quand Cecilia le foudroya du regard, la main sur son cœur qui battait sans doute follement, il rit de plus belle.

Là encore, il sut que cela ne lui était pas arrivé depuis fort longtemps.

— Vous êtes réveillé, lança-t-elle d'un ton accusateur.

— Je ne l'étais pas, mais quelqu'un s'est mis à chuchoter mon prénom...

— C'était il y a un siècle !

Il haussa les épaules sans le moindre repentir.

— Vous avez l'air mieux aujourd'hui, commenta-t-elle. Un peu moins... gris, précisa-t-elle lorsqu'il arqua les sourcils.

Il se félicita que personne n'ait eu l'idée de lui présenter un miroir.

— J'ai besoin de me raser, reconnut-il en se passant la main sur le menton.

Il portait une barbe d'au moins deux semaines, voire trois. Comme il fronçait les sourcils, Cecilia lui demanda :

— Qu'y a-t-il ?

— Quelqu'un sait-il combien de temps je suis resté inconscient ?

Elle secoua la tête.

— Je ne crois pas. Vous l'étiez déjà lorsqu'on vous a retrouvé. Quoique pas depuis très longtemps, à mon avis, car ils ont dit que votre blessure à la tête était fraîche.

Edward ne put retenir une grimace. « Fraîche », c'était le genre d'adjectif qu'on associait d'ordinaire à des fraises plutôt qu'à une blessure au crâne.

— Donc, pas plus de huit jours, probablement, conclut-elle. Pourquoi cette question ?

— Ma barbe. Cela fait bien plus d'une semaine que je ne me suis pas rasé.

Elle l'observa un instant en silence.

— Je ne sais pas ce que cela signifie, finit-elle par avouer.

— Moi non plus. Mais il me semble intéressant d'en prendre note.

— Avez-vous un valet ?

Il la dévisagea, perplexe.

— Ne me regardez pas ainsi, poursuivit-elle. Je sais très bien que de nombreux officiers voyagent avec un domestique.

— Pas moi.

Une pause, puis :

— Vous devez avoir très faim. J'ai juste réussi à vous faire avaler un peu de bouillon.

Edward posa la main sur son abdomen. Depuis qu'il était sorti de l'enfance, jamais les os de ses hanches n'avaient été aussi saillants.

— J'ai bien maigri, apparemment.

— Avez-vous mangé après mon départ ?

— Pas beaucoup. J'étais affamé, mais j'ai eu presque aussitôt mal au cœur.

Elle hocha la tête puis, fixant ses mains, elle déclara :

— Je n'ai pas eu l'occasion de vous le dire hier, mais j'ai pris la liberté d'écrire à votre famille.

Grands dieux, sa famille ! Il n'avait même pas pensé à eux.

— On les avait informés que vous étiez porté disparu, expliqua-t-elle lorsqu'il l'interrogea du regard. Le général Garth leur a envoyé un courrier il y a plusieurs mois.

Edward se couvrit les yeux de son avant-bras. Dans quel état avait dû être sa mère !

— J'ai expliqué que vous aviez été blessé, sans entrer dans les détails, enchaîna Cecilia. J'ai jugé plus important de leur faire savoir qu'on vous avait retrouvé.

— Retrouvé, répéta Edward.

Le mot était pertinent. Il n'avait pas été libéré, il ne s'était pas échappé. On l'avait simplement « retrouvé » près de Kip's Bay. Le diable seul savait comment il était arrivé là.

— Depuis quand êtes-vous à New York ? demanda-t-il abruptement.

Mieux valait poser des questions sur ce qu'il ignorait plutôt que de se torturer l'esprit avec ce qu'il était incapable de se remémorer.

— Presque quinze jours, répondit-elle.

— Vous êtes venue pour me rechercher ?

— Non. C'est-à-dire... Je n'aurais pas fait la folie de traverser l'Océan pour rechercher un homme porté disparu.

— Et pourtant, vous êtes là.

— Thomas était blessé, lui rappela-t-elle. Il avait besoin de moi.

— Vous êtes donc venue pour votre frère.

Elle fixa sur lui un regard franc, ouvert. Manifestement, elle se demandait s'il la soumettait à un interrogatoire.

— On m'avait laissée croire que je le trouverais à l'hôpital.

— Contrairement à moi.

Elle se mordilla la lèvre inférieure.

— Eh bien, oui. Je ne savais pas... enfin... j'ignorais que vous aviez disparu.

— Le général Garth ne vous a pas écrit *à vous* ?

Elle secoua la tête.

— Je ne crois pas qu'il était au courant de notre mariage.

— Alors... Attendez !

Edward ferma les yeux, puis les rouvrit. Quelque chose clochait.

— Nous sommes-nous mariés ici ? Non, c'est impossible... Nous n'avons pas pu nous marier si j'avais disparu.

— Ç'a été... un mariage par procuration.

Elle rougit, l'air presque embarrassée de l'admettre.

— Je vous ai épousée par procuration ? répéta Edward, frappé de stupeur.

— Thomas l'a voulu ainsi, marmonna-t-elle.

— Est-ce seulement légal ?

Elle écarquilla les yeux, et il se fit l'effet d'une brute. Cette femme l'avait soigné pendant trois jours alors qu'il était dans le coma, et il ne trouvait rien de mieux que d'insinuer qu'ils n'étaient peut-être pas mariés. Elle ne méritait pas un tel manque de respect.

— Oubliez que j'ai posé cette question. Nous pourrons en discuter plus tard.

Elle hocha la tête, puis étouffa un bâillement.

— Vous êtes-vous reposée, hier ? s'enquit-il.

Elle esquissa un sourire las.

— Je crois que cette réplique me revient.

Il riposta sur le même ton ironique :

— Si j'ai bien compris, je n'ai rien fait d'autre que me reposer ces derniers jours.

« Touché ! » concéda-t-elle en silence, la tête inclinée de côté.

— Vous n'avez pas répondu à ma question, insista-t-il. Vous êtes-vous reposée ?

— Un peu. Je crois que je n'en ai plus vraiment l'habitude. Et puis, j'étais dans une chambre inconnue.

Elle coinça une mèche de cheveux derrière son oreille.

— La première nuit, je trouve toujours difficile de m'endormir dans un environnement nouveau.

— Dans ce cas, je parie que vous ne dormez pas bien depuis des semaines.

Cette fois, elle sourit franchement.

— En vérité, j'ai très bien dormi en mer. Les mouvements du bateau me berçaient.

— Je suis jaloux. J'ai passé pratiquement toute la traversée à vomir tripes et boyaux.

— Je suis désolée, dit-elle avec un rire étouffé.

— Félicitez-vous plutôt de n'avoir pas été là. Vous ne m'auriez pas considéré comme un aussi beau parti. Enfin... en cet instant précis, je ne suis pas non plus un cadeau.

— Oh, ne soyez pas...

— Pas lavé, pas rasé...

— Edward...

— Malodorant.

Il fit une pause avant d'ajouter :

— Je remarque que vous ne me contredisez pas.

— J'admets qu'il émane de vous un certain... fumet.

— Et n'oubliez pas qu'il me manque un petit morceau de cerveau.

Elle se raidit.

— Vous ne devriez pas dire ce genre de chose.

— Si je ne trouve pas à en rire, rétorqua-t-il, je risque d'en pleurer.

Il avait parlé d'un ton léger, la regardant néanmoins droit dans les yeux. Mais elle se tint alors tellement figée qu'il eut pitié d'elle.

— Je parlais au sens figuré, précisa-t-il. Inutile de vous alarmer. Je ne vais pas fondre en larmes.

— Quand bien même... cela ne vous rabaisserait pas à mes yeux pour autant, dit-elle d'un ton un peu hésitant. Je m'emploierais à...

— Vous occuper de moi ? Panser mes plaies ? Sécher le flot salé de mes larmes ?

Si elle ne répondit pas immédiatement, elle semblait plus déconcertée que choquée.

— Je ne m'étais pas rendu compte que vous aviez un penchant pour le sarcasme.

Edward haussa les épaules.

— Moi non plus, à vrai dire.

Après s'être redressée légèrement, elle resta songeuse, le front marqué de trois plis. Ce ne fut que lorsqu'elle exhala lentement qu'il comprit qu'elle avait retenu son souffle.

— On dirait que vous m'analysez, fit-il remarquer.

— Je trouve très intéressant de voir ce que vous vous rappelez, déclara-t-elle, sans le contredire, et ce que vous ne vous rappelez pas.

— J'ai du mal à me considérer comme un objet d'étude, mais ne vous gênez pas, je vous prie. Toute lumière sur mon cas sera très appréciée.

— Vous êtes-vous rappelé quelque chose de nouveau ?

— Depuis hier ?

Elle opina, et il avoua :

— Non. Du moins, je ne le pense pas. C'est difficile à dire. Je ne suis même pas certain du moment où commence mon trou de mémoire.

— On m'a dit que vous étiez parti pour le Connecticut début mars.

Elle inclina la tête, et sa mèche rebelle retomba sur sa joue.

— Vous vous en souvenez ?

— Non, répondit-il après avoir réfléchi un instant. Je me rappelle vaguement qu'on m'a dit d'y aller, ou plutôt qu'on allait me dire d'y aller.

Il se passa le dos de la main sur les yeux. Qu'est-ce que cela signifiait, d'ailleurs ?

— Je ne sais cependant pas pourquoi, ajouta-t-il.

— Cela finira par vous revenir. Le médecin a dit qu'en cas de commotion cérébrale, le cerveau avait besoin de temps pour se remettre.

Comme il se rembrunissait, elle précisa :

— Avant que vous ne vous réveilliez.

— Ah...

Ils demeurèrent silencieux quelques instants. Puis, désignant sa blessure, elle demanda :

— Cela vous fait mal ?

— Un mal de chien.

— Je vais vous chercher du laudanum, décida-t-elle en esquissant un mouvement.

— Non, l'arrêta-t-il. Je vous remercie, mais je préfère garder les idées claires.

Il s'aperçut alors du ridicule de cette déclaration.

— Du moins, suffisamment claires pour me rappeler les événements de la journée. Ne vous gênez pas, ajouta-t-il lorsqu'il vit frémir ses lèvres. Riez.

— Franchement, je ne devrais pas.

Ce qui ne l'empêcha pas de laisser échapper un petit rire qu'il trouva charmant.

Puis elle étouffa un bâillement.

— Dormez donc, lui conseilla-t-il.

— Je ne peux pas, je viens juste d'arriver.

— Je ne vous dénoncerai pas.

— Et à qui voudriez-vous me dénoncer ? rétorqua-t-elle.

— Très juste, concéda-t-il. Il n'empêche, vous avez manifestement besoin de dormir.

— Je dormirai cette nuit, assura-t-elle, avant de s'agiter sur sa chaise à la recherche d'une position plus confortable. Je vais juste fermer les yeux un instant.

Edward ne put s'empêcher de ricaner.

— Ne vous moquez pas de moi.

— Ou vous feriez quoi ? Vous ne me verriez même pas arriver.

Elle souleva une paupière.

— J'ai des réflexes exceptionnels.

Edward pouffa tandis qu'elle refermait ladite paupière. Elle bâilla de nouveau, sans même essayer de se retenir cette fois.

Était-ce ainsi lorsqu'on était marié ? On pouvait bâiller en toute impunité ? En ce cas, cette institution était fort recommandable.

Il l'observa tandis qu'elle « fermait les yeux un instant ». Elle était vraiment ravissante. Thomas avait certes dit que sa sœur était jolie, mais de cette manière désinvolte qu'ont les frères de parler de leur sœur. Il voyait probablement chez elle ce qu'Edward voyait chez sa sœur Mary : un visage agréable où tous les éléments étaient au bon endroit. Thomas n'aurait jamais remarqué, par exemple, que les cils de Cecilia étaient plus foncés que ses cheveux, ou que, lorsque ses paupières étaient baissées, ils dessinaient deux arcs délicats qui évoquaient des croissants de lune.

Elle avait une bouche pleine, quoique pas en bouton de rose comme disaient les poètes. Lorsqu'elle dormait, ses lèvres n'étaient pas tout à fait jointes, et

Edward pouvait presque imaginer le souffle d'air qui s'en échappait.

— Vous sentez-vous en état d'aller à *La Tête du diable* cet après-midi ? s'enquit-elle soudain.

— Je croyais que vous dormiez.

— Je vous l'ai dit, je fermais simplement les yeux.

Elle ne mentait pas. Elle ne s'était même pas donné la peine de remuer un cil tandis qu'elle parlait.

— Oui, je pense, répondit-il. Le médecin veut me voir avant mon départ. La chambre est correcte ?

Elle hocha la tête, les yeux toujours clos.

— Vous la trouverez peut-être petite.

— Mais pas vous ?

— Je n'ai pas besoin d'un logement somptueux.

— Moi non plus.

Cette fois, elle rouvrit les yeux.

— Je suis désolée, je ne voulais pas insinuer que c'était votre cas.

— J'ai passé beaucoup de nuits à dormir à la dure. N'importe quelle chambre dotée d'un lit sera un luxe. Enfin, à l'exception de celle-ci, je suppose.

Son regard balaya la salle d'hôpital improvisée. On avait repoussé les bancs contre les murs, et les hommes gisaient sur des couchettes disparates. Quelques-uns devaient se contenter de paillasses à même le sol.

— C'est terrible, dit-elle à voix basse.

Il acquiesça d'un signe de tête. Il aurait dû s'estimer heureux d'être entier. Il était affaibli, certes, mais il se remettrait. Tous ses compagnons d'infortune n'auraient pas cette chance.

Il n'empêche qu'il était pressé de partir.

— Je meurs de faim, déclara-t-il.

Et il fut ravi de la voir écarquiller les yeux de surprise.

— Si le docteur veut me voir, il peut foutr… Il peut me rendre visite à *La Tête du diable*, se reprit-il après s'être éclairci la voix.

Elle semblait préoccupée.

— Vous êtes sûr ? Je ne voudrais pas que…

— Je pense que c'est mon uniforme, là, l'interrompit-il en désignant un tas de vêtements posé sur un banc voisin. Voudriez-vous avoir la gentillesse de me l'apporter ?

— Mais le médecin…

— Sinon j'y vais moi-même. Et je vous préviens, je suis nu comme un ver sous cette chemise.

Elle rougit violemment, et Edward prit tout à coup conscience d'un fait.

Un mariage par procuration. Plusieurs mois dans le Connecticut pour lui. Deux semaines à New York pour elle. Pas étonnant qu'il n'ait pas reconnu son visage ! Il ne l'avait jamais vue auparavant.

Conclusion : leur mariage n'avait pas été consommé.

4

Le lieutenant Rokesby n'est absolument pas insupportable. C'est même un garçon charmant. Je pense qu'il te plairait. Il vient du Kent et il est quasiment fiancé à sa voisine.

Je lui ai montré ta miniature. Il t'a trouvée ravissante.

De Thomas Harcourt à sa sœur Cecilia

Edward ayant insisté pour s'habiller seul, Cecilia en profita pour s'en aller lui chercher quelque chose à manger. Elle avait passé la plus grande partie de la semaine dans ce quartier, et connaissait chaque boutique et chaque vitrine. L'option la plus économique – en conséquence, celle qu'elle choisissait le plus souvent –, c'étaient les petits pains aux raisins de M. Mather. Ils étaient passablement goûteux, même si leur prix modique signifiait sans doute qu'il n'y avait guère plus de trois raisins dans chaque petit pain.

M. Lowell, un peu plus bas dans la rue, vendait de véritables petits pains de Chelsea, enroulés sur eux-mêmes et parfumés à la cannelle. Cecilia n'avait pas compté les raisins pour la bonne raison qu'elle n'en avait mangé qu'un seul, payé moins cher parce que datant de la veille, et qu'elle l'avait dévoré bien trop vite.

Lorsqu'on dépassait l'angle, on trouvait la boutique de M. Rooijakkers, le boulanger hollandais. Cecilia n'en avait franchi le seuil qu'une fois. Cela lui avait suffi pour constater que 1) elle n'avait pas les moyens de s'offrir de telles gâteries et 2) que si elle les avait, elle deviendrait aussi ronde qu'une barrique en moins de temps qu'il n'en fallait pour le dire.

Mais si quelques extravagances étaient permises, c'était aujourd'hui ou jamais, vu qu'Edward s'était réveillé et en bonne santé. Cecilia avait deux pièces dans sa poche, assez pour une collation de fête, d'autant qu'elle n'avait plus à s'inquiéter du paiement de sa chambre. Certes, elle aurait dû économiser son argent, car Dieu seul savait ce qui l'attendait dans les semaines à venir. Elle ne pouvait toutefois se résoudre à lésiner. Pas aujourd'hui, en tout cas.

Quand elle poussa la porte, le tintement léger de la clochette l'accueillit, aussitôt suivi de délicieux effluves venus de la cuisine à l'arrière.

— Que puis-je pour vous ? s'enquit la femme rousse derrière le comptoir.

Elle devait avoir quelques années de plus que Cecilia, et s'exprimait avec un léger accent que celle-ci n'aurait pas été capable d'identifier si elle n'avait su que les propriétaires étaient hollandais.

— Je voudrais un de ces pains ronds, répondit Cecilia en indiquant trois miches appétissantes à la croûte dorée, qui ne ressemblaient en rien à ce qu'elle trouvait chez elle. Ils sont tous au même prix ?

La femme inclina la tête de côté, puis :

— Ils l'étaient. Mais à bien y regarder, celui sur la droite paraît un peu plus petit. Je vous le laisse pour un demi-penny de moins.

Cecilia réfléchissait déjà à l'endroit où elle pourrait acheter le beurre ou le fromage pour l'accompagner.

— Quel est ce délicieux parfum ? demanda-t-elle soudain.

— Des *speculaas*, répondit la commerçante avec un grand sourire. Ou spéculoos. Ils sortent tout juste du four. En avez-vous déjà goûté ?

Cecilia secoua la tête. Elle avait terriblement faim. Si la veille au soir elle avait enfin fait un repas correct, celui-ci n'avait apparemment eu d'autre résultat que de rappeler à son estomac combien elle l'avait maltraité. Et même si la tourte à la viande de *La Tête du diable* était bonne, elle salivait presque à la simple pensée d'une sucrerie.

— J'en ai cassé un en les retirant du plateau, reprit la femme. Je vous le donne.

— Oh non, je ne peux pas...

D'un geste, la femme mit un terme à ses protestations.

— Vous n'en avez jamais mangé. Je ne peux pas vous faire payer pour les goûter.

— En vérité, vous pourriez, avoua Cecilia avec un sourire. Toutefois je ne discuterai pas davantage.

— Je ne vous ai jamais vue dans le magasin, lança la femme par-dessus son épaule tout en se dirigeant vers la cuisine.

— Je suis venue une fois, répondit Cecilia, qui s'abstint de préciser qu'elle n'avait rien acheté. La semaine dernière. C'était un monsieur qui servait.

— Mon père.

— En ce cas, vous êtes Mlle Rooey... euh... Roojak...

Bonté divine, comment prononçait-on ce nom ?

Revenant dans la boutique, la jeune femme s'esclaffa.

— Rooijakkers. Mais maintenant, je suis Mme Leverett.

— Dieu soit loué ! s'exclama Cecilia avec un sourire de soulagement. Vous venez juste de prononcer votre nom, et pourtant je serais bien incapable de le répéter.

— Je dis souvent à mon mari que c'est la raison pour laquelle je l'ai épousé, plaisanta Mme Leverett.

Cecilia rit à son tour, puis songea qu'elle aussi dépendait d'un mari à cause de son nom. Dans son cas, toutefois, c'était afin que le major Wilkins fasse son satané boulot.

— Le hollandais n'est pas une langue facile, reprit Mme Leverett. Cela dit, si vous comptez rester quelque temps à New York, vous trouverez sans doute utile de connaître quelques phrases.

— J'ignore combien de temps je vais passer ici, avoua Cecilia.

Elle espérait que son séjour ne se prolongerait pas trop. Elle voulait simplement retrouver son frère et veiller à ce qu'Edward recouvre la santé. Elle n'imaginait pas repartir avant de s'être assurée qu'il était complètement remis.

— Vous parlez fort bien notre langue, dit-elle à la boulangère.

— Je suis née ici. Mes parents aussi, mais nous parlons hollandais à la maison. Tenez, dit-elle en lui tendant deux morceaux d'un biscuit plat, couleur caramel. Goûtez-moi cela.

Après l'avoir remerciée, Cecilia porta l'un des morceaux à sa bouche et croqua dedans.

— Mmm, c'est divin ! s'écria-t-elle.

— Vous aimez ? dit Mme Leverett, dont le visage s'illumina.

— Comment pourrais-je ne pas aimer ?

Le biscuit avait un goût de cardamome, de clou de girofle et de sucre légèrement caramélisé. Cecilia n'en avait jamais mangé de semblable et, pourtant, son cœur se serra de nostalgie. Peut-être était-cc simplement le fait de partager un biscuit tout en bavardant. Elle avait été trop occupée pour prendre conscience de sa solitude.

— Certains officiers les trouvent trop minces et friables, fit remarquer Mme Leverett.

— Ils n'y connaissent rien, répliqua Cecilia, la bouche pleine. À mon avis, ils seraient parfaits avec du thé.

— Ce n'est pas facile de s'en procurer, je le crains.

— Non, en effet.

Cecilia avait eu la bonne idée d'emporter du thé, quoique pas suffisamment, hélas. Sa provision avait été épuisée aux deux tiers de la traversée. Au cours de la semaine écoulée, elle avait pris l'habitude de réutiliser les précieuses feuilles et ne mettait pour chaque théière que la moitié de la dose habituelle.

— Je ne devrais pas me plaindre, reprit Mme Leverett. Nous pouvons encore nous procurer du sucre, et c'est bien plus important pour une boulangerie.

Cecilia acquiesça, puis grignota un morceau de la seconde partie du biscuit. Celle-ci, elle allait la faire durer un peu plus longtemps.

— Les officiers ont du thé, poursuivit Mme Leverett. Pas beaucoup, mais plus que la plupart des gens.

Edward était officier. Même si elle ne voulait pas tirer avantage de sa fortune, s'il pouvait lui procurer un peu de thé…

Cecilia était presque prête à vendre une toute petite partie de son âme pour une bonne tasse de thé.

— Vous ne m'avez pas dit votre nom, fit remarquer Mme Leverett.

— Oh, je suis un peu distraite, aujourd'hui ! Je suis Mlle Har… pardonnez-moi, Mme Rokesby.

La boulangère eut un sourire entendu.

— Jeune mariée ?

— Oui.

Si elle savait à quel point !

— Mon mari, reprit-elle en s'efforçant de ne pas trébucher sur le mot, est officier. Capitaine.

— Je m'en doutais. Je ne voyais pas pour quelle autre raison vous vous trouveriez à New York en pleine guerre.

— C'est étrange, murmura Cecilia, songeuse, on n'a pas l'impression que c'est la guerre. Si je n'avais pas vu des soldats blessés...

Elle s'interrompit, prête à revenir sur ses paroles. Sans être directement témoin des combats, on pouvait partout voir les traces de souffrances et de privations. Il y avait dans le port de nombreux bateaux-prisons, et à son arrivée, on lui avait recommandé de rester dans sa cabine le temps de l'accostage. La puanteur, avait-elle entendu dire, était insoutenable.

— Je vous demande pardon, madame Leverett, reprit-elle, j'ai parlé de manière irréfléchie. Les conséquences d'une guerre ne se font pas sentir que sur le champ de bataille.

La femme sourit, avec une tristesse mêlée de lassitude.

— Ne vous excusez pas, ce n'est pas nécessaire. Tout est relativement calme ici depuis deux ans. Prions le Ciel que cela reste ainsi.

— Oui, murmura Cecilia. Je vais devoir partir. Mais avant, je vais vous prendre une demi-douzaine de spéculoos, s'il vous plaît.

Les sourcils froncés, elle se livra à un bref calcul mental. Elle avait juste assez d'argent.

— Non, se ravisa-t-elle, donnez-m'en une douzaine.

— Une douzaine ! s'exclama Mme Leverett, avant d'ajouter avec un sourire malicieux : J'espère que vous le trouverez, ce thé.

— Je l'espère aussi. J'ai quelque chose à fêter. Mon... mon mari quitte l'hôpital aujourd'hui.

— Oh, je suis désolée ! Mais je suppose que cela signifie qu'il est guéri.

Cecilia songea à Edward, encore si maigre et si pâle. Elle ne l'avait même pas encore vu hors de son lit.

— Presque. Il faudra encore un peu de temps et de repos pour qu'il recouvre ses forces.

— Il a beaucoup de chance d'avoir sa femme à ses côtés.

Cecilia hocha la tête. Sa bouche était soudain sèche. Elle aurait aimé croire que le spéculoos lui avait donné soif, mais c'était plutôt sa conscience qui protestait, soupçonnait-elle.

— Vous savez, reprit Mme Leverett, on peut encore s'amuser ici, à New York, malgré la guerre. La haute société donne toujours des réceptions. Je n'y vais pas, bien sûr, mais il m'arrive de voir des dames en grande toilette.

— Vraiment ? s'étonna Cecilia.

— Oui. Je crois d'ailleurs qu'une représentation de *Macbeth* est prévue la semaine prochaine au John Street Theatre.

— Vous plaisantez !

Mme Leverett leva la main.

— Je le jure sur les fours de mon père.

Cecilia ne put s'empêcher de rire.

— Peut-être que j'essaierai de m'y rendre, dans ce cas. Cela fait un certain temps que je ne suis pas allée au théâtre.

— Je ne peux pas vous assurer de la qualité du spectacle. Je crois que la plupart des rôles sont tenus par des officiers britanniques.

Cecilia essaya d'imaginer le colonel Stubbs ou le major Wilkins déclamant sur les planches, et retint une grimace.

— Ma sœur y est allée lorsqu'ils ont joué *Othello*, poursuivit Mme Leverett. Elle a trouvé que les décors étaient très joliment peints.

Ce n'était pas précisément encourageant, mais faute de grives, on se contentait de merles, et Cecilia n'avait pas souvent l'occasion de voir jouer Shakespeare dans le Derbyshire. Peut-être irait-elle si Edward allait mieux. S'ils étaient toujours « mariés ».

Mme Leverett s'employait à envelopper les spéculoos dans un torchon.

— Malheureusement, je n'ai pas de papier, dit-elle d'un air contrit. Comme le thé, il est difficile de s'en procurer.

— Cela signifie que je devrai repasser pour vous rendre votre torchon.

Cecilia était si heureuse à cette perspective – à la simple pensée d'échanger quelques paroles amicales avec une jeune femme de son âge – qu'elle ajouta :

— Je m'appelle Cecilia.

— Et moi Beatrix.

— Je suis heureuse d'avoir fait votre connaissance. Et merci pour... Non, attendez ! Comment dit-on « merci » en hollandais ?

— *Dank u*, répondit Beatrix avec un sourire.

Cecilia ne put dissimuler sa surprise.

— C'est tout ?

— Vous avez choisi un mot facile, avoua Beatrix. Si vous aviez voulu apprendre « s'il vous plaît »...

— Non, je ne veux pas l'entendre ! l'arrêta Cecilia, en sachant que c'était en pure perte.

— *Alstublieft*. Et ne me dites pas que cela ressemble à un éternuement.

Cecilia pouffa.

— Je m'en tiendrai à *dank u*. Du moins, pour aujourd'hui.

— Sauvez-vous vite, dit Beatrix. Retournez auprès de votre mari.

De nouveau ce mot. Si Cecilia réussit à prendre congé en souriant, elle éprouvait un profond malaise. Qu'aurait pensé Beatrix Leverett si elle avait su qu'elle n'était qu'une usurpatrice ?

Elle s'empressa de quitter la boutique avant que les larmes ne jaillissent.

— J'espère que vous aimez les sucreries, parce que j'ai acheté... Oh !

Edward releva la tête. Sa femme revenait avec un petit paquet noué dans une étoffe, un sourire déterminé aux lèvres.

Pas assez déterminé, cependant. Car ledit sourire vacilla, puis s'évanouit lorsqu'elle le découvrit assis au bout de son lit, les épaules basses.

— Ça va ? demanda-t-elle.

Non, pas vraiment. Il avait réussi à s'habiller uniquement parce qu'elle avait déposé son uniforme sur le lit avant de partir. Pour être franc, il ignorait s'il aurait été capable d'aller le chercher seul. Il se savait faible ; il n'avait toutefois pris la mesure de son état que lorsqu'il avait jeté ses jambes sur le côté du lit pour tenter de se lever.

Il était pathétique.

— Tout va bien, marmonna-t-il.

— Bien sûr, dit-elle d'un ton peu convaincu. Je... Voulez-vous un biscuit ?

Il la regarda dénouer le torchon de ses mains fines.

— Des spéculoos, dit-il aussitôt.

— Vous connaissez ? Oui, bien sûr. J'oublie que vous êtes ici depuis des années.

— Pas des années, rectifia-t-il en s'emparant d'un biscuit.

Il en croqua un morceau. Diable, ils étaient toujours aussi délicieux !

— J'ai passé près d'un an dans le Massachusetts, poursuivit-il. Puis je suis allé dans le Rhode Island. Et, apparemment, dans le Connecticut, même si je ne m'en souviens pas.

Cecilia s'assit à l'autre extrémité du lit. Ou, plus exactement, elle s'y percha, comme lorsqu'on ne veut pas s'installer trop confortablement.

— Est-ce qu'il y a des Hollandais dans toutes les colonies ?

À peine son spéculoos avalé, Edward en pris un autre.

— Non, juste ici, répondit-il. Cela fait plus d'un siècle que La Nouvelle-Amsterdam a été rebaptisée, mais la plupart des Hollandais sont restés lorsque l'île a changé de propriétaire.

Il fronça les sourcils. À vrai dire, il ignorait si la plupart d'entre eux vivaient encore ici ; c'était en tout cas l'impression qu'on avait en traversant la ville. L'influence hollandaise se faisait sentir partout, sur les façades des bâtiments comme dans le parfum des spéculoos.

— J'ai appris à dire « merci », lâcha Cecilia.

— C'est très ambitieux de votre part, commenta-t-il sans pouvoir se retenir de sourire.

— J'en déduis que vous connaissez le mot.

— *Dank u*, dit-il en prenant un autre biscuit.

— Je vous en prie. Mais vous devriez peut-être vous modérer. Je ne pense pas que ce soit une bonne idée d'en manger trop d'un seul coup.

— Probablement pas, acquiesça-t-il, ce qui ne l'empêcha pas de dévorer son spéculoos.

Elle attendit qu'il ait terminé, puis elle attendit encore tandis que, immobile au bord du lit, il s'efforçait de rassembler ses forces.

Son épouse était une femme patiente, à n'en pas douter. Il fallait qu'elle le soit pour être restée assise trois jours à son chevet. Il n'y avait pas grand-chose à faire auprès d'un mari inconscient.

Il repensa à sa traversée de l'Atlantique. Parce qu'elle avait reçu des nouvelles de son frère, elle avait décidé d'aller l'aider, et cela en sachant qu'il y en aurait pour des mois.

Voilà qui, là encore, indiquait une patience exceptionnelle.

Éprouvait-elle parfois l'envie de hurler d'insatisfaction ? se demanda-t-il.

Hélas pour elle, elle allait devoir se montrer patiente encore un moment. Il avait les jambes en coton et pouvait à peine marcher. Bon sang, le simple fait de se tenir debout était une épreuve ! Quant à rendre leur mariage légal dans tous les sens du terme...

Cela aussi devrait attendre.

Il lui vint alors à l'esprit qu'ils pouvaient encore renoncer à cette union s'ils le souhaitaient. L'annulation pour cause de non-consommation était une action légale un peu tordue, mais n'était-ce pas le cas également d'un mariage par procuration ? S'il ne voulait pas être marié, il était à peu près certain qu'il n'était pas obligé de l'être.

— Edward ?

Désirait-il vraiment être marié avec elle ? Dans le cas contraire, il était hors de question qu'il l'accompagne à *La Tête du diable*. Il n'avait pas assez de forces pour l'honorer en bonne et due forme, certes ; toutefois, s'ils partageaient une chambre, ne serait-ce qu'une seule nuit, Cecilia serait définitivement compromise.

— Edward ?

Il tourna lentement la tête. Elle l'observait avec inquiétude, sans que celle-ci parvienne à assombrir la clarté saisissante de ses yeux.

Elle posa la main sur la sienne.

— Êtes-vous certain de vous sentir assez bien pour quitter l'hôpital aujourd'hui ? Voulez-vous que j'aille chercher le médecin ?

— Voulez-vous être mariée avec moi ? demanda-t-il à brûle-pourpoint en scrutant son visage.

— Pardon ?

Ce fut avec une expression presque alarmée qu'elle ajouta :

— Je ne comprends pas.

— Vous n'êtes pas obligée d'être ma femme. Notre mariage n'a pas été consommé.

Elle entrouvrit les lèvres, mais il remarqua que, curieusement, elle avait cessé de respirer.

— Je croyais que vous ne vous en souveniez pas, chuchota-t-elle.

— Je n'ai pas à m'en souvenir. Il s'agit en l'occurrence de simple logique. J'étais dans le Connecticut lorsque vous êtes arrivée. Et nous n'avons jamais partagé de chambre avant que vous ne veniez à l'hôpital.

Quand elle déglutit, le regard d'Edward tomba sur son cou à l'arc si délicat, puis il remarqua la petite veine qui palpitait sous sa peau.

Bon sang, il avait envie de l'embrasser !

— Que voulez-vous, Cecilia ?

« Dites que vous me voulez, moi », fut la pensée fulgurante qui lui traversa l'esprit. Il n'avait pas envie qu'elle le quitte. Il pouvait à peine se tenir debout, et des semaines entières s'écouleraient avant qu'il ne recouvre ne serait-ce que la moitié de ses forces. Il avait besoin d'elle.

Et il la voulait. Mais, plus que tout, il voulait qu'elle le veuille, lui.

Cecilia ne prononça pas un mot durant plusieurs secondes. Lui ayant lâché la main, elle referma les bras autour de son corps. Les yeux fixés sur un soldat, de l'autre côté de l'église, elle demanda :

— Vous proposez de me rendre ma liberté ?

— Si c'est ce que vous souhaitez.

Lentement, elle reporta son regard sur lui.

— Et vous, que souhaitez-vous ?

— Là n'est pas la question.

— Permettez-moi de vous contredire.

— Je suis un gentleman, argua-t-il avec raideur. Je m'inclinerai devant votre souhait.

— Je... je ne veux pas que vous vous sentiez acculé.

— Je ne me sens pas le moins du monde acculé.

— Vraiment ?

Elle semblait sincèrement surprise. Edward haussa les épaules.

— Il faut bien que je me marie un jour ou l'autre.

Rien, dans l'expression de Cecilia, n'indiqua qu'elle trouvait la déclaration bien peu romantique.

— De toute évidence, j'ai consenti à ce mariage, ajouta-t-il.

Même s'il aimait Thomas Harcourt comme un frère, Edward n'imaginait aucune raison qui aurait pu le contraindre à accepter une union dont il ne voulait pas. S'il avait épousé Cecilia, c'était qu'il l'avait voulu, que diable.

Comme il sondait son regard, elle se détourna.

Était-elle en train de peser le pour et le contre ? D'essayer de décider si elle souhaitait vraiment demeurer mariée à un homme dont le cerveau était endommagé ? Il pouvait rester ainsi le reste de sa vie, après tout. Personne ne savait s'il y aurait d'autres séquelles que l'amnésie. Et s'il se réveillait un jour privé de l'usage de la parole ? Ou de ses membres ? Elle se retrouverait alors obligée de s'occuper de lui comme d'un enfant.

— Que voulez-vous, Cecilia ? insista-t-il, conscient de la note d'impatience dans sa voix.

— Je...

Elle déglutit de nouveau.

— Je crois que nous devrions nous rendre à l'auberge. Ce n'est pas le genre de conversation que j'ai envie d'avoir ici.

— Rien ne va changer au cours de la prochaine demi-heure.

— Il n'empêche que vous vous trouveriez bien d'un vrai repas, d'un bain et d'un rasage.

Elle se leva, quoique pas assez vite pour qu'il ne voie pas qu'elle s'était empourprée.

— Je vous laisserai toute l'intimité nécessaire pour les deux derniers.

— C'est très généreux de votre part.

Le ton était ironique, pourtant elle ne fit aucun commentaire.

— Nous avons un rendez-vous cet après-midi, dit-elle en saisissant sa tunique rouge pliée au pied du lit. Avec le major Wilkins.

— Pourquoi ?

— Il doit apporter des nouvelles de Thomas. Du moins, j'espère qu'il en aura. Je l'ai vu à l'auberge, hier soir. Il m'a dit qu'il allait procéder à une enquête.

— Il ne l'a donc pas déjà fait ?

Ce fut d'un air un peu embarrassé qu'elle répondit :

— J'ai suivi votre conseil et lui ai fait part de notre mariage.

Edward y voyait plus clair, à présent. Elle aussi avait besoin de lui. Il s'obligea à sourire malgré son déplaisir. Ce n'était pas la première fois qu'une femme trouvait que son nom était son principal atout. Au moins cette femme-là n'avait-elle pas de motifs égoïstes.

Comme elle lui présentait sa veste, il se leva et l'enfila, non sans effort.

— Vous allez avoir chaud, le prévint-elle.

— Comme vous l'avez dit, nous sommes en juin.

— Rien à voir avec juin dans le Derbyshire, marmonna-t-elle.

Il s'autorisa à sourire. En été, la chaleur dans les Colonies était désagréable, presque palpable. Un peu comme un brouillard chauffé à la température du corps.

La tête tournée vers la porte, il prit une profonde inspiration.

— Je... je vais avoir besoin d'aide.

— Nous avons tous besoin d'aide, répliqua-t-elle à mi-voix.

Elle lui prit le bras et, lentement, sans un mot, ils gagnèrent la rue où une voiture les attendait.

5

Tu lui as montré ma miniature ? C'est terriblement embarrassant ! Thomas, à quoi pensais-tu donc ? Évidemment qu'il m'a trouvée ravissante. Il pouvait difficilement dire autre chose puisque tu es mon frère. Il n'allait quand même pas commenter la longueur monstrueuse de mon nez !

De Cecilia Harcourt à son frère Thomas

Une heure plus tard, assise dans la salle à manger de *La Tête du diable*, Cecilia terminait son déjeuner pendant qu'Edward parcourait un exemplaire récent de la *Royal Gazette*. Elle aussi avait commencé son repas avec un journal sous les yeux, mais elle avait été si stupéfiée par une annonce sur la vente d'« un Nègre, bon cuisinier, non sujet au mal de mer » qu'elle avait reposé le journal, et fixé toute son attention sur la nourriture dans son assiette.

Edward, lui, avait lu le journal du début à la fin. Puis, après avoir demandé à l'aubergiste un numéro de la semaine précédente, il s'était de nouveau plongé dans sa lecture.

S'il n'avait pas jugé nécessaire de s'expliquer, il était évident qu'il s'efforçait de combler les trous de sa mémoire. Cecilia doutait qu'il y parvienne. Selon elle, ce n'était pas dans les journaux qu'il trouverait des indices sur son séjour dans le Connecticut.

Cela dit, ce n'était sans doute pas une mauvaise chose. D'autant qu'il semblait être le genre d'homme à se tenir au courant des nouvelles. En cela, il ressemblait à Thomas. Son frère ne quittait jamais la table du petit déjeuner sans avoir lu le *London Times* de la première à la dernière page. Le journal datait de plusieurs jours lorsqu'il leur parvenait à Matlock Bath, mais cela ne l'avait jamais gêné. Mieux valait des nouvelles pas fraîches que pas de nouvelles du tout, disait-il. D'autant qu'ils ne pouvaient de toute façon pas remédier à cet état de choses.

« Change ce que tu peux, et accepte ce que tu ne peux pas changer », avait-il un jour conseillé à sa sœur. Que penserait-il de sa conduite récente ? Elle avait l'intuition qu'il aurait placé sans hésitation sa blessure, puis sa disparition, dans la catégorie « accepte ce que tu ne peux pas changer ».

Elle laissa échapper un marmonnement. Il était un peu tard pour cela.

— Vous avez dit quelque chose ? s'enquit Edward.

— Non, je pensais simplement à Thomas, répondit-elle, puisqu'elle s'évertuait à ne pas mentir chaque fois que c'était possible.

— Nous le retrouverons, assura Edward. Ou nous aurons des nouvelles. D'une manière ou d'une autre.

Cecilia ravala la boule qui lui obstruait la gorge, et hocha la tête avec reconnaissance. Elle n'était plus seule dans cette épreuve. Même si la peur, l'anxiété, le doute étaient toujours là, elle n'était pas seule. Et cela faisait une énorme différence.

Edward s'apprêtait à poursuivre lorsqu'ils furent interrompus par la femme qui les avait servis un peu plus tôt. Comme tout le monde à New York, elle paraissait exténuée et accablée de travail.

Cecilia aussi souffrait de la chaleur. Elle ne comprenait pas comment les gens réussissaient à supporter des étés pareils. En Angleterre, jamais l'air n'était aussi lourd et humide, sauf s'il pleuvait.

Elle avait entendu dire que les températures hivernales étaient également extrêmes, et elle priait pour ne plus être là lorsque tomberaient les premières neiges. L'un des soldats, à l'hôpital, lui avait raconté que le sol gelait alors si fort qu'il devenait dur comme le roc, et que le vent était capable de vous arracher les oreilles.

— Monsieur, votre bain est prêt, annonça la jeune femme avec une petite révérence.

— Vous en avez encore plus besoin maintenant, déclara Cecilia en indiquant les doigts maculés d'encre d'Edward.

Il va sans dire qu'à *La Tête du diable*, personne n'avait le temps ou l'envie de fixer l'encre du journal avec un fer chaud.

— Il y a de quoi regretter le confort de sa maison, murmura-t-il après avoir jeté un coup d'œil à ses mains.

— Vraiment ? C'est ce qui vous manque le plus ? Un journal bien repassé ?

Malgré le regard qu'il lui adressa, elle devina qu'il ne lui déplaisait pas d'être taquiné. Elle ne l'imaginait pas homme à accepter d'être traité en invalide, veillé par des personnes marchant sur la pointe des pieds et surveillant la moindre de leurs paroles. En conséquence, lorsqu'il reposa le journal et regarda vers la porte, Cecilia se retint de lui demander s'il voulait s'appuyer sur elle pour gravir l'escalier. Elle se contenta de se lever et de lui présenter son bras en silence. Elle avait été témoin de ce qu'il lui en avait coûté de solliciter son aide, un peu plus tôt, à l'hôpital.

Certaines choses gagnaient à être effectuées sans mot dire.

En vérité, elle était soulagée qu'il l'ait ignorée durant le repas pour consacrer toute son attention à la *Gazette*. Elle était encore sous le choc de son offre de lui rendre sa liberté. Jamais, au grand jamais, elle ne se serait attendue à cela. Alors qu'elle se tenait là avec ses biscuits, il lui avait proposé de but en blanc de lui rendre sa liberté.

Comme si c'était lui qui l'avait piégée !

Elle aurait dû saisir l'occasion. Se mentait-elle en se disant qu'elle l'aurait fait si...

Si elle n'avait vu cette expression sur son visage. Pas un muscle ne bougeait, et pourtant ce n'était pas comme s'il était juste immobile. Et elle avait pensé que, peut-être, il retenait son souffle.

Il ne voulait pas qu'elle s'en aille.

Elle ignorait pourquoi elle en était aussi certaine. Elle n'était pas censée connaître les expressions d'Edward, ni être capable d'interpréter les émotions tapies au fond de ses yeux. Elle ne le connaissait, au sens fort du terme, que depuis la veille.

Il avait certes besoin d'une infirmière et elle était disponible, mais pourquoi semblait-il vouloir rester marié avec elle ?

L'ironie de la situation allait croissant.

Cecilia ne pouvait cependant prendre le risque de révéler la vérité avant leur rendez-vous avec le major Wilkins. Le capitaine Edward Rokesby, pressentait-elle, était un parangon d'honnêteté, et elle ne savait pas s'il voudrait, ou même s'il pourrait, se résoudre à mentir à son supérieur. Peut-être se sentirait-il obligé de dire à ce dernier que, s'il souhaitait aider Mlle Cecilia Harcourt dans ses recherches, il n'était pas son mari.

Cecilia n'osait imaginer l'issue d'une telle conversation.

Non, avant d'avouer sa duplicité à Edward, elle n'avait d'autre choix que d'attendre qu'ils aient vu le major.

Alors, mieux valait ne plus y penser.

— Les marches sont hautes et étroites, l'avertit-elle comme ils approchaient de l'escalier.

Il marmonna un remerciement et, appuyé sur son bras, il monta lentement. Cecilia devinait ce qu'il ressentait à dépendre ainsi d'un tiers. Elle ne l'avait jamais vu en bonne santé, mais il était grand – plus d'un mètre quatre-vingts –, et large d'épaules.

Pas du tout le genre d'homme à avoir besoin d'aide pour gravir une volée de marches.

— La chambre est au début du couloir, indiqua-t-elle lorsqu'ils atteignirent le palier. Numéro 12.

Il hocha la tête. Lorsqu'ils furent devant la porte, Cecilia lui lâcha le bras et lui tendit la clé. Ce n'était pas grand-chose, mais ouvrir la porte était un geste qu'il pouvait faire pour elle. Il se sentirait sans doute un peu mieux ensuite même s'il ne comprenait pas pourquoi.

Toutefois, juste avant de glisser la clé dans la serrure, il déclara :

— C'est votre dernière chance.

— Je... je vous demande pardon ?

Lorsqu'il fit tourner la clé, le bruit métallique se répercuta dans le couloir.

— Si vous souhaitez annuler notre union, dit-il d'une voix ferme, vous devez me le dire maintenant.

Cecilia aurait voulu répliquer, mais les pulsations de son cœur résonnaient jusque dans sa gorge, et elle avait l'impression que des fourmis couraient dans ses doigts et dans ses orteils. Jamais elle n'avait été aussi surprise. Ni aussi affolée.

— Je vais le dire une seule fois, reprit Edward, avec un calme qui contrastait avec le chaos sans nom auquel elle était en proie. Quand vous aurez franchi le seuil de cette chambre, notre mariage sera définitif.

Elle ne put retenir un petit rire crispé.

— Ne dites pas de bêtises. Vous ne comptez pas m'honorer cet après-midi, je suppose.

Puis, se rendant compte qu'il pouvait interpréter ces paroles comme une mise en doute de sa virilité, elle ajouta :

— Euh… du moins, pas avant votre bain.

— Vous savez aussi bien que moi que peu importe *quand* je partagerai votre lit, répliqua-t-il, les yeux plongés dans les siens. Une fois que nous serons entrés ensemble dans cette pièce en couple marié, vous serez compromise.

— Vous ne pouvez pas compromettre votre propre femme, tenta-t-elle de plaisanter.

Il jura entre ses dents, quoique avec force. Cela lui ressemblait si peu que Cecilia, interloquée, recula d'un pas.

— Ce n'est pas un sujet à prendre à la légère, rétorqua-t-il.

De nouveau, il semblait s'obliger à une immobilité parfaite. Cette fois, cependant, les battements furieux de son pouls au creux de sa gorge le trahissaient.

— Je vous offre la possibilité de partir.

— Mais pourquoi ?

Après s'être assuré d'un coup d'œil qu'il n'y avait personne dans le couloir, il lança :

— Parce que je suis invalide, bon sang !

Ç'aurait été un cri s'ils n'avaient pas été dans un lieu public. L'intensité de sa voix était telle que l'esprit de Cecilia en garderait à jamais la trace taraudante, elle le savait.

Elle en eut le cœur brisé.

— Non, Edward, dit-elle pour essayer de le rassurer, vous ne devez pas penser cela. Vous êtes...

— Je suis privé d'une partie de mon cerveau, la coupa-t-il.

— Non... non...

Il l'attrapa par les épaules et ses doigts s'enfoncèrent dans sa chair.

— Il faut que vous le compreniez, Cecilia.

Elle secoua la tête. Elle aurait voulu lui dire qu'il était parfait, qu'elle-même n'était qu'une tricheuse et qu'elle se sentait infiniment navrée de tirer avantage de son état.

Jamais elle ne pourrait se racheter à ses yeux.

— Je ne suis pas l'homme que vous avez épousé, déclara-t-il en la relâchant abruptement.

— Et je ne suis probablement pas la femme que vous avez épousée, murmura-t-elle.

Il la regarda sans ciller, si longuement que sa peau commença à la picoter.

— Toutefois je pense, chuchota-t-elle, je pense que vous pourriez avoir besoin de moi.

— Bonté divine, Cecilia, vous n'imaginez pas à quel point.

Et là, au beau milieu du couloir, il l'enlaça et s'empara de ses lèvres.

Edward n'avait pas eu l'intention de l'embrasser. Tout ce qu'il voulait, bon sang, c'était se conduire convenablement. Cependant, lorsqu'elle avait levé vers lui ses yeux couleur d'écume, et qu'elle avait murmuré qu'il avait besoin d'elle...

Une seule chose aurait pu l'exciter davantage : qu'elle lui dise qu'elle avait besoin de lui.

Il était sans forces, certes, et il avait perdu plus d'une dizaine de livres. Il était même incapable de monter sans aide une volée de marches. Mais, sapristi, il pouvait embrasser sa femme, non ?

— Edward… balbutia-t-elle.

— Nous restons mariés, décréta-t-il en l'entraînant dans la chambre.

— Oh, mon Dieu !

Il ne comprit pas le sens de cette exclamation, mais peu lui importait.

La chambre était petite, et le lit en occupait presque la moitié. Aussi n'eut-il aucune difficulté à le rejoindre et à s'y asseoir, forçant Cecilia à l'imiter.

— Edward, je…

— Chuut, lui ordonna-t-il avant de refermer les mains autour de son visage. Je veux te regarder.

— Pourquoi ?

Il sourit.

— Parce que tu es à moi.

Les lèvres de Cecilia formèrent un ovale parfait, adorable, et il l'embrassa de nouveau. D'abord, elle ne réagit pas, sans toutefois le repousser. Il eut plutôt l'impression qu'elle restait volontairement immobile, retenant son souffle, comme si elle voulait s'assurer de la réalité du moment.

Puis, à l'instant où il s'exhortait à s'écarter, il perçut un mouvement minuscule de ses lèvres, accompagné d'un gémissement presque imperceptible.

— Cecilia, murmura-t-il.

Il ignorait ce qu'il avait fait ces derniers mois, pourtant il avait le sentiment qu'il n'y avait rien dont il pût être fier. En tout cas, rien d'aussi pur, d'aussi beau que ce qu'il voyait lorsqu'il se perdait dans son regard.

L'embrasser lui offrait un avant-goût de rédemption.

Il effleura sa bouche avec la douceur d'un chuchotement. Mais ce n'était pas suffisant, et lorsqu'elle émit un léger râle de désir, il commença à lui mordiller les lèvres.

Il aurait voulu y passer tout l'après-midi. Rester simplement allongé à côté d'elle sur le lit, et l'adorer comme la déesse qu'elle était. Ce serait juste un baiser – il n'était guère capable de plus –, un baiser doux, lent, profond.

Si ce désir sans impatience était vraiment étrange, il lui plaisait, du moins pour le moment. Lorsqu'il aurait repris des forces, lorsqu'il se sentirait de nouveau lui-même, il lui ferait l'amour, et il se connaissait suffisamment pour savoir que la passion l'emporterait.

— Tu es belle, murmura-t-il.

Il lui paraissait au demeurant d'une importance extrême de lui signifier qu'il voyait également sa beauté intérieure, aussi ajouta-t-il :

— Et si bonne.

Elle se raidit. Oh, à peine ! Mais les sens d'Edward étaient tellement exacerbés qu'il aurait perçu la moindre modification dans son souffle.

— Nous devons arrêter, murmura-t-elle.

Si sa voix laissait transparaître du regret, elle ne manquait pas de détermination.

Edward soupira. Il désirait Cecilia de plus en plus, mais il ne pouvait lui faire l'amour dans cet état. Elle méritait mieux, et lui aussi, d'ailleurs.

— Votre... Ton eau va refroidir, le prévint-elle.

Il jeta un coup d'œil vers la cuve en cuivre fumante. Ellc n'était pas grande, mais il devrait s'en contenter ; et elle devait déjà commencer à refroidir, Cecilia avait raison.

— Je devrais redescendre, ajouta-t-elle en se levant, un peu gauche.

Elle portait une robe d'un rose éteint, et sa main se confondait presque avec l'étoffe de la jupe qu'elle triturait entre ses doigts.

Edward ne put s'empêcher de trouver adorable son expression mortifiée.

— Tu ne devrais pas te sentir embarrassée. Je suis ton mari, lui rappela-t-il.

— Pas encore, marmonna-t-elle. Pas de cette manière.

Il sentit un sourire lui incurver les lèvres.

— Je dois vraiment m'en aller, reprit-elle, sans toutefois esquisser le moindre geste.

— Ne pars pas à cause de moi. Je suis partisan des pratiques moyenâgeuses, lorsque donner le bain à son mari était considéré comme faisant partie du devoir conjugal.

Quand elle leva les yeux au ciel, une vague de bien-être le parcourut. Elle l'amusait lorsqu'elle était gênée, mais il la préférait lorsqu'elle lui tenait tête.

— Je pourrais me noyer, lui dit-il.

— Oh, je t'en prie !

— Si, vraiment. Je suis très fatigué. Et si je m'endormais dans l'eau ?

Elle ne répliqua pas immédiatement, et l'espace d'un instant, il crut qu'elle allait se rendre à cet argument.

— Tu ne vas pas t'endormir dans la cuve, décida-t-elle finalement.

Il soupira ostensiblement, l'air de dire « On ne sait jamais ». Puis il eut pitié d'elle.

— Reviens dans dix minutes.

— Seulement dix ?

— Est-ce une allusion à mon degré de crasse ?

— Oui, répondit-elle simplement.

Edward éclata de rire.

— Vous êtes vraiment drôle, Cecilia Rokesby. Vous le saviez ?

De nouveau, elle leva les yeux au ciel.

— Je pourrais dire que c'est la raison pour laquelle je t'ai épousée, ajouta-t-il, mais nous savons tous deux que ce n'est pas vrai.

Elle tourna vers lui un visage étrangement dépourvu d'expression.

— Pardon ?

Il haussa les épaules, puis se débarrassa de sa tunique.

— Je ne me souviens manifestement pas de la raison pour laquelle je t'ai épousée.

— Ah ! J'ai cru que tu voulais dire... Peu importe.

— Non, dis-moi, insista-t-il, les sourcils arqués, alors qu'elle rougissait.

— J'ai pensé que, peut-être, tu faisais allusion au...

Il attendit qu'elle termine sa phrase. En vain.

— Au baiser ? hasarda-t-il.

Il ne pensait pas qu'elle puisse rougir davantage. Il se trompait. En deux pas, il la rejoignit. Glissant l'index sous son menton, il leva son visage vers le sien.

— Si je t'avais embrassée avant la cérémonie, dit-il à voix basse, il n'y aurait aucun doute, à cet instant, sur la permanence de notre mariage.

Comme elle fronçait les sourcils avec une perplexité charmante, il effleura ses lèvres des siennes, puis chuchota contre sa joue :

— Si j'avais su ce que c'était que de t'embrasser, je n'aurais pas permis à l'armée de m'envoyer au loin.

— Tu dis cela comme ça...

Il s'écarta, affichant un sourire amusé.

— Tu ne refuserais pas un ordre, précisa-t-elle.

— De toi ? Jamais.

— Arrête, répliqua-t-elle en le repoussant d'un geste taquin. Tu sais très bien que ce n'est pas ce que je veux dire.

Il saisit sa main, la porta à ses lèvres.

— Je vous assure, madame Rokesby, que j'aurais trouvé du temps pour une nuit de noces.

— Tu dois prendre ton bain. À moins que tu n'aimes l'eau froide.

Edward commençait à penser que, peut-être, l'eau froide s'imposait.

— Compris. Mais si je peux ajouter une dernière chose...

— Pourquoi ai-je l'impression que je vais rougir jusqu'aux oreilles dans quelques secondes ?

— Tu es déjà écarlate, fit-il remarquer avec un immense plaisir. Et je voulais simplement dire...

— Je serai en bas ! s'écria-t-elle en s'élançant vers la porte.

Un grand sourire béat aux lèvres, Edward garda les yeux rivés sur le battant qu'elle avait refermé et continua à voix haute :

— Je voulais simplement dire qu'elle aurait été spectaculaire.

« Elle le *sera* », songea-t-il en se débarrassant du reste de ses vêtements avant d'aller s'asseoir dans la cuve.

Et bientôt, si la chose dépendait de lui.

6

De quoi diable parles-tu ? Ton nez n'est pas monstrueusement long.

De Thomas Harcourt à sa sœur Cecilia

Edward avait eu beau dire qu'il n'avait besoin que de dix minutes, Cecilia attendit au moins vingt-cinq minutes avant de s'aventurer de nouveau dans la chambre. Elle serait même restée en bas une demi-heure si elle n'avait commencé à s'inquiéter. Edward était toujours très faible. Et s'il avait des difficultés à sortir de la cuve ?

L'eau devait être froide, à présent. Il pouvait s'enrhumer. Il avait droit à son intimité, bien sûr, et elle était toute disposée à la lui accorder, mais pas au détriment de sa santé.

Il est vrai qu'elle l'avait vu dans un état des plus inconvenants lorsqu'elle l'avait soigné, à l'hôpital. Elle n'avait cependant pas *tout* vu de lui. Elle avait appris à jouer habilement avec le drap, le déplaçant ici ou là de manière à préserver la dignité d'Edward.

Et sa propre pudeur.

Si tout New York la considérait comme une femme mariée, elle était encore très innocente, même si un baiser du capitaine Edward Rokesby lui avait coupé le souffle… et ôté toute capacité à penser.

Vraiment, qu'un homme puisse avoir des yeux de cette couleur aurait dû être interdit. Un seul regard suffisait à subjuguer une fille. Certes, elle avait fermé les paupières lorsqu'il l'avait embrassée, mais peu importait, car elle ne se rappelait que cet instant, juste avant qu'il ne pose ses lèvres sur les siennes, où elle avait cru se noyer dans le bleu de son regard.

Cecilia avait toujours aimé ses propres yeux, et tirait une certaine fierté de leur vert pâle si rare. Quant à Edward…

Il était beau, impossible de le nier.

Il était également fragile, songea-t-elle en se dirigeant vers l'escalier, et un rhume pouvait lui être fatal.

— Edward ? appela-t-elle en frappant doucement à la porte.

Après tout, elle n'avait aucune raison de se montrer discrète ; elle frappa donc un peu plus fort.

— Edward ?

Pas de réponse.

Un petit frisson d'appréhension courut le long de son dos. Elle referma la main sur la poignée, l'actionna et pénétra dans la chambre, les yeux baissés.

— Edward ? appela-t-elle de nouveau.

Comme il ne répondait toujours pas, elle se résigna à regarder du côté de la cuve en cuivre.

— Tu t'es endormi ! s'écria-t-elle sans réfléchir.

Et sans penser qu'il n'avait peut-être pas envie d'être réveillé aussi bruyamment.

En effet, il poussa un cri, et sursauta si violemment que de l'eau gicla hors de la cuve tandis que Cecilia, sans trop savoir pourquoi, traversait la chambre en courant.

Elle ne pouvait rester plantée ainsi devant lui. Il était nu !

— Tu avais dit que tu ne t'endormirais pas, lança-t-elle en pivotant, dos à la cuve.

— Non, c'est toi qui as dit que je ne m'endormirais pas.

Flûte, il avait raison.

— Eh bien... commença-t-elle d'un ton indiquant clairement qu'elle ne savait quelle conduite adopter. Je suppose que l'eau est froide.

Un silence, puis :

— C'est supportable.

Elle se dandina d'un pied sur l'autre, et croisa les bras. Bien qu'elle ne fût pas en colère, elle avait l'impression de ne pas savoir quoi faire de son corps.

— Je ne voudrais pas que tu attrapes un rhume, dit-elle, les yeux rivés sur ses pieds.

— Non.

Non ? C'est tout ?

— Euh... Cecilia ?

Elle soupira, lui signifiant qu'elle l'écoutait.

— Cela t'ennuierait de fermer la porte ?

— Oh, mon Dieu, je suis désolée !

Elle retraversa la chambre en courant et claqua la porte avec plus d'énergie que nécessaire.

— Tu es toujours là ? s'enquit Edward.

C'est alors qu'elle s'aperçut qu'il ne pouvait pas la voir. Il était dos à la porte, et la cuve était bien trop étroite pour qu'il puisse se retourner facilement.

— Euh, oui ?

Elle ignorait pourquoi, mais son ton s'était fait interrogateur.

Il y eut un court silence, durant lequel Edward se demanda probablement comment répliquer à une question aussi ridicule. Finalement, il se contenta de demander :

— Penses-tu pouvoir m'apporter une serviette ?

— Oh… Oui. Bien sûr.

Tout en veillant à rester dos à la cuve, elle se dirigea vers le lit et s'empara de la serviette posée dessus. De là, il lui suffit de tendre le bras en arrière pour la donner à Edward.

— Sans vouloir te mettre mal à l'aise, commença-t-il, une fois qu'il eut pris la serviette.

Ce qui signifiait qu'elle allait l'être.

— J'apprécie tes efforts pour ménager ma pudeur, mais ne m'as-tu pas vu nu lorsque tu me soignais ?

— Pas comme cela, marmonna-t-elle.

De nouveau, un court silence. Cette fois, Cecilia imagina sans peine son froncement de sourcils tandis qu'il réfléchissait à sa réponse.

— Je m'arrangeais pour garder le drap sur toi, expliqua-t-elle.

— Tout le temps ?

— J'étais très concentrée, se défendit-elle, lui arrachant un éclat de rire. Je crois que je vais redescendre, ajouta-t-elle en marchant de biais pour gagner la porte. Je voulais juste m'assurer que tu ne prenais pas froid.

— En juin ?

— Tu as été malade, répliqua-t-elle d'un ton guindé.

— Je le suis toujours, soupira-t-il.

Les lèvres pincées, Cecilia s'efforça de rassembler son courage. Il avait raison. Et sa santé était plus importante que sa susceptibilité. Elle prit une profonde inspiration.

— As-tu besoin d'aide pour sortir du bain ?

— Non. Du moins, je l'espère.

— Peut-être que je devrais rester, suggéra-t-elle. Le temps que tu te relèves. Si jamais tu avais besoin de moi…

Elle préférait que ce ne soit pas le cas – la serviette n'était pas très grande.

Un instant plus tard, au bruit de l'eau, elle comprit qu'il avait réussi à se mettre debout.

— As-tu...

— Ça va, la coupa-t-il.

— Je suis désolée.

Elle n'aurait pas dû insister, au risque de mettre sa fierté à mal. Mais elle avait pris soin de lui pendant plusieurs jours et il lui était difficile de cesser, même si elle se forçait à ne pas tourner les yeux vers lui.

— Ce n'est pas ta faute.

Elle hocha la tête, sans savoir s'il la regardait.

— Tu peux te retourner, maintenant.

— Tu en es certain ?

— Je suis couvert, répliqua-t-il avec, peut-être, un soupçon d'agacement.

Elle se retourna lentement. Elle ignorait ce qu'il entendait exactement par « couvert ».

Il était dans le lit, adossé aux oreillers, la courtepointe remontée jusqu'à la taille. Son torse était nu. Elle n'en voyait pas davantage que lorsqu'elle le bassinait, à l'hôpital, et pourtant, la situation était toute différente à présent qu'il avait les yeux ouverts et le regard attentif.

— Tu as l'air mieux, constata-t-elle.

C'était la vérité. Il s'était lavé les cheveux, et sa peau semblait moins blafarde.

Edward lui adressa un sourire las, puis il se frotta le menton.

— Je ne suis pas rasé.

— Ce n'est pas grave. Rien ne presse.

— Je ne me sentirai pas vraiment propre tant que j'aurai cette barbe.

— Ah... Eh bien...

Elle aurait dû lui proposer de le raser. C'était tout à fait le genre de service qu'elle pouvait lui rendre. Mais le geste était intime. Le seul homme qu'elle eût jamais rasé était son père. Il n'avait pas de valet de chambre, et lorsque son arthrite l'avait empêché de se débrouiller seul, elle s'en était chargée à sa place.

— Tu n'es pas obligée, fit remarquer Edward.

— Cela ne me dérange pas, assura-t-elle.

Se conduire ainsi, en vierge effarouchée, était ridicule. N'avait-elle pas traversé seule l'océan Atlantique ? Ne s'était-elle pas dressée contre le colonel Zachary Stubbs, de l'armée de Sa Majesté, et ne lui avait-elle pas menti sans vergogne pour sauver la vie d'un homme ? Elle était sûrement capable de raser ce même homme !

— Il serait peut-être prudent de ma part de m'enquérir d'abord de ton expérience en la matière.

Dissimulant un sourire, elle jeta un regard circulaire à la recherche d'un rasoir et d'un blaireau.

— Mieux vaut être prudent, en effet, avant de m'autoriser à approcher une lame de ta gorge.

Il laissa échapper un petit rire.

— Il y a un coffret en cuir dans ma malle. Tu y trouveras mon nécessaire de rasage.

Les effets d'Edward avaient été conservés pendant son absence. Le colonel Stubbs les avait fait livrer à l'auberge un peu plus tôt dans la journée.

Cecilia s'approcha de ladite malle, l'ouvrit, puis écarta les vêtements soigneusement pliés, les livres, les papiers. Fouiller ainsi dans les affaires d'Edward semblait terriblement intime. Qu'emportait un homme lorsqu'il se rendait dans un pays étranger ? Sans doute n'aurait-elle pas dû se poser cette question. Après tout, elle aussi avait fait ses bagages pour traverser l'Océan. Mais à la différence d'Edward, elle n'avait jamais eu l'intention de rester longtemps dans les Colonies. Elle n'avait emporté que le strict nécessaire. Le seul souvenir dont elle s'était chargée, c'était une miniature de son frère, parce qu'elle avait pensé que celle-ci pourrait éventuellement l'aider à le retrouver.

Elle secoua la tête. Dire qu'elle croyait avoir besoin de son portrait pour trouver Thomas dans un hôpital ! Elle était loin de s'imaginer que ses recherches s'étendraient sur la colonie entière.

— Tu le vois ? s'enquit Edward.

— Euh… non, murmura Cecilia en écartant une chemise de lin.

L'étoffe douce était usée ; visiblement, elle avait été lavée à de nombreuses reprises. Elle s'y connaissait toutefois assez en couture pour remarquer qu'elle était d'excellente qualité. Thomas n'avait pas d'aussi belles chemises. Avaient-elles résisté aussi bien que celles d'Edward ? Elle essaya d'imaginer son frère en train de ravauder ses vêtements. Sans succès. C'était toujours elle qui accomplissait ce genre de tâche. Quand bien même elle s'en plaignait.

Que n'aurait-elle donné pour les accomplir de nouveau.

— Cecilia ?

Avisant le coin d'un coffret en cuir, elle le tira à elle.

— Je suis désolée. Je pensais à autre chose.

— À quelque chose d'intéressant, j'espère.

Elle se retourna pour lui faire face.

— Je pensais à mon frère.

Le visage d'Edward se fit grave.

— Bien sûr. Excuse-moi.

— J'aurais aimé l'aider à préparer sa malle.

Il ne répondit pas mais, d'un petit mouvement de la tête, il lui signifia qu'il comprenait.

— Il n'est pas rentré à la maison avant de partir pour l'Amérique, continua Cecilia. Je ne crois pas que quelqu'un ait préparé ses affaires avec lui. Et toi ?

— Ma mère, répondit Edward. Elle a insisté. J'ai pu dire au revoir à ma famille avant d'embarquer. Crake House n'est pas loin de la côte. Avec une monture rapide, il ne faut pas deux heures pour s'y rendre.

Cecilia opina avec tristesse. Le régiment d'Edward et de Thomas était parti du port de Chatham, dans le Kent. C'était bien trop loin du Derbyshire pour que son frère puisse envisager de s'y rendre.

— Thomas est venu chez moi plusieurs fois, reprit Edward.

— Vraiment ?

Cecilia en ressentit une joie qui la surprit. Ce que lui rapportait Thomas de sa vie à la caserne était quelquefois sinistre, et elle était heureuse qu'il ait eu la chance de passer un peu de temps dans une vraie maison, entouré d'une vraie famille.

Elle secoua la tête en esquissant un sourire.

— Il n'y a jamais fait allusion.

— Et moi qui croyais que vous vous racontiez tout.

— Pas tout, non, murmura Cecilia, surtout pour elle-même.

Elle n'avait certes pas confié à Thomas à quel point elle aimait qu'il lui parle d'Edward dans ses lettres. Si elle avait eu l'occasion de s'asseoir en compagnie de son frère, de lui parler face à face, lui aurait-elle avoué qu'elle était un peu amoureuse de son meilleur ami ?

Sans doute pas. Certaines choses étaient trop intimes pour être révélées, même à son frère préféré.

Elle eut soudain la gorge nouée. Thomas aimait à dire qu'il était son frère préféré, ce à quoi elle rétorquait toujours qu'il était son *unique* frère. Leur père, qui n'avait jamais eu beaucoup d'humour, grommelait qu'il avait déjà mille fois entendu cette ritournelle et qu'ils pourraient essayer d'en changer…

— À quoi penses-tu ? demanda Edward.

— Je suis désolée. À Thomas, de nouveau. Pourquoi ? J'ai l'air triste ?

— Non, au contraire. Plutôt heureuse.

Cecilia battit des paupières à plusieurs reprises.

— Je suppose que je l'étais.

Du menton, Edward désigna la malle ouverte.

— Tu dis que tu aurais aimé l'aider à préparer ses bagages ?

Elle resta songeuse un instant, gagnée par la nostalgie.

— Oui, je crois. Ç'aurait été réconfortant de penser à lui avec ses affaires. Pas indispensable, bien sûr, mais ç'aurait été bien.

Elle se détourna, le temps de ravaler les larmes qui commençaient à lui piquer les yeux.

— Je n'avais pas vraiment besoin de l'aide de ma mère, déclara Edward d'un ton paisible.

Elle se risqua à regarder ce visage qui lui était devenu si cher en si peu de temps. Si elle ignorait à quoi ressemblait sa mère, elle parvenait à imaginer la scène : Edward, grand, fort, officier dans l'armée de Sa Majesté, feignant oublis et maladresse pour permettre à sa mère d'être aux petits soins.

Elle le dévisagea sans chercher à dissimuler son respect.

— Vous êtes un homme bon, Edward Rokesby.

Un instant, il parut presque surpris par ce compliment, dit avec solennité. Puis Cecilia le vit rougir sous sa barbe et baissa la tête pour cacher son sourire.

— C'est ma mère, bougonna-t-il.

Cecilia défit l'une des boucles qui fermaient le coffret de cuir.

— Un homme bon, je persiste.

Elle ne le vit pas rougir puisqu'elle lui tournait quasiment le dos, pourtant elle aurait juré qu'elle le sentait.

Elle aimait qu'il rougisse, et elle aimait en être la cause.

Elle fit courir ses doigts sur le rebord de la malle. Comme toutes les possessions d'Edward, c'était un bel objet, solide. Des clous sur le dessus formaient ses initiales.

— Que signifie le *G* ? s'enquit-elle.

— Le *G* ?

— Dans tes initiales. *EGR*.

— Ah ! George.

— Évidemment.

— Pourquoi « évidemment » ?

— Qu'est-ce que cela pourrait être d'autre ?

— Gregory, suggéra-t-il. Geoffrey.

— Non, répliqua-t-elle avec un sourire malicieux.

— Gauvain.

Elle leva les yeux au ciel.

— Je t'en prie. Tu es un George.

— Mon frère est un George, corrigea-t-il.

— Toi aussi, apparemment.

— C'est un prénom familial, expliqua-t-il avec un haussement d'épaules.

Alors qu'elle sortait le rasoir du coffret, il poursuivit :

— Quel est le tien ?

— Mon second prénom ? Esmeralda.

Il arrondit les yeux.

— Vraiment ?

— Non, admit-elle dans un éclat de rire. Il n'a rien d'aussi exotique. Je m'appelle Anne, comme ma mère.

— Cecilia Anne… C'est très joli.

Elle se sentit rougir, ce qui la surprit vu le nombre de choses bien plus embarrassantes qui lui étaient arrivées au cours de la journée.

— Comment as-tu fait pour te raser, dans le Connecticut ? demanda-t-elle.

Son rasoir était de toute évidence resté avec ses autres effets. Il ne l'avait pas avec lui lorsqu'il était réapparu à Kip's Bay.

— Je ne sais pas, admit-il après une hésitation.

— Oh, je suis vraiment désolée !

Quelle idiote ! Bien sûr qu'il l'ignorait.

— Mais je possède deux rasoirs, enchaîna-t-il, s'efforçant de toute évidence de mettre un terme à sa gêne. Celui que tu as en main appartenait à mon grand-père. L'autre a été acheté juste avant mon départ, et c'est ce dernier que j'emportais le plus souvent quand je me déplaçais. Je me demande ce qu'il est devenu, ajouta-t-il, le front plissé.

— Je ne me rappelle pas l'avoir vu dans tes affaires, à l'hôpital.

— Parce que j'avais des affaires à l'hôpital ?

— Maintenant que tu poses la question, non. Juste les vêtements que tu portais, d'après ce qu'on m'a dit. Et ce qu'il y avait dans tes poches. Je n'étais pas là lorsqu'on t'a amené.

— Eh bien, dit-il en se grattant le menton, je suppose que c'est pour cela que je ne voyage pas avec mon bon rasoir.

— Il est très beau, murmura Cecilia.

De fines sculptures ornaient le manche en ivoire, chaud dans la main, et la lame était en acier de Sheffield.

— C'est de lui que je tiens mes prénoms, dit Edward. De mon grand-père. Ses initiales sont gravées sur le manche. C'est pour cela qu'il me l'a donné.

Cecilia baissa les yeux : *EGR* était en effet gravé dans l'ivoire.

— Mon père a le même rasoir, dit-elle. Le manche n'est pas aussi beau, mais l'acier est le même.

Tout en parlant, elle s'était approchée de la cuvette. Elle était vide, et elle alla la plonger dans la cuve en cuivre.

— Tu t'y connais en lames d'acier ? lança Edward.

Elle lui adressa un regard moqueur.

— Tu as peur ?

— À raison, peut-être.

— Quiconque vivant aussi près de Sheffield connaît l'acier du même nom, répliqua-t-elle en riant. Beaucoup d'hommes ont quitté le village, ces dernières années, pour aller travailler dans les hauts-fourneaux.

— C'est un travail ingrat, j'imagine.

Cecilia repensa à ses voisins – ses anciens voisins, de fait. Tous jeunes, en général fils de métayers. Mais plus aucun d'eux ne paraissait jeune après un an ou deux passés dans les aciéries.

— Oui, acquiesça-t-elle. On m'a dit qu'ils gagnaient bien mieux leur vie qu'en travaillant dans les champs. Je l'espère sincèrement.

Après avoir mis un peu de savon dans un bol, Cecilia le fit mousser avec le blaireau rangé à côté du rasoir, puis elle apporta le tout près du lit. Elle fronça alors les sourcils.

— Qu'y a-t-il ?

— Ta barbe est vraiment broussailleuse.

— Pas à ce point, tout de même !

— Elle est en tout cas plus fournie que ne l'était celle de mon père.

— C'est sur lui que tu t'es exercée ?

— Tous les jours durant les dernières années de sa vie.

La tête inclinée sur le côté, elle examina ses joues comme une artiste étudie sa toile.

— Ce serait mieux si je pouvais la tailler d'abord.

— Je n'ai malheureusement pas de cisailles.

Cecilia eut soudain la vision d'un jardinier s'attaquant à la barbe d'Edward à la cisaille. Elle se retint de pouffer, quoique pas tout à fait.

— Qu'y a-t-il ?

— Mieux vaut que tu ne le saches pas. Allons-y, dit-elle en saisissant le blaireau.

Edward leva le menton et elle enduisit la partie gauche de son visage de savon. La mousse n'était pas aussi dense qu'elle l'aurait souhaité, mais elle devrait s'en contenter.

Tirant sur la peau d'une main, elle fit glisser la lame avec précaution, à plusieurs reprises, de la joue au menton. Après chaque passage, elle rinçait la lame dans la cuvette, dont l'eau se couvrit peu à peu d'une écume mêlée de poils.

— Il y a beaucoup de roux dans ta barbe, commenta-t-elle. L'un de tes parents est roux ?

Il commença à secouer la tête.

— Ne bouge pas !

— Dans ce cas ne me pose pas de questions, répliqua-t-il en lui lançant un regard oblique.

— Touché !

— Ma mère est blonde, reprit-il lorsqu'elle rinça de nouveau le rasoir. Mon père est brun, comme moi. Enfin, il l'était. Il devient gris à présent. Ou argenté, comme il préfère dire.

Un pli se forma sur son front et ses yeux s'assombrirent.

— J'imagine qu'il en aura beaucoup plus lorsque je le reverrai.

— Des cheveux gris ? s'enquit Cecilia d'un ton volontairement léger.

Il leva davantage le menton pour lui permettre d'accéder à son cou.

— Oui. Je te remercie encore de leur avoir écrit.

— Je t'en prie. Je regrette juste qu'ils n'aient pas été prévenus plus tôt.

Elle avait réussi à faire partir son courrier aux Rokesby par le premier bateau ; il n'empêche que trois semaines au moins s'écouleraient avant que sa lettre n'atteigne l'Angleterre. Et cinq semaines de plus avant qu'elle puisse espérer recevoir une réponse.

Ils demeurèrent silencieux tandis que Cecilia poursuivait sa tâche. Elle trouvait beaucoup plus difficile de parvenir à un résultat satisfaisant que lorsqu'elle rasait quotidiennement son père. Il y avait une grande différence entre les poils drus et longs d'Edward et la barbe naissante dont elle avait l'habitude.

En outre, il s'agissait d'Edward, lequel venait de l'embrasser. Et elle avait aimé, beaucoup aimé cela…

Lorsqu'elle s'inclinait vers lui, elle avait une conscience si aiguë de sa proximité que le souffle lui manquait et que son corps tout entier la picotait. Quand elle parvenait enfin à respirer, c'était comme si elle le respirait, lui. Il sentait délicieusement bon… c'est-à-dire qu'il sentait le savon. Et l'homme. Et le chaud.

Bonté divine, elle était folle ! On ne pouvait pas sentir le chaud. Et l'odeur de savon n'était pas délicieuse. Mais plus rien n'avait de sens lorsqu'elle se tenait si près d'Edward Rokesby. Son esprit s'embrouillait, elle avait l'impression que ses poumons se comprimaient – ou se gonflaient. Elle ne savait plus.

Qu'elle parvienne à conserver une main sûre tenait du miracle.

— Tu peux tourner un peu la tête ? murmura-t-elle.

Il s'exécuta, et elle se pencha encore davantage pour atteindre un point sous l'oreille. Elle devait incliner le rasoir afin d'éviter de lui entailler la peau. Elle était si près que son souffle dérangeait ses cheveux. Ç'aurait été si facile de soupirer, de se fondre en lui, de sentir son corps contre le sien...

— Cecilia ?

Elle entendit sa voix, mais fut incapable de réagir. Elle avait l'impression d'être suspendue dans le vide, comme si l'air était suffisamment épais pour la porter. Puis elle se redressa enfin, clignant des yeux pour dissiper ce qui devait être la brume du désir.

— Je suis désolée, articula-t-elle d'une voix enrouée. J'étais perdue dans mes pensées.

Ce n'était pas un mensonge.

— Cela n'a pas besoin d'être parfait, déclara-t-il d'un ton contraint. Il suffit que tu aies enlevé le plus gros, je pourrai me raser de plus près demain matin.

— Bien sûr, dit-elle en esquissant un pas en arrière. Je... Oui, cela prendra beaucoup moins de temps. Et tu dois être fatigué.

— C'est vrai, reconnut-il.

— Tu voudras sûrement... Euh...

Elle cilla de nouveau. La vision de son torse nu était des plus troublantes.

— Tu ne veux pas enfiler une chemise ?

— Après que nous aurons fini. Elle risquerait d'être mouillée.

— Bien sûr.

Elle baissa les yeux sur la poitrine d'Edward. Un flocon de mousse était tombé juste au-dessus du mamelon. Elle tendit la main pour l'essuyer, mais à l'instant où elle lui touchait la peau, il lui agrippa le poignet.

— Non !

C'était un avertissement.

Il la désirait. Peut-être encore plus qu'elle-même ne le désirait.

Elle passa la langue sur ses lèvres soudain desséchées.

— Ne fais pas cela, ajouta-t-il d'une voix rauque.

Elle fut saisie par l'intensité perçante de son regard bleu. Une pulsation sourde dans la poitrine la laissa un instant muette. Elle sentait la chaleur de la main d'Edward et la tendresse inattendue de son étreinte.

— Je ne peux pas te laisser ainsi, finit-elle par murmurer.

Il la dévisagea, visiblement déconcerté.

Elle indiqua sa joue droite, encore barbue.

— On dirait que tu es mal fini.

Il porta la main à son menton, à l'endroit précis où les poils cédaient la place à la peau nue, et laissa échapper un reniflement amusé.

— Tu as l'air ridicule, déclara Cecilia, qui brandit le rasoir et le blaireau. Je dois terminer.

Haussant le sourcil droit, il répliqua :

— Je pourrais rencontrer le major Wilkins ainsi, tu ne crois pas ?

— Je paierais cher pour voir cela, avoua Cecilia en contournant le lit, soulagée que la tension entre eux se soit évanouie. Si j'avais de l'argent.

Edward se rapprocha du bord du matelas, puis resta immobile tandis qu'elle lui enduisait l'autre joue de savon.

— Tu es à court d'argent ?

Le blaireau à mi-chemin de sa joue, elle s'interrogea : jusqu'où devait-elle se montrer franche ? Elle opta pour un simple :

— Le voyage s'est révélé bien plus onéreux que prévu.

— Je suppose que cela vaut pour la plupart des voyages.

— C'est ce qu'on m'a dit, acquiesça-t-elle en rinçant le rasoir. C'est la première fois que je m'aventure à plus de dix lieues du Derbyshire.

— Ce n'est pas vrai !

— Ne bouge pas, lui intima-t-elle.

Elle venait de poser la lame sur sa gorge.

— Excuse-moi. Mais… c'est la première fois, vraiment ?

Elle leva le rasoir avant de hausser les épaules.

— Où serais-je allée ?

— À Londres.

— Je n'avais aucune raison de m'y rendre.

Bien que respectables, les Harcourt n'étaient pas du genre à envoyer leur fille faire son entrée dans le monde à Londres. En outre, le père de Cecilia détestait la ville. Le simple fait de devoir se rendre à Sheffield le mettait dans tous ses états. Et la seule fois où il avait été contraint d'aller à Manchester pour y régler une affaire, il s'était plaint pendant des jours.

— Et personne pour m'y accompagner, ajouta-t-elle.

— Je t'y emmènerai.

Cecilia se figea. Oui, bien sûr, il les croyait mariés. Alors, il pensait qu'il pourrait l'emmener à Londres.

— Enfin, si tu le souhaites, précisa-t-il, se méprenant sur son raidissement soudain.

Elle se força à sourire.

— Ce serait merveilleux.

— Nous irons au théâtre, dit-il en étouffant un bâillement. Ou peut-être à l'opéra. Tu aimes l'opéra ?

Brusquement, elle eut hâte que cette conversation se termine. Dans son esprit se bousculaient les visions d'un avenir où ils étaient tous les deux, un avenir où son nom serait véritablement Rokesby, où elle habiterait une jolie maison dans le Kent, avec trois enfants qui auraient les extraordinaires yeux bleus de leur père.

Un avenir merveilleux. Sauf que ce n'était pas le sien.

— Cecilia ?

— Et voilà, c'est fini, annonça-t-elle d'une voix un peu trop forte.

Les sourcils froncés, il passa la main sur sa joue droite.

— Déjà ? Tu as fait ce côté-là bien plus vite que l'autre.

— J'étais plus à l'aise, sans doute.

En vérité, elle s'était moins appliquée. Mais c'était insoupçonnable à moins d'être tout près de lui.

— Je vais te laisser te reposer, à présent. Tu es fatigué, et nous avons ce rendez-vous, tout à l'heure.

— Tu n'es pas obligée de sortir.

Si, pour sa propre tranquillité d'esprit !

— Je vais te gêner, argua-t-elle.

— Pas si je dors.

Il bâilla de nouveau, puis sourit, et Cecilia fut éblouie.

— Quoi ? demanda-t-il. Tu as oublié un coin ?

— Tu as l'air différent lorsque tu es rasé, répondit-elle.

Edward lui adressa un sourire en coin.

— Je suis plus beau, je pense.

Beaucoup plus. Ce qu'elle n'aurait pas cru possible.

— Je m'en vais. Je demanderai qu'on envoie quelqu'un pour vider la cuve et…

— Reste, l'interrompit-il. J'aime bien que tu sois là.

Quand Cecilia s'assit avec précaution à l'autre extrémité du lit, il lui sembla impossible qu'il n'entende pas le bruit de son cœur qui se brisait.

7

Oh, pour l'amour du Ciel, je sais bien que mon nez n'est pas d'une longueur monstrueuse ! C'était une façon de parler. Tu ne peux pas attendre de M. Rokesby qu'il se montre honnête lorsque le sujet de la conversation est ta sœur. Il se doit de faire un compliment. Si je ne m'abuse, c'est une règle implicite entre gentlemen, non ?

À quoi ressemble le lieutenant Rokesby ?

De Cecilia Harcourt à son frère Thomas

Lorsqu'ils descendirent à 17 h 30, le major Wilkins les attendait déjà dans la salle à manger avec une chope de bière et une assiette garnie de pain et de fromage. Edward s'inclina lorsqu'il se leva pour les accueillir. Leurs chemins s'étaient croisés assez souvent, même s'ils n'appartenaient pas au même régiment. Le major jouait le rôle d'administrateur pour la garnison britannique à New York, et c'était certainement la personne toute désignée pour entamer des recherches sur un soldat disparu.

Si Edward avait toujours trouvé l'homme plutôt pompeux, ce trait s'accompagnait d'un attachement absolu à l'ordre et aux règles, ce qui était sans doute une qualité nécessaire chez un administrateur militaire. Pour être franc, Edward n'aurait pas voulu de ce poste.

Dès qu'ils furent assis, Cecilia entra dans le vif du sujet.

— Avez-vous des nouvelles de mon frère ?

Après lui avoir adressé un regard qu'Edward lui-même trouva condescendant, le major Wilkins répondit :

— Ma chère madame, le théâtre des opérations est vaste. Nous ne pouvons espérer trouver un homme aussi rapidement. Du fromage ? proposa-t-il en indiquant l'assiette au milieu de la table.

Cecilia parut un instant déconcertée par ce brusque changement de sujet.

— Mais il s'agit de l'armée, protesta-t-elle. De l'armée britannique. Ne sommes-nous pas la force la mieux organisée du monde ?

— Bien sûr, mais...

— Comment pouvons-nous perdre la trace d'un homme ?

Edward posa une main apaisante sur son bras.

— Le chaos de la guerre peut mettre à l'épreuve les armées les mieux coordonnées. Moi-même, j'ai été considéré comme disparu pendant plusieurs mois.

— Mais il n'avait pas disparu quand il a été porté disparu ! s'écria-t-elle.

Quand le major Wilkins gloussa, amusé par sa formulation, Edward retint un grommellement devant tant d'insensibilité.

— Elle est excellente, celle-là, déclara le major en se coupant une épaisse tranche de cheddar. « Il n'avait pas disparu quand il a été porté disparu »... Hé, hé, elle va plaire au colonel !

— Je me suis mal exprimée, rétorqua Cecilia d'un ton sec.

Edward l'observa avec attention. Il avait failli intervenir, mais elle semblait contrôler la situation. Ou du moins ses nerfs.

— Ce que je voulais dire, reprit-elle, le regard glacial, c'est que Thomas était ici, à New York. À l'hôpital. Et que soudain il n'y est plus. Ce n'est pas comme s'il avait été sur un champ de bataille ou envoyé en éclaireur derrière les lignes ennemies.

Envoyé en éclaireur derrière les lignes ennemies. Edward fronça les sourcils. Les mots avaient curieusement sonné à son oreille. Était-ce ce qu'il faisait, dans le Connecticut ? Cela paraissait vraisemblable. Mais pourquoi ? Il ne se rappelait pas avoir accompli ce genre de mission auparavant.

— C'est justement là le problème, riposta le major Wilkins. On ne retrouve pas trace de votre frère à l'hôpital.

— Quoi ? s'écria Cecilia, avant de regarder les deux hommes tour à tour. C'est impossible !

Wilkins haussa les épaules.

— J'ai demandé à mon secrétaire de vérifier. Le nom et le grade de chaque soldat amené à l'hôpital sont inscrits dans un registre. Nous notons sa date d'arrivée et sa date de... de départ.

— De départ ? répéta Cecilia.

— Ou de décès, expliqua Wilkins, qui eut la bonne grâce de paraître un peu embarrassé en évoquant cette éventualité. Quoi qu'il en soit, nous n'avons pas trouvé trace de votre frère.

— Pourtant il a été blessé, argua Cecilia. Nous en avons été avertis.

Manifestement agitée, elle reporta les yeux sur Edward.

— Mon père a reçu une lettre du général Garth. Il lui écrivait que Thomas avait été blessé, que ce n'était pas une blessure mortelle, et qu'il était soigné à l'hôpital. Y a-t-il un autre hôpital ?

Edward se tourna vers le major Wilkins.

— Pas sur cette partie de l'île, répondit ce dernier.

— Pas sur *cette partie* ? Que voulez-vous dire ? interrogea Cecilia.

— Il y a quelque chose qui ressemble à une infirmerie dans Haarlem, répondit Wilkins avec un soupir qui trahissait son regret d'avoir abordé le sujet. Je n'appellerais pas cela un hôpital.

Il adressa un regard entendu à Edward avant d'ajouter :

— Je ne voudrais pas y être admis, si vous voyez ce que je veux dire.

— Pour l'amour du Ciel, s'écria Edward en voyant Cecilia blêmir, vous parlez du frère de mon épouse !

Le major se tourna vers Cecilia, l'air contrit.

— Je vous présente mes excuses.

Elle hocha la tête, mais le cœur d'Edward se serra quand il la vit avaler sa salive convulsivement.

— L'infirmerie de Haarlem est très rudimentaire, continua le major à l'intention de Cecilia. Votre frère est officier. Il n'aurait pas été transporté dans un tel endroit.

— Si c'était l'établissement le plus proche, il...

— Sa blessure n'étant pas mortelle, il aurait été déplacé.

Penser que les hommes du rang recevaient des soins de moindre qualité déplaisait à Edward. Malheureusement, les places étaient comptées dans l'hôpital improvisé, ici, à Manhattan. Et l'armée y admettait en priorité les officiers.

— Le major a raison, dit-il à Cecilia.

— Peut-être que Thomas avait une raison de refuser d'être déplacé, répliqua-t-elle. S'il était avec ses hommes, il ne voulait peut-être pas les abandonner.

— La chose se serait passée il y a plusieurs mois, dit Edward, navré de devoir ainsi réduire son espoir à néant. Même s'il était resté à Haarlem pour être avec ses hommes, il serait ici à présent.

— C'est certain, renchérit le major Wilkins. Il est totalement exclu qu'il soit là-bas.

— On ne peut pas vraiment appeler cela une ville, expliqua Edward à Cecilia. À part le manoir Morris, qui a servi de quartier général, c'est davantage un ensemble de camps coloniaux abandonnés.

— Et nous n'avons pas d'hommes là-bas ?

— Juste de quoi empêcher que l'endroit ne retombe entre les mains ennemies, répondit le major. Et puis, c'est une bonne terre agricole. Nous avons des récoltes presque mûres pour la moisson.

— *Nous ?* ne put s'empêcher de relever Edward.

— La loyauté des fermiers de Haarlem est acquise au roi, affirma le major.

Edward n'en était pas si certain, mais le moment semblait mal choisi pour une discussion sur les inclinations politiques locales.

— Nous sommes remontés à six mois dans le registre... enchaîna le major Wilkins.

Il se coupa un autre morceau de fromage, et fit la grimace lorsque le cheddar s'effrita sur son couteau.

— ... et nous n'avons pas trouvé la moindre mention de votre frère. Franchement, c'est comme s'il n'avait jamais existé.

De nouveau, Edward retint un grommellement. Bon sang, cet homme était dépourvu du tact le plus élémentaire !

— Vous allez continuer votre enquête, n'est-ce pas ? demanda Cecilia.

— Bien sûr, bien sûr, répondit Wilkins, qui se tourna vers Edward. C'est le moins que je puisse faire.

— Je ne vous le fais pas dire, marmonna Edward.

Le major se redressa.

— Je vous demande pardon ?

— Pourquoi n'avez-vous pas donné cette information à ma femme lorsqu'elle est venue vous voir, la semaine dernière ?

Le major s'immobilisa, sa tranche de pain couronnée de fromage à mi-chemin entre l'assiette et sa bouche.

— J'ignorais que c'était votre femme.

Edward l'aurait étranglé avec plaisir.

— En quoi cela fait-il une différence ?

Comme Wilkins écarquillait les yeux sans répondre, il continua :

— Étant la sœur du capitaine Harcourt, elle méritait votre respect et votre attention, indépendamment de sa situation maritale.

— Nous n'avons pas pour habitude de répondre aux questions de membres de la famille, répliqua le major avec raideur.

Edward aurait eu au moins cinq ou six ripostes à lui renvoyer, mais il n'avait rien à gagner à le contrarier davantage. Il s'adressa donc à Cecilia :

— As-tu cette lettre du général Garth sur toi ?

— Bien sûr, répondit-elle en plongeant la main dans la poche de sa jupe. Je ne m'en sépare jamais.

Elle remit la lettre en question à Edward, qui la parcourut, puis la tendit sans mot dire au major Wilkins.

— Qu'y a-t-il ? s'inquiéta Cecilia. Qu'est-ce qui ne va pas ?

Les sourcils broussailleux du major s'étaient rapprochés. Sans lever les yeux de la lettre, il déclara :

— Cela ne ressemble pas au général Garth.

— Que voulez-vous dire ? s'écria Cecilia. Edward, que veut-il dire ?

— Il y a quelque chose qui me gêne, reconnut ce dernier. Je n'arrive cependant pas à mettre le doigt dessus.

— Et pourquoi m'aurait-on envoyé une telle missive ?

— Je l'ignore.

Il pressa les doigts sur ses tempes, qui commençaient à être douloureuses. Ce geste n'échappa pas à Cecilia qui murmura :

— Tu ne te sens pas bien ?

— Non, non, ça va.

— Parce que nous pouvons...

— Nous sommes ici pour Thomas, la coupa-t-il. Pas pour moi.

Il prit une profonde inspiration. Il tiendrait. Peut-être devrait-il se coucher dès qu'ils en auraient fini, peut-être même serait-il obligé de prendre cette dose de laudanum dont Cecilia le menaçait, mais il était capable d'endurer ce maudit rendez-vous jusqu'au bout.

Il n'était pas aussi atteint que cela, que diable !

Levant les yeux, il découvrit que Cecilia et le major l'observaient avec inquiétude.

— J'espère que votre blessure ne vous tourmente pas trop, dit le major d'une voix bourrue.

— Elle me fait un mal de chien, répliqua Edward, les dents serrées. Mais je suis vivant, alors je tâche de m'estimer heureux.

Cecilia le dévisagea avec surprise. Ce qui se comprenait, vu qu'il ne se montrait pas aussi caustique d'ordinaire.

Wilkins se racla la gorge.

— Oui. Bon. Quoi qu'il en soit, j'ai été vraiment soulagé d'apprendre votre retour.

— Pardonnez-moi, dit Edward dans un soupir. J'ai tendance à devenir irascible lorsque je souffre plus que d'habitude.

Cecilia se pencha vers lui pour demander à voix basse :

— Veux-tu que je te raccompagne à la chambre ?

— Ce n'est pas nécessaire, marmonna-t-il.

Il ne put toutefois retenir une grimace quand la douleur se fit plus taraudante.

— Du moins, pas tout de suite.

Il reporta son attention sur Wilkins qui, le front plissé, relisait la lettre du général.

— Alors ? dit-il.

Le major se gratta le menton.

— Je ne comprends pas pourquoi Garth... Peu importe, conclut-il en secouant la tête.

— Non, intervint Cecilia. Parlez.

L'homme hésita, comme s'il réfléchissait à la meilleure façon d'exprimer sa pensée.

— Je trouve curieuse cette succession d'informations.

— Que voulez-vous dire ?

— Ce n'est pas ce que l'on écrirait normalement dans une lettre adressée à la famille d'un soldat, expliqua-t-il, avant de regarder Edward en quête d'une confirmation.

Edward se massait toujours la tempe, même s'il était peu convaincu de l'efficacité de ce geste.

— Je le suppose, répondit-il. Personnellement, je n'ai jamais eu à écrire ce genre de lettre.

— Tu as pourtant dit que quelque chose clochait dans cette lettre ? lui rappela Cecilia.

— Je n'ai pas été aussi précis. C'est juste une impression. Je connais le général Garth. Je ne m'explique pas pourquoi, mais je ne crois pas qu'il se serait exprimé ainsi.

— Moi, j'ai écrit ce genre de lettre, déclara le major Wilkins. Souvent, même.

— Et ?

— Et jamais je n'écrirais qu'un homme a été blessé mais que sa vie n'est pas en danger. Il n'y a aucun moyen de le savoir. Le courrier met parfois un mois à parvenir à ses destinataires. Tout peut arriver pendant ce délai.

Alors que Cecilia opinait, il poursuivit :

— J'ai vu plus d'hommes succomber à une infection qu'à leur blessure elle-même. Le mois dernier, j'ai perdu un homme à cause d'une ampoule. Une ampoule ! répéta-t-il.

Edward jeta un coup d'œil à Cecilia. Droite, immobile, elle incarnait le stoïcisme britannique. Mais son regard semblait hanté, et il eut l'horrible sensation que s'il la touchait, s'il posait ne fût-ce qu'un doigt sur sa main, elle s'effondrerait.

Et pourtant, il aspirait à la prendre dans ses bras, à la serrer avec tant de force qu'elle ne pourrait pas s'effondrer, à la tenir si longtemps que son propre corps finirait par absorber ses craintes et ses appréhensions.

Il voulait se charger de sa douleur. Il voulait être sa force.

Et il le serait, se jura-t-il. Il allait guérir et il deviendrait le mari qu'elle méritait.

Le mari qu'il méritait d'être.

— Au pied, continua le major, insensible à la détresse de Cecilia. Son bas devait faire un pli et frotter contre la peau. Il avait traversé un marécage. Impossible de garder les pieds secs, vous savez.

Edward admira Cecilia d'être capable de hocher la tête avec commisération.

Le major referma la main autour de sa chope de bière. Il s'affaissa légèrement, comme sous le poids de ce souvenir.

— Cette maudite ampoule a dû se percer parce qu'en vingt-quatre heures elle s'est infectée, et moins d'une semaine plus tard il était mort.

Cecilia déglutit avec peine.

— Je suis désolée.

Elle baissa les yeux sur ses mains, serrées l'une contre l'autre. Edward devina qu'elle luttait pour les empêcher de trembler. Comme si le seul moyen d'y parvenir, c'était de fixer ses doigts d'un regard impérieux.

Se rendait-elle compte de la force qu'elle possédait ?

Le major cligna des yeux, apparemment surpris par ses condoléances.

— Je vous remercie, dit-il, l'air un peu emprunté. Ce fut… Eh bien, ce fut une perte.

— C'est toujours une perte, murmura Edward.

À cet instant, le major et lui, qui avaient si peu en commun, se retrouvèrent frères d'armes.

Quelques secondes s'écoulèrent sans que personne parle. Puis le major s'éclaircit la voix.

— Puis-je la garder ? demanda-t-il en désignant la lettre du général Garth.

Ce fut à peine si Cecilia esquissa un geste. Mais dans ses pâles yeux verts, Edward vit le désarroi qu'elle contenait à grand-peine. Sa lèvre inférieure se mit à trembler. La lettre du général était son seul lien avec son frère, et il était évident qu'elle répugnait à s'en séparer.

— Laisse le major l'emporter, lui conseilla-t-il lorsqu'elle l'interrogea du regard.

Wilkins avait beau se conduire en rustre, c'était un bon soldat, et il aurait besoin de la lettre s'il voulait poursuivre ses recherches.

— J'en prendrai le plus grand soin, assura-t-il à Cecilia en glissant le papier dans la poche intérieure de sa veste. Vous avez ma parole.

— Je vous remercie, dit-elle. Veuillez m'excuser si je semble manquer de reconnaissance. J'apprécie beaucoup votre aide.

Un compliment très gracieux, de l'avis d'Edward, si l'on considérait l'absence totale de coopération du major jusqu'à ce jour.

— Bon, eh bien… je m'en vais, dit ce dernier, qui se leva et salua poliment Cecilia avant de se tourner vers Edward. Tous mes vœux de prompt rétablissement.

Edward le remercia d'un hochement de tête.

— Vous me pardonnerez de ne pas me lever.

Il avait la nausée, soudain, et l'horrible impression que s'il bougeait, son estomac se rebellerait.

— Bien sûr, bien sûr, grommela le major. Ne vous inquiétez pas pour cela.

Alors qu'il tournait les talons, Cecilia se leva brusquement.

— Attendez !

— Madame ?

— Pourriez-vous m'emmener à Haarlem demain ?

— Comment ?

Edward se leva avec peine, le cœur au bord des lèvres.

— J'aimerais me rendre dans cette infirmerie, répondit Cecilia au major.

— Je t'y emmènerai, intervint Edward.

— Je ne crois pas que tu sois en état de…

— C'est moi qui t'y emmènerai.

Wilkins les regarda tour à tour avec un amusement à peine dissimulé avant de déclarer avec un haussement d'épaules :

— Je ne peux pas aller à l'encontre du souhait d'un mari.

— Il faut que je me rende là-bas sans tarder, protesta Cecilia. Thomas pourrait…

— Nous sommes déjà parvenus à la conclusion que sa présence à Haarlem était hautement improbable, argua Edward.

Il se cramponna à la table, espérant que son geste passerait inaperçu. Un vertige l'avait saisi lorsqu'il s'était levé.

— Mais il y a peut-être été, s'entêta Cecilia. Auquel cas, quelqu'un se souviendra de lui.

— Je t'y emmènerai, répéta Edward.

Haarlem ne se trouvait qu'à quatre lieues environ, mais depuis que les Anglais avaient perdu, puis regagné le territoire en 1776, celui-ci ressemblait plus à un avant-poste désolé qu'au village hollandais qu'il avait été un jour. Ce n'était pas un endroit pour une femme seule. Et même si Edward ne doutait pas de la capacité du major Wilkins à veiller sur Cecilia, il considérerait de son devoir de mari d'assurer sa sécurité.

— Si vous voulez bien me permettre de prendre congé, dit le major, qui s'inclina de nouveau devant Cecilia.

Elle acquiesça d'un signe de tête. Très bref. Edward était toutefois certain que sa colère n'était pas dirigée contre Wilkins.

Et en effet, dès que celui-ci eut disparu, elle se tourna vers lui et déclara, le menton haut :

— Je dois me rendre dans cette infirmerie.

Edward se rassit.

— Et tu iras. Mais pas demain.

— Je...

— Un jour de plus ou de moins ne changera rien, la coupa-t-il. Wilkins va poursuivre ses recherches. Il obtiendra plus d'informations de l'attaché du général Garth que nous d'un voyage à Haarlem.

— Ce serait sûrement plus efficace d'exploiter les deux pistes, répliqua-t-elle après s'être assise à son tour.

— Je ne dis pas le contraire.

Edward ferma brièvement les yeux, terrassé par la fatigue. Avec un soupir, il reprit :

— Nous ne perdrons rien à attendre un jour ou deux. Je te le jure.

— Comment peux-tu le jurer ?

Seigneur, elle était pire qu'un chien avec un os ! Il aurait admiré sa ténacité s'il ne s'était senti aussi mal.

— Très bien ! s'exclama-t-il. Je ne peux pas le jurer. Pour ce que j'en sais, l'armée continentale peut déferler demain et nous serons tous morts avant d'avoir eu le temps d'enquêter à l'infirmerie. Ce que je peux jurer, en revanche, c'est qu'à ma connaissance, quelques jours ne feront pas de différence.

Cecilia le regarda avec stupéfaction. Il lui vint à l'esprit qu'il n'aurait peut-être pas dû épouser une femme avec des yeux aussi extraordinaires. Lorsqu'elle le dévisageait ainsi, il devait faire appel à toute sa volonté pour ne pas se tortiller sur sa chaise.

S'il avait été porté sur la métaphysique, il aurait pensé que son regard plongeait jusqu'au tréfonds de son âme.

— Le major Wilkins aurait pu m'accompagner, observa-t-elle avec une pointe de défi.

Edward ravala un grognement.

— Tu as vraiment envie de passer la journée avec le major Wilkins ?

— Bien sûr que non, mais...

— Et si tu étais obligée de dormir là-bas ? Tu as envisagé cette hypothèse ?

— J'ai réussi à traverser l'Atlantique toute seule, Edward. Je suis sûre que je supporterais une nuit à Haarlem.

— Mais le cas ne devrait pas se produire, dit-il entre ses dents. Tu m'as épousé, Cecilia. Pour l'amour du Ciel, laisse-moi te protéger.

— Tu ne le peux pas.

Il eut un haut-le-corps. Elle s'était exprimée d'un ton calme, égal, pourtant ses paroles lui firent l'effet d'un coup de poing en pleine face.

— Je suis désolée, reprit-elle aussitôt. Vraiment. Je ne voulais pas dire...

— Je sais ce que tu voulais dire.

— Non, je ne crois pas.

Le bouillonnement intérieur qu'il s'efforçait de contenir à grand-peine explosa soudain.

— Tu as raison, lança-t-il, je n'en sais rien. Et pourquoi, à ton avis ? Parce que je ne te connais pas ! Je suis marié avec toi, c'est du moins ce qu'on me dit. Et même si je peux imaginer toutes sortes de raisons qui pourraient justifier une telle union, je suis incapable de me rappeler une seule d'entre elles.

Cecilia avait d'abord tressailli. Elle était à présent silencieuse, immobile, à l'exception de ses lèvres, qui frémissaient imperceptiblement.

— Parce que tu es bien ma femme, n'est-ce pas ? lui demanda-t-il d'un ton si agressif qu'il s'en repentit aussitôt. Pardonne-moi... C'était déplacé.

Elle continua de le fixer pendant quelques secondes sans que son visage reflétât quoi que ce soit de ses pensées.

Mais elle était très pâle lorsqu'elle déclara :

— Je crois que tu devrais te reposer.

— Je sais, répliqua-t-il avec irritation. Tu penses que je ne sens pas ce qui se passe dans ma tête ? C'est comme si quelqu'un me frappait l'intérieur du crâne avec un marteau.

Elle posa la main sur la sienne.

— Je ne me sens pas bien, dit-il.

Juste quelques petits mots, et pourtant si difficiles à prononcer pour un homme. Il n'empêche qu'il se sentit mieux de l'avoir fait.

Non, pas mieux. Soulagé. Ce qui était sans doute une forme de mieux.

— Tu t'en sors remarquablement bien, assura Cecilia. Tu ne dois pas oublier que cela fait juste une journée que tu as repris conscience.

Il l'observa, les yeux étrécis.

— Inutile de me rappeler que Rome ne s'est pas construite en un jour.

— Jamais, promit-elle, un sourire dans la voix.

— Je me sentais mieux, cet après-midi, avoua-t-il d'une voix qui lui parut presque enfantine.

— Mieux ? Ou en progrès ?

— En progrès. Encore que, quand je t'ai embrassée...

Il sourit. Il s'était alors senti presque guéri.

Cecilia se leva et lui prit doucement le bras.

— Remontons.

Edward n'eut pas le courage de protester.

— Je demanderai que l'on nous apporte le dîner dans la chambre, continua-t-elle tandis qu'ils se dirigeaient vers l'escalier.

— Pas trop copieux. Mon estomac... Je ne sais pas ce que mon estomac acceptera de garder.

Elle l'observa avec attention – sans doute son teint était-il verdâtre, à présent.

— Du potage, suggéra-t-elle. Il faut que tu manges un peu si tu veux reprendre des forces.

Il acquiesça. Le potage lui semblait envisageable.

— Et peut-être aussi un peu de laudanum, ajouta-t-elle.

— Un tout petit peu.

— Très peu, je te le promets.

Quand ils eurent atteint le palier, Edward plongea la main dans la poche de sa veste et en sortit la clé. Sans un mot, il la lui tendit, et resta adossé au mur pendant qu'elle l'insérait dans la serrure.

— Je vais t'aider avec tes bottes.

Elle l'avait accompagné à l'intérieur et fait asseoir sur le lit sans même qu'il s'en aperçoive.

— Je te rappellerais volontiers que tu ne dois pas te surmener si je n'étais consciente que c'est pour Thomas que tu t'es épuisé, dit-elle en tirant sur sa botte.

— Et pour toi.

Ses mains s'immobilisèrent. Ce fut si fugace qu'il ne l'aurait pas remarqué s'il n'avait été si délicieusement sensible à sa proximité.

— Je te remercie, murmura-t-elle.

Après avoir glissé la main derrière le talon de l'autre botte, elle tira sur celle-ci avec force. Edward s'allongea sur le lit tandis qu'elle les déposait dans un coin de la chambre.

— Je vais préparer le laudanum.

Il ferma les yeux. Il n'avait pas envie de dormir, mais il souffrait moins de la tête lorsqu'il gardait les yeux clos.

— Je me demande s'il n'aurait pas été préférable que tu restes à l'hôpital un jour de plus.

La voix de Cecilia s'était rapprochée, et il l'entendit secouer une bouteille.

— Non, répondit-il. Je préfère être ici avec toi.

De nouveau, elle s'immobilisa. Il n'avait pas besoin de la voir pour le savoir.

— À l'hôpital, c'était insupportable, continua-t-il. Certains blessés...

Il ignorait ce qu'il pouvait lui confier, ce qu'elle savait déjà. Avait-elle passé la nuit près de lui lorsqu'il était inconscient ? Avait-elle essayé de dormir alors que, de l'autre côté de la salle, un homme agonisant gémissait et appelait sa mère ?

— Je suis d'accord avec toi, dit-elle en l'invitant, d'une pression de la main, à se redresser un peu. L'auberge est plus agréable pour une convalescence. Il n'empêche que c'est à l'hôpital que se trouve le médecin.

— Tu crois ? répliqua-t-il avec une ombre de sourire. Je parie qu'il est en bas en train de boire une pinte. Ou peut-être au *Fraunces*. La bière y est meilleure, selon moi.

— En parlant de boire, riposta Cecilia avec un mélange d'ironie et de bonne humeur, voici ton laudanum.

— C'est autrement plus fort qu'une pinte, fit-il remarquer.

Il rouvrit les yeux. La lumière était moins vive car elle avait tiré les rideaux.

Comme elle approchait la tasse de ses lèvres, il secoua légèrement la tête.

— Je peux m'en charger moi-même.

— La dose est très faible, assura-t-elle.

— Le médecin t'a donné des instructions ?

— Oui. Et j'ai l'habitude de ce médicament car mon père avait parfois des migraines.

— Je l'ignorais, murmura-t-il.

— Elles n'étaient pas fréquentes.

Il but le remède, dont l'amertume le fit grimacer.

— C'est infect, je sais, admit-elle, sans paraître pour autant compatissante.

— On pourrait croire que l'alcool le rendrait tolérable.

Elle eut un bref sourire.

— Je pense que la seule chose qui le rende tolérable, c'est la promesse de soulagement.

— Je souffre, Cecilia, murmura-t-il en se frottant la tempe.

— Je sais.

— Je veux juste me sentir de nouveau moi-même.

— C'est ce que nous désirons tous, non ?

Edward bâilla même s'il était encore trop tôt pour que l'opium agisse.

— Tu dois encore me raconter, dit-il en se glissant sous le couvre-lit.

— Te raconter quoi ?

— Hmm... tout.

— Tout, rien que cela ? C'est peut-être un peu ambitieux.

— Nous avons le temps.

— Vraiment ? demanda-t-elle, amusée.

Edward hocha la tête. Finalement, la drogue devait faire son effet car il constata, étonné, qu'il était trop fatigué pour bâiller. Il réussit néanmoins à articuler :

— Nous sommes mariés. Nous avons toute la vie.

8

Edward Rokesby ressemble à un homme, voilà tout. Franchement, Cecilia, quelle idée de me demander de décrire un autre homme. Il a les cheveux bruns. Que dire d'autre ?

Et puis, si tu veux le savoir, j'ai montré ta miniature à tout le monde. Je sais que tu ne me trouves pas aussi sentimental que tu le souhaiterais, mais je t'aime, et je suis fier de t'avoir pour sœur. En outre, aucun homme ici ne peut se vanter d'une correspondante aussi prolifique, et je savoure leur jalousie dès que je peux.

Edward, en particulier, devient vert lorsqu'on distribue le courrier. Il a beau avoir trois frères et une sœur, tu les bats tous à toi toute seule.

De Thomas Harcourt à sa sœur Cecilia

Trois heures plus tard, Cecilia songeait toujours aux paroles d'Edward.

Nous sommes mariés. Nous avons toute la vie.

Assise devant la petite table disposée dans un coin de leur chambre, elle se prit la tête entre les mains. Elle devait lui avouer la vérité. Elle devait tout lui raconter.

Mais comment ? Et surtout, quand ?

Elle avait d'abord décidé d'attendre le rendez-vous avec le major Wilkins. Celui-ci avait eu lieu, et voilà qu'à présent, l'état d'Edward ne lui semblait pas propice à une telle révélation. Il avait encore besoin d'elle.

« Oh, cesse de te mentir à toi-même ! » faillit-elle s'exclamer.

Il n'avait pas besoin d'elle. Elle contribuerait peut-être à rendre sa convalescence plus agréable, et même plus rapide, il n'empêche que si elle devait disparaître de sa vie, il ne s'en porterait pas plus mal.

Il avait eu besoin d'elle lorsqu'il était inconscient ; maintenant qu'il était réveillé, elle n'était plus indispensable.

Elle tourna la tête et l'observa tandis qu'il dormait paisiblement. Ses cheveux retombaient sur son front. Une bonne coupe n'aurait pas été inutile, cependant elle les aimait ainsi, un peu trop longs et indisciplinés, en contradiction plaisante avec sa droiture naturelle. Ses boucles lui rappelaient que cet homme honorable pouvait se montrer malicieux ou ironique, et qu'il lui arrivait à lui aussi de ressentir de l'impatience ou de la colère.

Il n'était pas parfait, loin de là. Mais il était réel. Et Cecilia ne s'en sentait que plus mal.

Elle fit le vœu de tout faire pour se racheter auprès de lui. Elle obtiendrait son pardon.

Cela dit, elle avait de plus en plus de difficultés à imaginer comment la chose pourrait être possible. L'inflexible sens de l'honneur d'Edward l'avait poussée à ne pas révéler son mensonge avant le rendez-vous avec le major Wilkins ; et c'était à cause de ce même sens de l'honneur qu'elle se retrouvait face à un nouveau dilemme.

Aux yeux d'Edward, il l'avait compromise puisqu'ils occupaient la même chambre. Lorsqu'il apprendrait qu'elle n'était pas sa femme, il insisterait pour l'épouser. Il était gentleman jusqu'au bout des ongles et l'honneur lui interdirait d'agir autrement.

Cecilia ne pouvait certes pas s'empêcher de rêver, juste un peu, à une vie passée au côté d'Edward Rokesby. Mais comment supporterait-elle de l'avoir ainsi piégé ?

Il lui en voudrait. Ou plutôt, il la haïrait. Non, il ne la haïrait pas, mais il ne lui pardonnerait jamais.

Cecilia soupira. Dans tous les cas, il ne lui pardonnerait pas.

— Cecilia ?

Elle sursauta.

— Tu es réveillé !

— À peine, dit-il avec un sourire ensommeillé.

Elle se leva et s'approcha du lit. Edward s'était endormi tout habillé. Au bout d'une heure cependant, elle avait jugé qu'il serait plus à l'aise sans sa cravate. Grâce en soit rendue au laudanum, il avait à peine remué lorsqu'elle la lui avait ôtée.

— Comment te sens-tu ?

Il fronça les sourcils, et elle jugea que s'il devait y réfléchir, c'était bon signe.

— Mieux, répondit-il, avant de corriger : En progrès.

— Tu as faim ?

À cela aussi, il réfléchit un instant.

— Oui. Encore que je ne sois pas certain que mon estomac supporte une nourriture quelconque.

— Essaie un peu de potage.

Elle se leva pour aller chercher la soupière individuelle qu'on avait montée de la cuisine une dizaine de minutes plus tôt.

— Il est encore chaud.

— J'ai dormi longtemps ? demanda-t-il en se redressant en position assise.

— Environ trois heures. Le laudanum a agi rapidement.

— Trois heures, murmura-t-il.

Il cilla, l'air songeur.

— Tu essaies de décider si tu as encore mal à la tête ? lui demanda-t-elle.

— Non. C'est sûr, j'ai encore mal.

— Oh ! Je suis désolée.

— C'est différent, cependant.

Après avoir posé la petite soupière sur la table de nuit, Cecilia s'assit à côté de lui.

— Différent ?

— Moins lancinant, je crois. C'est davantage une douleur sourde.

— Ce doit être bon signe.

— Je le pense aussi, murmura-t-il après s'être effleuré la tempe du bout des doigts.

Cecilia eut un geste vers la soupière.

— As-tu besoin d'aide ? s'enquit-elle.

— Je peux me débrouiller. Encore qu'avec une cuillère, ce serait plus facile, ajouta-t-il avec une ombre de sourire.

Cecilia se leva d'un bond.

— Oh, je suis vraiment désolée ! s'écria-t-elle, avant d'ajouter en regardant sur la petite table : Apparemment, ils ont oublié d'en donner une.

— Ce n'est pas grave. Je peux le boire.

Joignant le geste à la parole, il porta la petite soupière à ses lèvres et avala une gorgée de potage.

— C'est bon ? s'enquit Cecilia.

— Très bon.

Elle attendit qu'il eût avalé quelques gorgées supplémentaires avant de déclarer :

— Tu as vraiment meilleure mine que lors de notre rendez-vous avec le major Wilkins.

Il lui vint alors à l'esprit qu'il risquait d'interpréter cette remarque comme une incitation à se rendre plus tôt à Haarlem.

— Quoique pas suffisamment pour voyager demain, ajouta-t-elle.

— Peut-être après-demain, suggéra-t-il, amusé.

— J'en doute. J'ai réfléchi à notre conversation avec le major. Je souhaite toujours me rendre à l'infirmerie de Haarlem, mais puisqu'il a promis d'enquêter, cela peut attendre.

Ne sachant trop qui, d'elle ou de lui, elle essayait de rassurer, elle murmura :

— Je serai patiente.

De toute manière, quel choix avait-elle ?

Après avoir reposé la soupière sur la table de nuit, Edward lui prit la main.

— Je veux retrouver Thomas autant que toi.

— Je sais.

Cecilia baissa les yeux sur leurs mains entrelacées. Celles d'Edward, grandes, solides, hâlées, un peu calleuses. Les siennes, effilées, peut-être un peu moins pâles et délicates qu'avant, ce qui ne la rendait pas moins fière pour autant. Au contraire. Ses mains semblaient proclamer qu'elle était capable de choisir son destin ; il émanait d'elles une force qu'elle ignorait posséder.

— Nous le trouverons, déclara Edward.

— Ou pas.

Elle croisa son regard, d'un bleu presque sombre dans la lumière déclinante.

— Je dois être réaliste, ajouta-t-elle.

— Réaliste, oui, mais pas fataliste.

Cecilia parvint à sourire.

— Je ne suis pas fataliste.

Pas encore, en tout cas.

Le silence qui suivit, de bonne compagnie au début, se fit pesant et contraint quand Cecilia s'aperçut qu'Edward cherchait le meilleur moyen d'aborder un sujet délicat. Finalement, après s'être raclé la gorge à plusieurs reprises, il lâcha :

— Je voudrais en savoir plus sur notre mariage.

Le cœur de Cecilia manqua un battement. Elle avait beau savoir que cette question surgirait à un moment ou à un autre, elle n'en eut pas moins le souffle coupé.

— Je ne mets pas ta parole en doute, enchaîna-t-il. Tu es la sœur de Thomas, et j'espère que tu ne me jugeras pas trop impertinent si je te dis que j'ai l'impression de te connaître à travers les lettres que tu lui écrivais.

Cecilia fut incapable de soutenir son regard.

— J'aimerais néanmoins savoir comment tout cela est arrivé.

Si elle avait eu quelques jours pour inventer une histoire, il y avait cependant une différence entre échafauder un mensonge et l'énoncer à haute voix.

— C'était le souhait de Thomas, commença-t-elle.

Cela, du moins, était vrai. Elle le supposait, en tout cas. Son frère aurait sans doute été heureux que son meilleur ami épouse sa sœur.

— Il se faisait du souci pour moi.

— À cause du décès de votre père ?

— Il l'ignore, avoua Cecilia avec honnêteté. Je sais toutefois qu'il s'inquiète pour mon avenir depuis longtemps.

— Il m'en avait parlé, en effet, confirma Edward.

Cecilia ne cacha pas sa surprise.

— Vraiment ?

— Pardonne-moi. Je ne veux pas dire du mal des disparus, mais Thomas avait fait allusion au fait que votre père accordait moins d'importance à ton avenir qu'à son propre présent.

Elle secoua la tête. Si son père n'était pas mauvais, il était fondamentalement égoïste. Elle l'avait tout de même aimé. Et elle savait qu'à sa façon, il l'avait aimée lui aussi. Ils avaient connu de bons moments, et c'était de ceux-là qu'elle voulait se souvenir.

— J'ai adouci l'existence de mon père, dit-elle. Et cela a justifié ma propre vie.

Edward ne la quittait pas des yeux, et elle lut dans son regard quelque chose qui s'apparentait à de la fierté, mêlée à un scepticisme manifeste. Il voyait au-delà de ses mots, mais l'admirait néanmoins de les prononcer.

— Quoi qu'il en soit, dit-elle en s'efforçant d'adopter un ton plus léger, Thomas savait que notre père était malade.

— Je croyais que sa disparition avait été soudaine ? s'étonna Edward.

— Elle l'a été. Je veux dire, cela se passe souvent ainsi... L'évolution est très lente, puis l'issue rapide. Bien que pas toujours.

Il garda le silence, et elle eut la pénible impression de parler à tort et à travers, sans toutefois parvenir à s'en empêcher.

— Je n'ai pas beaucoup d'expérience avec les mourants, continua-t-elle. Aucune, en fait, à l'exception de mon père.

— Moi non plus. Pas avec les morts naturelles, du moins.

Ses yeux s'étaient assombris. À l'interrogation muette de Cecilia, il répondit :

— Je ne considère pas comme naturelle la mort sur le champ de bataille.

— Non, bien sûr.

Elle préférait ne pas penser à ce qu'il avait dû voir. La mort d'un soldat dans la fleur de l'âge n'avait rien de commun avec le trépas d'un homme de l'âge de son père.

Quand Edward but une nouvelle gorgée de soupe, Cecilia jugea le moment venu de poursuivre son histoire.

— Ensuite, mon cousin a demandé ma main.

— Je devine, à ton intonation, que cette demande n'était pas la bienvenue.

— En effet.

— Ton père ne l'a pas renvoyé ? Attends ! ajouta-t-il en levant la main. C'était avant ou après son décès ?

— Avant, répondit Cecilia, le cœur serré.

Là commençaient les mensonges. Horace n'avait été une menace qu'après le décès de son père, et Thomas n'était pas au courant de l'insistance avec laquelle il l'avait pressée de l'épouser.

— Bien sûr, murmura Edward. Il ne peut en être autrement, parce que sinon…

Il fronça les sourcils et, lâchant la main de Cecilia, se frotta le menton.

— Peut-être que j'ai l'esprit un peu ralenti, mais j'ai des difficultés avec la chronologie. Il va falloir que tu m'écrives tout cela noir sur blanc.

— Bien sûr, acquiesça Cecilia, taraudée par la culpabilité.

Comment pouvait-elle le laisser penser que c'était sa faute, à lui, si l'histoire était si difficile à suivre ? Elle s'efforça de sourire, mais ne parvint qu'à plisser les lèvres.

— Je peine à y croire, moi aussi.

— Pardon ?

Elle aurait dû se douter qu'il lui faudrait expliquer cette réflexion.

— J'ai du mal à croire que je suis ici. À New York.

— Avec moi.

Elle regarda cet homme honorable, généreux, qu'elle ne méritait pas.

— Avec toi.

Edward s'empara de nouveau de sa main et la porta à ses lèvres. Le cœur de Cecilia se dilata alors même que sa conscience sanglotait. Pourquoi fallait-il qu'il se montre aussi gentil ?

Ce ne fut qu'après avoir pris une profonde inspiration qu'elle réussit à poursuivre :

— C'est Horace qui hériterait de Marswell si jamais quelque chose arrivait à Thomas.

— Est-ce la raison pour laquelle il t'a demandée en mariage ?

— Tu ne penses pas qu'il a été subjugué par mon charme et ma beauté ? rétorqua-t-elle.

— Non, cela, c'est la raison pour laquelle *moi*, je t'ai demandée en mariage.

Edward avait commencé par sourire, puis son sourire se transforma presque aussitôt en grimace.

— Je t'ai bien demandée en mariage, n'est-ce pas ?

— En quelque sorte. Euh… ce fut plus… En vérité, c'est Thomas qui a pris la plupart des dispositions, expliqua-t-elle, le visage brûlant.

Edward ne parut pas ravi de l'apprendre, et elle se sentit obligée de préciser :

— Ç'aurait été difficile de procéder autrement.

— Où s'est déroulée la cérémonie ?

— Sur le bateau, répondit Cecilia, qui s'était préparée à cette question.

— Vraiment ? s'exclama-t-il, l'air sincèrement déconcerté. Alors, comment ai-je… ?

— Je ne sais pas exactement.

— Mais si tu étais sur le bateau, quand ai-je pu…

— Juste avant de partir pour le Connecticut, mentit-elle.

— Je me suis acquitté de ma part des formalités trois mois avant toi ?

— Elles n'ont pas à être remplies en même temps, assura-t-elle, consciente de s'enfoncer davantage à chaque minute.

Elle tenait d'autres justifications toutes prêtes : que le pasteur de son village avait refusé de célébrer un mariage par procuration, ou qu'elle n'avait pas voulu s'engager avant que cela ne devienne absolument nécessaire, afin qu'Edward puisse renoncer au mariage s'il changeait d'avis.

Elle allait se résoudre à proférer un autre mensonge lorsqu'elle s'aperçut qu'il lui caressait l'annulaire.

— Tu n'as même pas d'alliance, fit-il remarquer.

— Je n'en ai pas besoin, répliqua-t-elle aussitôt.

— Bien sûr que si, insista-t-il.

Puis, d'un geste vif qui la prit de court, il se redressa et lui saisit le menton.

— Embrasse-moi.

L'exclamation qu'elle laissa échapper ressemblait presque à un cri.

— Quoi ?

— Embrasse-moi.

— Tu es fou.

— C'est possible, admit-il avec bonne humeur. Mais je pense que n'importe quel homme ferait preuve de raison en voulant t'embrasser.

— N'importe quel homme, répéta-t-elle, abasourdie.

— Finalement non, corrigea-t-il après avoir feint de réfléchir. Je suis probablement du genre jaloux. Ce serait donc de la folie de sa part.

Cecilia secoua la tête, puis leva les yeux au ciel.

— Tu as besoin de te reposer.

— Un baiser d'abord.

— Edward !

— Cecilia ! dit-il en l'imitant à la perfection.

Elle resta un instant bouche bée avant de balbutier :

— Tu me fais les yeux doux ?

— C'est efficace ?

— Non, mentit-elle.

— Tu n'es pas une menteuse très accomplie, figure-toi.

S'il savait !

— Termine ta soupe, ordonna-t-elle, s'efforçant, en vain, d'adopter un ton sévère.

— Sous-entendrais-tu que je n'ai pas assez de force pour t'embrasser ?

— Seigneur, tu es insupportable !

Il haussa un sourcil arrogant.

— Parce que, je te préviens, je considérerais cela comme un défi.

Elle pinça les lèvres pour tenter de réprimer un sourire.

— Que t'arrive-t-il, Edward ?

Il haussa les épaules.

— Je suis heureux.

Ces trois petits mots suffirent à lui couper le souffle. Sous des dehors honorables, Edward Rokesby possédait une nature éminemment enjouée. Cecilia s'étonnait d'être aussi déconcertée, car elle avait cru le percevoir dans ses lettres.

Il suffisait qu'il soit heureux pour laisser libre cours à son espièglerie.

— Embrasse-moi, dit-il de nouveau.

— Tu dois te reposer.

— Je viens de faire une sieste de trois heures. Je suis on ne peut plus réveillé à présent.

— Juste un baiser alors, s'entendit-elle dire malgré la petite voix qui le lui déconseillait.

— Juste un, acquiesça-t-il avant d'ajouter : Je mens, bien sûr.

— Je ne suis pas sûre qu'on puisse parler de mensonge si tu l'avoues dans la foulée.

En réponse, il se tapota la joue de son index.

Cecilia se mordit la lèvre. Un seul baiser ne porterait pas à conséquence. Surtout sur la joue.

Au moment où elle s'inclinait, il tourna la tête et ses lèvres effleurèrent les siennes.

— Tu as triché ! s'exclama-t-elle.

— Moi ? dit-il en refermant la main sur sa nuque pour l'empêcher de s'écarter.

— Ne fais pas l'innocent.

— Te rends-tu compte, murmura-t-il, et son souffle chaud lui caressa la commissure de la bouche, que lorsque tu parles contre mes lèvres, c'est comme un baiser ?

Cecilia retint un gémissement. Elle n'avait pas la force de lui résister lorsqu'il se montrait si enjôleur, si manifestement ravi de s'être découvert marié à son réveil.

Il lui frôla les lèvres, lentement, en un baiser qui aurait pu sembler chaste. En revanche, il n'y avait rien d'innocent dans la manière dont le corps de Cecilia s'arquait vers le sien, avide d'en obtenir davantage. Elle était tombée à demi amoureuse de cet homme avant même qu'ils se soient rencontrés, et à présent, son corps reconnaissait ce que son esprit se refusait à admettre : elle le désirait désespérément, de toutes les manières possibles.

Si Edward n'avait pas été malade, s'il n'était pas aussi faible, Dieu seul savait ce qui aurait pu arriver. Car elle n'était pas certaine de posséder la force nécessaire pour résister à la consommation d'un mariage... qui n'existait pas.

— C'est toi, mon meilleur remède, chuchota Edward.

— Ne sous-estime pas le laudanum, tenta-t-elle de plaisanter.

Il recula, juste assez pour la regarder au fond des yeux.

— Je ne le sous-estime pas. Je te remercie même d'avoir insisté pour que j'en prenne. Je pense que cela m'a aidé.

— Je t'en prie, murmura Cecilia, désorientée par ce changement de sujet.

— C'est en partie la raison pour laquelle j'affirme que tu es mon meilleur remède, dit-il en lui caressant la joue. Tu sais, j'ai discuté avec les gens, à l'hôpital. Hier, après ton départ.

Elle fronça les sourcils, perplexe.

— Ils m'ont raconté à quel point tu étais dévouée et combien tu t'étais occupée de moi. C'est grâce à ton insistance que j'ai obtenu les meilleurs soins.

— Je... Oui, bien sûr, balbutia-t-elle.

Cela n'avait rien à voir avec le fait d'être sa femme. Elle aurait agi de même avec n'importe qui.

— L'un d'eux a même déclaré qu'à son avis, sans toi, je ne me serais jamais réveillé.

— Je suis persuadée qu'il n'en est rien, protesta-t-elle. Elle ne voulait pas se voir attribuer le mérite de sa guérison. Comment le laisser croire qu'il lui en était redevable ?

— C'est drôle, murmura-t-il, je ne me rappelle pas avoir jamais vraiment pensé à me marier. Je n'ai aucun souvenir de m'être marié. Et pourtant, cela me plaît.

Les larmes emplirent les yeux de Cecilia. Du bout des doigts, il les essuya.

— Ne pleure pas, souffla-t-il.

— Je ne pleure pas, dit-elle, malgré l'évidence du contraire.

— Je crois que c'est la première fois que je fais pleurer une fille en l'embrassant.

Elle s'écarta. Elle avait besoin de mettre un peu de distancc entre eux. Il fit glisser sa main de son visage à son épaule, puis le long de son bras, jusqu'à sa main. Il refusait de la lâcher, et dans le secret de son cœur, elle ne voulait pas non plus qu'il la lâche.

— Il se fait tard, dit-il.

Cecilia jeta un coup d'œil vers la fenêtre. Dans l'interstice entre les rideaux tirés, elle découvrit que le jour avait quasiment cédé la place à la nuit.

— Tu comptes dormir, cette nuit ? s'enquit-il.

Elle comprit la question implicite : dormirait-elle dans ce lit ?

— Tu n'as pas à te sentir embarrassée, poursuivit-il. J'aimerais qu'il en soit autrement, inutile de le préciser, mais je ne suis pas en état de te faire l'amour.

Malgré elle, Cecilia s'empourpra.

— Je croyais que tu n'étais pas fatigué ? marmonna-t-elle.

— Je ne le suis pas. En revanche, toi, tu l'es.

Il avait raison. Elle était épuisée. Elle aurait dû dormir en même temps que lui, mais son besoin irrésistible de le veiller l'en avait empêchée. Il avait l'air si mal en point. Presque plus mal que lorsqu'il était à l'hôpital.

Si quelque chose lui arrivait, après toutes ces épreuves…

Cette pensée lui était insupportable.

— Tu as mangé ? voulut-il savoir.

Cecilia hocha la tête. Elle avait pris un repas léger lorsqu'elle était allée commander la soupe.

— Bien. Il ne faudrait pas que l'infirmière devienne la malade. Je t'assure que je serais loin d'être aussi efficace que toi.

Le visage grave, il ajouta :

— Tu dois te reposer.

Elle le savait, bien sûr. Mais elle ne voyait tout simplement pas comment la chose pouvait être possible.

— J'ai bien conscience que ta pudeur est malmenée, continua-t-il, l'air légèrement embarrassé.

Cecilia se sentit un peu mieux à l'idée qu'il ait conscience, lui aussi, de l'incongruité de leur situation.

— Je te donne ma parole d'honneur que je me tournerai de l'autre côté, ajouta-t-il.

Comme elle le dévisageait sans comprendre, il expliqua :

— Pendant que tu te changes.

Quelle idiote !

— Ah... bien sûr.

— Je tirerai même les couvertures par-dessus ma tête.

— Ce ne sera pas nécessaire, assura-t-elle en se levant, les jambes un peu flageolantes.

Il y eut un silence puis, d'une voix rauque, il déclara :

— Si, peut-être.

La surprise arracha à Cecilia un cri étouffé. Elle se précipita vers le placard, où elle avait rangé sa mince garde-robe. Elle n'avait emporté qu'une seule chemise de nuit – en coton blanc, sans volants ni dentelle. Pas le genre de chose que l'on trouve dans le trousseau d'une jeune mariée.

— Je vais me mettre dans le coin, là-bas.

— Je suis déjà sous les couvertures.

Et en effet, constata-t-elle, il s'était rallongé et avait disparu sous les couvertures.

Elle aurait ri si elle ne s'était sentie aussi mortifiée.

En quelques gestes précis et rapides, elle se débarrassa de ses vêtements et enfila sa chemise de nuit. Celle-ci la couvrait du cou jusqu'aux orteils, comme n'importe laquelle de ses robes de jour, et certainement davantage qu'une robe de soirée. Il n'empêche qu'elle se sentait indécente.

D'ordinaire, elle se donnait cinquante coups de brosse avant de se coucher. Ce soir, cette précaution lui semblait néanmoins excessive, d'autant qu'Edward avait les couvertures sur la tête. Elle se contenta donc de se faire une natte. Quant à ses dents...

Elle regarda la brosse et la poudre qu'elle avait apportées d'Angleterre, puis lança un regard vers le lit. Edward n'avait pas bougé.

— Je renonce au brossage de dents pour ce soir, décréta-t-elle.

Qui sait, cela le dissuaderait peut-être de l'embrasser demain matin.

Après avoir reposé la brosse dans le placard, elle s'approcha du lit, se glissa entre les draps.

— Tu peux ouvrir les yeux, annonça-t-elle.

— Tu es très loin, constata-t-il après avoir rabattu les couvertures.

Cecilia ramena dans le lit sa jambe droite, qui pendait encore à l'extérieur.

— Je crois que cela vaut mieux, dit-elle.

Elle se pencha pour souffler la bougie. L'obscurité ne diminua en rien la conscience aiguë qu'elle avait de l'homme étendu près d'elle.

— Bonne nuit, Cecilia.

— Bonne nuit.

Non sans maladresse, elle se tourna sur le côté droit. C'était ainsi qu'elle dormait, en général, les mains réunies sous la joue. Ce soir, toutefois, cette position ne lui parut pas confortable, et encore moins naturelle.

Jamais elle ne réussirait à s'endormir.

Et pourtant...

9

Présente mes amitiés au lieutenant Rokesby et assure-lui que si ses frères et sœur n'écrivent pas aussi souvent que moi, ce ne peut être que parce qu'ils mènent des vies bien plus excitantes. Le Derbyshire est profondément ennuyeux à cette époque de l'année. Que dis-je ? Le Derbyshire est en permanence profondément ennuyeux. Par conséquent, je me félicite de préférer vivre une existence sans histoire.

De Cecilia Harcourt à son frère Thomas

Edward s'éveilla difficilement, son esprit répugnant à s'extraire de ce qui était un rêve excessivement délicieux. Il se trouvait dans un lit – ce qui, en soi, était un fait remarquable, vu qu'il était persuadé de n'avoir pas dormi dans un vrai lit depuis des mois. Et il avait chaud, mais d'une manière tout à fait agréable, qui n'avait rien de commun avec la touffeur oppressante des étés new-yorkais.

Ce qui était drôle, dans ce rêve, c'est qu'en réalité, il ne s'y passait rien. Il s'agissait uniquement de sensations délectables, auxquelles son corps lui-même était sensible. Comme souvent le matin, il avait une érection ; cette fois, cependant, elle ne s'accompagnait pas de la conscience désagréable que cela n'irait pas plus loin. Parce que dans son rêve, Edward était blotti contre un corps exquis, et que son sexe était logé dans le creux féminin, accueillant, qui séparait deux fesses rebondies.

Il referma la main sur l'une d'elles et soupira d'aise. La perfection.

S'il aimait les femmes, leurs courbes douces, leur peau blanche et lisse qui contrastait avec la sienne, il ne s'était jamais livré à la débauche. Des années plus tôt, son père l'avait pris à part pour lui inspirer la crainte de Dieu et de la vérole. Si Edward avait fréquenté les bordels avec ses amis, il s'était toujours abstenu de s'y livrer à quelque ébat. Il était plus prudent et, à ses yeux, probablement plus agréable de coucher avec une femme que l'on connaissait. Des veuves discrètes la plupart du temps, ou, à l'occasion, une chanteuse d'opéra.

Mais les veuves discrètes et les chanteuses d'opéra étaient rares dans les colonies d'Amérique, et cela faisait longtemps qu'il n'avait pas connu d'étreinte aussi exquise.

Dieu qu'il aimait la sensation d'un corps féminin contre lui, sous lui, autour de lui !

Il se rapprocha d'elle, de la femme parfaite de ses rêves, et...

Il se réveilla. Pour de bon.

Bon sang !

Celle qu'il tenait dans ses bras, ce n'était pas une créature mystérieuse et onirique, c'était Cecilia. Cecilia, dont la chemise de nuit avait remonté durant la nuit et dévoilait un postérieur délicieux, et tout à fait nu.

Lui-même était vêtu, s'étant endormi deux fois tout habillé, mais son sexe protestait fortement d'être ainsi confiné. Et, en toute sincérité, Edward ne pouvait l'en blâmer, vu la façon dont il était lové entre les fesses de Cecilia.

Edward doutait qu'un homme ait jamais dû affronter torture plus divine. C'était sa femme, que diable !

Il avait certes le droit de l'enlacer plus étroitement, de la faire pivoter face à lui et de capturer ses lèvres. Il commencerait par l'embrasser à perdre haleine, puis il descendrait le long de son cou gracieux jusqu'au creux de sa gorge...

De là, il lui serait aisé de glisser jusqu'à ses seins, qu'il n'avait pas encore vus mais dont la taille et la forme, il en était sûr, seraient parfaites pour ses mains. Il ignorait d'où lui venait cette certitude sinon que, Cecilia s'étant révélée parfaite en tout, pourquoi pas sa poitrine ?

Il lui semblait du reste qu'au cours de la nuit, il avait refermé la main sur l'un de ses seins.

Il avait toutefois promis à Cecilia qu'il ne profiterait pas de leur proximité forcée. Et il s'était promis à lui-même de lui offrir une nuit de noces digne de ce nom, non un acte précipité et désordonné, commis par un homme au plus bas de sa forme physique.

Il lui fallait donc maintenant trouver un moyen de se sortir de cette situation sans la réveiller, même si son corps entier protestait. Et une certaine partie avec beaucoup de véhémence.

« Commence par le commencement, s'intima-t-il. Enlève ta main. »

Il ravala un gémissement. Il n'avait vraiment pas envie d'enlever sa main.

C'est alors que Cecilia émit un petit bruit, comme si elle allait se réveiller, ce qui suffit à le tirer de sa bienheureuse inaction. D'un geste lent, prudent, il leva la main, qu'il posa sur sa propre hanche.

Elle marmonna dans son sommeil – il crut comprendre « purée de carottes » – puis, avec un soupir, se blottit davantage contre l'oreiller.

Le désastre évité, Edward s'autorisa à respirer de nouveau.

À présent, il lui fallait dégager le bras qui était coincé sous elle. Tâche difficile, vu qu'elle tenait la main d'Edward pressée contre sa joue, comme un enfant l'aurait fait d'un jouet ou d'un chiffon bien-aimé.

Il tira légèrement. Cecilia ne bougea pas.

Il tira plus fort et se figea lorsque, avec un grommellement de protestation, elle se plaqua davantage contre sa main.

Bon. L'heure n'était plus à la plaisanterie.

Se déplaçant gauchement, Edward enfonça avec force son bras dans le matelas, créant ainsi une dépression suffisante pour le retirer sans déranger Cecilia.

Enfin libre ! Il commença à reculer prudemment dans le lit, avant de s'apercevoir *in extremis* que ce n'était pas lui qui avait traversé le lit dans la nuit, mais Cecilia, et qu'elle n'avait pas fait les choses à moitié, car il était sur le point de dégringoler sur le sol.

Faute d'alternative, il allait devoir se lever. C'était déjà l'aube s'il se fiait à la lueur grise entre les rideaux. Il n'en fut pas étonné car ils s'étaient couchés relativement tôt.

Après un dernier regard à Cecilia pour s'assurer qu'elle dormait toujours profondément, il glissa les jambes hors du lit et se mit debout. Il ne se sentait plus aussi faible que la veille, ce qui paraissait normal. Certes, il n'avait pris que de la soupe en fin de journée, mais il avait déjeuné correctement à leur arrivée à *La Tête du diable*. Un morceau de viande et des pommes de terre pouvaient opérer des miracles sur les forces d'un homme.

Sa tête allait mieux, également, même s'il jugeait préférable d'éviter tout mouvement brusque. Ce qui excluait de parcourir quatre lieues en voiture pour se rendre à Haarlem le lendemain. Au moins Cecilia avait-elle fini par se résigner.

En toute honnêteté, il doutait de trouver là-bas des renseignements sur Thomas, ce qui ne l'empêcherait pas d'accompagner Cecilia dès qu'il en serait capable. Entre-temps, ils allaient poursuivre leurs recherches ici même.

Il ne connaîtrait pas de repos tant qu'il n'aurait pas appris ce qui était arrivé à Thomas. Il le devait à son ami.

Et à Cecilia, désormais.

Sur la pointe des pieds, il traversa la courte distance qui le séparait de la fenêtre et écarta les rideaux.

Le soleil se levait sur le Nouveau Monde, lacérant le ciel de grandes traînées roses et orangées. Il songea à sa famille, en Angleterre. La journée était déjà bien avancée pour eux. Étaient-ils en train de déjeuner ? Faisait-il assez beau pour une chevauchée sur leurs terres ? Ou le temps était-il frais et venteux parce que le printemps s'attardait ?

Sa maison lui manquait, de même que le vert intense des pelouses et des haies, les écharpes de brume matinale, les rosiers de sa mère – même s'il n'avait jamais aimé leur parfum qu'il trouvait écœurant. Avait-il déjà eu le mal du pays ? Il ne le pensait pas, mais peut-être ce dernier s'était-il emparé de lui durant les mois qui échappaient à sa mémoire.

Ou bien c'était un sentiment nouveau. Il avait une épouse, à présent. Et si Dieu le voulait, des enfants suivraient. Il n'avait jamais songé à fonder une famille ici, dans les Colonies. Il s'était toujours imaginé que, le moment venu, il retournerait dans le Kent et achèterait une propriété pas trop éloignée de celle des Rokesby.

Pour autant, il n'avait jamais courtisé de femme sérieusement, même si tout le monde semblait persuadé qu'il finirait par épouser sa voisine, Billie Bridgerton. Il ne s'était pas donné la peine – et Billie non plus – de détromper les gens. Mais un tel mariage serait un désastre. Ils étaient trop comme frère et sœur pour ne serait-ce qu'envisager de se marier.

Penser à Billie lui arracha un gloussement. Enfants, ils formaient une bande redoutable, avec son frère Andrew et sa sœur Mary. Que tous les quatre aient atteint l'âge adulte indemnes relevait du miracle. Lui-même s'était démis l'épaule et avait perdu une dent de lait, suite à un coup violent, avant l'âge de huit ans. Andrew se fourrait toujours dans le pétrin. Seule Mary avait échappé aux blessures de toutes sortes – ce qui était moins dû à la chance qu'à son tempérament hautement raisonnable.

Et il y avait George, bien sûr. George n'avait jamais mis à rude épreuve la patience de leur mère avec de multiples plaies et bosses. Il est vrai qu'étant leur aîné de plusieurs années, il avait mieux à faire que de battre la campagne avec ses jeunes frères et sœur.

Cecilia aimerait-elle sa famille ? Il avait tendance à le penser. Et il savait qu'eux l'aimeraient. Il espérait juste que le Derbyshire ne lui manquerait pas trop. Il n'avait cependant pas l'impression qu'elle y était très attachée. Thomas en tout cas n'éprouvait pas une affection particulière pour leur village natal. Edward ne serait pas surpris qu'il reste dans l'armée et loue Marswell, maintenant qu'il en était propriétaire.

Évidemment, il fallait d'abord le retrouver.

Au fond de lui-même, Edward n'était pas optimiste. Il avait fait bonne figure à cause de Cecilia, mais la disparition de Thomas comportait tant d'éléments bizarres qu'il ne s'attendait pas à une conclusion heureuse.

Cela dit, sa propre histoire n'était-elle pas improbable ? Il avait perdu la mémoire, et gagné une femme. Qui sait si Thomas n'aurait pas une chance identique ?

Les stries colorées du ciel commençaient à s'estomper, et il laissa retomber le rideau. Il lui fallait s'habiller, ou plutôt se changer, avant le réveil de Cecilia. Il pouvait garder ses culottes, mais une chemise propre s'imposait. Il s'approcha sans bruit de sa malle. Ses affaires paraissaient intactes, constata-t-il en soulevant le couvercle. S'il s'agissait principalement de vêtements et d'équipement, il y avait aussi glissé quelques souvenirs personnels. Notamment un mince volume de poèmes, ainsi qu'un drôle de petit lapin en bois qu'Andrew et lui avaient sculpté lorsqu'ils étaient enfants.

Il sourit. Ils avaient décidé d'en réaliser chacun une moitié, créant ainsi le rongeur le plus difforme que la terre eût jamais porté. Billie avait déclaré que si les lapins avaient vraiment eu cette allure-là, ils seraient devenus de redoutables prédateurs, car tous les autres animaux se seraient évanouis à leur vue.

« Et alors, avait-elle continué avec ce sens dramatique qu'elle possédait au plus haut point, ils leur auraient porté un coup fatal avec leurs terribles dents acérées... »

La mère d'Edward était intervenue pour mettre un terme à la conversation, déclarant que les lapins étaient « de douces créatures du bon Dieu » et que Billie ne devait pas...

À ce moment-là, Edward avait brandi le lapin en bois devant le visage de sa mère, laquelle avait poussé un hurlement si strident que les enfants l'avaient imité pendant des semaines.

Sans y parvenir vraiment, toutefois. Pas même Mary, et pourtant elle savait crier (avec autant de frères, elle avait appris très tôt) !

Edward souleva les chemises et les culottes, déplaça les bas qu'il avait appris à repriser lui-même, et finit par dénicher le lapin, en même temps qu'une liasse de papiers entourée d'une ficelle.

Des lettres. Il avait conservé toutes les lettres reçues de chez lui. Même si cette liasse ne pouvait guère rivaliser avec celle de Thomas, elle représentait tous ceux qu'il aimait – sa mère, à la grande écriture élégante ; son père qui, en homme de peu de mots, parvenait néanmoins à exprimer ce qu'il ressentait ; Andrew, dont il ne possédait qu'une seule et unique lettre. Il était sans doute pardonnable car il était dans la marine, et si le courrier parvenait difficilement à Edward dans les Colonies, il devait être encore plus difficile à Andrew d'en envoyer.

Réprimant un sourire nostalgique, il continua d'éplucher la liasse. Billie était une piètre correspondante, mais elle avait tout de même envoyé quelques billets. Sa sœur Mary se débrouillait bien mieux – elle avait même pensé à inclure quelques griffonnages du benjamin de la famille, Nicholas. Edward avait honte de l'avouer, mais il connaissait à peine ce petit frère. Non seulement la différence d'âge entre eux était importante, mais la vie faisait qu'ils se retrouvaient rarement en même temps au même endroit.

Ce fut à la fin de la pile qu'Edward mit la main sur la pièce la plus précieuse de sa collection, dissimulée entre deux lettres de sa mère.

Cecilia.

Elle ne lui avait jamais écrit directement. Tous deux savaient que ç'aurait été terriblement inconvenant. Elle ajoutait cependant un mot pour lui à la fin de presque toutes les lettres qu'elle adressait à son frère, et Edward en était venu à attendre ces quelques lignes avec une impatience qu'il n'aurait jamais admise.

Quand Thomas disait : « Tiens, une lettre de ma sœur », Edward ne levait même pas les yeux pour répliquer : « J'espère qu'elle va bien. » Mais son cœur battait un peu plus vite, sa respiration se faisait plus laborieuse, et tandis que Thomas prenait son temps pour déchiffrer les lignes de Cecilia, Edward le lorgnait du coin de l'œil en se retenant de crier : « Bon sang, lis-moi donc ce qui me concerne ! »

Non, il ne pouvait vraiment pas avouer à quel point il tenait aux lettres de Cecilia.

Et puis un jour, alors que Thomas était sorti et qu'Edward se reposait dans la chambre qu'ils partageaient, il se surprit à penser à elle. Cela n'avait rien d'anormal. Il songeait à la sœur de son meilleur ami bien davantage qu'on aurait pu s'y attendre dans la mesure où ils ne s'étaient jamais rencontrés, mais un mois s'était écoulé depuis sa dernière lettre – un délai inhabituellement long –, et il commençait à s'inquiéter. Même s'il fallait certainement imputer ce retard aux vents et aux courants de l'Océan, le courrier transatlantique étant tout sauf fiable.

Alors qu'il était étendu sur son lit, il s'aperçut qu'il ne se rappelait pas précisément ce qu'elle avait écrit dans sa dernière lettre et, pour une raison quelconque, s'en souvenir lui parut impératif. Avait-elle décrit la commère du village comme complaisante ou comme comploteuse ? Il ne s'en souvenait pas, et c'était important. Cela changeait la perception de...

Avant même d'en prendre conscience, il se retrouva en train de fouiller dans les affaires de Thomas. Il en sortit les lettres de Cecilia afin de relire les quatre phrases qu'elle y avait incluses pour lui.

Il ne se rendit compte qu'après coup qu'il avait violé l'intimité de son ami. C'était pathétique, il le savait, ce qui ne l'empêcha pas de recommencer. Dès que Thomas s'absentait, il lisait les lettres de Cecilia. C'était son secret honteux.

Et quand il avait appris qu'on l'envoyait dans le Connecticut, il avait volé deux des feuilles de papier, en veillant à choisir celles qui lui étaient presque entièrement adressées. Thomas perdrait très peu de mots de sa sœur, alors que lui-même gagnerait...

Pour être franc, il en avait besoin pour conserver toute sa raison et, peut-être, nourrir un peu d'espoir.

Finalement, il n'avait emporté avec lui que l'une des deux lettres, préférant laisser l'autre en sécurité dans sa malle. Cette précaution n'avait pas été superflue. Selon les gens de l'hôpital, il n'avait ni papiers ni effets personnels sur lui lorsqu'on l'avait retrouvé à Kip's Bay. Dieu seul savait où se trouvait à présent la lettre de Cecilia. Au fond d'un lac, probablement, ou dans un tas de cendres après avoir servi à allumer un feu. Edward voulait croire qu'elle avait été trouvée par un oiseau entreprenant, qui l'avait déchirée en lambeaux pour en tapisser son nid.

Une hypothèse qui plairait sans doute à Cecilia, et qui le consolait un peu de sa perte.

Dire qu'il avait pensé la garder toujours à l'abri dans la poche de sa veste. C'était étrange que...

Il cilla. C'était tout ce dont il se souvenait depuis son retour à la conscience. Il ne se rappelait pas ce qu'il avait fait ou dit, simplement qu'il avait transporté une lettre de sa femme dans la poche de sa veste.

Mais était-elle seulement sa femme, à ce moment-là ? À quelle date s'étaient-ils mariés ? La veille, il avait posé la question à Cecilia, puis ils s'étaient éloignés du sujet. Ensuite, il avait exigé qu'elle l'embrasse. C'était donc sa faute s'il n'avait pas obtenu de réponse.

Cette lettre, toutefois – celle qu'il avait maintenant entre les mains – était celle à laquelle il tenait le plus. C'était la première que Cecilia avait écrite expressément à son intention. Elle ne comportait rien de très personnel, comme si elle avait su d'instinct qu'il aspirait à la normalité plus qu'à toute autre chose. Elle ne décrivait donc que des faits banals, mais l'ironie de son regard les rendait délicieux.

Après s'être assuré qu'elle dormait toujours, il déplia la lettre avec précaution.

Cher capitaine Rokesby,

Votre description des fleurs sauvages dans les Colonies me fait rêver du printemps qui, ici, dans le Derbyshire, perd sa bataille acharnée contre l'hiver. Non, je mens. La bataille n'est pas acharnée car l'hiver a écrasé le printemps comme une mouche. Nous ne connaissons même pas le plaisir d'une neige fraîche et poudreuse. Le peu de flocons que nous avons eu a aussitôt fondu pour se transformer en mélasse grisâtre, et je crains d'avoir abîmé deux chaussures cette saison. Mon escarpin gauche et ma bottine droite. Mon âme frugale souhaiterait que le cordonnier refasse une paire avec les deux souliers restants, mais je crois que je suis trop soucieuse de ma petite personne pour porter le résultat – sans parler de mon manque d'équilibre. Le talon de ma bottine est d'un pouce plus haut que celui de mon escarpin, et je suis à peu près certaine que je trébucherais sur quelque chose, dégringolerais dans l'escalier et, peut-être, briserais une fenêtre. Demandez à Thomas de vous raconter la fois où j'ai glissé sur le tapis du salon. Une malheureuse cascade de calamités s'est ensuivie.

Prenez soin de vous, et de Thomas aussi, et je l'implorerai de faire de même. Je penserai à vous souvent et vous associerai à mes prières.

Votre amie, Cecilia Harcourt

Après avoir relu la lettre, Edward garda les yeux fixés sur l'écriture élégante durant quelques secondes.

Puis, de l'index, il retraça les lettres de son nom. *Votre amie*, avait-elle écrit. C'était bien ce qu'elle était avant même qu'il ne la connaisse.

Son amie. À présent, sa femme.

Derrière lui, un léger bruit lui indiqua que Cecilia se réveillait. Il replia le feuillet en hâte et le glissa dans la pile de lettres.

— Edward ?

Elle avait la voix pâteuse, ensommeillée, comme si elle retenait un bâillement.

— Bonjour, dit-il en se retournant.

— Que lisais-tu ?

Il pianota sur sa cuisse.

— Juste une lettre de chez moi.

— Ta famille doit te manquer terriblement, murmura-t-elle après un silence.

— Je... Oui.

Il se retrouva soudain dans la peau du jeune garçon timide et maladroit face à la jolie fille à laquelle personne n'ose parler. C'était ridicule, complètement idiot. Il était un homme fait, que diable, et cela faisait des années qu'il ne s'était pas retrouvé muet devant une femme. Mais c'était comme s'il avait été surpris la main dans le sac.

Si elle découvrait qu'il avait volé ses lettres...

Il en était mortifié rien que d'y penser.

— Quelque chose ne va pas ? s'enquit-elle.

— Non, non, bien sûr que non, répondit-il en pivotant pour fourrer la liasse de lettres dans la malle. C'est juste... tu sais... je pense à eux.

Hochant la tête, elle se redressa et ramena pudiquement drap et couverture sur son buste.

— Je ne les ai pas vus depuis... Aïe !

Edward lâcha une bordée de jurons. Il avait été si pressé de cacher la preuve de son méfait qu'il n'avait pas fait attention où il allait, et s'était violemment cogné le gros orteil contre le coin de la malle.

— Ça va ? demanda Cecilia, visiblement surprise par sa réaction.

Edward jura de nouveau, avant de lui présenter aussitôt ses excuses. Il ne s'était pas trouvé en présence d'une femme depuis si longtemps que ses bonnes manières étaient quelque peu rouillées.

— Ne t'excuse pas, dit-elle. Il n'y a rien de pire que de se cogner l'orteil. Si seulement je pouvais jurer ainsi lorsque cela m'arrive !

— Billie ne se gêne pas.

— Qui ?

— Billie Bridgerton. Ma voisine.

Elle était restée dans ses pensées, apparemment. Sans doute parce qu'il s'était plongé dans ces lettres du Kent.

— Ah, oui ! Tu y as fait allusion.

— Vraiment ? murmura-t-il, distrait.

Billie et lui étaient les meilleurs amis du monde – ils avaient grandi ensemble. Il n'y avait pas plus garçon manqué qu'elle, et Edward doutait de s'être aperçu qu'elle était une fille avant d'avoir atteint ses huit ans.

Il ne put retenir un petit rire à ce souvenir.

Cecilia détourna les yeux.

— J'ai du mal à trouver une raison de t'avoir écrit à son sujet, reprit-il.

— Ce n'est pas toi, c'est Thomas.

— Thomas ? répéta-t-il, déconcerté.

— Tu avais dû lui parler d'elle...

— Sans doute.

Edward se pencha de nouveau sur la malle pour en tirer une chemise propre.

— Si tu veux bien m'excuser, dit-il avant de se débarrasser de sa chemise sale.

— Oh, tu as une cicatrice ! s'exclama Cecilia.

Il lui jeta un coup d'œil par-dessus son épaule.

— Pardon ?

— Tu as une cicatrice dans le dos, répéta-t-elle. Je l'ignorais, ce qui est normal, puisque lorsque je te soignais je n'ai jamais... enfin, peu importe.

Il y eut un flottement avant qu'elle ne reprenne :

— Que t'est-il arrivé ?

Il passa le bras par-dessus son épaule pour désigner son omoplate gauche.

— Celle-ci ?

— Oui.

— Je suis tombé d'un arbre.

— Récemment ?

Il ne put s'empêcher de lui adresser un regard incrédule.

— J'avais neuf ans !

L'air intéressée, elle se redressa et croisa les jambes en tailleur sous la couverture.

— Que s'est-il passé ?

— Je suis tombé d'un arbre.

— Tu viens de le dire. L'histoire ne s'arrête pas là, j'imagine.

— Pas vraiment, admit-il avec un haussement d'épaules. Pendant presque deux ans, j'ai menti et j'ai dit que mon frère m'avait poussé. En vérité, j'ai perdu l'équilibre. J'ai heurté une branche en dégringolant et elle a déchiré ma chemise.

— Tu as dû rendre la vie impossible à ta mère, s'esclaffa Cecilia.

— À ma mère et à quiconque s'occupait du ravaudage. Encore qu'à mon avis, la chemise était irrécupérable.

— Mieux vaut une chemise qu'un bras ou une jambe.

— Oh, il y en a eu aussi !

— Juste Ciel !

— Billie s'est cassé les deux bras, déclara-t-il avec un grand sourire.

Cecilia arrondit les yeux.

— En même temps ?

— Dieu merci, non. Mais Andrew et moi nous sommes beaucoup amusés à imaginer ce que ç'aurait été. Lorsqu'elle s'est cassé le deuxième bras, nous avons attaché une attelle à son bras valide, histoire de voir comment elle se débrouillerait.

— Et elle vous a laissés faire ?

— Laissés ? C'est elle qui nous l'avait suggéré.

— Elle a l'air d'être plutôt originale, commenta Cecilia d'un ton poli.

— Billie ? Il n'y en a pas deux comme elle, c'est certain.

Baissant les yeux, Cecilia se mit à suivre du bout du doigt un motif sur la couverture.

— Et que fait-elle, maintenant ? demanda-t-elle.

— Je n'en ai pas la moindre idée, admit-il, non sans regret.

Être à ce point coupé des siens le peinait. Cela faisait plus de quatre mois qu'il n'avait pas eu de leurs nouvelles. Sans doute le croyaient-ils mort.

— Je suis désolée. Je n'aurais pas dû t'interroger ainsi.

— Ne t'inquiète pas, la rassura-t-il, car ce n'était certainement pas sa faute. Encore que je me demande... Se pourrait-il que j'aie reçu du courrier durant mon absence ? Il n'est pas inenvisageable que ma famille m'ait écrit avant d'apprendre ma disparition.

— Je l'ignore, mais nous pouvons nous renseigner. Ils t'écrivaient souvent ?

Edward, qui attachait sa deuxième manchette, releva les yeux. Le sourire de Cecilia paraissait forcé. Ou peut-être était-elle simplement fatiguée.

— Tu veux dire, ma famille ?

— Oui. Et tes amis.

— Personne ne m'a écrit aussi souvent que toi à Thomas, répondit-il non sans tristesse. Tu n'as pas idée de ce que j'étais jaloux. Nous l'étions tous, d'ailleurs.

— Vraiment ?

Cette fois, le sourire de Cecilia atteignit ses yeux.

— Vraiment, confirma-t-il. Thomas recevait davantage de courrier que moi, alors que tu étais son unique correspondante.

— Ce n'est pas possible !

— Je t'assure que si. Enfin, peut-être pas si je compte ma mère, admit Edward. Mais cela ne semble pas très juste.

— Que veux-tu dire ? demanda-t-elle en riant.

— Une mère se doit d'écrire à son fils, non ? Tandis que les sœurs, les frères, les amis... Rien ne les oblige à être aussi assidus.

— Notre père n'a jamais écrit à Thomas, avoua Cecilia. Il me demandait parfois de lui transmettre ses salutations, mais c'était tout.

Elle n'en paraissait pas affectée, ni même résignée. Edward se remémora son ami occupé à tailler un bâton avec son canif lors d'un cantonnement. Thomas citait volontiers des aphorismes, et l'un de ses préférés était : « Change ce que tu peux, et accepte ce que tu ne peux changer. »

Sa sœur semblait partager cette philosophie.

Il l'observa en silence. C'était une femme d'une force et d'une grâce remarquables. En avait-elle conscience ?

Il s'obligea à reporter les yeux sur ses manchettes, même si celles-ci étaient dûment boutonnées. L'envie de regarder Cecilia était trop forte. Il allait finir par la mettre mal à l'aise ou, plus vraisemblablement, être lui-même mal à l'aise. Mais il avait tellement envie de la contempler, d'en apprendre davantage sur elle. Il voulait tout connaître d'elle, ses secrets et ses désirs, l'écouter lui raconter sa vie quotidienne, découvrir les bribes du passé qui, assemblées comme les pièces d'un puzzle, la constituaient.

Qu'il était étrange de vouloir tout connaître d'un autre individu ! Il ne se rappelait pas avoir jamais rien souhaité de tel auparavant.

— Je t'ai parlé de mon enfance, reprit-il en nouant la cravate qu'il venait de sortir de sa malle. Parle-moi de la tienne.

— Que veux-tu savoir ?

Elle semblait vaguement surprise, peut-être même amusée.

— Jouais-tu beaucoup dehors ?

— Je ne me suis jamais cassé de bras, si c'est ce que tu demandes.

— Non, mais je suis soulagé de l'apprendre.

— Tout le monde ne peut pas être une Billie, dit-elle à mi-voix.

Edward avait rejeté la tête en arrière pour finir de nouer sa cravate. Il baissa brusquement le menton. Il avait dû mal entendre.

— Qu'as-tu dit ?

— Oh, rien, répondit-elle avec un petit mouvement de la tête pour signifier l'inintérêt de la chose. Une bêtise. Pour répondre à ta question, non, je ne jouais pas beaucoup dehors. Pas autant que toi, du moins. Je préférais rester dans la maison et lire.

— De la poésie ? De la prose ?

— Tout ce qui me tombait sous la main. Thomas me traitait de rat de bibliothèque.

— Personnellement, je dirais plutôt « tigresse » de bibliothèque.

— Pourquoi ?

— Tu es bien trop vaillante pour être un modeste rat.

Elle leva les yeux au plafond, l'air vaguement gênée. Et fière aussi, peut-être.

— Tu es sûrement la seule personne à m'avoir jamais jugée vaillante.

— Tu as traversé un océan pour sauver ton frère. Cela me semble être la définition par excellence de la vaillance.

— Possible.

Son ton avait perdu de sa vivacité. Edward la regarda avec curiosité.

— Pourquoi es-tu si sombre tout à coup ?

— C'est juste que...

Elle resta songeuse un instant, puis soupira.

— Quand je me suis rendue à Liverpool - c'est là que j'ai pris le bateau –, je ne crois pas que ce soit mon amour pour Thomas qui m'ait poussée à agir.

Edward vint s'asseoir près d'elle, lui offrant un soutien silencieux.

— Je crois... je crois que j'étais désespérée.

Quand elle tourna le visage vers lui, il sut qu'il serait à jamais hanté par ce qu'il lut dans son regard. Ce n'était pas du chagrin, ni de la peur. C'était quelque chose de bien pire : de la résignation. Comme si, ayant regardé en elle-même, elle n'avait trouvé qu'un grand vide.

— Je me sentais très seule, reconnut-elle. Et effrayée. Je ne sais pas si... Je ne suis pas sûre que je serais partie si je ne m'étais pas sentie aussi seule. J'aimerais être persuadée que je ne pensais qu'à Thomas, qui avait besoin d'aide, mais je me demande si je n'avais pas encore plus besoin, moi, de m'en aller.

— Il n'y a pas de honte à cela.

— Tu crois ?

— J'en suis certain, assura-t-il avec ferveur en s'emparant de ses mains. Tu es courageuse, et tu possèdes un cœur aimant et sincère. Il n'y a aucune honte à éprouver de la crainte ou de l'inquiétude.

Il ne parvenait pas à croiser son regard. Aussi insista-t-il :

— Et tu n'es pas seule. Je te le promets. Tu ne seras jamais seule.

Il attendit qu'elle dise quelque chose, qu'elle réagisse à la solennité de cette déclaration. En vain. Il devina qu'elle s'efforçait de recouvrer son sang-froid. Sa respiration se fit moins hachée et, doucement, elle libéra l'une de ses mains pour s'essuyer les yeux.

— Je voudrais m'habiller, murmura-t-elle.

Elle souhaitait qu'il la laisse, de toute évidence. Essayant d'ignorer sa déception, il se leva.

— Bien sûr.

Elle le remercia à mi-voix.

Mais alors qu'il atteignait la porte, elle le rappela. En proie à un espoir ridicule, il se retourna.

— Tes bottes, dit-elle.

Il baissa les yeux. Il était toujours en chaussettes. Il alla récupérer ces fichues bottes et sortit, le visage en feu. Il les enfilerait sur le palier.

10

En cet instant, je rêve d'une existence paisible. La date de notre départ approche et j'appréhende la traversée. Sais-tu qu'il faut au moins cinq semaines pour atteindre l'Amérique du Nord ? On m'a dit que le voyage pour rentrer était plus court – les vents soufflent surtout d'ouest en est et poussent les navires. C'est un maigre réconfort cependant, car on ne nous a pas donné la date prévue pour notre retour.

Edward me prie de te saluer et de ne pas te dire qu'il est un piètre marin.

De Thomas Harcourt à sa sœur Cecilia

Lorsque Cecilia retrouva Edward dans la salle à manger de l'auberge, il était attablé devant son petit déjeuner. Et il avait ses bottes aux pieds.

— Ne te lève pas ! l'arrêta-t-elle lorsqu'il repoussa sa chaise à son entrée. S'il te plaît.

Il s'immobilisa une seconde, puis inclina la tête. Elle comprit qu'il lui en coûtait de renoncer à ses bonnes manières, mais il était blessé. En voie de guérison, certes, mais encore faible. Il devait se ménager et économiser ses forces.

Et c'était à elle d'y veiller. C'était la dette qu'elle avait à payer, même si lui l'ignorait. Elle profitait de sa bonté et du prestige de son nom : le moins qu'elle pût faire en retour, c'était de le soigner.

Elle s'assit en face de lui, ravie de constater qu'il semblait avoir un peu plus d'appétit. Elle était convaincue que sa faiblesse devait davantage à son jeûne d'une semaine qu'à sa blessure.

L'objectif du jour était donc qu'il se nourrisse correctement.

Il serait certainement plus facile à atteindre que celui de la veille : cesser de mentir autant.

— La nourriture est à ton goût ? s'enquit-elle.

Elle ne le connaissait pas assez pour deviner son humeur, mais il avait quitté leur chambre si précipitamment, sans même prendre la peine d'enfiler ses bottes. Elle lui avait certes dit qu'elle souhaitait s'habiller – sous-entendant qu'elle espérait un peu d'intimité. Cela n'était en rien une requête déraisonnable, lui semblait-il.

Il replia le journal qu'il était en train de parcourir et poussa un plat d'œufs au bacon vers elle.

— Oui, c'est assez bon, répondit-il. Je te remercie.

— Y a-t-il du thé ? demanda-t-elle, pleine d'espoir.

— Hélas, non, pas ce matin ! En revanche...

Du menton, il désigna un papier posé à côté de son assiette.

— ... nous avons reçu une invitation.

Il fallut quelques instants à Cecilia pour comprendre ces quelques mots, pourtant simples.

— Une invitation ? À quoi ?

Et surtout, de qui ? À sa connaissance, seuls quelques officiers, le médecin, et l'homme qui balayait le sol de l'église-hôpital savaient qu'Edward et elle étaient mariés.

Plus exactement, c'étaient les seuls qui *croyaient* le savoir.

L'écheveau de ses mensonges s'emmêlait de plus en plus.

— Quelque chose ne va pas ? s'enquit Edward.

— Non, tout va bien, assura-t-elle. Pourquoi cette question ?

— Tu avais une expression très bizarre.

Cecilia dut s'éclaircir la voix avant de répondre :

— La faim, je suppose.

Dieu du Ciel, quelle piètre menteuse elle faisait !

Edward fit glisser le carton d'invitation sur la table.

— C'est du gouverneur Tryon. Il donne un bal.

— Un bal ? Maintenant ?

Cecilia secoua la tête, déconcertée. La jeune femme de la boulangerie lui avait certes dit que la vie mondaine à New York était intense, elle trouvait néanmoins cela étrange, alors que des combats se déroulaient non loin.

— Sa fille a dix-huit ans. Il paraît qu'il refuse de ne pas fêter cet événement.

Cecilia saisit la feuille de papier vélin – sapristi, où pouvait-on encore se procurer du papier vélin à New York ? À n'en pas douter, le capitaine et Mme Rokesby étaient invités chez le gouverneur dans trois jours.

Elle dit alors la première chose qui lui vint à l'esprit :

— Je n'ai rien à me mettre.

Edward haussa les épaules.

— Nous trouverons bien quelque chose.

Cecilia ne put s'empêcher de lever les yeux au ciel. Réponse typiquement masculine !

— En trois jours ?

— Il ne manque pas de couturières qui seront contentes de gagner un peu d'argent.

— Argent que je n'ai pas.

Il la regarda comme si un fragment de sa cervelle venait de lui jaillir de l'oreille.

— J'ai de l'argent. En conséquence, toi aussi.

Cecilia eut beau se sentir abominablement vénale, il lui était impossible d'argumenter. Aussi se contenta-t-elle de marmonner :

— On aurait pu s'attendre qu'ils préviennent plus tôt.

Edward pencha la tête de côté, songeur.

— Je suppose que les invitations sont parties il y a déjà un moment. Je ne suis revenu que récemment du monde des disparus.

— Bien sûr.

Bonté divine, qu'allait-elle faire ? Elle ne pouvait pas se rendre à un bal donné par le gouverneur royal de New York ! La seule justification qu'elle s'était donnée pour prolonger cette mascarade, c'était que personne n'en saurait rien.

Elle se mordit l'intérieur de la joue. Personne hormis le gouverneur, sa femme, et les loyalistes les plus éminents de la ville.

Lesquels retourneraient un jour ou l'autre en Angleterre, rencontreraient peut-être la famille d'Edward, et poseraient des questions sur sa femme.

— Qu'y a-t-il ? demanda Edward. Tu fronces les sourcils, précisa-t-il comme elle lui adressait un regard interrogateur.

— Vraiment ?

Elle fut surprise de ne pas éclater d'un rire nerveux.

Edward s'abstint de confirmer, mais son expression exagérément patiente était une réponse en soi.

Elle suivit de l'index les caractères élégants gravés sur le vélin.

— Tu ne trouves pas surprenant que je sois incluse dans l'invitation ?

— Tu es ma femme, lui rappela-t-il.

— Comment le gouverneur peut-il le savoir ?

Edward coupa un petit morceau de bacon, puis :

— Je suppose qu'il le sait depuis des mois.

Comme Cecilia le dévisageait avec stupeur, il ajouta :

— Pour quelle raison ne lui aurais-je pas dit que nous étions mariés ?

— Tu connais le gouverneur ? s'écria-t-elle, prononçant ce dernier mot d'une voix stridente.

Il porta le morceau de bacon à sa bouche, le mastiqua, et l'avala.

— Ma mère est amie avec sa femme.

— Ta mère, murmura-t-elle, abasourdie.

— Je crois qu'elles ont été présentées ensemble à la Cour. C'était une extraordinaire héritière, ajouta-t-il après réflexion.

— Ta mère ?

— Mme Tryon.

— Ah...

— Ma mère aussi, du reste, quoique rien de comparable avec tante Margaret.

Cecilia resta pétrifiée une fraction de seconde.

— *Tante*... Margaret ?

Il eut un geste désinvolte.

— C'est ma marraine.

Cecilia se rendit compte qu'elle tenait en l'air sa cuillère pleine d'œuf depuis un moment. Son poignet trembla, et la bouchée retomba dans son assiette.

— La femme du gouverneur est ta marraine ?

— Oui. Et celle de ma sœur aussi. Ce n'est pas vraiment notre tante, mais nous l'avons toujours appelée ainsi.

Cecilia hocha machinalement la tête. Elle avait conscience que ses lèvres étaient entrouvertes, pourtant aucun son ne sortait de sa bouche.

— Quelque chose ne va pas ? reprit Edward.

Il fallut à Cecilia un moment pour parvenir à former une phrase.

— Tu n'as pas songé à me dire que ta marraine était mariée au gouverneur royal de New York ?

— Le sujet n'est pas venu dans la conversation.

— Seigneur.

Cecilia se laissa aller contre le dossier de sa chaise. Emmêlé, son écheveau de mensonges ? Il était en passe de devenir inextricable.

Et s'il était une chose dont elle était certaine, c'était qu'elle ne pouvait se rendre au bal et rencontrer la marraine d'Edward. Une marraine savait des choses. Par exemple, elle saurait qu'Edward avait été « presque » fiancé, et pas à elle.

Peut-être même connaissait-elle la fiancée. Sans doute voudrait-elle savoir pourquoi Edward avait renoncé à une alliance avec la famille Bridgerton au profit d'une simple roturière.

Résistant à son envie de se prendre la tête entre les mains, Cecilia murmura :

— Le gouverneur.

— C'est juste un homme, assura Edward.

— Dit le fils d'un comte.

— Quelle snob tu fais ! s'esclaffa-t-il.

Cecilia se redressa, vexée. Elle n'était pas parfaite, ni même honnête, ces derniers jours, mais elle n'était pas snob.

— Que veux-tu dire par là ?

— Que tu lui reproches sa position, rétorqua Edward sans cesser de sourire.

— Pas du tout. Sapristi, non, au contraire ! C'est *ma* position que je me reproche.

Il piqua sa fourchette dans un autre morceau de bacon.

— Ne dis pas de bêtises.

— Je ne suis personne.

— C’est entièrement faux, déclara-t-il d’un ton catégorique.

— Edward…

— Tu es ma femme.

Cela, c’était entièrement faux. Cecilia dut plaquer la main sur sa bouche pour ne pas éclater de rire. Ou en sanglots. Ou les deux.

— Même si nous n’étions pas mariés, tu serais une invitée appréciée à ces festivités.

— Vu que le gouverneur n’aurait pas connaissance de mon existence, je ne serais *pas* invitée à ces festivités.

— Il saurait néanmoins qui tu es, je pense. Il a une mémoire incroyable des noms, et je suis sûr qu’à un moment ou à un autre, Thomas a dû faire allusion à toi.

Cecilia faillit s’étrangler avec son œuf.

— Thomas connaît le gouverneur ?

— Il lui est arrivé de dîner chez lui avec moi.

— Bien sûr. Parce que… bien sûr.

Il lui fallait mettre un terme à cette spirale vertigineuse qui échappait à tout contrôle. C’était… c’était…

— En fait, reprit Edward pensivement, il pourrait être utile.

— Je te demande pardon ?

— Je ne sais pas pourquoi je n’y ai pas songé plus tôt.

Le front plissé, il ajouta :

— Nous devrions demander l’aide du gouverneur Tryon pour retrouver Thomas.

— Tu crois qu’il saura quelque chose ?

— Non, mais il est à même de faire pression sur les personnes appropriées.

Cecilia s’efforça de ravaler des larmes d’exaspération. Une fois de plus, on en revenait à cette vérité simple et inévitable : ce qui comptait encore et toujours, c’était de connaître les bonnes personnes.

Edward dut percevoir son malaise car il tendit le bras par-dessus la table et lui tapota la main d'un geste qui se voulait réconfortant.

— Tu n'as aucune raison d'être embarrassée. Tu es la fille d'un gentleman et, à présent, la belle-fille du comte de Manston. Tu seras parfaitement à ta place à ce bal.

— Ce n'est pas cela, protesta-t-elle, même si ça l'était un peu.

Elle n'avait pas l'habitude de frayer avec des personnages officiels de haut rang. Certes, elle n'avait pas non plus l'habitude de frayer avec des fils de comte, et, pourtant, elle était faussement mariée à l'un d'eux.

— Tu sais danser ? s'enquit Edward.

— Évidemment !

— Dans ce cas, tout ira bien.

Elle le dévisagea avec consternation.

— Tu ne comprends vraiment pas, n'est-ce pas ?

Il s'adossa à sa chaise.

— Il y a beaucoup de choses que je ne comprends pas, admit-il d'un ton bien trop patient pour être anodin. Les événements de ces trois derniers mois, par exemple. Comment je me suis retrouvé avec une bosse de la taille d'un œuf de pigeon sur le crâne. Ou comment je me suis retrouvé marié avec toi.

Cecilia retint son souffle.

— Ce que je sais, en revanche, continua-t-il, c'est que j'aurai grand plaisir à t'acheter une jolie robe et à me rendre à une réception avec toi à mon bras.

Il se pencha au-dessus de la table, le regard presque féroce.

— Ce sera d'une normalité joyeuse et anodine. Sais-tu à quel point j'aspire au joyeux, à l'anodin et au normal ?

Cecilia ne répondit pas.

— Je m'en doutais, murmura-t-il. Alors, nous allons l'acheter, cette robe ?

Elle hocha la tête. Que pouvait-elle faire d'autre ?

Il s'avéra qu'il n'était pas si facile que cela de faire faire une robe du soir en trois jours. L'une des couturières fondit même en larmes lorsque Edward lui annonça la somme qu'il était prêt à dépenser. Elle ne pouvait se charger de cette tâche, hélas, sauf à avoir cinquante mains supplémentaires.

— Pouvez-vous prendre les mesures de madame ? lui demanda néanmoins Edward.

— Mais pour quelle raison ? s'était écriée Cecilia, non sans exaspération.

— Fais-moi plaisir, avait-il simplement répondu.

Après l'avoir déposée à l'auberge, il se rendit chez sa marraine. Elle avait toujours aimé les jolies choses, et Edward était convaincu qu'elle l'aiderait.

Le gouverneur, sa femme et leur fille louaient une grande maison à la lisière de la ville. À l'exception d'une visite en Angleterre, ils y vivaient depuis que l'hôtel particulier qu'ils occupaient avait été totalement détruit par un incendie, en 1773. Edward n'était pas à New York à l'époque, mais il en avait entendu parler par sa mère qui en avait été elle-même informée par Margaret Tryon. Ils avaient perdu tout ce qu'ils possédaient et avaient même failli perdre leur fille. La petite Margaret, qu'on appelait May pour la différencier de sa mère, n'avait eu la vie sauve que grâce à la présence d'esprit de sa gouvernante, qui l'avait jetée sur une congère par une fenêtre du premier étage.

Edward prit une profonde inspiration lorsque le majordome s'effaça pour le laisser entrer. Margaret Tryon n'était pas du genre à s'en laisser conter, et feindre d'être en bonne santé était totalement inutile. Et en effet, à peine eut-il pénétré dans le salon qu'elle l'accueillit par ces mots :

— Tu as une mine épouvantable.

— Toujours franche, tante Margaret, commenta-t-il.

Elle le gratifia de son fameux haussement d'épaule – une seule épaule. Un souvenir de sa fréquentation des Français, prétendait-elle. Quant à savoir quand elle s'était retrouvée avec des Français, Edward ne le savait trop. Elle lui présenta sa joue, qu'il embrassa machinalement.

Après s'être écartée, elle l'observa d'un œil inquisiteur.

— Je ne serais pas digne d'être ta marraine si je ne faisais pas remarquer que tu as le teint gris, les yeux creux et que tu as perdu au moins cinq kilos.

Edward resta un instant muet, puis répliqua :

— Vous êtes ravissante.

— Et toi, sourit-elle, tu as toujours été un charmant garçon.

Edward s'abstint de souligner qu'il avait passé trente ans. Sans doute appartenait-il aux marraines de traiter leurs protégés de « garçon » et de « fille » jusqu'à ce qu'ils aient un pied dans la tombe.

Margaret sonna pour qu'on apporte le thé, puis elle le regarda droit dans les yeux.

— Je suis terriblement fâchée contre toi.

Il l'interrogea du regard tout en s'asseyant en face d'elle.

— J'attendais ta visite. Tu es revenu à New York depuis plus d'une semaine, non ?

— Je suis resté inconscient pendant près de huit jours.

— Oh...

Elle pinça les lèvres pour contenir son émotion.

— Je l'ignorais.

— D'où, sans doute, ma « mine épouvantable », comme vous l'avez qualifiée.

Elle l'étudia longuement avant de déclarer :

— La prochaine fois que j'écrirai à ta mère, je ne lui ferai pas une description détaillée de ton apparence. Du moins, pas une description précise.

— Je vous en suis reconnaissant, assura Edward.

— Bien.

Margaret tambourina du bout des doigts sur l'accoudoir de son fauteuil – geste qui lui était habituel lorsqu'elle était embarrassée après avoir montré ses sentiments.

— Comment te sens-tu ?

— Mieux qu'hier, répondit Edward.

Sa marraine ne parut toutefois pas satisfaite par cette réponse.

— Cela veut dire tout et n'importe quoi, fit-elle remarquer.

En son for intérieur, Edward fit le bilan de son état. La douleur sourde dans sa tête était devenue si constante qu'il parvenait presque à l'ignorer. Son absence d'énergie était beaucoup plus gênante. Il avait dû faire une pause d'au moins une minute – c'était du moins l'impression qu'il avait eue – après avoir gravi le perron de la maison de sa marraine. Pas seulement pour reprendre son souffle, mais parce qu'il lui fallait rassembler ses forces pour s'obliger à avancer. La visite chez la couturière, avec Cecilia, l'avait épuisé. Il avait réglé au cocher le double de la course (très longue) entre l'auberge et la demeure des Tryon, simplement pour pouvoir fermer les yeux et ne pas remuer un muscle durant le trajet.

Cela dit, tante Margaret n'avait pas besoin de savoir tout cela.

— Je marche sans aide, lui dit-il avec un sourire, c'est donc un progrès.

Elle arqua les sourcils.

— Je suis encore fatigué, admit-il, et je souffre de la tête. Cela dit mon état s'améliore, et je suis vivant. J'essaie donc de ne pas me plaindre.

— C'est fort stoïque de ta part, déclara sa marraine. Je ne peux que t'approuver.

Puis, sans laisser à Edward le temps de réagir, elle changea de sujet.

— Tu ne m'avais pas dit que tu t'étais marié.

— Je n'en ai parlé qu'à très peu de gens.

— Qu'entends-tu par « très peu » ? répliqua-t-elle, les yeux étrécis.

— Eh bien, c'est-à-dire...

Comment expliquer sa situation actuelle à l'une des rares personnes en Amérique du Nord à l'avoir connu avant son arrivée ? Plus épineux, même, à la seule personne qui connaissait sa mère ?

Margaret Tryon fit preuve d'une patience ostensible durant dix secondes avant de lâcher :

— Crache le morceau.

Edward ne put réprimer un sourire. Sa marraine était connue pour son franc-parler.

— Il semblerait que j'aie perdu en partie la mémoire.

Elle entrouvrit la bouche et alla jusqu'à se pencher en avant.

Edward se serait félicité d'avoir réussi à ouvrir une brèche dans son impassibilité coutumière, si sa blessure n'en avait été la cause.

— Fascinant, déclara-t-elle, l'œil brillant. Je n'ai jamais entendu parler d'une chose pareille. Enfin, si, j'en ai entendu parler, bien sûr. Mais il s'agit toujours d'histoires rapportées – quelqu'un connaît quelqu'un qui croit avoir entendu quelqu'un raconter un jour qu'il avait rencontré quelqu'un… Enfin, tu vois ce que je veux dire.

Edward la dévisagea un instant, abasourdi, avant de murmurer :

— Certes.

— Tu as oublié beaucoup de choses ?

— Les trois ou quatre derniers mois, d'après mes calculs. C'est difficile à évaluer parce que je n'arrive pas à mettre le doigt sur mon dernier souvenir.

Margaret se redressa dans son fauteuil.

— Fascinant, répéta-t-elle.

— Un peu moins lorsque c'est votre propre mémoire qui a pris la poudre d'escampette.

— C'est évident. Pardonne-moi. Reconnais toutefois que s'il s'agissait de quelqu'un d'autre, tu serais fasciné.

Edward n'en était pas persuadé. Toutefois, dans le cas de tante Margaret, cela ne faisait aucun doute. Elle s'était toujours intéressée aux études et à la science, au point que certains lui avaient reproché d'avoir un esprit « anti-féminin ». De manière prévisible, elle avait pris cette critique comme un compliment.

— Dis-moi, reprit-elle d'une voix plus douce, que puis-je faire pour t'aider ?

— S'agissant de ma mémoire ? Rien, je le crains. S'agissant de ma femme ? Elle a besoin d'une robe.

— Pour le bal ? Oui, cela va de soi. Je peux lui prêter l'une des miennes. Ou de May, ajouta-t-elle. Il faudra sans doute la faire reprendre, mais tu as les moyens.

— Merci, dit Edward. C'est exactement ce que j'espérais vous voir proposer.

— Ce n'est pas grand-chose, assura-t-elle avec un geste désinvolte de la main. Mais, dis-moi, est-ce que je connais cette jeune fille ?

— Non. En revanche, vous avez rencontré son frère, Thomas Harcourt.

Elle fronça les sourcils.
— Ce nom ne m'évoque rien.
— Je suis sûr qu'il est venu dîner avec moi. À la fin de l'année dernière, je pense.
— Ton ami blondinet ? Oui, en effet ! Un jeune homme agréable. Il t'a convaincu d'épouser sa sœur, c'est cela ?
— C'est ce que l'on m'a dit.
Edward regretta ses paroles car, évidemment, tante Margaret réagit aussitôt.
— Ce que l'on t'a *dit* ? Que diable cela signifie-t-il ?
— Oubliez cela, je vous prie.
S'il n'y avait aucune chance qu'elle accepte, il lui fallait néanmoins essayer.
— Tu vas t'expliquer immédiatement, Edward Rokesby, ou je jure d'écrire à ta mère et de faire de ton état un bilan pire que la réalité.
Edward se frotta le front. Il ne manquait plus que cela ! Margaret ne mettrait jamais sa menace à exécution, il le savait. Elle aimait trop sa mère pour l'inquiéter inutilement. Elle ne le laisserait pas non plus sortir de chez elle sans qu'il ait donné à ses questions des réponses satisfaisantes. Et, vu sa faiblesse, elle l'emporterait certainement s'ils en venaient aux mains.
— Ces mois auxquels j'ai fait allusion, commença-t-il après avoir soupiré, ceux que je ne me rappelle plus…
— Es-tu en train de me dire que tu ne te souviens pas de l'avoir épousée ?
Edward ouvrit la bouche, mais rien n'en sortit.
— Dieu tout-puissant, mon garçon, y a-t-il des témoins ?
De nouveau, il resta muet.
— Es-tu certain d'être marié avec elle, au moins ?
Cette fois, il n'hésita pas.
— Oui.

Elle leva les bras en un geste d'exaspération dont elle n'était pas du tout coutumière.

— Pourquoi ?

— Parce que je la connais.

— Vraiment ? Tu en es sûr ?

Edward agrippa les accoudoirs de son fauteuil. Malgré son irritation grandissante, il s'appliqua à répondre d'une voix claire et unie :

— Que sous-entendez-vous, ma tante ?

— As-tu vu un document ? Le mariage a-t-il été consommé ?

— Cela ne vous regarde pas.

— Cela me regarde depuis ce jour où je me suis tenue à côté de ta mère dans la cathédrale de Canterbury et que j'ai promis de te guider dans ta vie de chrétien. L'aurais-tu oublié ?

— J'avoue que le souvenir que j'ai gardé de cette journée est flou.

— Edward !

Si elle perdait patience, il était sur le point de faire de même. Pourtant, ce fut d'une voix soigneusement contrôlée qu'il répliqua :

— Je dois vous prier de ne pas mettre en question l'honneur et l'honnêteté de ma femme.

Margaret plissa les yeux.

— Que t'a-t-elle fait ? Elle t'a séduit, n'est-ce pas ? Tu es sous son charme ?

— Cela suffit, répliqua Edward en se levant avec peine. Bon sang, jura-t-il entre ses dents lorsqu'il dut se raccrocher à l'accoudoir pour conserver son équilibre.

— Seigneur, tu es encore plus mal en point que je ne le pensais ! s'exclama Margaret, qui se leva à son tour et le repoussa quasiment dans le fauteuil. L'affaire est entendue. Tu vas t'installer ici.

L'espace d'un instant, Edward fut tenté d'accepter. Ils seraient certainement mieux ici qu'à *La Tête du diable*. Cela étant, à l'auberge, ils jouissaient d'une certaine intimité. Ils étaient entourés d'inconnus, certes, mais ceux-ci ne s'intéressaient guère à eux. Alors qu'ici, chez les Tryon, chacun de ses gestes – pire, chacun des gestes de Cecilia – serait observé, disséqué, puis rapporté à sa mère dans une lettre hebdomadaire.

— Je suis très bien là où je suis, répondit-il. Je vous remercie néanmoins de votre invitation.

Margaret fronça les sourcils, manifestement mécontente.

— Me permets-tu de te poser une dernière question ?

Il accepta d'un signe de tête.

— Comment le sais-tu ?

Edward attendit qu'elle s'explique. En vain.

— Comment je sais quoi ? finit-il par demander.

— Comment sais-tu qu'elle te dit la vérité ?

Il n'eut même pas besoin de réfléchir.

— Parce que je la *connais*.

Et c'était vrai. Peut-être ne connaissait-il le visage de Cecilia que depuis quelques jours, mais il connaissait son cœur depuis bien plus longtemps. Jamais il ne douterait d'elle.

— Mon Dieu, murmura Margaret, tu l'aimes.

Edward garda le silence. Difficile de la contredire.

— Très bien, soupira-t-elle. Es-tu capable de gravir un escalier ?

Il lui adressa un regard perplexe. De quoi diable parlait-elle ?

— Tu as toujours besoin d'une robe, n'est-ce pas ? Je n'ai aucune idée de ce qui conviendra à la nouvelle Mme Rokesby, et je préférerais ne pas avoir à ordonner à mes servantes de vider les garde-robes dans mon salon.

— Oui, bien sûr. Et, oui, je suis capable de gravir un escalier.

Il bénit toutefois la présence de la rampe.

11

Pauvre capitaine Rokesby ! J'espère que la traversée n'a pas été aussi horrible que ce qu'il craignait. Du moins votre récente promotion lui sera-t-elle de quelque réconfort. Comme je suis fière que vous ayez tous les deux accédé au grade de capitaine !

Tout le monde va bien, ici, au village. Une soirée a eu lieu il y a trois jours et, comme d'habitude, nous étions deux femmes pour un homme. Je n'ai dansé que deux fois. Et la seconde, c'était avec le pasteur. Je ne pense donc pas que cela compte.

Ta pauvre sœur finira vieille fille !

Mais ne t'inquiète pas. Je suis parfaitement contente de mon sort. Ou du moins, imparfaitement contente. Cela existe-t-il ? Cela devrait.

De Cecilia Harcourt à son frère Thomas

C'est ainsi que l'après-midi du bal du gouverneur, Edward déposa une grande boîte sur le lit qu'il partageait – sans vraiment le partager – avec sa femme.

— Tu as acheté quelque chose ? s'enquit-elle.

— Ouvre et vois par toi-même.

Non sans lui jeter un regard légèrement suspicieux, Cecilia se percha au bord du matelas.

— Qu'est-ce que c'est ?

— Ne m'est-il pas permis de faire un présent à ma femme ?

Elle contempla la boîte, autour de laquelle était noué un large ruban rouge, puis regarda Edward.

— Je n'attendais pas de cadeau.

— Raison de plus pour t'en offrir un. Ouvre, répéta-t-il en poussant la boîte vers elle.

Elle saisit le ruban de ses doigts graciles, tira sur le nœud, puis souleva le couvercle de la boîte. L'exclamation étouffée qui lui échappa remplit Edward d'aise.

— Elle te plaît ? demanda-t-il, même si c'était de toute évidence le cas.

Bouche bée, Cecilia effleura de la main la soie délicate. Sa teinte presque vert d'eau contenait juste un peu trop de bleu pour refléter parfaitement la couleur de ses yeux. Mais lorsque Edward avait vu cette robe dans le placard de May Tryon, il avait su que ce serait celle-là et pas une autre.

Il ignorait si May était au courant qu'elle avait fait don de sa robe. Elle n'était pas chez elle lorsque sa mère avait ouvert en grand les portes de sa garde-robe. Edward prit mentalement note de ne pas oublier de la remercier de sa générosité avant qu'elle ne le découvre par hasard. Cela dit, il connaissait les Tryon et, ce soir, May porterait sûrement une toilette neuve, spectaculaire et prodigieusement coûteuse. Elle n'envierait pas à Cecilia sa robe retouchée.

— Où l'as-tu eue ? s'enquit Cecilia.

— J'ai mes secrets.

Il fut étonné qu'elle n'insiste pas. Après avoir retiré la robe de la boîte, elle se mit debout et la tint devant elle.

— Nous n'avons pas de miroir, dit-elle, l'air encore abasourdie.

— Il faudra donc que tu me fasses confiance : tu es resplendissante.

En réalité, il ne s'y connaissait guère en toilette féminine. Selon tante Margaret, la robe qu'il avait choisie n'était pas à la toute dernière mode. Mais aux yeux d'Edward, elle semblait aussi jolie que tout ce qu'il avait jamais vu dans les salles de bal londoniennes.

Il est vrai que cela faisait plusieurs années qu'il n'avait pas mis les pieds dans une salle de bal londonienne ; et pour Margaret Tryon, suspectait-il, la mode se mesurait en mois et non en années.

— Elle est en deux parties, fit-il remarquer. Le... euh... l'intérieur et l'extérieur.

— Le jupon et la robe, murmura Cecilia. Et une pièce d'estomac. Elle est en trois parties, en fait.

— Oui, bien sûr, acquiesça-t-il après s'être raclé la gorge.

Avec une délicatesse empreinte de respect, Cecilia caressa la broderie d'argent qui enroulait ses volutes sur toute la longueur de la jupe.

— Je devrais dire qu'elle est trop belle, je sais, souffla-t-elle.

— Absolument pas.

— Je n'ai jamais rien possédé d'aussi beau.

Un véritable drame, aux yeux d'Edward. Il sentit toutefois qu'il valait mieux s'abstenir de le dire.

Cecilia releva la tête, et son regard plongea dans le sien avec une acuité soudain retrouvée.

— Je pensais que nous n'allions pas au bal du gouverneur.

— Pourquoi cela ?

Elle pinça les lèvres en une moue adorable.

— Parce que je n'avais rien à me mettre.

Au moment même où elle la prononçait, elle prit conscience de l'absurdité de sa remarque, ce qui fit sourire Edward.
— Je dois être terriblement futile, reconnut-elle dans un soupir.
— Parce que tu aimes les jolies choses ?
Il s'inclina et approcha dangereusement les lèvres de son oreille.
— Qu'est-ce que cela dit de moi, dans ce cas ? ajouta-t-il. Du fait que j'aime te voir porter de jolies choses ?
Ou les enlever, d'ailleurs. Bonté divine, lorsqu'il avait regardé la couturière plier la robe dans sa boîte, il n'avait pu s'empêcher d'en étudier discrètement le boutonnage. Ce n'était pas cette nuit qu'il ferait l'amour à sa femme – de cela, hélas, il était certain. Il était encore trop faible, et infiniment trop fier pour prendre le risque d'un fiasco.
Cela ne l'empêchait pas de la désirer. Et il se jura qu'un jour, il lui ôterait lentement cette robe – ce serait alors à lui de déballer son cadeau. Il l'allongerait ensuite sur le lit, lui écarterait les jambes et…
— Edward ?
Il battit des paupières pour chasser cette vision. Cecilia affichait une expression inquiète, nota-t-il alors.
— Tu es un peu rouge, dit-elle, avant de lui tâter le front. Tu as de la fièvre ?
— Il fait chaud, aujourd'hui, prétendit-il. Tu ne trouves pas ?
— Non, pas vraiment.
— On voit que tu ne portes pas un uniforme en laine, répliqua-t-il en déboutonnant sa tunique rouge, dont il se débarrassa. Je me sentirai mieux si je m'assois près de la fenêtre.
Elle l'étudia avec curiosité, la robe toujours plaquée contre elle.

— Tu ne veux pas ouvrir la fenêtre ? suggéra-t-elle lorsqu'il se fut installé dans le fauteuil.

Sans un mot, il se pencha pour repousser le battant.

— Tu es sûr que ça va ?

— Très bien, assura-t-il.

Il se sentait stupide – il en avait probablement l'air, du reste. Il ne le regrettait cependant pas quand il voyait l'expression de Cecilia.

— Elle est vraiment très belle, déclara-t-elle.

Elle baissa les yeux sur la robe mais, cette fois, son regard exprimait presque... de la tristesse ?

Non, il devait se tromper.

— Quelque chose ne va pas, Cecilia ?

— Non, souffla-t-elle en battant des paupières. C'est juste que... Il faut que je...

Edward l'observa, intrigué par ce soudain changement d'attitude.

— Cecilia ?

— Il faut que j'aille chercher quelque chose, annonça-t-elle.

— Très bien.

La robe reposée sur le lit, elle attrapa son réticule et se précipita vers la porte. Elle s'arrêta, la main sur la poignée.

— Je n'en ai pas pour longtemps, dit-elle.

— Je serai là quand tu reviendras.

Elle opina, coula un regard nostalgique sur la robe à présent étalée sur le lit, puis sortit.

Perplexe, Edward garda les yeux rivés sur le battant. Qu'est-ce que cela signifiait ? Son père, qui prétendait que les femmes étaient un mystère, semblait avoir raison. Peut-être Cecilia pensait-elle qu'elle devait lui acheter un présent puisqu'il lui en avait offert un. Quelle petite sotte ! Franchement, rien ne l'y obligeait.

Cela n'empêcha toutefois pas Edward de se demander ce qu'elle allait choisir.

Il se leva, repoussa un peu la fenêtre, puis s'installa sur le lit. Il n'avait pas l'intention de dormir, mais lorsque le sommeil s'empara de lui...

Il arborait un sourire béat.

Faites qu'il soit là, faites qu'il soit là, faites qu'il soit là !

Cecilia descendit la rue à toute allure en priant pour que la charrette du marchand de fruits soit encore au coin de Broad Street et de Pearl, où elle l'avait vue ce matin.

Elle avait cru que cette histoire de bal s'était réglée d'elle-même deux jours plus tôt, lorsqu'ils avaient été incapables de trouver une couturière susceptible de coudre une robe à temps. Si elle n'avait pas de robe, elle ne pouvait se rendre à la soirée. C'était aussi simple que cela.

Mais il avait fallu qu'Edward aille lui dénicher la plus belle robe de toute l'histoire des robes ! Elle en aurait pleuré. Quelle injustice ! Elle aurait tant voulu la porter, cette robe.

Il était cependant impossible qu'elle se rende chez le gouverneur. Il y aurait beaucoup trop de monde. Comment limiter son mensonge aux quelques rares personnes averties, si on la présentait à toute la société new-yorkaise ?

Elle se mordit la lèvre. Une seule chose pouvait l'empêcher d'assister à ce bal. Ce serait affreux, mais elle était désespérée.

Désespérée au point de manger une fraise.

Elle savait ce qui arriverait, et ce ne serait pas beau à voir. D'abord, sa peau se couvrirait de taches, des taches si spectaculaires que si le capitaine du port était présent, il la mettrait aussitôt en quarantaine pour cause de vérole. Et les démangeaisons allaient être insupportables. Elle avait encore deux cicatrices sur les bras, car la dernière fois qu'elle avait mangé une fraise accidentellement, elle s'était grattée jusqu'au sang.

Puis son estomac se révolterait. Et comme elle avait fait un bon repas juste avant qu'Edward n'arrive, la révolte prendrait des proportions épiques.

Pendant vingt-quatre heures, elle serait réduite à l'état de loque. Mais elle se remettrait. Peut-être serait-elle simplement nauséeuse pendant quelques jours. Si Edward l'avait trouvée un jour séduisante… eh bien, il changerait d'avis.

À peine s'était-elle engagée dans Pearl Street qu'elle remercia le Ciel. Le marchand de fruits était toujours là.

Elle dut se retenir pour ne pas courir jusqu'à sa charrette.

L'objectif du jour : s'empoisonner.

— Bonjour, la salua M. Hopchurch. Que puis-je vous servir ?

Les yeux de Cecilia ne devaient pas refléter sa panique car il ne sursauta pas d'effroi.

Elle parcourut l'étal du regard. Il ne restait plus grand-chose. Quelques courgettes, plusieurs épis de ce maïs qui poussait si bien ici et… dans un coin, une fraise d'une taille monstrueuse, du rouge le plus hideux que Cecilia eût jamais vu. Pourquoi était-elle encore là à cette heure tardive ? Les autres clients avaient-ils deviné ce qu'elle-même savait déjà ? Que cette pyramide inversée, d'un écarlate piqueté de jaune, n'était rien d'autre qu'une abominable bombe ?

Cecilia déglutit avec peine. Son estomac se souleva de dégoût lorsqu'elle la désigna du regard au marchand.

— C'est une très grosse fraise, fit-elle remarquer.

— Et comment ! répliqua M. Hopchurch avec enthousiasme. En avez-vous déjà vu d'aussi belle ? Ma femme en était très fière.

— Je vais la prendre, s'il vous plaît, articula Cecilia, ces mots lui arrachant presque la bouche.

— Vous ne pouvez pas avoir juste celle-ci. Je les vends par six, expliqua le marchand.

Voilà pourquoi, sans doute, il n'avait pas vendu ce monstre.

— Donnez-m'en six, dans ce cas, dit Cecilia, résignée.

Il saisit la grosse fraise par sa collerette de minuscules feuilles vertes.

— Vous avez un panier ?

Elle regarda ses mains. Quelle sotte, elle n'y avait pas pensé ! Cela dit, vu la taille de la fraise, elle lui suffirait amplement.

— Ce n'est pas grave, dit-elle. Je vais vous payer les six, mais je ne prendrai que la grosse.

Elle vit à son regard que M. Hopchurch la trouvait un peu folle ; toutefois, il était trop avisé pour argumenter. Après avoir pris l'argent, il déposa la fraise géante entre ses mains.

— Elle est toute fraîche cueillie. Je compte sur vous pour revenir m'en donner des nouvelles.

Persuadée que les nouvelles en question ne lui plairaient pas, Cecilia opina, le remercia, puis s'éloigna. Elle tourna au coin de la rue, à la recherche d'un endroit tranquille.

À présent, elle allait devoir la manger.

La Juliette de Shakespeare avait-elle connu des affres semblables avant de boire la potion maléfique ? Le corps se rebellait lorsqu'il s'agissait d'avaler un produit qu'il savait toxique. Et le corps de Cecilia savait que, pour lui, cette fraise s'apparentait presque à de la ciguë.

Appuyée contre un bâtiment, elle porta la fraise à hauteur de la bouche. Et, malgré les protestations de son estomac, de son nez, de son corps entier, elle mordit dedans.

À 7 heures du soir, Cecilia voulait mourir.

Si Edward le savait, c'était parce qu'elle avait dit clairement :

— Je veux mourir.

— Mais non, avait-il répliqué avec un calme qu'il était loin de ressentir.

S'il y réfléchissait, il savait que Cecilia s'en sortirait, et que son indisposition était probablement due au poisson du dîner – encore qu'il en eût mangé lui aussi et n'éprouvât aucun trouble.

Il n'empêche que c'était horrible de la voir souffrir. Elle avait tellement vomi qu'il ne lui restait plus que de la bile. Pire, sa peau commençait à se couvrir de plaques rouges.

— Je crois qu'il faudrait aller chercher un médecin, finit-il par déclarer.

— Non, implora-t-elle. Ne pars pas.

— Mais tu es très malade.

Elle lui agrippa la main avec tant de force qu'il en resta stupéfait.

— Je n'ai pas besoin de docteur.

— Si, insista-t-il.

— Non.

Elle secoua la tête, puis poussa un gémissement.

— Qu'y a-t-il ?

Fermant les yeux, elle se tint parfaitement immobile.

— Tout tourne, chuchota-t-elle. Je ne peux pas bouger la tête.

Elle avait des vertiges, à présent ?

— Cecilia, je crois vraiment que...

— C'est quelque chose que j'ai mangé, l'interrompit-elle d'une voix faible. J'en suis certaine.

Edward fronça les sourcils. C'était ce qu'il pensait, lui aussi, mais son état ne cessait d'empirer.

— Tu penses au poisson du dîner ? hasarda-t-il.

— Aaaahhh !

Elle jeta le bras en travers de ses yeux, qui étaient pourtant fermés.

— Ne prononce pas ce mot !

— Poisson ?

— Arrête !

— Pardon ? dit-il, décontenancé.

— Ne fais pas allusion à la moindre nourriture.

Edward s'abîma dans ses pensées. Peut-être qu'effectivement, son malaise était dû à quelque chose qu'elle avait mangé. Il l'observa un moment, plus méfiant que réellement inquiet. Elle gisait sur le lit, rigide, les bras raides alignés le long du corps. Elle portait toujours sa robe rose, et il faudrait la faire nettoyer, supposa-t-il. Non parce qu'elle était tachée, mais parce que Cecilia avait transpiré profusément. D'ailleurs, ne devrait-il pas desserrer son corset ou déboutonner son corsage pour qu'elle respire plus aisément ?

— Cecilia ?

Elle ne bougea pas.

— Cecilia ?

— Je ne suis pas morte, murmura-t-elle.

— Non, c'est ce que je constate, répliqua-t-il en s'efforçant de ne pas sourire.

— Je reste juste immobile.

Et elle y réussissait admirablement. C'est à peine s'il voyait remuer ses lèvres.

— Si je ne bouge pas du tout, continua-t-elle d'une voix étrangement chantante, c'est presque comme si je n'allais pas...

— Vomir ?

— J'allais dire mourir. Je suis à peu près certaine que je vais encore vomir.

Il brandit en hâte le pot de chambre qu'il tenait prêt.

— Pas maintenant, dit-elle en tendant la main à l'aveuglette pour le repousser. Mais bientôt.

— Au moment où je m'y attendrai le moins ?

— Non, dit-elle avec un soupir las. Plus vraisemblablement quand moi, je m'y attendrai le moins.

Edward eut beau lutter contre son envie de rire, il eut l'impression qu'elle l'avait entendu pouffer. Il était un peu moins inquiet à son sujet que quelques minutes plus tôt. Si elle conservait son sens de l'humour, elle allait se remettre. Et même s'il n'avait pas une grande expérience en matière d'empoisonnement, il la soupçonnait d'avoir raison : elle avait mangé quelque chose qui ne lui avait pas convenu.

Les taches demeuraient néanmoins préoccupantes. Il était heureux qu'il n'y ait pas de miroir dans la chambre, car elle n'aurait pas aimé son reflet.

Il s'assit au bord du lit, mais lorsque le matelas s'enfonça sous son poids, Cecilia laissa échapper un gémissement inhumain et leva vivement le bras.

— Aïe ! cria Edward lorsqu'elle lui heurta la cuisse.

— Désolée.

— Non, tu ne l'es pas, rétorqua-t-il avec un sourire.

— S'il te plaît, ne fais pas bouger le lit.

— Je croyais que tu ne souffrais pas du mal de mer ?

— C'est la vérité.

— Alors, je pense que tu sais maintenant ce que les autres ressentent.

— J'étais parfaitement heureuse de l'ignorer.

— Je m'en doute, murmura-t-il affectueusement.

Elle souleva une paupière.

— Pourquoi ai-je l'impression que cela t'amuse ?

— Certainement pas ! Mais je suis parvenu à la même conclusion que toi : c'est une vilaine indigestion. En conséquence, même si je ne peux te dire combien je compatis, je ne suis plus aussi inquiet.

Elle poussa un grognement. Hormis les haut-le-cœur, c'était sans doute le bruit le moins féminin qui eût franchi ses lèvres en sa présence.

Il le trouva délicieux.

— Edward ?

— Oui ?

Elle déglutit, puis demanda :

— Est-ce que j'ai des taches sur la figure ?

— Oui, je le crains.

— Elles me démangent.

— Essaie de ne pas les gratter, lui conseilla-t-il.

— Je sais.

L'absolue banalité de cette conversation le fit sourire de nouveau.

— Veux-tu un linge humide ?

— Ce serait vraiment gentil, merci.

Il se leva avec précaution pour ne pas déplacer le matelas plus que nécessaire. Ayant trouvé une petite serviette près de la cuvette de toilette, il la plongea dans l'eau.

— Tu sembles plus fort, aujourd'hui, dit Cecilia dans son dos.

— Ce n'est pas une impression.

Après avoir essoré le linge, il revint près d'elle. Étrangement, il se sentait plus fort lorsqu'il pouvait s'occuper d'elle, constatait-il.

— Je suis désolée, reprit-elle.

— De quoi ? demanda-t-il en posant la serviette pliée sur son front.

Elle soupira.

— Je sais que tu voulais assister à la réception du gouverneur.

— Il y en aura d'autres. Et même si j'ai hâte de te présenter à ma marraine, ç'aurait été épuisant. Et puis, j'aurais été obligé de te regarder danser avec d'autres hommes.

Elle leva les yeux vers lui.

— Tu aimes danser ?

— Parfois.

— Seulement parfois ?

— Cela dépend de ma cavalière, répondit-il en lui touchant le bout du nez.

Elle sourit, mais il crut discerner une ombre de tristesse sur ses traits. Ce fut tellement fugitif, toutefois, qu'il se dit qu'il avait rêvé. Et le regard de Cecilia était clair, quoique las, lorsqu'elle dit :

— J'imagine qu'il en va de même pour beaucoup de choses dans l'existence.

Il lui caressa la joue, en proie à une soudaine gratitude envers la vie qui lui offrait un tel moment. Envers Cecilia...

— Sans doute, murmura-t-il.

Mais elle dormait déjà.

12

À peine ai-je eu le temps de poser ma plume sur le papier qu'Edward est accouru pour m'assurer que s'il avait été présent à la fête du village, il aurait été ravi de danser avec toi. Oh, voilà qu'il est fâché ! Je pense que je l'ai embarrassé.

Votre frère est une plaie !

Il m'a arraché la plume des mains ! Je lui pardonne, ne serait-ce que parce que cela fait des jours et des jours que nous sommes coincés sous cette tente. Il n'a pas cessé de pleuvoir depuis 1753, j'en suis convaincu.

Ma chère demoiselle Harcourt, veuillez excuser votre frère. Je crains que l'humidité ne lui ait ramolli le cerveau. La pluie est incessante, mais elle nous offre une floraison de fleurs sauvages qui ne ressemblent à rien que je connaisse. Le champ est un tapis de bleu lavande et de blanc, et je ne peux m'empêcher de penser qu'il vous plairait beaucoup.

De Thomas Harcourt (et Edward Rokesby)
à Cecilia Harcourt

Cecilia ne tarda pas à être de nouveau elle-même, à l'exception de quelques petites croûtes sur les jambes, là où elle n'avait pu s'empêcher de se gratter. Elle reprit ses recherches pour retrouver Thomas, le plus souvent accompagnée d'Edward. Il s'était aperçu qu'un exercice modéré lui était profitable. Aussi, lorsque la température le permettait, il glissait la main de Cecilia au creux de son bras, et tous deux parcouraient la ville en quête de renseignements.

Et tombaient amoureux.

En ce qui la concernait, du moins. Cecilia se refusait à s'interroger sur ce qu'Edward éprouvait, même s'il était évident qu'il se plaisait en sa compagnie.

Il avait pris l'habitude de l'embrasser pour lui souhaiter bonne nuit ; pour lui dire bonjour le matin, et quelquefois l'après-midi. À chaque caresse, à chaque regard échangé, elle se sentait glisser un peu plus profondément dans un mensonge qu'elle avait elle-même forgé.

Et Dieu qu'elle le regrettait !

Elle aurait pu être heureuse avec cet homme. Elle aurait pu être sa femme, porter ses enfants, et mener une vie merveilleuse…

Sauf que ce n'était qu'un leurre. Et lorsque tout s'écroulerait, elle ne pourrait échapper à la catastrophe en avalant une fraise.

L'objectif du jour : cesser de tomber amoureuse.

Jamais aucun de ses objectifs ne lui avait paru plus hors d'atteinte. Ni susceptible d'aboutir à un cœur brisé.

Certains petits signes prouvaient que la mémoire d'Edward commençait à lui revenir. Un matin, alors qu'il enfilait son uniforme, il se tourna vers elle.

— Il y a longtemps que je n'ai pas fait cela.

Cecilia, allongée sur le lit, lisait le livre de poésie qu'il avait apporté de chez lui. Elle leva les yeux.

— Que tu n'as pas fait quoi ?

Il garda le silence un moment, les sourcils froncés, comme s'il réfléchissait.

— Mis mon uniforme.

Après avoir glissé le ruban dans le livre pour marquer sa page, elle le referma.

— Tu le mets tous les matins.

— Non, avant cela.

De nouveau, il fit une pause. Puis il battit des paupières.

— Je ne portais pas d'uniforme dans le Connecticut.

Cecilia déglutit et s'efforça de masquer son malaise.

— Tu es sûr ?

Edward passa la main sur la tunique rouge qui le désignait comme un soldat de l'armée de Sa Majesté.

— D'où vient-elle ?

Cecilia mit un moment à comprendre de quoi il parlait.

— Ta tunique ? Elle était dans l'église.

— Mais je ne la portais pas quand on m'y a amené.

Non sans étonnement, Cecilia s'aperçut qu'il s'agissait d'une affirmation, pas d'une question.

— Je ne sais pas. Je n'ai pas pensé à poser la question.

— Je ne pouvais pas la porter. Elle était bien trop propre.

— Peut-être que quelqu'un l'a nettoyée.

Il secoua la tête.

— Nous devrions demander au colonel Stubbs.

— Bien sûr, murmura-t-elle.

S'il s'en tint là, Cecilia devinait que son esprit travaillait ardemment à tenter de cerner les contours d'un puzzle auquel manquaient encore trop de pièces. Debout devant la fenêtre, il regardait dans le vague tout en se tapotant la cuisse de la main. Elle ne pouvait rien faire d'autre qu'attendre.

Soudain, il eut comme un sursaut et fit volte-face.

— Je me rappelle autre chose.

— Quoi ?

— Hier, lorsque nous étions dans Broad Street… Un chat est venu vers moi.

Cecilia ne dit rien. S'il y avait eu un chat, elle ne l'avait pas remarqué.

— Il faisait comme les chats, tu sais, à se frotter la tête contre ma jambe. Je me suis alors souvenu : il y avait un chat.

— Dans le Connecticut ?

— Oui. Je ne sais pas pourquoi, mais je crois… je crois que c'était ma seule compagnie.

— Un chat, répéta-t-elle.

— Cela ne veut probablement rien dire, pourtant…

Sa voix mourut et, de nouveau, son regard se fit lointain.

— Cela signifie que tu te souviens, dit doucement Cecilia.

Il fallut un moment à Edward pour se départir de son expression lointaine.

— Oui.

— Au moins ce chat est-il un souvenir heureux, observa-t-elle en descendant du lit.

Comme il la regardait d'un air interrogateur, elle expliqua :

— Tu aurais pu te rappeler avoir été mordu. Ou griffé. Or, tu sais qu'un animal t'a tenu compagnie alors que tu étais seul.

La voix de Cecilia s'enroua, et il esquissa un pas vers elle.

— Cela me réconforte, admit-elle.

— Que je n'aie pas été seul ?

Elle hocha la tête.

— J'ai toujours aimé les chats, avoua-t-il, l'air absent.

— Encore plus maintenant, j'imagine.

— Si nous récapitulions ce dont je me souviens ? suggéra-t-il avec un demi-sourire. Je ne portais pas d'uniforme, commença-t-il en comptant sur ses doigts. Il y avait un chat.

— Hier, tu as dit que tu avais pris un bateau, lui rappela Cecilia.

Alors qu'ils marchaient le long de la rivière, l'air salé avait réveillé un souvenir. Il était monté dans un bateau, lui avait assuré Edward. Pas un navire : quelque chose de plus petit, qui n'était pas conçu pour s'éloigner beaucoup du rivage.

— Cela dit, reprit Cecilia, s'appesantissant davantage sur ce fait que la veille, il fallait bien que tu prennes un bateau, non ? Sinon, comment serais-tu arrivé à Manhattan ? Il n'y a pas de pont à cet endroit. Et je ne pense pas que tu aies nagé.

— Tu as raison, murmura-t-il.

Après l'avoir étudié un moment, elle ne put retenir un gloussement.

— Qu'y a-t-il ?

— C'est ton expression. Tu as la même chaque fois que tu essaies de te rappeler quelque chose.

— Vraiment ? répliqua-t-il d'un air qui se voulait sardonique.

— Oui. Un peu comme ceci...

Elle fronça les sourcils et afficha un regard vague, consciente toutefois que son imitation n'était pas parfaite. De fait, un homme plus susceptible qu'Edward aurait pu croire qu'elle se moquait de lui.

— Tu as l'air dérangée, commenta-t-il.

— Tu veux dire que c'est que *toi* qui as l'air dérangé, riposta-t-elle en agitant la main devant son visage. Je suis ton miroir.

Edward s'esclaffa, puis l'attira à lui.

— Je n'ai jamais rien vu d'aussi ravissant dans le miroir, crois-moi.

Elle ne put s'empêcher de sourire, alors même qu'une clochette d'avertissement tintait dans son esprit. Il était si facile d'être heureuse avec lui, si facile d'être elle-même. Mais ce n'était pas sa vie, et elle n'était pas sa femme. C'était un rôle qu'elle jouait et auquel il lui faudrait renoncer un jour.

Cependant, elle avait beau lutter pour ne pas se sentir trop à l'aise dans le rôle de Mme Rokesby, il était impossible de résister au sourire d'Edward. Il resserra son étreinte, jusqu'à ce que leurs nez se touchent.

— T'ai-je dit à quel point j'ai été heureux que tu sois à mon chevet lorsque je me suis réveillé ?

Elle ouvrit la bouche. Les mots refusèrent de sortir. Il ne le lui avait pas dit, du moins pas de manière aussi directe. Elle secoua la tête, mais fut incapable de détourner les yeux.

— Si j'avais été conscient, poursuivit-il, je suis sûr que je t'aurais dit de ne pas venir. Je suis même certain que je te l'aurais interdit.

Ses lèvres prirent un pli ironique, entre grimace et sourire.

— Non pas que cela t'aurait influencée, j'imagine.

— Je n'étais pas ta femme lorsque j'ai embarqué, fit remarquer Cecilia.

Puis elle eut l'impression de mourir un peu quand elle se rendit compte que c'était peut-être la déclaration la plus honnête qu'elle prononcerait de toute la journée.

— Non, c'est vrai.

La tête inclinée de côté, il fronça les sourcils de cette manière dont elle venait de se moquer. Cette fois, cependant, son regard demeura alerte.

— Qu'y a-t-il encore ? demanda-t-il lorsqu'il s'aperçut qu'elle l'étudiait.

— Rien. C'est juste que tu avais presque la même expression que tout à l'heure. Tes sourcils étaient pareils, mais tes yeux ne sont pas devenus vitreux.

— Tu as le don de me rendre séduisant.

— Intéressant, plutôt, répliqua-t-elle en riant. Je pense... Tu n'étais pas en train d'essayer de te rappeler quelque chose, cette fois. Si ?

— Je réfléchissais juste aux grandes questions de l'existence.

— Oh, arrête ! À quoi pensais-tu réellement ?

— En fait, je me disais que nous allions devoir nous plonger dans les lois régissant les mariages par procuration. Il nous faudrait d'abord connaître la date exacte de notre union, tu ne crois pas ?

Cecilia fut incapable d'acquiescer. Sans paraître s'en apercevoir, Edward tira sur ses manchettes, puis lissa sa tunique.

— Je suppose que ce sera celle où le capitaine a célébré la partie de la cérémonie qui te concernait, puisqu'elle est venue en second.

Cecilia ne put que hocher faiblement la tête.

Si Edward perçut son trouble, il dut l'imputer à l'émotion suscitée par le souvenir de son mariage, car il effleura ses lèvres d'un baiser, se redressa, et déclara :

— Il est temps de commencer la journée. J'ai rendez-vous avec le colonel Stubbs en bas dans quelques minutes, et je ne peux pas me permettre d'être en retard.

— Tu as un rendez-vous avec le colonel Stubbs et tu ne m'en as pas parlé ?

Edward plissa le nez.

— Ah bon ? Une omission, j'en suis sûr.

Cecilia n'en doutait pas, car il n'avait pas de secret pour elle. Il était remarquablement ouvert, et lorsqu'il lui demandait son avis, il écoutait vraiment sa réponse. Sans doute n'avait-il guère le choix. Avec un tel trou dans sa mémoire, il était obligé de s'en remettre à son jugement.

Sauf que... elle n'imaginait pas beaucoup d'hommes agir ainsi.

Cecilia avait toujours été fière de s'être vu confier les rênes de sa maison par son père. Au fond de son cœur, toutefois, elle n'était pas dupe. Ce n'était pas parce qu'il la jugeait particulièrement capable, mais parce qu'il répugnait à s'occuper des détails domestiques, tout simplement.

— Veux-tu te joindre à nous ? lui proposa alors Edward.

Elle haussa les sourcils.

— Je ne crois pas que le colonel appréciera ma présence.

— Raison de plus pour que tu viennes. J'en apprends toujours plus lorsqu'il est de mauvaise humeur.

— Dans ce cas, comment refuser ?

Edward alla ouvrir la porte et s'effaça pour la laisser passer.

— Je trouve curieux qu'il ne se montre pas plus bavard, reprit Cecilia. Il souhaite sûrement que tu recouvres la mémoire.

— Je ne crois pas qu'il soit volontairement cachottier, répondit Edward.

Il lui prit le bras au moment de descendre l'escalier mais, contrairement à la semaine précédente, c'était pour se conduire en gentleman et non parce qu'il avait besoin d'un soutien. En quelques jours, son état s'était amélioré de façon remarquable. Il souffrait toujours de la tête et, bien sûr, il y avait l'amnésie ; son teint n'avait cependant plus cette couleur grisâtre si préoccupante, et s'il n'était pas encore apte à effectuer une marche de plusieurs lieues, il était néanmoins capable de s'activer toute la journée sans avoir besoin de se reposer.

Parfois, quand Cecilia lui faisait remarquer qu'il avait l'air fatigué, il se contentait de répliquer qu'elle se comportait en épouse. Il souriait, cependant.

— Je pense, continua-t-il, que le devoir lui impose de garder des secrets.

— Mais sûrement pas avec toi.

— Possible, concéda Edward. Réfléchis tout de même à ceci : il ne sait pas où j'ai été ni ce que j'ai fait au cours de ces derniers mois. Dans l'intérêt de l'armée britannique, il ne serait pas prudent de me confier des informations sensibles pour le moment.

— C'est ridicule !

— J'apprécie ton soutien inconditionnel, déclara-t-il avec un sourire ironique alors qu'ils atteignaient le rez-de-chaussée. Le colonel Stubbs doit toutefois s'assurer de ma loyauté avant d'abattre ses cartes.

Cecilia ne fut pas convaincue.

— J'ai peine à croire qu'il oserait douter de toi, maugréa-t-elle.

L'honnêteté et la droiture étaient intrinsèquement liées à la nature d'Edward. Comment pouvait-on ne pas s'en apercevoir ?

Renfrogné comme à son habitude, le colonel Stubbs se tenait près de la porte lorsqu'ils pénétrèrent dans la salle à manger.

— Bonjour, Rokesby. Ah, votre femme est là, elle aussi.

— Elle avait faim.

— Bien sûr, dit le colonel, dont les narines frémirent néanmoins d'irritation.

Ce fut la mâchoire serrée qu'il les précéda vers une table toute proche.

— Le petit déjeuner est excellent dans cette auberge, déclara Cecilia d'un ton suave.

Après l'avoir dévisagée un instant, le colonel marmonna quelque chose qui était peut-être une réponse, avant de se tourner vers Edward.

— Avez-vous des nouvelles ? demanda ce dernier.

— Et vous ?

— Je crains que non. Mais Cecilia m'a été très utile pour retrouver la mémoire. Nous avons traversé la ville à de nombreuses reprises en quête d'indices.

Cecilia plaqua un sourire placide sur son visage, auquel le colonel Stubbs ne prêta aucune attention.

— Je ne vois pas comment vous espérez trouver des indices ici, à New York. C'est sur le temps passé dans le Connecticut qu'il faut se concentrer.

— À ce sujet, justement, dit Edward, je me demandais... Est-ce que je portais un uniforme ?

— Pardon ? dit le colonel, manifestement irrité par ce brusque changement de sujet.

— Il m'est arrivé une chose bizarre ce matin. Cela n'a peut-être aucune importance, mais, alors que j'enfilais ma tunique, il m'est apparu que je n'avais pas fait ce geste pendant longtemps.

— Je ne vous suis pas, riposta le colonel sèchement.

— La tunique, à l'hôpital... Celle-ci, en fait, dit Edward en effleurant sa manche de la main. D'où vient-elle ? Elle m'appartient, de toute évidence, néanmoins je ne pense pas que je l'avais avec moi.

— Je l'ai gardée pour vous. Mieux valait ne pas se faire repérer comme « homard » dans le Connecticut.

— Ils ne sont pas loyaux envers la Couronne ? intervint Cecilia.

— Les rebelles sont partout, rétorqua Stubbs en lui adressant un regard agacé. Le territoire en est saupoudré comme d'autant de grains de sel, et il est diablement difficile de les supprimer.

— De les *supprimer* ? répéta Cecilia.

Le choix du terme la troublait. Même si elle n'était pas à New York depuis très longtemps, elle se rendait compte que le paysage politique était bien plus compliqué que ce que les journaux, en Angleterre, le laissaient croire. Elle était fière, et elle le serait toujours, d'être sujet britannique, mais elle ne pouvait ignorer le fait que certaines revendications des habitants des Colonies étaient légitimes.

Avant qu'elle n'ait pu ajouter autre chose – ce dont elle n'avait pas l'intention, d'ailleurs –, elle sentit la main d'Edward se poser sur sa cuisse, sous la table. C'était un avertissement.

— Je vous demande pardon, murmura-t-elle en baissant les yeux. Cette expression ne m'est pas familière.

Si proférer un tel mensonge lui arrachait la bouche, il y avait un bénéfice certain à laisser croire au colonel qu'elle n'était qu'une péronnelle. Il était en outre crucial qu'il ne mette pas en doute sa loyauté envers la Couronne.

— Dans ce cas, puis-je vous demander si mon absence d'uniforme dans le Connecticut signifie que j'étais là-bas en tant qu'espion ? risqua Edward.

— Je ne dirais pas cela, grommela le colonel.

— Que diriez-vous, alors ? demanda Cecilia, qui se mordit la langue quand la main d'Edward se crispa de nouveau sur sa cuisse.

Mais il lui était difficile de se taire. Le colonel était exaspérant à ne donner que des bribes d'informations, sans jamais vraiment dire à Edward ce qu'il avait besoin de savoir.

— Je vous demande pardon, murmura-t-elle de nouveau.

Edward lui avait lancé un regard froid, l'avertissant une fois de plus de ne plus intervenir. Elle devait cesser de s'aliéner le colonel Stubbs, et pas seulement pour le bien d'Edward. Le colonel connaissait aussi Thomas et, même s'il ne l'avait guère aidée dans ses recherches jusqu'à présent, il pourrait lui être utile à l'avenir.

— « Espionnage » est un terme si déplaisant, reprit le colonel après avoir accepté les excuses de Cecilia d'un hochement de tête. Certainement pas un sujet dont on discute devant une dame.

— Un éclaireur, alors ? suggéra Edward. Serait-ce une description plus pertinente ?

Stubbs approuva d'un grommellement.

Les lèvres d'Edward se pincèrent, formant une ligne ferme difficile à interpréter. Il ne paraissait pas en colère, du moins pas aussi en colère que l'était Cecilia. Elle avait plutôt l'impression qu'il passait en revue les renseignements dont il disposait pour les ranger en petites piles bien ordonnées. Il avait une manière très logique d'appréhender le monde – un trait qui devait lui rendre les déficiences de sa mémoire deux fois plus difficiles à supporter.

— Je me rends bien compte que vous êtes dans une position extrêmement délicate, reprit-il. Mais si vous voulez vraiment que je me souvienne des événements de ces derniers mois, il faudra m'aider à me les rappeler. Nous sommes du même côté, je peux vous l'assurer.

— Je n'ai jamais douté de votre loyauté, répliqua le colonel. Il n'empêche que je ne peux pas non plus vous fournir les renseignements que je souhaite entendre.

— Voulez-vous dire que vous savez ce qu'Edward faisait là-bas ? s'exclama Cecilia.

— Cecilia, siffla Edward, mais elle ne lui prêta pas attention.

— Si vous savez ce qu'il faisait, vous devez le lui dire, insista-t-elle. N'en rien faire est cruel de votre part. Cela pourrait l'aider à recouvrer la mémoire.

— Cecilia ! intervint de nouveau Edward, d'un ton plus tranchant cette fois.

Mais il lui était impossible de garder le silence. Dédaignant l'avertissement d'Edward, elle regarda le colonel Stubbs droit dans les yeux.

— Si vous voulez qu'il se souvienne de ce qui s'est passé dans le Connecticut, vous ne pouvez pas faire autrement que de lui dire ce que *vous* savez.

— Tout cela est très bien, madame Rokesby, mais avez-vous songé que mes propos risqueraient d'influencer les souvenirs de votre mari ? Je ne peux pas me permettre d'instiller dans sa mémoire des faits qui pourraient être, ou ne pas être, pertinents.

— Je...

L'esprit combatif de Cecilia perdit un peu de sa vigueur lorsqu'il lui apparut que le colonel n'avait pas tort. Il n'empêche, la tranquillité d'esprit d'Edward n'avait-elle aucune valeur ?

Un pli sévère s'était formé au coin de la bouche de ce dernier.

— Permettez-moi de vous présenter des excuses au nom de ma femme, dit-il.

— Non, je présenterai mes excuses moi-même, déclara Cecilia. Je suis désolée. Il m'est difficile de voir la situation de votre point de vue.

— Vous voulez que votre mari aille mieux, dit le colonel Stubbs avec une douceur inattendue.

— En effet. Même si...

Son cœur manqua un battement. Même si cela entraînait sa propre chute ? Elle vivait dans un château de cartes, et à l'instant où Edward recouvrerait la mémoire, celui-ci s'effondrerait. Quelle ironie. Elle ne cessait de se battre avec le colonel, alors qu'obtenir gain de cause, ce serait avoir le cœur brisé.

Mais comment faire autrement ? Elle voulait qu'Edward aille bien. Elle le désirait plus que tout. Plus que...

Plus que de retrouver Thomas ?

Non, ce n'était pas possible. Peut-être était-elle aussi retorse que le colonel Stubbs, puisqu'elle dissimulait des faits qui pourraient aider Edward. Mais Thomas était son frère. Edward comprendrait. Du moins voulait-elle s'en persuader.

— Cecilia ?

Ce fut comme si la voix d'Edward traversait un long tunnel avant de lui parvenir.

Il lui prit la main, puis la frotta.

— Ma chérie ? Ça va ? Tes mains sont glacées.

Lentement, Cecilia revint au présent. Edward la fixait d'un regard inquiet.

— J'ai cru que tu t'étranglais, expliqua-t-il.

Elle se tourna vers le colonel qui, lui aussi, l'observait d'un air soucieux.

— Je suis désolée, dit-elle, comprenant qu'elle venait de laisser échapper un sanglot. Je ne sais pas ce qui m'a pris.

— C'est tout à fait normal, déclara le colonel Stubbs, à la grande surprise de Cecilia et aussi, à en juger par son expression, à celle d'Edward. Vous êtes sa femme.

Vous avez juré devant Dieu de le soutenir envers et contre tout.

Cecilia attendit un instant avant de demander :

— Êtes-vous marié, colonel Stubbs ?

— Je l'étais, répondit-il simplement.

À son ton, il était facile de deviner ce que cela sous-entendait.

— Je suis désolée, murmura-t-elle.

Les yeux du colonel, d'ordinaire si stoïque, se voilèrent de tristesse.

— C'était il y a plusieurs années, dit-il, mais je pense à elle tous les jours.

Impulsivement, Cecilia tendit la main et la posa sur la sienne.

— Je suis sûre qu'elle le sait.

Le colonel hocha brièvement la tête, puis se racla la gorge. Cecilia retira sa main. La laisser plus longtemps aurait été gênant.

— Je dois m'en aller, déclara le colonel, qui se tourna vers Edward. Vous êtes convaincu, j'espère, que je prie pour que vous retrouviez la mémoire. Et pas seulement parce que vous êtes peut-être en possession de renseignements qui pourraient être cruciaux pour notre cause. J'ignore ce que c'est que d'avoir perdu des mois entiers de sa vie, mais j'imagine que cela vous atteint jusqu'à l'âme.

Edward le remercia d'un signe de tête et tous les deux se levèrent.

— Pour ce que cela vaut, capitaine Rokesby, reprit le colonel, vous avez été envoyé dans le Connecticut afin de collecter des informations sur leurs ports.

— Mes aptitudes à la cartographie sont pourtant loin d'être remarquables, s'étonna Edward.

— Je ne crois pas qu'on cherchait des cartes, encore qu'elles auraient été certainement utiles.

— Colonel ? dit Cecilia en se levant à son tour. Edward était-il censé rechercher quelque chose de précis ? Ou était-ce une mission d'information d'ordre plus général ?

— Je crains de ne pas pouvoir le révéler.

Ainsi, c'était quelque chose de précis. Ce qui semblait logique.

— Je vous remercie, dit-elle avant de le saluer d'une révérence.

Le colonel souleva son chapeau.

— Au revoir, madame. Au revoir, capitaine Rokesby.

Il pivota et, avant même d'avoir exécuté un pas, il se retourna.

— Avez-vous des nouvelles de votre frère, madame Rokesby ?

— Non. Le major Wilkins s'est montré fort obligeant, cependant. Il a demandé que l'on étudie les registres de l'hôpital.

— Et ?

— Rien, malheureusement. Il n'y est pas mentionné.

Le colonel hocha lentement la tête.

— Si quelqu'un est à même de le retrouver, c'est bien Wilkins.

— Nous nous rendrons bientôt à Haarlem, déclara Cecilia.

— À Haarlem ? répéta Stubbs. Pourquoi ?

— À cause de l'infirmerie, expliqua Edward. Nous savons que Thomas a été blessé. Il est possible qu'il ait été transporté là-bas.

— Mais il n'y serait pas resté.

— Quelqu'un a pu entendre parler de lui, argua Cecilia. Cela vaut la peine de se renseigner.

— Certes, reconnut le colonel, qui les salua de nouveau. Je vous souhaite bonne chance.

Cecilia le suivit des yeux et, dès qu'il eut franchi le seuil, elle se tourna vers Edward.

— Je suis désolée. Je n'aurais pas dû m'en mêler, ajouta-t-elle lorsqu'il haussa les sourcils. Tu étais en droit de l'interroger, pas moi.

— Ne t'en fais pas. Il était mécontent au début, mais tu as réussi à retourner la situation. J'ignorais qu'il était veuf.

— Je ne sais pas ce qui m'a poussée à poser la question, avoua Cecilia.

Le sourire aux lèvres, Edward lui prit la main et la tapota.

— Allez, rasseyons-nous et mangeons. Comme tu l'as dit, ils font un très bon petit déjeuner, ici.

Cecilia se laissa guider jusqu'à la table. Elle se sentait ébranlée, comme à la dérive. Manger lui ferait du bien, espéra-t-elle. Elle avait toujours appartenu à cette catégorie de personnes qui ont besoin d'un solide petit déjeuner pour affronter la journée.

— Je dois admettre que j'aime assez être défendu par une telle championne, déclara Edward en s'asseyant face à elle.

Cecilia releva brusquement les yeux. « Championne » lui semblait un compliment si peu mérité.

— Je ne sais pas si tu es consciente de la force que tu possèdes.

— Merci, murmura-t-elle.

— Veux-tu que nous allions à Haarlem aujourd'hui ?

— Aujourd'hui ? Tu es sûr ?

— Je me sens beaucoup mieux. Je me crois de taille à effectuer le voyage jusqu'au nord de l'île.

— Seulement si tu es certain...

— Je m'occupe de réserver une voiture après le petit déjeuner.

Il fit signe à l'aubergiste qu'on leur apporte à manger, puis revint à Cecilia.

— Consacrons nos efforts à Thomas, ce matin. Pour être franc, j'ai envie de penser à autre chose qu'à ma propre quête. Du moins pour aujourd'hui.

— Merci. Je ne m'attends pas que nous apprenions quoi que ce soit, mais si je n'essaye pas, je ne cesserai de me le reprocher.

— Je comprends. Nous devrions... Ah, du bacon !

Le visage d'Edward s'éclaira lorsque l'aubergiste déposa un plat garni de tranches de pain grillé et de bacon. Il avait à présent un appétit féroce.

— As-tu jamais rien mangé de meilleur ? dit-il en enfournant un énorme morceau de bacon au détriment des bonnes manières.

— De meilleur ? répéta Cecilia, dubitative.

— C'est du bacon ! Comment pourrait-on trouver la vie triste quand on mange du bacon ?

— C'est une philosophie intéressante.

Il lui adressa un sourire impertinent.

— C'est la mienne à cet instant précis.

Cecilia s'abandonna à sa bonne humeur et se servit à son tour. Si vraiment le bacon était source de bonheur, qui était-elle pour se permettre d'en douter ?

— Tu sais, commença-t-elle, la bouche à moitié pleine – après tout, si Edward pouvait se dispenser de bien se tenir à table, elle aussi –, pour dire la vérité, ce n'est pas du très bon bacon.

— Il n'empêche que tu te sens mieux, non ?

Cecilia cessa de mastiquer, inclina la tête de côté et réfléchit.

— Tu as raison, fut-elle forcée d'admettre.

De nouveau, il lui adressa ce sourire impudent.

— C'est le cas, en général, se vanta-t-il.

Tandis qu'ils faisaient joyeusement honneur à leur petit déjeuner, Cecilia songea que ce n'était pas le bacon qui la rendait heureuse, mais l'homme assis de l'autre côté de la table.

13

D'ordinaire, j'attends de recevoir une lettre de toi avant de t'écrire, mais comme nous n'avons pas eu de nouvelles depuis plusieurs semaines, Edward insiste pour que nous prenions l'initiative. Peu de choses à te raconter, néanmoins. C'est étonnant de constater combien de temps nous passons assis à ne rien faire. Ou à marcher au pas. Mais je suppose que tu ne souhaites pas lire une page entière de réflexions sur l'art et la science du défilé.

De Thomas Harcourt à sa sœur Cecilia

Haarlem était exactement ce à quoi Edward s'attendait.

Et l'infirmerie était aussi rudimentaire que ce que le major Wilkins avait décrit. Dieu merci, la plupart des lits étaient inoccupés, car Cecilia avait été manifestement horrifiée par les conditions d'accueil.

Il leur avait fallu un certain temps pour dénicher le responsable, et user ensuite de force cajoleries pour le convaincre d'ouvrir son registre. Et comme l'avait prédit Wilkins, Thomas Harcourt n'y figurait pas.

Cecilia s'était demandé si on avait pu omettre d'inscrire certains des patients. Edward ne pouvait lui reprocher de s'interroger : le niveau de propreté des lieux n'inspirait guère confiance quant à l'organisation générale de l'infirmerie.

Mais s'il était un détail que l'armée britannique semblait ne jamais négliger, c'était la tenue de ses registres. La liste des patients était à peu près la seule chose irréprochable dans l'établissement. Chaque page du registre présentait des lignes parfaitement ordonnées, et chaque nom était suivi du grade, de la date d'arrivée, de la date et des conditions de départ, ainsi que d'une brève description des blessures ou des maladies. C'est ainsi qu'ils avaient appris, par exemple, que le soldat Roger Gunnerly de Cornouailles avait été guéri d'un abcès à la cuisse gauche, et que le soldat Henry Witherwax de Manchester était mort des suites d'une blessure par balle à l'abdomen.

De Thomas Harcourt, en revanche, aucune trace.

La journée fut très longue. Les routes de New York à Haarlem étaient en mauvais état, et la voiture qu'ils avaient réussi à se procurer ne valait guère mieux. Un copieux dîner à la taverne *Fraunces* leur redonna néanmoins des forces. Le temps avait été considérablement moins humide que la veille, et à la tombée de la nuit, une brise légère s'était levée, apportant des parfums d'embruns. Ils ne rentrèrent donc pas directement à *La Tête du diable*, mais se promenèrent dans les rues désertes, à la pointe de l'île de Manhattan. La main de Cecilia était blottie au creux du coude d'Edward et, même s'ils maintenaient une distance convenable entre eux, chaque pas semblait les rapprocher.

S'ils n'avaient pas été si loin de chez eux, s'ils n'avaient pas été en pleine guerre, ç'aurait été une soirée parfaite.

Ils marchèrent en silence au bord de l'eau, en suivant des yeux les mouettes qui plongeaient en quête de poissons.

Puis Cecilia murmura :

— J'aimerais...

— Qu'aimerais-tu ? demanda Edward lorsqu'elle se tut.

Elle ne répondit pas tout de suite, puis finit par secouer tristement la tête.

— J'aimerais savoir quand renoncer.

Edward n'ignorait pas ce qu'on attendait de lui. S'il avait joué un rôle dans une pièce, ou incarné le héros dans un roman, il aurait affirmé qu'ils ne devaient pas renoncer, qu'il fallait garder un cœur solide, confiant, et rechercher Thomas jusqu'à ce qu'ils aient épuisé toutes les pistes.

Il n'allait cependant pas lui mentir ni lui offrir de faux espoirs. Aussi se contenta-t-il de répliquer :

— Je ne sais pas.

Sans se concerter, ils s'arrêtèrent et contemplèrent l'eau dans la lumière du jour finissant. Ce fut Cecilia qui parla la première :

— Tu penses qu'il est mort, n'est-ce pas ?

— Je crois...

Edward n'avait pas envie de le dire à voix haute ; il s'était même refusé à y penser.

— Oui, je crois qu'il est probablement mort.

Cecilia hocha la tête. Il y avait dans son regard plus de résignation que de chagrin. Edward n'aurait su dire pourquoi, mais il trouva cela encore plus poignant.

— Ce serait peut-être plus facile si j'en avais la certitude, hasarda-t-elle.

— Je ne sais pas. La perte de l'espoir ou l'irréversibilité de la vérité. Ce n'est pas facile de trancher.

— Non, en effet.

Elle demeura songeuse un long moment, les yeux fixés sur l'horizon. Au moment où Edward pensait qu'elle avait renoncé à la conversation, elle déclara :

— Je crois que j'aimerais mieux savoir.

Elle ne le regardait pas, pourtant il hocha la tête.

— Je suis d'accord, je pense.

Elle se tourna vers lui.

— Tu le penses ? Tu n'es pas certain ?

— Non.

— Moi non plus.

— Cette journée a été décevante, murmura-t-il.

— Non, répliqua-t-elle, à sa grande surprise. Pour être déçu, il faut s'être attendu à un résultat différent.

Comme Edward l'interrogeait du regard, elle expliqua :

— Je savais qu'il était peu probable que nous trouvions trace de Thomas. Mais nous nous devions d'essayer, non ?

— Oui, acquiesça-t-il en lui prenant la main, nous devions essayer.

Un silence, puis :

— Sais-tu que je n'ai pas eu mal à la tête, aujourd'hui ?

Les yeux de Cecilia s'illuminèrent.

— C'est vrai ? C'est merveilleux ! Tu aurais dû me le dire plus tôt !

Edward se gratta la nuque d'un air absent.

— Je viens juste de m'en rendre compte.

— C'est merveilleux, répéta-t-elle. Je suis si heureuse ! Je...

Se hissant sur la pointe des pieds, elle l'embrassa impulsivement sur la joue.

— Je suis tellement contente. Je n'aime pas te voir souffrir.

— Je ne supporterais pas que les rôles soient inversés, assura-t-il en portant sa main à ses lèvres.

C'était la vérité. À la simple pensée qu'elle puisse souffrir, une main de glace lui étreignait le cœur.

Elle rit tout bas.

— Tu t'es montré bon infirmier lorsque j'ai été malade, la semaine dernière.

— Possible, mais je ne tiens pas à recommencer. Alors reste en bonne santé, tu veux ?

Cecilia baissa les yeux, l'air embarrassée, puis elle frissonna.

— Tu as froid ? s'inquiéta Edward.

— Un peu.

— Nous devrions rentrer à la maison.

— À la maison ?

Ce fut au tour d'Edward de rire.

— J'avoue que je n'aurais jamais pensé vivre un jour dans un endroit à l'enseigne du diable[1].

Un sourire malicieux éclaira le visage de Cecilia.

— Peux-tu imaginer une maison, en Angleterre, nommée Le Manoir du diable ?

— La Demeure de Lucifer ?

— L'Abbaye de Satan ?

Tous deux s'esclaffèrent, et Cecilia jeta même un coup d'œil au ciel.

— Tu t'attends à un coup de tonnerre ?

— Soit cela, soit une invasion de sauterelles.

Edward lui cala la main au creux de son bras et ils rebroussèrent chemin.

— Nous sommes des personnes relativement bonnes, chuchota-t-il à l'oreille de Cecilia, comme s'il lui révélait un secret. Je pense que nous échapperons à toute intervention divine.

— Il faut le souhaiter.

— Je pourrais supporter les sauterelles, je pense ; en revanche, je ne réponds plus de rien si l'eau de la rivière se transforme en sang.

1. Allusion au nom de l'auberge.

— Pour ma part, j'aimerais mieux éviter les furoncles, rétorqua-t-elle en riant.

— Et les poux, ajouta Edward, feignant de frissonner. De vraies saloperies, si tu veux bien me pardonner ce langage.

— Tu en as déjà eu, des poux ?

— Tous les soldats en ont eu. Ce sont les risques du métier.

Devant son air un peu dégoûté, il ajouta d'un ton provocateur :

— Mais j'en suis débarrassé, à présent.

— J'ose l'espérer. Je partage ta chambre depuis plus d'une semaine.

— À ce sujet...

Ni l'un ni l'autre n'avaient fait très attention à l'itinéraire, mais leurs pas les avaient ramenés à *La Tête du diable*.

— Nous voilà à la maison, plaisanta-t-elle.

— Certes.

Dans la salle principale, la foule paraissait plus bruyante que d'ordinaire, aussi Edward jugea-t-il bon de placer la main au creux du dos de Cecilia tandis qu'ils se dirigeaient vers l'escalier. Il savait que, malheureusement, il n'avait aucune chance de trouver un logement plus adapté. Une femme bien née ne pouvait décemment pas vivre en permanence dans ce genre d'endroit. S'ils avaient été en Angleterre, jamais il n'aurait toléré...

Il secoua la tête. Ils n'étaient pas en Angleterre, et les règles normales ne s'appliquaient pas.

Normales. Il ne savait même plus ce que signifiait ce mot. La bosse sur son crâne avait effacé trois mois de mémoire, son meilleur ami s'était si complètement volatilisé que l'armée n'avait même pas remarqué qu'il manquait à l'appel, et dans un passé pas si lointain, il avait épousé une femme par procuration.

Un mariage par procuration ! Seigneur, ses parents allaient être horrifiés. Pour être honnête, lui-même l'était. Il ne possédait pas l'insouciance de son jeune frère Andrew, qui enfreignait les règles par pur plaisir. Lorsqu'il s'agissait des choses importantes de la vie, Edward se conduisait comme il convenait. Il n'était même pas certain qu'un mariage par procuration serait considéré comme légal en Angleterre.

Cette pensée en amena une autre : quelque chose clochait dans cette situation. Il ne savait pas ce que Thomas avait fait ou dit pour l'inciter à épouser sa sœur, mais il avait l'impression que Cecilia ne lui avait pas tout dit. Peut-être qu'elle-même ignorait certaines choses. La vérité ne serait cependant connue que s'il recouvrait la mémoire.

Ou s'ils retrouvaient Thomas.

Quel était le moins improbable ?

— Edward ?

Il cilla. Cecilia se tenait à côté de la porte de leur chambre, un petit sourire aux lèvres.

— Tu avais de nouveau cette expression... Pas celle où tu te souviens, celle où tu réfléchis intensément.

— Je réfléchissais intensément à rien, prétendit-il en sortant la clé de leur chambre de sa poche.

Il ne voulait pas lui révéler ses soupçons pour le moment. Il ne mettait pas en doute les raisons de Thomas pour arranger ce mariage. Son ami était un homme bon, et il voulait certainement le meilleur pour sa sœur. Toutefois, si Cecilia avait été persuadée de l'épouser sous de faux prétextes, elle allait être furieuse.

Peut-être devrait-il insister davantage pour essayer de lui soutirer la vérité. Cela dit, il avait des problèmes plus importants à régler. D'autant que, mariage par procuration ou pas, il aimait bel et bien être marié à Cecilia.

Pourquoi diable compromettrait-il cet équilibre bienheureux qu'ils avaient atteint ?

À moins que...

Il existait une raison qui pourrait le pousser à jouer les trouble-fête : il voulait faire l'amour à sa femme.

Le moment était venu. Il le fallait. Le désir d'Edward menaçait de s'embraser depuis l'instant où il avait vu Cecilia.

Peut-être parce qu'il avait compris qui elle était à sa conversation avec le colonel Stubbs. Peut-être parce que, même depuis son lit d'hôpital, il avait perçu son inquiétude et sa dévotion. Toujours est-il que lorsqu'il avait ouvert les yeux et qu'il avait croisé son regard vert anxieux, puis surpris, il s'était senti incroyablement léger, comme si l'air autour de lui lui murmurait à l'oreille : « Elle. C'est elle. »

Et malgré son extrême faiblesse, il l'avait désirée.

À présent, même s'il n'avait pas complètement recouvré ses forces, il se sentait suffisamment robuste.

Quand il baissa les yeux sur elle, elle le regardait toujours en souriant comme si elle possédait quelque délicieux petit secret. Ou, peut-être, comme si elle pensait que lui en avait un.

— Vas-tu ouvrir cette porte ? s'enquit-elle, l'air amusée.

Il s'exécuta, puis s'effaça pour la laisser entrer.

— Tu penses toujours intensément à rien ? le taquina-t-elle.

Non.

Avait-elle conscience de la chorégraphie délicate qu'ils exécutaient chaque soir, au moment de se coucher ? Elle ne cessait de déglutir avec nervosité tandis qu'il lui jetait des coups d'œil furtifs, puis elle s'emparait du seul livre à leur disposition, pendant que lui-même feignait de brosser la poussière qui s'accrochait – ou pas, le plus souvent – à sa tunique rouge.

Chaque soir, Cecilia effectuait les mêmes gestes, bavardant fébrilement, mal à l'aise, jusqu'à ce qu'il se glisse entre les draps et lui souhaite une bonne nuit. Tous les deux savaient ce que ces mots signifiaient réellement.

Pas ce soir.

Pas encore.

Se rendait-elle compte que lui aussi attendait un signe ? Un regard, un geste, qui lui aurait indiqué qu'elle était prête.

Car lui l'était. Il était plus que prêt. Selon lui, elle l'était également mais elle l'ignorait encore.

Une fois dans leur petite chambre, Cecilia se précipita vers la cuvette posée sur la table de toilette, dont elle avait demandé à ce qu'elle soit remplie d'eau chaque soir.

— Je vais juste me laver la figure, annonça-t-elle.

Comme s'il ne savait pas ce qu'elle faisait lorsqu'elle s'éclaboussait le visage, comme si elle n'avait pas fait la même chose jour après jour.

Pendant qu'elle se livrait à ses ablutions, Edward déboutonna ses manchettes, puis s'assit sur le lit pour enlever ses bottes.

— J'ai trouvé le dîner vraiment délicieux, reprit Cecilia.

Elle lui jeta un bref coup d'œil par-dessus son épaule avant d'aller chercher sa brosse à cheveux dans le placard.

— Moi aussi, dit-il.

Cela faisait partie de leur duo, de la succession de pas compliqués qui les mèneraient à entrer chacun d'un côté du lit, et se termineraient le lendemain matin, lorsqu'il se réveillerait en faisant mine qu'elle n'était pas dans ses bras. Cecilia vérifiait ses expressions, ses mouvements, et s'assurait qu'il ne se comportait pas différemment.

Elle n'avait pas besoin de le lui dire avec des mots. Ses yeux pâles, lumineux, parlaient pour elle, et il lui était impossible de dissimuler ses émotions. Il ne l'imaginait pas garder un secret. Son visage la trahirait sûrement. Même lorsqu'elle était calme et silencieuse, son visage demeurait mobile. Ses sourcils frémissaient, ou ses lèvres s'écartaient imperceptiblement. Tout le monde s'en apercevait-il ? À première vue, elle pouvait paraître sereine. Toutefois, si on prenait le temps de l'observer, de voir au-delà de la régularité des traits que le peintre de second ordre avait capturés sur la miniature qu'il avait si souvent contemplée, alors on le remarquait, cet infime et constant mouvement qui épousait ses pensées.

Il arrivait à Edward de se demander s'il se lasserait jamais de la regarder.

— Edward ?

Il cligna des yeux. Assise devant la petite table de toilette, elle l'observait avec curiosité.

— Tu regardes dans le vide, dit-elle.

Elle avait dénoué ses cheveux. Ils n'étaient pas tout à fait aussi longs qu'il l'avait cru lorsque, à l'hôpital, des mèches s'étaient échappées de son chignon. Chaque soir, elle les brossait en comptant du bout des lèvres. La manière dont la texture et l'éclat de sa chevelure changeaient au fur et à mesure était fascinante.

— Edward ?

De nouveau, elle l'avait surpris en train de rêver.

— Désolé. Mon esprit ne cesse de vagabonder.

— Tu es sans doute très fatigué.

Il s'efforça de ne pas lire au-delà de ses paroles.

— Moi, je le suis, ajouta-t-elle.

Il pouvait interpréter ces quatre mots de tant de façons !

La plus simple : « La journée a été longue. Je suis fatiguée. »

Mais il savait aussi que Cecilia veillait à ce qu'il ne se surmène pas. Était donc certainement sous-entendu : « Si je suis fatiguée, tu dois l'être aussi. »

Et puis, la plus évidente, la plus cruciale : « Si je te dis que je suis fatiguée... Si tu penses que je ne suis pas prête... »

— Je peux ? s'enquit-il en indiquant la brosse.

— Pardon ? Oh, ce n'est pas nécessaire ! J'ai presque fini.

— Tu viens juste de dépasser la moitié.

Elle fronça les sourcils, perplexe.

— La moitié ?

— Tu as donné vingt-huit coups de brosse. Normalement, c'est cinquante.

Elle le fixa, bouche bée.

— Tu sais combien de fois je brosse mes cheveux chaque soir ?

Il eut un petit haussement d'épaules. Mais tout son corps se tendit quand elle s'humecta les lèvres.

— Tu es une créature d'habitude, déclara-t-il. Et je suis observateur.

Elle posa la brosse sur la table de toilette, comme si cette interruption de sa routine avait le pouvoir de changer ce qu'elle était.

— Je n'avais pas conscience d'être aussi prévisible.

Tendant le bras par-dessus son épaule, Edward saisit la brosse.

— Pas prévisible, constante, rectifia-t-il.

— Cons...

— Avant que tu ne me poses la question, la coupa-t-il doucement, c'est un compliment.

— Tu n'as pas besoin de me brosser les cheveux.

— Bien sûr que si. C'est le moins que je puisse faire. Je te rappelle que tu m'as rasé la barbe.

— Oui, mais je ne suis pas...

— Chuuut... l'interrompit-il, et il commença à passer la brosse dans ses boucles déjà brillantes et démêlées.

— Edward, je...

— Vingt-neuf. Trente.

Il sut à quel moment exact elle rendit les armes. Son dos perdit de sa raideur et elle exhala un souffle léger – pas vraiment un soupir.

En lui-même, il compta « trente-deux, trente-trois, trente-quatre... ».

— C'est agréable, non ?

— Mmm...

Trente-cinq, trente-six...

Edward sourit. S'en apercevrait-elle s'il allait au-delà de cinquante ?

— Est-ce que quelqu'un a déjà pris soin de toi ? demanda-t-il.

— C'est une question ridicule, répondit-elle en étouffant un bâillement.

— Je ne pense pas. Tout le monde mérite qu'on prenne soin de lui. Certains, je suppose, plus que d'autres.

— Thomas s'occupe de moi, finit-elle par répondre. Ou s'occupait de moi. Il y a si longtemps que je ne l'ai pas vu.

« Moi, je prendrai soin de toi », se promit Edward. Puis, à voix haute :

— Tu as veillé sur moi lorsque j'étais malade.

Elle tourna la tête, juste assez pour qu'il voie son expression déconcertée.

— Évidemment.

— Tout le monde ne l'aurait pas fait, souligna-t-il.

— Je suis ta...

Mais elle n'acheva pas sa phrase.

Quarante-deux, quarante-trois...

— Tu es *presque* ma femme, dit-il à voix basse.

Elle retint son souffle, et il la sentit se figer.

— Quarante-huit, reprit-il. Quarante-neuf.

Elle leva la main pour la poser sur la sienne, qu'elle immobilisa. Essayait-elle de prolonger l'instant ? De suspendre le temps afin de ne pas avoir à affronter le passage inévitable vers un surcroît d'intimité ?

Elle le désirait. Cela, il l'avait compris aux infimes gémissements qui lui échappaient lorsqu'ils s'embrassaient, et dont il doutait qu'elle eût conscience. Il percevait son désir lorsqu'elle lui rendait ses baisers avec une candeur mêlée de curiosité.

Il s'empara de sa main, qui reposait toujours sur la sienne, et la porta à ses lèvres.

— Cinquante, conclut-il.

Elle ne bougea pas.

Il la contourna sans bruit et, après avoir posé la brosse sur la petite table, il approcha de nouveau ses doigts de ses lèvres. Cette fois, cependant, il tira doucement sur sa main pour l'inciter à se lever.

— Tu es si belle, murmura-t-il.

Mais les mots semblaient insuffisants. Elle était tellement plus que son ravissant visage, et il aurait voulu le lui dire. Seulement, n'étant pas poète, il ne connaissait pas les mots. D'autant que l'atmosphère entre eux commençait à s'alourdir de désir.

Il lui caressa la joue, s'émerveilla que sa peau fût si douce sous ses doigts calleux. Elle le dévisageait, les pupilles un peu dilatées, et il se rendit compte qu'elle était terriblement nerveuse. Bien plus qu'il ne s'y attendait vu l'intimité qui avait grandi entre eux durant la semaine écoulée. Cela dit, il n'avait pas l'habitude des femmes vierges ; peut-être réagissaient-elles toutes ainsi.

— Ce n'est pas notre premier baiser, lui rappela-t-il en effleurant sa bouche de ses lèvres.

Elle ne bougea pas, mais il aurait juré entendre les battements de son cœur. Ou peut-être les entendait-il *à travers* elle, de sa main à la sienne.

De son cœur au sien.

Était-il en train de tomber amoureux ? Comment expliquer autrement cette impression qu'il avait que ses journées ne commençaient vraiment que lorsqu'il voyait son sourire ?

Oui, il était bel et bien en train de tomber amoureux d'elle. Il l'était déjà à moitié avant même qu'ils ne se rencontrent, en vérité. Il ne se rappellerait peut-être jamais les événements qui l'avaient mené jusqu'à cet instant, mais il savait qu'il n'oublierait pas ce baiser, cette caresse, cette nuit.

— N'aie pas peur, murmura-t-il et, cette fois, ce fut de la pointe de la langue qu'il lui taquina les lèvres.

— Je n'ai pas peur, assura-t-elle, quoique d'une voix si particulière qu'il s'interrogea.

Après lui avoir relevé le menton, il sonda son regard. Ç'aurait été tellement plus facile s'il avait su ce qu'il y recherchait.

— Est-ce que quelqu'un t'a… t'a fait du mal ? risqua-t-il, incapable de prononcer le mot.

Elle le dévisagea sans comprendre. Il prit une profonde inspiration pour se donner du courage.

— Non, répondit-elle, lui évitant ainsi de devoir se montrer plus explicite. Non, crois-moi.

Le soulagement d'Edward fut indescriptible. Si quelqu'un lui avait fait du mal, l'avait violée… Peu lui aurait importé qu'elle ne soit plus vierge, mais il aurait passé le reste de sa vie à chercher ce salaud afin de le traîner devant la justice.

Son cœur – non, son âme – n'aurait pas permis qu'il en aille autrement.

— Je serai doux, promit-il en suivant d'une main légère la ligne de son cou jusqu'au creux de sa gorge.

Cecilia ne s'était pas changée pour la nuit, et même si le tissu de sa robe était plus épais, en plus d'être orné de dentelle et de boutons gênants, elle révélait néanmoins une plus grande étendue de peau que sa chemise de nuit, depuis la courbe de l'épaule jusqu'au renflement discret de ses seins.

Quand il l'embrassa à l'endroit précis où commençait son corsage, elle émit un son étouffé, et se cambra instinctivement vers lui.

— Edward, je...

Il l'embrassa de nouveau, plus près du creux ombreux entre ses seins.

— Je ne sais pas si...

Les doigts d'Edward trouvèrent les boutons qui fermaient sa robe, et il posa sa bouche sur la sienne tout en travaillant lentement à la dévêtir. Il avait pensé distraire son attention avec ses baisers, or il se retrouva débordé par son propre désir.

Ce qui avait commencé de manière joueuse s'embrasa, et ils ne tardèrent pas à se dévorer l'un l'autre de baisers comme s'il s'agissait de leur unique chance de s'unir. Edward ne comprit pas comment il réussit à lui enlever sa robe sans la déchirer. Peut-être qu'un ultime vestige de raison lui souffla qu'elle n'avait emporté que deux robes et qu'il valait mieux les garder intactes.

Cecilia portait une chemise légère, fermée par un ruban à l'encolure. Les doigts tremblants, il saisit l'une des extrémités du ruban et, fasciné, il regarda la boucle rapetisser jusqu'à glisser à travers le nœud.

Il repoussa la chemise sur son épaule, le souffle de plus en plus rapide à mesure qu'il dévoilait sa peau pâle.

— Ce n'est pas par là, dit Cecilia.

— Pardon ?

Elle avait parlé d'une voix si basse. Il n'était pas certain d'avoir bien compris.

— La chemise, murmura-t-elle, les yeux baissés. Il faut la passer par-dessus la tête.

Edward s'immobilisa, et fut tenté de sourire. Alors qu'il s'efforçait de se montrer délicat, attentif, voilà qu'elle lui donnait des instructions pour la déshabiller. Elle était délicieuse. Non, elle était magnifique, et il ne comprenait pas comment il avait pu se considérer comme comblé par la vie avant cet instant.

Cecilia leva les yeux, et lui adressa un regard interrogateur.

— Qu'y a-t-il ?

Il se contenta de secouer la tête.

— Tu souris, fit-elle remarquer.

— C'est vrai.

— Pourquoi ? s'enquit-elle en souriant à son tour.

— Parce que tu es parfaite.

— Edward, non, je...

Elle protestait encore lorsqu'il l'attira à lui. Le lit n'était qu'à quelques pas mais elle était sa femme, il allait enfin faire l'amour avec elle et, bonté divine, il la porterait jusque-là dans ses bras !

Il la déposa sur le lit, et l'embrassa avec ardeur tout en la caressant fiévreusement, d'abord à travers sa chemise, puis en glissant les mains dessous. Comme il l'avait rêvé, Cecilia répondait à sa passion, voire la devançait. Enroulant la jambe autour de la sienne, elle l'attira plus étroitement contre elle, et son cœur se mit à chanter de joie et de satisfaction mêlées.

Il s'écarta et s'assit afin de se débarrasser de sa chemise.

— Tu parais différent, dit-elle en le contemplant, les yeux voilés de désir.

Comme il arquait les sourcils, elle tendit la main pour lui frôler le torse du bout des doigts.

— La dernière fois que je t'ai vu, c'est le jour où tu as quitté l'hôpital.

C'était sans doute la vérité car elle lui tournait toujours le dos lorsqu'il s'habillait ou se déshabillait. Lui la regardait alors, se demandant à quoi elle pensait, et si elle se retenait de tourner la tête pour lui jeter un coup d'œil.

— Différent en mieux, j'espère.

Elle leva les yeux au ciel, ce qu'il méritait sans doute. Il n'avait certes pas encore retrouvé son poids d'avant sa blessure, mais il était incontestablement plus en forme. Lorsqu'il tâtait ses biceps, il sentait ses muscles se reformer.

Pour faire l'amour, néanmoins, il avait toute la force nécessaire et suffisante.

— J'ignorais que les hommes étaient censés être aussi beaux, reprit-elle.

Posant les mains sur ses épaules, il se pencha vers elle.

— Si tu me fais rougir, je vais devoir exercer mon autorité maritale.

— Ton autorité maritale ? Qu'est-ce que cela implique ?

— Je ne sais pas exactement, admit-il. Mais je suis certain que tu as juré de m'obéir.

S'il ne l'avait pas dévisagée, il n'aurait peut-être pas remarqué la légère crispation de sa mâchoire, ni le mouvement de sa gorge lorsqu'elle avala sa salive. Il faillit la taquiner à ce sujet. Aucune femme de sa connaissance – du moins, parmi celles qu'il aimait et respectait – n'y croyait lorsqu'elle avait promis d'obéir à son époux.

Cecilia avait-elle croisé les doigts dans son dos en prononçant le serment solennel sur le bateau ? Ou peut-être avait-elle trouvé, la petite rouée, un moyen d'éviter ces mots ? Et elle était à présent trop gênée pour l'admettre.

— Je n'ai jamais attendu de toi que tu m'obéisses, dit-il en souriant avant de se pencher pour l'embrasser. Simplement que tu sois d'accord avec moi en toutes choses.

Elle lui flanqua un petit coup dans l'épaule, à quoi il répondit d'un éclat de rire. Même lorsqu'il roula sur le côté et l'attira à lui, il ne put contenir l'hilarité silencieuse qui secouait son corps et se transmettait à celui de Cecilia.

Lui était-il déjà arrivé de rire au lit avec une femme ? Il ignorait que cela pût être aussi délicieux.

— Tu me rends heureux, déclara-t-il, avant de suivre son conseil et de la débarrasser de sa chemise en la faisant passer par-dessus sa tête.

Le souffle lui manqua alors. Jamais il n'avait rien vu de plus beau que ce corps de femme, mais il n'y avait pas que cela. Ce n'était pas simplement sa vue qui attisait follement son désir, c'était quelque chose de plus profond, de plus intense.

Il caressa doucement un mamelon rose et, lorsqu'elle laissa échapper un petit cri étouffé, il en ressentit un pincement de fierté masculine. Il aimait l'idée d'éveiller son désir ; il savait qu'elle était humide entre les cuisses, et que c'était à cause de lui.

— Tu es si jolie, chuchota-t-il.

Il la fit basculer sur le dos, et la recouvrit de son corps. Sa nudité rendait la position beaucoup plus érotique. D'autant que la pointe fièrement érigée de ses seins semblait réclamer ses caresses.

— Je pourrais te regarder toute la journée, assura-t-il. Ou peut-être pas, corrigea-t-il en s'inclinant pour donner un coup de langue sur son mamelon droit. Je doute d'être capable de regarder et ne pas toucher.

— Edward, souffla-t-elle.

— Ni embrasser.

Il aspira la pointe de son autre sein entre ses lèvres. Cecilia creusa les reins en poussant un petit cri tandis qu'il continuait sa délicieuse torture.

— Je peux aussi mordiller, murmura-t-il en revenant à l'autre sein, usant, cette fois, de ses dents.

— Oh ! gémit-elle. Que fais-tu ? Je le sens...

— J'espère que tu le sens, commenta-t-il.

— Non, je le sens...

Il attendit quelques secondes puis, d'une voix rauque, il suggéra :

— Tu le sens... ailleurs ?

Elle hocha la tête.

Un jour, lorsqu'ils auraient fait l'amour des dizaines de fois, il l'obligerait à dire où elle le sentait, à prononcer les mots qui donneraient au sexe déjà raide d'Edward une dureté d'acier. Pour l'heure, il se contenterait d'utiliser toutes les armes à sa disposition pour qu'à l'instant où il la pénétrerait, elle l'appelle de ses vœux.

Elle saurait alors ce qu'étaient l'adoration et la vénération, parce qu'il avait le sentiment que son plus grand plaisir à lui serait de lui faire découvrir le sien.

La main refermée sur son sein, il lui murmura à l'oreille :

— Je me demande où tu le sens.

Puis il bascula sur le côté et, se hissant sur le coude, il fit descendre doucement sa main vers la hanche de Cecilia.

— Peut-être ici ? interrogea-t-il.

Alors que sa respiration s'accélérait, il lui effleura le ventre avant de lui chatouiller le nombril.

— Ou peut-être... là ?

De nouveau, elle frémit de la tête aux pieds.

— Non, je ne crois pas, poursuivit-il sans cesser ses caresses. À mon avis, tu parlais d'un endroit un peu plus bas.

Elle marmonna un mot qui ressemblait à son prénom.

Après avoir posé la paume sur son ventre, il la fit glisser avec une lenteur délibérée jusqu'au triangle bouclé qui dissimulait sa féminité. Cecilia se figea, comme si elle ne savait trop comment réagir, et il réprima un sourire en entendant son souffle se précipiter.

Tendrement, il écarta les replis intimes, puis taquina le petit bouton de chair sensible jusqu'à ce qu'il la sente se détendre et s'ouvrir à lui.

— Cela te plaît ? murmura-t-il, quand bien même il savait que c'était le cas.

Toutefois, lorsqu'elle acquiesça d'un signe de tête, il eut l'impression d'être le roi du monde. Lui donner du plaisir semblait suffisant pour que son cœur se gonfle de fierté.

Il continua de la caresser, l'amenant progressivement vers la jouissance alors même que son propre corps exigeait d'être satisfait. Cela n'avait pas été son intention première, mais une fois qu'il avait commencé à la caresser, qu'il avait senti son corps chanter sous ses doigts, il avait su ce qu'il devait faire. Il voulait que la jouissance la submerge, qu'elle imagine qu'il n'existait pas de plus grand plaisir.

Avant de lui démontrer que si, il existait un plus grand plaisir.

— Que fais-tu ? balbutia-t-elle.

Edward soupçonna la question d'être rhétorique. Cecilia avait les yeux fermés, la tête rejetée en arrière, et son corps cambré projetait ses seins parfaits vers le plafond. Il n'avait jamais rien vu de plus adorable ni de plus érotique.

— Je te fais l'amour.

Elle ouvrit les yeux.

— Mais...

— Chuut, intima-t-il en posant l'index sur ses lèvres.

Cecilia n'était pas innocente. Elle savait manifestement ce qui se passait entre un homme et une femme, et que quelque chose de plus gros que les doigts d'Edward était censé se frayer un passage en elle. Mais, de toute évidence, personne ne lui avait parlé de toutes les choses délicieuses qui pouvaient survenir en chemin.

— As-tu entendu parler de « la petite mort » ? lui demanda-t-il.

Elle secoua la tête, l'air perplexe.

— C'est ainsi que les Français appellent l'extase. Je te rassure, c'est une métaphore. Pour ma part, j'ai toujours pensé que c'était surtout une affirmation de la vie.

Il s'inclina et referma les lèvres autour de la pointe d'un sein.

— Ou, peut-être, une raison de vivre, souffla-t-il.

Puis, sans relever la tête, il murmura :

— Je te montre ?

14

Je regrette l'époque où tu vivais à Londres et où nous pouvions presque entretenir une conversation par écrit. Je suppose qu'il nous faut à présent nous soumettre aux caprices des marées. Nos lettres doivent se croiser sur l'Océan. Mme Pentwhistle trouve charmante l'idée qu'elles aient des petites mains et qu'elles se fassent des signes au-dessus de l'eau. Pour ma part, je pense que Mme Pentwhistle a abusé du vin de messe du révérend Pentwhistle.

S'il te plaît, dis au capitaine Rokesby que la petite fleur pourpre qu'il a fait sécher est arrivée en parfait état. N'est-il pas remarquable qu'une chose aussi frêle possède assez de force pour accomplir le voyage du Massachusetts au Derbyshire ? Je n'aurai jamais l'occasion de le remercier en personne. Assure-le, s'il te plaît, que je la chérirai toujours. C'est un cadeau inestimable que d'avoir un petit témoignage du monde où vous vivez.

De Cecilia Harcourt à son frère Thomas

La petite mort.

Les Français n'avaient sans doute pas tort lorsqu'ils avaient inventé cette expression. Parce que cette tension qui se ramassait au creux du corps de Cecilia… cette exigence, ce besoin inexorable de quelque chose qu'elle ne comprenait même pas… c'était comme si elle était entraînée dans une quête infernale à laquelle elle risquait de ne pas survivre.

— Edward… balbutia-t-elle. Je ne peux pas…

— Si, tu peux, assura-t-il.

Ce ne furent pas ses mots, toutefois, qu'elle perçut, mais son souffle sur son sein.

Il l'avait touchée, embrassée, en des endroits qu'elle-même n'avait pas osé explorer. Elle était ensorcelée. Ou plutôt, elle s'était réveillée. Après avoir vécu vingt-deux ans dans ce corps, elle ne découvrait que maintenant sa finalité.

— Détends-toi, chuchota Edward.

Était-il fou ? Il n'y avait là rien qui pût la détendre, rien qui lui donnât envie de se détendre ! Elle voulait se cramponner, planter les ongles, et même crier dans sa lutte pour atteindre le sommet.

Sauf qu'elle ignorait ce qu'était ce sommet ou ce qui se trouvait de l'autre côté.

— Je t'en prie, supplia-t-elle.

Peu lui importait, en réalité, de ne pas savoir ce qu'elle implorait. Edward le savait, du moins elle l'espérait. Dans le cas contraire, elle le tuerait.

Avec sa bouche et ses doigts, il l'amena sur la crête du désir. Puis, quand elle souleva les hanches en une supplication silencieuse, il plongea un doigt en elle tout en lui léchant le sein.

Le déferlement de la jouissance lui fit crier son prénom. Elle arqua le dos au-dessus du lit, tous ses muscles se contractèrent, et ce fut comme une symphonie constituée d'une seule note tendue. Son corps devint ensuite aussi rigide qu'une planche, puis elle retomba sur le matelas et respira de nouveau.

Lorsqu'elle eut recouvré suffisamment d'énergie, elle ouvrit les yeux. Toujours hissé sur le coude, Edward la contemplait avec un sourire énigmatique.

— Que… que m'est-il arrivé ? demanda-t-elle d'une voix hachée.

Il repoussa sur sa tempe une boucle humide, puis se pencha et l'embrassa sur le front.

— La petite mort, murmura-t-il.

— Ah ! souffla-t-elle, émerveillée. Je m'en doutais.

Il parut amusé, mais de cette manière délicieuse qui la faisait rougir de plaisir. Grâce à elle, il souriait ; grâce à elle, il était heureux. Ce serait sûrement porté à son crédit, plus tard.

Ils n'avaient toutefois pas encore consommé leur prétendu mariage.

Elle ferma les paupières. Elle devait cesser de penser ainsi. Il n'y avait pas de mariage. Il ne s'agissait pas de consommation mais…

— Qu'est-ce qui ne va pas ?

Elle rouvrit les yeux. Edward l'observait, son regard bleu étincelant malgré la lumière déclinante du soir.

— Cecilia ? insista-t-il.

S'il ne semblait pas vraiment inquiet, il avait deviné que quelque chose avait changé.

— Je suis juste…

Elle lutta pour trouver quelque chose à dire qui serait vrai.

— … bouleversée, acheva-t-elle.

Il esquissa un sourire qui se grava dans le cœur de Cecilia.

— C'est plutôt une bonne chose, non ?

Elle s'obligea à acquiescer. C'était une bonne chose, du moins à cet instant. En revanche, la semaine prochaine, ou le mois prochain, lorsque sa vie s'effondrerait…

Elle s'en préoccuperait lorsqu'elle n'aurait plus d'autre choix.

Il lui caressa la joue du dos de la main sans cesser de la scruter, comme s'il essayait de lire dans son âme.

— Je me demande à quoi tu penses.

À quoi pensait-elle ? Qu'elle le désirait. Qu'elle l'aimait. Qu'elle avait beau savoir que c'était faux, elle avait l'impression qu'ils étaient mariés, et que, ne serait-ce que pour cette nuit, elle voulait que ce soit vrai.

— Embrasse-moi, dit-elle abruptement, parce qu'elle avait besoin de prendre le contrôle de cet instant.

Elle voulait être ici et maintenant, et non pas dériver vers l'avenir, dans un monde où le sourire d'Edward ne lui appartiendrait plus.

— Te voilà bien autoritaire, soudain, la taquina-t-il.

Refermant la main sur sa nuque, elle répéta :

— Embrasse-moi. Tout de suite.

Elle l'attira à elle, et lorsque leurs lèvres s'unirent, la faim qu'elle avait de lui explosa. Elle l'embrassa comme s'il était à lui seul son air, son eau, sa nourriture. Elle se donna toute en lieu et place de ce qu'elle ne pourrait jamais lui dire. C'était une déclaration et une demande de pardon ; c'était une façon de saisir la félicité pendant qu'elle en avait encore la possibilité.

Edward lui rendit ses baisers avec une fougue équivalente.

Cecilia ne saurait jamais quel instinct la guida, ni comment ses doigts devinèrent ce qu'il convenait de faire, mais elle enlaça Edward plus étroitement tout en glissant sa main sur le devant de ses pantalons.

Elle réprima un cri contrarié lorsqu'il s'écarta d'elle, quitta le lit et se débarrassa de ce vêtement qui les gênait. Et ne put détacher les yeux de son corps. Dieu qu'il était beau. Beau et très, très, viril, au point qu'elle en écarquilla les yeux d'appréhension.

Sans doute s'en aperçut-il car il eut un petit rire et, lorsqu'il la rejoignit sur le lit, il arborait une expression à la fois canaille et féroce.

— Ne t'inquiète pas, lui chuchota-t-il d'une voix enrouée.

Il glissa la main entre ses cuisses, et à ce moment-là seulement, Cecilia s'aperçut qu'elle était devenue toute chaude et très humide. Excitée, aussi. Lui avait-il donné du plaisir de manière délibérée ? Pour qu'elle soit prête à l'accueillir ?

Le cas échéant, il avait réussi, car elle éprouvait une faim dévorante de lui, une envie incoercible de l'avoir en elle, d'unir son corps au sien.

Comme il positionnait son sexe à l'orée de sa féminité, elle cessa de respirer.

— Je serai doux, promit-il.

— Je ne suis pas sûre de le vouloir.

Un frémissement parcourut le corps d'Edward et sa mâchoire se crispa tandis qu'il luttait pour ne pas perdre le contrôle.

— Ne dis pas des choses pareilles, articula-t-il.

Cecilia se cambra spontanément contre lui.

— C'est pourtant la vérité.

Il s'enfonça légèrement, et elle sentit qu'elle s'ouvrait à lui.

— Est-ce que je te fais mal ? demanda-t-il.

— Non. Mais c'est une sensation très... étrange.

— « Étrange » plutôt agréable, ou « étrange » plutôt désagréable ?

Cecilia battit des paupières, essayant d'analyser ce qu'elle ressentait.

— Juste étrange.

— Je ne suis pas sûr d'aimer cette réponse.

Il glissa les mains sous elle, et elle étouffa un cri quand il la pénétra davantage.

— Je ne veux pas que ce soit étrange, chuchota-t-il. Je crois que nous allons devoir faire cela très souvent.

Il semblait différent, presque sauvage, et Cecilia prit soudain conscience du pouvoir qu'elle exerçait sur lui. C'était elle qui le rendait ainsi, c'était à cause du désir qu'elle lui inspirait que cet homme si grand et si fort perdait le contrôle.

Jamais elle ne s'était sentie aussi puissante.

Ce qu'elle ressentait n'était toutefois pas comparable à ce qu'elle avait éprouvé un instant plus tôt, lorsque Edward l'avait entraînée dans la spirale du désir en usant de sa main et de sa bouche. À présent, elle devait s'habituer à le sentir en elle, l'accueillir malgré sa taille. Si ce n'était pas douloureux, ce n'était pas non plus aussi merveilleux que précédemment. Du moins, pour elle.

Pour Edward, en revanche… Elle lisait sur son visage cette jouissance qu'elle-même avait éprouvée. Et cela suffisait à la combler.

Mais pas lui, apparemment, parce qu'il fronça les sourcils et s'immobilisa.

Cecilia l'interrogea du regard.

— Ça n'ira pas, dit-il en déposant un baiser sur son nez.

— Je ne te donne pas de plaisir ?

Elle avait cru pourtant, peut-être à tort.

— Si tu m'en donnes un peu plus, ce sera ma perte, répliqua-t-il. Là n'est pas le problème. C'est moi qui ne t'en donne pas.

— Tu m'en as donné. Tu le sais très bien.

Elle rougit en prononçant ces mots, mais elle ne supportait pas l'idée qu'il la croie insatisfaite.

— Tu ne penses pas pouvoir avoir du plaisir deux fois ?

Cecilia ne put s'empêcher d'arrondir les yeux.

Insinuant la main entre leurs deux corps, Edward se mit à caresser doucement l'endroit le plus sensible de sa féminité.

— Oh ! s'écria Cecilia, prise de court par l'intensité de la sensation.

— Voilà qui est mieux, murmura-t-il.

Elle sentit renaître le désir. La pression, l'exigence devinrent tellement irrésistibles que c'est à peine si elle remarqua qu'Edward s'enfonçait davantage en elle.

Elle ignorait que l'on pût être à ce point proche d'un autre être humain et aspirer à s'en rapprocher encore.

S'accrochant à ses épaules, elle se cambra jusqu'à ce que leurs corps se rejoignent.

— Je crois que nous y sommes, dit-il d'une voix rauque.

Il baissa les yeux sur elle, et elle crut y apercevoir une humidité suspecte juste avant qu'il ne s'empare de sa bouche en un baiser torride.

Puis il commença à se mouvoir en elle.

D'abord de lents coups de reins, profonds, réguliers, puis le rythme prudent se fit plus rapide, et ne tarda pas à devenir échevelé. Cecilia sentit s'accélérer en elle la course vers le précipice, quoique de manière moins violente que chez lui, jusqu'à ce que, changeant de position, il happe la pointe d'un de ses seins dans sa bouche, lui arrachant un cri de surprise. Car sa caresse s'était répercutée directement entre ses cuisses, et ses muscles intimes commencèrent à se contracter.

— Oui ! gronda Edward. Oui, serre-moi fort !

Il lui agrippa le sein avec une fermeté qu'elle aurait pensé ne pas aimer, mais qu'elle adora, et la jouissance la traversa, fulgurante, presque inattendue.

Les coups de boutoir s'enchaînèrent à une allure folle, puis Edward se pétrifia, avant de s'effondrer sur elle dans un ultime râle.

— Cecilia… Cecilia…

— Je suis là, murmura-t-elle en dessinant sur son dos des cercles légers du bout des doigts.

— Cecilia, répéta-t-il.

Qu'il semble incapable de dire autre chose que son prénom la ravissait. Elle-même n'aurait pu dire grand-chose d'autre que le sien.

— Je t'écrase, marmonna-t-il.

C'était la vérité, mais elle aimait le sentir peser de tout son poids sur elle.

Il glissa sur le côté. Pas complètement toutefois.

— Je ne veux jamais cesser de te toucher, déclara-t-il d'une voix incroyablement somnolente.

Elle tourna la tête vers lui. Il avait les yeux fermés et, s'il ne dormait pas, cela ne tarderait guère. Déjà, sa respiration commençait à s'apaiser.

Elle s'aperçut alors qu'elle ne l'avait jamais vu s'endormir. Cela faisait une semaine qu'elle partageait sa chambre, mais chaque soir, après s'être glissée dans le lit, elle lui tournait soigneusement le dos. Elle l'écoutait respirer, immobile et silencieuse. Elle espérait ainsi surprendre le moment où il s'abandonnerait au sommeil. Hélas, c'était toujours elle qui s'endormait la première.

Le matin, il était levé avant elle, et quand elle ouvrait les yeux puis bâillait en s'étirant, il était déjà habillé ou presque.

L'observer était donc un plaisir volé. Il n'avait pas le sommeil agité. Sa bouche remuait néanmoins un peu, comme s'il chuchotait une prière. Elle mourait d'envie de lui caresser la joue, mais elle ne voulait pas le réveiller. En dépit de sa récente démonstration de force et de résistance, il n'était pas encore totalement remis, et il avait besoin de se reposer.

Elle le regarda donc en attendant… en attendant le sentiment de culpabilité qui finirait par ressurgir, elle le savait. Elle aurait voulu se mentir à elle-même et se convaincre que c'était lui qui l'avait séduite. Mais c'était faux. Certes, elle avait été submergée par la passion, il n'empêche qu'elle aurait pu empêcher Edward d'aller plus loin à tout moment. Il lui aurait suffi de confesser ses péchés.

Elle plaqua la main sur sa bouche pour étouffer un rire amer. Si elle avait révélé la vérité à Edward, il aurait bondi du lit et, furieux, l'aurait sans doute traînée devant le premier pasteur venu pour l'épouser sur-le-champ. C'était le genre d'homme à agir ainsi.

Sauf qu'elle ne pouvait pas le lui permettre. Il était quasiment fiancé à cette jeune fille, en Angleterre. Billie Bridgerton. Elle savait qu'il l'aimait beaucoup. Il souriait toujours lorsqu'il l'évoquait. Toujours ! Et s'ils étaient fiancés ? S'ils étaient promis l'un à l'autre, mais qu'il l'avait oublié en perdant la mémoire ?

Et s'il l'aimait ? Cela aussi, il avait pu l'oublier.

Le poison de la culpabilité avait beau se répandre à présent dans ses veines, Cecilia ne pouvait se résoudre à regretter ce qui s'était passé. Un jour, tout ce qui lui resterait de cet homme se réduirait à des souvenirs, et elle les voulait aussi étincelants que possible.

Et s'il y avait un enfant…

Elle posa la main sur son ventre, où il prenait peut-être déjà racine.

Non, c'était peu probable. Son amie Eliza avait été mariée une année entière avant de tomber enceinte. Et la femme du vicaire encore plus longtemps. Cecilia en savait cependant assez pour comprendre qu'elle ne pouvait continuer à tenter le sort. Peut-être pourrait-elle dire à Edward qu'elle redoutait de se retrouver enceinte si loin de chez elle. Ce ne serait pas mentir que d'expliquer qu'elle n'envisageait pas avec sérénité de traverser l'Océan alors qu'elle attendait un enfant.

Ou avec un enfant. Seigneur, le voyage avait été assez éprouvant lorsqu'elle était seule ! Même si elle n'avait pas souffert du mal de mer, il avait été interminable, et parfois effrayant. Alors avec un enfant ?

Elle frissonna. Ce serait un enfer.

— Quelque chose ne va pas ? murmura Edward.

— Je croyais que tu dormais.

— Je dormais. Ou presque, ajouta-t-il après avoir bâillé.

Il attira Cecilia contre lui.

— Tu avais l'air accablée, dit-il.

— Ne dis pas de bêtises.

Il déposa un baiser sur sa nuque.

— Quelque chose te tracassait, insista-t-il. Je l'ai bien vu.

— Pendant que tu dormais ?

— Pendant que je dormais *presque*. Tu as mal ?

— Je ne sais pas, répondit Cecilia en toute honnêteté.

— Je vais aller te chercher un linge.

Il la lâcha et quitta le lit. Cecilia le suivit des yeux tandis qu'il traversait la chambre. Comment pouvait-il être aussi à l'aise et naturel alors qu'il était nu ? Était-ce une caractéristique masculine ?

— Voilà, dit-il une fois revenu près d'elle avec la cuvette.

Il humecta un linge et entreprit de la laver avec des gestes tendres.

C'en était trop. Cecilia faillit fondre en larmes.

Lorsqu'il eut fini, il s'allongea de nouveau à côté d'elle et s'appuya sur son coude.

— Dis-moi ce qui te préoccupe, murmura-t-il en jouant avec ses cheveux.

S'armant de courage, elle lâcha :

— Je ne veux pas tomber enceinte.

La main d'Edward s'immobilisa, et elle fut heureuse de la pénombre qui gagnait la chambre. Elle n'était pas sûre d'avoir envie de voir son regard à cet instant.

— Il est peut-être trop tard, dit-il.

— Je sais. Je veux juste...

— Tu ne veux pas devenir mère ?

— Bien sûr que si ! s'exclama-t-elle, surprise par sa propre véhémence.

Parce qu'elle désirait devenir mère. À la pensée de porter l'enfant d'Edward... L'envie était si forte qu'elle en aurait pleuré.

— Je ne veux pas être enceinte ici. En Amérique. Je sais qu'il y a des médecins et des sages-femmes, mais j'ai l'intention de rentrer en Angleterre. Et je ne tiens pas à faire cette traversée avec un bébé.

Un pli songeur barra le front d'Edward.

— Non. Non, bien sûr.

— Ou enceinte, ajouta-t-elle. Tu imagines s'il arrivait quelque chose ?

— Il arrive des choses partout, Cecilia.

— Je sais. Mais je me sentirais plus confiante en Angleterre, c'est tout.

Elle ne mentait pas. Elle ne disait pas non plus toute la vérité.

Edward continua de lui caresser les cheveux d'un geste apaisant.

— Tu parais si angoissée, murmura-t-il.

Ne sachant que répondre, elle garda le silence.

— Tu n'as pas besoin de t'inquiéter autant, reprit-il. Comme je l'ai dit, il est peut-être trop tard. Nous pouvons toutefois prendre certaines précautions.

— C'est vrai ? s'écria-t-elle.

Son cœur effectua une joyeuse cabriole avant qu'elle se rappelle qu'elle avait des problèmes bien plus importants que celui-ci.

Edward sourit puis, lui prenant le menton, il tourna son visage vers lui.

— Oui, répondit-il. Je te ferais bien une démonstration maintenant, mais tu as besoin de repos. Dors. Tout t'apparaîtra plus clair demain matin.

Cecilia n'en croyait pas un mot. Ce qui ne l'empêcha pas de s'endormir.

15

Mille excuses. Cela fait un mois que je n'ai pas écrit mais, en vérité, je n'avais quasiment rien à raconter. Tout n'est qu'ennui ou bataille, et je n'ai pas envie d'écrire sur l'un comme sur l'autre. Toutefois, nous sommes arrivés hier à Newport, et, après un bon repas et un bain, je me sens davantage moi-même.

De Thomas Harcourt à sa sœur Cecilia

Chère Mademoiselle Harcourt,

Je vous remercie pour votre gentil mot. La température fraîchit de nouveau, et le temps que vous receviez ce courrier, je pense que nous apprécierons nos tuniques de laine. Cela fait longtemps que nous n'avions pas vu une vraie ville, nous savourons donc notre confort. Thomas et moi avons la chance d'être logés chez l'habitant, mais nos hommes sont cantonnés dans des lieux de culte – une église pour la moitié, et une synagogue pour l'autre. Certains d'entre eux craignaient d'être châtiés par Dieu parce qu'ils dormaient dans un lieu impie. Je ne vois pas en quoi ce lieu serait plus impie que la taverne où ils s'étaient rendus la veille. Il ne m'appartient toutefois pas de donner de conseils religieux. Pour en rester sur ce chapitre, j'espère que votre Mme Pentwhistle n'a pas retouché à la dive bouteille. Encore que, je l'avoue, votre récit du

« psaume qui a horriblement mal tourné » m'a beaucoup amusé.

Et parce que je sais que vous me poserez la question, je n'étais jamais entré dans une synagogue ; pour être franc, cela ressemble assez à une église.

D'Edward Rokesby à Cecilia Harcourt,
ajouté à la lettre de son frère

Le lendemain, Edward se réveilla comme d'habitude avant Cecilia. Elle ne s'agita pas lorsqu'il quitta le lit, preuve qu'elle était extrêmement fatiguée.

Il ne put s'empêcher de sourire, heureux de s'attribuer cette fatigue.

Elle allait avoir faim. Le petit déjeuner était souvent son repas le plus important de la journée, et Edward jugea qu'une gâterie était à l'ordre du jour. Des petits pains aux raisins, peut-être. Ou des spéculoos.

Ou les deux. Pourquoi pas ?

Après s'être habillé, il rédigea un petit billet qu'il laissa sur la table pour informer Cecilia qu'il serait de retour sous peu. Les deux boulangeries n'étaient pas très éloignées et il ne serait pas absent plus d'une heure. Si toutefois il ne rencontrait personne de sa connaissance.

Rooijakkers étant la boutique la plus proche, il s'y rendit en premier. La clochette tinta au-dessus de sa tête lorsqu'il pénétra dans le magasin. Ce ne fut pas M. Rooijakkers qui se présenta, mais sa fille, celle avec qui Cecilia avait sympathisé. Edward se souvint de l'avoir vue avant son départ pour le Connecticut. Thomas et lui préféraient cette boulangerie à celle, anglaise, située dans la rue adjacente.

Nostalgique, Edward se rappela que Thomas était amateur de sucreries. En cela, il ressemblait à sa sœur.

— Bonjour, monsieur, le salua la jeune femme en essuyant ses mains enfarinées dans son tablier.

Edward la salua en retour. Il regrettait de ne pas se rappeler son nom. Cette fois, il ne pouvait imputer cet oubli à sa mémoire défaillante. En toute honnêteté, il avait toujours eu des difficultés à retenir les noms.

— Cela fait plaisir de vous revoir, monsieur. Vous n'étiez pas venu depuis bien longtemps.

— Des mois, confirma-t-il. Je n'étais pas en ville.

Elle hocha la tête puis, avec un sourire enjoué, elle répliqua :

— C'est difficile pour nous d'avoir des clients réguliers, avec l'armée qui vous envoie de-ci, de-là.

— Juste dans le Connecticut, précisa-t-il, ce qui la fit rire.

— Et comment va votre ami ?

— Mon ami ? répéta Edward.

Il savait pourtant qu'elle devait parler de Thomas. Il était néanmoins troublé. Plus personne ne parlait de lui ou, le cas échéant, c'était d'une voix basse et contrainte.

— Cela fait un certain temps que je ne l'ai pas vu, répondit-il.

— Dommage. Pour nous deux, ajouta-t-elle. C'était l'un de mes meilleurs clients. Il aimait beaucoup les gâteaux.

— Sa sœur aussi, murmura Edward.

Comme elle le regardait avec curiosité, il expliqua :

— J'ai épousé sa sœur.

Mais pourquoi lui raconter cela ? Probablement parce que cela le rendait heureux. Il avait épousé Cecilia. Et à présent, elle était *vraiment* sa femme.

La fille de M. Rooijakkers resta un instant coite, les sourcils froncés.

— Je suis désolée, je crains de ne pas me rappeler votre nom...

— Capitaine Edward Rokesby, madame. Et, oui, vous connaissez ma femme. Cecilia.

— Ah, bien sûr ! Excusez-moi, je n'ai pas fait le rapprochement lorsqu'elle m'a dit son nom. Elle ressemble assez à son frère, n'est-ce pas ? Pas tant les traits que…

— Les expressions, oui, termina Edward à sa place.

— Alors, vous devez vouloir des spéculoos, devina-t-elle, tout sourire.

— En effet. Une douzaine, s'il vous plaît.

— Nous n'avons jamais été présentés, dit-elle en se penchant pour prendre un plateau de biscuits sur une étagère. Je suis Mme Beatrix Leverett.

— Cecilia m'a parlé très amicalement de vous.

Il attendit tandis que Mme Leverett comptait les biscuits. Il lui tardait de voir la réaction de Cecilia lorsqu'il lui apporterait le petit déjeuner au lit. Plus exactement, des biscuits au lit, ce qui était encore mieux.

À l'exception des miettes, peut-être.

— Le frère de Mme Rokesby est toujours dans le Connecticut ?

Edward fut brusquement rappelé au présent.

— Je vous demande pardon ?

— Le frère de Mme Rokesby. Il était bien avec vous dans le Connecticut ?

Edward cessa presque de respirer.

— Vous êtes au courant ?

— Je ne devrais pas ?

— Thomas était avec moi dans le Connecticut… répéta Edward.

Il avait prononcé ces mots à voix basse, comme pour mettre cette déclaration à l'épreuve. Était-elle pertinente ?

— Je me trompe ? s'enquit Mme Leverett.

— Je…

Bon sang, que répondre ? Il ne souhaitait pas donner de détails sur son état à une quasi-inconnue, cependant, si elle possédait des informations au sujet de Thomas…

— J'ai des difficultés à me rappeler certaines choses, finit-il par admettre.

Il porta la main à son crâne, juste en dessous du bord de son chapeau. La bosse avait bien diminué, mais l'endroit demeurait sensible.

— J'ai été blessé à la tête.

— Je suis vraiment désolée, murmura Mme Leverett, le regard empli de compassion. Ce doit être terrible.

— Oui, reconnut-il.

Ce n'était toutefois pas de sa blessure qu'il souhaitait discuter. Plantant son regard dans celui de la jeune femme, il poursuivit :

— Vous me parliez du capitaine Harcourt...

Elle haussa imperceptiblement les épaules.

— Je ne sais pas grand-chose. Simplement que vous partiez tous les deux dans le Connecticut, il y a quelques mois. Vous êtes venus ici juste avant. Faire des provisions.

— Des provisions...

— Vous, vous avez acheté du pain, précisa-t-elle avec un petit rire. Votre ami préférait le sucré. Je l'ai prévenu...

— ... que les spéculoos ne voyageraient pas bien, acheva-t-il à sa place.

— Oui. Ils s'émiettent facilement.

— Et ils se sont émiettés, confirma Edward. Jusqu'au dernier.

Tout venait de lui revenir.

— Stubbs !

Le colonel leva les yeux de son bureau, visiblement stupéfait.

— Que diable se passe-t-il, capitaine Rokesby ?

Que se passait-il ? Edward s'efforça de dominer sa fureur. Il s'était précipité hors de la boulangerie sans ses achats, et c'est quasiment en courant qu'il avait rejoint le quartier général britannique, où se trouvait le bureau du colonel Stubbs. Il serrait les poings et le sang lui battait aux tempes comme lors d'une bataille. Seule la menace de la cour martiale le retint d'agresser son supérieur.

— Vous saviez ! cracha-t-il d'une voix tremblante de rage. Vous saviez ce qui était arrivé à Thomas Harcourt.

Le visage de Stubbs s'empourpra tandis qu'il se levait lentement.

— À quoi faites-vous allusion, exactement ?

— Il est allé avec moi dans le Connecticut. Pourquoi ne pas l'avoir dit, bon sang ?

— Comme je vous l'ai expliqué, répliqua Stubbs froidement, je ne pouvais prendre le risque d'influencer vos souvenirs.

— Ce sont des inepties et vous le savez ! riposta Edward. Dites-moi la vérité.

— C'est la vérité, répliqua Stubbs, qui contourna Edward pour aller claquer la porte de son bureau. Vous croyez que j'avais envie de mentir à votre femme ?

— Ma femme, répéta Edward.

Cela aussi lui était revenu. Il n'aurait pas prétendu avoir recouvré l'intégralité de sa mémoire, mais il était tout à fait certain de n'avoir jamais assisté à une cérémonie de mariage par procuration. Ni que Thomas lui eût jamais demandé quoi que ce soit de ce genre.

S'il était incapable d'imaginer ce qui avait conduit Cecilia à une telle tromperie, il ne pouvait cependant affronter qu'un désastre à la fois.

Lorsqu'il s'adressa de nouveau à Stubbs, il ne se soucia pas de dissimuler sa colère.

— Vous avez dix secondes pour m'expliquer pourquoi vous m'avez menti au sujet de Thomas Harcourt.

— Pour l'amour du Ciel, Rokesby, répliqua le colonel en passant la main dans ses cheveux clairsemés, je ne suis pas un monstre. La dernière chose que je souhaitais, c'était de donner un faux espoir à votre femme.

— Un faux espoir ? répéta Edward, qui se pétrifia.

— Vous ne savez pas.

Ce n'était pas une question.

— Je crois que nous avons d'ores et déjà établi qu'il y a beaucoup de choses que je ne sais pas, rétorqua Edward d'une voix hachée. Alors, s'il vous plaît, éclairez-moi.

— Le capitaine Harcourt est mort, déclara le colonel, qui secoua la tête avec un chagrin qui ne semblait pas feint. Il a reçu une balle dans le ventre. Je suis désolé.

— Quoi ?

Edward vacilla et se laissa tomber dans le fauteuil le plus proche.

— Comment ? Quand ?

— En mars.

Stubbs traversa la pièce pour aller ouvrir un petit placard dont il tira une carafe de cognac et deux verres.

— Moins d'une semaine après votre départ, continua-t-il, il a demandé qu'on le rejoigne à New Rochelle.

— Qui y est allé ? demanda Edward, les yeux rivés sur les mains tremblantes du colonel, qui versait le liquide ambré dans les verres.

— Moi, répondit celui-ci.

— Vous y êtes allé seul, articula Edward d'un ton qui trahissait son incrédulité.

Stubbs lui tendit un verre.

— C'était ainsi qu'il fallait faire.

Edward exhala longuement. Les souvenirs, à la fois frais et curieusement éventés, s'enchaînaient dans son esprit. Thomas et lui étaient partis ensemble dans le Connecticut avec pour mission d'évaluer les chances de succès d'une attaque navale sur le front de mer. L'ordre était venu du gouverneur Tryon en personne. Ce dernier avait choisi Edward parce qu'il avait besoin d'un homme de confiance ; Edward avait choisi Thomas pour la même raison.

Mais tous deux n'avaient voyagé que quelques jours ensemble. Thomas était retourné à New York avec les renseignements qu'ils avaient obtenus sur Norwalk tandis qu'Edward continuait vers l'est et New Haven.

C'était la dernière fois qu'il l'avait vu.

Edward leva son verre et le vida d'un trait. Après l'avoir imité, Stubbs reprit :

— J'en déduis que vous avez retrouvé la mémoire ?

Edward acquiesça d'un bref hochement de tête. Le colonel allait vouloir l'interroger immédiatement, il le savait, mais il ne dirait rien tant qu'il n'aurait pas obtenu certaines réponses au sujet de Thomas.

— Pourquoi avez-vous fait envoyer cette lettre à sa famille par le général Garth disant qu'il n'était que blessé ?

— À ce moment-là, il n'était que blessé, répondit le colonel. Il a reçu deux balles à quelques jours d'intervalle.

— Quoi ? Que diable s'est-il passé ?

Avec une espèce de grognement étouffé, le colonel s'appuya lourdement à son bureau.

— Je ne pouvais pas le ramener ici alors que je n'étais pas certain de sa loyauté.

— Thomas Harcourt n'était pas un traître !

— Je n'avais aucun moyen d'en être certain ! Qu'étais-je censé penser, franchement ? Je me suis rendu à New Rochelle, comme il me l'avait demandé, et avant même qu'il ait pu dire autre chose que mon nom, on a commencé à me tirer dessus.

— À tirer sur lui, corrigea Edward – après tout, c'était Thomas qui avait reçu une balle.

Stubbs avala un second verre de cognac, puis tendit la main vers la carafe pour se resservir.

— Je ne sais pas sur qui ils ont tiré, nom de nom ! Tout ce que je sais, c'est qu'ils m'ont pris pour cible et qu'ils m'ont manqué. Vous n'ignorez pas que la plupart des coloniaux sont une bande d'incapables dont la moitié raterait un mur.

Edward demeura silencieux. Il savait, au plus profond de lui, que son ami n'était pas un traître, mais il comprenait que le colonel Stubbs – qui ne connaissait pas bien Thomas – ait pu concevoir des doutes.

— Le capitaine Harcourt a été blessé à l'épaule, poursuivit Stubbs. La balle est passée à travers. Il n'a pas été difficile d'arrêter l'hémorragie, mais il souffrait beaucoup.

Edward ferma les yeux et prit une profonde inspiration, mais cela ne suffit pas. Il avait vu trop d'hommes blessés par balle.

— Je l'ai emmené à Dobbs Ferry. Nous avons un petit avant-poste près de la rivière. Pas vraiment derrière les lignes ennemies, quoique pas loin.

Edward connaissait bien Dobbs Ferry. Les Britanniques l'utilisaient comme point de rendez-vous depuis la bataille de White Plains, trois ans auparavant.

— Que s'est-il passé, alors ? demanda-t-il.

— Je suis rentré à New York.

— Vous l'avez abandonné là-bas ! s'exclama Edward, écœuré.

Comment pouvait-on laisser un soldat blessé au milieu de nulle part ?

— Il n'était pas seul. Trois hommes le gardaient.

— Vous le reteniez prisonnier ?

— Pour sa propre sécurité autant que pour autre chose. Je ne savais pas si nous l'empêchions de s'échapper ou si nous empêchions les rebelles de le tuer. Pour l'amour du Ciel, Rokesby, ajouta Stubbs en le regardant avec une impatience croissante, ce n'est pas moi l'ennemi, ici !

Edward ne dit rien, et le colonel secoua la tête.

— De toute façon, il risquait de ne pas supporter le voyage jusqu'à New York. Il souffrait trop.

— Vous auriez pu rester auprès de lui.

— Non, je ne le pouvais pas, rétorqua Stubbs. Il fallait que je regagne le quartier général, où j'étais censé être. Personne ne savait que je m'étais absenté. Croyez-moi, dès que j'ai pu trouver un prétexte, je suis reparti le chercher. Deux jours seulement s'étaient écoulés...

Il s'interrompit et, pour la première fois depuis l'arrivée d'Edward, il pâlit.

— Mais quand je suis arrivé là-bas, ils étaient morts.

— Ils ?

— Harcourt et les hommes qui le gardaient. Tous les quatre.

Edward baissa les yeux sur son verre. Il l'avait oublié. Il garda les yeux fixés sur sa main tandis qu'il le reposait, comme si cela pouvait l'aider à dominer le tremblement de ses doigts.

— Que s'était-il passé ?

— Je l'ignore.

Stubbs ferma les yeux et son visage refléta l'atrocité de ce souvenir.

— Ils avaient tous reçu une balle, murmura-t-il.

Une nausée souleva l'estomac d'Edward.

— C'était une exécution ?

— Non. Il y avait eu un affrontement.

— Même Thomas ? N'était-il pas sous surveillance ?

— Nous ne l'avions pas attaché. De toute évidence il s'était battu lui aussi, même blessé. Mais...

Une nouvelle fois, il s'interrompit, puis il se détourna.

— Mais quoi ?

— Il était impossible de dire de quel côté il s'était battu.

— Vous saviez ce qu'il valait, dit Edward à voix basse.

— Je le savais ? Vous le saviez ?

Cette fois, Edward bondit sur ses pieds et les mots jaillirent comme un rugissement.

— Oui, bon sang !

— Eh bien, moi pas, répliqua Stubbs. Et c'est mon fichu boulot de soupçonner tout le monde.

Il se prit le front entre les mains et pressa les pouces sur ses tempes avec force.

— J'en ai plus qu'assez de tout cela.

Edward recula d'un pas. Il n'avait jamais vu le colonel, ni peut-être même qui que ce soit, dans cet état.

— Vous savez ce que cela fait à un homme ? reprit Stubbs dans un quasi-chuchotement. De n'avoir confiance en personne ?

Edward ne répondit pas. Il ne savait plus contre qui diriger la colère qui l'emplissait encore. Pas contre Stubbs, toutefois.

Après avoir ramassé son verre, il s'empara de celui du colonel et s'approcha de la carafe pour les remplir de nouveau. Peu importait qu'il fût à peine 8 heures du matin. Aucun d'eux n'avait besoin d'avoir l'esprit clair.

Aucun d'eux n'en avait envie, soupçonnait-il.

— Que sont devenus les corps ? demanda Edward d'une voix sourde.

— Je les ai enterrés.

— Tous ?

— Ça n'a pas été une journée agréable, murmura le colonel qui, une fois de plus, ferma brièvement les yeux.

— Il y a des témoins ?

— Vous n'avez pas confiance en moi ?

— Pardonnez-moi, murmura Edward, parce qu'il avait effectivement confiance en lui.

Il ne comprenait pas comment le colonel avait pu garder ces événements terribles pour lui. Cela avait dû le miner.

— On m'a aidé pour creuser les tombes, reprit Stubbs, qui semblait épuisé. Je vous donnerai le nom des hommes, si vous le souhaitez.

Edward l'étudia longuement avant de répondre :

— Non, c'est inutile.

Puis il secoua la tête, comme si cela pouvait contribuer à lui remettre les idées en place.

— Pourquoi avez-vous envoyé cette lettre ?

Stubbs cligna des yeux.

— Quelle lettre ?

— Celle du général Garth, disant que Thomas avait été blessé. Je suppose que c'est vous qui lui avez demandé de l'envoyer.

— Comme je vous l'ai dit, c'était la vérité lorsque nous l'avons envoyée, répondit le colonel. J'ai voulu prévenir sa famille le plus tôt possible. Un bateau quittait le port le lendemain du jour où je l'ai laissé à Dobbs Ferry. Quand j'y pense, maintenant...

D'un geste machinal, il se passa la main dans les cheveux, et parut se tasser sur lui-même.

— J'étais tellement content d'avoir réussi à l'envoyer si vite.

— Vous n'avez jamais pensé à rectifier votre erreur et à envoyer une autre lettre ?

— Il y avait trop de questions sans réponse.

— Pour avertir sa famille ? insista Edward, incrédule.

— J'avais l'intention de leur écrire une fois que nous en saurions davantage, affirma Stubbs avec raideur. Je n'avais certes pas prévu que sa sœur traverserait l'Atlantique pour le voir. Encore que, pour ce que j'en sais, elle est peut-être venue pour vous.

« Peu probable », songea Edward.

Stubbs était retourné à son bureau et ouvrait un tiroir.

— J'ai sa chevalière.

Edward le vit sortir un coffret avec précaution, l'ouvrir et y prendre une bague, qu'il lui tendit.

— J'ai pensé que sa famille serait heureuse de l'avoir.

Edward contempla la chevalière en or. Pour être honnête, il ne la reconnut pas, car il ne l'avait jamais vraiment regardée quand Thomas la portait. Il savait, en revanche, que Cecilia la reconnaîtrait.

Elle allait en avoir le cœur brisé.

— Qu'allez-vous dire à votre femme ? demanda Stubbs après s'être raclé la gorge.

Sa femme. Cecilia n'était pas sa femme, bon sang ! Edward ignorait ce qu'elle était, mais elle n'était pas sa femme.

— Rokesby ?

Il leva les yeux. Il attendrait pour tenter de donner un sens à la malhonnêteté de Cecilia. Pour l'heure, il s'efforcerait de trouver en lui un peu de bonté afin de lui permettre de pleurer son frère. Il la confronterait à ses mensonges plus tard.

Edward prit une profonde inspiration et plongea son regard dans celui du colonel.

— Je lui dirai que son frère est mort en héros. Je lui dirai que vous regrettez de n'avoir pas pu lui révéler la vérité lorsqu'elle la demandait en raison de la nature secrète de sa mission extraordinairement importante.

Il fit un pas vers Stubbs, puis un autre.

— Je lui dirai que vous avez l'intention de lui parler, de lui présenter des excuses pour le chagrin que vous lui avez causé, et de lui remettre personnellement les insignes honorifiques que Thomas a reçus à titre posthume.

— Il n'a pas eu...

— Inventez-les !

Le colonel soutint son regard l'espace de quelques secondes avant de déclarer :

— Je ferai le nécessaire pour une médaille.

Après avoir acquiescé d'un signe de tête, Edward tourna les talons.

La voix du colonel l'arrêta avant qu'il n'ait atteint la porte.

— Êtes-vous sûr de vouloir lui mentir ?

Edward pivota lentement.

— Je vous demande pardon ?

— Je n'ai plus l'impression de savoir grand-chose, déclara Stubbs avec un soupir, mais je sais ce qu'est le mariage. Mieux vaut ne pas commencer sa vie conjugale par un mensonge.

— C'est vrai.

Le colonel parut déconcerté.

— Y a-t-il quelque chose que vous ne me dites pas, capitaine Rokesby ?

Edward ouvrit la porte et sortit. Il attendit d'être hors de portée des oreilles de Stubbs pour marmonner :

— Vous n'avez pas idée, bon sang !

16

Je n'ai pas eu de nouvelles de toi depuis si longtemps. J'essaie de ne pas m'inquiéter, mais c'est difficile.
De Cecilia Harcourt à son frère Thomas

À 9 heures, Edward n'était toujours pas rentré. Son retard éveilla la curiosité de Cecilia.

À 9 h 30, sa curiosité céda la place à l'inquiétude.

Et à 10 heures, lorsque les cloches de l'église toute proche carillonnèrent, elle relut le petit mot de Thomas.

Parti chercher le petit déjeuner. Je serai de retour avant ton réveil.

Elle se mordilla la lèvre. Difficile de mal interpréter ces deux lignes.

Et s'il était en bas, retenu par un officier de sa connaissance ? Cela arrivait tout le temps. Tout le monde semblait le connaître, or les soldats pouvaient se montrer bavards, surtout lorsqu'ils s'ennuyaient. Et tous semblaient s'ennuyer ces jours-ci, même si la plupart ne manquaient pas de souligner qu'ils préféraient encore cela au combat.

Cecilia décida donc de gagner la grande salle de l'auberge, s'attendant plus ou moins à devoir arracher Edward à une conversation inopportune. Elle lui rappellerait leur « rendez-vous très important », et peut-être retourneraient-ils dans leur chambre…

Mais Edward n'était pas dans la salle principale. Ni dans le salon.

Quelque chose clochait. Même si Edward se réveillait toujours avant elle, elle n'était pas paresseuse, il le savait. Elle était toujours habillée, prête pour le petit déjeuner, à 8 h 30.

Elle fut tentée de partir à sa recherche, toutefois il risquait de rentrer cinq minutes après son départ, de ressortir pour la chercher à son tour, si bien que la matinée s'écoulerait sans qu'ils aient réussi à se croiser.

Elle attendit donc.

— Votre journée va commencer tard, aujourd'hui, commenta l'aubergiste lorsqu'il la vit, l'air indécise. Vous ne voulez rien manger ?

— Non, merci. Mon mari doit… Auriez-vous vu le capitaine Rokesby ce matin ?

— Pas depuis plusieurs heures, madame. Il m'a souhaité le bonjour, et il est sorti. Il paraissait tout content.

L'aubergiste lui adressa un sourire en coin tout en essuyant une chope.

— Même qu'il sifflait.

Cecilia était si préoccupée qu'elle ne parvint même pas à affecter d'être embarrassée. Elle jeta un coup d'œil vers la fenêtre qui donnait sur la rue. Hélas, à travers le verre dépoli, on ne distinguait guère que des silhouettes floues.

— Je l'attendais bien plus tôt, murmura-t-elle.

L'aubergiste haussa les épaules.

— Il ne devrait plus tarder. En attendant, vous êtes sûre que vous ne voulez rien ?

— Oui, mais je vous remercie. Je…

La porte d'entrée s'ouvrit en grinçant, et Cecilia fit volte-face, certaine que c'était Edward.

Elle se trompait.

— Capitaine Montby, salua-t-elle avec une petite révérence.

C'était le jeune officier qui lui avait donné sa chambre, la semaine précédente. Il s'était absenté quelques jours et, depuis son retour, il logeait avec un autre soldat. Cecilia l'avait remercié à plusieurs reprises de sa générosité, mais il avait mis en avant son devoir de gentleman. Il est vrai que la moitié d'une chambre à *La Tête du diable* était plus que ce qu'obtenaient la plupart des soldats en guise de logement.

— Madame Rokesby, dit-il en s'inclinant. La matinée s'annonce belle. Vous vous apprêtez à rejoindre votre mari, j'imagine ?

— Vous savez où il est ? s'enquit Cecilia.

Le capitaine Montby eut un geste vague.

— Je viens juste de le voir à la taverne *Fraunces*.

— Quoi ?

L'exclamation de Cecilia dut surprendre le capitaine, car il tressaillit avant de répondre :

— Euh... je n'ai fait que l'apercevoir à l'autre bout de la salle, mais je suis à peu près certain que c'était lui.

— À la taverne, vous êtes sûr ?

— Je crois, oui, répondit le capitaine, du ton circonspect de celui qui appréhende de se trouver mêlé à une querelle domestique.

— Était-il avec quelqu'un ?

— Pas quand je l'ai vu.

Lèvres pincées, Cecilia se dirigea vers la porte, ne s'arrêtant que le temps de remercier le capitaine Montby.

Que diable fabriquait Edward à la taverne *Fraunces* ? Même s'il ne s'y était rendu que pour acheter un petit déjeuner – ce qui n'aurait aucun sens puisqu'on y servait exactement les mêmes plats qu'à *La Tête du diable* –, il devrait être rentré depuis longtemps.

Et il était seul. Ce qui signifiait que… eh, bien, franchement, elle ignorait ce que cela signifiait.

Elle voulait croire qu'elle n'était pas en colère contre lui. Il avait le droit d'agir à sa guise. Simplement, il avait dit qu'il reviendrait. Si elle avait su que ce ne serait pas le cas, elle aurait organisé sa matinée autrement.

Encore que, dans la mesure où elle ne connaissait quasiment personne à New York, elle ne voyait pas bien ce qu'elle aurait pu faire. Mais là n'était pas la question.

Le *Fraunces*, comme les autres tavernes, n'était pas très éloigné de *La Tête du diable*. Il ne lui fallut que cinq minutes pour le rejoindre.

Après avoir poussé la lourde porte en bois, elle s'arrêta sur le seuil, le temps que ses yeux s'accoutument à la pénombre enfumée. Puis elle repéra Edward, assis à une table à l'autre extrémité de la salle.

Seul.

L'impatience qui lui avait fait accélérer le pas retomba, et elle resta immobile, à l'observer.

Quelque chose n'allait pas.

Il était avachi sur sa chaise, ce qui ne lui arrivait jamais en public, si fatigué fût-il. Et sa main était crispée sur la table telle une serre. S'il n'avait pas eu les ongles aussi courts, ils auraient laissé des traces dans le bois du plateau.

Un verre vide était posé devant lui.

Elle esquissa un pas hésitant vers lui. Avait-il bu ? C'était l'impression qu'elle avait, même si, là encore, cela ne lui ressemblait absolument pas. Il n'était même pas midi.

Le cœur de Cecilia ralentit, avant de s'emballer. La peur la submergea.

Deux choses pouvaient affecter gravement Edward. Au point qu'il en oublie sa promesse de la rejoindre dans leur chambre.

Soit il avait recouvré la mémoire…
Soit Thomas était mort.

Edward n'avait pas eu l'intention de se soûler.

Il était furieux lorsqu'il avait quitté le bureau du colonel Stubbs, mais une fois dans la rue, sa colère s'était dissipée, laissant la place à… rien.

Il était vide. Comme engourdi.

Thomas était mort. Cecilia était une menteuse.

Et lui, un sacré idiot.

Il était resté immobile devant le bâtiment qui servait de quartier général, les yeux perdus dans le vague, ne sachant où aller.

Pas à l'auberge, en tout cas. Il n'était pas prêt à faire face à Cecilia.

Bon sang, il ne voulait même pas y penser. Peut-être… *peut-être* avait-elle une bonne raison de lui avoir menti, mais il ne pouvait pas… il ne pouvait pas…

Il prit une inspiration qui ressemblait à un sanglot.

Cecilia avait eu tellement d'occasions de lui dire la vérité ! Il y avait eu tant de moments où elle aurait pu murmurer son prénom, lui avouer qu'elle avait menti et lui en expliquer la raison. Et il lui aurait probablement pardonné, bon sang, parce qu'il était si amoureux d'elle qu'il aurait décroché la lune pour la rendre heureuse.

Il avait cru qu'elle était sa femme.

Il avait cru avoir juré de l'honorer et de la protéger.

Au lieu de cela, il se retrouvait dans la peau d'un vaurien, d'un lamentable séducteur. Peu importait qu'il se soit cru marié, il avait bel et bien défloré une jeune fille ; pire, la sœur de son meilleur ami.

Il allait devoir l'épouser, bien sûr. Peut-être était-ce ce qu'elle cherchait depuis le début. Sauf qu'il s'agissait de *Cecilia*, et qu'il pensait la connaître. Avant même de la rencontrer, il pensait la connaître.

Il se passa la main sur le front, puis pressa les doigts sur ses tempes douloureuses. La souffrance ne reflua pas. Parce que lorsqu'il réussit enfin à chasser Cecilia de son esprit, ce fut son frère qui prit sa place.

Thomas était mort, et personne ne saurait jamais ce qui s'était exactement passé ni pourquoi il avait été tué au milieu d'étrangers, en étant soupçonné de trahison.

Son ami avait reçu une balle dans le ventre. C'était une mort affreuse… une longue et douloureuse agonie.

Il allait devoir mentir à Cecilia, lui raconter quelque chose de moins horrible, inventer une mort instantanée. Une mort héroïque.

Quelle ironie ! C'était à son tour de lui mentir.

Mais il lui revenait de l'informer de la disparition de Thomas. Même s'il était en colère contre elle – à vrai dire, il ne savait plus ce qu'il éprouvait, à cet instant –, Thomas avait été son ami le plus proche. Même s'il n'avait jamais rencontré Cecilia Harcourt, il serait allé dans le Derbyshire uniquement pour lui remettre la chevalière de son frère.

Pour le moment, il ne se sentait pas de force à la revoir. Il ne voulait rien voir d'autre que le fond d'un autre verre de cognac. Ou de vin. Ou même d'eau, du moment qu'on le laissait seul.

Il se dirigea donc vers la taverne *Fraunces*, où il risquait beaucoup moins de croiser une connaissance qu'à *La Tête du diable*. Le matin, l'endroit était calme. Un homme pouvait s'y installer, dos à la salle, et avec un peu de chance, il n'aurait pas à prononcer un mot des heures durant.

Un seul regard suffit au cabaretier pour qu'il juge bon de lui apporter une boisson. Edward ignorait ce que c'était. Le remède était fait maison, peut-être illégal, et assurément fort.

Edward en commanda un autre verre.

Et il resta assis dans ce recoin obscur toute la matinée. De temps à autre, quelqu'un remplaçait son verre. Une serveuse finit par déposer une tranche de pain croustillant devant lui, sans doute pour éponger l'alcool. Il en mangea un morceau, qui tomba dans son estomac comme un caillou.

Il retourna à sa boisson.

Cependant, malgré ses efforts, il ne parvenait pas à s'enivrer jusqu'à sombrer dans l'inconscience. Ni même jusqu'au simple oubli. Il avait pourtant longuement fermé les yeux en pensant que le noir finirait par l'engloutir, ou au moins le gris. Thomas serait toujours mort, Cecilia serait toujours une menteuse, mais au moins, il ne penserait plus à l'un ni à l'autre.

Malheureusement, cela ne marchait pas.

C'est alors qu'elle arriva.

Il n'eut même pas besoin de lever les yeux pour savoir que c'était elle lorsque la porte s'ouvrit et qu'un rai de soleil traversa la salle.

Il eut conscience que c'était le pire jour de sa vie, et que cela n'allait pas s'améliorer.

Lorsqu'il pivota sur sa chaise, elle se tenait devant la porte, suffisamment près d'une fenêtre pour que la lumière tamisée du soleil dessine comme un halo autour de sa tête.

Il était normal qu'elle lui apparaisse sous la figure d'un ange.

N'avait-il pas cru qu'elle était *son* ange ?

Elle ne bougea pas pendant quelques secondes. Il aurait dû se lever, mais il préféra s'en abstenir car il doutait de conserver son équilibre.

Ou, s'il y parvenait, de résister à l'envie de la rejoindre et de la prendre dans ses bras.

Il le regretterait. Plus tard dans la journée, lorsqu'il aurait les idées plus claires.

Elle fit un pas hésitant, puis un autre. Il vit ses lèvres former son prénom, mais il n'entendit rien. Parce qu'elle n'avait émis aucun son ? Ou parce qu'il se refusait à l'entendre ? Il ne le saurait jamais. En revanche il lut dans ses yeux qu'elle savait que quelque chose n'allait pas.

Il plongea la main dans sa poche.

— Que s'est-il passé ?

Elle était tout près, à présent, et il n'avait d'autre choix que de l'entendre.

Il sortit la chevalière, la posa sur la table.

Tout d'abord, elle ne parut pas comprendre de quoi il s'agissait. Puis, d'une main tremblante, elle s'empara de la bague, qu'elle examina avec attention.

— Non, souffla-t-elle.

Edward garda le silence.

— Non, cela ne peut pas être la sienne ! Ce n'est pas un modèle rare. Cette chevalière pourrait appartenir à n'importe qui.

Elle la reposa sur la table comme si elle lui brûlait les doigts.

— Elle n'est pas à lui. Dis-moi que ce n'est pas la sienne !

— Je suis désolé, murmura Edward.

Cecilia continuait de secouer la tête.

— Non ! répéta-t-elle, et cette fois, on eût dit un animal blessé.

— C'est la sienne, Cecilia.

Il ne fit pas un geste pour la réconforter. Il aurait dû, pourtant. Et il l'aurait fait s'il ne s'était pas senti comme mort à l'intérieur.

— Où l'as-tu eue ?

— C'est le colonel Stubbs qui me l'a remise, répondit-il, puis il hésita sur ce qu'il devait dire ensuite – ou pas. Il m'a demandé de te présenter ses excuses, ajouta-t-il. Et ses condoléances.

Elle garda les yeux fixés sur la bague. Puis les posa abruptement sur Edward.

— Pourquoi me présenterait-il des excuses ?

Il était logique qu'elle pose la question. Son intelligence était un des traits qu'il aimait le plus en elle. Il aurait dû se douter qu'elle relèverait immédiatement ce qu'il y avait d'incongru dans sa déclaration.

— Il souhaitait s'excuser de ne pas te l'avoir dit plus tôt, répondit-il après s'être raclé la gorge. Cela lui était impossible. Thomas était impliqué dans une affaire très importante. Très... secrète.

Cecilia agrippa le dossier de la chaise la plus proche puis, renonçant à paraître forte, elle s'assit.

— Ainsi, durant tout ce temps, il savait ?

Edward hocha la tête.

— C'est arrivé en mars.

Elle eut une espèce de hoquet étranglé.

— Il est resté assis à côté de moi, articula-t-elle d'une voix hachée qui trahissait sa stupéfaction. À l'hôpital, alors que tu étais encore inconscient, il a passé plusieurs heures avec moi. Comment a-t-il pu agir ainsi ? Il savait que j'étais à la recherche de Thomas. Il savait...

Elle porta la main à sa bouche.

— Comment a-t-il pu se montrer aussi cruel ?

Son regard se fit soudain aigu, et ses iris pâles prirent un éclat métallique.

— Tu le savais toi aussi ?

— Non, affirma Edward en soutenant son regard. Comment aurais-je pu le savoir ?

— Bien sûr, murmura-t-elle. Je suis désolée.

Elle demeura immobile, comme figée dans un chagrin qui la laissait encore déconcertée. De temps à autre, ses paupières battaient plus rapidement, ou ses lèvres frémissaient, comme si elle allait parler.

Finalement, il n'y tint plus.

— Cecilia ? murmura-t-il.

Elle leva lentement la tête, le front barré d'un pli.

— A-t-il eu des obsèques ? De vraies obsèques ?

— Oui. Le colonel Stubbs y a veillé en personne.

— Je peux me rendre sur...

— Non, la coupa Edward d'un ton ferme. Thomas a été enterré à Dobbs Ferry. Sais-tu où c'est ?

Comme elle opinait, il poursuivit :

— Alors tu sais que c'est très dangereux d'aller là-bas. Même pour moi, sauf si l'ordre vient de mon commandement.

Elle opina de nouveau, avec moins de conviction cependant.

— Cecilia...

Bonté divine, il n'osait même pas imaginer de se lancer à sa poursuite en territoire ennemi. La région de Westchester était une espèce de no man's land. C'était la raison pour laquelle il avait été tellement surpris que le colonel Stubbs s'y rende seul pour rencontrer Thomas.

— Promets-moi, gronda-t-il, les doigts crispés sur le bord de la table. Promets-moi de ne pas y aller.

Elle le regarda d'un air presque stupéfait.

— Bien sûr que non. Je ne suis pas une...

Elle pinça les lèvres, puis :

— Ce n'est pas le genre de chose que je ferais.

Edward se contenta d'un hochement de tête.

— Je suppose qu'il n'y a pas de pierre tombale, reprit-elle après quelques instants. Comment pourrait-il y en avoir une ?

La question était rhétorique. Mais sa voix trahissait un tel chagrin qu'il répondit :

— Le colonel Stubbs m'a dit qu'il avait érigé un cairn.

C'était un mensonge. Toutefois, savoir que la tombe de son frère était marquée, ne serait-ce que par quelques pierres empilées, la réconforterait un peu.

Edward saisit son verre vide, puis le fit tourner entre ses doigts. Il restait quelques gouttes au fond, et il les suivit des yeux tandis qu'elles roulaient de-ci, de-là, empruntant toujours le même chemin. Jusqu'à quel point devrait-il incliner le verre pour imposer un nouveau tracé ? Et pourrait-il faire de même avec sa vie ? Lui suffirait-il de forcer les choses pour en changer l'issue ? Qu'arriverait-il s'il mettait toute son existence sens dessus dessous ?

De cette agitation intérieure, rien ne se reflétait sur son visage, il le savait. Il avait conscience de la rigidité de ses traits, de l'absence visible d'émotion. Il ne pouvait en être autrement. La moindre fissure, et Dieu seul savait quel jaillissement incontrôlable se produirait.

— Tu devrais prendre la bague, dit-il.

Cecilia hocha la tête et s'exécuta. Elle battit des paupières pour chasser ses larmes lorsqu'elle la regarda de nouveau. Les Harcourt n'avaient pas d'armoiries, du moins à la connaissance d'Edward. Aussi un simple « H » élégamment contourné était-il gravé sur la partie plate de la chevalière.

Quand Cecilia inclina l'anneau pour voir l'intérieur, Edward se redressa. Il n'avait pas pensé à rechercher une inscription. Peut-être n'était-ce pas la bague de Thomas. Peut-être que le colonel Stubbs avait menti et que...

Un sanglot désespéré s'échappa de la gorge de Cecilia – un son si brusque, si rauque, qu'elle-même parut presque surprise de l'avoir émis. La main refermée sur la bague, elle s'effondra en pleurs, le front sur son bras replié.

Ce fut plus fort que lui, il se pencha pour lui prendre la main.

Quoi qu'elle eût fait, quelle qu'en fût la raison, il ne pouvait lui demander de comptes à cet instant.

— Je le savais... hoqueta-t-elle. Je savais qu'il était probablement mort. Mais ma tête et mon cœur... Ils n'étaient pas au même endroit.

Elle fixa sur lui son regard lumineux, le visage ruisselant de larmes.

— Tu comprends ce que je veux dire ?

Edward ne fut capable que d'acquiescer. Il doutait que sa tête et son cœur à lui se retrouvent un jour à la même place.

Il s'empara de la chevalière, curieux de lire l'inscription. Il l'inclina vers la lumière.

THOMAS HORATIO

— Tous les hommes de ma famille ont la même chevalière, expliqua Cecilia. Leurs prénoms sont gravés à l'intérieur.

— Horatio, murmura Edward. J'ignorais cela.

— Le grand-père de mon père s'appelait Horace.

Elle paraissait plus calme, à présent. C'était souvent le bénéfice d'une conversation ordinaire.

— Mais ma mère détestait ce prénom. Et maintenant...

Elle eut un rire étranglé, puis s'essuya le visage du dos de la main. Edward lui aurait proposé un mouchoir s'il en avait eu un. Mais il était parti précipitamment ce matin tant il avait hâte de lui offrir ces friandises.

— Mon cousin s'appelle Horace, poursuivit-elle, et ce fut tout juste si elle ne leva pas les yeux au ciel. Celui qui voulait m'épouser.

Edward s'aperçut qu'il faisait rouler la chevalière entre ses doigts. Il la reposa sur la table.

— Je le hais ! dit-elle avec une force qui incita Edward à la regarder.

Ses yeux étincelaient. Il n'aurait pas imaginé que des prunelles aussi pâles puissent renvoyer une telle chaleur, puis il se rappela qu'un brasier présentait, lui aussi, des teintes froides.

— Je le hais tellement, poursuivit-elle. S'il n'avait pas été là, je ne serais pas...

Elle s'interrompit, puis renifla. Manifestement, elle s'était laissé emporter.

— Tu ne serais pas quoi ? demanda doucement Edward.

Un silence, puis elle finit par répondre :

— Je ne serais probablement pas venue ici.

— Et tu ne m'aurais pas épousé.

Il croisa son regard. Si elle voulait soulager sa conscience, c'était le moment ou jamais. À l'en croire, elle n'avait pas joué de rôle dans leur mariage par procuration avant d'être sur le bateau.

— Si tu n'étais pas venue à New York, insista Edward, quand m'aurais-tu épousé ?

— Je ne sais pas, admit-elle.

— Alors, c'était peut-être une bonne chose.

Entendait-elle ce que lui-même entendait dans sa propre voix, un peu trop basse, un peu trop douce ?

Il la mettait à l'épreuve. Il était incapable de s'en empêcher.

Elle se contenta de lui jeter un curieux regard.

— Si le cousin Horace ne t'avait pas harcelée, reprit-il, nous ne serions pas mariés. Encore que je suppose que...

Il laissa délibérément les mots en suspens, attendant qu'elle l'invite à poursuivre.

— Tu supposes… ?

— Je suppose que moi, j'aurais pensé que nous étions mariés. Après tout, j'avais rempli ma part du contrat plusieurs mois auparavant. Maintenant que j'y songe, durant tout ce temps, j'aurais pu être célibataire et l'ignorer.

Il releva brièvement les yeux. Qu'elle dise quelque chose !

Mais elle demeura silencieuse.

Edward attrapa son verre et, la tête rejetée en arrière, avala les dernières gouttes.

— Que va-t-il se passer, maintenant ? souffla-t-elle.

— Je ne sais pas, répondit-il avec un haussement d'épaules.

— Avait-il des affaires ? En dehors de la chevalière ?

Edward songea à ce dernier jour, avant leur départ pour le Connecticut. Thomas et lui ignorant combien de temps durerait leur absence, le colonel avait pris des dispositions pour conserver leurs effets personnels.

— Je demanderai au colonel Stubbs qu'il te les fasse porter.

— Merci.

— Il avait un portrait miniature de toi, lâcha-t-il.

— Pardon ?

— Une miniature. Il l'avait toujours avec lui. Enfin, non, il ne l'emportait pas partout. Toutefois, lorsque nous changions de campement, il veillait à la glisser dans ses bagages.

L'ombre d'un sourire flotta sur les lèvres tremblantes de Cecilia.

— J'en ai une de lui, moi aussi. Je ne te l'ai pas montrée ?

Edward secoua la tête.

— Oh, je suis désolée ! J'aurais dû.

Elle s'affaissa un peu, l'air triste et désemparée.

— Elles ont été peintes à la même époque. Je crois que j'avais seize ans.

— En effet, tu sembles très jeune.

L'espace d'un instant, elle parut déconcertée.

— Tu l'as vue, bien sûr. Thomas m'a dit qu'il te l'avait montrée.

— Une ou deux fois, mentit-il.

Elle n'avait pas besoin de savoir qu'il avait passé des heures à contempler son portrait en se demandant s'il était possible qu'elle soit, dans la réalité, aussi gentille et drôle que dans ses lettres.

— Je n'ai jamais considéré ce portrait comme très ressemblant, avoua-t-elle. La couleur de mes cheveux est trop vive. Et je n'ai jamais souri de cette manière.

C'était la vérité. Mais acquiescer, ç'aurait été admettre qu'il connaissait bien mieux le portrait que ce qu'impliquait son « une ou deux fois ».

Cecilia reprit la bague et la tint entre le pouce et l'index.

Elle la contempla durant ce qui parut une éternité avant de demander sans le regarder :

— Veux-tu retourner à l'auberge ?

Edward jugeant plus prudent de ne pas se retrouver en tête à tête avec elle, il répondit :

— J'ai besoin d'être un peu seul.

— Bien sûr, dit-elle un peu trop vite, avant de se lever. Moi aussi.

C'était un mensonge, et tous les deux le savaient.

— Je rentre, déclara-t-elle. Je crois que je vais m'allonger.

— Si cela ne t'ennuie pas, je reste ici.

Elle esquissa un geste vers son verre vide.

— Peut-être que tu ne devrais pas…

D'un haussement de sourcils, il la mit au défi de terminer sa phrase.

— Peu importe, murmura-t-elle.

Elle recula d'un pas, puis s'arrêta.

— Veux-tu…

Enfin ! Elle allait lui parler, lui expliquer, et tout irait bien, il ne se haïrait pas, il ne la haïrait pas et…

Il ne s'était pas rendu compte qu'il avait commencé à se lever jusqu'à ce que ses jambes heurtent la table.

— Quoi ?

— Cela n'a pas d'importance, dit-elle après avoir secoué la tête.

— Dis-moi.

Elle lui adressa un regard étrange.

— Je voulais juste te demander si tu souhaitais que j'aille te cherche quelque chose à la boulangerie. Mais finalement, je crois que je n'ai envie de voir personne pour le moment, alors… eh bien, je vais rentrer directement à l'auberge.

La boulangerie.

Edward se laissa retomber sur sa chaise et un rire dur, furieux, lui échappa.

Cecilia écarquilla les yeux.

— Je peux quand même y aller, si tu veux. Si tu as faim, je peux…

— Non, la coupa-t-il. Rentre à la maison.

— À la maison, répéta-t-elle.

Il esquissa un sourire sans joie.

— L'Abbaye de Satan.

Elle hocha la tête, et ses lèvres frémirent comme si elles hésitaient à sourire en retour.

— À la maison, dit-elle encore, avant de tourner les yeux vers la porte, puis de revenir à lui. Bien.

Elle hésita. Son regard plongea dans celui d'Edward, attendant quelque chose. Espérant quelque chose.

Il ne lui offrit rien. Il n'avait rien à lui offrir.

Alors elle s'en alla.

Et il commanda un autre verre.

17

Nous sommes enfin arrivés à New York ! Ce n'est pas trop tôt. Nous avons voyagé par bateau depuis le Rhode Island et, une fois de plus, Edward a prouvé qu'il était un marin épouvantable. Comme je le lui ai dit, ce n'est que justice car il est effroyablement bon pour tout le reste.

Ah, voilà qu'il me foudroie du regard ! J'ai la mauvaise habitude de prononcer à voix haute les mots que j'écris, et il n'apprécie pas ma description. Mais ne t'inquiète pas, il a aussi effroyablement bon caractère et est incapable de rancune.

Et il me foudroie du regard ! Il me foudroie !

J'hésite à tuer votre frère.

De Thomas Harcourt (et Edward Rokesby)
à Cecilia Harcourt

Cecilia regagna l'auberge dans un état second.

Thomas était mort.

Il était *mort*.

Elle croyait s'être préparée à cette nouvelle. À mesure que les semaines s'écoulaient, elle avait su que les chances de le retrouver vivant s'amenuisaient. Et pourtant, même maintenant, même avec, dans sa poche, la preuve que constituait sa chevalière…

Elle était anéantie.

Elle ne pouvait même pas se rendre sur sa tombe puisque, selon Edward, elle était trop loin de Manhattan, et trop près du général Washington et des troupes coloniales.

Une femme plus audacieuse irait néanmoins. Elle repousserait ses cheveux en arrière, frapperait du pied et arguerait qu'elle devait impérativement aller déposer des fleurs sur la tombe de son frère.

C'était ce que ferait Billie Bridgerton.

Cecilia ferma les yeux un instant et jura entre ses dents. Elle devait cesser de penser à cette maudite Billie Bridgerton. Cela devenait une obsession.

Et qui aurait pu le lui reprocher ? Edward parlait d'elle tout le temps.

Enfin, peut-être pas tout le temps, mais il l'avait fait au moins deux fois. Et même... Bref, suffisamment pour qu'elle ait l'impression d'en savoir plus qu'elle ne le souhaitait sur la fille aînée de lord Bridgerton. Edward n'en avait sans doute pas conscience, mais elle s'insinuait dans presque chaque histoire qu'il racontait sur sa jeunesse dans le Kent. Billie Bridgerton gérait les terres de son père ; Billie Bridgerton chassait avec les hommes ; et quand Cecilia lui avait demandé à quoi elle ressemblait, il avait répondu : « En fait, elle est plutôt jolie. Je ne m'en étais pas aperçu durant toutes ces années. Je crois même que, jusqu'à mes huit ans, je ne la considérais pas comme une fille. »

Et qu'avait-elle répondu ?

« Oh ! »

N'était-ce pas le summum de la perspicacité et de l'éloquence ?

Cela dit, elle aurait difficilement pu lui répliquer qu'après tous ses récits sur la surhumaine, la je-sais-monter-à-cheval-à-l'envers Billie Bridgerton, elle se représentait celle-ci comme une amazone gigantesque, dotée de grandes mains, d'un cou de taureau et de dents de travers.

Non pas que les dents de travers aient un rapport quelconque avec les descriptions d'Edward. Cecilia avait toutefois accepté depuis longtemps qu'une petite partie de son cœur fût mesquine et vindicative. Et, bonté divine, elle voulait imaginer Billie Bridgerton avec des dents de travers. Et un cou de taureau.

Non, Billie Bridgerton était jolie, et Billie Bridgerton était forte, et si le frère de Billie Bridgerton était mort, *elle* aurait traversé des territoires ennemis pour lui assurer une sépulture décente.

Pas Cecilia, en revanche. Si elle avait un temps possédé quelque courage, elle l'avait épuisé le jour où elle avait embarqué sur le *Lady Miranda* et regardé les côtes de l'Angleterre disparaître à l'horizon. Et s'il était une chose qu'elle avait apprise ces derniers mois, c'était qu'elle n'était pas le genre de femme à s'aventurer dans une région étrangère à moins que la vie de quelqu'un ne fût dans la balance.

Tout ce qui lui restait à faire, à présent, c'était… de rentrer chez elle.

Elle n'avait pas sa place à New York. Cela, au moins, elle le savait. Et elle n'avait pas non plus sa place auprès d'Edward. Le seul lien qui pourrait les attacher vraiment l'un à l'autre, ce serait…

Elle s'immobilisa et posa la main sur son ventre.

Il se pouvait qu'elle attendît un enfant. C'était peu probable, mais pas totalement exclu.

Soudain, cela lui parut réel. Même si elle savait qu'elle n'était sans doute pas enceinte, son cœur semblait reconnaître cette nouvelle personne – une réplique miraculeuse d'Edward, et peut-être d'elle-même ; toutefois, dans son imagination, le bébé était le portrait craché d'Edward, avec un duvet de cheveux noirs et des yeux d'un bleu à rendre le ciel jaloux.

— Mademoiselle ?

Cecilia releva la tête, vaguement étourdie, et s'aperçut qu'elle s'était arrêtée au milieu de la rue. Une femme d'âge mûr, coiffée d'un bonnet blanc amidonné, la contemplait avec un mélange de gentillesse et d'inquiétude.

— Vous ne vous sentez pas bien, mademoiselle ?

Cecilia regagna le côté de la rue et secoua la tête.

Elle avait l'esprit embrumé et peinait à distinguer les traits de la bonne Samaritaine.

— Je viens juste... d'apprendre une mauvaise nouvelle, murmura-t-elle.

La femme fixa sa main, toujours sur son ventre. Une main dépourvue d'alliance. Lorsqu'elle croisa de nouveau le regard de Cecilia, le sien était empli d'un affreux mélange de désapprobation et de pitié.

— Je dois m'en aller, dit Cecilia d'un ton brusque.

Ce fut presque en courant qu'elle regagna l'auberge, puis gravit l'escalier jusqu'à sa chambre. Elle se jeta sur le lit et cette fois, quand elle pleura, à son chagrin se mêlèrent à parts égales des larmes de colère et d'impuissance.

Cette femme l'avait crue enceinte. Célibataire et enceinte. Il lui avait suffi de regarder son annulaire nu pour porter un jugement. Il devait y avoir là une espèce d'ironie : Edward n'avait-il pas voulu lui offrir une alliance ? Pour un mariage qui n'existait pas ?

Cecilia se mit à rire. Malgré elle, encore en larmes, vautrée sur son lit, elle rit. Et ce fut un son horrible.

Si elle était enceinte, du moins le père du bébé savait qu'ils étaient mariés. Tout le monde le savait.

À l'exception de cette femme dans la rue. En une seconde, Cecilia était passée de demoiselle digne de sympathie à fille perdue bientôt reléguée dans les marges de la société.

Sans doute était-ce interpréter grandement l'expression d'une inconnue, mais elle savait comment fonctionnait le monde. Si elle était enceinte, sa vie serait ruinée. Elle ne serait jamais acceptée dans la bonne société. Et si certaines de ses amies insistaient pour la voir, ce serait clandestinement afin de ne pas risquer d'entacher leur propre réputation.

Quelques années plus tôt, à Matlock, une jeune fille était tombée enceinte. Elle s'appelait Verity Markham, et Cecilia ne la connaissait guère que de nom. Personne ne savait qui était le père, mais on ne s'en soucia pas. Dès que la nouvelle de son état fut connue, le père de Cecilia lui interdit de l'approcher. Cecilia avait été d'autant plus déconcertée par son intransigeance qu'il ne prêtait jamais attention aux commérages. Ce cas-là constituait apparemment une exception.

Elle n'avait pas désobéi à son ordre, ni même songé à le contester. À présent, elle s'interrogeait : si Verity avait été une amie, ou même seulement un peu plus qu'une simple connaissance, aurait-elle eu le courage de braver l'interdiction de son père ? Elle voulait croire que oui. En son for intérieur, cependant, elle savait qu'il aurait fallu que Verity soit une amie très chère pour qu'elle s'y risque. Elle n'était pourtant pas dépourvue de bonté. Mais elle n'aurait tout simplement pas songé à agir autrement.

Elle avait toujours pensé que si la bonne société édictait des règles, celles-ci devaient être justifiées. Ou peut-être serait-il plus juste de dire qu'elle ne s'était jamais vraiment interrogée sur le bien-fondé de ces règles. Elle se contentait de les suivre.

Néanmoins, confrontée à l'éventualité de devenir cette fille perdue…

Elle regrettait de ne pas s'être montrée plus gentille. Elle aurait pu se rendre chez Verity Markham et lui montrer son amitié au vu et au su de tous. Cela faisait longtemps, maintenant, que la jeune fille avait quitté le village. Ses parents racontaient qu'elle vivait chez sa grand-tante, en Cornouailles, mais pas un habitant de Matlock n'y croyait. Cecilia ignorait où elle était allée, et si on lui avait permis de garder son enfant.

Un sanglot la secoua, si soudain et si violent qu'elle dut plaquer le poing contre sa bouche pour le contenir. Peut-être aurait-elle été capable de supporter cette situation si elle avait été la seule à en être affectée. Mais il y aurait un enfant. *Son* enfant. Elle ignorait ce que c'était qu'être mère. Elle savait à peine ce que c'était que d'en avoir une. Il y avait cependant une chose dont elle était certaine : elle éviterait à son enfant d'être condamné à l'illégitimité si c'était en son pouvoir.

Elle avait déjà tant volé à Edward – depuis sa confiance jusqu'à son nom... le priver en plus de son enfant serait une ultime cruauté. Elle pressentait qu'il ferait un bon, et même un excellent père.

S'il y avait un enfant... il devait être prévenu.

Cecilia se promit que si elle était enceinte, elle resterait. Elle raconterait tout à Edward et, pour le bien de leur enfant, elle affronterait les conséquences de ses aveux.

En revanche, si elle n'était pas enceinte – ce qu'elle devrait savoir d'ici une semaine –, elle partirait. Edward méritait de retrouver sa vie, celle qu'il avait prévue et pas celle qu'elle lui avait imposée.

Elle lui dirait la vérité, quoique par écrit. Et si cela faisait d'elle une lâche, tant pis. Elle doutait que Billie Bridgerton elle-même fût assez brave pour confesser de tels faits de vive voix.

Cela lui prit plusieurs heures, mais Edward finit par se ressaisir suffisamment pour retourner à *La Tête du diable*.

Pour retourner auprès de Cecilia, qui n'était pas sa femme.

Il avait cessé de boire depuis longtemps, aussi était-il sobre ou presque. Il avait eu largement le temps de se persuader qu'il ne devait pas penser à elle aujourd'hui. Aujourd'hui, c'était Thomas qui comptait, et lui seul. Si sa vie devait voler en éclats en un seul jour, il était bien décidé à affronter un désastre à la fois.

Il ne ruminerait pas sur ce que Cecilia avait fait ou dit, et il était hors de question qu'il gaspille son énergie à s'interroger sur ce qu'elle n'avait *pas* dit. Il ne voulait pas y penser. D'ailleurs, il n'y pensait pas !

Sauf qu'il avait envie de hurler, de la saisir par les épaules et de la secouer, puis de la supplier de lui dire pourquoi. Il voulait se débarrasser d'elle pour toujours, et se l'attacher pour l'éternité. Il voulait ne pas penser à cela aujourd'hui.

Aujourd'hui, il pleurerait son ami, et il aiderait celle qui n'était pas sa femme à pleurer son frère. Parce qu'il était ce genre d'homme.

Une fois devant la chambre numéro 12, il prit une profonde inspiration et referma les doigts sur la poignée de la porte.

Il ne parviendrait peut-être pas à offrir à Cecilia le réconfort dont elle avait besoin, mais au moins, il pouvait lui faire don de quelques jours avant de la confronter à ses mensonges. Lui-même n'avait jamais perdu quelqu'un d'aussi proche. Si Thomas était un ami très cher, ils n'étaient pas frères, et il avait bien conscience que son chagrin ne pouvait se comparer à celui de Cecilia. Il pouvait imaginer le sien, cependant. S'il arrivait quelque chose à Andrew ou à Mary, ou même à George ou à Nicholas, dont il était beaucoup moins proche... il serait anéanti.

De toute façon, il lui fallait réfléchir. Cecilia resterait là pour le moment, car rien de bon ne pouvait résulter de décisions inconsidérées.

Quand il ouvrit la porte, la lumière qui éclaboussa le couloir sombre lui fit cligner des yeux. Comme chaque fois, songea-t-il, avant de maudire sa stupidité. Chaque fois qu'il ouvrait cette fichue porte, il était surpris par l'éclat des rayons du soleil.

— Tu es rentré, dit Cecilia.

Elle était assise sur le lit, adossée à un oreiller, les jambes étendues devant elle. Elle portait toujours sa robe bleue, ce qui était sans doute logique puisqu'il n'était pas encore l'heure de dîner.

Il devrait quitter la chambre lorsque le moment serait venu pour elle d'enfiler son austère chemise de nuit de coton blanc. Elle préférerait sûrement avoir un peu d'intimité pour se déshabiller.

Puisqu'elle n'était pas vraiment sa femme.

Il n'y avait pas eu de mariage par procuration ; il n'avait pas signé de papiers ; Cecilia était la sœur de son meilleur ami, rien de plus.

Mais qu'avait-elle donc à gagner en prétendant être son épouse ? Cela n'avait aucun sens. Elle n'avait pas pu prévoir qu'il perdrait la mémoire. Si elle pouvait déclarer qu'elle était mariée à un homme inconscient, elle avait bien dû se dire que lorsqu'il se réveillerait, son mensonge serait découvert.

À moins qu'elle n'ait parié sur le fait qu'il ne se réveillerait pas. S'il était mort alors que tout le monde pensait qu'ils étaient mariés...

Il y avait pire que d'être la femme d'un Rokesby.

Ses parents lui auraient ouvert les bras lorsqu'elle serait retournée en Angleterre. Ils connaissaient l'amitié qui liait leur fils à Thomas. Bon sang, ils l'avaient rencontré, et même invité à fêter Noël chez eux. Ils n'auraient eu aucune raison de douter de la parole de Cecilia lorsqu'elle se serait présentée en prétendant avoir épousé leur fils.

Mais tout cela dénotait un esprit calculateur qui ne ressemblait pas à Cecilia.

Était-ce si certain ?

Après avoir refermé la porte, Edward lui adressa un bref signe de tête, puis alla s'asseoir dans leur unique fauteuil pour retirer ses bottes.

— Tu as besoin d'aide ? lui demanda-t-elle.

— Non.

Il baissa aussitôt les yeux pour ne pas la voir avaler sa salive. C'était ce qu'elle faisait lorsqu'elle hésitait à dire quelque chose. Il adorait la regarder, admirer la ligne délicate de son cou, la courbe gracieuse de son épaule. Elle pressait alors les lèvres l'une contre l'autre, non pas comme pour un baiser mais presque, au point qu'il avait toujours envie de se pencher pour que le baiser advienne.

— Je...

Au son de sa voix, il releva vivement la tête.

— Quoi ?

Un silence, puis :

— Peu importe.

Il n'insista pas.

Il se leva, alla déposer ses bottes à côté de sa malle dans un silence pesant, conscient que Cecilia suivait chacun de ses gestes du regard. D'ordinaire, il bavardait avec elle, lui posait des questions sur son après-midi ou, s'ils avaient passé la journée ensemble, il commentait ce qu'ils avaient vu et fait. À son tour, elle lui racontait des choses qui l'avaient amusée et il riait, et, lorsqu'il se retournait pour suspendre sa tunique dans l'armoire, il s'interrogeait sur cet étrange picotement qui lui parcourait tout le corps.

Mais il ne s'interrogeait pas longtemps, car la réponse était évidente.

Il s'agissait de bonheur. D'amour.

Dieu merci, il ne le lui avait jamais dit.

— Je...

De nouveau, elle s'interrompit.

— Qu'y a-t-il, Cecilia ?

Elle battit des paupières à plusieurs reprises. Il s'était exprimé d'un ton qui, sans être méchant, ne manquait pas de sécheresse.

— Je ne sais pas quoi faire de la chevalière de Thomas, murmura-t-elle.

Ah, c'était donc cela ! Il haussa les épaules.

— Tu pourrais la mettre sur une chaîne et la porter au cou.

— Sans doute, murmura-t-elle en lissant la couverture élimée du plat de la main.

— Tu pourrais la conserver pour tes enfants.

« Tes » enfants, avait-il dit involontairement, pas « nos » enfants.

L'avait-elle remarqué ? Sans doute pas, car son visage ne changea pas. Il était toujours pâle, et son expression hagarde, ce qui n'avait rien de surprenant chez une femme qui venait d'apprendre la mort de son frère bien-aimé.

Quels qu'aient été ses mensonges, ceux-ci n'incluaient pas son attachement à Thomas. De cela, Edward était certain.

Il eut soudain l'impression d'être absolument dépourvu de cœur. Elle pleurait son frère, que diable ! Elle souffrait.

Il aurait voulu la haïr. Cela viendrait peut-être. Plus tard. Pour l'heure, il pouvait au moins essayer d'adoucir sa douleur.

Laissant échapper un soupir, il s'approcha du lit et s'assit près d'elle.

— Je suis désolé, dit-il en glissant le bras autour de ses épaules.

Elle ne se laissa pas aller tout de suite. Son corps était tendu – le chagrin, probablement, et la perplexité. Il n'endossait pas le rôle du mari aimant, alors qu'il l'avait été jusqu'à son entretien avec le colonel Stubbs, ce matin.

Il s'efforça de ne pas penser à ce qui aurait pu se passer si la nouvelle de la mort de Thomas ne s'était pas accompagnée de la révélation de la trahison de Cecilia.

Qu'aurait-il fait ? Comment aurait-il réagi ?

Il aurait mis sa propre souffrance de côté afin de la réconforter et de la soutenir. Il l'aurait tenue dans ses bras jusqu'à ce que ses larmes se tarissent et qu'elle s'endorme, puis il aurait effleuré son front d'un baiser avant de rabattre la couverture sur elle.

— Comment puis-je t'aider ? demanda-t-il d'un ton bourru.

Articuler ces quelques mots lui avait demandé un immense effort sur lui-même, alors que c'étaient les seuls qu'il se savait capable de prononcer.

— Je ne sais pas.

Sa voix était étouffée car elle avait enfoui le visage au creux de l'épaule d'Edward.

— Est-ce que tu peux simplement… rester ici ? Assis près de moi ?

Il hocha la tête. Oui, il pouvait faire cela, même si son cœur saignait.

Ils restèrent ainsi de longues heures. Edward fit monter un plateau pour le dîner, mais aucun d'eux n'y toucha. Il sortit de la chambre le temps qu'elle se prépare pour la nuit, et elle se tourna face au mur lorsque ce fut son tour.

C'était comme si leur unique nuit de passion n'avait jamais eu lieu.

L'intensité brûlante, l'émerveillement... tout avait disparu.

Quel imbécile il avait été. Quel fichu imbécile !

18

Cette lettre est pour vous deux. Je suis tellement heureuse que vous soyez là l'un pour l'autre ! La vie est plus douce lorsqu'on peut partager ses soucis.

De Cecilia Harcourt à Thomas Harcourt et Edward Rokesby

Comme d'habitude, Edward se réveilla le premier. Et plus que jamais, il s'en félicita.

À en juger par la faible lueur qui filtrait autour des rideaux, le jour venait de se lever. New York se réveillait elle aussi, mais les bruits du quotidien étaient encore assourdis et intermittents. Une charrette passa en grinçant, un coq chanta, des voix résonnèrent.

Aucun de ces sons n'était cependant suffisant pour tirer du sommeil une dormeuse telle que Cecilia.

Pendant la plus grande partie de sa vie, Edward avait profité de sa relative solitude matinale pour se lever et attaquer la journée. La quantité de travail que l'on pouvait abattre lorsque les gens ne se bousculaient pas autour de vous ne laissait pas de l'étonner.

Plus récemment ou, pour être exact, depuis que Cecilia était entrée dans sa vie, il se surprenait à profiter de la tranquillité du petit matin pour s'abandonner à ses pensées. Aidé en cela par le confort et par la chaleur du lit.

Et par la présence de Cecilia.

Elle se rapprochait de lui durant la nuit, et il aimait prendre quelques minutes pour savourer la chaleur de son corps, avant de se glisser doucement hors du lit. Quelquefois, c'était son bras qu'elle avait jeté en travers de son torse, d'autres fois, son pied se retrouvait niché sous son mollet.

Mais il quittait toujours le lit avant son réveil. Il ne savait pas vraiment pourquoi. Peut-être parce qu'il n'était pas prêt à lui laisser voir combien il adorait cette proximité. Ou alors, il ne voulait pas reconnaître qu'il trouvait une paix profonde dans ces instants volés.

Et puis il y avait eu hier, quand il s'était précipité hors du lit pour aller lui acheter des friandises à la boulangerie.

Quel succès !

Cette nuit, toutefois, c'était lui qui s'était rapproché d'elle. De son bras passé autour de son buste, il la maintenait encore contre lui, si près qu'il sentait son souffle sur sa peau.

Et il lui caressait les cheveux.

Dès qu'il s'en aperçut, il cessa. Mais il fut incapable de retirer sa main. S'il restait parfaitement immobile, il pouvait presque imaginer que la journée de la veille n'avait pas eu lieu. S'il n'ouvrait pas les yeux, il pouvait prétendre que Thomas était vivant. Et que son mariage était une réalité. La place de Cecilia était entre ses bras. S'il la faisait rouler sur le matelas et cherchait la consolation dans son corps, ce serait plus qu'un droit, ce serait une bénédiction et un sacrement.

Au lieu de cela, il était l'homme qui avait déshonoré une jeune fille.

Et elle était la femme qui l'y avait poussé.

Il aurait voulu la haïr. Parfois, il pensait y parvenir. La plupart du temps, il n'en était pas sûr.

Cecilia commença à s'agiter.

— Edward ? marmonna-t-elle. Tu es réveillé ?

S'il faisait mine de dormir, serait-ce un mensonge ? À coup sûr. Toutefois, vu l'étendue de ses mensonges à elle, le sien serait vraiment insignifiant.

Ce ne fut pas par une décision consciente qu'il feignit de dormir. Mais lorsque son souffle lui frôla l'oreille, le ressentiment qui naquit en lui l'incita à ne pas répondre.

Il s'y refusait, tout simplement.

Lorsque, surprise, elle émit un son étouffé puis se redressa, il commença à éprouver une étrange sensation de pouvoir. Cecilia le croyait endormi.

Elle croyait quelque chose qui n'était pas vrai.

C'était ce qu'elle avait fait avec lui, à une autre échelle, certes. En lui dissimulant la vérité, elle s'était attribué tout le pouvoir.

Peut-être se sentait-il vindicatif. Peut-être se sentait-il lésé. Il n'y avait rien de particulièrement noble dans sa réaction, mais il ne lui déplaisait pas de lui rendre la monnaie de sa pièce.

— Que vais-je faire ? murmura-t-elle.

Elle bascula sur le côté, lui tournant le dos, sans pour autant s'éloigner.

Et il la désirait toujours.

Que se passerait-il s'il ne lui disait pas qu'il avait recouvré la mémoire ? À un moment ou à un autre il lui faudrait s'y résoudre ; toutefois, rien ne l'obligeait à le faire immédiatement. D'autant que la plupart de ses souvenirs n'avaient rien à voir avec Cecilia. Il y avait eu le voyage jusqu'au Connecticut, à cheval, sous une pluie froide et désolante. Et cet instant terrifiant où un fermier du nom de McClellan l'avait surpris à rôder sur le rivage de Norwalk. Edward avait saisi son arme mais, lorsque deux autres hommes étaient sortis de l'ombre – les fils de McClellan, avait-il appris ultérieurement –, il avait pris conscience de la futilité d'une quelconque résistance. Sous la menace d'un pistolet et d'une fourche, il avait été conduit dans une grange, où on l'avait attaché, et détenu pendant des semaines.

C'est là qu'il avait trouvé le chat – celui dont il avait parlé à Cecilia. Cette petite bête hirsute avait été son unique compagnon. Le pauvre avait été contraint d'écouter l'histoire complète de sa vie. Et à de multiples reprises.

Mais sans doute appréciait-il son éloquence car il l'avait remercié avec d'innombrables souris et oiseaux morts. Edward s'était efforcé d'accueillir ces dons dans l'esprit avec lequel ils étaient faits. Il attendait donc toujours que le chat ait tourné le dos avant d'envoyer les cadavres vers la porte de la grange d'un coup de pied.

Que le fermier marche sur cinq ou six rongeurs déchiquetés ne laissait pas de le distraire. En effet, pour un homme qui travaillait toute la journée avec des animaux, il se révélait étrangement impressionnable, et ses cris inarticulés chaque fois qu'il écrasait les os minuscules sous ses bottes constituaient l'une des rares sources d'amusement d'Edward.

Mais McClellan ne prenait pas la peine de lui rendre visite très souvent. Du reste, Edward n'avait jamais vraiment compris ce qu'il comptait faire de lui. Demander une rançon, probablement. Le fermier et ses fils ne semblaient pas particulièrement dévoués à la cause de Washington. Et ils n'étaient certainement pas loyalistes.

La guerre pouvait rendre les hommes vénaux, surtout ceux qui étaient déjà cupides.

Finalement, ce fut la femme de McClellan qui le laissa partir. Non pas qu'il eût usé de son charme, encore qu'il s'était appliqué à se montrer courtois et poli avec les femmes de la famille. Il se trouvait juste qu'elle en avait assez de partager leur nourriture avec lui. Elle avait mis neuf enfants au monde, avait-elle expliqué, et pas un ne s'était soucié de mourir en bas âge. Cela faisait trop de bouches à nourrir.

Comme elle était occupée à dénouer ses liens, Edward s'était abstenu de faire remarquer que très peu de nourriture lui était parvenue durant sa détention.

— Attendez qu'il fasse nuit avant de partir, lui avait-elle recommandé. Et allez vers l'est. Les garçons seront tous en ville.

Elle ne lui avait pas précisé pourquoi, et Edward n'avait pas posé de questions. Il avait suivi son conseil et s'était dirigé vers l'est, même si c'était à l'exact opposé de là où il devait aller. Se déplaçant à pied, de nuit, il lui avait fallu une semaine pour gagner Williamsburg après avoir franchi le détroit de Long Island. Et puis...

Que s'était-il vraiment passé à Williamsburg ? Ses souvenirs demeuraient confus. Il avait troqué sa veste contre le passage de la rivière auprès d'un pêcheur. Il était monté dans le bateau...

L'homme avait dû l'assommer. Edward s'interrogeait toujours sur ses raisons. Il n'avait rien de précieux sur lui...

Sans doute devait-il se féliciter d'avoir été laissé sur la rive de Kip's Bay. Le pêcheur aurait tout aussi bien pu le faire passer par-dessus bord, lui offrant la rivière pour linceul. Personne n'aurait jamais su ce qui lui était arrivé.

Combien de temps sa famille aurait-elle attendu avant qu'on ne le déclare mort ?

Edward s'en voulut de se montrer aussi morbide. Il était vivant. Il devait s'estimer heureux.

D'ailleurs, il s'y emploierait. Quoique sans doute pas ce matin.

— Edward ?

Flûte ! Il ouvrit les yeux.

— Bonjour, dit Cecilia.

Il y avait une pointe de circonspection dans sa voix. Ce n'était pas de la timidité – du moins il ne le pensait pas. Sans doute était-il normal qu'elle éprouve de la gêne maintenant qu'ils avaient eu des relations charnelles. Cette gêne aurait dû se manifester la veille, mais il était parti avant qu'elle ne se réveille.

— Tu dormais encore, continua-t-elle avant d'esquisser un sourire. Tu ne te réveilles jamais après moi d'habitude.

— J'étais fatigué.

— J'imagine, murmura-t-elle.

Elle tourna les yeux vers la fenêtre, puis soupira :

— Il faudrait que je me lève.

— Pourquoi ?

Elle cilla.

— J'ai des choses à faire.

— Vraiment ?

— Je... je dois... Je ne peux pas...

Mais qu'avait-elle d'autre à faire à part rechercher Thomas ? C'était pour cette seule raison qu'elle était venue à New York.

Edward attendit. Et son cœur se serra à la vue de son visage crispé tandis qu'elle se rendait compte que tout ce qui l'avait occupée jusqu'à présent, toutes les démarches qu'elle avait effectuées, n'avaient qu'un seul but : retrouver son frère.

Et ce but n'existait plus.

Il ne voulait toutefois pas oublier que Cecilia avait aussi passé beaucoup de temps à veiller sur lui. Quoi qu'il pût lui reprocher, elle l'avait soigné avec constance, à la fois à l'hôpital et ici.

Il lui devait probablement la vie.

Il avait beau le vouloir, il était incapable de la haïr.

Cecilia fronça les sourcils.

— Ça va ?

— Pourquoi cette question ?

— Je ne sais pas. Tu avais une curieuse expression.

« Rien d'étonnant », songea-t-il.

Lorsqu'il devint évident qu'il s'abstiendrait de tout commentaire, Cecilia poussa un nouveau soupir.

— Je devrais néanmoins me lever. Même si je n'ai rien à faire.

Rien ? Alors qu'ils étaient au lit ? Il y avait des tas de choses à faire dans un lit.

— Je peux te tenir occupée, murmura-t-il.

— Pardon ?

Sans lui laisser le temps d'ajouter un mot, il se pencha et l'embrassa.

Sans réfléchir. À vrai dire, s'il avait pris le temps de réfléchir, il se serait certainement adjuré de s'en abstenir. C'était la porte ouverte à la folie, alors qu'il voulait croire qu'à défaut d'autre chose, il possédait encore un reste de raison.

Il l'embrassa parce qu'à cet instant, son instinct l'exigeait. Quelque chose de primitif en lui le poussait à considérer encore Cecilia comme sa femme, et lui soufflait qu'il avait le droit de faire ce qu'il était en train de faire.

Ne lui avait-elle pas dit qu'ils étaient mariés ? Qu'il avait prononcé les paroles rituelles ?

Edward avait assisté à suffisamment de mariages pour connaître par cœur les formules solennelles. Il savait ce qu'il aurait dit.

« Avec mon corps, je t'adore. »

À cet instant, dire qu'il voulait l'adorer était un euphémisme.

Il referma la main sur sa nuque pour l'attirer, puis la maintenir contre lui.

Mais elle ne lui opposa aucune résistance. Au contraire, elle l'enlaça et lui rendit son baiser.

Elle savait qu'ils n'étaient pas mariés, songea Edward avec colère, et pourtant, elle répondait à son désir avec une ferveur identique à la sienne. Ses lèvres étaient avides, et elle laissait échapper de petits gémissements en s'arquant contre lui.

Le feu qui couvait en lui se déchaîna. Il roula sur elle, sa bouche descendit jusqu'au col de cette affreuse chemise de nuit.

Il aurait voulu la déchirer avec ses dents.

— Edward !

Il ne pensait qu'à une chose : Cecilia était à lui. Elle l'avait dit, alors pourquoi refuserait-il de la croire ?

Il la voulait en son pouvoir, sous sa domination.

Il retroussa sa chemise de nuit et poussa un grognement de satisfaction lorsqu'elle écarta spontanément les cuisses. Peut-être se comportait-il comme une brute, mais quand il referma la bouche sur la pointe de son sein à travers le coton de sa chemise de nuit, Cecilia lui agrippa les épaules avec assez de force pour y laisser des marques. Et ces petits gémissements qu'elle laissait échapper…

C'étaient les implorations d'une femme qui en réclamait davantage.

— S'il te plaît, supplia-t-elle.

— Que veux-tu ? demanda-t-il avec un sourire diabolique.

Elle le regarda d'un air perdu.

— Tu le sais.

Il secoua la tête.

— Tu dois le dire.

Il pressa son érection contre elle.

— Dis-le, exigea-t-il.

La rougeur qui envahit ses joues n'était pas uniquement due à la passion.

— Je te veux, s'écria-t-elle. Tu le sais. Tu le sais très bien.

— Dans ce cas, tu vas m'avoir.

Il la débarrassa de sa chemise de nuit et elle se retrouva nue dans la lumière matinale. L'espace d'un instant, il oublia tout. Sa rage... son avidité... tout disparut devant tant de beauté. Il n'était plus capable que de la contempler. Elle était si parfaite.

— Tu es si belle, chuchota-t-il.

Ses baisers se firent plus doux – toujours désespérés, mais dépourvus de la colère qui le consumait. Il savoura le goût imperceptiblement salé de sa peau lorsqu'il posa les lèvres sur son épaule, puis sur sa gorge.

Il la voulait tout entière. Il voulait se perdre en elle. Il voulait l'emmener aux confins du plaisir, puis la faire basculer au-delà.

Il voulait lui faire oublier jusqu'à son nom.

Il frôla de la paume la pointe de son sein, enchanté de la voir durcir de désir, mais il ne s'arrêta pas là. Il fit pleuvoir des baisers sur son torse, son ventre, la douce saillie de sa hanche.

— Edward ?

Il ignora son interrogation implicite. Il savait ce qu'il faisait, et que cela allait lui plaire.

Il mourrait s'il ne la goûtait pas.

Elle prononça de nouveau son prénom, cette fois dans un hoquet affolé.

— Que fais-tu ?

— Chuut, murmura-t-il en l'invitant à ouvrir davantage les jambes.

Elle se tortilla pour se rapprocher de son visage, comme si son corps savait ce qu'il voulait alors que son esprit s'y refusait.

— Tu ne peux pas me regarder à cet endroit, balbutia-t-elle.

Il déposa un baiser juste sous son nombril, pour le simple plaisir de la choquer.

— Tu es belle, répéta-t-il.

— Pas là !

— Je ne suis pas d'accord.

Du bout des doigts, il frôla la douce toison, s'approcha du cœur de sa féminité, qu'il dévoila. Puis il souffla délicatement sur la peau tendre.

Elle poussa un petit cri haletant.

— Cela te plaît ? demanda-t-il en traçant un cercle léger du bout du doigt.

— Je... je ne sais pas.

— Laisse-moi essayer autre chose, puis tu décideras.

— Je ne... Ooooh...

Edward sourit, sa bouche tout contre sa peau, à l'endroit où il venait de la lécher.

— Cela te plaît ? demanda-t-il de nouveau.

— Oui.

Il la lécha de nouveau, avec plus d'insistance cette fois, se délectant de la façon dont elle ondulait du bassin.

— Il faut que tu te tiennes tranquille si tu veux faire cela correctement, s'amusa-t-il à la tourmenter.

— Je ne peux pas !

— Mais si, tu peux.

Il la saisit aux hanches pour l'immobiliser. Puis il l'embrassa comme il embrassait sa bouche, durement, profondément. Il but à la source de sa jouissance, et s'enorgueillit des frissons et des tressaillements de son corps. Elle était ivre de désir.

Ivre de lui. Et il adorait cela.

— Est-ce que tu le veux ? murmura-t-il en relevant la tête pour voir son visage.

Et, aussi, pour la torturer un peu.

— Oui, dit-elle dans un râle. Oui ! Ne t'arrête pas...

Les doigts d'Edward remplacèrent sa bouche tandis qu'il continuait de la provoquer.

— Tu en veux combien ?

Elle ne répondit pas, mais c'était inutile. Son expression perplexe parlait pour elle.

— Combien, Cecilia ?

Il l'embrassa de nouveau, quoique brièvement, juste un effleurement de la langue.

— Beaucoup !

Ce fut quasiment un cri. Satisfait, Edward recommença à l'adorer avec sa bouche jusqu'à ce que, au paroxysme de la jouissance, elle l'enserre de ses jambes tout en arquant le dos.

Elle le retint ainsi jusqu'au bout, et il savoura chaque instant. Lorsque son corps finit par s'amollir, il se hissa au-dessus d'elle, appuyé sur les coudes, et la contempla. Elle avait les yeux fermés.

— Tu as froid ? murmura-t-il lorsqu'elle frissonna.

Elle acquiesça imperceptiblement et il couvrit son corps luisant de sueur du sien.

Elle rejeta la tête en arrière, comme si son poids lui offrait un plaisir ultime avant l'anéantissement. Il embrassa la fine colonne de son cou jusqu'au creux de sa gorge. Elle avait le goût du désir.

De son désir à elle, mais aussi du sien.

Il glissa la main entre eux pour déboutonner son sous-vêtement. Quelques secondes plus tard, il se lovait entre ses cuisses chaudes.

Il attendit un instant, puis entra en elle d'un seul et profond coup de reins.

Et il oublia tout. Plus rien n'existait hormis cet instant, ce lit. Il commença à bouger, mû par l'instinct. Cecilia épousa aussitôt son rythme et le plaisir grandit, si aigu, si violent qu'il en était presque douloureux. Jusqu'au moment où elle tressaillit et s'écria, affolée :

— Attends !

Edward s'écarta brusquement.

— Je t'ai fait mal ? s'inquiéta-t-il.

— Non, mais... il faut arrêter. Je... je ne peux pas prendre le risque d'être enceinte.

Il la regarda fixement, s'efforçant de comprendre.

— Tu te souviens ? ajouta-t-elle, l'air malheureuse. Nous en avons parlé.

Oui, il se souvenait. Mais il s'agissait alors de tout autre chose. Elle avait expliqué qu'elle ne voulait pas être enceinte lors du voyage de retour en Angleterre. Et qu'elle ne voulait pas avoir un bébé à New York.

Ce qu'elle avait voulu dire, en vérité, c'était qu'il était impossible qu'elle ait un enfant parce qu'elle n'était pas mariée.

Un instant, Edward songea à passer outre sa supplication. Il pouvait rester en elle et tenter de créer une vie nouvelle.

Voilà qui rendrait ce mariage réel.

C'est alors qu'elle murmura :

— Je t'en prie.

Il se retira. Cela allait à l'encontre de ce que réclamait son corps, et pourtant il s'exécuta. Après avoir basculé sur le dos, loin d'elle, il appliqua toute son énergie à tâcher simplement de se souvenir comment respirer.

Elle posa la main sur son épaule.

— Edward ?

Il la repoussa.

— Laisse-moi... laisse-moi un instant.

— Oui, bien sûr.

Elle s'écarta et il comprit, aux secousses du matelas, qu'elle descendait du lit.

— Y a-t-il… y a-t-il quelque chose que je puisse faire ? demanda-t-elle. Pour… pour aider ?

Elle regarda son sexe encore impitoyablement érigé.

— Edward ? reprit-elle comme il demeurait silencieux.

Il était abasourdi de réussir à l'entendre par-dessus les battements affolés de son propre cœur.

— Je suis désolée.

— Ne t'excuse pas !

Il ne voulait pas entendre ce genre de chose. Il roula sur le côté et prit une profonde inspiration. Dire qu'il avait été sur le point de se répandre en elle, et à présent…

Il lâcha un juron.

— Je devrais peut-être m'en aller, dit-elle en hâte.

— Ce serait probablement une bonne idée.

Son ton n'avait rien d'aimable, mais il était incapable de faire mieux. Il pourrait se soulager lui-même, même s'il était à peu près certain que cela heurterait la pudeur de Cecilia.

Et pourquoi diable se souciait-il encore de sa pudeur ?

Toutefois, quand après s'être habillée elle quitta la chambre, son érection avait perdu de sa vigueur, et il ne jugea pas indispensable d'aller jusqu'au bout.

En toute honnêteté, il aurait trouvé cela pathétique.

Il se redressa, s'assit au bord du lit, les coudes sur les genoux, le menton dans les mains. Toute sa vie, il avait su ce qu'il devait faire. Il ne se jugeait pas parfait, loin de là. Mais le chemin entre le bien et le mal avait toujours été clairement défini.

Il faisait passer son pays avant sa famille, et sa famille avant sa propre personne.

Et à quoi cela l'avait-il mené ? À être amoureux d'un mirage. Marié avec un fantôme.

Non, pas marié. Il devait se mettre cela dans la tête. Il n'était pas marié à Cecilia Harcourt. Ce qui venait d'arriver...

Cecilia avait raison sur un point. Cela ne devait pas se reproduire, du moins tant qu'ils ne seraient pas réellement mariés.

Car il allait l'épouser. Il le devait. Même si, en vérité, il ne souhaitait pas particulièrement explorer le recoin de son cœur qui le voulait. C'était ce même recoin qui avait été si désespérément heureux d'être marié avec elle.

Ce petit coin de son cœur... était crédule, et bien trop confiant. Edward se méfiait de son jugement, d'autant qu'une autre petite voix lui soufflait d'attendre, de prendre son temps.

Que Cecilia se morfonde quelques jours.

Un grondement d'impuissance lui déchira la gorge. Il avait connu des heures plus glorieuses.

Se résignant à se lever, il s'approcha de l'armoire pour y prendre ses vêtements. À la différence de Cecilia, il avait des choses à faire aujourd'hui.

Pour commencer, il devait aller voir le colonel Stubbs. Il ne pensait pas avoir beaucoup de renseignements utiles à lui communiquer sur les ports maritimes du Connecticut, mais le soldat qu'il était considérait de son devoir d'aller au rapport. Il fallait en outre qu'il explique au colonel la raison de sa longue disparition. Être emprisonné dans une grange avec un chat pour toute compagnie n'avait rien de particulièrement héroïque, mais on était loin de la trahison.

Il devait aussi s'occuper des effets de Thomas. Sa malle avait été rangée avec la sienne lorsqu'ils étaient partis pour le Connecticut. Maintenant qu'il était déclaré mort officiellement, ses affaires devaient être remises à Cecilia.

Son estomac gronda, lui rappelant qu'il n'avait rien mangé depuis presque vingt-quatre heures. Cecilia avait sans doute commandé le petit déjeuner. Avec un peu de chance, ce dernier l'attendait dans la salle à manger.

Se nourrir d'abord, puis aller voir le colonel Stubbs. Donner un semblant de structure à sa journée avait quelque chose de rassurant. Il se sentait un peu plus lui-même lorsqu'il savait ce qu'il avait à faire.

19

Les premiers signes du printemps apparaissent enfin et j'en suis heureuse. Donne, s'il te plaît, l'un de ces crocus au capitaine Rokesby. J'espère que je les ai pressés correctement. J'ai pensé que vous aimeriez l'un et l'autre recevoir un petit souvenir d'Angleterre.

De Cecilia Harcourt à son frère Thomas

Plus tard, ce matin-là, Cecilia fit un tour jusqu'au port. Durant le petit déjeuner, Edward lui avait dit qu'il avait rendez-vous avec le colonel Stubbs, et qu'il ignorait combien de temps cela prendrait. Elle en était donc réduite à sa propre compagnie, peut-être pour la journée entière. Elle était remontée dans leur chambre afin d'achever la lecture du livre de poèmes commencé la semaine précédente. Mais au bout de quelques minutes, elle s'était aperçue qu'elle avait besoin de prendre l'air.

La chambre lui paraissait si exiguë qu'elle avait l'impression de suffoquer. Et chaque fois qu'elle essayait de fixer les mots imprimés sur la page, ses yeux s'emplissaient de larmes.

Sa sensibilité était à vif, pour d'innombrables raisons.

Une promenade s'imposait, décida-t-elle. L'air frais lui ferait du bien, et elle serait moins susceptible de fondre en larmes à chaque instant en présence de témoins.

L'objectif du jour : ne pas pleurer en public.

Il ne semblait pas impossible à atteindre.

Le temps était très plaisant, pas trop chaud, avec une légère brise marine. Un parfum de sel et d'algues flottait dans l'air, ce qui était une agréable surprise car le plus souvent, le vent transportait la puanteur des bateaux-prisons amarrés au large des côtes.

Cecilia vivait à New York depuis suffisamment de temps pour connaître un peu le fonctionnement du port. Des bateaux arrivaient presque quotidiennement, mais ils ne transportaient presque jamais de voyageurs civils. La plupart étaient des vaisseaux marchands chargés d'approvisionner l'armée britannique. Rares étaient les navires équipés pour accueillir des passagers payants, comme celui sur lequel elle avait embarqué à Liverpool. Si le *Lady Miranda* transportait essentiellement des vivres et de l'armement pour les soldats stationnés à New York, il pouvait en outre accueillir quatorze passagers. Inutile de dire que Cecilia avait eu largement le temps de lier connaissance avec la plupart d'entre eux au cours des cinq semaines qu'avait duré la traversée. Ils avaient peu de choses en commun, sinon qu'ils effectuaient un voyage dangereux, sur un océan imprévisible, pour se rendre dans un pays en guerre.

En d'autres termes, ils étaient tous fous à lier.

Elle faillit sourire. Elle n'arrivait pas à croire qu'elle avait pris l'initiative de cette traversée. Certes, elle y avait été poussée par le désespoir et n'avait guère eu d'alternative, cependant…

Elle était fière d'elle. Pour cela, en tout cas.

Ce jour-là, plusieurs navires mouillaient dans le port, et parmi eux le *Rhiannon*, dont elle avait entendu dire qu'il appartenait à la même flotte que le *Lady Miranda*. Il venait de Cork, en Irlande. La femme de l'un des officiers qui dînaient à *La Tête du diable* était arrivée à New York sur le *Rhiannon*. Cecilia ne l'avait pas rencontrée personnellement, mais son arrivée en ville avait été largement commentée. Vu l'animation qui régnait toujours dans la salle à manger lors du dîner, il était impossible de ne pas en entendre parler.

Elle se dirigea vers les quais en se laissant guider par le haut mât du *Rhiannon*. Depuis combien de temps était-il à New York ? À peine une semaine, si elle ne se trompait pas, ce qui signifiait qu'il resterait probablement à quai encore quelques jours avant de reprendre la mer. Il fallait décharger les soutes, puis embarquer une nouvelle cargaison. Sans parler des marins, qui méritaient de passer un peu de temps sur la terre ferme après ce long voyage.

Lorsque Cecilia atteignit le port, le monde parut s'ouvrir devant elle telle une fleur au printemps. Sans arbres ni bâtiments pour lui faire obstacle, le soleil se déversait à flots. Et même si les quais n'ouvraient pas directement sur l'Océan, la présence de l'eau donnait une impression d'infini. Brooklyn ne semblait pas très éloigné, et Cecilia connaissait la rapidité avec laquelle un bateau pouvait traverser la baie et rejoindre la pleine mer.

Le tableau était plaisant, même s'il était beaucoup trop différent des paysages de chez elle pour se graver de manière permanente dans son cœur. Elle aimait surtout lorsque les vagues se coiffaient d'écume, puis frappaient la jetée avec une impatience sans cesse renouvelée.

Ici, l'Océan était gris. Au loin, en revanche, il s'assombrissait jusqu'à devenir d'un bleu insondable. Parfois, lorsque la mer était agitée, il virait au vert.

Encore une chose qu'elle aurait ignorée si elle ne s'était pas aventurée hors de son Derbyshire natal. En toute sincérité, elle était heureuse d'être venue ici. Elle repartirait avec le cœur brisé, et pour plus d'une raison, cependant elle ne regrettait rien. Elle était devenue meilleure… Non, plus forte.

Si elle avait été meilleure, elle n'aurait pas menti aussi longtemps.

Sa venue avait néanmoins été une bonne chose. Pour elle-même, mais peut-être aussi pour Edward. Sa fièvre avait dangereusement monté deux jours avant qu'il ne se réveille. Elle était restée à ses côtés toute une nuit, renouvelant sans répit les linges destinés à le rafraîchir. Elle ne saurait jamais si elle lui avait bel et bien sauvé la vie, mais si tel était le cas, alors tout cela en avait valu la peine.

Il fallait qu'elle s'accroche à cette idée, parce qu'elle lui tiendrait compagnie durant le reste de sa vie.

Elle s'aperçut soudain qu'elle songeait déjà à son départ. Elle ne savait pas encore si elle était enceinte, mais cela étant peu probable, il lui fallait commencer à préparer son voyage.

D'où sa venue sur le port. Elle n'avait pas eu vraiment conscience que ses pas l'y menaient. À présent, cependant, alors qu'elle regardait deux dockers charger des caisses dans la cale du *Rhiannon*, il lui apparut évident qu'elle était ici pour se renseigner.

Quant à ce qu'elle ferait une fois rentrée chez elle... Elle aurait tout loisir d'y réfléchir dans sa cabine.

Elle interpella l'homme qui surveillait le chargement de la cargaison.

— Monsieur, s'il vous plaît ! Quand partez-vous ?

Il haussa ses sourcils broussailleux.

— Vous voulez dire le *Rhiannon* ?

— Oui. Vous retournez en Grande-Bretagne ?

Cecilia savait que nombre de navires faisaient un détour par les Antilles, mais c'était le plus souvent dans l'autre sens, lorsqu'ils se dirigeaient vers l'Amérique du Nord.

— En Irlande. À Cork. Nous partirons vendredi soir si le temps se maintient.

— Vendredi, murmura-t-elle. Vous prenez des passagers ?

— Oui, répondit-il. Vous cherchez une cabine ?

— C'est possible.

— C'est possible ? répéta-t-il, amusé. Vous devriez le savoir à l'heure qu'il est, non ?

Cecilia ne daigna pas lui répondre. Elle le fixa froidement jusqu'à ce qu'il désigne un homme, un peu plus loin.

— Demandez à Timmins. Il saura si nous avons de la place.

Après l'avoir remercié, Cecilia longea le quai. En vérité, deux hommes se tenaient près de la proue du navire. L'un avait les mains sur les hanches tandis que l'autre désignait l'ancre. Cecilia s'approcha d'eux.

— Je vous demande pardon, messieurs. L'un de vous est-il M. Timmins ?

Celui qui pointait le doigt vers l'ancre souleva son chapeau.

— C'est moi, madame. En quoi puis-je vous aider ?

— Le monsieur là-bas m'a dit que vous auriez peut-être de la place pour un passager supplémentaire.

— Homme ou femme ?

— Femme. Moi, précisa-t-elle.

Il hocha la tête. Sa physionomie plaisait à Cecilia. Il avait un regard honnête.

— Il nous reste de la place pour une femme, mais dans une cabine double.

— Bien sûr.

De toute manière, elle doutait d'avoir les moyens de s'offrir une cabine simple. Avant qu'Edward ne se réveille, ses finances étaient déjà au plus bas ; elle avait économisé sur ses repas, si bien qu'elle n'avait jamais eu aussi faim de sa vie.

— Puis-je connaître le prix, monsieur ?

Quand il le lui annonça, son cœur tomba comme une pierre dans sa poitrine. Une fois et demie plus cher qu'à l'aller ! C'était plus que ce qu'elle avait économisé. Elle ignorait pourquoi il était plus coûteux de naviguer vers l'est que vers l'ouest. Peut-être parce que les armateurs tiraient profit de la situation, tout simplement. Les habitants de New York étant fidèles à la Couronne, ils étaient plus nombreux à souhaiter quitter le pays qu'à vouloir y entrer.

Peu importait, du reste, puisqu'elle n'avait pas assez d'argent.

— Vous voulez réserver votre traversée ? s'enquit M. Timmins.

— Euh, non... Pas tout de suite.

Peut-être sur le prochain bateau. Si elle grappillait un peu d'argent chaque fois qu'Edward lui en donnait pour faire des courses...

Elle soupira. Elle était déjà une menteuse. Elle pouvait tout aussi bien être une voleuse.

La malle de Thomas était lourde, aussi Edward s'arrangea-t-il pour la faire transporter en charrette jusqu'à *La Tête du diable*. Il savait qu'il trouverait là-bas de nombreux volontaires pour l'aider à la monter à l'étage.

Lorsqu'il pénétra dans leur chambre, Cecilia n'était pas là. Il n'en fut pas vraiment surpris. Elle ne lui avait certes pas dit qu'elle comptait sortir, mais il la voyait mal se terrant dans la chambre toute la journée. Il fut néanmoins déçu de se retrouver en tête à tête avec la malle de son frère. Après tout, c'était pour elle qu'il était allé la chercher. Il avait anticipé un retour plus ou moins héroïque, avec le lourd coffre en guise de trophée.

Assis sur le lit, il fixa d'un regard morose la maudite malle qui occupait la moitié de l'espace encore disponible.

Il avait déjà vu ce qu'elle contenait. Dans son bureau, le colonel Stubbs l'avait ouverte avant même que la pensée ne vienne à Edward qu'ils violaient l'intimité de Thomas.

— Il faut nous assurer que tout y est, avait déclaré Stubbs. Savez-vous ce qu'il conservait là-dedans ?

— Plus ou moins, prétendit Edward, qui connaissait le contenu de la malle de Thomas bien plus qu'il n'aurait dû.

Il avait fouillé dedans à de trop nombreuses occasions pour y chercher des lettres de Cecilia qu'il souhaitait relire.

Quelquefois, il ne les relisait même pas ; il se contentait de contempler son écriture.

Seigneur, quel imbécile il était ! Pire qu'un imbécile, même.

Car lorsque Stubbs souleva le couvercle de la malle et lui demanda d'en inspecter le contenu, la première chose qu'il vit, ce fut la miniature de Cecilia. Celle-là même qui, il le savait à présent, ne lui ressemblait pas.

Le colonel était retourné à son bureau, et quand Edward avait relevé la tête et s'était aperçu qu'il était plongé dans les documents étalés devant lui, il avait glissé la miniature dans sa poche.

Elle s'y trouvait toujours lorsque Cecilia revint. Dans la tunique d'Edward, suspendue avec soin dans l'armoire.

Ainsi, il était désormais non seulement un imbécile, mais aussi un voleur. Ce qui ne l'incita pas pour autant à regretter son geste.

— Tu as rapporté la malle de Thomas ! s'exclama Cecilia en pénétrant dans la chambre.

Le vent avait malmené sa chevelure, et Edward demeura un instant fasciné par une petite boucle toute tire-bouchonnée qui retombait sur sa joue.

Quelle jolie façon de défier la gravité !

Et quelle réflexion saugrenue et inepte !

Il se leva et s'éclaircit la voix.

— Le colonel Stubbs a réussi à la faire venir rapidement.

Cecilia s'approcha de la malle d'un pas curieusement hésitant. Elle tendit la main, puis suspendit son geste.

— Tu as regardé dedans ? s'enquit-elle.

— Oui. Le colonel Stubbs m'a demandé de m'assurer que tout était en ordre.

— Et ça l'était ?

Que répondre ? Si tout avait été en ordre, ce n'était plus le cas puisque la miniature se trouvait désormais dans la poche de sa tunique.

— Pour autant que je puisse en juger, oui, finit-il par dire.

Elle semblait à la fois nerveuse et nostalgique.

Il aurait voulu la prendre dans ses bras. Il faillit le faire, du reste, car il s'avança d'un pas avant de s'immobiliser.

Il ne pouvait oublier ce qu'elle avait fait. Ou plutôt, il ne pouvait s'autoriser à l'oublier. Ce qui n'était pas la même chose.

Pourtant, quand il la vit debout devant la malle de son frère disparu, le visage empreint d'une tristesse infinie, il lui prit la main.

— Tu devrais l'ouvrir, lui conseilla-t-il. Je pense que cela t'aiderait.

Après avoir hoché la tête, elle libéra sa main afin de soulever le couvercle.

— Ses vêtements, murmura-t-elle en effleurant la chemise blanche soigneusement pliée sur le dessus. Que dois-je en faire ?

Edward l'ignorait.

— Ils ne t'iront pas, continua-t-elle. Tu as les épaules plus larges. Et puis, les tiens sont de meilleure qualité.

— Je suis certain que nous trouverons quelqu'un qui en aurait l'usage, assura-t-il.

— Oui. C'est une bonne idée. Cela lui plairait.

Puis, laissant échapper un petit rire, elle secoua la tête.

— Mon Dieu, qu'est-ce que je raconte ? Cela lui aurait été égal.

Comme Edward la dévisageait, surpris, elle expliqua :

— J'aime mon... J'aimais mon frère, se reprit-elle, mais il n'accordait guère de pensées aux plus pauvres. Il n'avait rien contre eux, ajouta-t-elle en hâte. Je crois juste qu'il n'y pensait pas.

Edward hocha la tête, faute de savoir quoi répondre. Il était probablement coupable du même péché d'indifférence, comme la plupart des hommes.

— Moi, en revanche, je me sentirai mieux si je sais que ses chemises sont utiles à quelqu'un, déclara Cecilia.

— Cela lui plairait, répéta Edward. De te rendre heureuse, s'empressa-t-il de préciser.

Elle plissa les lèvres – l'ironie y était, à défaut d'un vrai sourire –, puis elle reporta son attention sur la malle.

— Je suppose qu'il faudra aussi trouver quelqu'un à qui donner son uniforme.

Elle fit courir sa main sur la tunique de Thomas. Ses doigts fins paraissaient très pâles sur le lainage rouge.

— Quand j'étais à l'hôpital avec toi, il y avait d'autres soldats, continua-t-elle d'un air songeur. Je... J'aidais, quelquefois. Pas autant que j'aurais dû, certainement, mais je ne voulais pas te laisser sans surveillance.

Alors qu'Edward s'apprêtait à la remercier, elle redressa les épaules et enchaîna :

— J'ai vu leurs uniformes. Certains d'entre eux étaient irrécupérables. Alors quelqu'un aura sûrement l'usage de celui-ci.

Son ton était imperceptiblement interrogateur, aussi Edward opina-t-il. On attendait des soldats qu'ils arborent des uniformes impeccables, ce qui n'était pas une mince affaire vu le temps qu'ils passaient à arpenter la campagne boueuse.

Et à se faire tirer dessus.

Si une balle laissait un trou difficile à repriser, le pire, c'étaient les blessures par baïonnette, aussi bien pour la chair que pour l'étoffe. Mais Edward s'attachait surtout à l'étoffe, car c'était la seule façon de ne pas devenir fou.

C'était généreux de la part de Cecilia de donner l'uniforme de Thomas à un soldat nécessiteux. La plupart des familles tenaient à conserver ce symbole tangible d'héroïsme et d'accomplissement du devoir.

Edward recula. Il avait soudain besoin de mettre un peu d'espace entre eux. Il ne la comprenait pas. Et il s'en voulait de ne pas réussir à rester en colère. Un jour seulement s'était écoulé. Un peu plus de vingt-quatre heures depuis que la mémoire lui était revenue dans un déferlement de couleurs, de lumières, de mots et de lieux, dont aucun n'avait le moindre rapport avec Cecilia Harcourt.

Elle n'était pas sa femme, et il aurait dû être furieux – à bon droit.

Mais les questions qui le taraudaient, il ne pouvait pas les poser maintenant. Pas alors qu'elle sortait les effets de son frère avec des gestes aimants, et qu'elle détournait le visage pour s'essuyer furtivement les yeux.

Après avoir mis la tunique de Thomas de côté, elle fouilla de nouveau dans la malle.

— Tu crois qu'il a gardé mes lettres ?

— Oui, il les a gardées.

— Ah, c'est vrai, tu as déjà vérifié le contenu de la malle, dit-elle après lui avoir jeté un bref coup d'œil.

Ce n'était pas pour cette raison qu'il était au courant, mais elle n'avait pas besoin de le savoir.

Adossé à l'une des colonnes du lit, Edward l'observa tandis qu'elle poursuivait l'inventaire des possessions de Thomas. Elle finit par s'agenouiller pour être plus à l'aise, et arbora un sourire qu'Edward pensait ne plus jamais revoir.

Ou peut-être n'avait-il jamais pensé qu'il mourait à ce point d'envie de le revoir.

Il était toujours amoureux d'elle. Envers et contre tout.

Il soupira, et elle tourna les yeux vers lui.

— Quelque chose ne va pas ?

Oui !

— Non.

Mais elle avait reporté son attention sur la malle avant qu'il ait répondu. Si elle l'avait regardé, aurait-elle lu la vérité dans son regard ?

Il faillit soupirer de nouveau.

Comme elle émettait un curieux marmonnement, il ne put s'empêcher de se pencher et de demander :

— Qu'y a-t-il ?

Les sourcils froncés, elle fourrageait entre les chemises et les pantalons.

— Je ne trouve pas la miniature.

Edward ouvrit la bouche, mais ne put se résoudre à parler.

Il la voulait, cette maudite miniature ! On pouvait le traiter de tyran, de voleur, il n'empêche qu'il la voulait pour lui.

— Thomas l'avait peut-être emportée dans le Connecticut, hasarda Cecilia. Ce serait réconfortant, d'une certaine manière.

— Il pensait toujours à toi, assura Edward.

Elle leva les yeux.

— C'est gentil de dire cela.

— C'est la vérité. Il parlait si souvent de toi que j'avais l'impression de te connaître.

Le regard de Cecilia se fit plus chaleureux – et tout à la fois plus lointain.

— C'est drôle, murmura-t-elle, je ressentais la même chose à ton sujet.

N'était-ce pas le moment de lui avouer qu'il avait recouvré la mémoire ? Ç'aurait été agir convenablement. Tout ce qui faisait de lui un gentleman le lui soufflait.

— Oh ! s'exclama-t-elle alors, en se redressant brusquement. J'ai failli oublier... Je ne t'ai jamais montré ma miniature de Thomas, n'est-ce pas ?

Edward n'eut pas besoin de répondre. Déjà, elle fouillait dans son seul et unique sac de voyage. Il était grand, certes, ce qui n'empêchait pas Edward de s'étonner que Cecilia ait fait la longue traversée jusqu'à New York avec si peu d'effets.

— La voilà, dit-elle en sortant un petit camée, qu'elle contempla avec un sourire mélancolique avant de le lui apporter. Qu'en penses-tu ?

— C'est le même artiste, répondit-il sans réfléchir.

Elle eut un tressaillement de surprise.

— Tu te souviens si bien de l'autre ?

— Thomas aimait la montrer.

Ce n'était pas faux. Thomas prenait effectivement plaisir à montrer la miniature de Cecilia à ses amis.

Mais ce n'était pas la raison pour laquelle Edward se la rappelait si bien.

Le regard de Cecilia s'illumina.

— C'est vrai ? C'est très... Je ne sais pas ce que c'est. Gentil, je suppose. Je suis contente de savoir que je lui manquais.

Edward hocha la tête, mais elle ne le regardait plus. Elle s'était remise à sa tâche et examinait avec soin le reste des affaires de son frère. Il se sentit mal à l'aise, en proie à la désagréable impression d'être un spectateur malvenu.

— Qu'est-ce que c'est que cela ? marmonna-t-elle.

De nouveau, il se pencha. Elle avait sorti une petite bourse, qu'elle lui montra.

— Tu crois qu'il conservait de l'argent dans sa malle ?

— Je n'en ai aucune idée. Ouvre-la et tu verras.

Elle s'exécuta. Plusieurs pièces d'or tombèrent dans sa paume.

— Oh, mon Dieu ! s'écria-t-elle, stupéfaite.

La somme n'était pas énorme, du moins aux yeux d'Edward. Il savait toutefois que Cecilia était presque à bout de ressources lorsqu'elle le soignait à l'hôpital. Elle avait bien tenté de le lui dissimuler, mais elle n'était pas douée pour le mensonge – du moins le croyait-il à l'époque. Elle avait laissé échapper certains détails – le fait qu'elle ne prenait qu'un repas par jour, par exemple. Quant à l'endroit où elle avait loué une chambre, il valait à peine mieux que la rue pour dormir. Il frémit à la pensée de ce qu'elle serait devenue si elle ne l'avait pas trouvé.

Peut-être s'étaient-ils sauvés l'un l'autre.

Cecilia gardait le silence, les yeux toujours rivés sur les pièces d'or comme s'il s'agissait de quelque chose de mystérieux. De déconcertant.

— C'est à toi, lui dit-il, croyant qu'elle hésitait sur ce qu'elle devait en faire.

Elle hocha la tête d'un air absent.

— Mets-les avec le reste de ton argent, suggéra-t-il.

Il savait qu'elle en possédait un peu, soigneusement rangé dans son porte-monnaie. À deux reprises, il l'avait surprise en train de le compter, et chaque fois, elle lui avait jeté un regard gêné.

— Oui, bien sûr, murmura-t-elle.

Elle se releva, alla ouvrir l'armoire et prit son sac. Sans doute en sortit-elle son porte-monnaie, mais comme elle lui tournait le dos, il ne voyait pas ce qu'elle faisait.

— Ça va ? demanda-t-il.

— Oui, répondit-elle un peu trop vite. C'est juste que…

Elle se retourna à demi.

— Je ne pensais pas que Thomas aurait de l'argent dans sa malle. Cela veut dire que j'ai…

Elle ne termina pas sa phrase.

— Cela veut dire que tu as quoi ? insista Edward.

Elle battit des paupières, puis déclara :

— Rien. J'ai juste plus d'argent que je ne le pensais.

Cela tombait sous le sens.

— Je crois…

Elle s'interrompit de nouveau et regarda la malle. Quelques chemises étaient empilées sur le sol, et la tunique rouge de Thomas était pliée sur l'un des côtés. Cecilia n'avait pas dérangé le reste des effets.

— Je suis fatiguée, déclara-t-elle abruptement. Cela t'ennuie si je m'allonge ?

— Bien sûr que non.

Elle eut beau détourner le visage, il surprit son expression de détresse. Elle se recroquevilla sur le lit, le dos tourné.

Il fixa ses épaules raidies par le chagrin. Il n'avait pas l'impression qu'elle pleurait, et pourtant sa respiration était irrégulière, comme si elle ne se contenait qu'au prix d'un énorme effort.

Instinctivement, il tendit la main vers elle, même s'il était trop loin pour la toucher. Puis sa main retomba, et il resta immobile, submergé par un flot de pensées tumultueuses.

À l'instant où il avait vu Cecilia, il avait eu envie de la protéger. Même lorsqu'il était si faible qu'il pouvait à peine marcher sans aide, il voulait être sa force. Et maintenant, alors qu'elle avait enfin besoin de lui, il était terrifié.

Parce que s'il s'autorisait à être fort pour elle, à la décharger de son fardeau, il serait perdu. Le fil ténu qui le retenait encore de l'aimer complètement se briserait.

Et son cœur ne s'en remettrait pas.

Il chuchota son prénom, en espérant qu'elle l'entendrait.

— Il vaut mieux que je reste seule, je crois, dit-elle sans se retourner.

— Non, répliqua-t-il d'une voix enrouée.

Il s'allongea alors derrière elle et la tint serrée contre lui.

20

Père est particulièrement irritable ces derniers temps. Il est vrai que je le suis aussi. Le mois de mars est toujours froid et humide, mais cette année, encore plus que d'habitude.

Il fait la sieste tous les après-midi. Je crois que je vais l'imiter.

De Cecilia Harcourt à son frère Thomas
(lettre jamais reçue)

Deux jours plus tard, Cecilia eut ses règles.

Elle s'y attendait dans la mesure où elles étaient toujours précédées d'une journée de léthargie, de petites crampes dans le ventre et de l'impression d'avoir mangé trop salé.

Elle avait pourtant tenté de se convaincre qu'elle avait mal interprété ces signes. Si elle se sentait fatiguée, peut-être était-ce parce qu'elle l'était effectivement. Elle ne dormait pas bien. Comment l'aurait-elle pu avec Edward à côté d'elle ?

Quant aux crampes, on avait servi de la tarte toute la semaine à l'auberge. On lui avait assuré qu'il n'y avait pas de fraises dans la garniture, mais pouvait-elle vraiment faire confiance à la jeune servante qui parvenait à peine à détacher les yeux des soldats en uniforme rutilant ? Peut-être y avait-il une fraise dans cette tarte. Un seul petit morceau suffirait à expliquer son indisposition.

Pas d'explication, en revanche, pour le sel. À moins que, vivant près de l'océan, elle n'en inhalât quotidiennement.

Et puis elle avait saigné. Et tout en rinçant son linge souillé, elle s'était efforcée d'ignorer le pincement au cœur qui avait suivi la découverte qu'elle n'attendait pas d'enfant.

Elle était soulagée. Sûrement. Un enfant, c'était imposer le mariage à Edward. Et même si elle savait qu'elle continuerait de rêver d'une maison dans le Kent et d'adorables enfants aux yeux bleus, elle se rendait compte que ce rêve avait encore moins de racines dans la réalité qu'elle ne le pensait.

Plus rien n'était pareil depuis qu'ils avaient appris la mort de Thomas. Elle n'était pas sotte, elle savait qu'ils le pleuraient tous les deux. Elle ne comprenait toutefois pas comment cela seul pouvait expliquer l'abîme qui s'était ouvert entre eux.

La vérité, c'était que tout avait semblé si facile, si évident, avec Edward. Comme si elle avait attendu toute sa vie de savoir qui elle était et qu'elle l'avait enfin compris avec lui. Curieusement, alors même que le temps passé avec lui reposait sur un mensonge, elle s'était sentie plus honnêtement elle-même en sa compagnie qu'à aucun autre moment de son existence.

Ce n'était pas le genre de chose dont on se rend compte d'emblée. Peut-être même n'en prenait-on pas conscience avant que ce soit terminé.

Car c'était terminé. Même lorsqu'il avait tenté de la réconforter, après qu'elle eut déballé les affaires de Thomas, quelque chose manquait. Elle avait été incapable de se détendre, probablement parce qu'elle savait que cela aussi, c'était un mensonge. Il la croyait bouleversée à cause de son frère, mais ce qui avait vraiment transpercé le cœur de Cecilia, c'était de savoir qu'elle avait à présent assez d'argent pour embarquer sur le *Rhiannon*.

Et voilà qu'elle découvrait qu'elle n'était pas enceinte…

Elle s'approcha de la fenêtre et appuya la hanche contre le rebord. Une brise légère rendait supportable l'humidité. Elle faisait frissonner les feuilles des arbres, lesquels n'étaient pas nombreux dans cette partie très construite de New York. Mais Cecilia aimait observer les jeux de lumière sur les feuilles.

On était vendredi, et le ciel était sans nuages. Ce qui signifiait que le *Rhiannon* partirait ce soir.

Elle devrait être à bord.

Rien ne la retenait à New York. Son frère était mort et enterré. Elle ne pouvait aller se recueillir sur sa tombe. C'était dangereux, et de toute manière, à en croire le colonel Stubbs, rien ne la rendait reconnaissable. Le nom et l'âge de Thomas n'y figuraient pas, et rien n'indiquait qu'il avait été un frère aimé ou un fils attentionné.

Elle se remémora ce jour affreux où elle avait reçu la lettre du général Garth. Qui était, en réalité, du colonel Stubbs, ce qui n'avait plus la moindre importance. Elle venait tout juste de perdre son père, et avant d'ouvrir la missive, elle avait éprouvé une peur sans nom. Elle se rappelait ce qu'elle avait pensé alors : si Thomas était mort, il ne lui resterait plus personne au monde à aimer.

Et maintenant, Thomas était mort.

Edward finirait par recouvrer la mémoire, elle en était certaine. Déjà, certains petits faits lui revenaient. Et lorsque ce moment arriverait…

Mieux valait qu'elle lui dise la vérité avant qu'il ne la découvre lui-même.

Une vie attendait Edward en Angleterre, une vie dont elle ne faisait pas partie. Il avait là-bas une famille qui l'adorait et une voisine qu'il était censé épouser. Une aristocrate comme lui. Et lorsqu'il se souviendrait d'elle – de l'inimitable Billie Bridgerton –, il se rappellerait aussi les raisons pour lesquelles leur union était aussi souhaitable.

S'écartant de la fenêtre, Cecilia alla récupérer son porte-monnaie. Si elle devait partir ce soir, elle avait beaucoup à faire, et cela avant qu'Edward ne revienne du quartier général de l'armée.

Pour commencer, il lui fallait acheter son billet pour la traversée. Puis il lui faudrait faire ses bagages, ce qui ne lui prendrait certes pas beaucoup de temps. Enfin, elle devait écrire une lettre à Edward.

Il fallait qu'il sache qu'il était libre.

Elle partirait, et il pourrait reprendre le cours de son existence, celle qu'il était censé mener et à laquelle il aspirait. Il n'en avait pas encore pris conscience, mais lorsque ce moment viendrait, elle ne voulait pas être présente. Elle ne supporterait pas de voir son visage à l'instant où il se souviendrait que sa place était auprès d'une autre.

Elle regarda l'heure sur la montre qu'Edward laissait sur la table en guise d'horloge. Elle avait encore le temps. Il était parti tôt ce matin. Une réunion avec le colonel Stubbs, avait-il dit, et qui durerait toute la journée. Elle devait néanmoins commencer ses démarches.

C'était la chose à faire, ne cessa-t-elle de se répéter en descendant l'escalier. Elle avait de l'argent, et elle n'était pas enceinte. De toute évidence, Edward et elle n'étaient pas destinés l'un à l'autre.

L'objectif du jour : croire au destin.

Mais lorsqu'elle pénétra dans la salle principale de l'auberge, une voix masculine l'interpella :

— Madame Rokesby !

Elle se retourna. Le destin avait pris les traits de l'aubergiste, semblait-il.

Il s'avança vers elle, l'air contraint, escorté d'une femme élégamment vêtue.

— Cette dame espérait voir le capitaine Rokesby, expliqua-t-il.

Cecilia pencha la tête de côté pour voir la dame en question, que la silhouette replète de l'aubergiste lui dissimulait en partie.

— Puis-je vous aider, madame ? dit-elle en esquissant une révérence polie. Je suis la femme du capitaine Rokesby.

C'était étrange de constater avec quelle facilité ce mensonge lui venait.

— Vous le pouvez, répondit la femme d'un ton sec en faisant signe à l'aubergiste de disposer.

Celui-ci obtempéra.

— Je suis Mme Tryon. La marraine du capitaine Rokesby.

À l'âge de douze ans, Cecilia avait été désignée pour jouer le rôle de Marie dans le spectacle de la Nativité donné dans l'église du village. Elle avait donc dû se tenir devant ses amis et ses voisins au grand complet, et réciter pas moins de vingt lignes d'un texte que lui avait fait religieusement répéter la femme du pasteur. Toutefois, au moment d'annoncer qu'elle n'était pas mariée et qu'elle ne comprenait pas comment elle pouvait attendre un enfant, elle était restée muette. Sa bouche était ouverte, mais rien n'en sortait en dépit des efforts de la pauvre Mme Pentwhistle pour lui souffler son texte depuis les coulisses.

Ce fut le souvenir qui traversa l'esprit de Cecilia lorsqu'elle se retrouva face à l'honorable Margaret Tryon, épouse du gouverneur royal de New York, et marraine de l'homme auquel elle feignait d'être mariée.

Sauf que la situation était bien pire.

— Madame Tryon, réussit-elle à articuler.

Elle la salua d'une nouvelle révérence, profonde cette fois.

— Vous devez être Cecilia.

— Oui. Je...

Cecilia jeta un regard éperdu autour d'elle. Elle n'était pas chez elle et n'était donc pas censée jouer les hôtesses. Elle plaqua toutefois un sourire sur son visage et demanda :

— Voulez-vous vous asseoir ?

L'expression de Mme Tryon passa du dégoût à la résignation et, d'un geste brusque, elle fit signe à Cecilia de l'accompagner jusqu'à une table à l'autre bout de la pièce.

— Je suis venue voir Edward, déclara-t-elle dès qu'elles furent assises.

— En effet, répliqua Cecilia avec circonspection. C'est ce que l'aubergiste a dit.

— Il était malade, continua Mme Tryon.

— C'est vrai. Encore qu'il s'agissait plus d'une blessure que d'une maladie.

— A-t-il recouvré la mémoire ?

— Non.

Mme Tryon étrécit les yeux.

— Vous ne tirez pas avantage de son état, n'est-ce pas ?

— Non ! s'écria Cecilia.

C'était la vérité. Ou plutôt, ça le serait sous peu. Et la pensée d'abuser de la générosité et du sens de l'honneur d'Edward lui faisait l'effet d'un tisonnier brûlant enfoncé dans le cœur.

— Mon filleul m'est très cher, reprit Mme Tryon.

— Il m'est cher à moi aussi, dit doucement Cecilia.

— Oui, j'imagine qu'il l'est.

Cecilia aurait été bien en peine d'interpréter cette remarque.

Mme Tryon commença à ôter ses gants avec une précision militaire, ne s'arrêtant que pour dire :

— Étiez-vous au courant des projets qui le liaient à une jeune femme, dans le Kent ?

Cecilia avala difficilement sa salive.

— Vous voulez parler de Mlle Bridgerton ?

Dans le regard de Mme Tryon passa brièvement une lueur d'admiration – l'honnêteté de Cecilia, peut-être.

— Oui, répondit-elle. Les fiançailles n'étaient pas officielles, mais néanmoins attendues.

— J'en suis bien consciente.

— Ç'aurait été une union splendide, poursuivit la marraine d'Edward, presque sur le ton de la conversation.

Presque. Il y avait une distance dans son ton, une vague mise en garde, comme pour dire : « J'ai le contrôle de la situation et je n'ai pas l'intention d'y renoncer. »

Cecilia le croyait volontiers.

— Les Bridgerton et les Rokesby sont amis et voisins depuis des générations, continua-t-elle. La mère d'Edward m'a dit à de nombreuses occasions que son souhait le plus cher était de voir leurs deux familles réunies.

Cecilia tint sa langue. Que répliquer qui n'aurait pas été à son désavantage ?

Mme Tryon finit d'enlever son deuxième gant, puis elle laissa échapper une espèce de soupir.

— Hélas, cela n'aura pas lieu !

Elle s'en tint là. Après avoir attendu un temps épouvantablement long, Cecilia se contraignit à demander :

— Y a-t-il quelque chose de particulier que je puisse faire pour vous ?

— Non.

Le silence, de nouveau. Cecilia devina que Mme Tryon usait de celui-ci comme d'une arme.

— Je... commença-t-elle, avant d'esquisser un geste vers la porte.

Quelque chose chez cette femme lui donnait l'impression d'être parfaitement inepte.

— J'ai des courses à faire, finit-elle par dire.

— Moi aussi.

Mme Tryon s'était exprimée d'un ton brusque, et ce fut avec la même brusquerie qu'elle se leva.

Cecilia la suivit vers la porte, mais avant qu'elle n'ait pu lui dire au revoir, la marraine d'Edward reprit :

— Cecilia... Je peux vous appeler Cecilia, n'est-ce pas ?

— Bien sûr.

— Puisque le destin nous a mises en présence l'une de l'autre cet après-midi, je considère de mon devoir, en tant que marraine de votre mari, de vous donner un conseil.

Leurs regards se croisèrent.

— Ne lui faites pas de mal.

Les mots étaient simples, et prononcés sans ambages.

— Je n'y songerais même pas, répliqua Cecilia en toute sincérité.

— Je n'en attends pas moins de vous. Mais rappelez-vous qu'il fut un jour destiné à une autre.

Si la déclaration était cruelle, l'intention ne l'était pas. Cecilia ne savait pas trop pourquoi elle en était aussi certaine. Peut-être à cause de la discrète humidité qui voila le regard de Mme Tryon. Ou peut-être l'instinct.

Quoi qu'il en soit, elle eut la confirmation qu'elle avait pris la bonne décision.

L'après-midi était déjà bien avancé lorsque Edward en eut fini avec ses rendez-vous au quartier général. Le gouverneur Tryon en personne avait souhaité entendre le récit complet de son passage dans le Connecticut. Le rapport écrit qu'Edward avait remis la veille au colonel Stubbs n'avait pas été jugé suffisant, apparemment. Il avait donc répété au gouverneur tout ce qu'il avait déjà dit à trois reprises. Mais sans doute n'était-ce pas totalement inutile, car Tryon espérait lancer une série d'attaques sur les côtes du Connecticut d'ici quelques semaines.

La grande surprise se produisit alors qu'Edward prenait congé. L'interceptant sur le seuil du bureau, le colonel Stubbs lui tendit une lettre cachetée, écrite sur un papier de bonne qualité plié en enveloppe.

— Du capitaine Harcourt, précisa Stubbs d'un ton bourru. Il me l'avait laissée au cas où il ne reviendrait pas.

Edward regarda la lettre avec stupeur.

— Pour moi ?

— Je lui ai demandé s'il voulait que nous envoyions quelque chose à son père, mais il a refusé. Cela n'a plus guère d'importance, de toute manière, puisque le père est décédé avant le fils.

Stubbs poussa un soupir las, puis se gratta le crâne.

— À vrai dire, j'ignore lequel des deux est mort le premier. Cela ne fait guère de différence, je suppose.

— Non, acquiesça Edward, les yeux rivés sur son nom tracé de l'écriture légèrement irrégulière de Thomas.

Les hommes écrivaient toujours des lettres de ce genre, mais d'ordinaire, elles étaient adressées à leur famille.

— Si vous voulez un peu de solitude pour la lire, vous pouvez utiliser le bureau de l'autre côté du vestibule, proposa Stubbs. Greene est parti pour la journée, Montby aussi. Vous ne devriez pas être dérangé.

— Merci, répondit Edward machinalement.

Il préférait en effet lire la lettre de son ami sans témoins. Ce n'était pas tous les jours que l'on recevait un message d'un mort, et il ignorait comment il allait réagir.

Stubbs l'accompagna jusqu'à un petit bureau, allant même jusqu'à ouvrir la fenêtre, car l'atmosphère y était lourde. Il dit quelque chose avant de refermer la porte, mais Edward n'y prêta pas attention. Il continuait de regarder l'enveloppe. Après avoir pris une profonde inspiration, il glissa les doigts sous le sceau de cire et déplia la lettre.

Cher Edward,

Si tu lis ceci, je suis certainement mort. C'est étrange, vraiment, d'écrire ces mots. Je n'ai jamais cru aux fantômes mais, à cet instant, leur existence éventuelle est un réconfort. Je crois que j'aimerais bien revenir te hanter. Tu le mérites après cet épisode dans le Rhode Island avec Herr Farmer et les œufs.

Edward sourit à ce souvenir. Après une journée aussi longue qu'ennuyeuse, leur envie d'omelette s'était terminée en bombardement d'œufs par un gros fermier qui les insultait en allemand. Ç'aurait dû être une tragédie – depuis des jours et des jours, leur pitance était maigre et insipide –, et pourtant Edward ne se rappelait pas avoir jamais ri de si bon cœur. Il avait fallu à Thomas une journée entière pour ôter le jaune d'œuf de sa tunique, et Edward avait passé la nuit à enlever des débris de coquille d'œuf de ses cheveux.

Mais rira bien qui rira le dernier : attends-toi que je me montre désespérément sentimental et larmoyant. Peut-être même que je parviendrai à te faire verser une larme sur mon triste sort. Voilà qui me ferait rire. Tu t'es toujours montré tellement stoïque ! Seul ton sens de l'humour te rendait supportable.

En fait, tu étais bel et bien supportable, et je souhaite te remercier du don que tu m'as fait d'une véritable amitié. C'est quelque chose que tu prodiguais sans y penser, quelque chose que tu avais en toi, tout simplement. Je n'ai pas honte d'avouer que j'ai passé la moitié de mon existence dans les Colonies à avoir une peur bleue. Il est bien trop facile de mourir ici. Tu n'imagines pas à quel point c'était réconfortant de savoir que je pouvais toujours compter sur ton soutien.

Edward prit une brève inspiration, et ce fut seulement à cet instant qu'il s'aperçut qu'il était au bord des larmes. Il aurait pu écrire exactement la même chose à Thomas. C'était ce qui avait rendu la guerre supportable : l'amitié, et la certitude qu'il existait au moins une autre personne qui accordait autant d'importance à votre vie qu'à la sienne.

Et maintenant, je dois abuser une dernière fois de cette amitié. Veille sur Cecilia, s'il te plaît. Moi parti, elle sera seule. Notre père ne compte guère. Écris-lui, si tu veux bien. Dis-lui ce qui m'est arrivé afin qu'elle ne reçoive pas uniquement une lettre de l'armée. Et si jamais tu en as l'occasion, rends-lui visite et assure-toi qu'elle va bien. Peut-être pourrais-tu la présenter à ta sœur. Je crois que cela plairait à Cecilia. Je trouverai plus facilement le repos si je sais qu'elle aura l'occasion de rencontrer des gens nouveaux et de faire sa vie hors de Matlock Bath. Une fois notre père décédé, il n'y aura plus rien pour elle là-bas. Notre cousin prendra possession de Marswell, et il a toujours été du genre visqueux. Pour rien au monde, je ne voudrais que Cecilia dépende de sa générosité et de son bon vouloir.

Edward non plus. Cecilia lui avait parlé d'Horace. « Visqueux » semblait bien choisi.

Je sais que c'est beaucoup te demander. Le Derbyshire ne se trouve pas tout à fait au bout de la terre – surtout vu de New York, n'est-ce pas ? –, mais je suis sûr qu'une fois rentré en Angleterre, tu n'auras aucune envie de remonter vers le nord jusqu'aux Midlands.

Non, mais il n'aurait pas à le faire. Thomas ne serait-il pas surpris d'apprendre que Cecilia se trouvait tout près de là, dans la chambre 12 de *La Tête du diable* ? Dire qu'elle avait traversé un océan pour retrouver son frère ! Edward inclinait à penser que même Thomas ne l'en aurait jamais crue capable.

Adieu, donc. Et merci. Je ne confierais à personne d'autre le soin de veiller sur ma sœur. Et puis, peut-être que cela ne t'ennuiera pas tant que cela. Je sais que tu avais l'habitude de lire ses lettres lorsque j'étais absent. Franchement, tu croyais que je ne m'en apercevais pas ?

Edward ne put s'empêcher de rire. Il n'en revenait pas que Thomas ait su depuis le début.

Je te lègue la miniature que je possède d'elle. Je pense qu'elle le souhaiterait. En tout cas, moi, je le souhaite.

Que Dieu te garde, mon ami.

Bien à toi,

Thomas Harcourt

Edward fixa la lettre si longtemps que sa vue se brouilla. Jamais Thomas n'avait laissé entendre qu'il avait deviné que son ami avait le béguin pour sa sœur. C'était presque mortifiant d'y penser. Il était toutefois manifeste qu'il s'en était amusé. Amusé, et peut-être... avait-il espéré ?

Au fond de son cœur, Thomas désirait-il jouer les marieurs ? C'était en tout cas l'impression que laissait sa lettre. S'il avait voulu qu'Edward épouse Cecilia...

Se pouvait-il que Thomas ait écrit à celle-ci à ce sujet ? Elle avait dit qu'il s'était chargé des démarches pour le mariage. Et si...

Edward blêmit. Et si Cecilia croyait vraiment qu'ils étaient mariés ? Si elle n'avait pas menti ?

Edward relut la lettre à plusieurs reprises, cherchant en vain une date. Quand Thomas l'avait-il écrite ? Avait-il pu avertir sa sœur de se préparer à un mariage par procuration et mourir avant d'avoir pu demander à Edward de faire de même ?

Il devait retourner à l'auberge sans attendre. Son hypothèse était un peu tirée par les cheveux, il le savait, il n'empêche que cela expliquerait tant de choses. De toute façon, il était grand temps d'avouer à Cecilia qu'il avait recouvré la mémoire. Il devait cesser de se complaire dans le désespoir, et lui demander enfin ce qu'il en était vraiment.

S'il ne courut pas jusqu'à *La Tête du diable*, jamais il n'avait marché aussi vite.

— *Cecilia !*

Edward ouvrit la porte de leur chambre avec plus de force qu'il n'était nécessaire. Il faut dire que le sang pulsait si violemment dans ses veines qu'il en était fébrile. Sa tête bourdonnait d'interrogations, son cœur débordait de passion, et il en était arrivé à se dire qu'il se moquait de ce que Cecilia avait fait. Si elle l'avait trompé, elle devait avoir ses raisons. Il la connaissait, bon sang ! Jamais une personne aussi bonne et admirable n'avait foulé le sol de cette terre, et même si elle n'avait pas prononcé les mots, il savait qu'elle l'aimait.

Presque autant que lui l'aimait.

— Cecilia ? répéta-t-il, alors que de toute évidence elle n'était pas là.

Malheureusement, il allait devoir ronger son frein et l'attendre. Elle pouvait être n'importe où. Elle sortait souvent, pour faire des courses, ou pour se promener. Moins souvent, certes, depuis que les recherches de son frère avaient cessé, mais elle n'aimait pas rester enfermée toute la journée.

Peut-être lui avait-elle laissé un mot ? Cela lui arrivait parfois.

Edward balaya la chambre du regard. Oui, le billet était là, à demi coincé sous la cuvette afin de ne pas s'envoler, car Cecilia avait laissé la fenêtre ouverte.

Lorsqu'il l'eut déplié, Edward fut un instant déconcerté par la quantité de lignes qui couvraient le papier, bien plus nombreuses qu'il n'était nécessaire pour lui indiquer l'heure de son retour.

Il commença à lire.

Cher Edward,

Je suis lâche, terriblement lâche, car je sais que je devrais te dire ces mots en personne. Mais j'en suis incapable. Je ne crois pas que je pourrais aller au bout de mon histoire. Et puis, je n'en aurais pas le temps.

J'ai tant de choses à t'avouer que je ne sais par où commencer. Je suppose que ce sera par le plus important : nous ne sommes pas mariés.

Je n'avais pas l'intention de prolonger une telle tromperie. Je t'assure qu'elle a commencé pour la moins égoïste des raisons. Quand j'ai appris que tu étais à l'hôpital, j'ai su que je devais aller m'occuper de toi. On m'a renvoyée sous prétexte que vu ton rang et ta position dans la société, seuls les membres de ta famille étaient autorisés à te voir. Je ne sais pas ce qui m'a pris. Je ne me croyais pas aussi impulsive mais, après tout, n'étais-je pas venue jusqu'en Amérique ? J'étais tellement en colère ! Je voulais juste me rendre utile. Alors, sans réfléchir, j'ai riposté que j'étais ta femme. Je ne sais pas trop pourquoi, tout le monde m'a crue.

Je m'étais promis de te révéler la vérité dès ton réveil. Sauf que tout a mal tourné. Non pas mal, de manière étrange, plutôt. À ton réveil, tu avais perdu la mémoire. Et pourtant, tu semblais savoir qui j'étais. Je ne comprends toujours pas comment tu as pu me reconnaître. Lorsque tu recouvreras la mémoire – cela arrivera, il faut que tu gardes confiance –, tu sauras que nous ne nous étions jamais rencontrés. Pas en personne, du moins. Je sais que Thomas t'avait montré mon portrait mais, franchement, la ressemblance n'est pas flagrante. Il n'y a aucune raison pour que tu m'aies reconnue lorsque tu as ouvert les yeux.

Je ne voulais pas te dire la vérité devant le médecin et le colonel Stubbs. Je ne pensais pas qu'ils me permettraient de rester, et j'avais le sentiment que tu avais encore besoin de moi. Et puis, plus tard ce soir-là, l'évidence m'a frappée : l'armée était plus disposée à aider Mme Rokesby à retrouver son frère qu'une simple demoiselle Harcourt.

Je t'ai utilisé. J'ai utilisé ton nom. Pour cela, je te présente mes excuses. J'avoue cependant que, quoique je me sentirai coupable jusqu'à la fin de mes jours, je ne parviens pas à le regretter. Il fallait que je retrouve Thomas. Il ne me restait que lui.

Maintenant qu'il n'est plus là, toutefois, je n'ai pas de raison de rester à New York. Comme nous ne sommes pas mariés, mieux vaut que je retourne dans le Derbyshire. Je n'épouserai pas Horace. Rien ne me fera tomber aussi bas, je t'assure. Avant de partir, j'avais enterré l'argenterie dans le jardin. Elle venait de ma mère et ne fait donc pas partie de l'héritage. Je trouverai un acheteur, ne t'inquiète pas pour moi.

Edward, tu es l'homme le plus honorable que j'aie jamais connu. Si je restais à New York, tu insisterais pour m'épouser parce que tu considérerais que tu m'as compromise. Mais je ne peux pas te demander cela. Rien de ce qui est arrivé n'était ta faute. Tu pensais que nous étions mariés, et tu t'es conduit en mari. Tu ne dois pas être puni à cause de ma tricherie. Une vie t'attend en Angleterre et je n'en fais pas partie.

Tout ce que je te demande, c'est de ne pas parler de ce qui s'est passé. Si je me marie un jour, je raconterai ce qui est arrivé à mon futur époux. Je ne pourrais pas vivre avec moi-même si je m'en abstenais. En attendant, je crois préférable que le monde continue de me considérer simplement comme

Ton amie,

Cecilia Harcourt

Post-scriptum : tu n'as pas à t'inquiéter d'une éventuelle conséquence de notre union.

Edward demeura immobile, comme frappé de stupeur. De quoi diable s'agissait-il ? Que voulait-elle dire par…

Éperdu, il parcourut de nouveau la lettre pour retrouver l'allusion qu'il cherchait. Là ! Cecilia ne pensait pas avoir le temps de lui dire la vérité en personne.

Un vertige le saisit.

Le *Rhiannon* ! Le *Rhiannon* était dans le port. Il partait ce soir.

Cecilia avait réservé une cabine sur ce bateau. Il en était persuadé.

Il jeta un coup d'œil à la montre qu'il laissait sur la table. Il avait le temps. Pas beaucoup de temps, mais suffisamment.

Il le fallait. Son existence entière en dépendait.

21

Cela fait si longtemps que je n'ai pas eu de nouvelles de toi, Thomas. Je sais que je ne devrais pas m'inquiéter, qu'il y a des dizaines de raisons pour que tes lettres aient été retardées, mais je ne peux m'en empêcher. Sais-tu que je garde une trace de notre correspondance sur un calendrier ? Il faut une semaine pour que ma lettre arrive jusqu'au bateau, cinq semaines pour traverser l'Atlantique, une autre semaine pour te parvenir. Ensuite, une semaine pour que ta lettre arrive jusqu'au bateau, trois semaines pour traverser l'Atlantique (tu vois, j'ai tenu compte du fait que le voyage vers l'est est plus rapide), puis une semaine à nouveau pour me parvenir. Il faut donc trois mois pour recevoir la réponse à une simple question !

Cela dit, peut-être qu'il n'y a pas de questions simples. Ou, le cas échéant, ce sont les réponses qui ne le sont pas.

De Cecilia Harcourt à son frère Thomas
(lettre jamais reçue)

Le *Rhiannon* ressemblait singulièrement au *Lady Miranda*, Cecilia n'eut donc aucune difficulté à trouver sa cabine. Lorsqu'elle avait acheté son billet, quelques heures plus tôt, on l'avait avertie qu'elle la partagerait avec une demoiselle Alethea Finch, qui retournait chez elle après avoir été gouvernante au service d'une éminente famille new-yorkaise. Lors de tels voyages, il n'était pas rare que des étrangers se retrouvent dans la même cabine. Au cours de sa traversée vers l'Amérique, Cecilia s'était fort bien entendue avec sa compagne de voyage, au point qu'elle avait regretté de devoir lui dire adieu à l'arrivée à New York.

Cecilia se demanda si Mlle Finch était irlandaise ou si, pressée comme elle de rentrer en Angleterre, elle avait pris le premier bateau sans se soucier de savoir comment elle regagnerait la Grande-Bretagne. Cecilia quant à elle l'ignorait, mais cet obstacle paraissait dérisoire comparé à l'épreuve de la traversée de l'Atlantique. Il y aurait sans doute des bateaux allant de Cork à Liverpool. Dans le cas contraire, elle pouvait traverser le pays et trouver une embarcation à Dublin.

Elle était allée du Derbyshire à New York, que diable ! Après cela, elle était capable de tout. Elle était forte, elle était déterminée.

Et elle pleurait.

Bonté divine, elle devait arrêter de pleurer.

Elle s'immobilisa dans l'étroit corridor, devant sa cabine, le temps de prendre une profonde inspiration. Au moins, elle ne sanglotait pas, et réussissait donc à ne pas trop attirer l'attention. Cependant, chaque fois qu'elle croyait s'être ressaisie, ses poumons semblaient se contracter, une espèce de hoquet étranglé lui échappait, ses yeux se mettaient à picoter et…

Elle devait cesser d'y penser !

Objectif du jour : ne pas pleurer en public.

Elle soupira. Si seulement elle pouvait avoir un nouvel objectif…

Après avoir pris une autre inspiration pour se donner du courage, elle s'essuya les yeux, puis elle actionna la poignée de la porte de sa cabine.

La porte était verrouillée.

Cecilia demeura perplexe. Puis, supposant que l'autre occupante de la cabine était arrivée avant elle, elle frappa. Il était plus prudent pour une femme seule de s'enfermer à clé. Elle aurait fait la même chose.

Après avoir attendu un moment, elle frappa de nouveau. La porte s'ouvrit enfin. Une femme maigre, d'âge moyen, lui coula un regard. Dans l'entrebâillement, Cecilia distingua deux couchettes superposées et une malle ouverte sur le sol. Une lampe allumée était posée sur l'unique table. Mlle Finch était manifestement en train de défaire ses bagages.

— En quoi puis-je vous aider ? s'enquit-elle.

Cecilia s'efforça d'arborer une expression aimable.

— Je crois que nous partageons cette cabine.

— Vous faites erreur, assura Mlle Finch après l'avoir dévisagée d'un air pincé.

Voilà qui était inattendu. Cecilia jeta un coup d'œil à la porte sur laquelle un *8* de cuivre terni était cloué.

— Cabine 8. Vous devez être Mlle Finch. Nous allons voyager ensemble.

Se montrer sociable demandait une énergie qu'elle n'avait pas, mais Cecilia savait qu'elle devait faire un effort.

— Je suis Mlle Cecilia Harcourt, se présenta-t-elle. Enchantée.

Mlle Finch plissa les lèvres.

— On m'avait laissée entendre que je ne partagerais pas cette cabine.

Il s'agissait de toute évidence d'une cabine double, aussi Cecilia demanda-t-elle :

— Avez-vous réservé la cabine pour vous seule ?

Elle avait entendu dire que certains le faisaient, quitte à payer le double du prix.

— On m'a *dit* qu'il n'y aurait personne avec moi.

Ce qui ne répondait pas à la question de Cecilia. Même si son humeur oscillait entre le bleu et le noir, elle s'exhorta à la patience. Elle allait devoir partager une cabine exiguë avec cette femme durant au moins trois semaines. Elle plaqua donc un sourire forcé sur son visage et expliqua :

— Je n'ai réservé mon voyage que cet après-midi.

Mlle Finch eut un mouvement de recul.

— Quel genre de femme décide de traverser l'Atlantique le jour même du départ ?

— Mon genre, je suppose, rétorqua Cecilia. J'ai dû changer mes plans subitement, et j'ai eu la chance de trouver un bateau qui appareillait le jour même.

Mlle Finch renifla. Cecilia ne sut comment interpréter cette réaction, en dehors du fait, évident, qu'elle n'avait rien d'approbateur. Mlle Finch finit par reculer d'un pas et Cecilia put insinuer un pied dans la minuscule cabine.

— Comme vous pouvez le constater, reprit la demoiselle, j'ai déjà mis mes affaires sur la couchette du bas.

— Je serai ravie de dormir sur celle du haut.

Mlle Finch renifla de nouveau, un peu plus fort cette fois.

— Si vous souffrez du mal de mer, il vous faudra sortir de la chambre. Je ne supporterai pas l'odeur.

Cecilia sentit s'évanouir sa détermination à se montrer polie.

— Fort bien. À partir du moment où vous faites la même chose.

— J'espère que vous ne ronflez pas.

— Si c'est le cas, personne ne me l'a signalé.

Mlle Finch ouvrit la bouche, mais Cecilia la devança.

— Je suis certaine que vous, vous me le signalerez, le cas échéant.

De nouveau, la demoiselle ouvrit la bouche et, de nouveau, Cecilia l'empêcha d'aller plus loin.

— Et je vous en remercierai. C'est le genre de chose que l'on se doit de connaître sur soi-même, vous ne trouvez pas ?

— Vous êtes très impertinente, lança Mlle Finch.

— Et vous, vous m'empêchez de passer.

L'espace était restreint, et Cecilia ne pouvait toujours pas entrer à cause de la malle sur le sol.

— C'est ma chambre, protesta Mlle Finch.

— *Notre* chambre, riposta Cecilia. Et je vous serais reconnaissante de bien vouloir déplacer votre malle afin que je puisse entrer.

— Très bien, gronda la demoiselle, qui rabattit le couvercle de sa malle d'un coup sec et poussa celle-ci sous sa couchette. Je ne sais pas où vous mettrez votre malle, mais ne comptez pas occuper le milieu de l'espace si moi, je ne le peux pas.

Cecilia n'avait qu'un grand sac de voyage, mais elle ne jugea pas nécessaire de le préciser. Ce qui n'empêcha pas la demoiselle de faire remarquer :

— C'est tout ce que vous avez ?

Cecilia s'obligea à respirer avec calme.

— Comme je l'ai dit, j'ai dû partir précipitamment. Je n'ai pas eu le temps de préparer des bagages convenables.

Mlle Finch la dévisagea avec hauteur avant de renifler une fois de plus.

Cecilia décida de passer le plus de temps possible sur le pont.

Une petite table était fixée au pied des couchettes, elle glissa son sac dessous. Après avoir sorti les quelques effets dont elle pensait avoir l'usage sur sa couchette, elle repassa devant Mlle Finch afin de grimper à l'échelle.

— Ne posez pas le pied sur ma couchette pour gagner la vôtre.

Cecilia s'immobilisa, compta mentalement jusqu'à trois, puis répliqua :

— Je me contenterai de l'échelle.

— Je vais me plaindre de vous au capitaine.

— Faites, je vous en prie, rétorqua Cecilia avec un geste du bras.

Elle gravit un autre échelon et jeta un coup d'œil sur la couchette. Celle-ci était propre et en ordre. Elle n'aurait certes pas beaucoup de place au-dessus de sa tête, mais au moins, elle ne verrait pas Mlle Finch.

— Êtes-vous une femme de mauvaise vie ?

Cecilia pivota si brusquement qu'elle faillit dégringoler.

— Qu'avez-vous dit ?

— Êtes-vous une femme de mauvaise vie ? répéta Mlle Finch en articulant chaque mot. Je ne vois pas d'autres raisons pour…

— Non, je ne suis pas une femme de mauvaise vie, la coupa Cecilia, consciente que cette femme odieuse ne pourrait que la contredire si elle connaissait les événements du mois écoulé.

— Parce que je ne partagerai pas une cabine avec une putain.

Ce fut la goutte d'eau qui fit déborder le vase. Cecilia avait réussi à ne pas s'effondrer quand Edward lui avait annoncé la mort de son frère, ni quand elle avait appris que le colonel Stubbs lui avait menti, sans égard pour son chagrin et son inquiétude. Elle était même parvenue à ne pas s'effondrer en quittant le seul homme qu'elle aimerait jamais, dont elle allait être séparée par un océan et qui allait la haïr. Et cette horrible femme la traitait maintenant de putain ?

Elle sauta à bas de l'échelle, et il lui suffit de tendre les bras pour saisir Mlle Finch au col.

— Je ne sais pas quel genre de poison vous avez ingéré ce matin, siffla-t-elle, mais j'en ai assez ! J'ai payé ce que je devais pour la moitié de cette cabine, et en retour, j'attends un minimum de politesse et d'éducation.

— D'éducation ! Et c'est une femme qui ne possède même pas une malle qui dit cela ?

— Que diable cela signifie-t-il ?

Mlle Finch leva les bras et se mit à brailler.

— Et maintenant, vous invoquez le nom de Satan !

Oh, Seigneur ! Cecilia était en enfer, à n'en pas douter. Peut-être était-ce sa punition pour avoir menti à Edward. Trois semaines… voire un mois entier en compagnie de cette harpie !

— Je refuse de partager une cabine avec vous ! cria Mlle Finch.

— Je vous assure que je serais ravie que votre vœu se réalise, mais…

On frappa à la porte.

— J'espère que c'est le capitaine, lança Mlle Finch. Il vous a probablement entendue vociférer.

Cecilia lui jeta un regard incrédule.

— Pourquoi voudriez-vous que le capitaine soit là ?

Si la cabine ne disposait pas d'un hublot, Cecilia savait, aux mouvements du bateau, qu'il avait déjà quitté le quai. Le capitaine avait sûrement mieux à faire que d'arbitrer un crêpage de chignon.

De nouveaux coups retentirent, cette fois martelés avec le poing. Puis quelqu'un beugla :

— Ouvrez cette porte !

Cette voix, Cecilia l'aurait reconnue entre mille.

Elle pâlit. Elle sentit vraiment le sang se retirer de son visage et, interdite, elle regarda le panneau de bois.

— Ouvrez cette maudite porte !

Avec un glapissement étouffé, Mlle Finch pivota vers elle.

— Ce n'est pas le capitaine !

— Non...

— Qui est-ce ? Le savez-vous ? Il est peut-être venu nous attaquer. Oh, Dieu tout-puissant ! Juste Ciel...

Avec une agilité surprenante, elle se glissa derrière Cecilia afin de l'utiliser comme bouclier contre le monstre qui n'allait pas manquer de pulvériser la porte.

— Il ne va pas nous attaquer, murmura Cecilia, encore abasourdie.

Elle savait qu'elle aurait dû faire quelque chose – repousser Mlle Finch, ouvrir la porte –, mais elle restait pétrifiée, incapable d'admettre ce qui lui semblait impossible.

Edward était là. Sur le bateau. Le bateau qui avait quitté le port !

— Oh, mon Dieu, finit-elle par balbutier.

— Ah, maintenant, vous avez peur ! s'écria Mlle Finch.

Le bateau voguait sur l'Océan. Cecilia avait regardé l'équipage détacher les épais cordages des bittes d'amarrage alors qu'elle traversait le pont. Puis elle avait perçu le balancement familier du navire lorsque celui-ci avait traversé la baie pour rejoindre l'Atlantique.

Edward était sur ce bateau ; et comme il était peu probable qu'il regagne le rivage à la nage, cela signifiait qu'il avait quitté son poste et...

Le tambourinement sur la porte recommença, de plus en plus insistant.

— Ouvre cette porte immédiatement ou je te jure que je la démolis !

Mlle Finch marmonna quelque chose au sujet de sa vertu.

— Edward, souffla Cecilia.

— Vous le connaissez ? dit Mlle Finch d'un ton accusateur.

— Oui, c'est mon...

Qu'était Edward ? Pas son mari.

— Eh bien, ouvrez la porte, dans ce cas !

La demoiselle la poussa d'un coup si sec que Cecilia, qui ne s'y attendait pas, manqua de perdre l'équilibre.

— Mais ne le laissez pas entrer ! Il est hors de question qu'un homme pénètre dans cette cabine. Vous l'emmènerez dehors pour faire vos... vos...

Mlle Finch secoua les doigts d'un air dégoûté.

— ... vos petites affaires !

— Cecilia ! hurla Edward.

— Il va casser la porte, glapit Mlle Finch. Dépêchez-vous !

— Je me dépêche !

Vu la dimension de la cabine, se dépêcher ne faisait guère de différence. Cecilia fit deux pas et posa les doigts sur le verrou.

Puis elle s'immobilisa.

— Mais qu'attendez-vous donc ?

— Je ne sais pas, murmura-t-elle.

Edward était là. Il l'avait suivie. Qu'est-ce que cela signifiait ?

— *Cecilia !*

Elle ouvrit la porte et, l'espace d'un instant béni, le temps parut s'arrêter. Elle dévora Edward des yeux, le poing encore levé pour frapper à la porte. Il ne portait pas de chapeau et ses cheveux étaient ébouriffés.

Il paraissait... fou.

— Tu es en uniforme, constata-t-elle stupidement.

— Toi, tu vas avoir des ennuis, dit-il en agitant un index menaçant.

Mlle Finch laissa échapper une exclamation enthousiaste.

— Vous allez l'arrêter ?

Edward détacha un instant les yeux de Cecilia.

— Pardon ? jeta-t-il, incrédule.

La demoiselle s'avança, se collant presque contre Cecilia.

— Allez-vous l'arrêter ? répéta-t-elle. Je crois que c'est une...

Au jugé, Cecilia lui envoya son coude dans les côtes. Pour son propre bien. Elle ne savait pas comment Edward réagirait si on la traitait de putain devant lui.

Edward adressa un regard impatient à Mlle Finch.

— Qui est-ce ?

— Et vous, qui êtes-vous ? repartit Mlle Finch.

— Son mari, répondit Edward en désignant Cecilia.

Cecilia tenta de le contredire.

— Non, tu n'es pas...

— Je le serai, gronda-t-il.

— C'est tout à fait inconvenant, déclara Mlle Finch avec un reniflement.

Cecilia fit volte-face.

— Auriez-vous l'amabilité de reculer ?

— Très bien !

Avec mauvaise grâce et beaucoup d'ostentation, la demoiselle exécuta les trois pas minuscules qui lui permirent d'atteindre sa couchette.

— Une amie ? s'enquit Edward.

— Non ! s'écria Cecilia.

— Certainement pas ! renchérit Mlle Finch.

Après lui avoir coulé un regard irrité, Cecilia reporta son attention sur Edward.

— Tu n'as pas eu ma lettre ?

— Bien sûr que si. Pourquoi diable serais-je ici, autrement ?

— Je ne disais pas sur quel bateau...

— Ce n'était pas très difficile à deviner.

— Mais tu... ton poste...

Cecilia peinait à trouver ses mots. Edward était officier dans l'armée de Sa Majesté, il ne pouvait pas quitter son poste ainsi. Il allait passer en cour martiale, peut-être risquer la pendaison. Non, on ne pouvait sûrement pas pendre un officier pour désertion. Surtout s'il appartenait à la famille Rokesby.

— J'ai eu le temps pour m'arranger avec le colonel Stubbs, déclara Edward d'un ton sec. *Juste* le temps.

— Je... je ne sais pas quoi dire.

Il referma la main sur son bras.

— Dis-moi une chose, articula-t-il à voix très basse.

Cecilia cessa de respirer.

Par-dessus son épaule, il regarda alors Mlle Finch, qui suivait la conversation avec un intérêt avide.

— Cela vous ennuierait de nous laisser un peu d'intimité ? grommela-t-il.

— C'est ma cabine, rétorqua-t-elle. Si vous voulez de l'intimité, il vous faudra la trouver ailleurs.

— Pour l'amour du Ciel ! s'exclama Cecilia en pivotant. Vous ne pourriez pas trouver dans votre cœur de pierre assez de bonté pour m'accorder un moment avec... avec lui, termina-t-elle.

— Êtes-vous mariés ? s'enquit la demoiselle d'un ton acerbe.

— Non, répondit Cecilia.

— Oui, répondit Edward simultanément.

Mlle Finch les observa tour à tour de ses petits yeux chafouins. Puis elle pinça les lèvres et haussa les sourcils.

— Je vais chercher le capitaine, annonça-t-elle.

— Je vous en prie, répliqua Edward, qui la poussa pratiquement hors de la cabine.

Ce geste lui arracha un cri aigu. Elle tenta d'ajouter quelque chose, mais ce fut en pure perte car Edward lui claqua la porte au nez.

Et poussa le verrou.

22

Je pars à ta recherche.

De Cecilia Harcourt à son frère Thomas
(lettre jamais envoyée)

Edward n'était pas de bonne humeur.

En général, un homme a besoin de plus de trois heures pour mettre un terme à la vie qu'il menait et déguerpir sur un autre continent. En l'occurrence, il avait à peine eu le temps de remplir sa malle et de demander l'autorisation de quitter New York.

Le temps qu'il arrive sur le quai, l'équipage du *Rhiannon* levait l'ancre. Il avait dû quasiment sauter à bord puis, pour ne pas être renvoyé aussitôt à terre, brandir sous le nez du second du capitaine l'ordre, hâtivement rédigé par le colonel, de lui procurer une couchette.

Ce serait peut-être un simple bout de pont, car le second n'était même pas sûr qu'il leur reste un hamac de libre.

Mais peu importait. Edward n'avait pas besoin de beaucoup d'espace. Pour l'heure, il n'avait rien d'autre que les vêtements qu'il portait et un peu d'argent en poche.

Quant à sa patience… il n'en possédait plus une once.

Aussi, lorsque la porte de la cabine de Cecilia s'était ouverte, on aurait pu penser qu'il serait soulagé de la voir. Vu la profondeur de ses sentiments, et la panique qui l'avait taraudé tout l'après-midi, on aurait pu croire qu'il soupirerait de soulagement à la vue de son beau regard incrédule.

En vérité, il dut se retenir pour ne pas l'étrangler.

— Que fais-tu ici ? murmura-t-elle dès qu'il se fut débarrassé de l'insupportable demoiselle Finch.

L'espace d'un instant, il se contenta de la dévisager avec stupeur.

— Tu ne parles pas sérieusement ?

— Je...

— Tu m'as quitté.

Elle secoua la tête.

— Non, je t'ai rendu ta liberté.

Edward s'autorisa un ricanement.

— Voilà plus d'un an que tu me retiens prisonnier.

— Pardon ?

Il lut sa question sur son visage plus qu'il ne l'entendit, mais il n'avait pas envie de s'expliquer. Il se détourna, respirant avec peine, et se passa la main dans les cheveux. Bonté divine, il n'avait même pas de chapeau. Comment était-ce arrivé ? L'avait-il oublié ? Ou s'était-il envolé lorsqu'il avait couru pour ne pas manquer le bateau ?

Cette maudite femme le rendait fou. Il n'était même pas certain que sa malle l'avait suivi à bord. Peut-être s'était-il embarqué pour une traversée de plusieurs semaines sans même des sous-vêtements de rechange.

— Es-tu enceinte ? demanda-t-il.

— Pardon ? dit-elle de nouveau.

Il lui fit face et répéta en détachant chaque syllabe :

— Es... tu... en... ceinte ?

— Non ! s'écria-t-elle. Je t'ai dit que je ne l'étais pas.

— Je ne savais pas si... commença Edward, puis il s'interrompit abruptement.

— Tu ne savais pas quoi ?

« Je ne savais pas si je devais te croire », avait-il failli répliquer. Sauf que ce n'était pas vrai. Sur ce point, au moins, il la croyait. Surtout sur ce point, même. Mais la question lui avait été soufflée par un petit diable assis sur son épaule qui avait envie de se venger. De faire du mal.

Car Cecilia l'avait blessé. Non pas parce qu'elle avait menti – il comprenait à présent comment tout cela était arrivé –, mais parce qu'elle n'avait pas eu confiance en lui. Comment avait-elle pu penser que s'enfuir était la chose à faire ? Comment avait-elle pu croire qu'il ne s'en soucierait pas ?

— Je n'attends pas d'enfant, assura-t-elle d'une voix qui était à peine plus qu'un murmure. Je te le jure. Je ne mentirais pas au sujet d'une chose pareille.

— Ah non ?

Apparemment, le petit diable ne renonçait pas à faire entendre sa voix.

— Je te le jure, répéta-t-elle. Je ne te ferais pas cela.

— En revanche, tu ferais *ceci* ?

— Ceci ?

Il s'avança vers elle, toujours bouillonnant de colère.

— Tu m'as quitté. Sans un mot.

— Je t'ai écrit une lettre !

— Avant d'embarquer pour un autre continent !

— Mais je...

— Tu t'es enfuie.

— Non ! Non, ce n'est pas vrai. Je...

— Tu es sur un bateau, non ? explosa-t-il. C'est quand même la définition du verbe « s'enfuir ».

— Je l'ai fait pour toi !

Elle avait répliqué d'une voix si forte, si douloureuse, qu'il fut momentanément réduit au silence.

— Je l'ai fait pour toi, répéta-t-elle, cette fois plus doucement.

Edward secoua la tête, puis :

— Dans ce cas, tu aurais bien fait de me consulter pour savoir si c'était ce que je souhaitais.

— Si j'étais restée, tu aurais insisté pour m'épouser, déclara-t-elle du ton appliqué de celle qui désespère de se faire comprendre.

— En effet.

— Tu crois que c'est ce que je souhaitais ? Tu penses que cela m'a plu de m'esquiver pendant ton absence ? Je voulais à tout prix t'éviter d'avoir à faire ce qui s'imposait !

— Tu entends ce que tu dis ? M'éviter d'avoir à faire ce qui s'imposait ? Comment as-tu pu seulement penser que je voudrais agir autrement ? Tu ne me connais donc pas du tout ?

— Edward, je...

— Si cela s'impose, alors je dois le faire.

— Edward, s'il te plaît, tu dois me croire. Lorsque la mémoire te reviendra, tu comprendras...

— Voilà plusieurs jours que la mémoire m'est revenue, la coupa-t-il.

Cecilia se pétrifia, l'air abasourdie.

Il n'était pas noble au point de ne pas en ressentir une certaine satisfaction.

— Quoi ? finit-elle par balbutier.

— J'ai recouvré...

— Et tu ne me l'as pas dit ? l'interrompit-elle d'un ton dangereusement égal.

— Nous venions juste d'apprendre... pour Thomas.

— Tu ne me l'as pas dit !

— Tu pleurais sa...

— Comment as-tu pu garder une nouvelle pareille pour toi ?

— J'étais furieux ! rugit-il. Je n'avais donc pas le droit de te cacher quelque chose, moi aussi ?

Elle recula, les bras refermés autour de son buste. Sa douleur était presque palpable, pourtant Edward continua d'avancer.

— J'étais tellement en colère contre toi que je pouvais à peine réfléchir. Mais puisque nous parlons « de faire ce qui s'impose », j'ai pensé que ce serait plus gentil de ma part de te laisser quelques jours pour pleurer ton frère avant de te mettre au pied du mur.

Les pupilles dilatées de Cecilia, ses lèvres tremblantes et son attitude à la fois tendue et résignée rappelèrent à Edward un chevreuil sur lequel il avait failli tirer des années plus tôt, alors qu'il chassait avec son père. L'un d'eux avait marché sur une branche et les grandes oreilles de l'animal s'étaient dressées, puis tournées. Pourtant, il n'avait pas bougé. Il était resté là, immobile, pendant ce qui avait semblé une éternité à Edward, et il avait eu l'impression étrange que le chevreuil contemplait son existence.

Il n'avait pas tiré. Il n'avait pu s'y résoudre.

Et maintenant...

Le petit diable descendit de son épaule.

— Tu aurais dû rester, déclara-t-il posément. Tu aurais dû me dire la vérité.

— J'avais peur.

— De moi ? demanda-t-il, interloqué.

— Non !

Cecilia baissa la tête, mais il l'entendit chuchoter :

— De moi-même.

Puis, sans lui laisser le temps de lui demander ce qu'elle voulait dire par là, elle ajouta d'une voix chevrotante :

— Tu n'as pas à m'épouser.

Il n'en crut pas ses oreilles. Elle pensait donc toujours que c'était possible ?

— Oh non, bien sûr, rétorqua-t-il, ironique malgré lui.

— Je ne t'y oblige pas, souffla-t-elle. Rien ne t'y oblige.

— Vraiment ?

Il esquissa un pas vers elle. Il était plus que temps de supprimer cette distance entre eux. Puis il s'arrêta lorsqu'il comprit ce qu'il voyait dans son regard : du chagrin. Un chagrin si profond qu'il en fut anéanti.

— Tu en aimes une autre, chuchota-t-elle.

Edward en resta interdit. Était-elle devenue folle ?

— Que racontes-tu ?

— Billie Bridgerton. Tu es censé l'épouser. Tu ne te le rappelles pas, sans doute, mais...

— Je ne suis pas amoureux de Billie.

Il se passa la main dans les cheveux avant de se tourner vers le mur en réprimant un grommellement exaspéré. Seigneur, il s'agissait de *cela* ? De sa voisine dans le Kent ?

Cecilia dit alors :

— Tu en es sûr ?

— Évidemment, que j'en suis sûr ! Je ne vais certainement pas me marier avec elle.

— Je crois que si, insista Cecilia. Tu n'as visiblement pas recouvré entièrement la mémoire, car c'est ce que tu disais dans tes lettres. Ou du moins, Thomas. Et ta marraine aussi...

Edward fit volte-face.

— Ma marraine ? Quand as-tu parlé à tante Margaret ?

— Aujourd'hui même. Mais je...

— Elle t'a convoquée ?

Bon sang, si sa marraine avait osé insulter Cecilia d'une manière ou d'une autre...

— Non. Notre rencontre est due au hasard. Elle était venue à *La Tête du diable* pour te voir, et il se trouve que je sortais. J'ai jugé qu'il serait grossier de ne pas l'inviter à s'asseoir, ajouta-t-elle. Encore que, je dois l'avouer, c'était très embarrassant de jouer les hôtesses dans une auberge.

Edward resta silencieux un moment. Il fut le premier surpris lorsque ses lèvres esquissèrent un sourire.

— Sapristi, j'aurais adoré voir cela.

Cecilia lui jeta un regard oblique.

— C'est beaucoup plus amusant rétrospectivement.

— Je veux bien le croire.

— Elle est terrifiante.

— Effectivement.

— Ma marraine à moi était une vieille dame un peu originale de la paroisse, marmonna Cecilia. Elle me tricotait des chaussettes pour mon anniversaire.

— Je suis à peu près certain que Margaret Tryon n'a jamais tricoté une seule paire de chaussettes de sa vie, déclara Edward après réflexion.

— J'imagine qu'elle serait odieusement douée si elle s'y essayait.

Le sourire d'Edward ne cessait de s'élargir.

— Probablement, oui.

Il poussa légèrement Cecilia afin qu'elle tombe assise sur la couchette, puis il s'installa près d'elle.

— Tu sais que je vais t'épouser, reprit-il. Je n'arrive pas à croire que tu aies pu penser le contraire.

— Je savais que tu insisterais, bien sûr, répliqua-t-elle. C'est la raison pour laquelle je suis partie. Pour que tu n'y sois pas contraint.

— Je n'ai jamais rien entendu de plus ridic...

Elle posa la main sur son épaule pour l'empêcher d'aller plus loin.

— Tu n'aurais jamais partagé mon lit si tu avais pensé que nous n'étions pas mariés.

Edward ne la contredit pas. Elle secoua tristement la tête.

— Tu as couché avec moi sous un faux prétexte.

Il tenta de réprimer une envie de rire. En vain.

— Cela te fait rire ? lança-t-elle.

Il ne put qu'acquiescer d'un signe de tête, secoué par un nouvel éclat de rire.

— « Couché avec moi sous un faux prétexte », s'esclaffa-t-il.

— Eh bien, c'est le cas, non ? marmonna Cecilia, les sourcils froncés.

— Peut-être, mais qui s'en soucie ? Nous allons nous marier, ajouta-t-il en lui donnant un coup de coude amical.

— Et Billie...

Edward l'agrippa aux épaules.

— Pour la dernière fois, je ne veux pas épouser Billie. C'est *toi* que je veux épouser.

— Mais...

— Je t'aime, espèce de petite sotte. Je suis amoureux de toi depuis des mois.

Ce fut sans doute une illusion, pourtant il aurait juré entendre le cœur de Cecilia manquer un battement.

— Mais tu ne me connaissais pas.

— Je te connaissais, assura-t-il en s'emparant de sa main pour la porter à ses lèvres. Je te connaissais mieux que...

Il se tut un instant, le temps de dominer son émotion.

— As-tu une idée du nombre de fois où j'ai relu tes lettres ? Chacune de tes lettres, précisa-t-il après qu'elle eut secoué la tête. Mon Dieu, Cecilia, tu n'imagines pas ce qu'elles représentaient pour moi. Alors qu'elles ne m'étaient même pas destinées...

— Elles l'étaient, murmura-t-elle.

Il garda le silence, mais l'interrogea du regard.

— Chaque fois que j'écrivais à Thomas, je pensais à toi. Je...

Même s'il commençait à faire trop sombre dans la cabine pour qu'il en jure, il sembla à Edward qu'elle avait rougi.

— Et chaque fois, je me le reprochais.

Il lui caressa la joue.

— Pourquoi souris-tu ? voulut-il savoir.

— Je ne souris pas. Je... enfin, peut-être, mais c'est parce que je suis gênée. Je me sentais tellement bête de rêver d'un homme que je n'avais jamais rencontré.

— Pas plus bête que moi, répliqua-t-il en plongeant la main dans sa poche. J'ai une confession à te faire.

Lorsqu'elle vit la miniature – la miniature d'elle ! – sur sa paume, Cecilia étouffa un cri.

— Mais... mais comment... ?

— Je l'ai volée quand le colonel Stubbs m'a demandé de vérifier la malle de Thomas, déclara simplement Edward.

Il lui expliquerait plus tard que Thomas avait souhaité que le portrait lui revienne. Cela n'avait pas vraiment d'importance, car il l'ignorait au moment où il l'avait glissé dans sa poche.

Cecilia le regarda, puis regarda la miniature.

Il lui prit doucement le menton pour l'obliger à croiser son regard.

— Je n'avais jamais rien volé de ma vie, tu sais.
— Oui, bien sûr, souffla-t-elle, l'air abasourdie.
— Mais *ceci*... continua-t-il en glissant la miniature dans la main de Cecilia. Ceci, il fallait que je l'aie.
— Ce n'est qu'un portrait.
— C'est le portrait de la femme que j'aime.
— Tu m'aimes, dit-elle à voix basse, et il se demanda combien de fois il lui faudrait le lui répéter pour qu'elle le croie. Tu m'*aimes*.
— À la folie, admit-il.
Elle considéra la miniature, puis murmura :
— Elle n'est même pas ressemblante.
D'une main tremblante, Edward repoussa une mèche de cheveux du front de Cecilia.
— Je sais. Tu es infiniment plus belle, assura-t-il.
— Je t'ai menti.
— Je m'en moque.
— Je ne te crois pas.
— As-tu menti dans l'intention de me blesser ?
— Bien sûr que non. Je voulais juste...
— Voulais-tu m'escroquer ?
— Non !
— Alors je le répète : je m'en moque.
L'espace d'un instant, il crut qu'elle allait cesser de protester. Mais quand ses lèvres s'entrouvrirent et qu'elle prit une inspiration saccadée, il jugea qu'il était temps de mettre un terme à cette absurdité.
Il l'embrassa donc.
Pas très longtemps, toutefois. Il aurait certes aimé la dévorer de baisers, mais il y avait des problèmes plus importants à régler.
— Tu pourrais le dire en retour, tu sais ? lui fit-il remarquer.
Elle sourit jusqu'aux oreilles.

— Je t'aime aussi.

Aussitôt, toutes les pièces du cœur d'Edward se mirent en place.

— Veux-tu m'épouser ? Pour de vrai ?

Elle hocha la tête.

— Oui. Oh oui !

Comme Edward était un homme d'action, il se leva, la saisit par la main et la força à se mettre debout à son tour.

— Quelle chance nous avons d'être sur un bateau !

Elle s'apprêtait à demander pourquoi lorsqu'un glapissement malheureusement familier l'en empêcha.

— Ton amie ? interrogea Edward en haussant un sourcil amusé.

— Ce n'est pas mon amie.

— Ils sont là-dedans, fit la voix grinçante de Mlle Finch. Cabine 8.

Quelques coups secs retentirent, puis une voix masculine annonça :

— C'est le capitaine Wolverton. Il y a un problème ?

Edward ouvrit la porte.

— Je vous présente mes excuses, monsieur.

À son apparition, le visage du capitaine s'illumina de joie.

— Rokesby ! s'exclama-t-il. J'ignorais que tu voyageais avec nous.

Mlle Finch resta un instant bouche bée.

— Vous le connaissez ?

— Nous étions ensemble à Eton, répondit le capitaine.

— Le contraire m'aurait étonnée, murmura Cecilia pour elle-même.

— Il l'agressait, accusa Mlle Finch, le doigt pointé sur Cecilia.

— Le capitaine Rokesby ? demanda le capitaine, l'air stupéfait.

— En tout cas, il m'a presque agressée, moi, affirma la demoiselle avec un reniflement.

— Oh, je vous en prie ! pouffa Cecilia.

— Content de te voir, Kenneth, dit Edward en serrant la main du capitaine. Pourrais-je abuser et te demander de célébrer un mariage ?

Son ex-condisciple sourit.

— Tout de suite ?

— Dès que possible.

— Est-ce bien légal ? s'inquiéta Cecilia.

Edward lui jeta un regard entendu.

— C'est maintenant que tu chicanes ?

— C'est légal tant que vous êtes sur mon bateau, précisa le capitaine Wolverton. Mais je vous conseille de recommencer la cérémonie sur la terre ferme.

— Mlle Finch pourrait être notre témoin, déclara Cecilia, qui se pinça les lèvres pour ne pas rire.

— Eh bien, ma foi... je suppose que ce serait un honneur, balbutia Mlle Finch en battant des paupières.

— Nous demanderons au maître de manœuvre d'être le second témoin, proposa le capitaine Wolverton. Il adore cela.

Puis il regarda Edward d'un air décidément amical.

— Vous prendrez ma cabine, bien sûr. Je peux m'installer ailleurs.

Edward le remercia avec effusion, puis tous refluèrent dans le corridor avant de se diriger vers le pont qui, selon le capitaine, convenait mieux comme décor à la célébration d'un mariage.

Cependant, alors qu'ils se tenaient au pied du grand mât, entourés de l'équipage au complet, Edward se tourna vers le capitaine.

— Une question avant de commencer...

Le capitaine Wolverton l'invita d'un geste à poursuivre.

— Puis-je embrasser la mariée *d'abord* ?

Épilogue

Cecilia était nerveuse. Très nerveuse même.

Dans quinze minutes environ, elle allait faire la connaissance de la famille de son mari. La famille très aristocratique de son mari. Qui ignorait qu'il l'avait épousée.

Leur mariage était désormais tout à fait légal. Il s'avéra que l'évêque de Cork et Ross était habitué à célébrer ce genre d'union avec dispense de bans – Cecilia et Edward n'étaient pas les premiers à avoir besoin d'un document officiel après avoir été mariés sur un bateau. La cérémonie eut donc lieu rapidement, avec le capitaine Wolverton et le pasteur local comme témoins.

Ils décidèrent de se rendre aussitôt dans le Kent. La famille d'Edward devait être sur des charbons ardents, et dans la mesure où Cecilia n'avait plus personne dans le Derbyshire… Il serait toujours temps d'aller à Marswell pour y récupérer ses affaires personnelles avant de céder la maison à Horace. Ce dernier ne pouvait rien faire avant la confirmation de la mort de Thomas, or Cecilia et Edward étaient les seules personnes en Angleterre à même d'en apporter la confirmation.

Horace aurait à cultiver l'art estimable de la patience.

La voiture venait de bifurquer pour emprunter l'allée qui menait à Crake House, la demeure ancestrale des Rokesby. Edward l'avait décrite en détail à Cecilia, qui savait donc que la maison était vaste. Toutefois, quand elle apparut au détour de l'allée, elle ne put retenir un cri étouffé.

Edward lui pressa la main.

— Elle est énorme ! s'exclama-t-elle.

Il eut un sourire distrait, et garda les yeux rivés sur sa maison natale qui se rapprochait un peu plus à chaque tour de roue.

Cecilia devina qu'il était nerveux, lui aussi. Il ne cessait de pianoter sur sa cuisse et, de temps à autre, se mordillait la lèvre inférieure.

Son mari, si grand, si fort, était nerveux. Elle ne l'en aima que davantage.

À peine la voiture se fut-elle arrêtée qu'il sauta à terre sans même attendre qu'un valet arrive. Lorsqu'il eut aidé Cecilia à descendre à son tour, il lui offrit son bras et l'entraîna vers la maison.

— Je suis surpris qu'il n'y ait personne, murmura-t-il.

— Peut-être que personne ne surveillait l'allée.

Edward secoua la tête.

— Il y a toujours...

À cet instant, la porte d'entrée s'ouvrit et un valet s'avança sur le perron.

— Monsieur ?

Il devait être nouveau car, manifestement, il ne reconnaissait pas Edward.

— La famille est-elle présente ? demanda ce dernier.

— Oui, monsieur. Qui dois-je annoncer ?

— Edward. Dites-leur qu'Edward est de retour.

L'homme écarquilla les yeux. Il devait être employé depuis suffisamment longtemps pour savoir ce que cette annonce signifiait, car ce fut tout juste s'il ne partit pas en courant. Cecilia réprima un sourire. Elle était toujours nerveuse, mais la situation avait quelque chose de presque amusant qui lui tournait légèrement la tête.

— Nous pourrions attendre à l'intérieur ? suggéra-t-elle.

Edward hocha la tête et ils pénétrèrent dans le grand hall. Lequel était vide jusqu'au moment où…

— *Edward !*

Ce fut un quasi-hurlement, poussé par une voix féminine. Le genre de cri d'une personne si heureuse qu'elle pourrait bien fondre en larmes à tout moment.

— Edward, Edward, Edward ! Oh, mon Dieu, je n'arrive pas à croire que c'est toi !

Cecilia arqua les sourcils tandis qu'une femme brune dégringolait littéralement l'escalier, sautant d'un seul bond les cinq dernières marches. C'est alors qu'elle s'aperçut qu'elle portait des culottes d'homme.

La jeune femme se jeta dans les bras d'Edward et l'étreignit avec un tel emportement, une affection si vive, que Cecilia en eut les larmes aux yeux.

— Oh, Edward ! répéta-t-elle avant d'encadrer son visage de ses mains comme pour s'assurer que c'était vraiment lui. Nous étions si désespérés.

— Billie ? hasarda Edward.

Billie ? Billie Bridgerton ? Le cœur de Cecilia sombra dans sa poitrine. Oh, mon Dieu, la situation s'annonçait horrible ! La jeune femme devait encore croire qu'Edward allait l'épouser. Il avait eu beau assurer à Cecilia qu'il n'y avait rien d'officiel, que Billie ne voulait pas plus que lui d'un mariage, elle soupçonnait le mâle obtus de s'exprimer par sa bouche. Comment une femme pourrait-elle ne pas vouloir épouser Edward, surtout si on lui répétait depuis la naissance qu'il lui était destiné ?

— Je suis tellement heureux de te voir, dit Edward en l'embrassant fraternellement sur la joue. Mais que fais-tu ici ?

Sa question fit rire Billie – un rire mouillé de larmes. Ce fut cependant d'un ton joyeux qu'elle répondit :

— Tu ne sais pas... Évidemment, tu ne sais pas !

— Je ne sais pas quoi ?

Une autre voix se mêla à la conversation, masculine cette fois :

— Je l'ai épousée.

Edward fit volte-face.

— George ?

Le nouveau venu ne pouvait être que le frère d'Edward. Ses cheveux n'étaient pas tout à fait du même brun, en revanche ses yeux d'un bleu incandescent appartenaient sans erreur possible à un Rokesby.

— Tu as épousé Billie ?

Edward paraissait... sous le choc.

— Oui, répondit George avec fierté, avant d'étreindre son frère.

— Mais... mais...

Cecilia observait la scène avec intérêt, un sourire irrépressible aux lèvres. Il devait y avoir une histoire, là-dessous... Pour être franche, elle était soulagée de découvrir que Billie Bridgerton en aimait un autre.

— Mais vous vous détestez ! s'écria Edward.

— Pas autant que nous nous aimons, répliqua Billie.

— Bonté divine ! Billie et toi ? articula Edward en les regardant tour à tour. Vous en êtes sûrs ?

— Je me souviens assez bien de la cérémonie, déclara George, pince-sans-rire. As-tu l'intention de nous présenter ? ajouta-t-il en inclinant la tête en direction de Cecilia.

Edward prit cette dernière par le bras et l'attira près de lui.

— Ma femme, dit-il en se rengorgeant. Cecilia Rokesby.

— Auparavant Cecilia Harcourt ? hasarda Billie. C'est vous qui nous avez écrit. Oh, merci ! Merci !

Elle jeta ses bras autour de Cecilia et l'enlaça si étroitement que Cecilia perçut le tremblement dans sa voix lorsqu'elle ajouta :

— Merci encore. Vous n'imaginez pas ce que cela a représenté pour nous.

— Mère et père sont au village, expliqua George. Ils devraient être de retour d'ici une heure.

— Parfait, sourit Edward. Et les autres ?

— Nicholas est au collège, répondit Billie, et Mary vit dans sa propre maison, à présent.

— Et Andrew ? Il est là ?

Andrew. Le troisième frère. Edward avait dit à Cecilia qu'il était dans la marine.

George émit un petit bruit que Cecilia ne sut interpréter. On aurait pu le qualifier de gloussement s'il n'avait été chargé d'une espèce de résignation embarrassée.

— Tu lui racontes ? s'enquit Billie. Ou je m'en charge ?

— Eh bien, commença George après avoir pris une profonde inspiration, c'est une sacrée histoire...

Composition
NORD COMPO

Achevé d'imprimer en Italie
par GRAFICA VENETA
le 12 avril 2022

Dépôt légal : mars 2022
EAN 9782290371961
OTP L21EDDN001212A002

ÉDITIONS J'AI LU
87, quai Panhard-et-Levassor, 75013 Paris

Diffusion France et étranger : Flammarion